BIRGIT JASMUND

DIE
TOCHTER
VON
RUNGHOLT

AF198731

atb aufbau taschenbuch

BIRGIT JASMUND, 1967 geboren, lebt in Dresden. Ursprünglich stammt sie aus der Nähe von Hamburg. Während ihres Studiums hat sie einige Jahre in Kiel gelebt und häufig die nordfriesische Küste besucht. Auf die legendäre Geschichte von Rungholt stieß sie durch das Gedicht »Trutz Blanke Hans« von Detlev Liliencron.

Bei Rütten & Loening liegt außerdem ihr Roman »Krabbenfang« vor.

Ivens Vater wird von den Wogensmannen erschlagen. Er übernimmt dessen Hof und bewirtschaftet ihn zusammen mit seiner Schwester Laefke. Er will sich an den Mördern seines Vaters rächen, sie will ihn verheiratet sehen, aber die Frauen, die sie ihm aussucht, gefallen ihm nicht. Iven hat sich längst in die Kaufmannstochter Silja verliebt. Ihr Vater ist als Kaufmann weniger erfolgreich, als er alle glauben lässt. Er steckt in finanziellen Schwierigkeiten, hat bereits Gelder veruntreut und sieht nur einen Ausweg: Seine Tochter soll den Sohn seines wohlhabenden Hamburger Geschäftspartners heiraten. Die beiden Liebenden wollen das verhindern. Iven hält um Siljas Hand an, doch er wird brüsk abgewiesen. Sie beginnen, ihre eigenen Pläne zu schmieden, während sich über Rungholt dunkle Wolken zusammenziehen.

BIRGIT JASMUND

DIE
TOCHTER
VON
RUNGHOLT

Historischer Roman

atb aufbau taschenbuch

FSC
www.fsc.org
MIX
Papier aus ver-
antwortungsvollen
Quellen
FSC® C083411

ISBN 978-3-7466-3029-8

Aufbau Taschenbuch ist eine Marke
der Aufbau Verlag GmbH & Co. KG

1. Auflage 2014
© Aufbau Verlag GmbH & Co. KG, Berlin 2014
Umschlaggestaltung Mediabureau Di Stefano, Berlin
unter Verwendung eines Motivs von
© Jill Battaglia/Arcangel Images
Druck und Binden CPI – Clausen & Bosse, Leck
Printed in Germany

www.aufbau-verlag.de

Frühjahr im Jahre des Herrn 1361

KAPITEL 1

Iven stand auf dem Heverdeich in der Nähe der Ansiedlung Trindermarsch und schaute auf die vier Toten herab. Ein paar Schritte entfernt wippte sein alter Schäfer Maart auf den Fußballen vor und zurück. Dabei drehte er seine Wollkappe zwischen den Händen. Maart war vor Sonnenaufgang zu ihm auf den Hof gekommen, so schnell ihn seine Beine trugen, und hatte keinen zusammenhängenden Satz herausgebracht. Seinem Gestammel hatte Iven nur entnehmen können, dass es Tote auf dem Deich gegeben hatte. Blut, überall tränke Blut den Boden.

Iven vermisste seinen Vater, der in der letzten Nacht nicht nach Hause gekommen war. Er war sofort losgerannt über die Warften, an der Kirche vorbei und zum Heverdeich, von da immer nach Osten. Rungholt hatte er noch nicht durchquert, da war Maart schon weit hinter ihm zurückgeblieben.

Vor ihm lag die hochaufgeschossene Gestalt seines Vaters. Im Tode wirkte sie noch hagerer als zu Lebzeiten. Leve Levensen lebte nicht mehr. Der Tod war nicht friedlich zu ihm gekommen, er hatte ihn die rechte Hand, die Schwerthand, gekostet. Von einem gewaltigen Hieb abgetrennt, lag sie ein paar Schritte entfernt, noch im Tode umklammerte sie den Schwertgriff. Der blutige Armstumpf lag auf dem Leib seines Vaters, hatte seinen Umhang durchtränkt. Es sah aus, als hätte Leve ihn an seinen Leib gepresst, bevor er in die Knie gegangen war. Den Tod hatte ihm ein Stich in die Brust gebracht. Leve war nach hinten gesunken und hatte seinen letzten Atemzug getan. Seine Augen starrten blicklos in den Himmel. Iven hatte es noch nicht fertiggebracht, ein Gebet zu sprechen und sie zu schließen.

Daneben lag sein Schwager Hark Harksen, der Mann seiner Schwester Laefke. Ihn hatte es von hinten erwischt, der Dolch steckte noch zwischen seinen Schulterblättern. Aus der Wunde war nur wenig Blut ausgetreten, jedenfalls war auf seinem Kittel kaum welches zu sehen, aber aus seinem Mund lief ein Blutfaden. Hark war Fischer gewesen, jeden Tag war er mit seinem jüngeren Bruder und zwei anderen Männern hinausgefahren. Außer einem Fischmesser oder einem Spieß hatte er nie eine Waffe in der Hand gehalten. Dann war jemand gekommen und hatte ihn aus dem Hinterhalt gemordet.

Die anderen beiden Toten kannte Iven nicht. Der eine war in gutes, festes Tuch gekleidet, auf dem Kopf hatte er eine Samtkappe getragen, jetzt lag sie neben ihm im Gras. Seine Hose war am linken Oberschenkel zerfetzt, und viel Blut tränkte den Boden. Der Mann war kein Rungholter, auch nicht aus der Edomsharde, er stammte nicht einmal aus den Uhtlanden. Ein Kaufmann vom Festland, der seine Waren auf einem Ochsenkarren transportiert hatte. Die Wagenspuren waren noch auf der Deichkrone zu sehen. Der vierte Tote war wieder ein Uhtländer, und Iven wusste, was für einen Kerl er vor sich hatte. Er trug als Einziger ein Kettenhemd, einen Ledergurt quer über der Brust und Ledermanschetten an den Handgelenken. Alles war einmal von guter Qualität gewesen, aber seit Jahren ungepflegt und verkommen. Sein Gesicht zeigte einen überraschten Ausdruck. Er hatte im Tod den Mund geöffnet, und zwischen fleischigen Lippen waren einige verfaulte Zahnstümpfe zu sehen. Der Mann war mit dem Schwert in der Hand gestorben, und wie bei seinem Vater hatte ein Stich in die Brust seinen Tod herbeigeführt.

Er hoffte, dass Leve ihn getötet hatte, denn der Mann hatte zu den Wogensmannen gehört. Eine Sippe von rohen Gesellen, sechzig an der Zahl, die sich an der Mündung des großen Siels festgesetzt hatten. Sie hatten zwei kleine, schnelle Schiffe, mit denen sie auf Raubfahrt gingen. Die Nordsee zwischen Helgoland und Ringkøbing war vor ihnen nicht sicher. Wie die Nacht gezeigt hatte, machten sie auch vor über Land reisenden Händlern nicht Halt – Hauptsache, die Beute erschien ihnen lohnend. Schade, dass sein Vater nur einen von ihnen mit in den Tod genommen hatte.

»Herr Iven«, meldete sich Maart so vorsichtig, als könnten seine Worte einen der Toten wieder aufwecken. »Das ist schrecklich. Euer Vater … Er war sein ganzes Leben lang gut zu mir gewesen. Ich kannte ja auch noch Euren Großvater, den alten Herrn Leve. Warum lässt der Allmächtige das zu?«

»Weil er seine Augen von den Uhtlanden abgewandt hat.« Iven kniete neben seinem Vater nieder und schloss ihm die Lider. Die Haut war schon kalt und fühlte sich wächsern an. »Sonst würde er nicht zulassen, dass die Wogensmannen in den Uhtlanden hausen, als gehörte alles ihnen. Ich sehe, was geschehen ist. Mein Vater wollte nach den Deichen schauen und hat Hark mitgenommen. Dabei müssen sie den Räubern in die Quere gekommen sein, als die den Kaufmann überfallen haben. Wie es sich für einen freien Friesen gehört, geht mein Vater nicht ohne Schwert aus dem Haus, und er weiß es auch zu benutzen und steht nicht zurück, wenn er Unrecht sieht. Außerdem kennt niemand von uns Gottes Pläne«, fügte Iven noch hinzu. »Das erklärt uns Pater Fulbertus jeden Sonntag in der Kirche. Wir müssen demütig vor seinem Werk stehen und staunen.«

Maart war näher gekommen, hatte Hark umgedreht und ihm und dem Kaufmann die Augen geschlossen. Mit gefalteten Händen sprach er ein kurzes Gebet. Iven schloss sich an. Nachdem das Amen verklungen war, blickte Maart zu ihm auf.

»Das hört sich nach Herrn Leve an. Niemand ist so mutig wie er. Ich habe ihn mehr als einmal reden hören, dass man gegen die Wogensmannen vorgehen müsse, damit sie nicht länger ihr Unwesen treiben. Er hat auf den Hardesvogt und den Staller geschimpft, weil sie untätig auf ihren fetten Hinterteilen sitzen. Es ist nicht recht, dass es ihn getroffen hat.«

Iven musste schlucken. Genauso war sein Vater gewesen. Es war in den Uhtlanden allgemein gekannt, dass die Wogensmannen nur kämpften, wenn sie in der Überzahl waren. Sie waren nicht nur ehrlos, sie waren auch feige.

»Ginge es gerecht zu auf der Welt, würden diese Räuber hier liegen und nicht mein Vater. Und ich werde dafür sorgen, dass er bekommt, was ihm zusteht. Die Wogensmannen werden für seinen Tod bezahlen.« Iven stand auf, presste die rechte Faust auf die Brust. »Das schwöre ich beim Allmächtigen, seinem Sohn, dem himmlischen Jesus, und der Heiligen Jungfrau.«

»Recht so.« Maart nickte. »Lasst sie nicht davonkommen. Auf mich könnt Ihr zählen.«

Der alte Schäfer hatte das fünfzigste Jahr weit hinter sich gelassen. Er hatte einen Buckel, konnte kaum noch geradeaus schauen und hatte zeit seines Lebens keine Waffe als einen Hirtenstab getragen. Dennoch taten ihm Maarts Worte gut, und Iven nickte.

»Wir brauchen einen Karren, um die Toten wegzubringen«, sagte er.

Maart ging auf seinen Stab gestützt zu den Warften von Trindermarsch und kam bald darauf mit einem Karren, geschoben von einem Knecht, zurück. Sie luden Leve, Hark und den Kaufmann auf, um sie nach Rungholt zurück zu bringen. Den Wogensmann ließen sie für die Krähen zurück.

**

Eine Brise strich ums Haus auf der Suche nach einem losen Fensterladen. Iven hatte abends alle fest zugebunden, deshalb zog der Wind weiter und kam nicht zurück. Im Stallteil des Hauses raschelte Stroh, als eine Kuh oder ein Pferd sich umdrehte. Auf ihrem Schlafplatz neben dem Herd schnarchte die alte Bine, die sich nach einem Leben als Hütehündin bei Maart ihr Gnadenbrot auf dem Levensenhof verdient hatte. Trotz dieser Geräusche kam Iven das Haus unnatürlich still vor, und das lag daran, dass die Bettnische neben seiner leer war. Der Gedanke, dass sein Vater nie wieder dort liegen, nie wieder auf dem gepolsterten Stuhl in der Döns sitzen und Würzbier trinken würde, ließ den Schlaf fliehen.

Iven setzte sich im Bett auf. Sogleich stand Bine vor seiner Schlafstatt. Er sah nur einen Schemen von ihr und ahnte, wie sie mit dem Schwanz wedelte.

»Geh wieder auf deinen Platz. Los geh!«

Die Hündin schlich davon. Mit angezogenen Beinen saß Iven im Bett. Noch vor wenigen Jahren war das Haus voll gewesen. Zuerst war seine Mutter im Jahr 1357 an der Pest gestorben. Danach hatte der erste Knecht des Levensenhofes die Magd Nedda geheiratet, und Leve hatte ihnen erlaubt, sich auf der Warft ein Gesindehaus zu bauen. Mit den Hühnern und dem zweiten Knecht waren sie dorthin gezogen, und ihr erstes Kind wurde im Herbst geboren. Er, Leve, seine Schwester Laefke und Großmutter Eyde, die Mutter seines Vaters, waren im Haus verblieben. Laefke war als Nächste ausgezogen, sie hatte den Fischer Hark Harksen geheiratet und lebte nun in einem Haus am Lüttfischerhafen.

Großmutter Eyde war eine weise Frau gewesen, sie kannte sich aus mit den Krankheiten der Menschen und Tiere, wusste, welche Kräuter Fieber senkten, Blutungen stillten, Frauenleiden linderten, die Brust von Auswurf befreiten oder gegen Leibschmerzen halfen. Ihr Wissen hatte ihr nichts genützt, als sie vor Weihnachten letzten Jahres krank geworden war. Laefke war jeden Tag vom Lüttfischerhafen herübergekommen, hatte alle Tränke angerührt, die Eyde angesagt hatte. Dennoch war es ihr immer schlechter gegangen. Eines Morgens hatte sie tot im Bett gelegen. Im Haus hatten nur noch er und sein Vater gewohnt, und wenige Monate später hatte er es ganz für sich allein.

Iven presste die Fäuste auf die Augen. Schlaf fand er in dieser Nacht keinen mehr. Mit einem Zipfel seiner Decke wischte er sich über das Gesicht und schwang die Beine aus dem Bett. An der Glut des Ofens entzündete er ein Talglicht. Bine lag auf ihrer Decke und sah zu ihm auf.

»Der Schlaf kommt in dieser Nacht nicht mehr zu mir«, erklärte er ihr, während er sich die Beinlinge anzog, die Schuhe an den Füßen festschnürte. Über sein Hemd zog er einen Kittel und darüber eine Schaffellweste.

Keine seiner Bewegungen ließ sich die Hündin entgehen. Am Talglicht entzündete Iven eine Blendlaterne und drehte den Docht weit herunter. Der Lichtschein reichte kaum über die Lampe hinaus. Ihm genügte es.

»Du bleibst hier. Pass schön auf«, befahl er der Hündin. Gehorsam legte sie sich hin und schaute ihm traurig nach, als er das Haus verließ.

Draußen empfingen ihn eine sanfte Brise, Stille und Dunkelheit. Der Levensenhof lag im Norden Rungholts, gleich neben dem Niedamm. Er stieg auf den Damm und sah sich um. In tiefer Nacht brannte in keinem Haus Licht. Die Menschen schliefen. Iven betrachtete den Himmel. Vereinzelt leuchteten Sterne zwischen den Wolken hervor. Der Damm führte um Rungholt herum Richtung Hever. Iven kannte den Weg gut, er könnte ihn mit verbundenen Augen gehen. Das war kaum das Richtige, um seinen Geist von trüben Gedanken zu reinigen. Er ging schneller, am Ende rannte er fast.

Deshalb wäre er beinahe in eine Gestalt mit einem langen Umhang hineingelaufen. Sie kam ihm entgegen. Ein Aufschrei verriet ihm, dass es sich um eine Frau handelte. Sie strauchelte, und bevor sie zu Boden stürzte, fing Iven sie auf.

»Ich tue Euch nichts«, sagte er.

»Lasst mich los, sonst glaube ich es Euch nicht.«

Er ließ ihr ihren Willen. Sie hatte Friesisch gesprochen, aber mit einem Akzent. Sie konnte keine Uhtländerin sein, sondern hörte sich an wie eine vom Festland.

»Wer seid Ihr?«

»Wer seid Ihr?« Sie trat einen Schritt zurück.

Von einem Weib hatte er nichts zu befürchten, und dass ihrer Stimme keinerlei Furcht anzumerken war, imponierte ihm. »Iven Levensen vom Levensenhof.« Er wollte die Laterne anheben, um ihr Gesicht zu beleuchten.

»Lasst das.«

»Ich habe Euch meinen Namen gesagt, aber Euren weiß ich immer noch nicht. Ihr sprecht Friesisch wie jemand vom Festland. Eine Uhtländerin seid Ihr nicht.«

»Ich lebe in Rungholt genau wie Ihr. Mein Vater ist der Kaufmann Heinrich Westharg, ihm gehören drei Salzköge und ein Speicher am Hafen. Mich ruft man Silja.«

»Jungfer Silja, es ist mir eine Ehre.« Er wusste, wer sie war. Eigentlich hätte er es schon an ihrer Art zu sprechen erkennen müssen. Außer ihr, ihrem Vater und einer alten, zu ihrem Haushalt gehörenden Magd lebten in Rungholt keine Leute vom Festland. »Es ist mitten in der Nacht. Was macht eine ehrbare Jungfer um diese Zeit außerhalb ihres Bettes?«

»Das Gleiche gilt für ehrliche Männer.«

Himmlischer Jesus, sie war eine furchtlose Jungfrau, und ein Gespräch mit ihr war alles andere als langweilig.

»Ich konnte nicht schlafen«, sagte er einfach.

»Ich auch nicht. Im Haus war es zu eng, ich musste den Himmel sehen und endlich mal irgendwo sein, wo mich keine fremden Augen beobachten. Was hat Euch aus dem Haus getrieben?«

»Drinnen war so viel Platz. Besonders nachts habe ich das Gefühl, ich bin zurückgelassen worden.«

»Unter den Sternen gibt es noch viel mehr Platz. Ihr lebt

jetzt ganz alleine auf dem Levensenhof. Gibt es überhaupt noch jemanden, der für Euch kocht?«

»Ich habe eine Magd, die erledigt das.«

»Natürlich, wie dumm von mir.« Er hörte sie verlegen auflachen.

Iven ging darauf nicht ein. »Ihr solltet nachts nicht allein aus dem Haus gehen. Das ist gefährlich. Gerade für eine junge Frau. Eurem Vater ist das bestimmt nicht recht.«

»Ich bin kein so dummes Gänschen, das keinen Schritt alleine gehen kann«, kam sofort die schnippische Antwort. »Es ist nicht leicht«, lenkte sie gleich darauf ein, »in Rungholt immer die Fremde zu sein, die vom Festland. Und ich will nicht wissen, was sie hinter meinem Rücken noch alles über mich reden. Jeder lauert immer nur darauf, ob ich etwas mache, worüber sie sich hinterher das Maul zerreißen können. Kaufe ich auf dem Markt ein, wird auf den Preis gleich noch etwas draufgeschlagen, das ich dann mühsam wieder runterhandeln muss. Einfach nur, weil ich keine Friesin bin und um zu sehen, ob die Fremdländische handeln kann.«

Sie hatte erregt und schnell gesprochen. Iven war betroffen. Er wusste, was im Ort über Heinrich Westharg und seine Tochter geredet wurde. Sie waren in der Tat die Fremden, die vor zwei Jahren aus Kiel nach Rungholt gekommen waren. Den Grund wusste er nicht genau; Heinrich Westharg musste jedenfalls über Geld verfügen, denn er hatte eines der besseren Häuser in Rungholt gekauft, in der Nähe der Kirche, und drei Salzköge gepachtet. Das alles zählte nicht, in zwei Generationen, in hundert Jahren wären sie immer noch die Fremden.

Das war kein Thema, um es mit Silja Westharg nachts auf dem Niedamm zu erörtern, deshalb sagte er: »Ihr solltet trotzdem nicht alleine draußen sein. Ihr könntet auch auf Männer mit weniger freundlichen Absichten treffen, als ich sie habe.«

»Ich weiß nichts über Eure Absichten.«

»Ich begleite Euch nach Hause.«

Iven drehte bei seiner Laterne den Docht höher, und der Lichtschein wurde heller. In dem Lichtkegel gingen sie nebeneinander den Damm entlang, hinter den Lüttfischerhäusern bis zum Westhargschen Haus. Silja schlüpfte durch eine Seitentür hinein, gleich darauf sah Iven durch die Ritzen eines Fensterladens ein Licht aufleuchten. Ihre Schlafkammer.

Als Rückweg wählte er nicht den längeren über den Niedamm, sondern ging durch Rungholt. Im Haus wurde er von einer schwanzwedelnden Bine empfangen. Sie sprang um ihn herum, als wäre sie nicht einmal halb so alt, wie sie in Wirklichkeit war. An Nachtruhe war nicht mehr zu denken. Er setzte sich auf Bines Schlafdecke, lehnte sich auf den gemauerten Herd und zog die Hündin auf seinen Schoß. Er kraulte ihr Halsfell, rieb ihre Ohren zwischen den Fingern. Bine schloss die Augen und gab ein zufriedenes Schnaufen von sich.

**

»Sie hat dich rausgeworfen? Dazu hatte sie kein Recht, immerhin bist du die Witwe ihres ältesten Sohnes«, stellte Iven fest.

Laefkes Bündel lag zwischen ihnen auf dem Tisch.

»Ich bin gegangen, weil ich es keinen Tag länger in ihrer Nähe aushalte. Wir können nicht zusammen unter einem Dach leben, das ist das Einzige, worin wir uns je einig waren. Wenn du mich auf dem Hof nicht bleiben lässt …«

»Du bist meine Schwester, natürlich bleibst du. Wie kommst du nur auf solche Ideen!« Iven fuhr sich mit den Händen durch sein strubbeliges Blondhaar. Er hatte bereits alle Fenster und Türen auf dem Levensenhof verriegelt gehabt und selbst im Bett gelegen, als Laefke mit der Faust an die Tür gehämmert hatte.

Sie sah müde aus, und er ahnte, dass es nicht am Weg vom

Lüttfischerhafen zum Levensenhof lag. Er wollte sie trösten, aber er war nicht gut in so etwas, ihm fiel nichts anderes ein, als ihr einen Becher kalten Kräutertee hinzustellen, dabei legte er ihr kurz die Hand auf die Schulter. Laefke schaute auf.

»Kalter Tee, der aussieht, als wäre er mindestens einen Tag in der Kanne, Spinnweben in den Ecken und die Asche seit Tagen nicht aus dem Ofen gefegt. Du brauchst jemanden, der sich um dich kümmert.«

»Nedda schafft das ganz gut. Ich alleine brauche nicht viel.«

»Ich meine doch keine Magd, die zweimal am Tag vorbeischaut, sondern eine richtige Frau im Haus. Wann hast du das letzte Mal etwas Anständiges gegessen?«

»Ich esse zweimal am Tag.«

»Altbackenes Brot und Zwiebeln.«

»Glaubst du, Vater hat besseres Essen auf den Tisch gebracht?« Er lachte freudlos auf. »Ich esse das Gleiche wie das Gesinde. Was Nedda kocht. Du bist mir willkommen, aber nicht als meine Magd, sondern als meine Schwester.« Er umarmte sie.

Einen Augenblick schwiegen sie. In Iven wühlten die Gedanken; es gelang ihm längst noch nicht, Leve zu erwähnen, ohne dass ihm Tränen in die Augen schossen. Sein Vater war stark und groß gewesen, hatte immer Rat gewusst und sich nie aus der Ruhe bringen lassen. Als Laefke verkündet hatte, einen Lüttfischer heiraten zu wollen, hatte er nur genickt, obwohl er sich sicher gewünscht hatte, sie dem Sohn eines Bonden, eines landbesitzenden Bauern, zur Frau zu geben.

»Wenn ich abends allein mit einem Würzbier in der Döns sitze, habe ich immer das Gefühl, er käme gleich zur Tür herein, müsste unter dem niedrigen Sturz den Kopf einziehen und seinen tropfnassen Umhang neben den Herd …« Er brach ab, hatte keine Worte für seine Gefühle.

»Mir geht es genauso. Ich denke immer, Hark kommt gleich zur Tür rein, umarmt mich von hinten, gibt mir einen

Kuss auf …« Sie wurde rot. »… das Ohr. Dabei ist es immer nur die Amsel, die kommt und mich ankeift.«

»Du nennst deine Schwiegermutter Amsel?« Er trank einen Schluck von seinem Bier und grinste in den Becher. Der Name war passend.

»Sie sieht aus wie eine, und sie benimmt sich so, wenn sie nach einem pickt.«

»Das ist vorbei.« Er wollte seine Schwester aufheitern, aber ihm fiel nichts ein, was er sagen könnte. So traurig kannte er Laefke nicht, die Amsel musste ihr wirklich zugesetzt haben. »Erzähle mir genau, was sie gemacht hat.«

»Sie hat …« Laefke holte tief Luft, und dann erzählte sie. Er sah sie neben dem Herd im Lüttfischerhaus knien und mit Sand und Wasser einen Kessel scheuern. Immer wieder spülte sie ihn aus, und er roch angebrannte Erbsen. Auf einmal stand Laefkes Schwiegermutter im Raum. Von Kopf bis Fuß war sie in dunkelgraues Tuch gehüllt, sogar ihre Haube war dunkel. Sie sah wirklich aus wie eine Amsel.

»Ich weiß, was du getan hast. Das ganze Haus stinkt danach. Das gute Essen verdirbst du und tischst uns altes Brot und Salzfisch auf. Was mein Sohn nur an dir gefunden hat!«

»Wir haben uns geliebt, und das Brot war von gestern.«

»Du warst nicht gut für ihn. Die Tochter von Leve Levensen und die Enkeltochter von Eyde Levensen – ich habe ihn vor dir gewarnt. Jetzt ist er tot, ich habe es immer gewusst.«

»Wir haben uns geliebt.« Die Worte umschlangen Laefke wie einen schützenden Umhang.

»Ohne dich würde er noch leben. Ohne dich wäre er nie mit deinem Vater über die Deiche gegangen. Höhere Deiche, bessere Deiche – eines von deines Vaters Hirngespinsten. Die Deiche haben uns immer geschützt. Dein Vater hat meinem Sohn Flausen in den Kopf gesetzt. Deshalb wurde er erschlagen.«

»Ich habe auch Menschen verloren, die mir nahestanden.

Meinen Mann und meinen Vater.« Der Kessel war sauber, und Laefke goss die Reste des Waschwassers in den Eimer, die Bürste warf sie hinterher. Sie drehte sich zu ihrer Schwiegermutter um.

Die kleine, stämmige Frau nahm die ganze Breite der Tür ein. Beide Hände hatte sie in ein Umschlagtuch gekrallt, mit dem sie ihr graues, strähniges Haar bedeckte.

»Du hast es nicht einmal geschafft, ihm einen Sohn zu schenken – nutzloses Weib. Nichts ist mir von meinem Jungen geblieben.«

»Mir ist auch nichts geblieben außer Arbeit.« Laefkes Stimme war Wut anzuhören. »Den gesamten Haushalt führe ich dir, du trägst keinen Fetzen am Leib, dessen Wolle ich nicht eigenhändig gesponnen und gewebt habe. Die Wolle stammt von den Schafen den Levensenhofes. Bezahlt hast du dafür nichts. Ich mache alles so, wie du es wünschst, und ich habe versucht, dich zu lieben wie eine Tochter ihre Mutter. Gott weiß, wie schwer das ist.«

»Nimm nicht den Namen unseres Herren in den Mund. Nicht eine wie du, die Eyde Levensen mit dem bösen Blick zur Großmutter hatte. Du hast dich in diesem Haus eingenistet, aber damit ist nun Schluss. Wenn du gehofft hast, meinen guten Harm zu heiraten, schlage dir das aus dem Kopf. Ich werde ihm eine gottesfürchtige Frau finden.«

In Kaufmannsfamilien heiratete oft die Witwe einen jüngeren Bruder des Kaufmannes, damit das Geschäft und das Vermögen in der Familie blieben. Bei Fischern war das nicht anders. Laefke schüttelte den Kopf. »Als ob ich das wollte. Hark ist noch keinen Monat unter der Erde.«

»Du wirst keine Gelegenheit haben, meinem Harm den Kopf zu verdrehen«, giftete die Amsel weiter. »Noch heute verlässt du mein Haus.« Sie griff hinter sich und brachte ein Bündel zum Vorschein, das sie offenbar dort abgelegt hatte. Sie schleuderte es Laefke vor die Füße.

Die erkannte ihren Umhang, aus dem das Bündel geschnürt war.

»Genauso armselig, wie du dieses Haus betreten hast, verlässt du es auch wieder.«

»Meine Mitgift war nicht armselig, sie war großzügig. Du redest irr.«

»Ich habe meinen Verstand beisammen. Du gehst, und wenn ich dich in meinem Leben nie wiedersehen muss, danke ich unserem Herrn auf Knien und bete jeden Tag ein Vaterunser.« Aus den Amselaugen sprühte unversöhnlicher Hass.

Laefke schüttelte ihre Erstarrung ab, nahm das Bündel auf. »Ich gehe, weil ich es so will, weil ich nicht eine Nacht länger mit dir unter einem Dach bleibe. Du wirst nie mehr dein Gift auf mich spritzen. Ein glückliches Leben wirst du auch nie haben, dazu braucht man nicht die Gaben meiner Großmutter, um das zu sehen.«

Sie schaute Iven an, und in ihren Augen standen Tränen. »Deshalb bin ich zu dir gekommen.«

»Es steht der Amsel nicht zu, dich so zu behandeln. Was sagt Harm dazu?«

»Er war nicht da. Sonst hätte sie es nicht gewagt, so mit mir zu reden.« Sie wischte sich mit dem Ärmel über die Augen. »Harm war immer gut zu mir, aber er ist die meiste Zeit zum Fischen draußen, dann bin ich mit der Amsel allein. Das halte ich nicht länger aus. Als Hark noch da war, hat sie sich nicht getraut. Er hat ihr einmal gesagt, was sie mit ihrem Gekeife machen kann – danach hat sie Ruhe gegeben.«

»Die Wogensmannen waren es«, stieß Iven auf einmal hervor. »Elende Räuber und Piraten. Ich werde sie nicht davonkommen lassen.«

»Nein, Iven, lege dich nicht mit ihnen an. Niemand in den Uhtlanden ist ihnen gewachsen.«

Er hörte die Besorgnis in ihrer Stimme. Sie hatten nur noch einander, und wenn sie nicht aufeinander achteten, blieb einer allein zurück. »Ich werde mich von ihnen nicht kriegen lassen, aber sie werden für Vaters und Harks Tod bezahlen.«

»Tu nichts ohne den Vogt oder den Staller. Mach dir keine Feinde, ich ...« Der Rest des Satzes verhallte ungesagt.

»Pah! Ich weiß schon, was ich tue. Ogge Jessen wird sich noch umschauen und sich wünschen, er hätte nie mit den Räubern gemeinsame Sache gemacht. Und der Staller kommt bloß in die Harde, um die Abgaben zu holen oder uns zum Kriegsdienst zu rufen. Der hilft uns nicht.«

»Das ist doch nur Gerede über den Vogt.«

»Und warum tut er hartnäckig so, als könnten die Männer der Edomsharde allein nichts ausrichten, als wären wir auf die aus der Pellwormharde angewiesen? Die Wogensmannen sind sechzig, allein Rungholt kann mehr Männer auf die Beine stellen. Die ganze Harde ist ihnen mehr als dreifach überlegen. Ich sage dir, der Grund dafür ist, dass der Vogt mit denen unter einer Decke steckt.«

»Das bildest du dir ein.« Laefke schüttelte den Kopf. »Ogge Jessen will, dass wir in Rungholt sicher und gut leben. Das hat er mir selbst gesagt, als er nach Harms Tod zu uns gekommen ist und uns Hilfe angeboten hat. Pater Fulbertus ist auch gekommen und hat lange mit uns gesprochen. Im Namen der Marienbruderschaft hat er uns zwei Hühner und drei Mark Silber gegeben.«

»Dein Mann war nicht mehr wert als zwei Hühner und drei Mark Silber? Laefke!«

»Nichts, was wir tun und sagen, bringt sie zurück, aber Pater Fulbertus Gaben helfen.«

»Wenn du es nicht hörst, nennt er dich die Enkelin der Hexe. Das nenne ich wahrhaft christlich.«

»Ach Iven ... Wer weiß schon, ob ihre Träume vom Allmächtigen oder vom Teufel kamen?«

»Im Süden gab es eine Frau namens Hildegard von Bingen,

sie hatte ebenfalls Träume und sah Dinge, die andere nicht sahen. Bei ihr hat niemand gezweifelt, dass ihre Bilder vom Allmächtigen kamen. Die war auch eine Dame von Adel, konnte lesen und schreiben und hat Briefe an den deutschen Kaiser und den römischen Papst geschrieben. Unsere Großmutter war eben nur eine einfache Frau.«

»Diese Hildegard gehörte dem Orden der Benediktinerinnen an. Der Allmächtige spricht eher zu einer Nonne als zu einer Bäuerin. So einfach ist das.«

Iven wurde langsam wütend. Da hatten Pater Fulbertus und die Amsel von Schwiegermutter ganze Arbeit geleistet. »Lass dir nichts erzählen. Großmutter Eyde war keine Hexe, sondern eine mindestens ebenso gute Frau wie diese Nonne. Sie hat vielen geholfen. Lasse dir nichts anderes einreden.« Beim Tod der Großmutter war er erst zwölf Jahre alt gewesen, aber er hatte sich oft genug mit den Rungholter Jungen geprügelt, um ihre Ehre zu verteidigen und manchmal auch wegen Laefke.

»Das weiß ich doch.« Laefke lachte auf, es hörte sich befreiend an. »Sei trotzdem vorsichtig. Die Wogensmannen sind viele, und du bist nur einer.«

Er versprach es seiner Schwester. Das Recht auf Rache ließ er sich jedoch nicht nehmen. Das hätte er Ogge Jessen auch gesagt, aber ihn hatte der Hardesvogt nicht besucht.

***

Obwohl es erst April und noch nicht warm war, saß Iven mit seinem Cousin Monny Monnesen auf einer Bank vor dem Haus. Die Kletterrose hinter ihnen zeigte die ersten zarten Triebe. Bine hatte sich auf Ivens Füßen niedergelassen. Beide Männer trugen warme Kittel und Schaffellwesten und hielten Becher mit Würzbier in der Hand. Im Haus hinter ihnen klapperte Laefke mit Töpfen und sagte etwas zu der Magd Nedda, das draußen nicht zu verstehen war.

Iven hatte seinem Cousin erzählt, dass er die Wogensmannen nicht davonkommen lassen wollte.

»Ich werde meinen Vater rächen«, bekräftigte er und trank einen Schluck.

»Es sind sechzig Mann. Was willst du tun?«

»Ich will Genugtuung und eine Entschädigung für sein Leben, wie es mein Recht ist. Ich werde vor dem Hardesgericht klagen.«

»Es dauert noch fast zwei Monate, bis das Gericht wieder zusammenkommt. Was machst du bis dahin?«

»Die Füße stillhalten. Ich kann das nicht länger aushalten, über die Salzwiesen und durchs Watt laufen.«

»Aha.«

Er erzählte seinem Cousin nicht, dass es Stunden gab, in denen seine Gedanken mehr mit Silja Westharg als mit den Wogensmannen beschäftigt waren. Seit jener Nacht hatte er sie nicht wieder gesehen, weder nachts auf dem Deich noch tagsüber in Rungholt. Ihren Vater hatte er gesehen, als der auf dem Weg zu seinen Salzkögen gewesen war, und ein anderes Mal wollte er offensichtlich Boye Harksens Schenke aufsuchen. Beide Male hatte er dem Kaufmann nachgeschaut. Ausgeschlossen, zu ihm hinzugehen und ihn nach seiner Tochter zu fragen.

Monnys jüngerer Bruder Ketel arbeitete als Salzsieder in Westhargs Kögen. Diese Verwandtschaft verschaffte ihm aber nicht die Möglichkeit, in Westhargs Haus ein und aus zu gehen. Und im Gegensatz zu Monny, mit dem er befreundet war, konnte er Ketel nicht besonders gut leiden. Er hielt ihn für jemanden, der allzu sehr auf seinen Vorteil bedacht war.

»Du wirst Unterstützer brauchen für deine Klage.« Monnys Stimme riss ihn aus seinen Gedanken.

»Du bist doch dabei?«

»Auf jeden Fall und Ketel auch. Was immer du über ihn

denkst, die Sippe ist ihm heilig. Er bringt seine Salzarbeiter mit, die beiden Ebbes.«

Iven benötigte zwölf Unterstützer, Schwurmänner, für seine Klage. Vier waren ihm sicher. Wer kam noch in Frage?

Monnys Gedanken gingen in dieselbe Richtung. »Wen haben wir noch?«

»Maart natürlich. Er wird es sich nicht nehmen lassen.«

»Wer hat noch Wut auf die Wogensmannen?«

»Keiner. Sie vergreifen sich ja nur an Fremden. Schlau von ihnen, andernfalls hätten wir sie schon längst aus den Uhtlanden verjagt.«

»Das hilft uns im Moment nicht. Was ist mit deinem Schwager?«

»Harm ist auch auf meiner Seite. Ihn betrifft es genauso wie mich. Es fehlen immer noch sechs.«

Sein Vater hatte sich aus den Angelegenheiten der Harde herausgehalten und es nicht verstanden, sich Freunde zu machen. Er hatte als Sonderling gegolten, und das lag zu einem guten Teil auch an seiner Mutter, Großmutter Eyde. Die Menschen waren zu ihr gekommen und hatten ihre Tränke genommen, wenn sie krank waren, aber sie hatte auch in dem Ruf gestanden, mit überirdischen Mächten im Bunde zu sein.

»Was ist mit Broder Brodersen?«, fragte er seinen Cousin.

»Der alte oder der junge?«

»Der junge.«

»Willst du dich auf den Schwachsinnigen verlassen?«

»Broder versteht eine Sache, wenn man sie ihm genau erklärt. Und er ist stark wie ein Bär.«

»Bist du sicher, dass er vor Gericht noch weiß, was du ihm erklärt hast, und nicht nur blöde vor sich hin grinst?«

Iven war sich nicht sicher, und es gefiel ihm auch nicht, sich auf einen Schwachsinnigen verlassen zu müssen. Auf Broder würde er nur zurückgreifen, wenn er keine andere Wahl hatte. Wie es ihm Moment aussah, hatte er keine.

»Ich spreche auf jeden Fall mit ihm«, sagte Iven.

»Dann sind es sieben und mit Johan Sibingh acht.«

Der kleingewachsene Bonde und Salzbudenbetreiber aus Rungholt war bekannt dafür, überall mitzumischen, wo etwas spaßig zu werden versprach. Das war nicht die richtige Haltung für einen Schwurmann vor Gericht, aber einen Prozess gegen die Wogensmannen würde Johan Sibingh auf jeden Fall als gute Unterhaltung ansehen.

»Harm wird noch zwei oder drei Fischer mitbringen, da bin ich mir sicher.«

»Es fehlt noch einer.« Monny hielt den linken Daumen hoch.

»Einen werden wir noch finden, bis das Gericht zusammentritt.«

Iven bedauerte es, dass Frauen nicht bei Gericht sprechen durften. Er war sich sicher, Silja Westharg hätte die Gelegenheit ergriffen, allen Rungholtern zu zeigen, wie viel Mumm in einer vom Festland steckte. So beschränkte sich ihre Rolle leider auf die einer Zuschauerin.

Ihm kam ein Gedanke. »Was hältst du von Ogge Oggesen?«

Monny, der gerade einen Schluck Bier trinken wollte, prustete in seinen Becher. »Den Sohn des Hardesvogts? Der steht unter der Knute seines Vaters und wird keine Hand für dich heben.«

»Er ist rechtschaffen. Ich habe ihn mehrfach sagen hören, dass die Wogensmannen davongejagt gehören«, widersprach Iven.

»Lass mich raten? Sein Vater war nicht in der Nähe. Egal wie rechtschaffen der junge Ogge ist, sein Vater hat ihn fest im Griff, und der ist ganz sicher nicht rechtschaffen.«

»Es wäre an der Zeit, dass der junge Ogge zeigt, was in ihm steckt.«

»Da stimme ich dir zu. Nur wird er es nicht ausgerechnet vor dem Hardesgericht tun.« Monny schüttelte den Kopf.

»Ich frage ihn auf jeden Fall.«

»Such dir jemand anderes.«

Das war nicht so leicht, wie es sich anhörte. Zwölf Schwurmänner waren nicht viele, wenn es darum ging, Verwandtschaftsverhältnisse oder ein verkauftes Grundstück zu bezeugen, die Güte eines geschlachteten Ochsen oder die eines verkauften Schafes zu beschwören. Bei heimtückischer Tötung kamen den Leuten auf einmal Bedenken.

»Verliere nicht den Mut, Iven.« Monny stieß ihn mit dem Ellenbogen an. Die Zweifel in seinen Gedanken hatten sich offenbar in seinem Gesicht widergespiegelt. »Du wirst zwölf Schwurmänner finden.«

***

»Ich begleite dich«, sagte Iven, als seine Schwester sich einen Umhang um die Schultern legte und nach ihrem Korb griff.

»Das brauchst du nicht. Ich will für morgen nur ein paar Fische holen.«

»Ich komme trotzdem mit.«

»Iven, wirklich.« Sie stemmte die Hände in die Seiten, ihre Augen blitzten dabei jedoch fröhlich.

Er nahm ihr den Korb ab, und gemeinsam verließen sie den Levensenhof, überquerten die Warft ihres Nachbarn Haye Wunksen und näherten sich der neuen Kollegiatskirche, die stolz auf einer kreisrunden Warft in der Mitte Rungholts thronte. Die Kirche war dem heiligen Petrus geweiht, dem Schutzpatron der Händler und Kaufleute, und das einzige aus Stein errichtete Gebäude in den Uhtlanden. Alle Rungholter und auch die Menschen der umliegenden Kirchspiele hatten Geld, Material und Arbeitskraft gespendet, damit die Kirche an der Stelle errichtet werden konnte, an der früher eine hölzerne Kapelle gestanden hatte. Die war einem Brand zum Opfer gefallen, und an ihrer statt sollte eine Kirche errichtet werden, die der Bedeutung Rungholts als Handelsplatz der Uhtlande und seiner gestiegenen Einwohnerzahl angemessen war. Bischof Brun war vor zwei Jahren eigens aus Schleswig gekommen, um die Kirche zu weihen. Iven war der Meinung, Rungholt müsse erst noch in die Bedeutung hineinwachsen, die seine Kirche ihm verlieh. Er argwöhnte jedoch, damit alleine zu stehen.

Die Kirche war so rund wie die Warft, der Turm stand ein paar Ellen daneben und war ganz aus Holz errichtet mit einem kupfernen Kreuz auf der Spitze. Selbst der größte Eiferer – und der Hardespriester Pater Fulbertus war zwar von Gestalt klein, aber das Feuer in seiner Seele brannte heiß – glaubte nicht, dass der Marschboden neben einer steinernen Kirche auch noch einen steinernen Turm tragen könne. Schweren Herzens war der Turm deshalb auf bewährte Art und kaum höher als die Kirche errichtet worden.

Auf einer angrenzenden Warft stand das zweitgrößte Gebäude Rungholts – die Schenke. Davor hatte sich eine Menschenmenge versammelt. Iven und seine Schwester gesellten sich dazu. Selten genug kamen Spielleute oder Gaukler in die Uhtlande, aber die wenigen waren in der Schenke anzutreffen. Iven war groß und konnte über die Köpfe der vor ihm Stehenden hinwegsehen. Vor der Schenke bot nicht etwa ein Sänger seine Kunst dar, sondern Pater Fulbertus stand dort in seiner braunen Kutte, die Haarbüschel spreizten sich nach allen Seiten von seinem Kopf ab, und aus seinen Augen sprühte der gerechte Zorn des Allmächtigen. Iven wollte sich abwenden, aber seine Schwester hielt ihn an der Hand zurück. Laefke reckte den Kopf, um an einer ärmlich gekleideten und nach Fisch riechenden Frau vorbeizusehen. In den Falten ihres Kleides verbarg sich ein Kleinkind – Junge oder Mädchen, unmöglich zu entscheiden; es streckte Iven die Zunge heraus.

Der Priester hatte einen alten Mann aus der Schenke gezogen. Dessen Kleidung bedeckte kaum seinen mageren Leib, und er schaute zu Boden, als könne ihn das vor dem wortgewaltigen Sturm bewahren, der sich auf sein Haupt entlud. Iven kannte den Namen des Mannes nicht, aber er wohnte in einer der Katen auf der anderen Seite des Rungholtsiels. Die Menschen wichen vor ihm zurück, und statt hinter der Fischfrau stand Iven auf einmal neben Silja Westharg. Blonde Zöpfe schauten unter ihrer Haube hervor, an ihrem Arm baumelte ein Korb. Sie warf ihm einen Blick zu und schenkte ihm ein knappes Lächeln. Himmlischer Jesus, ihr Blick ging geradewegs bis zum Grund seiner Seele, und ihr Mund war rot wie eine Rose. Höflich machte er ihr Platz.

»So muss ich also dem Propst melden, dass die Männer der Edomsharde nicht willens sind, ein paar Pfennige für ein gottgefälliges Werk zu spenden.«

Die Leute murrten.

»Die Arbeiten an den Chorherrenhäusern gehen nicht voran«, rief Pater Fulbertus mit hoher Stimme, die keine Gnade zu kennen schien. »Zu einer Kollegiatkirche gehört ein Kollegiat aus Chorherren, und diese brauchen angemessene Häuser zum Wohnen. Soll es heißen, die Edomsharde sei geizig, weil ihre Männer ihr Geld lieber in die Schenke tragen, statt ihre Taschen zu öffnen, um ihre Frommheit zu beweisen? Hat der Bischof die Kirche umsonst geweiht? Soll sie sich nicht über die anderen Kirchen der Uhtlande erheben?«

»Die Chorherren wohnen in der Harde«, rief jemand hinter Iven.

»Sie hausen in der Harde«, erwiderte Pater Fulbertus zungenfertig. »Für zwölf Chorherren werden sechs Häuser benötigt, damit zwei von ihnen eines bewohnen. Die Kirche steht zwei Jahre, und es sind gerade einmal zwei Häuser fertig. Statt dass zwei Chorherren in den Häusern wohnen, hausen sie dort zu viert. Und sie sind noch besser dran als die anderen armen Männer, die sich mit einer Kate auf dem Sibinghhof ohne jede Bequemlichkeit zufriedengeben müssen.« Pater Fulbertus keuchte, denn es war genauso anstrengend eine flammende Rede zu halten, wie einen schnellen Lauf hinter sich zu bringen.

Der Kätner stand immer noch mit gesenktem Kopf vor dem Pater. Aus der Menge löste sich eine dürre Frau, deren Kleidung in genauso schlechtem Zustand war wie die seinige. Sie packte ihn am Arm und zerrte ihn mit sich fort.

»Recht hat der gute Pater«, schimpfte sie dabei. »Du bist dem Bier viel zu sehr zugetan, statt für deine Familie zu sorgen.«

Ob er etwas darauf erwiderte, hörte Iven nicht mehr. Er warf einen Blick auf Silja, die immer noch neben ihm stand. Sie schaute dem Kätner nach, und in ihrer Miene meinte er, Mitgefühl zu lesen. Sie war also nicht nur schön und klug, sondern hatte auch ein gutes Herz.

»Ich habe dir meine beiden Söhne angeboten. Sie sind stark und können arbeiten«, widersprach das Fischweib, an dessen Rockfalten sich immer noch das Kleinkind klammerte.

»Es werden Maurer gebraucht und Zimmerleute, keine Tagediebe.«

Iven lächelte in sich hinein. Der Hardespriester war bei den Rungholtern nicht beliebt und der Propst aus dem fernen Schleswig noch weniger. Sie hatten für die Kirche bezahlt, Grundstücke, Messen und Altäre gestiftet, die beiden Chorherrenhäuser waren mit ihrem Geld gebaut worden, sie hatten wieder Grundstücke gestiftet, Vieh, mancher war Pächter auf Land geworden, das ihm früher gehört hatte, damit die feinen Herren ihr Auskommen fanden. Für Ave Marias hatten sie gezahlt, die die Chorherren täglich beteten, und irgendwann hatten sie ihre Taschen zugenäht.

Unter zusammengezogenen Brauen hervor musterte Pater Fulbertus die Rungholter. Er erinnerte Iven an einen Habicht, der sich bereitmachte, auf eine Maus herabzustoßen.

»Iven Levensen«, rief der Pater. Er hatte die Arme ausgebreitet, und es sah aus, als wolle er sich mit einem Flügelschlag auf ihn werfen.

»Pater Fulbertus.«

»Ich sehe dich nur sehr selten in der neuen Kirche.«

»Ich besuche jeden Sonntag die Heilige Messe«, antwortete Iven höflich, nickte dem Priester grüßend zu und wollte sich davonmachen.

»Welchem Heiligen fühlst du dich besonders verbunden?«

»Wenn Ihr erlaubt, Priester, auf mich wartet Arbeit.« Er wollte zum zweiten Mal an Pater Fulbertus vorbeigehen, aber der hielt ihn auf. Sein Gesichtsausdruck war lauernd geworden. Iven machte sich auf eine Standpauke gefasst, ähnlich der, die der arme Kätner zu hören bekommen hatte.

»Du hast meine Frage nicht beantwortet.«

Die sich zerstreuende Menge rückte wieder enger zusammen. Niemand wollte sich ein Wort entgehen lassen.

»Ich fühle mich keinem Heiligen besonders verbunden. Alle sind mir gleich lieb.«

»Ich weiß, wie du bist, Iven Levensen, du fühlst dich der Mutter Kirche, dem Heiland und der Jungfrau nicht verbunden.« Der Habicht hatte die Maus gefangen. »Deine Großmutter war eine Hexe, sie hat deinen Geist vergiftet.«

»Ich bin getauft wie alle anderen auch, die hier stehen, und ich besuche die Messe und gehe zur Beichte wie alle anderen auch. Ihr kanntet meine Großmutter nicht. Wie könnt Ihr behaupten, sie sei eine Hexe gewesen? Es hat nie eine Anschuldigung und eine Untersuchung durch die Kirche gegeben.« Der Ärger hatte Iven die Worte eingegeben. Zufrieden sah er, wie der Priester rot anlief.

»Die Taufe allein reicht nicht, um deine Hingabe an die Kirche zu beweisen. Ich gebe dir Gelegenheit dazu. Es werden mehr Arbeiter für den Bau der Chorherrenhäuser benötigt.«

»Ich bin nur ein Mann, Bauer, kein Maurer oder Zimmermann, auf der Baustelle nütze ich dir nicht. Die beiden Söhne dieser guten Fischersfrau habt Ihr vor ein paar Augenblicken abgelehnt, und ich soll auf dem Bau helfen? Diese ganze Aufregung scheint für Euch zu viel zu sein.«

Er hatte dem Priester die Chance gegeben, diesen Hohn zu beenden und nach Hause zu gehen, aber der stand weiterhin vor ihm, fest entschlossen, ihn nicht vorbeizulassen. »Geld für die Bezahlung zusätzlicher Maurer nützt dem Bau. Pfennige für …« Der Priester legte den Kopf schief und überlegte einen Augenblick: »… eine lübsche Mark und dir werden alle Sünden erlassen.«

Die Zuschauer hielten den Atem an. Pfennige für eine lübsche Mark war eine ungeheure Summe; 466 Pfennige entsprachen dem Gewicht einer lübschen Mark. Manch Kätner oder Kätnerin hatte noch nie im Leben eine Münze besessen, ihnen musste es vorkommen, als könnte man dafür ganz Rungholt kaufen.

»Die Taschen der Kirche sind in eine Richtung immer offen und in die andere immer zu«, hörte er hinter sich jemand so laut flüstern, dass es nicht zu überhören war.

Pater Fulbertus hatte es auch gehört und suchte mit blitzenden Augen die Menge ab. Als er den Flüsterer nicht entdeckte, wandte er sich umso eifriger wieder Iven zu. »Nun, junger Mann?«

»Ich habe keine Mark in Pfennigen, und ich bin mir sicher, Gott legt mehr Wert auf Buße im Herzen als auf Geldgeschenke.«

Diese Antwort brachte den Hardespriester aus dem Tritt, und Iven gelang es endlich, an ihm vorbeizugehen. Dieses Mal war die Maus dem Habicht entkommen.

»Du wirst auf ewig im Fegefeuer schmoren. Der Teufel wird dir Finger- und Zehennägel mit glühenden Zangen herausreißen. Er wird einen Dorn durch deine verleumderische Zunge treiben und dir eine Feuerkrone schmieden, wie unser

Herr auf seinem letzten Gang eine aus Dornen tragen musste. Der Propst wird hiervon erfahren.«

Das war eine leere Drohung, wusste Iven. Bedeutete es doch, dass der Priester an den Propst im fernen Schleswig schreiben und selbst Rede und Antwort stehen musste. Für jemanden, der mit dem Mund groß, aber mit der Feder schwach war, bedeutete das viel zu viel zusätzliche Pein. Pater Fulbertus drehte sich schwungvoll um und stapfte in Richtung Kirche davon. Er bemerkte nicht die obszönen Gesten, die manche hinter seinem Rücken machten.

»Der arme Mann«, sagte Laefke, nachdem sie ihm versichert hatte, wie wacker er sich geschlagen habe, und sie ihren Weg fortsetzten. »Er arbeitet manchmal für Boye und bekommt als Lohn eine Kanne Bier, ein Brot und getrocknete Fische. Das hätte dem Priester jemand sagen müssen.«

Iven hatte ihr nur mit halbem Ohr zugehört, er war in Gedanken mit Silja Westhargs Rosenmund beschäftigt. Die Bewegungen der Menge hatten sie gegeneinandergedrückt, und er hatte sogar einen Moment den Arm um sie legen müssen, um sie zu stützen. Aus ihren Zöpfen hatte sich eine Haarsträhne gelöst und sich neben ihrer Wange geringelt.

»Iven.«

Er wurde aus seinen Gedanken gerissen. »Der Pfaffe war nicht in der Stimmung für vernünftige Worte.«

Laefke winkte ab und ging schneller. Er musste sich beeilen, um mit ihr Schritt zu halten.

Beim Lüttfischerhafen standen die Häuser der Fischer auf zwei Warften. Auf dem Deich vor den Häusern hatten einige Fischerfrauen den Fang ihrer Männer vor sich zum Kauf ausgebreitet. Die Amsel war unter ihnen, hockte auf einem Schemel und schwatzte mit ihrer Nachbarin. Wenn Laefke die Fische von ihr bekam, gab sie sie bestimmt nicht gerne. Auf einmal kam Silja zwischen den Fischerhäusern hervor und steuerte auf die Amsel und ihre Nachbarin zu.

»Ich suche Butt für morgen, um ihn in Buttersoße zu kochen.«

»Butt gibt es nicht, nur Dorsch. Ihr werdet Euch damit zufriedengeben müssen«, beschied die Nachbarin sie grob.

»Genau«, bekräftigte die Amsel.

Iven war empört und verstand, was Silja bei ihrem Treffen auf dem Deich gemeint hatte. Die schöne Jungfer schien sich damit zufriedenzugeben und schaute sich das Angebot der Frauen in deren Fischkästen an. Schließlich zeigte sie auf einen Fisch in der Kiste der Amsel.

»Das ist ein schöner Dorsch. Was wollt Ihr für ihn haben? Ich kann mit Salz oder mit Pfennigen bezahlen.«

»Der Fisch ist nicht zu verkaufen. Den habe ich für jemanden zurückgelegt. Die anderen Dorsche auch.«

»Meine sind auch alle bestellt«, beeilte sich die Nachbarin zu sagen und feixte zahnlos.

Silja schaute auf, und als sie Iven entdeckte, schenkte sie ihm ein hilfloses Lächeln, als wollte sie sagen: Seht her, ich habe nicht übertrieben.

»Geht zurück, wo Ihr hergekommen seid. Wir brauchen in Rungholt keine Fremden, die unseren jungen Männern den Kopf verdrehen.«

»Das ist doch wohl unglaublich«, schimpfte Laefke. »Wenn Harm das wüsste, er würde ihr den Kopf zurechtsetzen. Himmlischer Jesus!« Sie marschierte auf die Amsel zu.

Iven hielt mit ihr Schritt. »Würde er nicht. Sie ist seine Mutter.«

»Dann werde ich es machen.« Mit in die Hüfte gestemmten Händen blieb sie vor den Fischkisten stehen. »Guten Tag, Frau Schwiegermutter. Ich bin gekommen, um meinen Fisch zu holen. Ich brauche heute einen mehr. Ich will zwei Dorsche und ein halbes Dutzend Heringe.« Sie zeigte auf genau die Fische, die die Amsel Silja verweigert hatte.

»Gerade die besten willst du immer«, zeterte die Amsel,

aber sie wickelte die Fische in Grasbüschel ein und reichte sie ihrer Schwiegertochter.

Den Dorsch, den Silja sich ausgesucht hatte, hielt Laefke ihr hin. »Der ist für Euch, Jungfer Silja. Meine Schwiegermutter hat kein Recht, Euch so zu behandeln.« Sie wandte sich wieder der Amsel zu. »Ich werde es Harm sagen, und ihm wird das nicht gefallen. Er ist der Fischer und der Herr im Haus, nicht du.«

»Gar nichts wirst du sagen.«

»Du kannst mich nicht hindern.«

»Bitte keinen Streit. Mein Vater und ich können auch Heringe in weißer Soße essen«, versuchte Silja zu schlichten.

Da lag sie bei Laefke allerdings falsch. »Kommt mit!« Sie zog die junge Frau von den Lüttfischerhäusern fort, bis die Fischerfrauen sie nicht mehr hören konnten.

»Das ist unverschämt«, regte Laefke sich weiter auf. »Hat sie das schon mal gemacht?«

»Noch nie.«

»Sagt es mir. Ich gehe wirklich zu meinem Schwager und rede mit ihm. Sie nimmt sich in letzter Zeit Dinge heraus.«

»Sie hat ihren Sohn verloren, und Ihr habt Euren Mann verloren – oh, das tut mir leid.« Silja sah aus, als hätte sie zu viel gesagt.

»Ganz recht, ich habe meinen Mann verloren, aber ich benehme mich nicht so. Sie war schon immer eine missgünstige Person, und seit sie den ganzen Tag allein zu Hause ist … wird sie einfach unerträglich.«

»Ich danke Euch jedenfalls für den Fisch. Was bekommt Ihr dafür?«

»Nichts.«

»Das kann ich nicht annehmen.«

Zwischen den beiden Frauen entspann sich ein längeres Gespräch darüber, ob Silja nun den Fisch bezahlen musste oder nicht, und da hatte Iven Gelegenheit, die schlanke Form ihres Nackens zu bewundern und die Härchen, die sich dort unter der Haube hervorringelten. Die Frauen waren längst beim Austausch von Rezepten angelangt, und alles endete damit, dass Laefke der schönen Jungfer noch einen Käse in die Hand drückte, den sie selbst hergestellt hatte und eigentlich mit zwei der Heringe einer an Auszehrung leidenden Frau in einer der Katen auf der anderen Seite des Rungholtsiels bringen wollte.

Zum Abschied umarmten sich die beiden Frauen kurz. Silja gab Iven die Hand, und ihm kam es so vor, als zwinkere sie ihm dabei heimlich zu. Er nahm sich vor, wieder einmal nachts auf den Niedamm zu gehen.

Laefke drehte sich zu ihm um. »Geh du ruhig vor. Ich will mir noch im Hafen ansehen, was die flandrische Kogge gebracht hat.«

Iven hatte sich schon halb abgewandt, seufzend drehte er sich wieder zu ihr um.

»Ich finde den Weg vom Lüttfischerhafen zum Seehafen allein.« Sie ging mit übertriebenen Bewegungen vor ihm her, schwenkte ihren Hintern von links nach rechts.

»Dich kann man nicht allein zu einem Flamen gehen lassen. Am Ende schwatzt er dir für all unser Geld etwas auf, das wir nicht brauchen«, sagte er, als er sie eingeholt hatte.

Sie befühlte die Börse, die an ihrem Gürtel hing. »Da ist ungefähr ein halber Pfennig drin. Aber wie ich die Flamen kenne, reicht das aus, das Schiff samt Ladung zu kaufen. Du wirst demnächst zur See fahren, während ich auf dich warte und dir eine ganz neue Garderobe nähe und mir auch. Ich werde ausstaffiert sein wie ein Edelfräulein. Das alles für einen Pfennig. Ist das nicht ein gutes Geschäft?«

Der Flame hatte am Hafen neben den Speichern einen Stand aufgebaut. Ein Hardesknecht lungerte daneben herum und überwachte die Einhaltung der Rechte und dass der Flame keine Waren verkaufte, die er nicht angemeldet und für die er keinen Zoll gezahlt hatte. Vor seinem Tisch standen etliche Frauen. Die meisten trugen grob gewebte graue oder braune Kleider. Sie hatten noch nie in ihrem Leben ein Stück Tuch besessen, das sie nicht selbst hergestellt hatten, und waren nur zum Schauen gekommen und um einmal feinen Stoff unter den Fingerspitzen zu fühlen.

Zwischen den Kätnerinnen entdeckte Iven auch einige Frauen und Töchter von Bonden. Der flämische Händler behandelte die besser gekleideten Frauen mit ausgesuchter Höflichkeit, während sein Gehilfe die Kätnerinnen zurückdrängte, wenn sie allzu dreist die Stoffe befingerten. Laefke mit ihrem fein gewebten Kleid wurde von ihm auch als Kundin eingestuft, und der Gehilfe sorgte dafür, dass sie an den Tisch treten konnte.

Seine Schwester begutachtete die Stoffe. Iven beobachtete sie aus einigen Schritten Entfernung. Laefke war nicht zum Kaufen gekommen, sie hielt es mit der uhtländischen Tradition, alle Stoffe selbst zu weben, und wollte sich nur die Webmuster abschauen. Ins Weben setzte sie großen Ehrgeiz wie in alles, was sie begann.

Endlich hatte seine Schwester genug gesehen und verabschiedete sich von dem Händler, der aber nicht lange Zeit hatte, ihr nachzuschauen, denn die Frau des alten Broder Brodersen hatte sich für ein grünes Tuch entschieden, und das Feilschen um den Preis begann.

Kapitel 2

Iven kniff die Augen zusammen und betrachtete zwei Reiter, die sich aus Rungholt kommend der Levensenwarft näherten. In einem der Reiter erkannte er Ogge Jessen in Samtwams und Beinlingen. An seiner imposanten Erscheinung fehlte nur die Amtskette. Bei dem zweiten Reiter konnte es sich nur um einen seiner Knechte handeln, denn der Mann trug einfache, abgewetzte Kleidung.

Der junge Bonde fragte sich, was ihm einen Besuch des Hardesvogts bescherte. Bine, die neben dem Haus in der Sonne gelegen hatte, sprang auf, als aus einem Holunder ein Vogel aufflog. Nach zwei, drei Sprüngen gab die Hündin die Jagd auf und schlich mit eingekniffenem Schwanz zu Iven zurück. Sie sah verlegen aus, weil sie sich in ihrem gesetzten Alter noch zu so einer jugendlich verwegenen Tat wie der Vogeljagd hatte hinreißen lassen. Lächelnd bückte er sich und kraulte sie hinter den Ohren. Als er sich wieder aufrichtete, hatten Ogge Jessen und sein Knecht beinahe die Warft erreicht. Iven stellte sich aufrecht hin und erwartete seinen Besuch.

Der Hardesvogt war ein schwerer Mann, und das Pferd sah erleichtert aus, als er von dessen Rücken gestiegen war. Der Knecht nahm die Zügel und ging ein paar Schritte zur Seite, ließ die Pferde grasen, während er wartete.

»Herr Iven, ich grüße Euch.«

»Hardesvogt.« Iven überlegte einen Augenblick, ob er den Kopf beugen sollte. Sie waren beide freie Friesen, Bonden, er schaute dem Mann gerade in die Augen. »Was führt Euch auf den Levensenhof?«

»Mein Gewissen.«

Als ob der Hardesvogt eines hatte.

»Ich möchte mein Beileid aussprechen zu dem schweren Verlust, den Ihr und Eure Schwester erlitten habt. Für die Zurückgebliebenen ist es schmerzhaft, aber die Verblichenen haben alle irdische Mühsal hinter sich gelassen und dürfen das Antlitz des Allmächtigen und unseres Herrn Jesus schauen.«

»Ich werde meiner Schwester Eure Worte ausrichten.«

Der Hardesvogt schaute sich um. Er sah nicht aus, als hätte er alles gesagt und wolle sich wieder verabschieden. Iven hatte auch nicht einen Moment geglaubt, er wäre wirklich gekommen, um sein Beileid auszusprechen. Er wappnete sich gegen Ogge Jessens Wünsche.

»Lasst uns ein paar Schritte gehen, Herr Iven.«

Sie umrundeten die Levensenwarft, Bine ging dabei zwischen ihnen. Der Hardesvogt schaute sich interessiert um.

»Es ist bestimmt schwer für Euch und Eure Schwester ganz allein auf dem Hof.«

Iven antwortete vorsichtig: »Wir kommen zurecht. Ich habe Knechte und Mägde und heuere Tagelöhner an, wenn wir die Arbeit nicht schaffen. So hat mein Vater es auch immer gehalten. In Niendamm kümmert sich Maart um die Schafe. Es geht seinen Gang.«

Ogge Jessen schüttelte bedächtig den Kopf. »Es ist und bleibt eine große Aufgabe für so junge Leute wie Ihr und Eure Schwester.«

Er sah dabei aus, als könne er es nicht verantworten, und Iven war auf der Hut. Er und Laefke waren keine Kinder mehr, und seit sie laufen konnten, hatten sie auf dem Hof geholfen. Es gab keine Arbeit, die sie nicht Dutzende Male ausgeführt hatten.

»Sagt frei heraus, was Ihr wollt. Wir sind Uhtländer und keine Hansekaufleute, die vor lauter Winkelzügen vergessen haben, was sie wirklich meinen.«

»Eine sehr treffende Beschreibung.« Ogge Jessen lachte kurz und trocken auf. »Ich fürchte, Euch wird alles zu viel werden, und ich bin deshalb bereit, Euch ein gutes Angebot für den Hof zu machen.«

Iven war nicht überrascht – der Hardesvogt suchte seit längerem einen Besitz in Rungholt. Er hatte mehreren Leuten Angebote gemacht, doch niemand hatte verkaufen wollen.

»Ihr müsst Euch nicht heute entscheiden«, fuhr Ogge Jessen fort. »Besprecht es mit Eurer Schwester, sie hat womöglich eine andere Meinung dazu. Ich bin bereit, einen wirklich guten Preis in Silber zu zahlen. Ihr könnt nach Schleswig oder Flensburg gehen. Vielleicht braucht Laefke noch einmal eine Mitgift.«

Jedes Wort verfestigte Ivens Meinung zu diesem Vorschlag. Er hatte Mühe, freundlich zu bleiben und die arme, alte Bine nicht auf den Mann zu hetzen. »Meine Antwort lautet nein. Die muss ich nicht erst mit Laefke besprechen. Solange es Levensens gibt, werden wir auf dem Levensenhof leben und arbeiten.«

»Das sagt Ihr heute. Solltet Ihr Eure Meinung ändern, kommt auf mich zu. Mir liegt das Wohl aller Menschen der Edomsharde am Herzen.«

Iven war empört und presste die Kiefer so fest aufeinander, dass er Mühe hatte, sie zum Sprechen auseinanderzubringen. »Dazu gibt es nichts weiter zu sagen, Herr Ogge. Ich wünsche Euch einen guten Tag.«

Im Haus berichtete er Laefke von dem Besuch.

»Der Mensch steckt mit den Wogensmannen unter einer Decke. Er ist der Letzte, dem ich den Hof verkaufe.«

»Du bist besessen von dieser Idee. Trotzdem hast du recht daran getan, ihm den Hof nicht zu geben.«

***

»Ich bin Beke von Gröde.«

Iven ließ noch einmal den Holzhammer auf den Zaunpfosten niedersausen. Laefke musste ihn festhalten, und der Ruck des Schlages zitterte durch ihren Leib. Ihre Hände schmerzten noch, als sie und Iven sich zu der Besucherin umdrehten.

Die war eine junge Frau in einem grob gewebten Kleid und einem ebensolchen Umhang. Die Hände hielt sie unter dem Stoff verborgen, und das von blonden Haaren umgebene Gesicht sah spitz aus.

»Ich wollte nicht stören«, sagte sie und schaute dabei an Laefke vorbei zu Iven.

Sie hatte ihrem Bruder dabei geholfen, verfaulte Pfosten des Schweinekobens zu ersetzen. Iven war dabei warm geworden, er hatte sich seines Hemdes entledigt und stand mit nacktem Oberkörper da.

»Ich kann allein weitermachen«, sagte er und nahm den Hammer wieder auf.

Laefke führte das Mädchen ein paar Schritte vom Schweinekoben fort. »Was willst du, dass du eigens den weiten Weg von Gröde kommst?«

Beke knetete ihre Hände unter dem Umhang. Hinter ihnen hatte Iven seine Arbeit wieder aufgenommen, und Beke stellte sich so, dass sie ihn dabei sehen konnte. Mit einem lauten Klang sauste der Hammer auf einen Pfahl nieder.

»Mein Vater ist Frieder Gunnesen, er arbeitet als Salzkocher für Herrn Sibingh von Gröde.« Sie stockte und biss sich auf die Unterlippe.

»Du bist ganz allein von Gröde gekommen?«, fragte Laefke freundlich, um ihr Vertrauen zu gewinnen.

»Nein.« Beke schüttelte den Kopf. »Herr Sibingh hat einen seiner Knechte mit einer Botschaft nach Rungholt geschickt, und er hat mich auf seinem Pferd mitgenommen. Der Mann hat mich bei der Kirche abgesetzt.«

Sie war also heimlich gekommen, verstand Laefke, denn kein Vater ließ seine unverheiratete Tochter mit einem fremden Mann auf einem Pferd reiten. »Von deiner Familie ist niemand bei dir?«, fragte sie dennoch.

»Sie wissen nicht, dass ich hier bin.« Beke senkte die Stimme. »Meine Mutter ist krank, seit dem Winter schon. Auf ihrer Brust sitzt ein Druck wie ein Stein. Nach Mariä Lichtmess begann es. Ich habe ihre Brust mit angewärmtem Rindertalg eingerieben und ihr Lindenblättertee zu trinken gegeben. Was anderes hatte ich nicht. Davon ist es auch besser geworden, bis es im März und April so viel geregnet hat. Da war der Stein auf ihrer Brust wieder da. Ich gebe ihr immer noch Lindentee, auf ganz Gröde gibt es bald keinen mehr. Es hat gar nichts geholfen, das Fleisch schmilzt von ihren Knochen. Ich fürchte den Tag, an dem von ihr nur noch bleiche Knochen übrig sind. Sie braucht Hilfe.«

»Bring deine Mutter ins Rudekloster, dort lebt ein Mönch, der sich mit Krankheiten auskennt. Wenn du fest zu unserem Herrn betest, wird er deiner Mutter helfen.«

Beke schüttelte den Kopf. »Ich kann nicht nach Tönning gehen. Wir haben nichts, was wir dem Kloster stiften können.«

Laefke verstand. Es war immer dasselbe: Die Kirche predigte Barmherzigkeit und Nächstenliebe, sie selbst hielt sich damit vornehm zurück. Sie gab nur warme Worte ohne Gegenleistung, für alles andere wollte sie eine Schenkung, manchmal musste es ein Kloster sein, manchmal reichte ein Huhn oder ein Scheffel Getreide. Es gab auch gute Priester – Ausnahmen hier und da; sie gaben ihr letztes Stück Brot, wenn andere in Not waren, und hungerten selbst.

Sie nickte Beke zu. »Warum bist du auf den Levensenhof gekommen?«

»Wegen Euch, Frau Laefke. Ich weiß von Eurer Großmutter.«

»Sie ist vor Jahren gestorben. Ich kann dir nicht helfen, so gerne ich es täte.«

»Ihr seid wie die gute Frau Eyde. Bitte weigert Euch nicht, meiner Mutter zu helfen.«

Bekes Blick aus klaren, blauen Augen war schwer standzuhalten. Laefke verstand sie nur zu gut: Sie fürchtete um ihre Mutter und klammerte sich an jede kleine Hoffnung, und wenn es die Enkelin einer verstorbenen Heilerin war. »Ich war gerade fünfzehn, als meine Großmutter gestorben ist, sie hatte nicht viel Zeit, mir ihr Wissen zu hinterlassen. Ich weiß auch nichts anderes, als deiner Mutter Lindenblütenaufguss zu geben und ihre Brust mit warmem Rindertalg einzureiben.«

»Es wird helfen, wenn Ihr es macht. Eure Hände sind gesegnet, sagen die einfachen Leute, wenn ihnen kein Hochgestellter zuhört. Bitte kommt nach Gröde.« Beke schien sich an etwas zu erinnern, sie tastete zwischen den Falten ihres Rockes umher und zog einen kleinen Lederbeutel hervor.

Heraus holte sie etwas Kleines, das Laefke erst erkennen konnte, als sie es in ihre Hand fallen ließ: ein daumennagelgroßer Bernstein.

»Das gebe ich Euch.«

»Das kannst du zum Rudekloster tragen. Es ist wertvoll.«

»Das kann ich nicht. Bitte nehmt ihn und helft meiner Mutter. Legt die Hände auf ihre Brust, und sie wird wieder gesund.«

Laefke wollte sich weigern. Was Beke von ihr erbat, stieß sie aus der Gemeinschaft der Gläubigen aus. Aber deren Vertrauen …

»Ich komme mit dir nach Gröde und will für deine Mutter tun, was ich kann. Denke immer daran, ich bin nicht meine Großmutter. Hat der Allmächtige beschlossen, deine Mutter an seine Seite zu rufen, kann niemand etwas dagegen ausrichten.« Sie drehte sich zu ihrem Bruder um. Iven hatte inzwischen alle morschen Pfähle des Schweinekobens ersetzt und war damit beschäftigt, zwischen ihnen ein Geflecht aus Weidenzweigen zu befestigen. Er band das letzte Zaunteil an einen Pfosten.

»Bruder, ich gehe mit Beke nach Gröde.«

»Heute noch?«

»Ich hole nur meinen Umhang und ein paar Kräuter für ihre kranke Mutter.«

Iven verknotete den Strick und sah nicht aus, als hätte er ihr zugehört. Er überraschte sie. »Du kannst heute nicht mehr zu Fuß nach Gröde gehen und wieder zurückkommen. Ich bringe euch mit dem Ewer hin. Die Flut hat vor kurzem eingesetzt, beeilt Euch.« Er griff nach seinem Hemd, das über einem Pfosten hing, und zog es an.

Ivens kleiner Ewer lag zwischen größeren Booten im Hafen von Rungholt. Er löste die Leinen und kletterte als Letzter an Bord. Geschickt ruderte er aus dem Hafen, und als sie das Fahrwasser der Hever erreicht hatten, setzte er das Segel.

Iven ließ den flachen Bug des Ewers auf das Deichvorland von Gröde auflaufen. Er zog ihn so weit an Land, dass er oberhalb des Spülsaums der letzten Flut lag, bevor er erst seiner Schwester, dann Beke die Hand reichte und ihnen über die Bordwand half. Mit fliegenden Röcken rannte Beke sofort los, Laefke hinterher. Iven schaute ihnen nach; er wünschte es der Kranken, dass seine Schwester ihr helfen konnte. Ob er es Laefke auch wünschen sollte, wusste er nicht. Die Leute redeten schon viel zu viel, brachten sie viel zu sehr mit ihrer Großmutter in Verbindung. Er tat es ja selbst – und zu allem Unglück wurde sie Eyde von Tag zu Tag ähnlicher.

Iven schlenderte am Spülsaum entlang, behielt dabei das Boot und die Tide im Auge. Als er weiterging, sah er Beke oben auf dem Deich auftauchen. Sie trug keine Schuhe und hatte die Röcke geschürzt, gerade noch über die Knie reichten sie ihr und ließen kräftige, blasse Waden sehen. Iven betrachtete sie ausgiebig, als sie leichtfüßig den Deich herablief und dann den Spülsaum entlang wie er, nur in die andere Richtung. Die Augen hielt sie dabei fest auf den Boden gerichtet. Er kehrte um und folgte ihr mit großen Schritten.

Fast hatte er sie erreicht, als sie sich bückte, etwas aufhob, es gegen die Sonne betrachtete, ehe sie es fortwarf. Er wusste, wonach sie suchte.

»Kein Glück gehabt?«

»Heute nicht. Gestern zwei große.« Aus einem kleinen an ihrem Gürtel hängenden Beutel fischte sie zwei Bernsteine heraus und hielt sie ihm auf der flachen Hand hin.

Die beiden Steine waren daumennagelgroß, noch unpoliert und unscheinbar, aber wenn man die verwitterte Oberfläche reinigte und sie mit einem Lederlappen glänzend rieb, wären es zwei schöne Exemplare. Eine Zierde für den Kopfschmuck einer Frau, hübsch anzusehen an einer Kette oder auf einem Ring. Auf jeden Fall brachten sie Beke etliche Pfennige ein.

Er gab ihr die beiden Bernsteine zurück. »Mit den beiden hast du deine Aussteuer beisammen.«

»Das habe ich schon lange. Vater will mir nur einfach keinen Mann finden. Mal behauptet er, ich sei zu jung – ich bin siebzehn, da sind andere längst verheiratet und mit dem zweiten Kind schwanger. Manchmal sagt er, ich dürfe heiraten, wenn es meiner Mutter wieder besser geht und die Familie mich nicht mehr braucht. Ich habe noch sechs Geschwister, zwei ältere Brüder, zwei jüngere und zwei jüngere Schwestern. Wir sind viele.« Sie lächelte ihn an.

Iven trat einen halben Schritt zurück. So genau hatte es gar nicht wissen wollen, und sie hatte eben auch nicht gerade glücklich ausgesehen. Er kannte sie nicht, und sie erzählte ihm ihr halbes Leben. Verlegen erwiderte er ihr Lächeln. »Du wirst einen guten Mann finden. Dein Vater kann dich nicht ewig zu Hause behalten – das entspricht nicht den Pflichten eines Weibes.«

»Er kann mich in ein Kloster schicken«, sagte sie düster.

»Dort wirst du eine Braut Christi.«

»Ich möchte keinen Mann im Himmel haben, sondern einen auf der Erde.« Mit großen Augen schaute sie zu ihm auf.

Iven stocherte mit der Schuhspitze im Spülsaum herum. Himmel, warum hatte er sich darauf eingelassen? Ein Gespräch über Ehemänner hatte er nicht im Sinn gehabt. »Kann Laefke deiner Mutter helfen? Sie hat nur wenig von unserer Großmutter gelernt.«

»Die Gabe geht von der Mutter auf die Tochter über oder von der Großmutter auf die Enkelin. Das sagen die alten Frauen auf Gröde. Die wissen es. Eure Schwester hilft meiner Mutter, Herr Iven.« Beke hatte sehr überzeugt gesprochen.

»Das ist Hexenzeug. Wenn dich jemand hört, bekommst du Schwierigkeiten mit dem Priester eurer Harde und meine Schwester mit Pater Fulbertus von Rungholt.«

»Seht Ihr jemanden?« Sie beschrieb einen Halbkreis mit der Hand.

Beke ging mit wiegenden Schritten vor ihm her und suchte wieder nach Bernstein. Der Wind spielte mit ihren blonden unordentlich geflochtenen Zöpfen, ihr Po wippte bei jedem Schritt auf und nieder, und ihre Waden waren schlammbespritzt. Ihr Anblick konnte in einem Mann Gedanken wecken, die den Regeln der Kirche nicht entsprachen. Dennoch reizte sie ihn nicht. Im Rungholter Frauenhaus gab es Mädchen, die ihm besser gefielen und über die kein strenger Papa wachte.

»Hast du schon einmal einen richtig großen Bernstein gefunden?«, fragte er, nur um etwas zu sagen.

»Was ist richtig groß?« Sie bückte sich und grub mit den Fingern etwas aus dem Seetang, betrachtete es und warf es weg.

»Wie ein Hühnerei.«

»Das wäre riesig. So einen habe ich nie gefunden. Das

wäre ein Schatz, von dem Erlös könnte meine Familie wenigstens einen Winter lang leben.«

Iven schob mit der Stiefelspitze Seetang und Muscheln beiseite. Darunter hatte er etwas schimmern sehen. Er hob es auf, hielt es gegen das Licht. Es war so groß wie die Kuppe seines kleinen Fingers. »Was ist mit dem hier?«

Sie drehte sich zu ihm um. »Ihr habt einen gefunden. Sucht Ihr oft?«

»Nie.«

»Ihr habt wirklich Glück.« Sie nahm ihm den Bernstein aus der Hand und betrachtete ihn, dabei kniff sie ein Auge zu. »Gesäubert und poliert ist das ein schönes Stück.« Ein strahlendes Lächeln glitt über ihr Gesicht, als sie ihm den Fund zurückgeben wollte.

»Behalte ihn. Er ist für dich.«

»Das kann ich nicht annehmen. So ein schönes Stück.«

»Ich brauche ihn nicht, und deiner Familie nützt er.«

»Herr Iven … ich … So etwas hat mir noch niemand geschenkt. Ich sage … danke, danke.«

So verlegen, wie sie war und so wie ihre Augen leuchteten, hatte sie in ihrem Leben noch nicht viele Geschenke erhalten.

»Meine Mutter wird wieder gesund, und ich finde einen schönen Bernstein für Eure Schwester.«

»Das wird sie freuen.« Iven schaute sich nach dem Ewer um, und dabei entdeckte er Laefke auf dem Deich. Sie sah aus, als stehe sie schon eine Weile da und beobachtete ihn und Beke.

Er machte sich auf den Rückweg.

»Was ist mit der Frau?«, fragte Iven, nachdem Laefke sich am Bug des Ewers hingekauert und er das Boot vom Ufer abgestoßen hatte.

»Sie ist sehr krank.«

»Ihre Tochter ist davon überzeugt, dass sie wieder gesund wird, wenn du ihr nur in die Augen schaust. Die alten Weiber auf Gröde schwatzen, dass die Gabe von einer Generation an die nächste oder übernächste weitergegeben werde.«

»Das gefällt mir nicht, Bruder. Die Leute sollen nicht so über mich reden.«

»Ich habe es ihr gesagt. Du hättest gar nicht herkommen sollen, das macht ihr Hoffnung.«

»Sie hat so sehr gebeten, ich konnte es ihr nicht abschlagen. Die Familie ist arm und zahlreich. Sie können es sich nicht leisten, die Mutter ins Rudekloster zu bringen.«

»Was hast du ihr gegeben?«

»Warmen Rindertalg auf die Brust und einen Aufguss aus Lindenblüten und außerdem noch einen der Schlüsselblume. Das ist wenig mehr, als Beke ihrer Mutter bisher gegeben hat.«

»Sie will einen Bernstein für dich finden, hat sie gesagt.«

»Habt ihr darüber gesprochen?«

Laefke lächelte, als er auf ihre Frage nicht antwortete. Sie sagte ihm, wie er den Kurs korrigieren solle, auf dem er den Ewer ruderte, bis sie die Schluth erreichten, den großen Priel, der Pellworm von der Edomsharde trennte. Im Priel konnte er die Riemen einziehen und das Segel setzen.

»Was denkst du über sie?« Laefke beobachtete ihn, wie er kraftvoll die Riemen durchzog und sich auch von einem an seiner Nase hängenden Schweißtropfen nicht aus dem Takt bringen ließ.

»Sie ist ein Mädchen.«

»Du gefällst ihr.«

Das war ihm selbst aufgefallen, aber vor seiner Schwester mochte er es nicht zugeben, deshalb schüttelte er den Kopf, während er sich umsah, um den Kurs des Ewers zu kontrollieren. Die Ebbe hatte eingesetzt, und wenn er nicht achtgab, sog sie das kleine Schiff mit sich.

»Es war sogar vom Deich aus zu sehen.«

Iven schaffte es, beim Rudern mit den Schultern zu zucken. Sie hatten den Windschatten von Gröde hinter sich gelassen, und Iven setzte das Gaffelsegel. Der Ewer machte einen Satz, als ihn eine Böe erfasste, und Laefke musste sich an der Bordwand festhalten.

»Beke von Gröde scheint mir ein nettes Mädchen zu sein«, wagte Laefke einen neuen Vorstoß. »Sie hat sechs Geschwister und eine kranke Mutter. Um alle muss sie sich kümmern. Sie weiß ganz bestimmt, was Arbeit heißt und wie ein Haus zu besorgen ist.«

Iven korrigierte die Segelstellung und kreuzte vor dem Wind.

»Du bist vierundzwanzig und hast keine Frau. Vater ist tot, und wenn ich nicht zurückgekommen wäre, lebtest du ganz allein auf dem Levensenhof.«

»Du bist aber da und kümmerst dich um mich.«

»Du brauchst eine Frau und einen Erben, damit das Geschlecht der Levensens nicht ausstirbt.«

»Doch nicht Beke von Gröde.«

»Was findest du unpassend an ihr?«

Er hörte das Lauernde in ihrer Frage. Seit er ein junger Mann geworden war, hatte Iven sich mit Frauengeschichten zurückgehalten. Er hatte wohl manchmal das Frauenhaus in Rungholt aufgesucht, aber nie eine Vorliebe für eine ehrbare Rungholter Tochter gezeigt.

»Ich suche mir selbst eine Frau, und es wird nicht Beke von Gröde sein.«

»Was hast du gegen sie?«

»Sie ist nichts für mich.«

»Du willst ein Mädchen mit einer Stupsnase und einem Rosenmund. Mit Hüften so zierlich, dass du sie mit beiden Händen umfassen kannst, und weichen Händen, die noch nie etwas Schwereres als einen Kamm gehalten haben.«

»So eine gefiele mir«, antwortete Iven im Scherz und fing einen ärgerlichen Blick seiner Schwester ein.

»Was du mit so einer auf dem Levensenhof willst, weiß nicht einmal der Heiland. Und mit solchen Hüften ...«, Laefke deutete etwas an, was kaum breiter war als ihre Hand lang, »... bringt eine Frau niemals ein Kind zur Welt. Beide werden dir sterben.«

»So ein Mädchen findest du in den Uhtlanden nicht. Nicht einmal der alte Broder Brodersen hat so eine Tochter, und er gilt überall als der reichste Bonde.« Jetzt lachte Iven, korrigierte wieder die Segelstellung, und der Ewer änderte seine Richtung. Er kreuzte nun mit dem Wind. »Ich kann mir ein Leben mit Beke an meiner Seite nicht vorstellen. Sie ist nicht die Mutter eines Erben für den Levensenhof.« Er lachte verlegen.

Auf einmal brach er ab. Mit zusammengekniffenen Augen starrte er hinter sich. Laefke folgte seinem Blick.

Das Segel hatte er eingezogen und ruderte den Ewer in die Schluth, den breiten Priel, der sie um die Pellwormharde herum in die Hever und nach Rungholt brachte. In diesem Moment tauchte hinter der Südspitze der Insel Föhr ein Schiff auf. Eine kleine Schnigge, das Rahsegel war gesetzt, die Riemen eingezogen. Iven kannte in den Uhtlanden nur ein Schiff dieses Typs – das der Wogensmannen.

»Die Wogensmannen sind hinter uns, und sie haben uns entdeckt«, sagte er.

»Sie werden uns doch in Ruhe lassen.«

Sie schauten sich beide nach der Schnigge um. Das Schiff machte sich bereit zur Wende, die den Bug in ihre Richtung bringen würde. Gleichzeitig wurde das Segel eingeholt. Das Fahrwasser der Schluth war nicht breit genug, als dass ein Schiff dieser Größe dort segeln – gar kreuzen konnte.

»Da bin ich mir nicht so sicher«, erwiderte Iven grimmig. »Nimm den Backbordriemen und zieh ihn so kräftig durch, wie du kannst.«

»Was hast du vor?«

»Ihnen entkommen.«

Sie saßen jeder auf einer Seite des Ewer und hielten jeder ein Ruder. Zugleich tauchten sie sie ein und zogen sie durch das Wasser. Iven passte sich dem Rhythmus seiner Schwester an. Der Ewer gewann langsam an Fahrt. Die Männer auf der Schnigge schrien auf. Noch war der Abstand groß, aber die Schnigge hatte nun gewendet, die Männer saßen an den Riemen und tauchten sie ins Wasser. Ein Vormann gab den Takt an; Iven hörte seine Rufe über das Wasser schallen. Er und Laefke nahmen den Rhythmus auf. An dem Vorhaben der Wogensmannen konnte kein Zweifel mehr bestehen. Eine mit mehr als zwanzig, wahrscheinlich mehr als dreißig Mann besetzte Schnigge gegen zwei Mann in einem Ewer – feige war ein viel zu mildes Wort dafür.

Iven legte sich weiter mit aller Kraft in die Riemen, schaute über die Schulter, um nicht vom Kurs abzukommen. Zwischendurch riskierte er einen Blick am Mast des Ewer vorbei auf die Verfolger. Ihr Boot schien über das Wasser zu fliegen, dennoch kam die Schnigge unerbittlich näher.

Ihre Rufe drangen zu ihm und ließen keinen Zweifel zu: Die Männer waren auf der Jagd. Dass sie nichts geladen hatten und keine lohnende Beute waren, spielte keine Rolle. Wahrscheinlich hatten die Piraten den ganzen Tag im Windschatten von Föhr gelegen und vergeblich auf Beute gelauert.

Die Piraten johlten, ein Ewer mit zwei Mann an den Riemen konnte ihnen nicht entkommen. Wie Iven hatte auch Laefke die Zähne zusammengebissen und war vor Anstrengung rot im Gesicht.

»Wir schaffen es nicht«, presste sie heraus.

Iven verschwendete keinen Atem für eine Antwort. Er sah nur einen Weg – er musste rudern, rudern – und auf die Ebbe vertrauen. Die Schluth war noch so breit wie auf der Fahrt nach Gröde, führte aber jetzt viel weniger Wasser. An dem lauter werdenden Geschrei hörte er, dass die Verfolger aufholten. Sie glaubten ihre Beute sicher. Er schaute mit zusammengebissenen Zähnen über die Schulter, wenn er auch nur eine Handbreit vom richtigen Weg abkam und steckenblieb, waren sie verloren. Nur noch drei, vier Schiffslängen waren die Wogensmannen hinter ihnen.

Und da sah er es: die rettende Einfahrt in den schmalen Priel, die den Weg von der Schluth in die Hever und nach Rungholt abkürzte. Laefke hielt ihren Riemen über Wasser, er zog seinen weiter durch. Die Planken des Ewer knirschten, aber er legte sich nach rechts. Unendlich langsam – so erschien es ihm – drehte sich der Bug in den schmalen Priel. Der Ewer tanzte auf den Wellen, als er und Laefke die Ruder wieder gleichmäßig durch das Wasser zogen.

Der Bug der Schnigge erschien. Er hörte Geschrei und das Aufklatschen vieler Ruder auf dem Wasser. Die Wogensmannen waren aus dem Takt gekommen, einige schienen der Beute immer noch folgen zu wollen, andere waren besonnener. Mehrfach schlugen Ruder dröhnend gegeneinander.

»Nicht da rein! Nicht da rein!«, brüllte jemand.

Der Priel war viel zu flach für eine Schnigge, selbst wenn die Flut hochstand, lief sie dort auf Grund.

»Er darf uns nicht entkommen«, hörte er deutlich einen Zweiten rufen, und: »Merkt euch sein Gesicht.«

Da hatte er Feinde gewonnen. Verbissen ruderten sie weiter. Iven sah sich nicht noch einmal um und kümmerte sich nicht um den Schweiß, der ihm in die Augen lief. Er ließ in seiner Anstrengung auch nicht nach, als die Rufe leiser wurden und schließlich ganz verstummten.

Der Ewer schoss aus dem Priel in die Hever, und zum ersten Mal gönnten er und seine Schwester sich zwei Ruderschläge Pause. Stumm sahen sie sich an, als Iven wieder beide Ruder übernahm. Er hatte einen ersten Vorgeschmack auf die Männer bekommen, an denen er sich rächen wollte.

Sie passierten das Siel der Pellvormharde bei Südfall, und bald danach kam das große Siel der Edomsharde in Sicht. Es herrschte immer noch Ebbe. Wasser rauschte aus dem Siel in die Hever. Bei Flut wären die Sieltore geschlossen. Außerdem lag dort die Burg der Wogensmannen auf einer großen Warft hinter dem Deich. Die Spitzen des Palisadenzauns und der darüber hinausragende Motte waren zu sehen. Der Deich hatte an dieser Stelle seine Schutzfunktion für die Uhtlande eingebüßt, denn die Wogensmannen hatten ihn auf breiter Front abgegraben, um mit ihren Schiffen bis vor die Burg fahren zu können.

Iven trieb den Ewer vorbei. Von den Verfolgern war weit und breit nichts zu sehen, in Sicherheit waren sie jedoch nicht, die Wogensmannen brauchten bloß den längeren Weg von der Schluth in die Hever zu nehmen, der war auch bei Ebbe breit und tief genug für eine Schnigge. Über die Deichkrone ragte der Turm der Halgeneßer Kapelle, und die Sonnenstrahlen brachen sich in dem Bronzekreuz auf seiner Spitze.

Das Vorland des Halgeneßkooges war breit und lag bei Ebbe trocken. Die Hever war an dieser Stelle schmal; Iven musste auf den Weg achten.

Der Fluss wurde an der Mündung des Rungholtsiels wieder breiter. Der Ewer glitt an den ersten im Hafen liegenden Schiffen vorbei. Hinter einer flandrischen Kogge machte Iven fest und half Laefke von Bord. Das größere Schiff verdeckte seinen kleinen Ewer vollständig.

Die Wache an Bord der Kogge winkte ihnen gutmütig zu.

»Wir sind ihnen entkommen«, sagte er mehr zu sich selbst als zu Laefke. Seine Schwester war wieder zu Atem gekommen, hatte aber die Arme um den Leib geschlungen und sah aus, als hätte sie in den Abgrund der Hölle geblickt. Sein Entschluss stand fest – mehr denn je: Die Wogensmannen mussten aus der Edomsharde, am besten ganz vom Angesicht der Erde verschwinden.

»Habe ich doch richtig gesehen. Iven Levensen und Laefke.«

Er drehte sich um. Sein Cousin Ketel Monnesen stand breitbeinig auf dem Hafendamm, das Hemd am Hals offen.

Ketel war Salzsieder und betrieb auf Halgeneß drei Salzköge für den Rungholter Kaufmann Heinrich Westharg. Sie begrüßten sich mit einem knappen Nicken. Vor Laefke verbeugte sich der junge Mann.

»Was führt dich nach Rungholt? Hast du Salz gebracht?«

»Ein paar Fässer. Was treibt ein junger Bonde um diese Zeit am Hafen, statt auf seiner Warft vor dem Haus zu sitzen und den Sonnenuntergang zu betrachten? Frau Laefke sitzt daneben und spinnt.« Ketel lachte, und die Sonnenstrahlen brachen sich in seinen blauen Augen.

»Heute nicht«, erwiderte Laefke tonlos. »Wir sind nur mit knapper Not dem Schiff der Wogensmannen entkommen. Sie haben uns hinter Hooge aufgelauert. Die Ebbe hat uns gerettet, die Piraten sind mit ihrem Schiff bei Niedrigwasser nicht durch den schmalen Priel gekommen.«

Ketels Grinsen rutschte nach unten, fiel vom Kinn auf den Damm. »Diese Räuber werden immer dreister. Erst Leve und deinen Mann, und danach machen sie sich an euch ran. Es wird Zeit, dass Ogge Jessen eingreift.«

»Ausgerechnet der. Die Edomsharde hat genug Männer, um mit dem Gesindel fertig zu werden, sie müssten nur zu den Waffen greifen.«

Ketel hob die Hände. »Was immer du vorhast, ich bin dabei. Verwandte müssen zusammenhalten. Und bei den Wogensmannen lohnt es sich bestimmt. Deren Burg müsste vollgestopft sein mit kostbaren Waren. Das Gewicht eines Mannes in Gold und Geschmeide. Oder Wein aus aller Herren Länder.«

Das Gesicht seines jungen Verwandten hatte einen gierigen Ausdruck angenommen. Ketel würde ihm nicht wegen der gerechten Sache helfen, sondern weil er dabei etwas zu gewinnen hoffte. Und deshalb mochte Iven ihn nicht.

»Der Wein lebt bei den Wogensmannen nicht lange, da wirst du nur leere Fässer finden«, antwortete Laefke. Sie teilte seine Gefühle über Ketel.

***

Beke hörte ihre beiden älteren Brüder schon vor dem Haus. Sie stritten: wegen eines Mädchens, wer ein Kurzschwert weiter werfen, die abgestochenen Torfsoden schneller drehen konnte, ob einer mehr Bier in seinen Krug schüttete als der andere. Sie fanden immer etwas, um darüber uneins zu sein. Die drei jüngsten Geschwister liefen auf der Warft hintereinander her. Ihre Schwester Inzke, die sich mit dreizehn Jahren gern für erwachsen hielt, stand zwischen ihnen und schrie sie an, endlich mit dem albernen Gerenne aufzuhören. Natürlich kümmerten sich die Kleinen nicht um sie.

»Da kommt Beke«, riefen sie und rannten ihr entgegen. Svein, der Kleinste, hielt sich an ihrem Rock fest, die anderen beiden sprangen jauchzend um sie herum.

Svein begann zu greinen; er wollte auf den Arm genommen werden. Beke tat ihm den Gefallen nicht, er war alt genug, um seine Beine zu nutzen.

»Hast du was gefunden?«, rief die vierjährige Enke. Ihr ein Jahr älterer Bruder Arfast wiederholte die Frage sofort: »Hast du was gefunden?«

»Nein!«, schrie Beke gegen diesen Chor an. Den Stein, den Iven ihr geschenkt hatte, verschwieg sie. Er gehörte ihr allein.

Im Haus stritten die beiden älteren Brüder immer noch, und der Grund war offenbar ein zerbrochener Kleispaten. Die beiden Teile hatte sie neben der Haustür an der Wand lehnen sehen. Ihr Vater Frieder saß am Tisch, seine großen rauen, vom Kochen der Salzasche mit einem schwärzlichen Faltenmuster überzogenen Hände lagen auf der Platte; es war nicht zu erkennen, ob er dem Streit lauschte oder seinen eigenen Gedanken nachhing.

Neben dem gemauerten Herd stand die Mutter und rührte in einem großen Topf, in dem ein Brei kochte. Sie war klein, dünn, hatte sich ein wollenes Tuch um die Schultern geschlungen und die strähnigen Haare nachlässig unter einer Haube versteckt. Es war kaum zu glauben, dass diese schmale Frau sieben kräftigen Kindern das Leben geschenkt und noch zwei weitere früh verstorbene geboren und die letzte Pestepidemie überlebt hatte. Das hatte ihre Kräfte aufgezehrt. Beke eilte zu ihr und nahm ihr die Kelle aus der Hand.

»Du sollst dich ausruhen. Frau Laefke hat dir bestimmt nicht erlaubt, das Bett zu verlassen.«

»Einer muss für sie kochen.«

»Das kann ich machen.«

»Du schaffst nicht alles.« Entschlossen nahm die Mutter die Kelle wieder an sich und rührte weiter in dem klumpigen Brei, dabei hustete sie.

Beke seufzte. Ihre Mutter sollte sich ausruhen, am besten ohne die laute Familienhorde, aber das blieb ein ewiger Wunschtraum. Außer ihr und manchmal Inzke dachte niemand daran, der kranken Frau Arbeit abzunehmen. Beke knallte einige Schüsseln auf den Tisch und legte jedem einen Löffel hin.

Aus dem Topf auf dem Herd füllte sie die Schüsseln mit Brei. Sofort zog der Vater die größte zu sich heran. Er untersuchte den Inhalt.

»Ist Fleisch drin?«

»Nein.« Die Stimme der Mutter klang leise und müde. »Ist keines da.«

Die beiden ältesten Söhne nahmen sich die andere große Schüssel; ihr Streit ruhte, während sie die Löffel wie Schaufeln hielten und der Brei in ihren Mündern verschwand. Der Rest der Familie musste sehen, wie er aus den beiden kleinen

Schüsseln satt wurde. Beke achtete darauf, dass ihre Mutter genug zu sich nahm. Die großen Brüder aßen ihre Schüssel in Windeseile leer und verlangten nach mehr.

Bekes Mutter erhob sich und klatschte ihnen einen Nachschlag hin. Die letzte Kelle gab sie ihrem Mann; die kleinen Kinder waren nicht satt geworden, und Beke steckte ihnen heimlich einen Streifen altes Brot zu. Mit diesem Schatz in der Hand rannten sie nach draußen.

»Morgen will ich Fleisch«, verlangte Frieder mit vollem Mund.

»Wir auch.«

Beke hatte eine scharfe Antwort auf der Zunge, aber als sie ihre Mutter ergeben nicken sah, schluckte sie die Worte herunter. Wenn sie Glück hatte, hatten die Brüder morgen ihre Forderung über einem neuen Streit vergessen. Sie sammelte die Schüsseln und die Löffel ein und sorgte dafür, dass die Mutter sich ins Bett legte. Sie stellte einen kleinen Topf Rindertalg auf den noch warmen Herd, brachte in einem Kessel Wasser zum Sieden und streute getrocknete Schlüsselblumen und die letzten Lindenblüten hinein. Danach blieben nur der Rindertalg und Frau Laefkes Hände. Sie glaubte fest an deren Kraft.

Nachdem der Aufguss lange genug gezogen hatte, flößte sie ihrer Mutter einen Becher davon ein und rieb ihr den Talg auf Brust und Rücken. Mehrere Hustenanfälle unterbrachen ihr Tun, und sie musste mit ansehen, wie ihre Mutter Blut in ein Tuch spuckte.

»Du musst dich ausruhen, Mama.«

Beke kniete sich neben das Bett und stopfte eine Decke um den mageren Leib ihrer Mutter. »Bald geht es dir besser. Frau Laefkes Hände werden dich heilen. Du musst fest daran glauben.«

»Ich glaube es.« Selbst die wenigen Worte schienen zu viel für ihre Mutter, ein neuerlicher Hustenanfall schüttelte sie.

»Was flüstert ihr da?« Gunne, der älteste Bruder, blickte auf. Seine Stimme dröhnte.

»Sie reden über Laefke vom Levensenhof. Ich habe ihren Namen genau gehört. Die Hexe war heute hier. Ich habe sie ins Haus gehen sehen und auch, wie sie wieder herausgekommen ist.«

»Was?« Eine Faust donnerte auf den Tisch. »Das hat Vater zugelassen? Beke, was hast du gemacht?«

»Ich will den Namen dieser Hexe nicht hören.«

»Nicht in diesem Haus.«

Beide Stimmen erreichten Orkanstärke. Diesmal schwieg Beke nicht mehr, sie stemmte die Hände in die Hüften.

»Frau Laefke ist gekommen, um Mutter zu helfen. Ja, ich habe sie geholt, statt auf dem Hintern zu sitzen und nach Fleisch zu schreien.«

»Der Allmächtige, Jesus und Maria werden für Mutter sorgen.«

Gunne erhob sich, stemmte auch die Hände in die Hüften. Er überragte Beke um Hauteslänge, war doppelt so breit, und immer wenn er etwas von sich gab, schrie er. War er wütend, wurde es noch schlimmer. »Wenn sie dieses Haus noch einmal betritt, schlage ich sie tot. Sehe ich euch zusammen, schlage ich euch beide tot.«

»Das geschieht der Hexe recht.«

Beide Brüder waren ausnahmsweise einmal einer Meinung. Beke schaute zu ihrem Vater. Von dort war keine Hilfe zu erwarten, er pulte mit den Fingernägeln zwischen den Zähnen. Inzke hatte sich auf einen Schemel zurückgezogen und machte sich möglichst klein.

Von hinten griff die Mutter nach ihrer Hand. »Lass es gut sein. Der Heiland ist für uns gestorben und erlöst uns jetzt.«

Beke beugte sich wieder zu ihr herunter, strich ihr über die schlaffe Wangenhaut.

Kapitel 3

In langen Reihen standen Mistsoden zum Trocknen auf der Warft. Der Mist wurde in einem Bottich gestampft und zu viereckigen Soden geschnitten. Diese wurden in Reihen aufgestellt, damit sie trockneten. Da auf dem Marschland nur wenige Bäume wuchsen, waren die Mistsoden das einzige Brennmaterial der Uhtlande; und je trockener sie waren, desto besser brannten sie. Damit Sonne und Wind sie von allen Seiten erreichten, mussten sie immer wieder gewendet werden. Diese Arbeit erledigte Iven mit dem zweiten Knecht Kalli, während Jan Wasser in großen Mengen erhitzte und schleppte und seine Frau Nedda Wäsche wusch. Sie sang dabei. Laefke stampfte vor dem Haus Butter, und über Neddas Gesang hörte er das rhythmische Geräusch des Stampfers. Die verantwortungsvollste Aufgabe war Bine zugefallen: Sie schnüffelte im Gras nach Käfern und Mäusen, dabei beobachtete sie ihn und Kalli.

Auf einmal sprang Bine auf und rannte zum Bohlenweg, der die Levensenwarft mit der Wunkswarft verband. Sie kläffte heiser. Hoffentlich nicht schon wieder ein Besuch des Hardesvogts, dachte Iven. Dessen würde seine Geduld über Gebühr strapazieren. Er sah von seiner Arbeit auf.

Nicht der Hardesvogt stand der bellenden Bine gegenüber. Im Frühlingswind wehten ein dunkelblauer Rock und die Zipfel eines gleichfarbigen Umschlagtuchs. Blonde Zöpfe schauten unter der Haube hervor. Silja Westharg. Iven ließ eine Mistsode fallen.

»Mach weiter«, befahl er Kalli und rannte davon. Dabei wischte er sich die Hände an seinem alles andere als sauberen Arbeitskittel ab.

Schlitternd kam er vor Silja zum Stehen und packte Bine am Nackenfell. »Aus! Ruhig!«

Das Bellen verstummte.

»Euer Hund bewacht die Warft gut. Ich grüße Euch, Herr Iven.« Ihr Rosenmund schenkte ihm ein Lächeln.

Er wollte ihr die rechte Hand reichen, aber die sah immer noch nach der Arbeit aus, die er zuletzt mit ihr verrichtet hatte. Verlegen verbarg er sie hinter seinem Rücken. »Bine hält beisammen, was ihr anvertraut ist. In ihrer Jugend hat sie meine Schafe gehütet. Was führt Euch auf den Levensenhof, Jungfer Silja?«

»Ich möchte etwas besprechen mit Euch und Eurer Schwester.«

»Habt Ihr wieder Schwierigkeiten am Lüttfischerhafen gehabt?«

»Nie wieder. Die Fischerfrauen sind ausgesprochen freundlich zu mir, sie verlangen kaum noch zu hohe Preise für ihre Fische.«

»Lasst uns ins Haus gehen und einen Becher Würzbier trinken, statt im Wind zu stehen.« Es hätte sich gehört, ihr den Arm zu bieten. Er sah davon ab.

Laefke hatte sie gesehen, denn beim Haus angekommen, stand sie in der Tür. Sie hatte sich die Hände gewaschen und eine saubere Schürze umgebunden. Für ihn stand sogar eine Waschschüssel auf der Bank vor dem Haus. Iven zog sich rasch den schmutzigen Kittel über den Kopf. Er legte ihn auf die Bank und wusch sich die Hände. Danach konnte er der Kaufmannstochter endlich unbefangen gegenübertreten. Er bot ihr den besten Platz in der Döns an: Leves gepolsterten Stuhl. Als Hausherrn stand der Platz ihm zu, aber bisher hatte er noch kein einziges Mal darauf gesessen. Silja setzte sich auch nicht dorthin, sondern nahm mit einem Platz auf der Bank beim Herd vorlieb und akzeptierte einen Becher Würzbier.

»Ich bin wegen Eures vorzüglichen Käses gekommen.« Siljas blaue Augen strahlten, und sie nippte am Würzbier. »Mehr als einen kleinen Happen habe ich davon nicht abbekommen, aber der hat mir sehr gemundet. Bei meinem Vater war ein Kaufmann aus den Dreilanden mit seinem Knecht zu Besuch. Ich habe Brot und den Käse auf den Tisch gestellt, natürlich auch Braten, eingelegte Gurken und gekochte Erbsen. Nach dem Mahl war von allem noch da, nur der Käse war aufgegessen. Der Kaufmann hat mich beiseite genommen und mich gefragt, ob ich diesen Käse selbst mache. Ich musste das verneinen.«

»Es freut mich, wenn Euch und Eurem Besuch mein Käse geschmeckt hat. Das Rezept stammt von meiner Großmutter, und sie hatte es von ihrer Mutter.« Ein Lächeln erhellte Laefkes Gesicht, glättete für einen Augenblick ihre Stirn.

»Er hat mich gefragt, ob ich mehr von diesem Käse besorgen kann, er würde ihn mir abkaufen. Die Frage gebe ich an Euch weiter. Wie viele Käselaibe stellt Ihr in der Woche her?«

»Eine Handvoll etwa. Sie müssen einen Monat auf dem Dachboden reifen. Ich kenne auch noch andere Rezepte.«

»Was macht Ihr mit dem ganzen Käse?«

»Wir essen ihn.« Laefke hörte sich an, als ob ihr die Frage seltsam vorkam. Was sollte man sonst mit Käse machen? »Manchmal gebe ich den Kätnern einen. Auf dem Brodersenhof schätzt man ihn, und den Chorherren schmeckt er auch. Sie kaufen mir hin und wieder etwas ab. Es bleibt nie einer übrig.«

»Darf ich Euch ein Geschäft vorschlagen, Frau Laefke? Ihr verkauft mir Euren ganzen Käse, und ich finde weitere Abnehmer. Die Handelsherren aus den Hansestädten machen auch nichts anderes. Der Kaufmann aus den Dreilanden wird mein erster Kunde, und ich finde sicher noch andere Leute, die Euren Käse wollen. Ich kann meinem Onkel in Kiel eine

Botschaft senden und einen Käse mitschicken. Er ist auch Kaufmann und einem guten Geschäft gegenüber stets aufgeschlossen. Seid Ihr dabei?«

Iven und seine Schwester sahen sich an. Silja war die Tochter eines Kaufmannes und dachte wie eine, so viel war einmal klar. Laefke stand auf und holte die Bierkanne, schenkte ihnen allen noch einmal ein, danach räusperte sie sich.

»Was sagt Euer Vater dazu?«

»Es wird allein mein Geschäft. Ich verwende mein eigenes Geld dafür. Mein Vater hat damit nichts zu tun. Er verbietet es mir aber auch nicht.«

Iven hatte inzwischen nachgerechnet und runzelte die Stirn. »Ich habe acht Milchkühe im Stall stehen, davon laufen zwei mit Kälbern. Deren Milch fällt also weg, übrig bleiben sechs. Wir haben nur die Milch, die sie geben, und können auch nicht mehr Käse herstellen, als Laefke es im Moment tut. Wie wollt Ihr das Geschäft in Gang bringen, Jungfer Silja?«

»Das habe ich mir alles überlegt«, sagte sie eifrig. »Wir fangen klein an. Ein Käselaib ist ziemlich groß, aber der Käse soll etwas Besonderes sein. Die Laibe können ruhig kleiner sein. Dann solltet Ihr in der Woche ein oder zwei verkaufen können, Herr Iven. Später, wenn alles gut angelaufen ist, kauft Ihr ein oder zwei weitere Kühe oder Milch von anderen Bonden.«

»Ich stelle die ganze Warft mit Kühen zu und weiß dann nicht, wie ich sie über den Winter bringen soll. Im Winter stehen die Kühe im Stall und wollen gefüttert werden. Es nützt mir nichts, mit ihnen Geld zu verdienen, wenn ich es wieder ausgeben muss, um sie zu füttern.«

»Daran habe ich nicht gedacht.« Silja sah zerknirscht aus.

Das machte sie in Ivens Augen noch schöner. Sie verstand wohl etwas vom Kaufmannsdasein, aber nichts von der Führung eines Bauernhauses. Die Unterlippe hatte sie leicht vorgeschoben. Die könnte man ... Iven holte tief Luft. »Ich will damit nicht sagen, dass es gar nicht geht. Ich kann nur nicht gleich neue Kühe anschaffen. Jungfer Silja, Ihr und Laefke müsst mit dem auskommen, was wir haben. Meinen Segen habt Ihr.«

Zwei strahlende Gesichter wandten sich ihm zu. Ihm kam es vor, als wäre es im Haus heller geworden.

»Ich bin auch dafür«, bekräftigte Laefke. »Nie hätte ich gedacht, dass Großmutter Eydes Käse einmal außerhalb Rungholts gegessen werden wird. Das hätte sie stolz gemacht.«

Seine Schwester kletterte auf den Dachboden und kam mit drei Käselaiben zurück. »Mehr habe ich im Moment nicht. Nehmt sie und verkauft sie.«

»Was bezahlen Euch die Chorherren für einen Laib?«

»Einen halben Pfennig.«

»Eure Preise sind günstig, Frau Laefke. Ich gebe Euch auch einen halben Pfennig, auch wenn die Laibe kleiner geworden sind.« Silja kräuselte die Nase. »Ich würde jede Woche kommen und den Käse holen.«

Iven und seine Schwester erklärten sich damit einverstanden. Silja stellte ihren Becher auf die Bank neben sich und stand auf. Iven erhob sich ebenfalls und begleitete sie nach draußen.

Dort hatte der Knecht Kalli alle Mistsoden umgedreht. Er stand inzwischen auf der Süderfenne und striegelte eine der beiden Zuchtstuten des Levensenhofes. Sie hatte vor wenigen Tagen ihr Fohlen auf die Welt gebracht, das ungelenk um sie herumstakste und sich immer zwischen Kalli und seine Mutter drängen wollte. Geduldig schob er das Kleine immer wieder beiseite. Die andere Stute stand mit einem tonnenschweren Bauch daneben und döste. Ihr Fell glänzte in der Nachmittagssonne. Als drittes Pferd stand die Graue auf der Fenne, die manchmal vor einen Wagen gespannt oder zum Reiten genommen wurde. Hauptsächlich diente sie dazu, den Reichtum des Levensenhofes zu zeigen. Silja blieb stehen und sah zu den Pferden hinüber.

»Das sind schöne Tiere. Wie ihr Fell glänzt. Die Eine bekommt wohl bald ihr Fohlen?«

»Es kann jeden Tag so weit sein.«

»Auf dem Festland hält kaum ein Bauer Pferde. Ihr habt gleich drei, und auch die anderen Bonden Rungholts halten sie«, wunderte sich Silja.

»Das ist der Unterschied zwischen den Uhtlanden und dem Festland. Unser Boden ist fruchtbar, und wir züchten die Pferde für den Adel, die Kirchenherren. Sie sind begehrt wie Laefkes Käse.«

»Ich freue mich, dass Ihr bei meiner Idee mitmacht. Mehrere Tage habe ich mir alles überlegt, auch wie ich Euch und Eure Schwester am besten überreden kann.«

»Dazu braucht es nicht viel.« Iven fühlte, wie ihm das Blut ins Gesicht schoss. Siljas Augen strahlten wie Sterne.

»Ach, gütige Jungfrau, beinahe hätte ich etwas vergessen. Ich bin nicht nur wegen des Käses gekommen, sondern brauche auch noch ein Dutzend Eier. Könnt Ihr mir welche verkaufen? Sonst frage ich auf dem Brodersenhof.«

»Untersteht Euch. Ich gebe Euch die Eier.« Er eilte davon, um sie zu holen, bettete sie in einen Korb auf Stroh und brachte sie ihr. Als Bezahlung akzeptierte er eine kleine Dose Salz.

»Ich freue mich auf unser Geschäft«, sagte Iven zum Abschied.

***

Broder Brodersen der Junge stand auf einmal vor ihm und grinste. Über der Schulter trug er einen Sack, der mit einer Kordel zugebunden war. Die losen Enden drehte der Schwachsinnige unablässig zwischen den Fingern. Bine kannte ihn und hatte deshalb nicht gebellt, sie stieß ihm zur Begrüßung die Schnauze in die Kniekehlen.

Iven war gerade auf dem Weg zu Pater Fulbertus. Seit Laefke wieder auf dem Hof wohnte, bestand sie darauf, dass er einmal in der Woche zur Beichte ging. Er berichtete dem Priester, wann er geflucht hatte, seinem Nachbarn Aussatz an den Hals gewünscht oder in Boye Harksens Schenke gewürfelt hatte. Er betete danach die verordneten Vaterunser und fühlte sich hinterher nicht anders als vorher. Seine Gedanken über Silja Westharg behielt er für sich.

Genau wie sein Vater sah Iven keinen Sinn darin, es mit dem Beichten allzu genau zu nehmen, deshalb war er froh über Broders Auftauchen. Obwohl er die Angewohnheit des Schwachsinnigen, wie aus dem Boden gewachsen vor einem zu stehen, verstörend fand. Iven setzte ein Lächeln auf, die Miene des anderen veränderte sich nicht, und er schaute ihn an, ohne zu blinzeln.

»Broder, wolltest du zu mir auf den Hof kommen?«

Es dauerte eine Weile bis zur Antwort. »Frau Laefke.«

»Frau Laefke ist auch da. Sie macht Käse.«

»Frau Laefke.« Broders Grinsen verwandelte sich in ein Strahlen. Seine Finger spielten nicht länger mit der Kordel, sondern trommelten auf den Sack. »Frau Laefke.«

»Du hast in dem Sack etwas für meine Schwester?«, riet Iven.

»Ja, ja. Frau Laefke.«

»Sie freut sich bestimmt. Ich bringe dich zu ihr, dann gibst du ihr dein Geschenk.«

»Ja, ja.«

Broder ging langsam und schaute dabei auf seine Füße. Er sah aus wie jemand, der tief in Gedanken versunken war, oder wie jemand, der überlegen musste, welcher Fuß zu setzen war. Iven ging neben ihm und musste sogar dafür sorgen, dass er nicht vom Weg abkam.

»Freund«, sagte Iven laut, deutlich und langsam. »Wir sind doch Freunde, Broder.«

»Freund«, wiederholte der Schwachsinnige gehorsam.

»Freunde stehen füreinander ein. Das weißt du doch. Sie helfen sich.«

»Freund.« Es klang, als hätte Broder gerade ein neues Wort gelernt und probiere nun dessen Klang aus.

»Freunde helfen sich. Verstehst du das?« In Ivens Stimme schwang die Verzweiflung mit, die sich langsam in ihm ausbreitete. Hatte Monny recht gehabt? »Und ich brauche deine Hilfe.«

Broder blieb stehen, sah von seinen Füßen auf und grinste. »Freunde helfen. Ja.«

Ob er es wirklich verstanden hatte? Wer konnte schon die Gedanken eines Idioten verstehen? Iven ahnte jedoch, dass Broders Antworten nicht klarer werden würden, je länger er auf ihn einredete. »Ich will gegen die Wogensmannen kämpfen. Dabei brauche ich dich – meinen Freund. Sie haben meinen Vater erschlagen, das weißt du doch?«

Broder nickte.

»Ich will Genugtuung für den Tod meines Vaters. Deshalb werde ich die Wogensmannen vor dem Hardesgericht anklagen. Du weißt, was das Hardesgericht ist?«

Broder nickte.

»Du musst mir vor Gericht mit deinem Eid helfen. Ich brauche zwölf ehrliche und achtbare Männer aus den Uhtlanden, die für mich schwören. Einer dieser Männer sollst du sein. Du weißt, was ein Eid ist?«

Broder nickte – diesmal so eifrig, dass seine Haare flogen. »Broder weiß. Eid schwören. Wogensmannen weg. Pfft. Ganz einfach.«

»Ganz einfach. Du darfst es nicht wieder vergessen. Ich bin dein Freund, und ich brauche deinen Eid.«

»Nicht vergessen.«

»Ich bringe dich jetzt zu Frau Laefke.«

»Frau Laefke.« Seine Augen strahlten.

»Was habe ich eben zu dir gesagt?«

»Frau Laefke.« Broder tanzte von einem Fuß auf den anderen.

Wahrscheinlich hatte er längst vergessen, was Iven ihm gerade mühevoll beigebracht hatte. Er musste Monny recht geben: Mit Broder war es hoffnungslos, und er suchte sich besser einen anderen Schwurmann.

Laefke kam ihnen mit einem Ferkel auf dem Arm entgegen. Über dessen Hinterlauf zog sich eine blutige Wunde. Das kleine Tierkind lag auf ihren Händen, selbst das Ringelschwänzchen hing schlaff herunter. Interessiert schnüffelte Bine nach dem kleinen Wesen, und sie wäre wohl auch an Laefke hochgesprungen, wenn ihr scharfes »Aus!« sie nicht zurückgehalten hätte.

»Seine Mutter hat es gebissen«, sagte Laefke empört.

»Broder ist gekommen und hat dir ein Geschenk mitgebracht. So habe ich ihn jedenfalls verstanden«, erwiderte Iven. Er nahm ihr das Ferkel ab. Es war erst wenige Tage alt, und durch seine Haut konnte er jede Rippe fühlen.

»Ja, ja. Geschenk, Frau Laefke.« Broder ließ den Sack los, der zu Boden fiel.

Iven blieb neben den beiden stehen und dachte daran, dass Broder früher oft zu Großmutter Eyde gekommen war und ihr Geschenke gebracht hatte – was in seinem einfältigen Geist Geschenke waren: Es konnte ein Kranz aus Kleeblüten sein, ein getrockneter Kuhfladen oder ein noch zuckendes Rinderherz.

»Gib mir dein Geschenk, Broder.«

Er bemerkte erst jetzt, dass er den Sack fallen gelassen hatte. Grinsend hob er ihn auf und brauchte eine Weile, bis er den Knoten in der Kordel gelöst hatte. Dabei murmelte er in einem fortwährenden Singsang »Geschenk, Geschenk« vor sich hin. Zum Vorschein kam nichts Abscheuliches, sondern ein frisches, weißes Brot. Er hielt es Laefke auf beiden Handflächen hin und sah dabei aus wie ein Gesandter auf fernen Ländern, der ein Geschenk seines Fürsten überreichte.

»Geschenk«, sagte er dabei.

Laefke nahm die Gabe so ernst entgegen, als wäre sie eine hochgestellte Dame. »Ich danke dir, Broder, Sohn des Broder aus Rungholt in der Edomsharde. Ich werde dein Geschenk in Ehren halten.«

»Frau Laefke. Geschenk, Geschenk«, sagte Broder fordernd.

»Soll ich ihm ein Geschenk geben?«

Iven zuckte mit den Schultern, Großmutter Eyde hatte dem Idioten auch manchmal etwas gegeben, und er war damit umhergehüpft, als hätte sie ihm eine Königskrone überreicht. Seine Schwester klemmte sich das Brot unter den linken Arm und begann, das Lederband am Ende eines ihrer beiden Zöpfe aufzuknoten.

»Broder Geschenk, Frau Laefke.«

Als sie ihm das Band hinhielt, schüttelte er den Kopf, griff stattdessen nach ihrer Hand und zog daran.

»Du sollst mit ihm gehen. Früher ist er hin und wieder mit Großmutter irgendwo hingegangen. Sie wollte nie etwas darüber verraten. In seinen Gedanken nimmst du anscheinend jetzt ihren Platz ein. Geh nur mit ihm.«

Da hatte Laefke ja einen schönen Verehrer gefunden. Nur mit Mühe konnte Iven ein Grinsen unterdrücken. Gleich darauf verging es ihm sowieso, denn sie drückte ihm zu dem Ferkel auch noch das Brot in die Hand. Beides zu halten war nicht einfach, zumal der Geruch des frischen Backwerks das Tierchen munterer werden ließ. Sie ging mit Broder weg, und er beeilte sich, alles ins Haus zu tragen. Bine begleitete sie.

Das Brot legte er ins Regal über dem Herd neben das andere, von dem sie gerade aßen. Danach schlug er auf der Tenne dem Ferkel mit einem Holzpflock zwischen die Augen. Er brauchte zwei Schläge, bis es seinen letzten Atemzug tat. Das Tierchen war zu schwach gewesen, um durchzukommen. Wenn es von seiner eigenen Mutter weggebissen wurde, gab es für so ein kleines Wesen keine Überlebenschance. Ein schneller Tod war das Beste, was er ihm bieten konnte, sonst würde es totgebissen und von der Mutter angefressen werden. So konnten er und Laefke das wenige Fleisch essen. Und die Beichte blieb ihm auch erspart, denn er dachte gar nicht daran, noch hinzugehen.

Broder führte sie am Hof seines Vaters vorbei zum Rungholtwald. Sie gingen hintereinander und redeten nicht. Bine lief vor ihnen, die Nase am Boden, hin und wieder schaute sie sich um.

»Herr Broder«, rief Laefke. Der Wind verwehte ihre Worte, eine Antwort erhielt sie nicht.

Vor ihnen erhob sich der Wald von Rungholt. Hasel, Birken und Eschen, dazwischen die eine oder andere Buche. Die zartgrünen Frühlingsblätter rauschten im Wind. Der Einfältige sprang unter die ersten Bäume und verließ sofort den Weg; er kam ihr vor wie Bine, wenn sie die Spur einer Ratte aufgenommen hatte.

»Broder«, schrie sie diesmal so laut sie konnte.

Wie Bine blieb er stehen und schaute sich zu ihr um. Er winkte ihr.

»Wohin bringst du mich?«

»Ich habe etwas gefunden. Es ist für Euch.«

Was konnte er ihr im Wald zeigen wollen? Seltsame Vogelfedern oder eine frühe Blume, vielleicht einen seltsam gemusterten Stein. Jedenfalls musste es sich an einem Ort befinden, an den er sich genau erinnerte, denn er ging zielstrebig tiefer in den Wald hinein. Laefke folgte ihm zu einer kleinen Lichtung und sah auf den ersten Blick, was er ihr zeigen wollte.

Ein Ring weißer Pilze wuchs dort, obwohl es nicht die Jahreszeit für Pilze war. Hexenring wurde so etwas genannt. Broder stand stolz daneben. Laefke war nicht erfreut, sondern erschrocken. Wie kam der Schwachsinnige dazu, ihr so etwas zu zeigen? Was redeten die Rungholter über sie, dass sogar er glaubte, sie sei wie ihre Großmutter? Sie blieb in sicherer Entfernung von dem Pilzkreis stehen, wusste nicht, was sie sagen sollte. Mit ihren feinen Sinnen spürte Bine, dass etwas nicht stimmte, sie stellte sich mit gesträubtem Nackenfell neben sie.

Laefke kniete sich hin, kraulte sie unter dem Kinn. »Schon gut, altes Mädchen. Du musst mich nicht vor Broder beschützen.«

Der lachte sie an. »Gut.«

»Nein, gar nicht gut.« Sie schüttelte entschieden den Kopf. »Wir sollten nicht hier sein. Diese Pilze sind verflucht.«

»Sie sind schön. Ein Zeichen.«

»Nein, Broder. Wir gehen zurück.« Sie hatte so viel Strenge in ihre Stimme gelegt, wie sie aufbringen konnte. Gerade als sie sich umdrehen wollte, schrie jemand: »Was soll der Schweinkram?«

Auf der Lichtung tauchte eine kräftige Gestalt auf, dahinter noch zwei weitere, sie sahen aus wie Knechte, in den Händen hielt der eine eine Axt und der andere ein langes Messer. Bellend stellte Bine sich den Männern entgegen. An der Stimme hatte Laefke den Bonden und Hardesrat Broder Brodersen erkannt, den Vater des einfältigen jungen Mannes, der immer noch lachte, als hätte er ihr etwas ganz Besonderes gezeigt.

»Bine zurück!«, rief sie, und ihre Stimme klang schrill. Sie hatte Sorge, einer der beiden Knechte könnte dem Hund etwas antun. Sie musste ein zweites Mal rufen, ehe die Hündin gehorchte und an ihre Seite kam.

Der alte Broder Brodersen schüttelte sich, wischte sich mit der Rechten über das Gesicht. Seine beiden Begleiter hielten sich im Hintergrund. Laefke stand ganz still.

»Broder!«, schrie der Bonde. »Du kommst sofort her. Ich dulde dein Treiben nicht. Zu einem guten Christen habe ich dich erzogen.« Er wandte sich ihr zu: »Frau Laefke natürlich. Bei Hexendingen seid Ihr nie weit. Euch hätte ich mehr Verstand zugetraut, als meinen geistlosen Sohn in Euren Dreck hineinzuziehen.«

»Täte.«

Broder packte seinen Sohn am Arm. »Komm endlich!«

Die beiden Knechte stellten sich breitbeinig neben ihren Herrn und hielten die Waffen erwartungsvoll erhoben. Es brauchte nur eines Winkes, und sie würden sich auf sie stürzen. Laefke sah die Angriffslust in ihren Augen. Was hatte der Bonde ihnen nur erzählt?

»Nein.«

Der junge Broder Brodersen war kräftig, aber nichts im Vergleich zu seinem Vater, und der lebenslang anerzogene Respekt verhinderte, dass er sich mit aller Kraft gegen ihn wehrte. Broder zog seinen Sohn mit sich fort. Die Knechte schlossen sich an. Bevor alle im Wald verschwanden, drehte sich einer um und spuckte aus.

»Suche dir ein anderes Buhlweib, wenn es unbedingt sein muss«, hörte sie den Bonden schimpfen.

Sie wartete, die Hände in Bines Fell vergraben, bis von den Brodersens nichts mehr zu sehen war, bevor sie sich auf den Heimweg machte. Sorgfältig vermied sie es dabei, in die Nähe des Pilzkreises zu geraten oder auch nur den Blick dorthin zu richten. Wäre die Sache nicht so ernst, könnte sie mit Iven zusammen über Broders Idee lachen.

***

Die beiden Männer saßen einander am Tisch gegenüber. Zwischen ihnen auf der dunklen Eichenplatte standen die Reste eines Nachtmahls. Fleisch, Saucen, mehrere Sorten Brot waren aufgetischt und von den beiden verzehrt worden;

die Reste reichten aus, um die Augen einer vielköpfigen Tagelöhnerfamilie zum Leuchten zu bringen. In den Trinkpokalen aus getriebenem Zinn funkelte Rheinwein, und als Leckerei nach dem Essen standen eine Schale mit kandierten Früchten und eine weitere mit Honigkuchen auf dem Tisch. Die beiden Herren zeigten an den Süßigkeiten kein Interesse.

Der eine, sein Name war Andreas Dürkopp, besaß den Ansatz eines Doppelkinns und die Neigung, mit zunehmendem Alter fett zu werden. Sein Haar war bereits von der Stirn zurückgewichen, und er hatte eine Miene aufgesetzt, als hätte er nicht gerade ein vorzügliches Nachtmahl, sondern einen Krug Essig zu sich genommen. Der andere zog mit dem Fingernagel die feinen Zierlinien auf dem Weinpokal nach. Er war kräftig und breitschultrig, ein Mann, der zupacken konnte, zeigte keinerlei Neigung zu Fettleibigkeit, sein Haar war noch voll, unterhalb der Ohren gerade abgeschnitten und von einer Weichheit, dass man die Hände gerne hineinwühlte.

»Das gefällt mir nicht, Andreas«, sagte er.

»Mir auch nicht. Aber was soll ich machen?«

»Steige in mein Kontor ein, und wir handeln gemeinsam mit Spezereien. Die Geschäfte gehen gut.«

»Was wird mein Vater dazu sagen?« Andreas Dürkopp sackte ein Stück in sich zusammen, sein Hals verschwand hinter dem Doppelkinn.

»Du bist dein eigener Herr.«

»Ich bin sein Erbe. Ich soll die Tradition der Familie Dürkopp fortsetzen.«

»Du bist der Erbe eines Viehhändlers.«

»Talg für Lichter und Seifen, hauptsächlich«, korrigierte Andreas ohne großen Enthusiasmus. Wenn sein Freund in dieser Stimmung war, reizte man ihn besser nicht, aber was wahr war, musste auch wahr bleiben. Seine Familie handelte seit zwei Generationen mit Vieh und Schlachtabfällen, aus denen Talg für Lampen und Seifen gekocht wurde. Sein Vater kaufte das Vieh in Nordfriesland.

»Was kann er dagegen haben, wenn sein Sohn mit etwas Edlerem handeln will als mit dem Abfall geschlachteter Rinder. Am Ende macht er noch in Stockfisch, der ähnlich stinkt wie Talg.« Der kräftige Mann schüttelte sich und leerte seinen Pokal in einem Zug. Er hieß Christoph Wessel, war der Gastgeber dieses Nachtmahls und Eigentümer eines Handelskontors in der Hamburger Neustadt neben der Katharinenkirche.

Andreas lachte freudlos auf. »Er hat angekündigt, außer Ochsen diesmal auch ein paar Fässer Salz kaufen zu wollen.«

»Vom Salz ist es nicht mehr weit bis zum Stockfisch. Steige in mein Kontor mit ein, und wir reisen zusammen nach Venedig oder Granada. Du hast ein gutes Auge und eine noch feinere Nase. Wir beide zusammen könnten das größte Handelshaus in Hamburg für die schönen Dinge des Lebens aufbauen. Wohin schleppt dein Vater dich diesmal?«

»Rungholt in der Edomsharde, friesische Uhtlande«, sagte Andreas düster. Das Lob seines Freundes hatte ihn nicht aufgeheitert.

»Zu den Schlammfressern. Warum musst du ihn jedes Mal begleiten?«

»Er besteht darauf, damit ich alles über das Geschäft lerne. Die Friesen leben in Schlamm und Dreck, aber beim Handeln macht ihnen keiner was vor. Zu ihnen kann man keinen Bevollmächtigten schicken, da muss man selbst hinreisen, sagt er.«

»Die Friesen betrügen einen auch dann noch, wenn man schon im Grab liegt. Ich habe einmal ein Geschäft mit ihnen gemacht – nie wieder.«

Andreas kannte die Geschichte, auf die sein Freund anspielte. Er hatte Zimt mit den Schauenburger Grafen gehandelt und eine kleine Menge auf den Markt nach Flensburg gebracht. Dort war es jemandem gelungen, ihm gefälschte Geldstücke anzudrehen. Flensburg war nicht die friesischen Uhtlande, aber seitdem hegte Christoph einen tiefen Groll gegen die Untertanen des dänischen Königs und wollte mit ihnen nichts mehr zu tun haben. Es war ihm auch noch selbst passiert und nicht seinem Bevollmächtigten, einem älteren Mann, der mit allen Handelswassern gewaschen war, aber nie genug Geld sparen konnte, um ein eigenes Kontor zu eröffnen.

»Komm mit mir nach Venedig.« Christophs Stimme riss ihn aus seinen Gedanken. Der Kaufmann fegte mit dem Unterarm Teller und Schüsseln beiseite und legte seine Hand auf Andreas', sie war kräftig und sehnig – im Gegensatz zu seiner eigenen weichen. »Dort sind wir wirklich frei.«

»Frei wovon?«

»Von allem. Niemand wird sich darum scheren, wenn uns die Weiber nicht interessieren. Für uns ist Venedig das Paradies auf Erden.«

Es klang verheißungsvoll. Und Andreas beneidete den Freund um den Mut, mit dem dieser durchs Leben ging und sich das Recht nahm, seine Leidenschaften zu leben, obwohl diese wider die Natur des Mannes waren. Er wünschte, darin gliche er ihm, aber hinter ihm stand sein Vater und lenkte sein Leben. Erst vor einigen Tagen hatte er wieder davon gesprochen, Andreas solle endlich eine gute Frau heiraten, die ihm viele Söhne schenkte, damit der Fortbestand der Hamburger Kaufmannsfamilie Dürkopp gesichert wäre. Er wagte nicht, Christoph davon zu berichten.

Der Freund war selbst einmal verheiratet gewesen und hatte es als sein größtes Glück bezeichnet, dass seine Frau bei der Geburt des ersten Kindes gestorben war. Das lütte Ding, ein Mädchen, hatte nicht einmal eine Stunde gelebt, bevor sie ihrer Mutter folgte.

Bei Christoph fügte sich stets alles zum Besten. Bei ihm dagegen … Er entzog dem Freund die Hand.

»Ich muss meinen Vater begleiten, noch dieses eine Mal. Das habe ich ihm zugesagt.«

»Zählt nicht, was du mir versprochen hast? Wie lange soll es noch heißen, mein Vater dies, mein Vater das? Ich will das nicht mehr hören.« Den letzten Satz schrie Christoph.

Andreas zuckte zusammen. Im Hause Dürkopp wäre die Magd hereingekommen, die ihm und seinem Vater den Haushalt führte, um zu schauen, was passiert war. Christoph hatte sein Gesinde dazu erzogen, nicht zu stören, wenn sie nicht gerufen wurden.

»Nur noch einmal. Ich schwöre es dir.«

»Das hast du beim letzten Mal auch gesagt und das Mal davor.«

»Was wir tun, ist wider die menschliche Natur. Wir können dafür mit dem Bann belegt werden«, platzte Andreas heraus.

»Was tun wir denn? Wir nehmen zusammen das Nachtmahl ein und reden über geschäftliche Transaktionen und eine Handelsreise nach Venedig. Zeige mir jemanden, der das als wider die Natur ansieht.«

»Du weißt, was ich meine.«

»Dann ist die halbe Geistlichkeit wider die Natur und müsste mit dem Bann belegt werden.« Christoph wollte wieder nach ihm greifen, aber er wich zurück.

»Ich muss gehen.«

Der Stuhl machte ein hässliches Geräusch auf dem Dielenboden, als er ihn zurückschob und sich der Tür zuwandte.

»Wacht dein Vater über dein Kommen und Gehen?«

Die höhnische Frage brannte in seinen Ohren. Christoph brachte ihn nicht bis zur Tür, er war an manchen Tagen empfindlich wie ein altes Weib. Andreas entzündete seine Laterne an einem in einer Nische brennenden Talglicht.

Auf der Straße empfingen ihn nächtliche Stille und der Gestank nach Kot. Er hätte gerne eine Zimtkugel gehabt, um die schlechten Gerüche zu vertreiben, aber sein Vater hielt diese Dinger für lächerlich und duldete sie nicht in seiner Umgebung.

Sommer im Jahre des Herrn 1361

KAPITEL 1

In den Rungholter Hafen war ein Schiff aus Schonen einge-
laufen. Es brachte Bauholz für die Chorherrenhäuser. Ein Packen zusammengeschnürter Balken hing am Drehkran und
wurde an Land gehievt, als Silja zum Hafen kam. In ein Tuch
eingeschlagen trug sie die drei Käse vom Levensenhof bei
sich, von dem vierten für sich und ihren Vater hatte sie ein
Stück zum Probieren abgeschnitten und eingesteckt. Zunächst blieb sie aber stehen, um zu beobachten, wie die Balken vom Schiff an Land geschwenkt wurden. Den Kran
drehten vier kräftige Männer, trotzdem tropfte ihnen der
Schweiß aus den Haaren. Sie waren rot im Gesicht. Nachdem
sie die Balken auf dem Kai abgelegt hatten, tranken sie Wasser aus Schweinsblasen. Viel zu schnell wurden sie angetrieben und mussten wieder an den Kran – die nächsten Balken
warteten.

Silja schaute sich um. Sie suchte den schonischen Kauffahrer. Einer der Chorherren, Dietrich Gotgemak, war zum Hafen gekommen, um das Ausladen zu überwachen, bei ihm
stand ein in Dunkelbraun gekleideter silberhaariger Herr.
Sein Haar wallte ihm um die Schultern, und soweit Silja sehen konnte, zierte auch ein gewaltiger Bart sein Kinn. Er
schien nur aus Kopf zu bestehen, in Rungholt kannte sie niemanden, der so aussah, er musste der Kaufmann aus Schonen sein. Sie stellte sich in die Nähe der beiden und wartete.

»Können wir etwas für Euch tun?« Dietrich Gotgemak
drehte sich zu ihr um. »Das ist Jungfer Silja, die Tochter des
Kaufmannes Heinrich Westharg«, erklärte er seinem Ge-
sprächspartner.

»Ihr könnt mir tatsächlich helfen.« Silja biss sich auf die

Lippe. Zuhause hatte sie diesen Satz geübt, trotzdem wollte er ihr nicht leicht über die Lippen. »Ich suche den Kauffahrer dieses Schiffes.«

»Ihr habt ihn gefunden.« Die Stimme des Silberhaarigen klang tief, und er sprach das Platt mit einem Akzent, der die Worte abgehackt klingen ließ. »Christian Erikson mein Name. Schickt Euer Vater Euch?«

»Ich bin in eigenen Angelegenheiten gekommen.« Eriksons Freundlichkeit ließ sie sicherer werden. »Ich habe etwas mitgebracht, und ich denke, Ihr würdet es vielleicht kaufen wollen.«

Das weckte die Aufmerksamkeit des Schweden, er drehte sich ihr voll zu. »Einem guten Geschäft bin ich nie abgeneigt. Mein Laderaum ist allerdings schon ziemlich voll, Salz und Töpferwaren aus dem Rheinland, die bereits im Hafen lagern. Was habt Ihr für mich, mein Kind?«

»Drei Käselaibe. Ich habe auch ein Stück dabei zum Probieren.« Aus dem Tuch holte sie das kleine Stück hervor und hielt es ihm hin.

»Drei sagtet Ihr?«

»Genau.«

»Habt Ihr mehr?«

»Im Moment nicht, aber ich kann mehr besorgen.«

»Wie viele?«

»Drei oder vier jede Woche.« Das war etwas hoch gegriffen, aber sie wollte den Kaufmann erst mal am Haken haben. Über die Mengen konnten sie später verhandeln.

Christian Erikson zeigte auf sein Schiff. »Das ist eine Kogge von neunzig Lasten. Könnt Ihr Euch vorstellen, wie viel Platz Eure drei Käse darin einnehmen?«

»Nicht sehr viel«, gab sie zu. »Wollt Ihr nicht einmal probieren?«

»Wenn Ihr für mich ein lohnendes Geschäft daraus macht.«

»Was ist für Euch ein lohnendes Geschäft?«

»Einhundert dieser Käse. Minimum. Und das füllt den Bauch meiner Kogge noch lange nicht.« Der Schwede hörte sich an, als müsse er ihr die Grundbegriffe des Handelns beibringen. Das ärgerte Silja. Sie war nicht umsonst im Kontor ihres Vaters aufgewachsen. Sie musste einmal tief Luft holen, ehe sie freundlich antworten konnte.

»Heute kann ich Euch nicht mehr anbieten. Einhundert Käse ...« Im Kopf rechnete sie nach, dass Frau Laefke mindestens dreißig Wochen für die Herstellung benötigte. Die Ersten wären verdorben, bevor die Letzten gereift waren. »Es ist ein besonders schmackhafter Käse, für den Tisch eines hohen Herrn, nicht um den ganzen Bauch einer Kogge zu füllen.«

»An einem Dreikäsegeschäft habe ich kein Interesse. Kommt wieder, wenn Ihr mir ein vernünftiges Angebot machen könnt. Stellt Euch doch mit dem Käse auf den Markt.« Christian Erikson wandte sich von ihr ab.

Das Gespräch war beendet. Silja war enttäuscht, verdutzt und fühlte sich, als hätte jemand einen Eimer Wasser über ihr ausgegossen. Sich mit dem Käse auf den Markt zu stellen war nicht, was sie sich vorgestellt hatte. Das konnte Frau Laefke auch ohne ihre Hilfe. Sie war die Tochter eines Kaufmannes, nicht die eines Krämers. Sie könnte ihren Vater fragen, ob einer seiner Geschäftspartner Interesse hätte. Kaum hatte sie das gedacht, sah sie ihn vor sich, wie er sie angeschaut hatte, als sie ihm von ihren Plänen berichtete. Drei Käse – sie hatte in seinen Augen gesehen, wie lächerlich er das fand. Deshalb kam es erst als Allerletztes in Frage, ihn um Hilfe zu bitten. Woher einen Käufer nehmen?

Tief in Gedanken versunken schlenderte sie den Kai entlang. Das Tuch mit dem Käse wog schwer in ihrer Hand, schlug bei jedem Schritt gegen ihr linkes Bein.

»Vorsicht! Platz da!«, rief jemand hinter ihr. Eine Peitsche knallte.

Sie sprang zur Seite. Ein Ochsengespann trottete an ihr vorbei, eines der ausladenden Hörner streifte sie fast am Arm. Mit einem zweiten Satz brachte sie sich weiter in Sicherheit. Der Karren rumpelte an ihr vorbei und hielt gleich drauf an. Der Wagenlenker sprang herunter, trat vor sie.

»Dem Himmel sei Dank, Euch ist nichts passiert. Es ist doch nichts passiert?« Es war ein noch junger Mann, und er sprach Dithmarscher Platt. Er lachte sie an. »Diese Ochsen sind nur schwer in Gang zu bringen, sind sie aber erst einmal im Trott, hält sie kaum etwas auf.«

»Ich das nicht bei allen Ochsen so? Ich kenne mich damit nicht aus. Was habt Ihr auf dem Wagen?«

Unter einer Plane zeichneten sich die Umrisse von Kisten ab.

»Heiligenbilder. Lauter so kleine Bilder, und auf jedem ist ein anderer zu sehen.« Wieder lachte er. »Sie sind für Schonen. Da gibt es viele Dorfkirchen mit vielen kahlen Wänden.«

Der Mann machte ihr schöne Augen. Er hatte strubbeliges braunes Haar und einen breiten Mund, und ganz offensichtlich lachte er gerne. Auf einmal fühlte Silja sich besser.

»Wie kommt man dazu, mit Heiligenbildern zu handeln?«

»Man braucht einen Onkel, der sie malt. Eines nach dem anderen auf Fichtenholz. Und wenn man nicht aufpasst, findet man sein Gesicht als das des heiligen Lazarus wieder oder als Christophorus. Ihr würdet Euch hervorragend als heilige Adelheid eignen.«

»Nein, das nicht«, wehrte Silja ab.

»Was tragt Ihr in Eurem Tuch? Das sieht schwer aus.«

»Käse.«

Es machte ihr Spaß, sein erstauntes Gesicht zu sehen.

»Wollt Ihr ihn verkaufen?«

»Sofern ich jemanden finde, der ihn probieren und danach haben will.«

»Wie viel ist es?«

»Drei Laibe heute. Aber ich kann mehr davon besorgen.«

»Ich koste gerne, was eine so hübsche Deern zu bieten hat.« Er zwinkerte ihr zu.

Sie tat so, als bemerke sie die Doppeldeutigkeit seiner Worte nicht, sondern holte das kleine Käsestück heraus und schnitt ihm davon eine Ecke ab. Der Dithmarscher verbeugte sich, als er es entgegennahm. Er biss ab, kaute, und sie beobachtete ihn gespannt. Seine gerunzelte Stirn glättete sich, und dann zog er die Augenbrauen hoch.

»Das ist köstlich. Erst ganz mild und am Ende würzig. Macht Ihr ihn selbst?«

»Nein.« Silja schüttelte den Kopf. »Ich werde Euch weder etwas über die Zutaten oder über diejenige sagen, die ihn herstellt. Wenn Ihr den Käse wollt, müsst Ihr ihn bei mir kaufen.«

»Das fragt Ihr noch. Natürlich will ich ihn. So etwas Wunderbares wollt Ihr wirklich verkaufen. Ich nehme alle drei. Was sollen sie kosten? In Uppe de Heyde und Meldorf werden sie sich die Finger nach mehr lecken. Bis nach Itzehoe werde ich damit gar nicht kommen. Euer Preis, schöne Jungfer.«

Silja nannte ihn. »Darüber verhandle ich nicht. Ihr könnt es zahlen, oder ich finde jemand anderen.«

Er grummelte, lächelte jedoch dabei und zückte seinen Geldbeutel. Einzeln zählte er ihr die Pfennige in die Hand und nahm den Käse.

»Ich werde leicht Abnehmer dafür finden. In Dithmarschen gibt es nicht so viele Kühe wie in den Uhtlanden. Nur wenige Bauern stellen genug Käse her, um etwas davon zu verkaufen. Aber in den größeren Orten gibt es immer mehr Handwerker und Leute, die darauf angewiesen sind, ihr Essen zu kaufen. Ihr versteht mich?« Er zwinkerte ihr zu.

»Der Käse gehört Euch, und Ihr könnt damit machen, was

Ihr wollt: verkaufen, selbst essen, an die Schweine verfüttern.«

»Ich werde wiederkommen, schöne Jungfer.«

»Um neue Heiligenbilder zu bringen, die nach Schonen verschifft werden«, fragte sie verschmitzt zurück.

»Ich will dann wieder Euren Käse kaufen. Mein Name lautet Frieder Kohlmann aus Meldorf. Merkt ihn Euch gut. Und untersteht Euch, den Käse an jemand anderen zu geben, etwa an Hansekaufleute. Die betrügen Euch nur.«

»Ich verspreche Euch nichts. Fragt nach Silja Westharg, wenn ihr wiederkommt. Ich wohne in der Nähe der Kirche. Für heute danke ich Euch, Herr Kohlmann.«

Sie eilte zum Levensenhof. Ihr Herz hämmerte so heftig in der Brust, dass sie glaubte, es müsse sie sprengen.

»Frau Laefke«, rief sie, als sie vom Bohlenweg auf die Warft sprang. Die Hündin Bine kam ihr entgegen. Sie kannte sie inzwischen und stand nicht mehr bellend vor ihr, sondern begrüßte sie schwanzwedelnd.

»Frau Laefke«, rief Silja noch einmal.

Statt der jungen Witwe kam Iven Levensen aus dem Haus. Ein Windstoß erfasste sein Haar und wehte es ihm ins Gesicht. Er strich es zurück. Hoch aufgerichtet stand er vor der Tür und sah ihr entgegen. Ein Bild von einem Mann. Frieder Kohlmann war lustig gewesen, er dagegen …

»Jungfer Silja, meine Schwester ist nicht da. Sie wurde zu den Kätnerhäusern gerufen, dort hat es ein Unglück gegeben. Ist etwas passiert? Ihr seht aus – irgendwie noch schöner als sonst.«

Er sah verlegen aus bei diesen letzten Worten, und das gefiel ihr ausnehmend gut. Ein Uhtländer Bonde sagte einer Frau sicher nicht viele Komplimente. Sie hatte längst gemerkt, wie sehr sie ihm gefiel, und er gefiel ihr auch.

»Es ist etwas Wunderbares passiert. Ich kann es Euch genauso gut sagen wie Eurer Schwester.« Am liebsten wäre sie von einem Fuß auf den anderen getrippelt, sie musste sich zwingen, stillzustehen. »Ich habe den Käse verkauft. An einen Händler aus Dithmarschen. Er war begeistert und will mehr kaufen. Frieder Kohlmann ist sein Name. Kennt Ihr ihn?« Sie sprudelte alles heraus, und am liebsten hätte sie es ihm gleich zum zweiten Mal erzählt. Er musste sie für kindisch halten, aber das erste Geschäft machte man nur einmal im Leben.

Ein strahlendes Lächeln belohnte sie. »Das ist eine wunderbare Nachricht, Silja. Ihr seid die geborene Händlerin. Ich freue mich für Euch und Laefke. Sie hat einige neue Käse angesetzt, die kleineren, damit es mehr werden. Sie stapeln sich auf dem Dachboden, und wir bekommen kaum noch Milch zu trinken.«

»Der Dithmarscher fand mich wohl hübsch und hat meinen Preis akzeptiert, ohne zu murren.«

»Ich kann ihn verstehen.«

Silja verschlug es die Sprache. Sie wollte sich für das Kompliment bedanken, kam sich jedoch linkisch vor, deshalb sagte sie nichts.

»Wollt Ihr die Käse sehen?«, fragte Iven.

»Sehr gerne.«

Er stellte in der Küche eine Leiter auf und öffnete eine Luke in der Decke. Er ließ ihr den Vortritt und kletterte hinter ihr die Leiter hoch. Auf dem Boden hingen Würste und Schinken an den Dachbalken neben Trockenfisch und Zwiebelsträngen; Fässer und Kisten standen unter den Dachschrägen. Eine Vielzahl von Gerüchen lag in der Luft, den nach Käse roch sie deutlich heraus. Die Laibe ruhten auf langen Brettern, die über Balken lagen, jeder auf einer Unterlage aus geflochtenem Gras. Machte das einen Teil ihres Geschmacks aus? Die unterschiedlichen Reifegrade waren gut zu erkennen. Die Jüngsten befanden sich noch in den Holzmodeln und waren nahezu weiß, je länger sie reiften, desto gelber wurden sie, bis die Letzten eine satte Sonnenfarbe aufwiesen.

»Das ist wunderbar, Iven. Hier liegt der Grundstock eines erfolgreichen Geschäfts. Das ist ...«

»Ihr seid wunderbar, Silja. Die schönste Frau in Rungholt.« Er stand dicht vor ihr, nahm ihre Hände und führte sie an die Lippen. »Was sie berühren, verwandelt sich in Glück und Gold.«

Jäh ließ er ihre Hände los und trat einen Schritt zurück. Er fuhr sich durch das Haar. »Himmlischer Jesus, wir gehen besser wieder runter.«

Diesmal war er der Erste auf der Leiter. Ihre Knie waren zittrig, als sie ihm folgte. Nachdem Iven die Luke geschlossen und die Leiter an ihren Platz gestellt hatte, standen sie in der Küche und wussten nicht wohin mit ihren Blicken.

»Ich werde aufschreiben, wie viel ich mit dem Käse einnehme. Einmal im Monat bringe ich Euch eine Abrechnung, damit Ihr und Frau Laefke genau seht, wie der Verkauf sich entwickelt. Es soll unser Geschäft sein, bei dem jeder seine Aufgabe hat.«

»Das braucht Ihr nicht. Ich kann nicht lesen und meine Schwester auch nicht. Kommt lieber her und berichtet uns.«

»Dann mache ich das. Ich muss jetzt gehen. Mein Vater wird sich schon fragen, wo ich bleibe. Er glaubt ... Es ist egal, was er glaubt, aber ich muss gehen, Iven.« Sie wandte sich der Tür zu.

»Silja.« Er holte sie ein, stellte sich zwischen sie und die Tür.

Erst hob er ihr Kinn mit den Fingern an, dann nahm er ihr Gesicht in beide Hände. »Silja.«

»Iven.« Sie schlüpfte aus seinem Griff und schob sich an ihm vorbei zur Tür hinaus.

Bevor Silja hereinplatzte, hatte Iven in der Döns auf einer Bank gesessen und aus Pappelholz Zinken für eine Heuharke geschnitzt. Zwei waren bereits fertig, auf dem Boden lag ein Kreis Späne. Iven setzte sich wieder hin, nahm das Holzstück und das Messer zur Hand. Zwischen zwanzig und dreißig Stücke brauchte er für eine Harke, und er hatte noch eine Menge Arbeit vor sich.

Späne flogen. Er merkte es nicht, aber er hatte die Augen zusammengekniffen und die Zungenspitze zwischen die Lippen geschoben. Die Käse waren verkauft, und die Abnahme weiterer stand im Raum. Er hatte nie daran gezweifelt, dass es Silja gelingen würde, schließlich war sie die Tochter eines Kaufmannes und wusste, wie ein Geschäft einzufädeln war. Er sah noch ihre spitzbübische Miene vor sich, als sie ihm erzählte, dass der Dithmarscher sie hübsch fand. Wenn sie den so angesehen hatte wie ihn, als er ihr Gesicht in seinen Händen hielt … Nein, er hoffte doch, dass sie diesen Blick nur für ihn reserviert hatte. Nahe war er daran gewesen, nicht nur ihre Hände, sondern auch ihren Rosenmund zu küssen.

Der Halbkreis aus Spänen um ihn herum wurde größer, und ein weiterer Zinken lag neben ihm auf der Bank. Er legte das Pappelholz weg. Die Zinken konnte er auch an einem anderen Tag schnitzen. Er träumte mit offenen Augen von Silja Westharg. Es war Sommer; sie lagen nebeneinander im Gras und beobachteten die am Himmel hinziehenden Wolken. Sie machte ihn auf eine Kuh aufmerksam, er entdeckte einen Bischof mit Mütze. Sie lachten miteinander, und dann lag ihr Kopf an seiner Schulter. Sie trug ihr Haar offen, und er griff nach einer Strähne, wickelte sie sich um den Finger. Silja erlaubte ihm sogar, eine ihrer Locken abzuschneiden.

Iven kam zu sich und merkte, dass er sich eine Strähne seines eigenen Haars um den rechten Zeigefinger gewickelt hatte. Verlegen zog er die Hand zurück – zum Glück war Laefke nicht da und hatte ihn ertappt. Er griff erneut nach seiner Schnitzarbeit, aber sie wollte ihm nicht mehr von der Hand gehen. Ihm kam ein verwegener Gedanke. Wie wäre es, wenn er ein Geschenk für Silja anfertigte? Eine Kette aus Holzperlen mit einem Kreuz. Es musste allerdings ein schön gemasertes Holz sein, nicht dieses Pappelholz aus dem Rungholtwald. Kirschholz kam ihm in den Sinn, und er konnte die Perlen einölen und polieren. Iven machte sich auf die Suche nach einem passenden Holz. Bald darauf saß er wieder auf der Bank mit einem neuen Scheit zwischen den Knien.

Kirschholz war viel härter als Pappel, und Perlen waren viel schwieriger zu schnitzen als Zinken. Es dauerte nicht lange, und Iven rutschte mit dem Messer ab, er erwischte seinen Fingernagel, und eine Ecke fiel zu Boden. Das war gerade noch einmal gutgegangen. Von nun an arbeitete er sorgfältiger. Seine Bauernhände schienen ihm zu groß für Perlen, er konnte das Holz kaum zwischen den Fingern halten, geschweige denn das Messer ansetzen. Eine Kette aus daumendicken Perlen kam nicht in Frage, sie mussten kleiner sein. So klein, dass sie in das Grübchen passten, das sich beim Lächeln auf Siljas linker Wange zeigte. So klein lag jedoch außerhalb seiner Schaffenskraft, aber viel größer durften sie nicht sein. Er suchte sich ein kleineres Messer und ging vorsichtiger zu Werke.

St. Petris Glocken läuteten zur Vesper. Laefke war immer noch nicht zurück. Allerdings kam wenig später seine Magd Nedda in die Döns, auf einem Brett balancierte sie mehrere Schüsseln, aus denen es dampfte. Iven erkannte Erbsenmus und gekochte Zwiebeln. Nedda füllte seine Schale, legte ihm Brot und Käse hin, schenkte ihm einen Becher Würzbier ein und sah sich kritisch in der Döns um. Iven begann zu essen, und Nedda schürte zunächst die Glut im Ofen und stellte die Schüsseln auf dessen Rand.

»Lasst sie dort stehen, dann bleibt das Essen warm, bis Frau Laefke kommt«, sagte sie dabei. Bevor seine Schwester auf den Hof zurückgekehrt war, hatte Nedda ihm abends das Essen gebracht und seinen Haushalt versorgt. Jetzt sprang sie nur noch hin und wieder ein.

»Das sieht ja aus hier!« Nedda kniete sich mit einer Bürste und einer Kehrschaufel hin und begann, die Späne zusammenzufegen. Sie reckte ihr rundliches Hinterteil in die Höhe, und an jedem anderen Tag hätte er sie wohlgefällig beobachtet. Da seine Gedanken immer noch bei Silja waren, wollte er nicht Neddas Kehrseite sehen.

»Lass das! Das kann Laefke später machen, außerdem bin ich noch lange nicht fertig mit dem Schnitzen.«

»Was soll das werden?«

»Zinken für eine Heuharke.«

»Und das da?« Sie zeigte auf das Kirschholz. »Das wird doch was anderes.«

»Du fragst zu viel, Nedda.«

»Ihr wollt Frau Laefke überraschen. Das wird sie freuen, sie lacht so selten in letzter Zeit. Aber die Sache mit dem Käse, das wird was«, plapperte Nedda ohne Zusammenhang.

Iven war fertig mit dem Essen, als sie die letzten Späne in den Ofen beförderte. Er nahm wieder das kleine Messer und das Kirschholz.

***

Zehn Rungholter Bonden hatten gemeinsam den Marienaltar in St. Petri gestiftet und eine Muttergottes mit einem pausbäckigen Jesuskind im Arm. Unter ihnen befanden sich alle sechs in Rungholt ansässige Hardesräte. Sie nannten sich die Marienbruderschaft. Heinrich Westharg hatte sich zu spät in der Edomsharde angesiedelt, um sich noch an den Kosten des Marienalters zu beteiligen, deshalb hatte er eine geschnitzte Figur des heiligen Laurentius gestiftet. Sie standen in der Kirche einander gegenüber; der heilige Mann und die heilige Frau sahen sich in die Augen. Heinrich Westharg war als elfter Mann in die Marienbruderschaft aufgenommen worden, ihm war sogar die Kasse der Bruderschaft anvertraut worden. Wer so reich war, dass er alleine eine Heiligenfigur stiftete, dem konnte man ruhig eine Kasse anvertrauen. Der Kaufmann hatte die Ehre gerne angenommen, und in seinem Haus fand auch das Treffen der Bruderschaft statt. Als Gäste waren Pater Fulbertus und der Hardesvogt Ogge Jessen geladen. Der beanspruchte den besten Stuhl mit den Armlehnen für sich.

Die Männer betraten einer nach dem anderen die Döns. Sie begrüßten sich ohne viele Worte, manche sagten gar nichts, gaben sich nur die Hand oder nickten sich zu. Der alte Broder Brodersen, der reichste Bonde Rungholts, Hardesrat und Vorsitzender der Bruderschaft, schlug dem Gastgeber freundlich auf die Schulter und nannte ihn »alter Freund«.

Alle fanden auf Stühlen und Schemeln um den langen Tisch Platz. Westharg ließ es sich nicht nehmen, ein paar Begrüßungsworte zu sprechen, alle willkommen zu heißen und ihnen ein gesegnetes Mahl zu wünschen. Dabei wies er auf den Tisch. Der bog sich unter Platten und Schüsseln, die Magd Gesche und seine Tochter Silja hatten die Speisen zwei Tage lang vorbereitet. Trotzdem war es nur ein kleines Mahl, nicht zu vergleichen mit dem, was die Bruderschaft sich an Ostern oder Pfingsten zu Gemüte führte. Heute gab es nur zwei Sorten Brot, geräucherte Heringe und Heilbuttstücke, Bohnen in Essig, Meersalat, Krabben, Schweinsfüße, Apfelstücke in Sirup, kalten Hasenbraten und Käse.

Nachdem alle mit Bier versorgt waren und bevor das Essen begann, sprach Pater Fulbertus einen Segen und ein Gebet. Danach war nichts als Schmausen und Schlürfen zu hören. Silja und Gesche huschten mehrmals herein, tauschten die leeren Bierkannen gegen volle aus oder brachten neue Schüsseln aus der Küche.

Nach dem Essen lehnte Ogge Jessen sich zurück, strich

sich über den stattlichen Bauch und rülpste. »Ich bedanke mich für die Einladung zum Essen mit der Bruderschaft der Heiligen Jungfrau Maria zu Rungholt in der Edomsharde. Westharg gebt Eurer Tochter für dieses köstliche Mahl einen Kuss von mir. Wäre es nicht unziemlich, ich täte es selbst.«

Die meisten lachten und am lautesten der Hardesvogt. Westharg musste ein Lächeln auf sein Gesicht quälen. Es konnte einem Vater nicht gefallen, wenn jemand so über seine Tochter sprach. Es gehörte sich aber auch nicht, den mächtigsten Mann der Edomsharde zurückzuweisen.

»An den Hardesrat wurde ein Gesuch gerichtet, es betrifft Rungholt mehr als den Rest der Harde. Deshalb möchte ich die Meinung der Rungholter hören, bevor ich es dem Rat vortrage. Nirgendwo sonst finde ich ehrenwertere Rungholter als in der Bruderschaft.«

»Nicht Ihr allein habt ein Anliegen«, erklärte Pater Fulbertus und sprach hastig weiter: »Die Chorherrenhäuser ... Aus Schonen sind Balken gekommen, und auf der Baustelle fehlen Leute, sie zu verbauen. Das sind die Ständer für zwei weitere Häuser. Der Bau kommt nicht voran, das ist nicht gottgefällig.«

»Diese Klage führt Ihr jeden Tag, verehrter Pater. Jeder von uns hat sie mindestens ein Dutzend Mal gehört. Über mein Gesuch dagegen ... darüber muss die Harde eine Entscheidung fällen. Die Sache will wohlbedacht werden.« Ogge Jessen hatte die Stimme erhoben und schien fest entschlossen, sich nicht noch einmal unterbrechen zu lassen.

»Hardesdinge gehören vor den Hardesrat, nicht vor die Bruderschaft.« Auch Pater Fulbertus gehörte zu den Menschen, die nicht leicht aufgaben.

»Verehrter Pater, viele Dinge lassen sich nicht so einfach trennen. Alle Anwesenden machen Geschäfte in Rungholt und mit Rungholtern, die Botschaft ist deshalb für jeden Einzelnen von Interesse. Und es kann nie schaden, die Dinge zuvor zu besprechen. Die Verantwortung für die Chorherrenhäuser liegt in den Händen des Propstes.«

Diese Dreistigkeit stieß Westharg ab, gleichzeitig musste er dem Mann genau deswegen Hochachtung zollen. Ogge Jessen faltete ein Dokument auseinander, das er aus dem Ärmel seines Wamses gezogen hatte. Er schaute die Männer der Reihe nach an.

»Die Hamburger Kaufmannschaft bittet um die Gewährung von Handelssicherheit in der Edomsharde. Das bedeutet, sie wollen Rungholt als ständigen Handelsplatz nutzen.«

»Sollen sie kommen«, sagte sofort Babe Gunnessen. Er war Hardesrat, Rinderbauer und Besitzer eines Speichers am Hafen und verkaufte die meisten seiner Tiere nach Hamburg. Für ihn konnten nicht genug hamburgische Kauffahrer nach Rungholt kommen.

Haye Harksen hielt Schafe, kaufte in den Uhtlanden die Wolle anderer Bonden auf und veräußerte sie nach Flandern. Er zuckte mit den Schultern, ihm war wichtiger, dass die Kaufleute der Edomsharde in Flandern Handelsfreiheit genossen, und die war ihnen durch Graf Ludwig in einer Urkunde aus dem Jahre 1355 versprochen worden. Diese Zusage galt immer noch. Grundsätzlich setzte sich Haye Harksen aber für freien Handel ein, deshalb nickte er schließlich. Die anderen folgten seinem Beispiel, alle bis auf den Hardesrat Johan Sibingh.

»Handelsfreiheit für die Hamburger bedeutet, wir müssen sie vor Gesindel schützen, das sich herumtreibt«, warf er ein.

»Ihr sprecht von den Wogensmannen?«, gelang es Westharg, sich in die Diskussion einzuschalten. Er durfte nicht zulassen, dass ein Gespräch wichtiger Leute an ihm vorbeiging, wenn er in der Harde eine Rolle spielen wollte.

Sibingh ging auf seine Worte nicht ein. »Die Hamburger

werden erwarten, dass sie in der Edomsharde nicht nur frei handeln dürfen, sondern Rungholt anlaufen können, ohne überfallen zu werden.«

»Die Wogensmannen sitzen wie die Ratten auf ihrer Hennersburg«, sagte Broder Brodersen der Ältere mit seiner tiefen Stimme, die er nie erheben musste, um Gehör zu finden.

»Die Hennersburg liegt auf der Grenze zwischen der Pellworm- und der Edomsharde. Wir sind nicht verantwortlich für etwas, das nicht in unserer Harde seinen Anfang nimmt. Es ist Wunke Rodersens Sache, er muss seine Männer zusammenholen und gegen die Wogensmannen füh-ren.«

»Als ob die Pellwormer je etwas auf die Reihe kriegen«, warf Arfast Thomsen ein.

»Der Staller der Uhtlande ist verantwortlich, denn unter diesen Räubern leiden alle Harden gleichermaßen«, stellte Ogge Jessen fest.

»Als ob der Staller je etwas tut, was den Harden nutzt und nicht nur ihm selbst.«

Über den Staller der Uhtlande waren sich alle einig.

»Kann die Harde die Handelssicherheit gewähren?«, brachte Westharg das Gespräch wieder auf den Punkt, der ihn mehr interessierte als die Wogensmannen. Mit den Hamburgern ließen sich gute Geschäfte machen, wie mit den Bremern und Flamen, den Kaufleuten aus Schonen und denen vom Rhein. Überall brauchte man Salz, und er gedachte, es ihnen zu verkaufen. »Der Handel macht die Edomsharde reich und sichert uns allen ein gutes Leben. Der Herr Vogt hat recht daran getan, uns diese Nachricht mitzuteilen. Kein anderer Ort der Edomsharde, der gesamten Uhtlande ist so sehr auf den Handel angewiesen wie Rungholt.«

»So spricht jemand, der gerade einmal zwei Jahre in den Uhtlanden weilt«, sagte Broder Brodersen, milderte seine harten Worte jedoch mit einem Lächeln ab.

Wieder eine Kröte, die Westharg schlucken musste und

auf die er nicht angemessen reagieren konnte, um es sich mit dem mächtigen Bonden nicht zu verscherzen.

»Wir müssen ihnen eine Garantie für Leib und Leben geben, sonst taugt die Handelsfreiheit nur, um sich damit den Hintern abzuwischen.« Johan Sibingh hatte die Stimme erhoben und schaute sich kämpferisch um. Seine zu Fäusten geballten Hände lagen auf dem Tisch. Für die Uhtlande war er ein kleiner Mann und fühlte sich offenbar deshalb auf besonders einprägsame Gesten angewiesen.

Schweigen senkte sich über die Döns. Westharg runzelte die Stirn, bis sich auf einmal seine Miene aufhellte.

»Wir können den Hamburgern alles gewähren, was sie wollen. Sie kommen auf Schiffen nach Rungholt, und was ihnen auf dem Meer zustößt, dafür können sie uns nicht verantwortlich machen. Das ist nicht die Edomsharde, es sind nicht einmal die Uhtlande.«

Er sah sich unter den Bruderschaftlern um. Schweigen und nachdenkliche Mienen antworteten ihm.

Als Erstes hellte sich Broder Brodersens Miene auf. »Der Kaufmann unter uns hat recht. Wir sind für das Leben und den Handel in der Harde verantwortlich. Diesen Frieden können wir einhalten. Die Wogensmannen stören weder den Handel in der Harde, noch kommen sie des Nachts mit mörderischen Absichten.«

Nach und nach nickten die anderen. Ogge Jessens Miene verzog sich zu einem breiten Grinsen.

»Warum ist mir das nicht eingefallen? Gut gesagt, Herr Westharg. Auf dem Hardesding zu Gervasius und Protasius werde ich also den Räten vorschlagen, den Hamburgern die gewünschte Urkunde auszustellen, und außerdem vom Staller zu verlangen, gegen die Wogensmannen vorzugehen. Sind wir uns so weit einig?«

Alle nickten, ob nun Hardesrat, Kaufmann oder Bonde. So lief das. Obwohl von den zwölf Hardesräten nur sechs anwesend waren, würde auf dem Ding in drei Tagen nichts anderes entschieden werden.

Pater Fulbertus straffte sich. »Da gibt es noch mehr Dinge, die wir besprechen müssen. Eines davon ist Iven Levensen aus Rungholt.«

Die Männer verdrehten die Augen. Alle hatten sie von der Auseinandersetzung zwischen den beiden gehör. So etwas brauchte nicht einmal einen halben Tag, um in der Harde die Runde zu machen. Westharg war der Meinung, der Priester hatte recht getan, den jungen Bonden zu maßregeln, aber er wusste, die meisten Friesen standen heimlich auf Iven Levensens Seite und freuten sich, wenn jemand Pater Fulbertus die Stirn bot.

»Das ist nun wirklich eine Angelegenheit der Kirche, nicht der Bruderschaft«, beschied Babe Gunnesen den Kirchenmann. »Schickt eine Nachricht zum Propst, der wird sich mit Freuden der Sache annehmen. Gibt es Bier?«

»Sofort.« Westharg rief nach seiner Tochter.

Statt Silja kam jedoch Gesche mit gebeugtem Nacken in die Döns geschlurft. Sie brachte zwei Bierkannen und hob sie auf den Tisch. Ohne jemanden anzusehen, verschwand sie wieder.

»Hat sich verändert, Eure Deern«, sagte Babe Gunnesen anzüglich.

»Die jüngere ist wahrlich ein hübscherer Anblick. Ruft sie doch noch einmal herein, damit sie uns einschenkt.« Broder Brodersen lehnte sich auf seinem Hocker zurück.

Westharg gab nach, und Silja erschien. Ihre Hände waren gerötet, als hätte sie im kalten Wasser gearbeitet. Sie schenkte allen ein herzliches Lächeln, wischte sich noch einmal die Hände am Rock ab und ergriff eine der Kannen.

»Das ist schon was anderes als die alte Magd«, lobte Ogge Jessen und zwinkerte ihr zu.

Sie zwinkerte zurück.

»Ziemlich kess Eure Kleine«, sagte der Vogt, als Silja die Döns verlassen hatte. »Mir gefällt das bei einem Weib, wenn sie einen eigenen Kopf hat. Andere ...«

»Sie weiß nicht, an welchen Platz die Bibel das Weib gestellt hat. Es soll schweigen, wenn Männer reden«, predigte Pater Fulbertus und vergaß auch nicht, den Zeigefinger zu erheben. Es reichte ihm nicht, sonntags zu diesem Thema in der Kirche zu wettern.

Salbadernder Pfau, dachte Westharg aufsässig. Die getragene Stimme des Priesters ging ihm auf die Nerven. Heimlich war er der Ansicht, die Kirche solle nicht nur predigen, an weltlichen Dingen kein Interesse zu haben, sondern sich auch wirklich heraushalten. Laut sagte er: »Die Liebe eines Vaters zu seiner einzigen Tochter hat mich zu nachsichtig werden lassen.«

»Sie ist eine junge, hübsche Frau. Gibt es keinen Bewerber um ihre Hand?«, fragte Babe Gunnessen.

»Ihr solltet sie verheiraten, ein Ehemann wird ihr beibringen, wie sie sich zu benehmen hat.« Das kam von Haye Harksen.

»Am Ende ist es mit ihrer Schönheit vorbei, und sie sitzt immer noch als Jungfer herum.« Babe Gunnessen erwärmte sich für das Thema.

»Die Zierde eines Weibes ist nicht ihre Schönheit, sondern ein bescheidener Geist.« Der Priester musste auch seine Meinung kundtun.

»Ist doch nicht verkehrt, wenn sie außerdem hübsch anzusehen ist«, sagte der Hardesvogt. Er war über das mittlere Alter hinaus und seit Jahren mit Jürken mit der großen Nase verheiratet – das einzig überlebende Kind des ehemals reichsten Bonden mit dem größten Hof in Gaickebull, jetzt gehörte dem Hardesvogt der größte Hof. Von ihm hieß es, er sei den jungen Dingern nicht abgeneigt.

»Wenn sie erst verheiratet ist, wird sie zu dir zahm wie ein Kätzchen sein, bei ihrem Ehemann allerdings ...«

Alle lachten verständnisvoll, und in Heinrich Westharg reifte ein Plan.

»Ich muss noch mal auf die Chorherrenhäuser zurückkommen. Ohne sie wird St. Petri nie die Bedeutung erlangen, die ihm zukommt. Sollen die Hamburger lachen, weil wir zwar eine schöne Kirche haben, aber das dazugehörige Konvent nur als armselig angesehen werden kann?« Hatte Pater Fulbertus einmal eine Fährte aufgenommen, ließ er nicht locker.

»Das ist immer noch eine Angelegenheit des Propstes«, beschied ihn der bisher schweigsame Haye Wunksen, denn das Ansinnen der Kirche, über allen Dingen zu stehen, störte ihn mindestens so sehr wie alle Uhtländer.

»Der Bau wird beschleunigt werden, dafür sorge ich«, sagte zum Erstaunen aller auf einmal Broder Brodersen. »Wie viel hat die Kalande in ihrer Kasse?«

Westharg traten Schweißperlen auf die Stirn, obwohl es im Raum nicht zu warm war. »Es sind 128 Mark Silber und einige Pfennige.«

»50 Mark Silber für die Chorherrenhäuser, damit Arbeiter eingestellt und die Balken verbaut werden können. Das ist ein angemessener Beitrag der Bruderschaft für eine gute Sache. Sobald die Chorherren Wohnung in den Häusern genommen haben, wird einer von ihnen ein zusätzliches Gebet für uns sprechen. So haben wir alle etwas davon, und wir müssen nichts weiter dafür tun, als unser diesjähriges Weihnachtsessen bescheidener ausfallen zu lassen. Sind alle damit einverstanden?«

Niemand widersprach dem Vorsitzenden. Heinrich Westharg saß wie betäubt auf seinem Stuhl. Das Ganze endete damit, dass sich Babe Gunnesen, der so etwas wie der Schriftführer der Bruderschaft war, Papier und Feder geben ließ und eine kurze Anweisung niederschrieb, nach der Pater Fulbertus oder einer der Rungholter Chorherren 50 Mark Silber gegen Übergabe dieser Urkunde für den Bau des Chorherrenhauses erhalten sollte. Er unterschrieb mit seinem Namen und drückte das Siegel der Bruderschaft in heißes Wachs, das er zuvor auf das Papier getropft hatte. Die Anweisung übergab er dem Priester.

Danach war das Treffen beendet. Westharg brachte seine Gäste zur Tür und kehrte anschließend in die Döns zurück. Er ließ sich in den Stuhl fallen, den zuvor der Vogt innegehabt hatte. Die Bierkannen waren leer. Mit ein paar Sätzen hatte Broder Brodersen das Treffen in eine Katastrophe verwandelt. 50 Mark Silber. Laut Rechnungsbuch sollten 128 Mark Silber in der Geldlade der Bruderschaft sein, tatsächlich lagen genau 48 Mark drin. Er hatte eine Anleihe benötigt, weil sein letztes Geschäft ihm nicht den erhofften Gewinn gebracht hatte. Was hatte da näher gelegen, als sich bei dem Geld zu bedienen, das er im Haus verwahrte? Bevor die Bruderschaft Geld für das Weihnachtsessen brauchte, hätte er das fehlende Silber längst ersetzt – hatte er gedacht. Die zwei Mark waren nicht das Problem, das Weihnachtsessen würde nun nicht bescheidener, sondern ganz ausfallen. Er musste einen Weg finden, das fehlende Geld so schnell wie möglich zu ersetzen. Käme heraus, dass er sich bedient hatte, seine Geschäfte, sein guter Ruf ... alles wäre dahin. Westharg vergrub das Gesicht in den Händen. Vorbei der Traum, zu einem wichtigen Mann in der Edomsharde zu werden. Er hatte den Karren gründlich in den Dreck gefahren.

Seine Tochter kam leise herein und schenkte ihm Bier ein – das gute bremische für besondere Gelegenheiten, nicht das Gagelbier für jeden Tag. Er roch es und griff nach dem Becher, stürzte ihn in einem Zug hinunter, dabei fing er den erstaunten Blick seiner Tochter auf.

Er fühlte sich zu einer Erklärung genötigt. »Manchmal muss ein Mann eben trinken. Was stehst du hier noch herum, Mädchen? Räum den Tisch ab!«

»Ich habe mich gerade etwas gefragt. Die Bruderschaft besteht doch nur aus elf Mitgliedern, eigentlich sollten es zwölf sein wie die Apostel. Denkt ihr darüber nach, Iven Levensen aufzunehmen? Da sein Vater nun tot ist, gehört ihm der zweitgrößte Hof in Rungholt – es wäre nur richtig, und er wäre auch sicher bereit, eine entsprechende Summe Geldes für die Erhaltung des Altars zu spenden.«

»In hundert Jahren nicht. Nie, nach der Antwort seines Vaters. Wäre es nach mir gegangen, hätte man Leve Levensen nie gefragt, denn wir sind eine Bruderschaft der guten Christenmenschen. Bei den Levensens kann man davon wirklich nicht sprechen. Warum machst du dich zu seinem Fürsprecher? Das gefällt mir nicht, Mädchen.«

»Ich verkaufe den Käse des Levensenhofes, und die Sache läuft gut an. Dabei habe ich Frau Laefke und Herrn Iven besser kennengelernt, sie sind beides gottesfürchtige Menschen. Gerade Frau Laefke würde es viel bedeuten.«

»Die Antwort bleibt nein. Ich werde mir nicht den Mund verbrennen und mich für eine Aufnahme einsetzen. Das will ich dir auch raten. Gerade wir, die wir keine Uhtländer sind, müssen mit solchen Dingen vorsichtig sein.«

Klappernd stellte Silja Schüsseln und Teller aufeinander. Diese Sache mit dem Käse. Es war ihr doch tatsächlich gelungen, einige davon zu verkaufen und ein paar Pfennige zu verdienen. Das war nicht mehr als eine Spielerei.

Nachdem seine Tochter ihn allein gelassen hatte, saß er noch lange am Tisch in der Döns und grübelte. Er holte sogar sein Auftragsbuch hervor, in das Silja mit ihrer klaren Handschrift alle seine Geschäftsvorfälle eintrug, seinen Lagerbestand an Salz und an anderen Waren aktualisierte und die erledigten Angelegenheiten durchstrich. Er rechnete im Kopf, zählte an den Fingern nach und kam doch immer wieder zu dem gleichen Ergebnis: Es reichte nicht, um den fehlenden Betrag in der Kasse zu ersetzen – es reichte nicht annähernd. Er müsste etwas verkaufen. Was ließ sich im

Haushalt zu Geld machen, ohne dass es auffiel? Da gab es nichts, einfach nichts. Er umfasste sein Kaufmannsbuch an beiden Seiten, hielt es so fest, dass die Fingerknöchel weiß hervortraten. Sein Blick fiel auf den Namen Dürkopp. Hamburger Kaufmannsfamilie. Ende Juni müsste er Julius Dürkopp sieben Tonnen Salz liefern, acht lagen in seinem Speicher. Dieses Geschäft bereitete ihm kein Kopfzerbrechen. Beim Betrachten des Namens Dürkopp kam ihm eine Idee. Sie bedurfte vorsichtiger Planung, und bis es so weit war, durfte von seinen Schwierigkeiten nicht eine Silbe nach außen dringen. Auf diese Weise könnte er seinen guten Namen behalten.

Westharg riss eine leere Seite aus seinem Auftragsbuch, suchte einen Tintenstein und eine Feder – er hatte einen Brief zu schreiben.

Kapitel 2

Die Hardesräte hatten wie erwartet beschlossen, was der Vogt und die Rungholter Bruderschaft für gut befunden hatten. Sie hatten einen Text für die Urkunde festgelegt und ihn Pater Fulbertus gegeben, damit er ihn ins Lateinische übertrug und ins Reine schrieb. Zum Schluss wollte Ogge Jessen das Siegel der Edomsharde daruntersetzen. Sie hatten den Text geschickt abgefasst, luden alle Hamburger Bürger ein, so oft und so lange sie wollten, Zeit in der Edomsharde zu verbringen und zu kaufen und zu verkaufen. Das alles sollte gelten von jetzt an bis zum Festtage des Heiligen Philipps und des Heiligen Jacobs. Die Edomsharde versprach dafür Frieden und sicheres Geleit. Die Gewährung des sicheren Geleits hatte eine erbitterte Auseinandersetzung im Hardesrat nach sich gezogen, denn die Räte aus Katharinen Capell und Ilgroff hatten gefragt, wie sie das versprechen könnten mit den Wogensmannen vor der Tür. Ogge Jessen hatte sie eingewickelt – anders war es auch nicht zu erwarten gewesen.

Der Vogt lümmelte hinter ihm in einem gepolsterten Stuhl, während Pater Fulbertus in seiner Schreibstube an seinem Stehpult stand, vor sich ein Stück leeres, noch nie benutztes Pergament. Er kratzte sich mit der Schreibfeder am Ohr, während er überlegte, wie der Text am elegantesten in lateinische Worte zu fassen war. Zuzugeben, dass er nicht so gut Latein beherrschte wie Dietrich Gotgemak, kam nicht in Frage. Als Novize im Rudekloster hatte er sich durch die Lateinstunden gemogelt und davon profitiert, dass sein Lehrer die Sprache kaum besser verstand als die Schüler. Ihm war eine schöne Handschrift zu eigen, und mit der gedachte er,

Eindruck zu schinden. Deshalb schrieb er die Urkunden der Edomsharde und nicht einer der Chorherren.

»Warum schreibt Ihr nicht?«

»Die Sache will wohl überlegt sein, Herr Vogt.«

Er hörte den Stuhl hinter sich knarren, als Ogge Jessen das Gewicht verlagerte, und tauchte entschlossen die Feder in die Tinte. »Noverit universi …«, schrieb er. Es soll allen bekannt sein … Die Entschlossenheit verließ ihn nach dem ersten halben Satz. Er las das Geschriebene durch und fand sofort zwei Stellen, wo er genauer hätte formulieren können. Verbessern kam nicht infrage, ein neues Stück Pergament konnte er auch nicht nehmen – es gab nur das eine. Also musste der Text so bleiben. Er merkte, wie er vor sich hinmurmelte, als er versuchte, sich an die richtigen lateinischen Worte zu erinnern.

Kurz entschlossen schrieb er weiter, unterbrach sich nur, um die Feder in die Tinte zu tauchen. Ein geschwungener Buchstabe reihte sich an den nächsten, ein Wort an das andere. Endlich legte er die Feder nieder und trat aufatmend einen Schritt zurück.

Ogge Jessen stand auf und stellte einen kleinen Holzkasten auf das Stehpult, darin verwahrte er das Siegel der Edomsharde. Aus einer Tasche seines Wamses holte der Vogt einen zierlichen Schlüssel hervor, der in seiner Hand verschwand. Mit einem Knirschen schloss er den Kasten auf und nahm das Siegel heraus, es verschwand ebenfalls zwischen seinen Fingern. Das Siegel zeigte ein Abbild des heiligen Laurentius und des heiligen Petrus unter einem Reigen. Kräftig drückte der Hardesvogt die beiden in geschmolzenes Wachs. Er überließ es Pater Fulbertus, das Siegel mittels eines eingeschmolzenen Pergamentstreifens mit der Urkunde zu vernähen.

Pater Fulbertus wartete, bis Tinte und Siegellack getrocknet waren, ehe er das Pergament faltete.

»Habt Ihr einen Boten, der die Antwort der Edomsharde nach Hamburg bringt, Herr Vogt?«

»Einer ihrer Kaufleute kommt persönlich und holt sie ab. Bewahre sie bis dahin in der Hardeslade auf.«

»Wie Ihr wünscht.«

***

Im Juni 1361 kam der Hardesrat in St. Petri zum Gerichtstag zusammen. Draußen sprühte Nieselregen vom Himmel. Die Kirche war bis auf den letzten Platz besetzt. Alle wollten hören, was vor dem Hardesding behandelt wurde, denn ein Gerücht hatte die Runde gemacht: Es stehe ein besonderer Prozess an. Die während der Messen übliche Trennung zwischen Männern und Frauen wurde nur sehr oberflächlich eingehalten, die meisten standen einfach da, wo sie Platz gefunden hatten. Vor dem Altar saßen vier der zwölf Hardesräte und Ogge Jessen auf hochlehnigen Stühlen. Es waren Babe Gunnesen aus Rungholt, Wenz Simesen, auch aus Rungholt, Age Agesen aus Katharinen Capell vel Ripe und Fulck Larenz aus Brunock, das Los hatte sie für diesen Tag zu Mitgliedern des Gerichts gewählt. Alle trugen ihren besten Sonntagsstaat, der Hardesvogt außerdem eine breite goldene Kette, die Würde seines Amtes.

In der Menge eingezwängt stand Iven, neben ihm Monny und Ketel. Laefke war auf dem Hof geblieben. Menschenansammlungen verursachten ihr ein enges Gefühl in der Brust, hatte sie gesagt. Westhargs Hinterkopf ragte ein paar Reihen vor ihm auf, eine dunkelbraune Kappe mit einer Feder zierte sein schütteres Haupthaar. Silja stand neben ihm, züchtig in einem dunkelblauen Kleid und einer weißen Haube, nicht einmal die Spitzen ihrer Zöpfe schauten heraus, nur die kleinen Kräuselhaare in ihrem Nacken.

Monny stieß ihn mit dem Ellenbogen an. »Gleich ist dein Fall dran.«

»Endlich. Ich habe lange genug gewartet, bis es diesen Mördern an den Kragen geht«, flüsterte Iven zurück.

Die Männer reckten die Köpfe und beobachteten einen Streit um Schafe zwischen zwei Bonden aus Trindermarsch, Monnys Nachbarn. Die Streithammel verlangten voneinander Schadenersatz, jeder hatte seine Unterstützer hinter sich, und der Streit wurde hitziger. Am Ende mussten Knechte der Hardesräte einschreiten, um die beiden zu trennen. Ogge Jessen und die zu Richtern gewählten Räte steckten die Köpfe zusammen und entschieden, die Entscheidung zu vertagen, damit sie sich beraten konnten. Murrend akzeptierten die Trindermarscher.

»Sind noch weitere Fälle vorzutragen?«, fragte der Vogt in die Menge. Er ließ den Blick über die Gesichter gleiten.

Iven schob sich durch die Menschen. Wer ihm keinen Platz machen wollte, den stieß er beiseite, bis er sich nach vorne durchgekämpft hatte. Monny und Ketel waren ihm gefolgt, dann aber in der ersten Reihe der Menge stehen geblieben.

»Ja?« Ogge Jessen sah aus, als hätte er Iven am liebsten den Mund verboten.

Der junge Mann reckte sich, er trug seinen besten Kittel und einen kurzen Umhang. »Ich habe eine Klage vorzubringen.«

»Sprecht, Iven Levensen, Bonde aus Rungholt.«

»Ich klage Henner Wogensen an, dass seine Leute, genannt die Wogensmannen, meinen Vater Leve Levensen im März dieses Jahres erschlagen haben. Zusammen mit meinem Vater haben sie auch Hark Harksen, den Mann meiner Schwester Laefke, erschlagen. Dafür will ich Genugtuung durch dieses Gericht verlangen, als Verwandter steht mir das zu.«

Bei diesem Satz ging ein Raunen durch die Menge. Die Richter runzelten die Stirnen, der Vogt sah sogar aus, als gäbe er am liebsten sein Frühstück von sich. Es war gesagt, und sie konnten es nicht einfach übergehen.

»Ist Henner Wogensen hier?«, rief der Vogt aus.

Niemand trat vor.

»Wurde die Klage zugestellt?«

Diesmal antwortete einer der Hardesknechte, ein alter Mann mit einer Narbe im Gesicht und Lederhaut. »Ich habe sie hingebracht zu Hennersburg, vor drei Tagen. Da habe ich sie einem vom denen in die Hand gedrückt. Keine leichte Sache das. Hab's gemacht und bin so schnell wie möglich wieder da weg. Hab die Beine in die Hand genommen.«

Das glaubte Iven dem Mann ohne weiteres. Er konnte sich vorstellen, wie die Knechte sich darum gestritten, wer die Klage zur Hennersburg brachte, und wie sie am Ende vielleicht sogar gewürfelt hatten. Das Unglück hatte den Alten getroffen.

»Ich stelle also fest, dass die Klage ordnungsgemäß zugestellt wurde, und der Beklagte nicht erschienen ist. Fahren wir also fort mit der Prüfung der Ordnungsgemäßheit der Klage.«

Eine Klage konnte auch vorgebracht werden, wenn die Gegenpartei nicht anwesend war. Iven stand weiterhin sehr aufrecht vor dem Hardesrat.

»Nennt mir Eure Unterstützer, Herr Iven.«

»Monny Monnesen aus Trindermarsch und sein Bruder Ketel Monnesen.«

Die Genannten traten vor.

»Wer noch?«

»Ebbe und Ebbe, Salzarbeiter auf Halgeneß.«

Zwei weitere Männer traten vor.

Iven drehte sich um, suchte in der Menge nach Gesichtern, acht fehlten noch. Seine Haltung war stolz, das Lächeln jedoch von seinem Gesicht gewischt, er blickte sehr ernst.

Broder Brodersen schüttelte die Hand seines Vaters ab. »Ich unterstütze ihn.«

»Das tut er nicht.« Der alte Broder Brodersen versuchte,

seinen Sohn in die Menge zurückzuziehen. Es entstand ein kurzes Gerangel, aus dem der Jüngere siegreich hervorging.

»Ich unterstütze ihn«, wiederholte der junge Broder Brodersen.

»Maart von Halgeneß.« Ein alter Mann, auf einen Stock gestützt, hinkte auf Iven zu.

Sechs Männer hatte er, sechs weitere fehlten noch.

»Harm Harksen, Lüttfischer aus Rungholt. Mein Bruder wurde von den Wogensmannen erschlagen. Und die beiden Fischer Nies Oesum und Bode Sievert.«

Neun Unterstützer.

»Ich auch. Mit den Wogensmannen muss aufgeräumt werden.« Johan Sibingh gesellte sich zu ihnen.

Zehn.

Iven schaute sich um.

»Wir auch.« Der Wirt Boye Harksen und der Bonde Frieder Gunnesen traten vor.

»Ich habe zwölf Unterstützer beigebracht, meine Klage muss zugelassen werden.«

Die Hardesräte schauten sich an und wieder auf Iven. Ihr überkommenes friesisches Recht verlangte zwölf Unterstützer, um die Richtigkeit einer Klage zu bezeugen, oder der Verklagte brachte zwölf Eideshelfer bei, um seine Sicht zu bezeugen. Endlich schüttelte Ogge Jessen den Kopf, für Iven sah es resigniert aus, weil er keinen Ausweg sah und gegen die Wogensmannen verhandeln musste. Ein Triumphgefühl bemächtigte sich seiner.

Der Vogt begann aufgeregt mit seinem Nachbarn Fulck Larenz zu flüstern. Gleich darauf steckten alle Richter die Köpfe zusammen, das Flüstern wurde lauter, und es sah so aus, als seien sie nicht alle einer Meinung. Seine Unterstützer standen hinter Iven, Monny beugte sich vor.

»Was reden die so lange?«

»Sie wollen es nicht wahrhaben.«

Das Flüstern wurde aufgeregter, Fulck und Wenz schüttelten die Köpfe, die anderen nickten. Iven spitzte die Ohren. Es gelang ihm jedoch nicht, mehr als ein paar zusammenhanglose Worte zu erhaschen, er hörte seinen Namen und den seines Schwagers.

Die Richter schienen zu einer Einigung gekommen zu sein, denn sie nahmen wieder auf ihren hochlehnigen Stühlen Platz. Ogge Jessen räusperte sich, seine Miene gab seine Gedanken nicht preis.

»Iven Levensen hat eine Klage auf Blutrache gegen Henner Wogensen und seine Männer vorgebracht. Er hat schwere Anschuldigungen erhoben, und Unterstützer haben die Richtigkeit seiner Worte bezeugt. Zwölf Unterstützer werden benötigt, es sind allerdings nur elf. Die Klage kann nicht zugelassen werden.«

Iven fühlte, wie ihm das Blut erst nach unten sackte und gleich darauf wieder in den Kopf schoss. Was redete der Vogt? Zwölf freie und ehrenwerte Männer standen hinter ihm.

»Kannst du nicht zählen? Da stehen zwölf«, rief jemand aus der Menge.

»Ich kann zählen.« Ogge Jessen stand auf und musterte die Menschen. Er klang zufrieden. »Da stehen zwölf, aber nur elf davon kann ich als Unterstützer zulassen. Harm Harksen, Euer älterer Bruder wurde erschlagen, Iven Levensen hat es gesagt, und Ihr habt es bestätigt. Euch steht selbst das Recht der Blutrache zu, deshalb könnt Ihr in dieser Angelegenheit nicht für einen anderen zeugen. So wurde es seit altersher gehandhabt, und wir sehen keinen Grund, davon abzuweichen.«

Iven war kein Rechtsgelehrter, dies erschien ihm jedoch als eine sehr kleinliche Handhabung. Er protestierte, doch noch bevor er zu Ende gesprochen hatte, wusste er, dass er die Hardesräte nicht umstimmen konnte. Er erkannte es in ihren verschlossenen Mienen.

»Wir sehen keinen Grund, vom Recht unserer Vorväter abzuweichen. Kommt wieder, wenn Ihr zwölf Unterstützer gefunden habt.«

»Was ist mit Ogge Oggesen?«, flüsterte Monny ihm zu.

Der älteste Sohn des Hardesvogts hatte ihm seine Unterstützung zugesichert, zweimal hatte er bekräftigt, hinter ihm zu stehen, und öfter hatte Iven ihn auch nicht gefragt. Nun stand er halb hinter seiner Mutter und sah aus, als wäre er am liebsten nicht da. Sorgfältig vermied er es, Ivens Blick zu begegnen.

»Der wird nichts sagen.«

»Ruf ihn auf.«

»Schau ihn an. Er versteckt sich hinter Weiberröcken. So einer stellt sich nicht gegen seinen Vater.«

»Ogge Oggesen, was ist mit dir?«, fragte Monny laut.

Der Angesprochene zuckte zusammen. Die ihm zunächst Stehenden rückten ein Stück zur Seite. Alle Blicke richteten sich auf ihn.

»Ich kann dazu nichts sagen«, kam es leise vom Vogtsohn. Er warf Iven einen um Entschuldigung heischenden Blick zu.

Iven war nicht nach Verzeihung zumute. Verloren war verloren, abrupt drehte er sich um.

Mit seinen Cousins Monny und Ketel saß Iven in der Döns des Levensenhofes. Maart und Broder waren auch dabei. Jeder hatte einen Becher Würzbier vor sich stehen. Der Schwachsinnige beachtete seinen allerdings nicht, sondern versuchte, die Finger seiner linken Hand übereinanderzuschichten. Es gelang ihm nicht, sie rutschten immer wieder ab.

»Im letzten Augenblick hatte Ogge Jessen einen Weg gefunden, deine Klage abzuschmettern. Hast du gesehen, wie zufrieden er gewirkt hat?«, sagte Monny und runzelte die Stirn.

»Das lasse ich mir nicht gefallen.« Iven ballte die Rechte zur Faust.

»Was willst du tun?«

»Mir Genugtuung für Leves und Harks Tod holen. Das steht mir zu. ›Ich sage es dir im Vertrauen‹, hat der junge Ogge mir gesagt und mir dabei ins Gesicht geblickt, als wären wir Verschwörer. ›Ich unterstütze jeden, der was gegen die Wogensmannen unternimmt. Mein Vater ist nicht auf dem richtigen Weg, und er hört nicht auf mich. Er will die Edomsharde groß und mächtig sehen, hinter verschlossenen Türen träumt er sogar davon, dass Rungholt dem Hansebund beitritt, und gleichzeitig lässt er diese Piraten gewähren. Ich verstehe es nicht, sie stören den Handel. Welcher Kaufmann will Rungholt anlaufen, wenn er dabei von Piraten überfallen wird? Es hat sich herumgesprochen, dass der Vogt dasitzt und die Hände in den Schoß legt. Die Hamburger werden uns ein Schreiben zukommen lassen und ihre Schäden auflisten.‹ Ich habe ihn gefragt, ob er mein Schwurmann sein will. Ich könne mich auf ihn verlassen. Das habe ich ja gesehen, wohin mich das bringt.«

»Ogge ist mit dem Mund gut. Auf seine Hand gibt man besser nichts.« Monny trank Bier.

Ketel unterbrach ihr sich im Kreis drehendes Gespräch. »Weiß jemand von euch, ob Ogge Jessen richtig entschieden hat und Harm wirklich nicht als Schwurmann auftreten durfte? Du könntest dich an das königliche Gericht mit einer Beschwerde wenden. Ich weiß nicht genau, wie man das nennt. Das ist zu hoch für einen einfachen Salzsieder wie mich.«

Die Idee war gut. Leider besaß niemand von ihnen genügend Rechtskenntnis und wusste, ob der Vogt richtig oder falsch entschieden hatte, und ein zweites Mal wollte sich Iven keine blutige Nase holen. Den guten Eindruck seiner Worte machte Ketel jedoch sofort zunichte, weil er lauernd auflachte. Iven wusste wieder, warum er seinen jungen Cousin nicht mochte.

»Bei dem königlichen Gericht bekommt Ihr es mit dem

Staller zu tun, Herr Iven. Es heißt königliches Gericht, aber Waldemar Atterdag kümmert sich nicht darum. Jeder in der Edomsharde weiß, was er von Ingemar Struck zu halten hat.« Maart trank von seinem Bier und setzte den Becher mit einem Knall ab.

Monny übernahm es, eine neue Runde einzuschenken.

»Das königliche Gericht werde ich nicht anrufen«, sagte Iven langsam. Er hatte eine Entscheidung getroffen. »Ich werde mir mein Recht holen.«

»Wie? Die Wogensmannen werden dir niemals das Manngeld zahlen, das dir nach unserem Recht zusteht, und für Leves Tod sühnen.«

»Den Zeitpunkt hat Henner Wogensen heute verpasst. Ich will sie – jeden Einzelnen von ihnen. Wenn ich mit ihnen fertig bin, werden sie wünschen, niemals Hand an meinen Vater gelegt zu haben.«

»Was wirst du tun?«

Sein Weg lag klar vor Iven. »Ich werde sie jagen, und ich werde sie kriegen. Jeden Einzelnen von ihnen oder alle zusammen. Ich werde vorsichtig sein und überlegt vorgehen. Es ist mir egal, wie lange es dauert und was ich tun muss.«

»Du willst sie hinterhältig ermorden!«, platzte Monny heraus.

»So ist es richtig. Zeig's ihnen, Iven.« Das stammte natürlich von Ketel.

»Ich werde hinter ihnen sein, aber ich werde nicht hinterhältig sein. Wenn es so weit ist, sollen sie wissen, wem sie den Schlag zu verdanken haben.«

»Du bist nur einer, Iven, sie sind sechzig.«

»Jetzt einer weniger«, stellte Maart besserwisserisch fest. Der alte Schäfer hatte zu tief in den Becher geschaut, seine Stimme klang verwaschen.

»Ich bin an deiner Seite«, brachte Ketel hervor und ließ wieder das Auflachen hören, als ob er sich schon darauf freute.

»Ich auch.« Maart zeichnete mit dem Finger Kreise auf die Tischplatte.

»Ich auch«, sagte auf einmal Broder aus seiner Ecke. Er schaute und grinste, zeigte dabei große, gerade Zähne.

»Weißt du überhaupt, worüber wir reden?«

»Wogensmannen. Herr Iven will sie jagen wie räudige Füchse.«

Einmal mehr gelang es Broder, Iven und alle anderen zu verblüffen. Die ganze Zeit saß er stumm da und wirkte, als könnte er nicht seinen eigenen Namen sagen und dann ... Wahrscheinlich war er nicht halb so geistlos, wie er immer wirkte.

»Was willst du dabei tun?«, wollte Iven wissen.

»Wogensmannen jagen. Sie müssen weg.« Das Grinsen war geblieben, aber niemand in der Döns zweifelte an der Ernsthaftigkeit seiner Aussage.

Iven richtete einen durchdringenden Blick auf Monny. »Was ist mit dir?«

»Du bist mein Cousin. Ich bin dabei.«

»Das ist gut. Wir müssen zusammenhalten und schweigen. Niemand darf etwas davon erfahren. Broder?«

»Schweigen.«

»Ich werde ihre schwache Stellen finden und mehr Verbündete. Ich lasse Euch wissen, wenn ich so weit bin.«

Iven lehnte sich auf seinem Stuhl zurück, nachdem die anderen die Döns verlassen hatten. Er verschränkte die Hände hinter dem Kopf. Nie hätte er gedacht, dass es so anstrengend sein konnte, den ganzen Tag zu reden. Er fühlte sich ausgelaugt, als hätte er alle sechzig Schafe des Levensenhofes allein und an einem Tag geschoren. Vielleicht hatte nicht nur Maart ein paar Becher zu viel gehabt, sondern er auch. Tatsächlich war er nicht so zuversichtlich, wie er vor den anderen getan hatte. Er hatte keine Idee, was ein paar Leute gegen eine Bande von Raubrittern ausrichten konnten. Weiter als bis zu seiner Klage hatte er nicht gedacht, und er war auch nicht davon ausgegangen, dass sie scheitern könnte. Jeder wusste, von wessen Hand sein Vater gestorben war. Mit Henner Wogensens Verurteilung und der Zahlung der Wiedergutmachung für den Tod eines freien Mannes wäre er zufrieden gewesen. So sah es das überkommene Recht der Friesen vor, und er wollte sich nicht außerhalb dieser Ordnung stellen.

Als Ogge Jessen die Entscheidung des Gerichts verkündet und dabei kalt gelächelt hatte, war seine erste Idee gewesen, aus dem Hinterhalt über die Wogensmannen zu kommen und einen nach dem anderen zu töten. Der Gedanke war verlockend, aber noch bevor er mit den anderen beisammen gehockt hatte, hatte er ihn schon verworfen gehabt. Das war nicht die Rache eines freien Friesen, sondern die Tat eines Feiglings. Es war nicht, was seinem Vater zustand.

Er war zu müde, um noch einen klaren Gedanken zu fassen. Iven trank den letzten Schluck Bier aus seinem Becher. Er zog den Kittel aus, die Schuhe und die Beinlinge. Er kroch ins Bett und wünschte, er wäre nur halb so alt, wie er in Wirklichkeit war, er könnte heulen, und hinterher wäre alles besser.

***

Seine Finger strichen über die glänzend polierten Perlen aus dunklem Holz und das Kreuz, das zwischen ihnen hing. Es hatte ihn viel Mühe gekostet, alles aus Kirschholz zu schnitzen, zu polieren und zu ölen. Mehrere Abende hatte er unter den wachsamen Augen seiner Schwester damit zugebracht. Sie hatte ihn interessiert beobachtet, sein Tun jedoch mit keinem Wort kommentiert. Wahrscheinlich dachte sie, er habe sich doch besonnen und fertige ein Geschenk für Beke an.

In Rungholt hatte er Silja mit ihrer Magd gesehen, sie schlenderten herum und genossen die warmen Strahlen der

Junisonne. Als St. Petris Glocke am Nachmittag zur Non geläutet hatte, waren sie in die Kirche gegangen und nach einem kurzen Gebet wieder herausgekommen. Er folgte ihnen über den Markt und durch den Ort und beobachtete sie, als sie das Westhargsche Haus durch einen Nebeneingang betraten. Iven wartete einen Moment, ging dann zur Haustür und betätigte den Klopfer.

Im Haus blieb alles ruhig. Er begann zu zählen. Kam er bis zwölf und stand immer noch vor der Tür, wollte er gehen. Bei neun wurde die Tür geöffnet, und die alte Magd stand gebeugt vor ihm.

»Ihr wünscht?«

Iven räusperte sich. »Jungfer Silja, ist sie da?«

»Was wollt Ihr von ihr?«

»Ihr etwas geben, das sie verloren hat.«

»Gebt es mir.« Fordernd streckte die Magd eine Hand aus.

»Ich möchte es ihr selbst geben.«

»Ich kann nicht einfach einen jungen Mann ins Haus lassen.«

»Was gibt es, Gesche?« Aus einer der Türen trat Silja in den Hausflur. Das Haar trug sie offen, es reichte ihr den halben Rücken herunter, ihr Mund glich mehr denn je einer eben erblühenden Rosenknospe. Sie schenkte ihm ein Lächeln. »Warum bittest du Herrn Iven nicht ins Haus? Seid Ihr wegen unseres Käsegeschäftes gekommen? Sagt mir nicht, dass wir es beenden müssen. Ich habe dem Dithmarscher bereits das zweite Mal etwas verkauft, und er hat mich wissen lassen, dass er immer noch mehr will.«

»Kein Käse. Das ist die Sache meiner Schwester. Ich möchte Euch etwas zurückgeben. Ihr habt es vor der Kirche verloren.«

»Vor der Kirche sagt Ihr.« Ihre Augenbrauen hoben sich für einen Moment, dann glitt ein Lächeln über ihr Gesicht. »Das habe ich noch gar nicht bemerkt. Lasst uns hinter das

Haus gehen, dort ist die Luft freundlicher.« Sie warf der Magd einen scharfen Blick zu.

Die knickste und zog sich mit sauertöpfischer Miene zurück. Silja legte sich ein Tuch um die Schultern und führte ihn hinter das Haus. Dort stand unter einem Holunder eine Bank. Sie bot genug Platz, dass zwei Leute bequem darauf sitzen und zwischen sich noch einen Eimer abstellen konnten. Sie setzten sich schicklich jeder an ein Ende der Bank. Iven verbarg die Kette in der Hand. Die Perlen und die Enden des Kreuzes drückten sich in seine Haut.

»Das war schlau, Herr Iven. Ich könnte jeden Tag etwas verlieren, ich bin sehr ungeschickt. Seid Ihr dann jedes Mal da, um es mir zurückzubringen? Was habe ich eigentlich verloren?« Sie schaute ihn von der Seite an.

»Das, Jungfer Silja.« Er hielt die Kette hoch.

Ihre Augen wurden groß. »Ein Geschenk für mich?«

»Ihr habt es verloren, ich bringe es zurück.«

Sie griff nach der Kette, ließ sie durch die Finger gleiten, strich über die Holzperlen und das Kreuz. »Das habt Ihr selbst gemacht.«

»Für Euch.«

»Ich danke Euch. Legt es mir um.« Sie hielt ihm die Kette wieder hin.

Bevor Iven die Kette nahm, schaute er sich um. Sie waren allein, aber das hieß nicht, dass die Magd nicht im Haus lauerte und sie beobachtete. Er legte ihr das Schmuckstück um und achtete streng darauf, nichts zu tun, was als unschicklich ausgelegt werden konnte.

»Ich werde die Kette immer tragen. So etwas Schönes hat mir noch niemand gegeben.« Sie strich über das Kreuz und die Holzperlen. »Es könnte wirklich sein, dass ich öfter etwas verliere, Herr Iven. Ihr müsst in meiner Nähe sein und es mir zurückbringen. Wollt Ihr das?«

»Alles, was ich finde, bringe ich Euch.« Er lachte auf. Immer in ihrer Nähe sein konnte einen Mann betrunken machen. Er hatte gute Lust, wieder die Hände um ihr Gesicht zu legen.

Silja lehnte sich auf der Bank zurück, ihr Gesicht wurde lieblich vom Holunder umrahmt. Er hätte sie den Rest des Tages so ansehen mögen. Einmal mit der Hand über ihr Haar streichen, eine weiche Strähne um den Finger wickeln, oder sie um eine Locke bitten.

»Am meisten tut es mir leid, dass ich kein Mann bin. Das wollte ich die ganze Zeit sagen.«

»Und ich bin gerade froh, dass Ihr kein Mann seid, Silja.« Er war erstaunt.

»Na, ich meine wegen der Klage. Dass ich kein Schwurmann sein kann, ich hätte keinen Moment gezögert. Alle haben gesehen, wie der junge Ogge sich unter der unsichtbaren Hand seines Vaters geduckt hat. Das ist feige. Du sollst das wissen, Iven. Wenn ich etwas tun kann, bin ich dabei.«

Es tat ihm gut, das zu hören, dennoch wünschte er sich Silja nicht anders, als sie war.

»Häufig denke ich daran, wie wir uns das erste Mal auf dem Niedamm getroffen haben. Da dachte ich gleich, dass Ihr – du eine mutige Frau bist«, sagte er versonnen. »Ich bin einige Male spät auf dem Damm gewesen, aber Euch – dich habe ich nie gesehen.« Die vertraute Anrede ging ihm nicht leicht von der Zunge.

»Mein Vater hat mich gehört, wie ich zurückgekommen bin. Er passt seitdem besser auf und lässt mich nicht mehr aus dem Haus. Gesche ist auf meiner Serite und behandelt mich, als wäre ich noch immer elf Jahre alt und hätte gerade meine Mutter verloren. Ich komme übermorgen auf den Levensenhof, um Frau Laefke wieder den Käse abzukaufen.«

»Ich will mit dir nicht über Käse reden«, stieß Iven hervor, »oder mit dir auf einer Bank sitzen und immer daran denken müssen, dass uns jemand beobachten kann.«

»Gesche tut es. Das kann ich dir unterschreiben und siegeln. Sitzen wir noch viel länger hier, wird sie unter einem Vorwand herauskommen. Manchmal gehe ich alleine in den Rungholtwald, da gibt es jetzt Erdbeeren. Mein Vater isst sie gerne mit Milch. Der Bärlauch ist auch reif und kann gepflückt werden.« Bei diesen Worten lachte sie auf.

Iven wünschte sich einen Strohhalm, um darauf herumzukauen oder um seine Hände damit zu beschäftigen. Er sah ihren Rosenmund und konnte nur daran denken, wie weich diese Lippen wohl waren.

Im Haus Westharg wurde eine Tür geöffnet. Gesche spähte heraus. Sie goss einen Eimer Schmutzwasser aus und schaute zu den beiden auf der Bank herüber.

»Was habe ich dir gesagt? Ich gehe besser wieder rein.« Silja legte eine Hand auf das Kreuz. »Das werde ich immer in Ehren halten.«

***

Die Kogge lag im Hafen vertäut. Es herrschte Ebbe, und ihr Deck überragte kaum den Kai. Zwei nebeneinandergelegte Planken bildeten einen Steg. Unter den lauten Kommandos eines Aufsehers trugen Tagelöhner Kisten an Bord, in denen sich in Stroh sorgfältig verpackte Krüge mit Rheinwein befanden. In Säcke verschnürte Stoffballen, Hanf und Bier ergänzten das Sortiment, das der Kaufmann Julius Dürkopp in Rungholt an den Mann bringen wollte.

Andreas stand neben seinem Vater an der Reling und beobachtete, wie Kiste um Kiste, Ballen und Fässer im Bauch der Kogge verschwanden. Dort unten musste die Ladung richtig verstaut und vertäut werden, damit sie auf der kurzen Reise nach Nordfriesland nicht ins Rutschen geriet. Die Kogge fasste achtzig Lasten und damit mehr Ladung, als sie mitnahmen, und die paar Fässer Salz, die sie aus den Uhtlanden mitzubringen gedachten, ließen die Reise kaum lohnend erscheinen. Aber sein Vater wollte aus der Edomsharde eine Urkunde abholen, in der den Hamburgern in der Harde Handelsfreiheit gewährt wurde. Sie konnten jederzeit ihre Waren in der Harde handeln, waren nicht auf den Rungholter Herbstmarkt angewiesen. Sie durften handeln, was sie wollten, soviel sie wollten, sie durften in der Harde sogar einen Handelshof errichten, wie die Deutschen in Brügge einen besaßen oder in Venedig. Die Urkunde war für die Hamburger Kaufmannschaft von großer Bedeutung, und deshalb war Julius Dürkopp beauftragt, sie in Rungholt abzuholen. Deshalb stand Andreas Dürkopp auf der Kogge, deshalb hatte er mit Christoph gestritten, statt mit ihm die Freuden des Lebens zu genießen, deshalb mussten sie in das verschlammte Rungholt reisen. Es gab dort mehr Schafe als Menschen, und mit niemandem ließ sich ein vernünftiges Gespräch führen. Andreas schlug mit der Stiefelspitze gegen die Bordwand.

Bei günstigen Winden und schnellen Geschäften wären sie immer noch wenigstens zehn Tage unterwegs, hatte er sich ausgerechnet. Es könnten aber auch leicht drei Wochen daraus werden. Drei Wochen bis zum nächsten Nachtmahl bei Christoph.

»Nicht so!« Julius Dürkopp sprang auf einmal in den Laderaum der Kogge und fuhr einen Tagelöhner an. »So fällt das Fass bei der kleinsten Welle um und zerschlägt hier unten alles.«

Andreas kletterte hinterher. Er wollte sehen, was seinen Vater in Rage gebracht hatte. Der Tagelöhner war zusammengezuckt und starrte auf seine nackten, schmutzigen Füße. Er hatte ein Bierfass heruntergebracht und es einfach in eine freie Ecke gestellt.

»Es ist doch so schwer«, wagte der Mann einzuwenden.

»Es muss gesichert werden. Dahin mit dem Fass.« Der Kaufmann zeigte auf die andere Seite des Laderaums. Dort liefen Seile durch Ösen an den Spanten – Vorrichtungen, um die Ladung zu sichern.

Augenblicklich gehorchte der Mann und rollte das Fass an die bezeichnete Stelle, er mühte sich mit den Seilen und wusste nicht, wie es zu sichern war. Dieser Kerl arbeitete offenkundig den ersten Tag im Hafen, und wenn er sich nicht mehr Mühe gab, würden dem nicht viele folgen. Andreas stieg über die Leiter zurück an Deck.

Die Ebbe hatte sich inzwischen mit der Flut abgewechselt, Wasser bedeckte bereits den Hafenschlick. Es dauerte nun nicht mehr lange, und die Kogge konnte auslaufen, brachte ihn fort von Christoph.

Der Freund hatte recht, er musste sagen, dass er nicht daran dachte, das Handelshaus Dürkopp zu übernehmen, zu heiraten und eine Familie zu gründen. Sein Vater kletterte ebenfalls an Deck. Natürlich stellte er sich nicht müßig an die Reling und schaute, wie die Flut hereinkam, er sprach mit dem Kapitän und achtete gleichzeitig drauf, dass auch die beiden Kisten mit seiner und Andreas' Habe an Bord gebracht und in der winzigen Kajüte am Heck der Kogge abgestellt wurden.

Niemand sah die schlanke Gestalt in der abgerissenen Kleidung, die an Bord huschte und im Laderaum verschwand. Gleich darauf wurde dessen Luke geschlossen und vertäut.

Vor dem Auslaufen ließ der Kapitän die Mannschaft antreten. Die Matrosen waren alle verwegen aussehende Gesellen, die nicht oft ein Badehaus von innen sahen, dafür waren sie mit spitzen, langen Dolchen bewaffnet. Sein Vater war schon oft mit diesen Männern gesegelt, und als er ihre Reihe abschritt, sprach er jeden mit Namen an und fand ein paar freundliche Worte.

Die Flut hob die Kogge an, die Laufplanken wurden eingeholt, und bevor das Schiff noch länger an den Haltetauen zerrte, gab der Kapitän die Befehle zum Ablegen. Der Bootsmann wiederholte sie, und die Männer setzten sich in Bewegung.

Nachdem die Leinen gelöst worden waren, wurde die Kogge mit langen Stangen vom Kai abgestoßen. Der Hamburger Hafen war eng und durch die vielen vor Anker liegenden Schiffe noch enger, es erforderte seemännisches Geschick, die Kogge zwischen ihnen hindurch zu manövrieren. Alle an Bord atmeten auf, als die Elbe frei vor ihnen lag und das Rahsegel gesetzt war. Sie kreuzten Richtung Nordsee.

Julius Dürkopp stellte sich neben seinen Sohn, stützte die Arme auf der Reling ab. Seine Freude, an Deck seines Schiffes zu stehen, auf Kauffahrt zu gehen, war seiner Miene deutlich anzusehen.

»Warum musst du mich mitnehmen, um aus der Edomsharde eine Urkunde abzuholen? Wenn ich in Hamburg bliebe, könnte ich mich um deine anderen Geschäfte kümmern«, fragte Andreas das, was ihm bereits den ganzen Tag durch den Kopf ging.

»Es sind unsere Geschäfte, und bis du das begriffen hast, wirst du mich begleiten, wann immer ich es verlange. Du bist mein Erbe.«

Andreas wurde ärgerlich, sein Vater behandelte ihn wie ein Windelkind.

Im Laderaum war es dunkel, aber keineswegs ruhig. Die Wellen klatschten gegen die Bordwand, auf dem Deck dröhnten die Fußtritte der Besatzung, die Holzplanken rieben gegeneinander, stöhnten und ächzten. Fiete rollte sich hinter einigen Fässern zusammen, knuffte das schmale Bündel, das seine ganze Habe enthielt, zusammen, bis es ihm als Kopfkissen diente. Er atmete Luft ein, die nach Salz, Holz, Pech und einer Menge Dinge roch, die er nicht kannte.

Er war an Bord eines Schiffes und war auf dem Weg nach irgendwohin. Nur fort von Hamburg, fort von seiner Tante und ihrem schrecklichen zweiten Mann. Er lebte bei ihnen, seit seine Eltern gestorben waren. Sie hatten es als wohltätige Tat hingestellt, dabei ließen sie ihn in ihrer Lederschneiderei schuften, bis er Blasen an den Händen hatte. Fiete holte Holz und Wasser, fegte den Hof, machte Feuer, schliff Messer und Scheren, klopfte das Leder, fettete es ein. Er hatte morgens noch nicht die Augen aufgeschlagen, da schickten sie ihn zu den ersten Arbeiten. Seine Tante hatte von ihrem ersten Mann eine Tochter und von ihrem zweiten einen Sohn und noch eine Tochter. Die Blagen waren alle jünger als er und bildeten sich trotzdem ein, ihm Befehle geben zu dürfen, und seine Tante unterstützte sie darin. Es war kein mildtätiges Werk gewesen, ihn aufzunehmen, lieber hätte er als Waise in einem Kloster gelebt. Seit er zwölf war, suchte er nach einem Weg, dieser Fron zu entfliehen, nun mit vierzehn war es ihm endlich geglückt, wenn nur das Schiff in den Wellen nicht so stampfte und die Luft besser wäre.

Allmählich machte sich auch Hunger bemerkbar. In seinem Bündel befand sich ein Brot, er aß die Hälfte davon. Danach hatte er Durst. Er hatte sich hinter Wasserfässern versteckt, sie waren jedoch verschlossen, und ohne Hilfsmittel ließen sie sich nicht öffnen. Er erkundete den Laderaum, erschrak, als er in kaltes Bilgenwasser griff, fand jedoch kein Brecheisen. Die Erkenntnis, an die Wasserfässer nicht zu kommen, ließ seinen Durst noch größer werden, und er probierte das Bilgenwasser: Es war salzig.

Salzwasser darf man nicht trinken, und wenn man es doch tat, starb man, wusste er. Trank man nichts, starb man auch. Fiete kauerte sich wieder in seinem Versteck zusammen, leckte sich ständig über die trockenen Lippen. Hatte er die eine Hölle gegen eine andere eingetauscht? Er hatte es für eine hervorragende Idee gehalten, auf einem Schiff zu fliehen, weil es ihn schnell weit weg von Hamburg brachte. Inzwischen war er sich nicht mehr sicher, ob sein Plan wirklich so hervorragend gewesen war. Er hatte keine Ahnung, wohin die Kogge unterwegs war und wie lange die Reise dauern sollte. Wie weit segelte ein Schiff an einem Tag, in einer Woche?

Er rollte sich in seinem Versteck zusammen wie ein junger Hund, atmete flach durch die Nase, und die Kogge stampfte durch die Wellen, immer weiter fort von Hamburg. Fiete schluckte seinen Durst hinunter, betete ein Ave Maria und wollte an etwas anderes als frisches, kühles Wasser denken. Es gelang ihm nur schwer.

***

Die Erdbeeren waren winzig, keine größer als sein kleiner Fingernagel. In seiner Hand schienen die süßen Früchte zu verschwinden. Iven suchte nach ihnen im Rungholtwald auf der Lichtung beim Altarstein. Der Pilzring ragte aus den knöchelhohen Pflanzen hervor. Dämonische Kräfte mussten am Werk sein, um Pilze zu dieser Jahreszeit wachsen zu lassen. Er achtete sorgfältig darauf, nicht in ihre Nähe zu gelangen.

Auf dem Weg kam Silja in Sicht, ein Korb baumelte an ihrer Rechten. Sie trug keine Haube, das zu Zöpfen geflochtene Haar hing ihr lang den Rücken herunter. Sie tat so, als sehe sie ihn nicht. Bine hatte er auf dem Levensenhof gelassen, deshalb rannte niemand auf sie zu, um sie schwanzwedelnd zu begrüßen. Er näherte sich ihr von der Seite und legte die gesammelten Erdbeeren in ihren Korb.

»Wir werden den ganzen Tag brauchen, bis der voll ist«, sagte er dabei.

»Es reicht eine Schale für meinen Vater.«

»Und eine für dich.«

Sie suchten noch eine Weile Erdbeeren, und als sie genug hatten, setzten sie sich nebeneinander ins Gras. Iven steckte

Silja eine der roten Früchte in den Rosenmund. Sie aßen jeder ein paar und saßen einfach nur so beieinander. Er genoss ihre Gegenwart.

»Wie kommst du mit den Wogensmannen voran?«, fragte sie.

»Gar nicht.« Bei Silja fiel es ihm nicht schwer, ehrlich zu sein. »Es sieht so aus, als seien sie nicht zu packen. Ich könnte ihnen nachts auflauern – das habe ich auch schon gemacht – und mal hier und mal da einen schnappen.«

»Dann bist du nicht besser als sie.«

»Deshalb mache ich es nicht. Sie sollen bezahlen für das Unrecht, das sie anderen antun. Ich brauche mehr Männer, die auf meiner Seite sind.«

»Wen hast du?«

»Zu wenige. Monny und Ketel natürlich, der Fischer Harm. Maart Schäfer und der junge Broder Brodersen.«

»Der Schwachsinnige«, rief Silja mit einem Auflachen aus. »Der begreift doch gar nicht, worum es geht.«

»Ihm muss man eine Sache nur deutlich erklären, dann versteht er sie so gut wie jeder andere. Er weiß, was meinem Vater passiert ist, wer die Wogensmannen sind und dass sie für Leves Tod verantwortlich sind. Das reicht.«

»Machst du es dir nicht zu einfach?«

»Ich habe nicht so viele Männer an meiner Seite, dass ich wählerisch sein kann. Mit vier oder fünf Leuten gegen sechzig und ohne Hinterlist, das wird nicht einfach. Ich habe mir letzte Nacht ihren Hafen angesehen. Nur das kleinere Schiff lag am Kai, mit dem anderen waren sie wohl unterwegs. Ich möchte nicht in der Haut des Kauffahrers stecken, auf den sie es abgesehen haben. Ihre Schiffe sind im Hafen gut bewacht. Es brannte eine Laterne am Bug, und ich habe mehrere Männer an Bord beobachtet. Es sah so aus, als schliefen einige von ihnen dort. Wenn man ihnen die Schiffe nimmt und mit einer Armee vor die Burg zieht ... Eine Armee müsste man haben, weder der Staller noch Ogge Jessen könnten sich dann weigern.«

»Kannst du nicht Männer in den anderen Harden finden? Aus der Pellwormharde oder aus den Dreilanden? Sie leiden auch unter den Wogensmannen.«

»Die kennen mich nicht und vertrauen mir nicht. Die Leute aus der Pellworm- und der Edomsharde sind nicht gut aufeinander zu sprechen. Von denen kann ich keine Hilfe erwarten, und bei den Dreilanden ist es nicht anders. Ich brauche Ogge Jessen und den Staller. Irgendetwas muss ich finden, um sie zum Handeln zu zwingen.«

»Stehen deine Schwurmänner nicht auf deiner Seite?«

»Es ist ein Unterschied, vor Gericht einen Eid zu schwören oder mit der Waffe in der Hand gegen eine Burg zu marschieren.«

»Ich helfe dir«, sagte Silja leise. »Gib mir ein Schwert, und ich verkleide mich als Mann.«

»Kommt nicht in Frage! Ich könnte es nicht ertragen, wenn dir etwas zustößt. Hör auf mit den Wogensmannen, reden wir lieber von was anderem.«

»Worüber?« Silja lehnte sich zurück, stützte sich mit den Händen im Gras ab und hielt das Gesicht in die Sonne.

»Über uns.«

»Was gibt es da zu reden?«

»Einiges. Dass wir nebeneinander im Rungholtwald sitzen, ist doch kein Zufall.«

»Ein Zufall ist das wirklich nicht.« Silja lachte auf. Sie lachte überhaupt gerne. »Ich bin in den Wald gegangen, um Erdbeeren zu sammeln, und du bist auch in den Wald gekommen wegen der Erdbeeren. Dabei haben wir uns getroffen.«

Sie drehte den Kopf und ließ ihn ihren schlanken Nacken sehen. Das war kokett. Er hob die Rechte und fuhr mit dem Zeigefinger die Linie ihres Halses nach bis zum Ausschnitt des Kleides. Dort verharrte er. »Das meinte ich.«

»Iven.«

»Nicht reden.« Er rückte näher zu ihr, nahm ihr Gesicht in beide Hände.

Ihre Lippen fanden sich zu einem scheuen Kuss.

»Das wollte ich tun, seit ich dich das erste Mal auf dem Niedamm gesehen habe.«

»Wer redet nun?«

Diesmal neigte Silja sich zu ihm und berührte seine Lippen mit den ihren. Dieser zweite Kuss dauerte länger, bis Silja sich abrupt von ihm löste. Sie sprang auf.

»Ich muss gehen. Mein Vater wird misstrauisch, wenn ich zu lange fortbleibe.«

»Silja.« Er sah nur noch ihre wehenden Röcke zwischen den Bäumen verschwinden.

Iven lehnte sich im Gras zurück. Er schmeckte noch ihren Kuss. Das schönste Mädchen Rungholts ließ sich von ihm küssen. Die Rache war auf einmal nicht mehr das Einzige in seinem Leben.

Kapitel 3

Die Kogge hatte die sanften Wellen der Elbe verlassen, in der Nordsee klatschten kurze Kabbelwellen an die Bordwand, brachten das Schiff zum Schaukeln. Hinter ihnen geriet die Küste Wurstens außer Sicht, an Steuerbord diente die Dithmarscher Küste als Orientierung.

Andreas stand am Bug und schaute aufs Meer. Als die Kogge in ein besonders tiefes Wellental eintauchte, hob sich sein Magen. Er würgte, und als es gleich darauf aufwärtsging, würgte er wieder. Sauerer Mageninhalt quoll in seinen Mund. Er spie ihn über Bord und wischte sich die Lippen mit dem Handrücken ab.

Es war klar, dass er nicht unbeobachtet geblieben war. Als er sich umdrehte, sah er zwei Matrosen miteinander tuscheln und in seine Richtung grinsen. Er hatte keine Zeit, sich über sie zu ärgern, die Reste seiner letzten Mahlzeit wollten heraus. Er fühlte sich so elend, dass er sich festhalten musste.

»Der Herr ist ganz grün im Gesicht. Nicht jeder verträgt das Meer«, sagte einer der beiden grinsenden Matrosen, und sein Tonfall war kein bisschen mitfühlend.

Als er nichts mehr im Magen hatte, erbrach Andreas bittere Galle. Zu allem Übel nahm der Seegang zu, immer öfter stürzte die Kogge in ein Wellental, um gleich darauf einen Wellenberg zu erklettern. Er wünschte sich weit fort in sein Hamburger Bett, die Decke über beide Ohren gezogen und allein mit seinem Elend. Die Pritsche in der winzigen Kabine reizte ihn nicht, außerdem fürchtete er, zu schwach zu sein, als dass seine Beine ihn bis dorthin trugen. Er betete ein Ave Maria nach dem anderen, spuckte zwischendurch Galle und schämte sich. Warum musste es ausgerechnet ihn treffen?

Den Sohn eines seefesten Kauffahrers. Er konnte sich vorstellen, wie die Männer über ihn feixten. Und sein Vater? Schämte auch er sich für den Sohn?

Der Kaufmann trat neben ihn, hielt ihm einen Becher Wasser hin. »Trink das!«

Andreas gehorchte. Das Wasser schmeckte frisch, noch dauerte die Reise nicht so lange, dass es in den Fässern faulig wurde. Kaum hatte er es heruntergeschluckt, würgte er es wieder heraus.

»Dann versuch das Brot.« Sein Vater hielt ihm einen Kanten hin.

Allein der Gedanke, etwas zu essen, sorgte dafür, dass er sich über die Reling beugen musste.

»Kein Essen«, murmelte er anschließend.

»Brot hilft, die Seekrankheit zu überwinden. Manchen trifft es auf der ersten Reise, andere erst später. Bete zur Jungfrau Maria, dass sie dich wieder verlässt, denn ein Kaufmann zur See … muss schon seefest sein.«

Das mache ich nicht noch einmal mit, dachte Andreas und aß vorsichtig einen Krümel Brot. Ob es gegen die Seekrankheit half, sollte er nicht erfahren, denn in diesem Moment wurde ein Schiff voraus gemeldet. Es kam genau auf sie zu. Sein Vater beschirmte die Augen mit der Rechten.

»Keine Kogge, kleiner«, sagte er. »Was wollen die?«

»Eine Schnigge! Piraten!«, tönte gleich darauf der Ruf über das Deck.

In die Mannschaft kam Bewegung. Andreas' Seekrankheit war wie weggeblasen. Die Matrosen stellten sich in einer Zweierreihe an Decke auf, im Sonnenlicht blitzten ihre langen Messer.

»Wogensmannen. Dieses Pack treibt immer noch sein Unwesen in der Nordsee«, knirschte Julius Dürkopp. Er hielt ein Kurzschwert in der Rechten.

Andreas zog ebenfalls sein Schwert und stellte sich dicht

neben den Vater. Seine schweißfeuchte Hand umklammerte die Griffstange. Wie jeder Hamburger Junge hatte er den Umgang mit Waffen gelernt, in letzter Zeit seine Übungen allerdings vernachlässigt. Er fühlte sich nicht zum Kämpfer berufen, sein Körper erinnerte sich jedoch an das einmal Gelernte. Er stand breitbeinig da, festen Halt auf den schwankenden Schiffsplanken suchend.

Das kleinere Schiff der Piraten war so nah herangekommen, dass Gesichter zu erkennen waren: wilde Gesellen, die den Matrosen auf der Kogge in nichts nachstanden. Aber weniger Männer als auf der Stormbrut fuhren, Andreas schätzte ihre Überlegenheit auf zwei zu eins. Die Begegnung war ärgerlich, kostete sie Zeit und den einen oder anderen Matrosen. In Gefahr fühlte er sich nicht. Ein einzelnes Piratenschiff hatte gegen ihre gut bemannte Kogge keine Chance. Er schaute sich um. An Steuerbord begleitete sie immer noch die Küste Dithmarschens auf ihrem Weg nach Norden, Backbord erstreckte sich die offene See bis Helgoland, bis England und noch viel weiter. Kein Segel unterbrach die Eintönigkeit der Wasserfläche. Im Bug des Piratenschiffes stand ein breitschultriger Mann wie ein Fels, er trug einen zerbeulten Brustharnisch und den Helm eines Ritters – offenbar der Anführer. Grimmig betrachtete Andreas ihn. Als ihre Blicke sich kreuzten, zuckte er zurück, hätte beinahe weggeschaut, so voll Hass und Gier und Kälte schaute der Pirat, rief seinen Männern etwas zu, was auf der Kogge nicht zu verstehen war. Das kleinere Schiff drehte ab, pflügte durch die Wellen, und der Abstand zum Kauffahrer vergrößerte sich schnell.

»An eine schwer bewaffnete Kogge trauen sie sich nicht«, frohlockte Julius Dürkopp.

»Wir waren ihnen doppelt überlegen.« Die Gefahr war vorüber. Andreas spürte die Seekrankheit wieder nach ihm greifen. Seine Knie wurden weich. Schnell steckte er das Schwert weg.

Der Kapitän brüllte Befehle, die Matrosen nahmen ihre Arbeit wieder auf. Dürkopp legte seinem Sohn eine Hand auf die Schulter.

»Du bist von meiner Art, ich habe es immer gewusst. Aus dir wird noch ein Hansekaufmann.«

Das seltene Lob machte Andreas stolz. Er konnte das Gefühl jedoch nicht genießen, sein Magen schlug Salti, er beugte sich über die Reling. Als er wieder sprechen konnte, keuchte er: »Danke, Vater.«

Julius Dürkopp stand nicht mehr hinter ihm.

Gestern war der vierte Tag der Reise gewesen. Fiete hatte für jeden Tag mit seinem kleinen Messer eine Kerbe ins Holz der Kogge geritzt. Die Matrosen hatten die Wasserfässer angebrochen, und nachdem die Deckel einmal geöffnet waren, konnte er auch trinken. Sein Brot hatte er gestern Morgen aufgegessen, seitdem knurrte sein Magen, und der Geruch nach Kohlsuppe und Grütze, der zu ihm herüberwehte, machte es nicht besser. Er trank Wasser gegen den Hunger, aber auch nicht zu viel, damit es nicht auffiel.

An diesem fünften Tag war alles anders: Die Kogge hatte angelegt, und an Deck herrschte Betriebsamkeit. Aus dem Laderaum wurden Ballen und Kisten geholt. Sie hatten offensichtlich das Ziel ihrer Reise erreicht. Fiete zog sich in die dunkelste Ecke zurück und wartete. Gegen Abend kehrte Ruhe auf der Kogge ein. Er schlich sich das Fallreep hoch und schwang sich an Deck. Dort stand am Heck ein einzelner Matrose und schaute in Richtung Land.

Fiete kauerte sich hinter den Mast und blickte sich um. Sie lagen neben einer anderen Kogge in einem Hafen, der nicht halb so groß war wie der Hamburger. Das Land war flach und eingedeicht, über den Deichkronen ragten Hausdächer auf, Rauch von Kochfeuern kräuselte sich in der Luft. Fiete meinte, Gerüche nach Suppe und Fisch wahrzunehmen; der

Hunger rumorte in seinem Bauch. Er klemmte sich sein Bündel unter den Arm und schlich zur Bordwand. Es waren nur ein paar Schritte, aber der Weg kam ihm weit vor.

»He, du!«

Fiete sprintete los, sprang auf die Reling und stieß sich ab.

»Bleib stehen!« Die Wache rannte ebenfalls los.

Er landete auf allen Vieren im Schlick, sprang gleich wieder auf und rannte weiter, in eine füllige Frau hinein, die ihn Flegel schimpfte. Bevor sie ihn festhalten konnte, war er an ihr vorbei. Hinter ihm schrie der Matrose, dass man ihn aufhalten solle. Er riskierte einen Blick über die Schulter, an Deck der Kogge waren weitere Seeleute aufgetaucht. Und die Männer dachten nicht daran, ihn ziehen zu lassen, die ersten sprangen eben an Land. Mit gesenktem Kopf stürmte Fiete weiter.

Einfache Holzhäuser mit Reetdächern standen auf Warften, ein Kirchturm überragte sie. Wenn er sich in das Gotteshaus retten konnte ... Er rannte auf Stegen zwischen ihnen hindurch, wich Hunden und Hühnern aus und lauschte auf die Verfolger hinter ihm. Als er einen zweiten Blick riskierte, stolperte er über einen Knüppelzaun und wurde am Kragen gepackt.

»He, Bursche.« Das Platt klang fremd, aber er verstand die Worte.

Ein junger Mann zog ihn auf die Beine, hielt ihn am ausgestreckten Arm und betrachtete ihn. Sein Griff war fest. Fiete gelang es nicht, sich zu befreien. Drei seiner Verfolger erreichten sie, kamen schlitternd zum Stehen.

»Gib uns den Burschen«, verlangte einer.

»Was wollt ihr von ihm?« Der Fremde hielt ihn weiter fest, schob sich aber zwischen Fiete und die Seeleute.

»Er hat sich auf unserer Kogge als blinder Passagier versteckt. Unser Kapitän wird ihn bestrafen.«

»Welches Schiff?«

»Die Stormbrut gehört dem Kaufmann Julius Dürkopp aus Hamburg. Wir sind heute angekommen.«

»Ich habe das Schiff gesehen. Was wird euer Kapitän mit ihm machen?«

Die Männer zuckten die Schultern. »Ihn verprügeln, ihn zur Strafe das Schiff schrubben lassen und ihn davonjagen.«

»In dieser Reihenfolge?« Sein Peiniger überlegte, hielt ihn dabei immer noch fest am Oberarm gepackt.

Dann spürte er, wie der Griff sich langsam lockerte. Fiete konnte es erst nicht glauben, aber als die Hand nur noch leicht auf seinem Arm lag, schüttelte er sie mit einer wilden Bewegung ab. Für einen Augenblick kreuzte sich sein Blick mit dem des jungen Mannes; er sah Verständnis in dessen Augen aufblitzen. Der Mann ermöglichte ihm die Flucht, und noch einmal würde er sich nicht einfangen lassen. Er stob davon.

***

Dass er sich auf seinem eigenen Hof verbergen musste. Ogge Jessen schnaufte. Er hatte so getan, als wollte er auf den Abtritt gehen, tatsächlich strebte er mit einer Fackel in der Hand dem Winkel zu, an dem Scheune und der Stallteil des Hauses aneinanderstießen. Wüsste seine gute Jürken, was er vorhatte, sie würde noch mehr zetern, als sie es ohnehin tat. Erst recht sein Sohn, der junge Ogge, dessen Rechtschaffenheit ihm geradezu aus dem Gesicht fiel. Wenn er daran dachte, was beim Gerichtstag beinahe passiert wäre, könnte er ihn jeden Tag mit dem Ochsenziemer verprügeln, und nicht nur das eine Mal, als er es tatsächlich getan hatte. Etwas war bei der Erziehung des Jungen gründlich danebengegangen, er hätte sich mehr darum kümmern sollen, statt ihn den Weibern zu überlassen. Das Beste wäre es wohl, ihn in ein Kloster zu stecken, obwohl es nicht üblich war, den Ältesten diesem Schicksal zu überantworten. Zum Glück hatte er noch seinen Jüngsten, den sechsjährigen Ketel, der so spät gekommen war, dass er und Jürken bereits alle Hoffnung aufgegeben hatten. Ketel war ein vielversprechender Draufgänger, der schon in seinem zarten Alter wusste, dass man im Leben nicht vorankam, wenn man sich von Bedenken leiten ließ. Guter Junge.

Am verabredeten Platz war niemand. Ogge Jessen hob die Blendlaterne und schaute sich um. Ließ der Kerl ihn auch noch warten! Der Hardesvogt zerdrückte einen gotteslästerlichen Fluch zwischen den Lippen. Es begann zu regnen. Er überlegte, ob er einfach wieder gehen sollte. Am Ende stellte er sich dicht neben das Haus, damit seine massige Gestalt möglichst wenig Regen abbekam. Er wollte drei Vaterunser beten und danach gehen. Die Blendlaterne stellte er vor sich ab und faltete die Hände, begann, die unbekannten lateinischen Worte herzusagen. Er hatte das zweite Vaterunser beinahe beendet, als er leise Hufschläge hörte. Ogge Jessen spähte um die Hausecke. Er ahnte es mehr, als dass er wirklich sah, dass dort ein Pferd herangeführt wurde. Er hob die Fackel auf Augenhöhe, und als ihr Schein bis zu dem Ankommenden reichte, erkannte er seinen Besucher. Der kam die letzten Schritte heran.

»Soll der ganze Hof wissen, dass du dich mit mir triffst? Dann können wir auch in deine Döns gehen, und du bietest mir ein Bier an. Halte das Licht tiefer, Bruder.« Henner spuckte einen Grashalm aus, auf dem er herumgekaut hatte.

Ogge Jessen ließ sich nicht gerne was sagen, dennoch musste er einsehen, dass sein Halbbruder – auf diesen Unterschied legte er Wert – recht hatte. Er senkte die Laterne. »Er wird keine Ruhe geben.«

»Wer?«

»Iven Levensen. Auf dem Gerichtstag konnte ich ihn gerade noch stoppen.«

»Ach der.« Henner Wogensen lache kurz auf. »Das muss

ein junger Wirrkopf sein. Wir haben lange nicht mehr so gelacht wie über diese Klage. Ich wäre fast gekommen.«

»Zum Glück nicht. Zwölf Schwurmänner, und du hättest die Sache vergessen können. Du verstößt gegen unsere Abmachung.«

»Welche Abmachung?« Henner Wogensen bückte sich in gespielter Gleichgültigkeit, rupfte einen neuen Grashalm aus und steckte ihn sich zwischen die Zähne.

»Das weißt du genau: Lass die Uhtländer in Frieden, sonst bin ich nicht mehr an mein Wort gebunden. Was du auf dem Meer treibst, ist mir egal. Das geht mich und die Edomsharde nichts an. Wenn das nicht mehr gelten soll, brauchst du es nur zu sagen, es gibt genügend mutige Männer in der Harde.«

»Und der mutigste davon bist wohl du«, spottete Henner Wogensen. »Meine Männer und ich halten uns an unsere kleine Absprache, wir vergehen uns nicht an Uhtländern – der Hund beißt nicht die Hand, die ihn in ihrer Halle duldet.«

»So wie bei Leve Levensen und seinem Schwiegersohn.« Der Spott triefte von seinen Lippen. Schlimm genug, dass er mit solchem Geschmeiß in der Familie leben musste. Sein Halbbruder war zugleich seine Geißel, nicht einmal Jürken wusste von der Verwandtschaft. Kam das je heraus, konnte er nicht nur diesen schönen Hof in Gaickebull, sondern auch das Amt des Hardesvogts vergessen. Er musste froh sein, wenn er dann mit dem nackten Leben davonkam. Blut war dicker als Wasser, denn wie sollte er den einfältigen Leuten erklären, dass Henner Wogensen ihn in der Hand hatte, weil sie Halbbrüder waren? Absetzen und davonjagen würden sie ihn.

»Das war ein Unglück, ein Unfall.« Henner wirkte auf einmal ungewohnt ernst.

»Das werde ich Leves Sohn und Tochter sagen. Die arme Frau hat nicht nur den Vater, sondern auch den Ehemann verloren, aber damit werden sie nicht zufrieden sein.«

»Was können meine Leute dafür, dass die beiden auf einmal wie aus dem Erdboden gewachsen vor ihnen standen. Keiner hat verlangt, dass sie dem Kaufmann von der Geest beispringen, dem meine Jungs gerade zu gottgefälliger Armut verhelfen wollten. Die beiden haben gekämpft wie toll, einer meiner Männer ist auch draufgegangen, und drei weitere sind verletzt worden. Ich wollte unser Abkommen nicht brechen, das musst du mir glauben.«

Langsam, aber sicher wurde sein Halbbruder ihm unheimlich, so verzagt kannte er ihn nicht. Sollte ihn etwa das Gewissen wegen den beiden Rungholtern plagen. Er selbst kannte keines, und Leute, die sich von ihrem leiten ließen, waren ihm stets unangenehm, denn er konnte sie nicht einschätzen. War Henner womöglich mit dem linken Fuß aufgestanden, oder hatte sein Pferd ihn abgeworfen? Unziemliches Mitleid ließ der Hardesvogt nicht aufkommen.

»Deine Männer vergnügen sich mit Raub und Totschlag, und den Ärger überlässt du anschließend mir. Ich kann sehen, wie ich die jugendlichen Heißsporne ruhig halte, denn ich vergesse trotz allem nicht, dass du mein Halbbruder bist.« Er unterbrach sich, tat so, als denke er nach, und fuhr dann fort, eine Idee vor seinem Halbbruder auszubreiten, die sich anhörte, als wäre sie ihm eben gekommen. Dabei hatte er sie sich vorher sorgfältig zurechtgelegt. »Auf der anderen Seite und wenn ich es mir recht überlege, ist nicht alles verloren. Leve Levensen war ein Querkopf in der Harde, nicht wenige werden froh sein, dass er weg ist. Ihm gehörte der Levensenhof in Rungholt, nicht so groß wie der Brodersenhof, aber mit gutem Land, seine Schafe weiden in Trindermarsch, sie sind gesund und fett und das restliche Vieh ebenso. Das ist ein schöner Besitz, der an seinen Sohn gegangen ist. Der Schwiegersohn war bloß ein Fischer, der ist egal, aber den Hof will ich haben. Ich werde dem Jungen den Hof abkaufen zu einem Preis, mit dem er glücklich ist und der mir nicht wehtut. Du und deine Männer werden dafür sorgen, dass er mir den Hof überlässt. Das bist du mir schuldig.«

»Ich schulde dir nichts. Wir sind keine Spielpuppen, die du nach deinem Willen tanzen lassen kannst. Der Junge ist mit seiner Klage gescheitert, das reicht mir. Ich will keinen Krieg in der Harde anzetteln.« Henner tippte sich an die Stirn und spuckte seinen durchgekauten Grashalm aus. Diesmal bückte er sich nicht, um einen neuen Halm abzureißen.

»Das wirst du tun. Werft den jungen Levensen in einen Brunnen, verprügelt ihn, treibt sein Vieh davon und was weiß ich. Er darf nicht ernsthaft zu Schaden kommen, damit er mir den Hof noch verkaufen kann. Danach könnt ihr mit ihm machen, was ihr wollt.«

»Hat dir der Allmächtige deinen Verstand geraubt?«

»Denk dran, dass eine Menge heißblütiger junger Männer darauf warten, euch den Garaus zu machen.«

»Und du denk dran, dass ich nur ein paar Sätze über unseren gemeinsamen Vater sagen muss, und du bist erledigt. Ich vielleicht auch, aber dich nehme ich mit.«

»Das wagst du nicht.«

»Henner Wogensen eine Memme – wenn sich das in der Harde herumspricht.« Ogge Jensen gab sich keine Mühe, den Spott aus seinen Worten herauszuhalten.

»Du wirst den Mund halten, Bruder. Vergiss nie, wer ich bin und wie viele kampferprobte Männer hinter mir stehen.« Henner funkelte ihn mit Blicken zornig an.

»Halbbruder.«

»Geschenkt. Ein falsches Wort von dir, und du bist geliefert. Ich kann mir sicher sein, meine Männer zögern nicht, deshalb schlage ich vor, dass du ganz ruhig bist.«

Ogge Jessen hatte immer gewusst, auf was für ein gefährliches Spiel er sich einließ, wenn er seinen Halbbruder deckte, aber wenn man einmal was von ihm brauchte …

»Du kannst mit Iven Levensen machen, was du willst, solange er mir den Hof verkauft. Die Schwester lässt du in Ruhe. An Frauen vergreifen wir uns nicht.«

»Pass auf, was ich mache ...« Henner Wogensen löste die Verschnürung seiner ledernen Hose, holte seinen Pimmel heraus und pisste dem Vogt einen Strahl vor die Füße.

Ogge Jessen wich einen Schritt zurück. Er bemühte sich, in seiner Miene nichts von seinem Widerwillen sehen zu lassen, als er sagte: »Was hindert mich, dir hier und jetzt einen Dolch in den Wanst zu rammen?« Er zog sein Messer aus der Scheide und presste die Klinge gegen den Bauch seines Bruders.

»Deine Feigheit. Du zitterst, und allein bei dem Gedanken, selbst Hand anlegen zu müssen, dreht sich dir der Magen um. Du bist einer, der andere die Drecksarbeit für sich machen lässt.« Henner schob seine Hand mit dem Dolch beiseite. »Bestelle mich nie wieder her, wenn du das nächste Mal was willst, kommst du auf die Hennersburg. Du bekommst einen Krug gutes Bier und ein ordentliches Stück Fleisch zwischen die Zähne. Bei uns zählt Gastfreundschaft noch was.«

Sein Halbbruder bestieg sein Pferd, wendete es und schnalzte mit der Zunge. Er verschwand in der Dunkelheit. Ogge Jessen schnürte ebenfalls seine Hose auf und pisste einen dicken Strahl auf den Boden. Er hätte Henner die Dolchklinge in den Wanst stoßen sollen, nur so als Warnung. Dieser Gedanke brachte ihn zum Husten, bis er das Gefühl hatte, keine Luft mehr zu bekommen. Der Teufel sollte ihn holen! Das war nicht so gegangen, wie er es sich gedacht hatte. Und den Sturschädel des jungen Levensen hatte er schon kennengelernt, aber außer den Wogensmannen kannte er noch andere Mittel, um ihn mürbe zu machen. Die Uhtlande waren voll von armen Schluckern, die für ein paar Pfennige ihre Frau verkauften. Er brauchte ja nur einen Nadelstich hier, einen Nadelstich da. Der Bengel hatte nicht die

Zähigkeit des alten Leve, und was seine Methoden nicht zuwege brachten, erledigte die Schwester für ihn. Die Weiber waren hasenherzig. Sobald ihnen der Wind kräftig ins Gesicht blies, fielen sie um. Gleich morgen würde er ein paar Leute finden aus einer anderen Harde. Der Levensenhof musste seiner werden.

Ogge Jessen nahm die Blendlaterne und machte sich auf den Weg zurück zum Haus.

***

Sie hatte nur verlangt, er solle sie nach Gröde bringen, damit er und Beke sich trafen. Den Plan, ihn mit der Salzarbeitertochter zu verkuppeln, hatte Laefke noch nicht aufgegeben. Es wird ihr nicht gelingen, dachte Iven, als er über den Deich schlenderte und einen Stein mit dem Fuß vor sich her trat. Der Deich hätte Pflege bitter nötig. Der Kleiboden war viel zu weich, am Fuß gab es sogar zwei Stellen, wo Grassoden herausgespült waren. Jede Flut fraß sich dort ein kleines Stück tiefer ins Erdreich, weichte es von innen auf. Bis die Krone einsackte, dann brauchte es nicht mehr als eine Springflut, und Gröde stand unter Wasser. Ein paar Schaufeln Kleierde, einen halben Nachmittag Arbeit, und der Schaden war behoben. Iven schüttelte den Kopf über so viel Nachlässigkeit.

Auf dem Deich kamen ihm zwei Männer entgegen, die sich lautstark stritten, wie wenig Salz der Torf dieses Jahr hergab. Anscheinend waren sie über die tatsächliche Menge uneins. Einfaches Nachwiegen könnte helfen. Sie hörten mit dem Streiten auch nicht auf, als sie Iven bemerkten. Er machte ihnen Platz, dennoch rempelte ihn einer an.

»He, du!«, fuhr er auf.

»Was willst du?« Der Rempler stellte sich mit erhobenen Fäusten vor ihn. Er war breiter als Iven, seine Hände waren groß wie Mühlräder. Der andere war von ähnlicher Statur.

Einer war blond, und der andere hatte Haare von schmutzig brauner Farbe.

Sie musterten ihn misstrauisch. »Du bist doch der Bruder von Frau Laefke. Was schleichst du hier herum?«

»Ich schleiche nicht.«

Bei einer Prügelei mit den beiden zog er den Kürzeren, aber er hatte auch keine Lust, sich von ihnen dumm kommen zu lassen. Einen Vorteil hatte er: Er trug sein Schwert, sie waren unbewaffnet.

»Du treibst dich rum.«

»Ich warte, bis meine Schwester Frieder Gunnesens Frau behandelt hat. Das ist doch wohl eure Mutter?«

»Das geht dich nichts an.«

»Ist eure Familie für die Erhaltung dieses Deichabschnitts zuständig?«

»Warum?«

Beide standen mit erhobenen Fäusten vor ihm. Iven wich einen Schritt zurück und senkte die Stimme. »Weil er schlecht gepflegt ist. Da unten frisst jede Flut ein Stück aus ihm heraus, bis die Krone einbricht. Das Gras ist zu lang und der Boden viel zu weich. Es fehlen Schafe, um den Deich zu beweiden.«

»Kümmere dich um deinen eigenen Kram. Was geht dich unser Deich an?«, fauchte der blonde Rempler.

»Wir brauchen auf Gröde keine Rungholter Jüngelchen, die uns Vorschriften machen«, bekräftigte der Schmutzigbraune.

»Die Deiche in den Uhtlanden gehen uns alle an. Wenn eine Flut sie wegreißt, wird das ganze Land überspült.«

»Hörst du, wie geschwollen der Rungholter daherredet. Der hält sich für was Besseres.«

Sie hoben beide die Fäuste.

»Ich wüsste noch was Besseres für euch, wo ihr eure Rauflust austoben könnt«, sagte er schnell. »Zieht mit mir gegen die Wogensmannen, und ihr bekommt einen gerechten Anteil an dem, was sie in ihrer Burg gehortet haben.«

»Der Rungholter Junge hält sich für den Staller persönlich.«

Bevor Iven etwas erwidern konnte, stürzten sie sich auf ihn. Er hatte sein Schwert erst halb aus der Scheide gezogen, als ihn ein Kinnhaken traf und ihn rückwärts auf den Deich schickte. Der Blonde ließ sich auf ihn fallen, bearbeitete ihn mit Fäusten, während der andere ihm in die Rippen trat. Iven schützte das Gesicht mit den Armen und versuchte gleichzeitig, aus der Reichweite der beiden zu robben.

»Seid ihr verrückt geworden«, drang auf einmal Bekes schrille Stimme an sein Ohr. »Marten, Roder!«

Beke stieß den Schmutzigbraunen weg und zerrte den Blonden am Kragen.

»Marten, Roder!«, schrie sie die beiden immer wieder an. »Seine Schwester kümmert sich um Mutter, damit sie wieder gesund wird. So dankt ihr es.«

Die Erwähnung der Kranken brachte die beiden zur Besinnung. Sie ließen von Iven ab, standen aber weiter mit geballten Fäusten vor ihm und schossen unter langen Stirnfransen trotzige Blicke auf ihre viel kleinere und zartere Schwester.

»Er hat uns beleidigt«, sagte der Blonde.

»Ihr seid auch beleidigt, wenn ein Schwein in eurer Nähe furzt.«

Iven hatte sich aufgerappelt, befühlte seine Nase und seinen Kiefer. Blut klebte an seinen Fingern, sonst schien alles in Ordnung zu sein.

»Herr Iven.« Beke leckte sich verlegen die Lippen. »Kommt zum Brunnen, dort könnt Ihr Euch waschen. Haben sie Euch arg wehgetan?«

»Es geht.« Seine aufgeplatzte Lippe schmerzte beim Sprechen, das war nichts, was man vor einer Frau zugab.

Am Sodenbrunnen zog Beke einen Eimer Wasser für ihn herauf, und er wusch sich das Blut ab. Die junge Frau goss den Eimer aus und klopfte Staub aus seiner Jacke, zog sie ihm zurecht. Marten und Roder verschwanden hinter dem armseligen Haus, in dem die Familie des Salzarbeiters Frieder Gunnesen in drangvoller Enge lebte. Frieder und seine Frau hatten sieben Kinder, wusste er von Laefke, und sie allen lebten in einem Haus, das kleiner war als das Gesindehaus auf dem Levensenhof.

»Diese beiden, ich weiß nicht, was bei denen schiefgegangen ist. Es tut mir wirklich leid, was sie mit Euch gemacht haben. Soll ich Euch einen Becher Bier holen? Wir haben allerdings nur Würzbier.«

Iven lehnte ab. »Wie geht es Eurer Mutter, Jungfer Beke.«

»Viel besser. Sie hat neue Hoffnung, seit Eure Schwester zu ihr kommt. Frau Laefke wollte nicht einmal eine Bezahlung dafür. Einen Bernstein werde ich ihr trotzdem geben.« Sie zwinkerte ihm zu.

Im ersten Moment wusste er nicht, was sie meinte, bis ihm sein erstes Gespräch mit ihr einfiel. Sie hatte damals davon gesprochen, Laefke einen Bernstein zu geben. Er schenkte ihr ein vorsichtiges Lächeln. »Eure Mutter ist bestimmt bald wieder gesund.«

Sie begann zu strahlen. »Ihr seid uns nicht gram.«

Er schüttelte den Kopf, wusste nichts mehr zu sagen, und das Schweigen zog sich unangenehm in die Länge, bis Laefke endlich aus dem Haus kam. Sie sah sein ramponiertes Gesicht, schwieg jedoch, bis sie im Ewer saßen und Gröde hinter sich gelassen hatten.

»Keine Ausflüchte«, sagte Laefke streng. »Woher stammt das Blut an deiner Lippe? Sage mir nicht, du bist auf dem Deich ausgerutscht, dabei passiert so etwas nicht, und ein Tölpel bist du auch nicht.«

»Ich habe mir auf die Lippe gebissen«, versuchte er es trotzdem.

»Dir hat jemand draufgeschlagen. Wer?«

»Ich habe Bekes ältere Brüder getroffen. Sie mögen mich nicht.«

»Was hast du gemacht?«

Laefke hörte sich an wie der Strander Propst beim Send.

»Ich habe ihnen gesagt, sie müssen ihren Deich in Ordnung bringen, sonst säuft Gröde irgendwann ab. Das haben sie nicht gern gehört.«

»Iven«, fuhr sie auf. »Ich könnte auf den Gedanken kommen, du legst es darauf an, verprügelt zu werden.«

»Die beiden waren auf Ärger aus.«

»Du hast es darauf angelegt«, wiederholte seine Schwester. »Vater und Hark sind wegen so etwas erschlagen worden. Du weißt doch, wie Vater war. Die Deiche waren sein Ein und Alles, und immer hat er sich darüber aufgeregt, wie schlecht sie gepflegt werden. Alle hat er damit vor den Kopf gestoßen, den Vogt, den Hardesrat, die Chorherren, die Fischer, einfach alle. Du machst genauso weiter.«

»Sie wurden von den Wogensmannen erschlagen und nicht weil sie sich um die Deiche gekümmert haben. Wenn die Leute auf Gröde so weitermachen, reicht eine Springflut aus, und das Wasser strömt über den Deich.«

»Du machst dir überall Feinde. Bei Bekes Brüdern hast du es darauf angelegt, das nehme ich dir übel.«

»Du kannst an nichts anderes denken, als mich mit diesem Mädchen zu verheiraten.« Iven hatte das Segel gesetzt, der Ewer nahm Fahrt auf. Er nahm auf der Bank im Heck Platz.

»Du musst heiraten, Bruder. Außer dir kann niemand für den Fortbestand der Levensens sorgen. Willst du, dass wir aussterben?«

Er wollte es nicht, aber er wollte auch nicht sein Leben für den Fortbestand der Levensensippe geben. Er wollte heiraten, weil er den Rest seines Lebens mit der Frau verbringen wollte, so wie es bei seinen Eltern gewesen war, bevor der Tod viel zu früh die Mutter zu sich geholt hatte. Laefke hatte auch aus Zuneigung heiraten dürfen. Dasselbe Recht wollte er für sich in Anspruch nehmen. Er wollte Silja Westharg.

»Du kannst noch einmal heiraten.«

»Wen denn? Kein Mann will die Enkelin von Großmutter Eyde heiraten, das habe ich mehrfach zu hören bekommen.«

»Außer Broder Brodersen.«

»Willst du, dass der Fortbestand unserer Sippe von Broder Brodersen abhängt?«

Nein, das wollte er nicht. »Ich will aber auch nicht Beke von Gröde heiraten.« Iven korrigierte eilig das Segel, wendete den Ewer, bis sie vor dem Wind lagen. Sie waren in flaches Wasser der Schluth geraten und mit der Backbordseite bereits über Grund geschrammt.

Auf Gröde schüttelte Beke das Kopfkissen ihrer Mutter auf und wärmte für sie eine Schüssel Hafergrütze. Ihre Brüder waren nach dem Streit mit Iven Levensen nicht wieder aufgetaucht. Ein Glück für die beiden – sie war immer noch so wütend auf sie, dass sie mit der Schöpfkelle auf sie losgegangen wäre. Ihrer Mutter hatte sie nichts davon gesagt, sie wollte die Kranke nicht aufregen.

Nachdem die Mutter die Schale Grütze gegessen hatte, bestand sie darauf, aufzustehen und sich mit ihren Spinnwirteln vor das Haus in die Sonne zu setzen. Alle Proteste Bekes halfen nichts. Sie blieb allein im Haus zurück und kontrollierte die Vorräte. Hafer war nicht mehr viel da, der Roggen reichte nur noch für wenige Tage. Sie würde einen ihrer Bernsteine verkaufen müssen, denn bis der Vater und die beiden Streithammel ihren Lohn als Salzarbeiter ausgezahlt bekämen, dauerte es noch acht Tage. Beke seufzte. Sie gab etwas Roggen in die Handmühle und brauchte ihre ganze Kraft, um den schweren Mühlstein in Bewegung zu setzen;

als er sich erst einmal drehte, ging es leichter. Das gleichmäßig kratzende Geräusch beruhigte sie.

Die Haustür flog auf, und Frieder Gunnesen trat ein, er musste den Kopf einziehen. Kleierde klebte an seinen Stiefeln, er zog seinen schmutzigen Arbeitskittel aus und ließ sie einfach zu Boden fallen, bevor er sich in den mit einem Schaffell gepolsterten Stuhl des Hausherrn fallen ließ. Ein gewaltiger Rülpser übertönte sogar das Geräusch der Mahlsteine.

»Beke«, brüllte ihr Vater. »Bier.«

Sie hielt die Mühlsteine an und beeilte sich, ihrem Vater einen Becher Würzbier zu bringen. Sie stellte ihn auf den Tisch ab.

»Braves Mädchen.« Frieder Gunnesen tätschelte ihre Hand.

Er hatte bereits was getrunken, roch sie an seinem Atem. Zwei oder drei Becher Bier brachten ihn in eine leutselige Stimmung, sonst hätte er ihr keine seiner raubeinigen Zärtlichkeiten zukommen lassen.

»Lass das Mehl und setz dich zu mir«, verlangte er sogar.

Beke gehorchte.

»Deiner Mutter geht es besser, sagt sie.«

»Frau Laefkes Medizin macht sie gesund.«

»Das Weib tut hoffentlich nichts, was den Geboten unseres Herrn widerspricht.« Ihr Vater nahm einen tiefen Zug von seinem Bier. »Über die wird in den Uhtlanden geredet. Es gefällt mir nicht, wenn sie kommt.«

»Sie tut nichts Unrechtes, Täte. Ich passe auf.«

»Man hört eben allerlei.« Er hielt ihr den leeren Becher hin, und Beke füllte ihn erneut. »Du bist meine gute Tochter. Auf dich kann ich mich verlassen, das weiß ich.« Wieder tätschelte er ihre Hand.

Sie setzte sich wieder auf die andere Tischseite auf einen Schemel und betrachtete ihren Vater. Frieder Gunnesen war ein verschlossener Mann, der nicht viel redete und von seinen Gedanken noch weniger nach außen dringen ließ. Beke biss sich auf die Unterlippe und überlegte, ob sie eine Sache zur Sprache bringen sollte, die ihr auf der Seele brannte. Ungefragt schenkte sie ihrem Vater noch einen Becher Bier ein.

»Da ist etwas«, begann sie langsam. »Viele Mädchen von Gröde, die so alt sind wie ich, sind verheiratet. Einige haben sogar schon Kinder. Ich …«

Ihr Vater schaute in seinen Becher, und sie war sich nicht sicher, ob er ihr zuhörte oder seinen eigenen Gedanken nachhing. Sie fasste sich ein Herz.

»Hast du jemanden zum Heiraten für mich gefunden? Ich will keine alte Jungfer werden.«

Frieder Gunnesen schaute auf. »Beim Allmächtigen, du bist wirklich groß geworden. Heiraten, eh. Alt genug bist du.« Ihr Vater trank von seinem Bier. »Ich muss mich umsehen. Ein Mann für meine hübsche Tochter.«

»Täte, da ist …«

»Wer ist der Strolch, der seine Blicke nicht von meiner Tochter lassen kann?«

»Kein Strolch, wo denkst du hin. Und es ist nicht wirklich … also … na ja … Er tät mir schon gefallen.« Sie senkte verschämt den Blick. »Er kommt manchmal mit Frau Laefke. Wir haben uns bisher nur kurz unterhalten und waren nie alleine.«

»Doch nicht der Rungholter, der deine Brüder verprügelt hat. Schlag dir den aus dem Kopf.« Ihr Vater donnerte die Faust auf den Tisch. »Ich habe genau gesehen, was er getan hat.«

Beke zuckte zusammen. Woher wusste er von dem Streit? Sie hatte gedacht, ihr Vater sei im Salzkoog gewesen.

»Sie haben doch angefangen. Marten und Roder, du weißt, wie sie sind«, rief sie in höchster Not aus.

»Sie sind anständige Jungen. Meine Söhne. Eines sage ich

dir, Tochter, einen von den Rungholtern bringst du mir nicht ins Haus. Hast du mich verstanden? Du wirst nie wieder ein Wort mit diesem gottlosen Kerl reden.« Die Stimme ihres Vaters war immer lauter geworden, am Ende schrie er.

»Hast du mich verstanden?«, brüllte er ihr noch einmal entgegen, als sie nicht reagierte.

Langsam nickte sie. »Ja, Täte.«

Sie lief aus dem Haus und über den Deich, hielt erst an, als sie sich sicher war, dass niemand aus ihrer Familie sie mehr sehen konnte. Das hatte sie gründlich verbockt. Warum hatte sich Iven auch mit ihren Brüdern prügeln müssen? Und warum hatte ihr Vater das beobachtet? Aber als Iven sie hinterher beim Brunnen angesehen hatte – sie bekam seinen Blick nicht aus ihren Gedanken. Beke schaute über die Schluth, die bei Ebbe beinahe trocken unter der Abendsonne lag. Mechanisch schweiften ihre Augen über den Schlick, suchten nach Bernstein.

KAPITEL 4

Der Regen tropfte Iven in den Kragen, während er im Dunkeln auf der Kante des Altarsteins im Rungholtwald hockte und sich fragte, ob Silja kommen würde. Erdbeeren gab es nur noch wenige, aber sie kannte andere Kräuter, die sich im Wald suchen ließen. Bisher war sie jedoch nicht aufgetaucht. Als er vom Levensenhof fortgegangen war, hatte es nur genieselt, inzwischen war der Wind aufgefrischt, und es regnete Wollfäden vom Himmel. Der Regen war in seinen Umhang gekrochen, die Feuchtigkeit drang durch seine Schuhsohlen.

Er beobachtete die Erlen, die sich im Wind wiegten. Er wurde immer nasser. Silja kam nicht mehr – vernünftig bei diesem Wetter, er hätte auch zu Hause bleiben sollen. Trotzdem konnte er sich nicht entscheiden, seinen Platz aufzugeben. Der Regen tropfte ihm weiter in den Kragen. Im Wald kreischte ein Vogel, ihm gefiel das Wetter offenbar auch nicht. Vielleicht wartete er auch auf eine Vogelfrau – oder er ärgerte sich, dass sich seine Futterkäfer verkrochen hatten. Aus einer anderen Ecke des Waldes antwortete ein zweiter Vogel. Es hatte keinen Sinn, noch länger zu warten. Iven rutschte vom Steinblock herunter und schüttelte sich. Tropfen flogen nach allen Seiten. Er ging am Westhargschen Haus vorbei. Die Fensterläden waren geschlossen, durch die Ritzen schien Licht. Iven blieb unter dem Dachüberstand des Nachbarhauses stehen. Es überraschte ihn selbst, wie sehr er sich wünschte, Silja möge herauskommen, und wenn es auch nur für einen Augenblick war. Das hohe Miauen einer Katze lenkte ihn ab. Das Tier kam um die Hausecke und strich mit aufgestelltem Schwanz um seine Beine. Iven schob es weg, doch das nahm das kleine Wesen übel: Fauchend schlug es Zähne und Krallen in seine Wade. Wie spitze Nadeln fuhren die tierischen Waffen in seine Haut, und er hatte Mühe, das Vieh abzuschütteln.

»Verschwinde!«

Bei Westhargs wurde die Seitentür geöffnet. Eine Gestalt erschien im Türrahmen. Es war nicht Silja, die Gestalt stand dafür viel zu gebückt. Es musste die Magd sein, und sie hielt etwas in der Hand, das verdächtig nach einem eisernen Tiegel aussah. »Ist da wer? Zeig dich, du Lump.«

Dieser freundlichen Aufforderung widerstand er, stattdessen machte er sich auf den Heimweg. Der letzte trockene Faden an seinem Leib war endgültig durchnässt, als er auf dem Levensenhof ankam. Ein Talglicht hing neben der Tür unter dem Dachüberstand und wies ihm den Weg. Er öffnete die Tür leise – die Angeln waren mit Fett eingeschmiert und machten kein Geräusch – und schlich auf Zehenspitzen durch die Döns zu seiner Bettnische und der Truhe mit den trockenen Kleidern.

»Wo kommst du her, bei diesem Wetter?«, ertönte es aus der Küche. Laefkes Stimme klang, als hätte sie nur darauf gelauert, dass er ins Haus schlich.

Er fuhr zusammen und gab es auf, leise zu sein. »Aus Boye Harksens Schenke.«

»Bei diesem Wetter gehst du raus?«

»Jungen Männern liegt es nicht, Tag für Tag in der Döns zu sitzen und ihrer Schwester beim Spinnen zuzusehen.«

»Ich habe heute genäht«, korrigierte sie ihn und kam aus der Küche. »Du wirst mir nicht erzählen wollen, dass du von der Schenke bis hierher dermaßen nass geworden bist. Hast du dich auf dem kurzen Weg verlaufen?«

»Es regnet ziemlich heftig«, log er, zog erst die Stiefel und danach den Umhang aus. Aus dem Stoff tropfte das Regenwasser.

»Du siehst auch, als hättest du im Regen gestanden«, stellte die Schwester fest.

»Das ist meine Sache.« Das Verhör war ihm unangenehm. Er zog seine restliche Kleidung aus und trocknete sich ab, bevor er in trockene Beinlinge und einen Kittel schlüpfte.

»Du warst bei ihr. Bei dem Kaufmannsmädchen.«

»Genau. Ich habe mit ihrem Vater in der Döns gesessen und Bier getrunken. Wir werden richtig gute Freunde werden.«

»Das kann ich mir nicht vorstellen«, sagte Laefke ernst. Sie hatte noch nie gemerkt, wenn er Scherze machte. Schon als Kind hatte sie alles für bare Münze genommen.

»Natürlich nicht. Heinrich Westharg lädt mich nicht in sein Haus ein. Ich war im Wirtshaus.«

»Wer war noch da?«

»Laefke, es reicht.«

»Wer war noch da?«

Das Talglicht beleuchtete ihr Gesicht, er sah die Sorgenfalten auf ihrer Stirn.

»Die Kerle, die immer da sind.«

»Wer?«

Das war genug. »Laefke, du bist meine ältere Schwester, deshalb musst du jedoch nicht jeden meiner Schritte überwachen. Das kann ich nicht leiden. Ich bin der Herr auf diesem Hof.«

»Ich fürchte, du wirst etwas Dummes tun. Ich sehe ein Unglück, aber ich weiß nicht, was es sein wird und wen es betrifft. Es ist hinter einem Nebel verborgen.«

Er ging auf seine Schwester zu und strich ihr mit einem Finger über die Wange. »Und deshalb bewachst du mich strenger als Bine? Was passieren soll, wird passieren, und wir können nichts daran ändern. Der Allmächtige wacht über uns.«

»Was machst du da, Gesche?«

»Ich kontrolliere die Fenster und Türen.« Die Magd rüttelte an den Fensterläden in der Küche.

Silja stand mit einer Schürze am Tisch und knetete einen Teig, ihre Arme waren bis zu den Ellenbogen mit Mehl bestäubt. Vor Anstrengung war sie rot im Gesicht. »Weswegen? Meinst du, bei hellem Tag und Regen schleicht in Rungholt ein Dieb um die Häuser?«

»In diesen Zeiten kann man nie vorsichtig genug sein. Euer Vater wird es mir nicht verzeihen, wenn ich nachlässig bin und etwas passiert.«

»Seit wir in Rungholt leben, warst du nicht einen Tag nachlässig. Und davor auch nicht.« Silja klatschte den Klumpen Teig auf den Tisch, eine Mehlfontäne staubte hoch.

»Hinter dem Haus ist jemand herumgeschlichen. Ich habe es gehört. Das Gesindel aus den Katen treibt sich nun schon zwischen den Häusern ehrlicher Leute herum.« Gesche rüttelte an der verschlossenen Tür.

»Das war eine Katze, der der Regen genauso wenig gefällt wie uns Menschen.«

»Ich habe einen Mann gesehen«, beharrte Gesche. »Am Ende war das der junge Mann, der Euch die Kette mit dem Kreuz geschenkt hat. Ich bin alt, aber ich sehe, dass Ihr zu einer Schönheit herangewachsen seid, so wahr mir Gott helfe. Eurem Vater wird das nicht gefallen, wenn ihr Euch mit einem jungen Mann abgebt, das gehört sich für ein anständiges Mädchen nicht.«

Silja berührte die Kette zwischen ihren Brüsten. Ihr Vater hatte dieses neue Schmuckstück an ihr nicht bemerkt, aber Gesche war es nicht entgangen. Bisher hatte sie sein Auftauchen nicht erklärt. Konnte das Iven gewesen sein, der im Regen vor dem Haus gestanden hatte? Sie hatte ihm gesagt, sie würde in den Wald kommen, aber bei dem Regen war sie lieber zu Hause geblieben. Silja überlegte einen Moment, was sie der Magd antworten sollte.

»Was immer du für einen Schatten gesehen haben willst, auf mich wartet niemand. Es regnet draußen, das hast du doch bemerkt.«

»Ich weiß, was ich gesehen habe«, murmelte Gesche stur. »Das muss ich Eurem Vater sagen.«

»Du bist ein altes Zeterweib. Nach dem Tod meiner Mutter habe ich gehofft, in dir etwas zu finden, das sie nicht ersetzt, aber einer Mutter nahekommt. Du hast dich immer um mich gekümmert und mein Vertrauen vergiltst du mir jetzt so.«

Sie wusste, wie sie die Magd packen konnte – Gesches strenge Miene wurde weich. »Das mache ich doch, Kindchen. Ihr seid mir so lieb wie die Tochter, die ich nie hatte. Gerade deswegen muss ich auf Euch achtgeben, bis Euer Vater einen guten Mann für Euch gefunden hat.«

»Das braucht er nicht«, trumpfte Silja auf. »Ich habe sein Versprechen, mir meinen Ehemann selbst aussuchen zu dürfen. Bevor wir nach Rungholt gekommen sind, hat er es mir gegeben. Ich soll so glücklich werden, wie er mit Mama gewesen ist.«

»Wo hat man so etwas schon gehört!« Gesche schüttelte den Kopf. »Als ob ein junges Ding wie Ihr wisst, was gut für Euch ist.«

»Ich bin kein dummes Ding. Vater sagt mir häufig genug, wie stolz er auf seine kluge Tochter ist.«

»Am Ende wollt Ihr diesen Bonden heiraten, der die Kette gebracht hat. Ich habe genau gesehen, wie Ihr ihn anschaut.«

»Das ist Iven Levensen. Ihm gehört der Levensenhof. Er ist unverheiratet und eine gute Partie. Aber du kannst beruhigt sein, ich treffe mich mit niemandem im Regen vor dem Haus.« Die Lüge kam ihr glatt über die Lippen – das würde sie Pater Fulbertus beichten müssen. Hinter dem Rücken

hielt sie Daumen und Zeigefinger der rechten Hand ge-
kreuzt. Danach wandte sie sich wieder dem Teigklumpen vor
ihr zu, walkte ihn noch einmal kräftig durch, bevor sie ihn in
eine Schüssel legte und mit einem Tuch bedeckte. Die Schüssel stellte sie neben den Herd. Bis zum nächsten Morgen ruhte der Teig neben der langsam verglühenden Herdwärme,
und dann wurde daraus Brot gebacken.

***

Gesche kämmte Siljas Haare, bis sie glänzten und wie Seide
über ihren Rücken fielen. Die Magd flocht einen Haarkranz
und steckte blaublütige Vergissmeinnicht hinein. Silja trug ihr
bestes Kleid, ein himmelblaues Oberkleid mit geschlitzten
Ärmeln über einem weißen Unterkleid.

Als Gesche mit ihr fertig war, betrachtete sie sich in einem
silbernen Handspiegel. Sie begutachtete ihr Gesicht von beiden Seiten und fand sich blass. Ein paarmal kniff sie sich in
die Wangen, beobachtete, wie die Haut sich rötete. Gleich
sah sie frischer aus.

Vor ihr auf dem Tisch lag ein Kästchen aus Ebenholz mit
Perlmuttverzierungen. Es stammte aus dem Kalifat Granada
und hatte einst ihrer Mutter gehört. Silja klappte den Deckel
auf, zuoberst lag eine goldene Brosche, in die Mitte war ein
Bernstein eingelassen – ihre Mutter hatte die Brosche immer
getragen. Sie hielt sich das Kreuz an den Ausschnitt. Damit
sah sie aus wie eine sehr züchtige Frau. Hübsch sollte sie sich
machen, hatte ihr Vater gesagt. Er erwartete Geschäftspartner
und wollte die Kaufleute aus Hamburg mit seiner Tochter
beeindrucken.

Das Kästchen enthielt außerdem ein Paar Ohrringe, kleine
aus Bernstein geschnittene Blätter an einer goldenen Kette,
unterhalb des längsten Blatts hing noch eine Perle. Ein dazu
passender Ring war auch vorhanden, ein Siegelring. Einge-
schnitten war das Siegel der Familie Tammes, der Familie

ihrer Mutter. Gesche erriet ihre Gedanken, denn sie klappte das Kästchen zu.

»Das taugt alles nicht für eine unverheiratete Frau. Nehmt das Silberkreuz, das Ihr immer getragen habt, bevor das Holzding seinen Platz einnahm.«

»Damit sehe ich langweilig aus.«

»Ihr seht aus, wie es sich für die Tochter eines geachteten Kaufmannes gehört. Euer Vater wird stolz auf Euch sein.« Gesche legte ihr die Kette um und duldete keinen Widerspruch.

Silja warf einen letzten Blick in den Spiegel, bevor sie in die Döns ging.

Dort unterhielt sich Heinrich Westharg mit seinen Besuchern. Deren Kogge hatte am Morgen im Hafen festgemacht. Silja wusste von ihnen nur, dass sie Vater und Sohn waren, Julius und Andreas Dürkopp. Ihr Vater lachte gerade, während er dem älteren Dürkopp einen Humpen einschenkte. Silja schlug die Augen nieder, durch die Wimpern betrachtete sie die Hamburger. Der ältere sah erfahren und zäh aus, sein Sohn kam ihr dagegen weich vor, in wenigen Jahren wäre er fett. Beide hatten keine Ähnlichkeit miteinander.

»Sehr hübsch Eure Tochter, Herr Westharg.« Julius Dürkopp musterte sie, wie er auch einen Ochsen betrachtet hätte, bevor er ihn kaufte.

Sein Sohn gönnte ihr nur einen kurzen Blick, starrte dann auf den Tisch, als läge dort etwas, das nur er sah. Silja wäre am liebsten wieder aus der Döns gelaufen. Sie blieb – schließlich hatte sie ihrem Vater versprochen, seinen Hamburger Geschäftsfreunden mit Respekt zu begegnen, und eine Westharg hielt stets ihr Wort.

»Ich habe mit Eurem Vater etwas zu besprechen, Jungfer Silja. Zeigt doch meinem Sohn in der Zwischenzeit Rungholt.« Dürkopp sprach keine Bitte aus, es war ein Befehl.

Der junge Mann erhob sich, er schien froh zu sein, aus dem Haus zu kommen. Was dachte der alte Kaufmann, was

Rungholt für ein Ort war – ein kleineres Hamburg, dessen Wunder jeder Fremde sehen wollte? Sie hatte die Hansestadt nie gesehen, stellte sich aber exotische Wunderdinge vor: Häuser, die bis in den Himmel reichten, und alle aus Stein. Sie ging mit dem jungen Dürkopp vor das Haus.

»Was wollt Ihr sehen, werter Herr?«

»Gibt es irgendetwas, was anzuschauen sich lohnt? Das Haus der Kaufmannsgilde?«

»Schafe gibt es viele in den Uhtlanden, auch Rinder und Mutterstuten, sie haben jetzt Fohlen. Süße kleine Pferdchen. Wenn Ihr einen Marsch nicht scheut, kann ich sie Euch alle zeigen.«

Er sah aus, als denke er ernsthaft über ihr Angebot nach. Humor hatte er nicht für einen Lübscher Pfennig.

»Ich möchte den Markt sehen, das Haus der Kaufmannsgilde.«

Silja gelang es, ihr Lachen in ein Hüsteln umzumünzen. Was dachte der Mann sich? »Den Markt habt Ihr gesehen, Herr Dürkopp. Er befindet sich am Hafen hinter den Lagerhäusern.«

»Da war nichts.«

»Doch. An Markttagen baut man einen Tisch auf und legt seine Waren darauf und verkauft sie, oder man öffnet ein Fass und verkauft den Inhalt, schnürt Ballen auf …«

»Einfach so?«

»Ein Knecht des Hardesvogts kommt vorbei, meist früher als später, und verlangt den Marktzoll. Zum nächsten Markt kommt er wieder und verlangt den Zoll noch einmal, wenn man dann wieder Waren verkauft. Im Herbst gibt es einen großen Markt, da werden richtige Stände aufgebaut, und zu dem kommen die Leute aus den ganzen Uhtlanden und den Dreilanden und Kaufleute von überallher.«

»Der Rungholter Viehmarkt.«

»Nicht nur Vieh, auch Wolle, Korn, Bernstein und natürlich Salz werden verkauft. Die Uhtlande sind reich, mein Herr. Die Marsch bringt gute Ernten.«

»Und Ihr seid gut informiert, Jungfer Silja.«

»Ich habe meinen eigenen Handel.«

»Womit?«

»Käse.«

»Euer Vater erlaubt das?«

»Ich stehe am Anfang. Mein Geschäft ist noch sehr bescheiden. Eigentlich habe ich nur einen einzigen Kunden, und dem habe ich erst zweimal etwas verkauft.« Sie lachte auf. »Ich nehme dazu mein eigenes Geld und habe bisher erst ein paar Pfennige verdient. Könnt Ihr Euch an Eure ersten verdienten Pfennige erinnern?«

»Nein.«

»Wollt Ihr mir einen Käse abkaufen? Er ist so zart, dass er auf der Zunge zergeht und schmeckt doch würzig.«

»Wenn der Preis stimmt und der Käse so gut schmeckt, wie Ihr behauptet, sage ich nicht Nein.« Es hörte sich an, als wollte er endlich Ruhe vor ihrem Geplauder haben. Silja gab sich damit zufrieden, die Qualität ihrer Ware sollte für sie sprechen.

Sie waren zwischen den Warften hindurch zum Rungholtsiel gewandert. Der Graben nahm seinen Anfang im Wald nordöstlich des Ortes, dort war er kaum einen Schritt breit, im Ort konnte er schon von den Lüttfischerbooten befahren werden, noch weiter in Richtung der Hever wurde das Siel breit genug für Koggen.

Andreas Dürkopp atmete schwer neben ihr und versuchte beim Gehen, einen Klumpen Klei abzuschütteln, der unter seinem linken Stiefel klebte. Auf dem weichen Damm sammelte sich immer wieder neuer Klei unter seiner Sohle.

»Das Haus der Kaufmannsgilde«, erinnerte er sie milde.

»Besteht nur in Eurem Kopf, Herr Dürkopp. Es gibt in Rungholt keine Kaufmannsgilde, alles wird im Hardesrat oder in der Marienbruderschaft besprochen. Jedes Mitglied – hier wie dort – ist Kaufherr und Bauer.«

»Wie Euer Vater?«

»Er ist nicht Mitglied des Hardesrates, genießt aber dessen Vertrauen, und außerdem ist er kein Bonde, er betreibt drei Salzbuden. Ich könnte Euch die neue Kirche zeigen, sie ist dem heiligen Petrus geweiht. Der Bischof ist eigens aus Schleswig gekommen, vor zwei Jahren. Die alte Kirche war nur halb so groß.«

»Zeigt mir die neue Kirche, Jungfer Silja.«

Sie kehrten auf dem Damm um, und dem jungen Hamburger gelang es endlich, den Klei unter dem Stiefel loszuwerden.

»Der Kirchturm ist von jedem Punkt in Rungholt zu sehen.« Silja deutete nach vorne, wo sich der Turm über die Häuser erhob.

Andreas Blick folgte pflichtschuldig ihrer ausgestreckten Hand.

»Die Kirche ist das erste in Rungholt und der Edomsharde aus Stein errichtete Gebäude, und sie hat auch ein richtiges Ziegeldach. Viele glaubten, die Warft sei nicht stark genug, ihr Gewicht zu tragen. Sie sind während des Baus jeden Tag hingegangen und haben nachgeschaut, ob die Kirche noch steht oder in sich zusammengesackt war. Das ist St. Petri.« Sie führte Andreas über den Bohlenweg und durch das Kirchgatter auf die kreisrunde Warft. In der Mitte erhob sich der steinerne Kirchbau. Nördlich davon und mit diesem nicht verbunden stand der Turm. Er war aus dänischer Eiche und Buche errichtet, denn selbst der größte Optimist hatte nicht geglaubt, dass die Warft auch noch das Gewicht eines steinernen Turms würde tragen können.

Andreas blieb gleich hinter dem Gatter stehen und betrachtete St. Petri schweigend. Auf einmal sah Silja die Kirche mit seinen Augen. Ein kleines rundes Gebäude aus rotem

Ziegelstein, wenige schmale Fenster mit hölzernen Läden, kein buntes Glas, das sie noch nie gesehen, von dem sie aber gehört hatte. Die Tür besaß kein eindrucksvolles Portal, an einer Seite stand ein Baugerüst, um erste Ausbesserungsarbeiten am Dach vorzunehmen, aber der Dachdecker war zu einem lohnenderen Auftrag nach Lund gereist. Den Rungholtern kam St. Petri großartig vor, einem Hamburger musste die Kirche schäbig erscheinen. Der hölzerne Turm mit dem Reetdach machte alles noch schlimmer.

»Wollt Ihr das Innere sehen, Herr Dürkopp?«

Der Hamburger zuckte zurück, als hätte sie ihn gefragt, ob er das Fegefeuer besichtigen wollte.

»Es gibt einen von der Bruderschaft gestifteten Altar, an dem jeden Tag drei Vaterunser gebetet werden und ein schön geschnitztes Chorgestühl. Die Holzschnitzer sind eigens aus Schleswig gekommen. Es ist schön geworden, und obwohl es schon zwei Jahre fertig ist, riecht es immer noch neu, nach Holz und Leinöl«, bot sie versöhnlich an.

Die Aussicht auf Holz- und Ölgeruch stimmte ihn nicht milder, denn er schüttelte entschieden den Kopf. Arroganter Großstädter! Er mit seinem Ansatz zum Doppelkinn und den weichen Händen sollte sich nicht über andere lustig machen, dachte Silja böse. Wer einen Mann wie Iven Levensen kannte, verschwendete keinen zweiten Gedanken an Andreas Dürkopp.

»Eine Kirche ist ein geweihter Ort, ihn sollte man nicht betreten, nur um seine Neugier zu befriedigen«, erklärte er.

»Wir können ja beten zur Heiligen Jungfrau, zum Erzengel Michael und zum heiligen Nikolaus.«

»Jungfer Silja.«

Er klang auf einmal streng wie Pater Fulbertus – strenger, und Silja wurde sich bewusst, was sie gerade gesagt hatte. Mit diesen Dingen machte man keine Scherze. Sie hatte sich hinreißen lassen von seinem schlaffen Äußeren und auf ein ebenso weiches Inneres geschlossen, mit dem sie ungestraft ihren Spott treiben konnte. Dabei steckte in ihm offenbar ein ernsthafter junger Mann.

»Ich entschuldige mich«, sagte sie. »Wir sollten wirklich hineingehen und beten, und St. Petri ist das einzig Sehenswerte in Rungholt.« Spontan griff sie nach seiner Hand.

In diesem Moment kam der Chorherr Dietrich Gotgemak aus der Kirche und entdeckte sie beide, Hand in Hand wie ein vertrautes Paar. Er sah erst erstaunt aus, dann als verstehe er die Sache, und endlich schaute er sie strafend an, weil sie sich auf dem Kirchhof Vertraulichkeiten mit einem Mann herausnahm.

»Wollt Ihr Euren Begleiter nicht vorstellen, Jungfer Silja?«

Gehorsam nannte sie Andreas' Namen. »Wir müssen wieder gehen«, fügte sie schnell hinzu, denn unter den Augen des strengen Chorherrn hatte sie keine Lust mehr, das Innere der Kirche zu besichtigen.

Bevor Herr Gotgemak noch etwas sagen konnte, hatten sie den Kirchhof verlassen. Auf der Warft hinter der Kirche ragte der Baukran in die Höhe und zog Andreas' Aufmerksamkeit auf sich.

»Was wird da gebaut?«

»Die Häuser der Chorherren. Sechs sollen es einmal werden, bisher sind aber nur zwei fertig, und am dritten wird gebaut. Jedes Haus soll Heim für zwei Chorherren bieten.«

»Wo sind die Übrigen untergekommen?«

Silja druckste herum. Sie hatte das Gefühl, es werfe kein gutes Licht auf die Uhtländer, wenn sie erzählte, unter welch beengten Verhältnissen die Chorherren lebten. »Nun, ja …«, begann sie zögerlich.

»Gebt es doch zu, dass sie in Rungholt so armselig leben wie die Kätner. Der Herr eben ist nicht zu beneiden.«

Arroganter Städter! Was bildete er sich ein? Silja schnappte nach Luft. Unangenehm wurde ihr bewusst, dass tatsächlich vier Chorherren in einer Kate auf dem Sibinghhof wohnten, bis ihre Häuser gebaut waren.

»In Hamburg fallen die fertigen Häuser einfach vom Himmel«, rettete sie sich schließlich in Spott.

»Das nicht. Dort wird aber an Häusern gebaut, während man hier darauf wartet, dass Engel vom Himmel herabschweben und diese Arbeit verrichten.«

»Es sind zwei oder drei Leute da.«

»Die Chorherren sollen noch in diesem Jahrhundert in ihre Häuser einziehen? Ärgert Euch nicht, Jungfer Silja. In Hamburg stockt auch so mancher Bau. Ich weiß von einem Speicher, der Jahr um Jahr nicht fertig geworden ist, und als endlich die zweite Giebelwand stand, ist tags darauf die erste eingestürzt. Die Zwischendecke zum Dachboden musste in der ganzen Zeit zweimal erneuert werden, weil das Holz vom Regen durchgefault war.«

»Es war aber nicht Euer Speicher?«

»O nein. Unser steht seit zwei Generationen. Das Beste an dieser Geschichte ist, der andere Speicher gehörte einem Kaufmann, der viel mit Ziegeln und Holz handelte. Nach dieser Sache hieß er nur noch der Luftziegelmann, und keiner wollte mehr was bei ihm kaufen. Den Speicher hat er nie fertiggestellt und Hamburg bald darauf verlassen.«

»Ihr verulkt mich.«

»Jedes Wort davon ist wahr. Ich schwöre es.« Andreas Dürkopp sah zum ersten Mal während ihres Spaziergangs fröhlich aus.

Das versöhnte sie mit ihm. Der Mann hatte doch Humor.

»Es gibt Schwierigkeiten mit dem Baumaterial, dem Geld, den Bauarbeitern. So genau weiß ich es auch nicht, mein Vater kann es Euch besser erklären oder Pater Fulbertus. Er hat diese Sache zu seiner gemacht, obwohl der Propst aus Schleswig verantwortlich ist. Der Pater rennt überall herum und redet den Leuten ein, sie tun ein gutes Werk, wenn sie für die Chorherrenhäuser ihr letztes Hemd spenden.«

»Offenbar nicht sehr erfolgreich.«

»Er schaut dabei immer so, als würde man auf ewig in der Hölle braten, wenn man nichts gibt. Das macht den Leuten Angst.«

»Bringt sie aber nicht zum Spenden?«

»Sie wissen nicht, ob Pater Fulbertus wirklich recht hat mit seinen Drohungen.« Silja unterbrach sich. Was die Rungholter glaubten, gehörte nicht vor die Ohren eines Fremden.

Er bemerkte ihr Zögern. »Was ist?«

»Nichts. Ihr habt alles gesehen, was Rungholt zu bieten hat. Lasst uns zurückgehen.«

Nebeneinander schlenderten sie und Andreas Dürkopp zum Hause Westharg zurück.

Iven trug einen leeren Sack über der Schulter, er war bei Maart in Trindermarsch gewesen. Der Schäfer wohnte auf Monnys Hof in einem Verschlag mit den Schafen zusammen. Einmal in der Woche ging Iven hin und brachte ihm Mehl, Butter, Eier, Salzheringe, Milch und Käse, heute war eine Schüssel Erdbeeren dabei gewesen, manchmal ein Stück Fleisch und Knochen für die beiden Hütehunde. Das war Maarts Bezahlung für das Schafehüten. An Ostern und zum Herbstmarkt erhielt er außerdem noch je fünf Ellen gutes Tuch. Seit Jahren tauschte Maart das Tuch gegen Bier und auch alles, was er sonst erübrigen konnte.

Statt über den Niedamm zu gehen, entschied sich Iven für den Weg durch Rungholt zum Levensenhof. Er kam an der Stormbrut vorbei und winkte dem Wachmann an Deck zu; auf der Fischerwarft stand Laefkes Schwiegermutter ganz in Schwarz mit einer Nachbarin vor dem Haus und schwatzte. Bei seinem Anblick verfinsterte sich ihre Miene, sie drehte ihm brüsk den Rücken zu. Statt über die Warft der Händler ging er an den Handwerkerhäusern und der Schenke vorbei, dabei warf er einen Blick zur Kirche.

Silja stand dort mit einem jungen Mann. Beide hatten ihm den Rücken zugedreht. Sie griff nach seiner Hand. Verdammt in des Teufels Namen, er hatte sie für eine ernsthafte Frau gehalten, die nicht mit jedem tändelte. Die Kirchentür öffnete sich, und heraus trat der Chorherr Dietrich Gotgemak. Schnell ließ Silja die Hand des Fremden los. Es nützte nichts mehr, was er gesehen hatte, hatte er gesehen.

Abrupt drehte Iven sich um, stapfte weiter. Heute erlaubten sie einem einen Kuss, und morgen hielt sie die Hand eines andren. Frauen waren eben so, und die Hübschen waren die Schlimmsten.

»Dann sind wir uns einig?« Westharg schaute den Kaufmann Julius Dürkopp lauernd an.

»Was die Lieferung von Salz betrifft? Ja.« Der Hamburger tauchte die Feder in das Tintenfass und setzte schwungvoll seinen Namen unter den Vertrag, in dem sie die Lieferung von Salz im Herbst und die Bezahlung dafür geregelt hatten. Er gab die Feder Westharg.

Der unterschrieb ebenfalls. Anschließend riss er das Papier durch, sorgte dafür, dass dabei Ecken und Zacken entstanden. Die Hälfte mit seiner Unterschrift gab er Dürkopp, die andere behielt er. Wer das Salz zur Zeit des Herbstmarktes holen wollte, musste ihm Dürkopps Vertragshälfte vorlegen, um die Richtigkeit seiner Forderung zu bezeugen, danach wurden beide Hälften verbrannt. So war es Brauch.

»Und das andere?« Westharg war nicht gewillt, locker zu lassen. Er hatte dem Hamburger das Salz zu einem günstigen Preis versprochen. Von den Dänen oder den Händlern aus Schonen hätte er ein Zehntel mehr bekommen können, aber er wollte von Dürkopp etwas anders dringender als Geld für Salz.

»Ich werde darüber nachdenken. Wohlwollend nachdenken, das verspreche ich Euch. Mein Andreas ist siebenundzwanzig Jahre alt, es wird höchste Zeit, und Eure Silja ist ein hübsches Ding.«

»Die beiden scheinen sich gut zu verstehen.«

Das konnte man an Siljas roten Wangen und ihren blitzenden Augen bei der Rückkehr vom Spaziergang mit Dürkopps Sohn erkennen. Verwundert hatte ihn jedoch der Wunsch des jungen Mannes, auf die Kogge zurückzukehren, statt in der Döns mit ihm und seinem Vater einen Humpen Bier zu trinken. Der Bursche war hoffentlich nicht schwermütig.

»Wir werden uns schon über alles einig werden.« Westharg hob seinen Bierkrug und prostete dem anderen zu.

»Mir ist daran gelegen, dass die Sache vorerst unter uns bleibt. Ich werde Euch eine Nachricht schicken, wenn ich mich entschieden habe, wie alles geregelt werden soll. Zum Herbstmarkt kommen mein Sohn und ich wieder her, dann können wir die Sache öffentlich machen.«

»So soll es sein.«

Dürkopp leerte seinen Humpen und erhob sich. »Ich habe beim Hardesvogt noch eine Urkunde abzuholen. Wir sehen uns morgen früh bei der Verladung der Salzfässer.«

Westharg brachte seinen Gast bis zur Haustür, verabschiedete ihn mit warmen Worten und kehrte in die Döns zurück. Morgen früh sollten die sieben Fässer verladen werden, die er Dürkopp dieses Mal verkauft hatte. Ketel und seine Salzarbeiter wussten Bescheid, dass die Fässer am Kai zu stehen hatten, wenn die Hamburger kamen. Die beiden sollten nicht sehen, wie leer sein Speicher war.

Ging es nach Julius Dürkopp, sollte er nichts verlauten lassen. Pater Fulbertus musste es nicht gerade in St. Petri verkünden, doch sicher schadete es nichts, hier und da ein Wörtchen fallen zu lassen. Westharg hatte das Gefühl, seine Sorgen drückten ihn viel weniger als noch vor zwei Stunden.

Er holte sein Kaufmannsbuch aus der Lade. Morgen könnte er streichen: Lieferung von sieben Fässern Salz an Julius Dürkopp, Kaufmann aus Hamburg, bis Ende Juni 1361. Jetzt galt es, erst einmal etwas hineinzuschreiben. Er rief seine Tochter, damit sie mit ihrer schönen Handschrift sein Kaufmannsbuch auf den neuesten Stand brachte.

»Du musst etwas für mich schreiben, Mädchen.«

Silja setzte sich an den Tisch und nahm die Feder zur Hand, er schob ihr das Buch hin und diktierte.

»So viel Salz in nur einer Lieferung, Täte. Schaffen wir das bis zum Herbstmarkt?«

»Es sind drei Köge.«

»Ketel sagt, einer davon gibt nicht mehr viel her, noch vor dem Winter muss ein neuer angelegt werden. Und die anderen beiden … es ist kein gutes Salzjahr, das sagen alle.«

Westharg runzelte die Stirn. Er mochte es nicht, wenn seine Tochter ihn belehren wollte, wie er die Geschäfte zu führen hatte. »Das Salz ist im Torf eingeschlossen, und der liegt in den Uhtlanden mehrere Ellen hoch und überall, man muss ihn nur abbauen. Das ist nicht wie bei Heringsschwärmen, die mal hier und mal dort sind. Lass dir nichts erzählen.«

»Heringe gab es viele in diesem Jahr.« Sie hatte die Stirn gerunzelt.

»Das interessiert mich nicht. Schreib endlich.«

Silja gehorchte, und ein schön geschwungener Buchstabe nach dem anderen erschien auf dem Papier. Sie war schon ein schlaues Ding, seine Tochter.

»Wie war dein Spaziergang mit dem jungen Dürkopp?«

»Er wollte das Haus der Kaufmannsgilde sehen.« Sie verkorkte das Tintenfass und säuberte die Feder.

»Was hast du ihm gezeigt?«

»Was in Rungholt zu sehen ist: die Kirche. Er fand sie nicht beeindruckend.«

»Was denkst du über Andreas Dürkopp?«

»In wenigen Jahren wird er fett sein.«

»Der Sohn eines erfolgreichen Kaufmannes kann drei Mahlzeiten am Tag essen und wenigstens einmal in der Woche Fleisch. Da kann es zu Körperfülle kommen.« Westharg strich über seinen eigenen Bauch. Der war weder fett noch füllig, allenfalls wölbte sich ein Ansatz unter dem Wams.

»Schlank und kräftig gefällt mir bei einem jungen Mann besser.«

»Drei Mahlzeiten am Tag weißt du auch zu schätzen.«

»Bei allen Bonden der Uhtlande kommen drei Mahlzeiten am Tag auf den Tisch. Papa, willst du mit mir weiter über Essen diskutieren? Ich möchte sonst gehen, um dir deine letzte Mahlzeit des Tages zu bringen.«

Westharg nickte, und seine Tochter war im Nu zur Tür hinaus. Schlanke und kräftige Männer – als ob die Meinung eines Weibes bei so einer Sache von Interesse wäre! Er erinnerte sich an ein Versprechen. Ach was, sie war klug, seine Tochter, und würde einsehen, dass er nicht anders konnte.

Am Abend brachte Laefke einen schmutzigen Jungen auf den Hof.

»Ich habe ihn bei den Kätnerhütten gefunden«, sagte sie, schob den Bengel in die Döns und an den Tisch, legte ihm ein Stück Käse und eine Scheibe Brot vor. Auf beides stürzte sich der Junge hungrig, biss abwechselnd von dem einen und von dem anderen ab, kaute mit vollen Backen.

»Deshalb bringst du ein verlaustes Kind mit.«

»Ich bin kein Kind, und ich habe keine Läuse.« Durch Brot und Käse klangen die Worte verwaschen.

Iven griff in das halblange Haar des Jungen, zerdrückte etwas zwischen zwei Fingern, bis es knackte. »Dann trägst du da wohl Edelsteine im Haar.« Er hielt dem Jungen eine zerdrückte Laus hin. »Das Haar muss ab, und ich nenne dich so lange Kind, bis du mir bewiesen hast, dass du ein Mann bist.«

»Ich bin stark wie ein Mann und schon beinahe erwachsen«, nuschelte er. »Ich bin vierzehn und heiße Fiete.«

Seine Sprache verriet ihn: Er sprach nicht das Platt der Uhtländer, aus den Dreilanden oder aus Dithmarschen, und Friesisch schien er gar nicht zu verstehen. Er war der Junge, hinter dem die Seeleute der Stormbrut hergewesen waren.

»Iven«, tadelte ihn seine Schwester. »Der Junge hat kein Heim und keine Familie.«

»Soll er dahin gehen, wo er herkommt. Hamburg wahrscheinlich. Da wird es schon jemanden geben, zu dem er gehört.«

»Das kannst du nicht tun, Iven, er ist noch ein Kind. Wir haben genügend Arbeit auf dem Hof für ihn, oder du schickst ihn mit Maart zu den Schafen.«

Iven betrachtete den schlaksigen Jungen. Besonders kräftig sah er nicht aus. Egal, was der Bengel behauptet hatte, seinen Unterarm könnte er mit einer Hand umfassen. Fiete hatte seinen Teller leer gegessen und auch alle Krümel aufgepickt, er starrte auf die Tischplatte, als wäre er ein Sünder vor Gericht, der auf sein Urteil wartete.

Auf dem Hof konnte er Hilfe gebrauchen. Zwei Knechte und eine Magd reichten kaum für die Arbeit beim Heuen, bei den Schweinen und Kühen und auf den drei Feldern; außerdem schien Laefke an dem Jungen einen Narren gefressen zu haben. Sollte er bleiben und unter Beweis stellen, wie fleißig er war.

»Ich wusste es«, strahlte seine Schwester. »Du hast ein gutes Herz.«

Fiete sah unsicher drein.

***

Iven wachte davon auf, dass jemand gegen die Haustür hämmerte. Laefke war auch wach, gleichzeitig sprangen sie aus den Betten. Er öffnete die Tür, draußen stand sein Cousin. Bine sprang an ihm hoch, leckte ihm die Hände, bevor sie aus dem Haus rannte und zu bellen begann.

»Monny, was ist passiert?«

Der Mond leuchtete fast voll in dieser Nacht, und der Miene des späten Besuchers war anzusehen, dass sie Schreckliches erblickt hatte.

»Es ist Maart. Ich habe ihn mit dem Wagen hergebracht.«

»Was ist mit ihm? Ich habe ihm erst vor ein paar Tagen Brot und Eier gebracht. Da war er gesund, die Schafe und Hunde auch.«

»Schau ihn dir an.«

Iven schob sich an Monny vorbei aus dem Haus. Davor befand sich ein Leiterwagen. Bine stand neben dem Wagen und bellte heiser. Auf der Ladefläche lag ein in Decken eingewickeltes Bündel. Iven schlug die Decken zurück. Sein Cousin stand neben ihm, hob eine Laterne hoch. Laefke war ebenfalls aus dem Haus gekommen, barfuß, und sie hatte sich eine Decke um die Schultern geschlungen. Unter den Decken lag Maart oder das, was von dem alten Schäfer noch übrig war. Seine Brust hob und senkte sich in kurzen heftigen Atemstößen, Mund und Nase waren eine breiige Masse. Seine Kleidung war blutig und zerfetzt. Es schien ein Wunder der Jungfrau Maria, dass er noch lebte.

Monny sprach seinen Gedanken aus. »Ein Wunder der Jungfrau Maria, dass er noch bei uns ist. So kam er zu mir. Ich weiß nicht, wie er es von seiner Hütte bis zum Haus geschafft hat. Er wollte unbedingt hierher, also habe ich ihn gebracht. Er hat immer wieder von Mutter Eyde geredet. In seinem Schmerz glaubt er wohl, sie lebt noch.«

»Hat er gesagt, wer ihm das angetan hat?« Iven strich mit

den Fingerspitzen über Maarts blutige Rechte. Dessen Augenlider flatterten.

»Wogensmannen, Feuer, Hunde tot, Schafe … Genau in diesem Moment verlor er das Bewusstsein.«

»Laefke, tu für ihn, was du kannst.«

»Das ist nicht viel. Iven, ich … So etwas habe ich noch nie gesehen. Ich weiß, was bei einem Husten oder Fieber zu tun ist. Zu so etwas hat Großmutter mich nie mitgenommen. Der Anblick blutiger Leiber wäre nichts für mich, hat sie immer gesagt. Ich weiß nur, dass man das Blut abwaschen und eine Paste aus Schachtelhalm auftragen muss. Wenn etwas gebrochen ist, kann es schief werden, wenn man es nicht richtig macht.«

Laefke hatte sich angehört, als wäre sie den Tränen nahe. Iven erinnerte sich, wie Großmutter Eyde immer zu ihnen gesagt hatte, die Schrecknisse der Welt bekämen sie früh genug zu sehen. Das war zu viel Verantwortung für seine Schwester – langsam nickte er.

»In der Pellwormharde lebt Tüki«, mischte sich Monny ein. »Sie ist wie Mutter Eyde – na ja, fast. Gebt mir ein Pferd, und ich hole sie.«

»Ja. Tüki kann helfen.« Laefke klang erleichtert.

Die Freunde sattelten die graue Stute, die bei solchen Gelegenheiten geritten wurde und die Iven nur hielt, um den Reichtum des Levensenhofes zur Schau zu stellen. Wenig später ritt Monny über den Niedamm davon, die Geschwister hoben den Verletzten vom Wagen und legten ihn in der Döns auf den Tisch. Während auf dem Herd Wasser heiß wurde, zogen sie ihm vorsichtig seine Kleidung aus. Der Bewusstlose bekam von alldem nichts mit. Einmal wachte er kurz auf, hustete und spuckte einen Zahn aus. Zwei weitere pulte Iven ihm aus dem Mund. Arme und Beine, der ganze Leib war grün und blau geschlagen; der rechte Arm stand in einem unnatürlichen Winkel ab und war mindestens einmal gebrochen.

Laefke betete ein Ave Maria nach dem anderen, Iven war nach dem ersten verstummt. Wenn der Allmächtige half, dann bestimmt nicht, weil ihm ein ums andere Mal dasselbe erzählt wurde.

Auf der Grauen kam Monny auf die Warft galoppiert, im Sattel vor ihm saß Tüki. Mit der einen Hand umklammerte sie ein Bündel, mit der anderen krallte sie sich an der Pferdemähne fest. Ihre Augen waren schreckgeweitet. Iven half ihr vom Pferd und spürte dabei ihr Schlottern. Sie war eine dürre Alte, roch ungewaschen, ihr schütteres Haar stand wirr vom Kopf ab.

»Wo ist der Mann, um den ich mich kümmern soll?«

»Im Haus.« Iven führte sie hin.

Während Tüki Maarts Verletzungen behandelte und Laefke ihr half, warteten die jungen Männer vor dem Haus. Beide waren froh, dass die weise Frau sie hinausgescheucht hatte und sie sich den Lebenskampf des alten Schäfers nicht anschauen mussten. Monny saß auf einem Ende der Bank vor dem Haus, hatte die Ellenbogen auf den Oberschenkeln abgestützt und starrte ins Gras, Iven hockte auf der anderen Kante. Bine lag zu ihren Füßen und sah so unglücklich aus, wie sie sich fühlten.

»Wird er durchkommen?« Monnys Stimme klang dumpf.

»Da musst du Tüki fragen. Er hat schrecklich ausgesehen. Sie war auch erschrocken bei seinem Anblick.«

»Sein Leben liegt in der Hand des Allmächtigen und der Jungfrau Maria.«

»Manchmal hörst du dich an wie Pater Fulbertus.« Iven schüttelte den Kopf.

»Das ist nur, weil alles so unfassbar ist. Die Wogensmannen, diese Bastardräuber ... Was wollen sie mit unseren Schafen? Sie rauben doch nicht von Uhtländern.«

»Ich komme nachher mit dir.«

»Wenn sie nun alle geraubt haben.«

Das wäre ein furchtbares Unglück, für ihn noch mehr als für Monny. Die Schafe waren das Rückgrat des Levensenhofes, ihre Wolle brachte ihnen die meisten Einnahmen, die Kühe und die beiden Mutterstuten blieben dahinter weit zurück, und neue Schafe konnten sie sich nicht leisten.

»Ich finde denjenigen, der sie geraubt hat, und hole sie zurück. Die Wogensmannen schulden mir das Blutgeld für meinen Vater, und auch Maart schulden sie nun was.« Schwer wie ein Schwur tropften die Worte von Ivens Lippen zu Boden.

»Wenn es nicht die Wogensmannen waren.«

»Finde ich den, der es getan hat«, sagte Iven sofort.

Tüki kam aus dem Haus, trocknete sich die Hände am Rock ab.

Iven sprang auf. »Was ist mit Maart?«

»Der Allmächtige ist jetzt für ihn zuständig, ich habe getan, was ich konnte. Deine Schwester hat ein Händchen fürs Heilen. Sie kann zu mir kommen, wenn sie was lernen will. Das habe ich ihr gesagt. Bei mir lernt sie mehr als in einem Kloster.« Beim Sprechen zeigte Tüki mehr Lücken als Zähne. Sie kratzte sich hinter dem Ohr und wischte den Finger anschließend an ihrem Rock ab. »Maart muss hierbleiben. Ich habe deiner Schwester gesagt, was sie tun soll. In drei Tagen komme ich wieder her, wenn du mir ein Ferkel gibst.«

Gierige Alte.

»Das ist zu viel.«

»Das ist der Preis, wenn ich aus der Pellwormharde kommen muss. Ich muss auch leben.«

»Das ist zu viel«, wiederholte Iven streng. »Du kommst her, machst Maart gesund, und ich bringe dir dreimal je ein Dutzend Eier.« Als er ihren skeptischen Blick sah, fügte er hinzu: »Außerdem zwei Hennen.«

»Alte Biester, die kaum noch ein Ei legen und zäher sind als Leder.«

»Junge Hühnchen.«

»Dir liegt viel an deinem Schäfer, junger Herr Iven.« Tükis Blick wurde listig.

»Das wurde ihm angetan, als er meine Schafe gehütet hat, wie soll mir da nicht an ihm liegen.«

»Lade dir nur immer die Last der ganzen Welt auf den Buckel. Der junge Herr Monny bringt mich mit dem Wagen zurück. Auf einen Gaul steige ich nicht wieder.«

Iven sah Tüki hinterher, die auf Monnys Wagen kletterte und dabei kräftige Waden sehen ließ.

Er bestieg die Graue und folgte den beiden, um nach den Schafen zu suchen.

Kapitel 5

Iven sah sie, als sie noch auf der Wunkswarft waren. Silja, ihre gebeugt gehende Magd und ein gut gekleideter Herr. Kein Bonde, soviel stand fest, auch nicht der Kerl, der vor ein paar Tagen ihre Hand gehalten hatte, das erkannte er gegen die Sonne. Die Magd trug einen großen Korb, und als sie näher kamen, erkannte Iven einen der Chorherren. Der Besuch galt also nicht ihm, sondern Maart, der in seinem, Ivens, Bett lag, während er ein Lager auf dem Boden aufgeschlagen hatte. Der alte Schäfer erholte sich von Tag zu Tag mehr, trank schimpfend den Aufguss aus Kräutern, den Tüki ihm verordnet hatte; er verlangte nach Bier und Brotsuppe, behielt aber nichts außer Brühe bei sich. Zahm wurde er nur, wenn Laefke sich an seinen Verbänden zu schaffen machte, und geradezu schamvoll gebärdete er sich, wenn sie seinen grün und blau geschlagenen Leib mit einer Salbe bestrich. Iven schloss das Gatter des provisorischen Schafspferchs hinter sich. Er und Monny hatten bis auf drei Schafe von seinen und eines seines Cousins alle wiedergefunden. Die Strolche hatten es entweder nur auf Maart und ein paar Tiere abgesehen gehabt, oder sie waren zu dumm, eine Herde Schafe wegzutreiben. Die Kadaver von Maarts beiden Hunden hatten sie gefunden und begraben und die Schafe auf den Levensenhof getrieben. Bis er einen neuen Schäfer gefunden hatte oder Maart wieder gesund war, wollte er die Tiere in der Nähe behalten.

Iven ging den Besuchern entgegen, hielt dabei den Blick auf das breite Silberkreuz gerichtet, das auf der Brust des Chorherren baumelte.

»Jungfer Silja, Herr …«

»Gotgemak. Dietrich Gotgemak. Wir kommen im Namen der Marienbruderschaft von St. Petri und wollen dem kranken Schäfer Maart Hilfe und Beistand bringen.«

»Maart wurde verprügelt, er wäre fast gestorben. Wer das getan hat, läuft frei herum«, stellte Iven richtig. »Darum sollte sich jemand kümmern.«

»Unsere Werke sind solche des Friedens und der Demut.«

»Wir haben Brühe für Maart, ein Huhn und Brot.« Silja deutete auf den Korb an Gesches Arm. Der Deckel bewegte sich, als wollte sich ein Huhn aus seinem Gefängnis befreien.

»Brühe ist gut. Alles andere kotzt Maart wieder aus.«

»Herr Iven, dürfen wir zu ihm?«

Silja hatte die Hand eines anderen Mannes gehalten. Er presste die Kiefer zusammen und nickte knapp. Aus blauen Augen traf ihn ein Blick: Fragen las er darin und Unverständnis. Er wappnete sich dagegen.

»Maart ist im Haus. Geht nur rein, meine Schwester ist auch drinnen.«

»Sie hat geistige Erbauung genauso nötig wie der Schäfer. Euch schadet es auch nicht.« Dietrich Gotgemak wandte sich um und ging zum Haus. Gesche und Silja folgten ihm, die Kaufmannstochter drehte sich noch einmal nach ihm um.

Er tat, als bemerke er es nicht, sondern beobachtete zwei Stierkälber, die ihre nicht vorhandenen Hörner aneinander ausprobierten. Es fiel ihm nicht leicht, Silja zu sehen, mit ihr zu sprechen und dabei zu wissen, dass sie die Hand eines anderen gehalten hatte. Allerdings dauerte es nicht lange, da kam sie wieder aus dem Haus und gesellte sich zu ihm.

»Herr Gotgemak spricht da drinnen so viel von Buße, Demut, Vergebung und göttlicher Gnade, dass man kaum noch Luft bekommt. Maart verdreht auch die Augen. Am liebsten würde er aus dem Bett springen.« Sie lächelte. »Wird er wieder gesund?«

»Die weise Frau der Pellwormharde hat es gesagt. Ihr Wissen über Krankheiten und Verletzungen ist nicht kleiner als Eydes.«

Tüki kam jeden zweiten Tag und schaute sich Maarts Verletzungen an. Sie erneuerte seine Verbände und quälte ihn mit bitterem Tees – das war für den alten Schäfer wahrscheinlich leichter zu ertragen als Gotgemaks Gerede.

»Du kümmerst dich gut um Maart Schäfer. Viele Herren würden das nicht machen. Sie interessiert nur, wann er wieder für sie arbeiten kann.«

Es war das erste Mal, dass ihn jemand mit den Herren in einen Topf warf, und er brauchte einen Augenblick, um sich damit anzufreunden. »Ich führe nicht nur christliche Worte im Mund, sondern auch im Herzen. Maart wurde verletzt, als er meine Schafe hütete.« Ihm fiel auf, was er da gesagt hatte, und sein Adamsapfel hüpfte, als er heftig schluckte. »Verzeih, Silja, ich wollte niemanden beleidigen. Die Mitglieder der Marienbruderschaft tun sicher viele gute Werke.«

Um den Hals trug sie die Kette mit dem Holzkreuz – sein Geschenk. Sie griff danach. »Iven, warum?«

»Warum Herr Gotgemak Maart so lange predigt, oder warum ihm das jemand angetan hat?«

»Er betet mit ihm auf Latein. Das ist besser zu ertragen, weil man es nicht versteht. Iven, darum geht es mir nicht. Lass uns hinter das Haus gehen, wo uns niemand sieht.«

Sie ging vor, und er konnte nichts anderes tun, als ihr zu folgen. Auf der Nordseite des Hauses blieb sie stehen und drehte sich zu ihm um. »Iven, das Geschenk.« Wieder griff sie nach dem Kreuz. »Ich dachte, du hast es mir mit frohem Herzen gegeben und es bedeutet etwas. Ich spüre bei dir davon nichts mehr.« Sie presste das Kreuz auf ihr Herz.

»Du treibst ein Spiel mit mir, ein ganz übles Spiel.«

»Kein Spiel. Wir können uns nur heimlich sehen, mein Vater erlaubt nichts anderes. Iven, ich warte auf dich beim Altarstein, und du kommst nicht.«

»Aber er erlaubt es, dass du andere bei den Händen fasst.« Die Worte brachen aus ihm heraus, und in ihrer Miene las er, dass sie ihn sofort verstand.

»Das war … das gilt … Iven. Du hast mich mit dem jungen Dürkopp gesehen. Der Kaufmannssohn aus Hamburg. Mein Vater macht mit seinem Vater Geschäfte.« Die Worte sprudelten aus ihr heraus. »Ich sollte mit ihm durch Rungholt gehen, ihm alles zeigen. Was gibt es da schon zu zeigen außer der Kirche? Aber nicht einmal die wollte er sehen. Sie ist ihm wohl zu klein, aus Hamburg ist er Besseres gewöhnt. Nur deshalb habe ich seine Hand genommen. So einer gefällt mir doch nicht.«

»Das war alles?«

»Wirklich, Iven. Bei diesem Kreuz, das war alles, ich schwöre es.« Sie hob das Holzkreuz an die Lippen und küsste es. »Sei wieder freundlich zu mir.« Sie eilte davon.

In seinen Gedanken drehte sich alles. Er wollte ihr glauben. Sie war schön und klug, kein Falsch gab es in ihrer unschuldigen Seele. Es ärgerte ihn aber doch, dass sie nach der Hand dieses Mannes gegriffen hatte – seine hatte sie noch nie genommen. Ach, zum Teufel damit … er ballte die Rechte zur Faust und schlug gegen die Hauswand. Lehmputz rieselte herab. Er rannte ihr nach und holte sie ein, ehe sie die Warft verlassen hatte.

»Silja.« Stürmisch riss er sie in die Arme und küsste sie.

Ihre Lippen öffneten sich unter dem Druck der seinen. Völlig atemlos ließen sie voneinander ab. Gerade als Iven dachte, alles wäre wieder wie zuvor, rannte Silja davon.

»Silja, ich glaube dir«, rief er ihr nach. Diesmal folgte er ihr nicht. Er verstand sie nicht.

***

Er entdeckte den Hardesvogt vor dem Marienaltar kniend, den Kopf gesenkt. Der massige Körper Ogge Jessens sah in dieser Haltung noch gedrungener aus. Das ist ja mal ein seltener Anblick, dachte Pater Fulbertus und fragte sich gleich darauf, was der Mann mitten in der Woche in der Kirche wollte.

Während seiner Zeit im Kloster hatte er gelernt, sich lautlos zu bewegen, so gelang es ihm, trotz Sandalen mit Holzsohlen, ohne ein Geräusch zu verursachen, durch das Kirchenschiff zu gehen. Ogge Jessen hatte die Hände vor der Brust gefaltet. Man störte einen Mann nicht beim Gebet, deshalb wartete Pater Fulbertus, er senkte selbst den Kopf und faltete die Hände. Die innere Ruhe für eine Zwiesprache mit dem Allmächtigen fand er nicht.

Endlich sprach Ogge Jessen sein Amen und richtete sich auf. »Ah, Pater Fulbertus, ich hatte gehofft, Euch anzutreffen.«

Der Hardespriester besaß keinerlei Humor, deshalb nickte er nur. »Ich nehme gerne Eure Spende für die Chorherrenhäuser entgegen.«

»Ich habe gespendet, und ich bezahle, damit täglich ein Ave Maria für mein Seelenheil und das meiner Familie gebetet wird. Es wird in dieser Kirche gebetet, nicht in Gaickebull. Ich bin wegen einer anderen Sache gekommen, die ich mit Euch besprechen möchte. Nur mit Euch.« Ogge Jessen schlenderte auf die schmale Tür hinter dem Hauptaltar zu. Im Raum dahinter wurden Hostien und der Abendmahlswein aufbewahrt. Echte Wachskerzen lagen in einem Kasten und Unschlittkerzen in einem anderen. Pater Fulbertus' Predigtgewand hing an einem Haken neben dem Weihrauchgefäß, das immer noch einen schwachen Duft verbreitete.

Laien hatten dort keinen Zutritt, aber dies dem Hardesvogt zu sagen … Er trippelte hinter dem Mann her. Dieser kleine Raum wirkte mit dem mächtigen Ogge Jessen darin noch kleiner, er hatte das Gefühl, für ihn sei kein Platz mehr, dennoch zwängte er sich hinein. Der Hardesvogt lehnte an der Wand. Pater Fulbertus stellte sein Talglicht auf ein Bord an der Wand neben der Tür, ein zweites stand auf dem Tabernakel, wo er den Leib und das Blut Christi für das heilige Abendmahl aufbewahrte.

Er leckte sich die Lippen. »Was wollt Ihr mit mir besprechen, Vogt?«

»Die Hamburger habe sich zufrieden gezeigt über die gewährte Handelsfreiheit. Der Kaufmann Julius Dürkopp hat mir versichert, seine Gilde werde davon reichlich Gebrauch machen. Das wird Geld in die Edomsharde bringen, und auch für St. Petri werden Einnahmen abfallen. Ebenso für die Chorherrenhäuser. Die Hamburger wollen auch in der Fremde für ihr Seelenheil gesorgt sehen und werden dafür zahlen – gut zahlen. Verdoppelt gleich die Preise für Eure Gebete.«

Der Vogt lachte, als hätte er einen besonders guten Witz erzählt, während Pater Fulbertus ihn mit zusammengekniffenen Lippen beobachtete.

»Das weiß ich alles.«

»Es geht mir darum, die Edomsharde, Rungholt und St. Petri noch weitaus bedeutender zu machen. Das ist doch auch in Eurem Sinne, Hardespriester?«

Der Pater witterte eine Falle, deshalb brummte er nur etwas, das sich als Ja oder Nein auslegen ließ. Natürlich wollte er die Bedeutung St. Petris steigern, aber wenn der Vorschlag von Ogge Jessen kam, war Vorsicht geboten.

»Die Menschen sollen von überallher nach St. Petri kommen und ihr Geld in Rungholt lassen. Ich will nicht nur einen großen Markt im Herbst, sondern alle drei Monate einen, ich will, dass sich noch mehr Kaufleute in Rungholt ansiedeln. Es sollen Silberschmiede kommen, Bernsteinschleifer und Töpfer und Weber. Warum die Wolle unserer Schafe nach Flandern verkaufen, wenn wir sie selbst zu Tuch verarbeiten können? Versteht Ihr mich? Mit den Hamburgern fängt es an, und dann werden sie von überallher kommen, nicht nur von den Küsten der Nordsee, sondern auch aus der Ostsee, aus Brandenburg oder dem Herzogtum Sachsen. Die Venezianer sind geschickte Händler, wo sie ein Geschäft wittern, lassen sie sich nicht lange bitten.« Der Vogt hatte sich in Begeisterung geredet, seine Stimme war immer lauter geworden.

»Hm, ja.« Die meisten Namen hatte Pater Fulbertus schon gehört, aber er hatte keine Ahnung, wo die entsprechenden Länder lagen. Für einen, der nur das Rudekloster kannte, war die Welt nicht so groß.

»Wart Ihr einmal in Hamburg oder Bremen?«

Der Pater schüttelte den Kopf.

»Ich ja, und ich sage Euch, die Kirchtürme wachsen dort in den Himmel, alles ist aus Stein gebaut, die Altäre – so einer passt hier gar nicht rein, und sie sind mit Gold bemalt. Es gibt Fenster aus buntem Glas. Das will ich für die Edomsharde. Die eingebildeten Pellwormer sollen aus dem Staunen gar nicht mehr herauskommen. Ihr wärt der Priester einer bedeutenden Kirche. Das ist doch was anderes als einfacher Hardespriester.«

Pater Fulbertus sah sich vor St. Petri zu Rungholt stehen, aber die Kirche war dreimal so groß, die Tür war zweiflügelig und mehr als doppelt mannshoch. Priester in diesem Wunder der Lobpreisung Gottes zu sein wäre seinen Fähigkeiten angemessen. Auf einmal sah er den Hardesvogt mit anderen Augen: Der Mann war kein arroganter Fettsack, sondern hatte Visionen, er wollte eine Zukunft voller Ruhm für die Edomsharde. Und er, Pater Fulbertus, Sohn eines Töpfers, sollte daran teilhaben. Ganz langsam breitete sich ein Lächeln in seinem Gesicht aus.

»Um alle diese Leute nach Rungholt zu holen, brauche ich St. Petri.«

»Mir scheint, Ihr braucht mehr Marktrechte. Die bekommt Ihr von Waldemar Atterdag oder vom Staller.«

Ogge Jessen verdrehte die Augen. »Was wird mir der Staller antworten, wenn ich zu ihm gehe?«

»Er wird wissen wollen, was für den Staller dabei herausspringt.«

»Er wird mich zum Teufel jagen. Denn warum sollte Rungholt neben Ribe, Schleswig und Flensburg zusätzlich Marktrechte bekommen, nur weil ein paar brave Leute auf Warften dem Wind und dem Wasser trotzen? Ich brauche etwas, das Rungholt weit über die Edomsharde hinaus bekannt macht und so viele Menschen herbringt, dass der Staller uns ernst nehmen muss. Ich brauche St. Petri.«

Pater Fulbertus biss sich auf die Lippe. St. Petri mehr Bedeutung verleihen, mehr Menschen nach Rungholt holen, neue Marktrechte – alles gute Pläne, aber er hatte keine Ahnung, wie er dabei helfen konnte. Er war ein Mann des Geistes.

»St. Petri braucht eine wundertätige Reliquie. Eine weinende Jungfrau, einen blutenden Heiland, den Knochen irgendeines Heiligen, der schwärende Wunden beseitigt, eine heilige Haarlocke, einen Fingernagel, eine Brustwarze, ein Ohr. Irgendetwas.«

Eine Reliquie lockte die Menschen an wie das Licht die Motten, sie fielen jedoch nicht vom Himmel. Pater Fulbertus war empört, weil der Vogt angedeutet hatte, es käme ihm nicht auf eine echte Reliquie an – Hauptsache, es läge ein Kochen in der Kirche, den die Leute anbeten konnten. Den Uhtländern war nichts heilig, und Ogge Jessen wurde seinem Ruf gerecht.

»Glaubt nicht, dass ich mir nicht ebensosehr eine heilige Reliquie für St. Petri wünsche wie Ihr.«

»Sehr schön, dass wir eine Sprache sprechen. Was hindert Euch daran, eine in der Kirche auszustellen?«

»Wir besitzen keine.« Der Priester war immer noch wütend, deshalb fiel seine Antwort schnippischer aus als beabsichtigt. »Reliquien sind selten, kostbar und nicht leicht zu bekommen.«

»Besorgt eine und wartet nicht zu lange. Ich will Rungholt noch als reiche und mächtige Handelsstadt sehen. Wenn ich etwas dazu tun kann, sagt es.«

»Silber hilft bei den Chorherrenhäusern und für eine Reliquie.«

»Nehmt das!« Der Vogt zog aus einer Tasche seiner Jacke einen Beutel und warf ihn ihm zu. Pater Fulbertus fing ihn geschickt auf; für seine Größe war er schwer, und der Inhalt klimperte verheißungsvoll.

»Bald müsstest Ihr für jeden Chorherrn ein eigenes Haus bauen können.«

»Häuser sind teuer.«

»Dieses Geld und die Spende der Bruderschaft sollten Eure Sorgen vertreiben. Hat Westharg Euch den Betrag ausgezahlt?«

»Es war hier und hat das Geld gebracht und sich die Zahlung quittieren lassen. Warum fragt Ihr?«

»Um der Wahrheit die Ehre zu geben«, antwortete Ogge Jessen, »halte ich Heinrich Westharg für einen weniger gerissenen Kaufmann als er sich selbst. Ich weiß nicht, ob die Kasse der Bruderschaft bei ihm wirklich in guten Händen ist.«

»Er hat gespendet wie andere auch. Gegen ihn spricht nur, dass er aus Kiel stammt und seiner Tochter zu viele Freiheiten erlaubt. Sie weiß nicht, wo nach Gottes weisem Ratschluss der Platz des Weibes ist.«

»Dafür ist sie ein hübsches Ding. Das macht vieles wett. Sie wird noch lernen, was die beste Stellung für die Frau ist.«

Pater Fulbertus schüttelte den Kopf. Über Frauen hatte er nur eine Meinung: Sie waren unvollkommene Wesen, die in der Kirche zu schweigen hatten, die zu schweigen hatten, wenn Männer redeten – eigentlich sollten sie immer schweigen.

Der Hardesvogt stieß sich von der Wand ab und zwängte sich am Priester vorbei aus dem Anbau hinaus.

Wieder allein ging Pater Fulbertus zum Tabernakel und öffnete dessen Türen. Er nahm die Hostienbüchse mit dem Leib Christi in die Hand und schüttelte sie, lauschte auf die Geräusche des hart gebackenen Hostienbrotes im Inneren. Nachdem er die Büchse wieder in den Schrank gestellt hatte, rückte er den silbernen, mit Bernsteinen und Karneolen verzierten Messkelch von einer Seite auf die andere. Der größte Bernstein am Kelch umschloss eine Fliege, aber es war zu dunkel, um das Insekt genauer zu betrachten.

Die Flasche mit dem Abendmahlswein war zu gut zwei Dritteln gefüllt. Er nahm sie in die Hand und zog den Korken mit den Zähnen heraus, roch am Inhalt. Ein schwerer, süßer Duft, es war roter Wein von den Hängen der Mosel. In St. Petri zu Rungholt gab es nicht den sauren Wein, der gewöhnlich in den kleinen Kapellen der Uhtlande als Blut Christi gereicht wurde. Der Wein war geweiht und der Duft aus der Flasche verführerisch. Er wollte es nicht, aber ehe er sich versah, hatte er die Flasche angesetzt und nahm einen langen Zug und danach noch einen. Als er die Flasche absetzte, war sie nicht einmal mehr halb voll. Verschämt drückte er den Korken in den Flaschenhals zurück und stellte sie in das Tabernakel.

Das Gespräch mit Ogge Jessen hätte auch einen weniger sensiblen Mann als ihn aus der Ruhe gebracht. Wenn der Vogt wüsste, was er schon alles versucht hatte, um eine Reliquie für St. Petri zu erwerben – nur Reliquien waren rar, und die Nachfrage war groß. Jede Dorfkirche wollte mit einem wundertätigen Knochen zur Pilgerstätte werden. Oh, er wusste genau, dass viele der Reliquien nicht echt und die Reliquienhändler die größten Schlitzohren auf Gottes weiter Erde waren. Ehe man auch nur einmal Luft geholt hatte, hatten sie einem schon für gutes Geld eine Schweinerippe als eine der heiligen Appollonia von Alexandria angedreht, die gegen Kopf- und Zahnschmerzen helfen solle. Nicht mit ihm, er war zu schlau, um sich auf diese Weise übers Ohr hauen zu lassen. Er würde den Leuten keine seiner Haarlocken als eine des heiligen Thomas von Aquin verkaufen.

Pater Fulbertus griff noch einmal nach der Flasche mit dem Blut Christi. Samtweich rann der Rote durch seine Kehle. Es war typisch für diese Uhtländer Bonden, nur an ihren Vorteil zu denken und sich um die Echtheit einer Reliquie nicht zu kümmern. Zum Glück hatte in dieser Angelegenheit die Kirche, also er und der Propst und der Bischof in Schleswig zu entscheiden. Als er mit seinen Überlegungen so weit gekommen war, war das Blut Christi ausgetrunken, eines der beiden Talglichter heruntergebrannt, und Pater Fulbertus fühlte eine angenehme Leichtigkeit im Kopf.

Er wusste, was Ogge Jessen wirklich wollte, dazu brauchte es keinen so schlauen Kopf, wie er einer war. Rungholt sollte die bedeutendste Stadt im Bistum Schleswig werden, wahrscheinlich träumte der Vogt sogar von einem Beitritt zum Hansebund. Die Verantwortung für seine Träume hatte er auf die schmalen Schultern des Priesters geladen.

Der Pater stellte die leere Flasche zurück in das Tabernakel, schloss die Türen. Er verließ die Sakristei und die Kirche durch den nördlichen Eingang. Die kühler werdende Abendluft ließ ihn taumeln, er stieß sich die Hüfte am Türrahmen und noch einmal den Ellenbogen, als er die Tür schloss.

Seine Schritte wollten ihm nicht richtig gehorchen. Während er über den Kirchhof ging, taumelte er von einer Seite auf die andere. Er bemerkte nicht die beiden Gestalten, die sich hinter einem Weißdorn versteckten. Es waren junge Burschen, die sich gegenseitig anstießen und über den betrunkenen Priester grinsten. Nachdem Pater Fulbertus in seinem Haus verschwunden war, zogen sich die beiden auch zurück.

***

Er nahm nur Bine mit. Gehorsam trabte die alte Hündin neben ihm, die Schnauze am Boden. Hin und wieder schaute sie fragend zu ihm auf; sie war nicht daran gewöhnt, dass Iven nach dem Vesperläuten noch den Hof verließ. Er überquerte den Rieper Damm, unter ihm rauschte das Wasser des großen Siels. Wo es in die Hever floss, lag sein Ziel. Iven blickte nach Südwesten.

Bine war neben ihm stehen geblieben, lehnte sich an sein Knie, er bückte sich und kraulte ihre Ohren. »Bleibe immer schön an meiner Seite, Mädchen.«

Er ging weiter am Siel entlang. Es dauerte nicht lange, und sein Ziel kam in Sicht: die Burg der Wogensmannen. Sie stand allein auf einer großen Warft und war von einem Zaun aus Stämmen und Treibholz umgeben. Das zweiflügelige Tor war um diese Zeit geschlossen, rechts und links davon befand sich je ein Wachturm. Iven verbarg sich hinter einer Weißdornhecke, eine Hand in Bines Nackenfell vergraben, und spähte angestrengt zur Burg hinüber. Auf diese Entfernung ließ sich nicht erkennen, ob Wachen auf den Türmen standen. Bei dem die Palisade überragenden Teil der Motte drang aus drei Schlitzen Lichtschein in die Nacht, und hin und wieder meinte Iven, dahinter einen Schatten zu sehen. Aus dem Hof leuchtete Feuerschein herüber, als hätte man ein riesiges Lagerfeuer entfacht. Er hörte anfeuernde Rufe, Holz wurde aufeinandergeschlagen. Es klang, als werde unter den Augen begeisterter Zuschauer ein Zweikampf ausgetragen.

»Wir müssen dichter ran«, flüsterte er der Hündin zu.

Iven löste sich aus dem Schatten des Weißdorns und kroch durch das hohe Gras näher auf die Burg zu. Von der Sonne war nur ein Streifen orangerotes Licht am Horizont geblieben. Auf einem der Wachtürme meinte er, eine Bewegung zu sehen – sie waren also besetzt. Deshalb mied er sorgfältig, ihnen zu nahe zu kommen.

Die Palisade hatte aus der Ferne stabiler ausgesehen, als sie sich aus der Nähe präsentierte. Manche Lücke war so groß, er könnte seine Hand hindurchstecken. Immer versteckt im hohen Gras umrundete Iven die Burg. Auf der Rückseite entdeckte er keine Wachen. Bine kroch auf dem Bauch neben ihm, sie hatte die ganze Zeit keinen Laut von sich gegeben – das kluge Mädchen wusste, worauf es ankam.

Genau vor ihm entdeckte Iven eine Stelle, an der drei niedrige Treibholzbretter nebeneinander standen. Er könnte leicht hinüberklettern. Was sollte er dann in der Burg machen? Er stand allein gegen sechzig Wogensmannen. Einen oder zwei könnte er im Kampf töten, das traute er sich zu. Kam er aus dem Hinterhalt über sie, ein paar mehr. Er brauchte eine Armee.

Gegenwärtig bestand sie aus seinen Cousins Monny und Ketel und dem einfältigen Broder Brodersen. Die Knechte des Levensenhofes könnte er verpflichten. Aber er wollte keine Männer mitnehmen, die nicht ablehnen konnten, weil sie von der Arbeit auf seinem Hof abhängig waren.

Bines Nackenhaare sträubten sich. In diesem Moment hörte Iven ein Geräusch hinter sich. Er schaute über die Schulter und entdeckte zwei Wogensmannen mit gezückten Schwertern. Einer hielt einen Hund am Halsband, ein riesenhaftes Vieh – mehr als doppelt so groß wie seiner. Das Vieh knurrte nicht, hatte aber die Zähne gefletscht, dolchlange Hauer. Der Wogensmann ließ das Halsband los, und mit einem Satz stürzte sich der Riese auf Bine, und die Raubritter stürmten auf ihn zu. Einer trat ihm in den Bauch, der andere schlug ihm die flache Schwertseite gegen den rechten Arm. Trotzdem gelang es ihm, auf den Beinen zu bleiben und nach dem Schwert zu greifen. Es hatte sich in der Scheide verklemmt.

Iven riss und zog, wich einem zweiten auf seine Knie gezielten Tritt aus. Bines gequältes Aufjaulen ließ ihn herumfahren. Sie lag unter dem Wolfshund und schnappte nach dessen Beinen. An der Schulter blutete sie.

Endlich bekam Iven sein Schwert aus der Scheide. Vor seinem von rechts nach links geführten Schlag mussten die Wogensmannen zurückweichen und verschafften ihm etwas Luft. Er hieb nach dem Wolfshund, traf dessen Vorderpfote. Das Vieh zuckte einen winzigen Augenblick zurück. Das reichte für Bine, sich herumzurollen und auf die Pfoten zu kommen.

»Lauf weg! Lauf nach Hause. Los!«, schrie Iven, und, o Segen des Allmächtigen, die alte Hündin rannte davon.

Er hatte nun zwei Wogensmannen und den Wolfshund gegen sich. Sie prügelten auf ihn ein, einer verletzte mit der Schwertspitze seine Wange. Er fühlte Blut über Gesicht und Hals laufen und ging zu Boden.

Über die Palisade scholl immer noch das Gegröle herüber.

»Eine nette Beute«, höhnte einer seiner Angreifer.

Iven schützte sein Gesicht mit den Armen. Er wurde am Kragen gepackt und auf die Beine gezogen. Zuletzt wurden seine Hände auf dem Rücken gefesselt, und er wurde zum Burgtor getrieben. Er biss sich auf die Lippen und starrte stur zu Boden. In seiner Wange wühlte der Schmerz, sie fühlte sich durchstochen an, und er tastete von innen mit der Zunge. Dort war alles heil und ganz.

Das Burgtor wurde geöffnet und hinter ihm wieder geschlossen. Im Hof hatte ein Hahnenkampf stattgefunden. Ein Tier lag verendet in seinem Blut; ein anderes hockte in einem erbärmlichen Zustand daneben, bei jedem Atemzug pumpte es einen Schwall Blut aus der Brust. Das Federvieh war dem Tode geweiht, es wäre barmherzig, es von seinem Leiden zu erlösen. Niemand der Räuber erbarmte sich seiner.

»Los, vorwärts!«

Iven erhielt einen Stoß in den Rücken und stolperte. Er

wurde an den Armen zurückgerissen. Sie stießen ihn quer über den Hof zur Motte am Lagerfeuer vorbei. Es gab eine Außentreppe und im ersten Stock eine Galerie. An der Treppe zogen sie ihn vorbei und zu einer niedrigen Tür auf der Rückseite. Sie war mit zwei rostigen Riegeln verschlossen, das Holz jedoch war stabil und neu. Die Tür wurde geöffnet und Iven hindurchgestoßen, er landete mit dem Gesicht in fauligem Stroh. Die Riegel wurden geräuschvoll vorgelegt. In dem Verlies stank es nach Urin und schimmeliger Feuchtigkeit, unter dem Stroh raschelte es – Ratten, die das Weite suchten. Er richtete sich in eine sitzende Stellung auf und trat nach einem Nager, der ihn neugierig betrachtete. Die Fesseln um seine Handgelenke saßen stramm, da war nichts zu machen. Sie hatten sie hinter seinem Rücken gefesselt. Aus dem Augenwinkel nahm Iven einen Schatten wahr, der sich in einer Ecke bewegte. Iven wirbelte herum.

»Wer ist da?«, fragte er.

Eine zerlumpte Gestalt richtete sich auf.

»Luitprand van Leuv aus Gent.«

Dessen Gesicht war einem Totenschädel ähnlicher als dem eines Mannes, und das schulterlange, graue Haar hing verfilzt herunter.

»Wie kommt Ihr an diesen Ort?«

»Entführt, das Schiff versenkt, die Mannschaft getötet, die Waren geraubt. Auf dem Schiff haben sie leider Urkunden gefunden, die ihnen meinen Namen verraten haben und dass mein Handelshaus in Gent zu den wohlhabenden gehört.« Der Genter lächelte resigniert und zeigte dabei zwei vollständige Zahnreihen – außergewöhnlich für einen Mann in seinem Alter. »Sie haben meiner Frau eine Nachricht gesandt und Lösegeld verlangt. Meine Frau war schwanger, als ich Gent verlassen habe. Wahrscheinlich ist das Kind inzwischen auf der Welt, und ich weiß nicht einmal, ob ich einen Sohn oder eine Tochter habe.«

»Hat sie das Lösegeld geschickt?«

»Diese Bastarde, die sich Ritter nennen, behaupten nein. Ich glaube, sie halten mich hin. Meine Hild ist mir zärtlich zugetan. Sie wird alles tun, um mich zu befreien. Vielmehr glaube ich, dass sie das Geld geschickt hat und diese Räuber eine zweite Forderung aufgemacht haben. Warum seid Ihr hier?«

Iven überlegte, was er antworten sollte. Er kannte diesen Genter Kaufmann nicht, wusste nicht, wie viel er ihm anvertrauen konnte, und entschied sich, möglichst wenig preiszugeben. »Ich war unvorsichtig. Seid Ihr gefesselt?«

Luitprand van Leuv schüttelte den Kopf.

»Bindet mich los.« Iven drehte sich halb um und hielt dem anderen die Hände hin.

Der kroch näher und machte sich an den Fesseln zu schaffen. Iven spürte knochige Finger über seine Haut tasten. Sie zerrten an den Knoten, der Strick schnitt ihm ins Fleisch, ehe er sich löste. Er rieb sich die Handgelenke, die Haut prickelte, und seine Finger fühlten sich geschwollen an. Allmählich ließ das taube Gefühl nach, als das Blut in die Hände zurückkehrte. Zuletzt richtete er sich auf und stieß sich den Kopf an der niedrigen Decke. Von Luitprand van Leuv hörte er wieder das resignierte Lachen.

»Das ist nichts für junge, große Männer.«

»Wie lange seid Ihr schon hier?«

Der Genter Kaufmann zog eine Handvoll Strohhalme unter seiner Kleidung hervor und begann, sie zu zählen. »Jeden Tag lege ich einen dazu«, erklärte er dabei. »Heute sind es zweiunddreißig Halme.«

Mehr als einen Monat. Kein Wunder, dass der Mann zweimal in seine Lumpen hineinpasste. Iven hatte nicht vor, so lange Gefangener der Wogensmannen zu bleiben. »Was wisst Ihr über das Treiben dieser Räuber und von ihrer Burg?«

»Ihr fragt viel, Herr …«

»Iven Levensen.«

»Ihr sprecht, als stammtet Ihr aus den Uhtlanden.«

»Das stimmt.«

»Heißt es nicht, die Wogensmannen seien nur auf Kauffahrer aus und lassen ihre Nachbarn in Ruhe?«

»Ich bin nicht ihr Nachbar«, widersprach Iven empört. »Sie haben meinen Vater erschlagen.«

»Das tut mir leid.«

»Sie schulden mir das Leben meines Vaters. Ich will ihnen schaden, wo ich nur kann. Deshalb muss ich alles über das Leben in dieser Burg wissen.«

»Die meiste Zeit bin ich in diesem Loch eingesperrt. Wenn sie mich rauslassen, dann mit einer Leine um den Hals wie einen Hund. So nennen sie es auch. Sie führen mich auf dem Hof hin und her und machen sich lustig über mich.«

So bedauerlich das alles war, es war nicht das, was Iven hören wollte. »Habt Ihr auf dem Hof etwas entdeckt, was uns für eine Flucht nützlich sein könnte?«

»Ihr wollt fliehen?«

»Ich habe nicht vor, an diesem gastlichen Ort zu warten, bis meine Schwester für mich Lösegeld zahlt, das wir beide nicht haben. Habt Ihr nie an Flucht gedacht?«

Der Genter lachte auf und stellte sich neben ihn. Er war kleiner als Iven und stieß sich nicht den Kopf an der Decke. »Seht mich an. Soll ich wie ein Vogel über die Mauer fliegen und danach wie ein Hase davonlaufen? Geht und lasst mich hier. Ich bin zu alt für eine waghalsige Flucht. Wenn der Allmächtige beschlossen hat, dass meine Familie mich vergisst, soll mein Leben eben hier enden.«

»Ich werde uns hier rausbringen, und Ihr seht Eure Familie wieder.«

Iven begann, ihr Gefängnis zu untersuchen. Die Tür war solide, die Riegel waren fest und die Wände stabiler, als sie aussahen. Ein Fenster gab es nicht, Licht drang nur durch die

Ritzen zwischen den Brettern herein. Er tastete jedes sorgfältig ab, als die Tür geöffnet wurde.

Geistesgegenwärtig sank Iven ins Stroh zurück, verschränkte die Hände hinter dem Rücken. Einer der Wogensmannen, ein junger, schwankender Kerl, der statt Zähne nur noch Stummel im Mund hatte und sie angrinste, stellte eine Schale und einen Eimer Wasser ins Verlies. Vom Inhalt der Schüssel schwappte einiges ins Stroh. Die Tür war noch nicht wieder geschlossen, da stürzte Luitprand sich auf das Essen, schaufelte den Inhalt der Schale mit den Händen in den Mund. In wenigen Augenblicken war alles verschwunden. Für Iven blieb der Eimer. Er enthielt frisches Wasser. Iven trank aus der hohlen Hand und wusch sich das Gesicht.

Der Genter trank ebenfalls. »Wie sieht Euer Plan aus?«, fragte er.

»Wir warten.«

»Schlauer Plan.«

Er rollte sich in einer Ecke zusammen und zog seine Lumpen über sich. Iven lauschte auf jedes Geräusch. Von oben drang der Lärm der zechenden Wogensmannen herab. Ab und an stolperte einer von ihnen in den Hof, um sich zu erleichtern. Einmal hörte er es an die Wand ihres Verlieses plätschern.

Iven hatte eine unruhige Nacht verbracht, nicht nur, weil er auf fauligem Stroh lag, keine Decke hatte und sein Magen vor Hunger schmerzte, sondern auch, weil sein Mitgefangener schnarchte, als wollte er Geister vertreiben. Genauso zerschlagen, wie er sich gestern gefühlt hatte, begann Iven auch den heutigen Tag. Im Eimer war noch ein Rest Waschwasser, den er sich ins Gesicht spritzte, danach hockte er sich in eine Ecke und beobachtete Luitprand, der in einer anderen saß. Er brauchte einen Plan. Auf den Kaufmann konnte er dabei nicht zählen, ihm war der Mut abhandengekommen. Iven durchdachte einen Fluchtweg nach dem anderen, verwarf seine Einfälle als undurchführbar.

Geräusche vor der Tür unterbrachen seine Gedanken. Iven sprang auf, machte dem Genter ein Zeichen, ruhig zu bleiben, und stellte sich an die Wand neben der Tür. Die wurde nach Riegel- und Kettengerassel geöffnet, und eine Wolke abgestandener Alkoholdünste und menschlicher Ausscheidungen drangen herein. Dem Gestank folgte ein Mann mit einer wilden Haarmähne, Lederhose und wattierter knielanger Jacke, auf den Schultern saß ihm eine Gugel. Alles war schmutzig, die ursprünglichen Farben waren nicht mehr zu erkennen.

Der Mann trug einen Eimer Wasser und einen Napf mit demselben pampigen Brei, der ihnen auch am Abend zuvor hingestellt worden war. Der Wogensmann hatte das Verlies noch nicht betreten, da schmetterte Iven ihm seine Rechte ins Gesicht. Er fühlte unter dem Hieb die Nase des Mannes brechen. Dem ersten Schlag ließ er sofort einen zweiten folgen und riss seinem völlig überraschten Gegner den Eimer aus der Hand, um ihm damit mehrmals gegen den Kopf zu schlagen. Er war erst zufrieden, als der Wogensmann wie ein lebloses Bündel zusammenklappte. Iven zog ihn in das Verlies und schloss die Tür.

Die Schale mit dem Brei war dem Mann gleich beim ersten Schlag aus der Hand geflogen. Der Fraß versickerte im Stroh.

»Was machst du?«, fuhr sein Mitgefangener ihn an. »Ist der Mann tot?«

»Siehst du das?« Iven ging auf die Frage nicht ein, stattdessen tippte er gegen die Tür, die sich einen Fingerbreit bewegte. »Wir können rausgehen.«

»Aus der Burg sind wir noch lange nicht.«

Der Wogensmann stöhnte und begann, sich zu rühren. Iven betäubte ihn mit einem weiteren Faustschlag.

»Ihr werdet ihn umbringen!«

»Das wäre nicht schade.« Er zog dem Kerl die Gugel von

den Schultern, öffnete die Bänder seiner Jacke und mühte sich, sie ihm auszuziehen. »Helft mir.«

Gemeinsam drehten sie den Mann um und befreiten ihn von seiner Jacke. Iven zog ihm die Stiefel aus und streifte sie über, sie waren ihm zu groß und so löchrig, dass Mäuse hineinlaufen konnten. Die Hose des Wogensmannes wurde von einem Strick gehalten, damit fesselte Iven ihn und schob ihm einen abgerissenen Fetzen seines Hemdes in den Mund. Sich selbst staffierte er mit Jacke und Gugel aus und setzte sich die Kapuze auf.

»Gehe ich als Wogensmann durch?«, fragte er.

»Wenn man betrunken ist und Ihr Euch im Schatten haltet.«

»Seht Ihr nicht unsere Chance zur Flucht. Wenn sie mich für einen der Ihren halten, kann ich mich in der Burg umschauen.«

»Ich sehe es, aber ich weiß auch, dass sie wachsam sind.«

»Ich bringe uns raus.« Iven schaute sich noch einmal um. Der Raubritter war sicher verschnürt. Leider hatte er keine Waffe getragen, nicht einmal ein Essmesser. Damit hätte sich Iven weit besser gefühlt.

Draußen blinzelte er in die Sonne, die im Osten ihre ersten Strahlen über die Palisade schickte. Der größte Teil des Hofes lag noch in tiefem Schatten. Er erleichterte sich an der Wand der Motte, stellte sich auf die Rolle ein, die er gleich spielen musste. Breitbeinig ging er über den Hof Richtung Brunnen. Über dem Tor entdeckte er zwei Wachen, Hühner scharrten im Dreck, irgendwo wieherte ein Pferd, und Schweine grunzten. Die beiden Kampfhähne, die gestern ihr Leben ausgehaucht hatten, lagen nicht mehr im Hof, nur Blutflecken zeugten noch von ihren Qualen. Ascheflocken vom Lagerfeuer wehten über den Hof. Eine magere Frau, deren Lumpen kaum ihre Blöße bedeckten, verschwand hinter einem Schuppen, als sie seiner ansichtig wurde, und ein Knecht schob eine Fuhre Mist über den Hof. Er entdeckte keinen anderen Wogensmann. Das hieß jedoch nicht, dass man ihn nicht sah. Iven wagte es nicht, sich allzu genau umzuschauen und den Wohnturm zu mustern, das passte nicht zu seiner Rolle. Auf keinen Fall durfte er Verdacht erregen.

Beim Brunnen schöpfte er einen Eimer Wasser und trank durstig. Aus der Hütte dahinter stieg Rauch durch den Abzug, und Frauenstimmen waren zu hören. Wahrscheinlich befand sich dort das Kochhaus, denn ein stinkender Abfallhaufen lag neben der Tür. Vorsichtig schaute er sich um. Er war zuversichtlich, alleine zu entkommen, aber er hatte dem Genter Kaufmann ein Versprechen gegeben. Der Wohnturm war mehr als zwei Stockwerke hoch und aus Ständerwerk mit Flechtwänden errichtet. An vielen Stellen war der Lehmbewurf abgebröckelt. Außer der Tür, durch die er das Verlies verlassen hatte, entdeckte er keine weitere. Dafür lief im ersten Stock die Galerie außen um den Turm herum, und eine wackelig aussehende Treppe führte hinauf. Sollten einmal Angreifer in den Hof stürmen, konnte sie leicht zerstört werden, die Wogensmannen sich im Turm verschanzen und die Feinde mit Pfeilen beschießen. Im Turm musste es düster und stickig sein. Eines wusste Iven mit Bestimmtheit: In einer Burg wollte er niemals leben.

Auf dem Dach des Wohnturmes standen zwei weitere Wachen. Eine winkte ihm zu, Iven winkte zurück. Wieder wieherte im Stall ein Pferd, gleich darauf schrie jemand, und er hörte einen Lederriemen klatschen. Er verschloss seine Ohren vor dem Schmerz des Tieres.

Die Treppe von der Galerie kletterte ein Mann hinunter und kam auf den Brunnen zu. Über seinem wattierten Wams trug er ein Kettenhemd, und an seiner linken Seite baumelte ein Bihänder in einer schmucklosen Lederscheide. Es war zu spät, hinter dem Küchenhaus zu verschwinden, der Mann hatte ihn bereits gesehen, und ein kurzes Lächeln blitzte über dessen Gesicht. Der Mann griff nach dem Eimer und trank von dem Wasser, das Iven übrig gelassen hatte. Er rollte es im Mund hin und her, ehe er es in hohem Bogen ausspuckte.

»Was machen die Gefangenen?«

»Hm«, brummte Iven einen Laut, der alles bedeuten konnte. Er stellte sich so, dass sein Gesicht im Schatten lag.

Der Wogensmann goss sich Wasser über den Kopf, schnaubte, prustete und schüttelte sich wie ein Hund. Tropfen flogen nach allen Seiten. »Was ist mit dir, Girre?«

»Hm«, brummte Iven ein weiteres Mal.

»Dicker Schädel von zu viel Bier?«

Er nickte. Geh endlich weiter, betete er stumm. Der andere grinste wissend und schlenderte Richtung Tor. Gleich darauf stieg er auf einen Wachturm, und der Mann, der dort Wache gehalten hatte, kam in den Hof. Iven zog sich in den schmalen Durchgang zwischen dem Kochhaus und einem Schweinekoben zurück. Auf der einen Seite stanken die Schweine, und aus der Küche roch es nach geröstetem Getreide, das zu Grütze verkocht wurde. Sein Magen knurrte. Er hätte viel gegeben für eine Schüssel Brei. Er hockte sich hin und lauschte, während der Vormittag zäh dahintropfte und der Tag wärmer wurde.

Das Burgtor wurde mehrfach geöffnet und wieder geschlossen. Wogensmannen ritten hinaus, andere kamen zurück, wurden lautstark begrüßt; ein Knecht holte die Schweine aus dem Koben und trieb sie hinaus, ein barfüßiger Junge machte sich mit einer Schar Gänse auf den Weg. Iven war überzeugt, er hätte als Girre verkleidet die Burg verlassen können.

Um die Mittagszeit wurde es ruhiger. Er wagte sich aus seinem Versteck und ging in das Kochhaus. Er hatte gehofft, dort wäre um diese Zeit niemand mehr, aber neben dem Feuer hockte eine Magd. Sie hatte blaue Flecken im Gesicht, am Hals, auf den Schultern, an den Armen, und ihre Augen quollen beinahe über vor ungeweinten Tränen. Bei seinem Eintritt sprang sie auf und zog sich in eine Ecke zurück.

»Ich tu dir nichts, keine Angst.« Nachdem er das gesagt hatte, fiel ihm auf, dass es wohl das Falsche gewesen war. Girre redete bestimmt nicht so.

Misstrauisch beäugte die Magd ihn. »Wer bist du? Keiner von diesen Schweinen.« Sie wagte sich einen halben Schritt aus ihrer Ecke hervor.

Er legte einen Finger an die Lippen. »Verrate mich nicht.«

Sie schüttelte den Kopf.

»Kannst du mir was zu essen geben?«

Aus einem kleinen Kessel, der abseits stand, löffelte sie Grütze in einen hölzernen Napf. »Das da«, sie pochte mit der Schöpfkelle gegen den großen Kessel über dem Feuer, »ist nur für die Kerle, die sich Herren schimpfen und glauben, sie können sich mit uns Weibern alles erlauben. Wir essen davon nicht, wir pissen rein.«

Iven dankte dem Allmächtigen, dass ihm der Kaufmann nichts abgegeben hatte. Heißhungrig schlang er den Inhalt seiner Schale hinunter. Die Magd schaute ihm dabei zu, ein Schimmer Hoffnung hatte die Tränen in ihren Augen zurückgedrängt.

»Ich verrate dich nicht«, versprach sie. »Du bist der neue Gefangene. Sie haben dich gestern erwischt, als du sie ausgespäht hast.«

»Du weißt gut Bescheid.«

»Mich haben sie auch gefangen. Vor zwei Jahren schon. Tagsüber muss ich für sie kochen, und nachts machen sie mit mir, was sie wollen. Wieso läufst du als Gefangener auf dem Hof herum und tust so, als wärst du einer von ihnen?«

»Ich will abhauen.« Er hielt ihr die Schüssel ein zweites Mal hin, und sie löffelte ihm noch eine Kelle hinein.

»Nimm mich mit«, bat sie. »Überall wird es besser sein als hier. Ich kann dir dienen, wenn du nichts dagegen hast.«

Natürlich hatte er etwas dagegen und schüttelte entschieden den Kopf. »Achte auf etwas Ungewöhnliches. Lauf weg, wenn du deine Chance kommen siehst. Erzähle mir etwas über die Wachen. Ich muss alles wissen.«

Er erfuhr, dass Tor und Motte Tag und Nacht bewacht wurden. Nachts gab es sogar doppelt so viele Wachen wie am Tag. Geheime Tunnel kannte die Frau nicht. Bei dieser strengen Bewachung konnte er mit Luitprand von Leuv nicht durchs Tor entkommen. Es würde ein Feuer sein müssen, entschied Iven. Zur dunkelsten Stunde der Nacht.

Die Magd versteckte ihn in der Küche. Sie hieß Dürken und hätte ihm ihr Leben und Leiden erzählt, hätte er sie nicht daran gehindert. Er wollte nichts von ihr wissen, wollte sich nicht verpflichtet fühlen, auch noch sie zu retten.

Bevor die Sonne unterging, kehrte Iven ins Verlies zurück. Der Genter Kaufmann saß mit angezogenen Beinen in einer Ecke, während der gefesselte Girre in einer anderen lag. Er war wach und schaute ihm mit wildem Blick entgegen. Stroh war in seinen Mund gestopft und mit einem Stoffstreifen festgebunden. Zwei Faustschläge gegen die Schläfen schickten ihn wieder ins Reich der Träume.

Iven rieb sich die Knöchel, bevor er Girres Kleidung auszog und sich am Kopf kratzte.

»Soll das immer so weitergehen?« Luitprand deutete auf den Wogensmann. »Früher oder später schlagt Ihr ihn tot.«

»Wir werden nicht lange genug hier sein, um das noch zu erleben. Sobald es dunkel geworden ist, verschwinden wir.« Obwohl der Wogensmann sie nicht hören konnte, sprach Iven leise, als er dem Genter seinen Plan erklärte.

Der alte Kaufmann zog die Stirn in Falten. »Das hört sich einfach an. Ihr seid jung, Herr Iven, und erst seit einem Tag hier, Euch kennen sie nicht. Ich dagegen … Seit einem Monat lebe ich von ihrem wässrigen Fraß. Seht her!« Mühsam stand er auf, hinkte ein paar Schritte von einer Seite des Verlieses zur anderen. »Was glaubt Ihr, wie schnell ich zum Tor hinausrennen kann?«

»Schnell genug. Ich gehe nicht ohne Euch.«

»Das verlange ich nicht. Sie werden uns erschlagen, wenn sie uns erwischen.«

»Sie werden uns erst recht erschlagen, wenn wir sitzen bleiben, bis sie Girre im Stroh finden«, sagte Iven hitzig. »Ruht Euch aus und versucht, Kraft zu sammeln.«

Das Gespräch verstummte, aber seinem eigenen Rat zu folgen, fiel Iven nicht leicht. Er streckte die Beine aus und schloss die Augen, die Gedanken wollten jedoch nicht zur Ruhe kommen. Seine Kiefer mahlten, immer wieder musste er einen Blick auf Girre werfen. Wenn das nun einer der Schurken war, die seinen Vater und Hark auf dem Gewissen hatten? Er hatte tausendfach den Tod verdient. Eigentlich hatte er geplant, ihn noch einmal mit einem Schlag zu betäuben und dann seine Fesseln zu lösen, damit er sich retten konnte. Er war sich jedoch nicht mehr sicher, ob der Kerl das wirklich verdient hatte. Sollte er doch verrecken!

Die Stunden krochen dahin. Irgendwann war durch die Ritzen der Tür zu erkennen, dass es draußen dämmerte. Der Genter Kaufmann schien eingeschlafen zu sein, denn als Iven ihn an der Schulter berührte, schreckte er auf.

»Es ist so weit, Herr van Leuv.«

Iven verwandelte sich wieder in Girre, dessen Fehlen offenbar nicht aufgefallen war, ebenso wenig wie die offene Tür des Verlieses. Er öffnete sie einen Spalt und spähte nach draußen.

An den Ecken der Motte steckten Fackeln und zauberten kleine Lichtinseln auf den Hof. Die Torwachen saßen im Dunkeln. Gut für sie, schlecht für Iven, denn er sah sie nicht, während sie den Hof überblickten. Zwei Mägde kamen aus dem Kochhaus und gingen über den Hof zur Motte, zwischen sich trugen sie einen Kessel. Aus einer dunklen Ecke ertönte der Schrei einer Frau und brach gleich darauf ab, als hätte ihr jemand die Hand auf den Mund gelegt.

Iven huschte auf die andere Seite der Motte, wo er am Morgen einen Stapel trockenes Holz gesehen hatte. Als er im Dunkeln herumtastete, gerieten ihm sogar mehrere Fackeln unter die Finger. Ein grimmiges Lächeln huschte über sein Gesicht – fast schien es, als wären die Wogensmannen begierig auf ihren eigenen Untergang. Er achtete darauf, nicht in den Lichtkreis der brennenden Fackeln zu geraten, als er die anderen an ihnen entzündete und auf die Strohdächer der Ställe und des Kochhauses schleuderte. Die letzte warf er hoch auf das Dach der Motte. Sie blieb allerdings nicht liegen, sondern rollte an den Rand; Iven beobachtete sie mit angehaltenem Atem.

Kurz bevor sie herunterfallen konnte, kam sie doch zur Ruhe, und er atmete auf. Zuletzt zündete er den Holzhaufen an und schaute sich um. Die Strohdächer hatten Feuer gefangen. Die Torwachen waren betrunken oder schliefen, denn sie hatten keinen Alarm geschlagen. Er hastete zurück zu dem Winkel zwischen Motte und Palisade, in dem er Luitprand van Leuv zurückgelassen hatte, und kauerte sich neben ihn.

»Das Feuer ist gelegt, der Tanz wird gleich losgehen«, meldete er.

»Warum schlagen die Wächter nicht Alarm?«

»Hoffentlich tun sie es noch lange nicht.«

Der Flame hatte zu viele Bedenken. Am Ende fühlte er sich noch verpflichtet, die Räuber zu warnen. Damit es nicht so weit kam, versperrte Iven ihm den Weg.

»Feuer! Feuer!«

Es war eine einzelne Stimme, aber der Ruf wurde von anderen aufgenommen.

Die Schuppen und der Holzstapel brannten lichterloh. Die Palisade hatte bisher noch kein Feuer gefangen, doch es konnte nicht mehr lange dauern.

»Wir werden warten, bis sie das Tor geöffnet haben.« Iven stieß den Kaufmann an. »Es dauert nicht mehr lange, und wir sind frei.«

In der Motte über ihnen wurde das Geschrei lauter, während die Flammen sich ausbreiteten. Da es seit Tagen nicht geregnet hatte und nur der Wind über die Uhtlande hinweggefegt war, war alles knochentrocken. Jemand rief nach Eimern, und eine hohe panische Stimme hielt dagegen, sie würden in diesem Höllenfeuer alle sterben. Die ersten Wogensmannen kamen mit Eimern gerannt. Vor dem Brunnen bildete sich eine Schlange. Es dauerte lange, einen vollen Eimer heraufzuziehen, einen leeren wieder herunterzulassen und ihn heraufzuholen. Das bisschen Wasser, das sie in die Flammen schütteten, konnte dem Feuer nichts anhaben.

»Wir brauchen mehr Wasser!«, brüllte jemand von oben herunter.

»Die Gräben draußen«, schrie ein anderer im Hof. »Öffnet das Tor!«

Einige ließen die Eimer fallen und rannten los. Die Angeln waren gut geölt, lautlos bewegten sich die Torflügel nach außen. Männer taumelten hinaus, sie husteten und würgten. Eine betrunkene Stimme brüllte hinter ihnen her: »Holt Wasser, ihr Holzköpfe!«

Iven wagte sich aus dem Versteck hervor. Heiße Luft legte sich auf sein Gesicht. Die Palisade hatte noch kein Feuer gefangen. Die Stämme des Treibholzes waren zu dick, und von der Motte brannte auch nur das Dach, aber das Kochhaus und die Ställe waren nicht mehr zu retten. Einige Gestalten mit gerafften Röcken rannten durch das Tor und verschwanden in der Dunkelheit. Ich wünsche dir viel Glück, Dürken, dachte er. Männer mit Eimern folgten, sie schöpften Wasser aus den Gräben und dem Siel.

»Kommt mit!« Iven fasste den Kaufmann am Arm und zog ihn hinter sich her. Sie nahmen zwei herumliegende

Eimer und eilten auf das Tor zu. Er hörte Luitprand hinter sich schwer atmen. Sie kamen nicht so schnell voran, wie Iven rennen wollte, denn dem Kaufmann fehlte die Kraft und er hinkte. Die ersten Wogensmannen kamen mit vollen Eimern zurück, als sie sich gerade herausdrängten. Iven bewegte die Lippen in einem stummen Gebet, und der Allmächtige erhörte ihn. Niemand beachtete sie.

Vor ihnen erstreckten sich die Salzwiesen und der Deich am großen Siel, und hinter ihnen erhellte der Feuerschein der Hennersburg den Nachthimmel. Er musste weithin zu sehen sein, dennoch hatte sich niemand eingefunden. Niemand war bereit, den Wogensmannen beizustehen. Iven hatte den Deich erklommen und hielt einen Augenblick inne, um den Anblick zu genießen. Der Kaufmann erreichte ihn und sah sich ebenfalls um.

»Was glotzt ihr? Girre, bist du das?« Jemand stieß ihm einen Ellenbogen in den Rücken.

Iven sprang zurück, und der andere rannte zum Siel. Er und Luitprand schafften es, hinter einer Hecke aus Brombeeren und wilden Rosen zu verschwinden. Sie überquerten das Siel und folgten dessen Lauf fort von der Wogensburg und der Hever und hinein ins Herz der Edomsharde. Iven wäre bis zum Levensenhof gerannt, es fiel ihm schwer, seine Schritte dem Tempo des Genters anzupassen.

»Was habt Ihr nun mit mir vor, Herr Iven?«, fragte der Kaufmann. Er hatte sich nach vorne gebeugt und die Hände auf den Oberschenkeln abgestützt. Bevor Iven antworten konnte, fuhr er fort: »Ihr geht nach Hause zu Eurer Familie. Wohin gehe ich? Ich habe nicht mehr als diese Fetzen am Leib. Die Wogensmannen haben mein Schiff zerstört, sie kennen meinen Namen und wissen, wo sie mich finden. Vielleicht sind sie schon auf dem Weg nach Gent, um meine Familie zu töten …« Seine Stimme brach.

»Ihr kommt zu mir auf den Levensenhof, esst Euch satt

und erhaltet ordentliche Kleidung. Ich finde ein Schiff, das Euch nach Hause bringt. Wir müssen nach Rungholt gehen, das sind noch einige Ruten, aber Ihr werdet es schaffen.«

Iven ging weiter, und als er sich nach einigen Schritten umsah, folgte der Kaufmann ihm. Ihr Marsch führte sie an den Häusern von Fedderingman Capell vel Riepe vorbei. Die Leute standen zusammen vor der Kapelle und schauten nach Westen, wo der Schein der brennenden Hennersburg am Horizont leuchtete.

Auf dem Damm blieb Iven stehen, er wartete auf den Kaufmann und beobachtete den Feuerschein. Luitprand van Leuv stellte sich neben ihn.

»Gefällt Euch dieser Anblick, Herr Iven?«

»Sie haben bekommen, was sie verdienen. Ihr solltet das so gut verstehen wie ich.«

»Ich verstehe das, und wenn ich wüsste, wie es meiner Hild geht, würde ich ebenso denken.«

»Es geht ihr gut, und sie hat einen prächtigen Sohn. Die Wogensmannen haben mit sich selbst zu tun, Eure Familie ist sicher in Gent.«

»Ihr wisst mehr als ich, Herr Iven. Kommt, gehen wir.« Der Genter wandte sich vom Feuerschein ab.

In diesem Moment ließ Gott etwas zu, das Iven an seiner Gerechtigkeit zweifeln ließ: Der Himmel öffnete seine Schleusen, und in wenigen Augenblicken waren sie beide durchnässt. In die Hölle gehörten die Wogensmannen, aber nicht dass ihnen der Regen die Feuer löschte. Das Hochgefühl, das er während der ganzen Nacht verspürt hatte, verwandelte sich in Düsternis.

Die beiden Männer redeten nicht mehr, während sie weitergingen.

Es regnete immer noch, als sie den Levensenhof erreichten. Mit einem Aufschrei warf sich Laefke in seine Arme, Bine sprang an ihm hoch, und Fiete grinste von einem Ohr zum anderen. Die Hündin war in der letzten Nacht allein nach Hause gekommen, von Iven keine Spur, und ihre Sorgen waren von Stunde zu Stunde größer geworden. Im Haus wusch Laefke den Schnitt auf seiner Wange mit einem Aufguss aus Wegerich und Odermennig, tischte ihm und dem Kaufmann alles auf, was die Speisekammer des Levensenhofes hergab: Brot, Käse, Eier, Dickmilch mit Honig, eingesalzene Heringe, geräucherte Heringe, Grütze, fette Bohnen. Der Tisch bog sich unter all den Köstlichkeiten. Iven langte wacker zu und legte die besten Bissen dem Kaufmann vor. Er achtete darauf, dass Luitprand van Leuv erst aufhörte zu essen, als er wieder Farbe im Gesicht hatte.

Kapitel 6

Man traf sich sonntags zur Messe in St. Petri. Silja suchte Iven unter den Leuten auf der Kirchwarft. Iven kam mit seiner Schwester und einem fremden Mann im Alter ihres Vaters als einer der Letzten, und er hatte etwas an seiner linken Wange. Silja schaute genauer hin: Es sah aus wie eine Verletzung. Es hielt sie nichts mehr an der Seite ihres Vaters, und Gesches erboste Blicke kümmerten sie auch nicht. Quer über den Kirchhof lief sie auf Iven zu.

»Iven – Herr Iven.«

Einen Moment sah er erstaunt aus, dann erschien ein strahlendes Lächeln auf seinem Gesicht, wegen der verletzten Wange geriet es schief, aber das ließ ihn umso verwegener aussehen. Nur ein Wimpernschlag fehlte, und sie hätte sich in seine Arme geworfen. Wenigstens nach seinen Händen wollte sie greifen. Viel zu schnell entzog er sie ihr wieder, aber das Lächeln blieb auf seinem Gesicht.

»Jungfer Silja.«

»Du bist verletzt?« Sie strich vorsichtig über den Schorf auf seiner Wange. Die Wunde war länger als ihr kleiner Finger. »Soll ich auf den Levensenhof kommen und Hilfe der Bruderschaft bringen? Das waren die Wogensmannen, nicht wahr?«

Sofort war er verlegen. »Das ist nur ein kleiner Schnitt, beinahe nichts. Du bist jederzeit willkommen auf dem Hof, aber ihre Hilfe soll die Bruderschaft sich für Leute aufheben, die sie nötiger haben.«

»Iven …«

Sie wusste nicht, was sie sagen sollte. So viel ging ihr durch den Kopf, und kein vernünftiger Satz fiel ihr ein. Ivens

Schwester und der Fremde hatten sich ein paar Schritte entfernt, aber sie fühlte ihre Blicke wie Spieße auf sich gerichtet.

»Jungfer Silja. Alle schauen her, und Euer Vater sieht nicht erfreut aus.« Gesche wollte sie wegziehen.

Silja sah sich um. Die Leute verrenkten sich tatsächlich die Hälse, und auf der Stirn ihres Vaters braute sich ein Gewitter zusammen. Iven stand vor ihr und sah aus, als wollte er sie am liebsten in den Arm nehmen. Im Namen des gerechten Gottes, was hatte sie getan! Sie konnte jedoch nicht aufhören, sich vorzustellen, wie seine Arme sie umfingen.

»Silja.« Ihr Vater klang wütend. »Du kommst sofort her.«

Sie riss sich von seinem Anblick los, ein letztes verstecktes Lächeln konnte sie sich nicht verkneifen. Iven hatte sich schon abgewandt, sprach mit dem Fremden.

»Du wirst dich anständig benehmen, Mädchen«, raunte ihr Vater ihr zu.

»Das tue ich.«

»Werde nicht frech! Dieser Mann stiftet Unruhe in der Harde. Ich will nicht, dass du in etwas hineingezogen wirst. Es reicht, wenn du den Käse des Levensenhofes verkaufst. Mehr haben wir mit diesen Leuten nicht zu schaffen.«

»Du glaubst alles, was in der Harde geredet wird. Außer Iven sehe ich niemanden, der gegen die Wogensmannen kämpfen will. Das nenne ich mutig. Er unternimmt etwas, während alle anderen nur dastehen und große Augen machen.«

Ihr Vater hob die Hand, als wollte er sie schlagen. Sie duckte sich weg, und Heinrich Westharg lenkte seine Bewegung um, kratzte sich hinter dem Ohr.

»Du wirst auf mich hören, ich bin dein Vater«, verlangte er streng. »Mit diesem Mann wirst du dich nicht abgeben, sonst verlässt du das Haus nicht mehr. Hast du mich verstanden?«

»Ja, Täte.« Leiser fügte sie hinzu. »Iven wird es allen zeigen.«

Iven schaute Silja nach, als sie nach der heiligen Messe an der Seite ihres Vaters die Kirchwarft verließ. Heinrich Westharg redete auf sie ein, sie schüttelte mehrmals den Kopf. Bevor sie durch das Gatter ging, sah sie sich noch einmal nach ihm um. Ihre Wangen waren gerötet, als sie ihm ein Lächeln schenkte, und ihm wurde warm.

Seine Schwester hakte sich bei ihm unter. »Nun weiß jeder, wem du dein Herz geschenkt hast. Du brauchst es nicht mehr abzustreiten oder dich herausreden.«

»Darin sehe ich einen Vorteil.«

Sie lachte leise auf. »Ich halte Beke immer noch für die bessere Wahl, aber was soll ich gegen diesen seelenvollen Blick ausrichten?«

Wie bei dir und Hark, hatte Iven auf der Zunge. Er schluckte die Worte hinunter; es war nie gut, Laefke an ihren Mann zu erinnern. Luitprand van Leuv ging neben ihnen und sah in sich gekehrt aus – wahrscheinlich dachte er an seine junge Frau daheim in Gent.

Ogge Jessen sprach ihn an. Der Vogt trug seinen besten samtenen Sonntagsstaat, an seiner Seite befand sich sein ältester Sohn Ogge Oggesen, ebenfalls in Samt. Der junge Mann sah auf seine Fußspitzen. Der Vogt begrüßte besonders Laefke überaus freundlich, lächelte sie an, als befände er sich auf Brautschau. Diese Getue alarmierte Iven sofort, und er sah auch an der kurzangebundenen Art, in der Laefke die Begrüßung erwiderte, dass es ihr genauso ging.

»Ich kann gar nicht sagen, wie sehr ich es bedauere, was die Wogensmannen Euch angetan haben. Erst Euer Vater, danach der alte Schäfer und zum Schluss diese Sache mit Eurer Gefangennahme. Diesen Gesetzlosen muss das Handwerk gelegt werden.«

»Sorgt dafür, Herr Vogt, und ich bin zufrieden und verliere kein Wort mehr darüber«, antwortete Iven.

»Ich habe bereits einen Knecht mit einer Nachricht in die

Pellwormharde zu Roder Wunksen geschickt, damit wir uns ins Einvernehmen setzen, wie wir vorgehen sollen. Denn so sehr ich den Mut unserer guten Männer schätze, will ich sie nicht unnötig in Gefahr bringen. Mit sechzig schwerbewaffneten Räubern werden wir allein nicht fertig. Gemeinsam mit den Männern der Pellwormharde ... Die Bande hat keine Chance.« Der Vogt lächelte, als wollte er am liebsten jeden einzelnen der Wogensmannen selbst erschlagen.

Der junge Ogge nickte zu den Worten seines Vaters, aber Iven hatte sehr wohl den Ellenbogenstoß gesehen, mit dem der Vogt ihn bedacht hatte. Ogge Jessen hatte keinen Knecht in die Pellwormharde geschickt, und er hatte es auch nicht vor, der falsche Hund.

»Ich reite mit einer Botschaft zum Staller. Die Wogensmannen brechen den Frieden des Königs. Er muss sich dieser Sache genauso annehmen wie Ihr und der Vogt der Pellwormharde.«

Ogge Jessen lachte auf, es klang gekünstelt. Er zog Iven und dessen Schwester beiseite. Luitprand van Leuv trat einige Schritte vor und tat so, als bewunderte er die Flugkünste zweier Schwalben.

»Auf den Staller brauchen wir nicht zu vertrauen«, sagte der Vogt hinter vorgehaltener Hand. »Ich weiß aus sicherer Quelle, dass die Wogensmannen ihn jedes Jahr schmieren, damit er sie ungestört ihren Untaten begehen lässt.«

Wenn jemand geschmiert wird, bist du es. Iven fing einen warnenden Blick seiner Schwester auf und schluckte mit großer Mühe die Worte hinunter. »Wenn Ihr dem Staller nicht traut, Herr Vogt, wenden wir uns an Waldemar Atterdag. Ihn werden die Wogensmannen kaum schmieren.«

»Der«, diesmal klang das Lachen des Vogts noch gekünstelter, »hat im Moment andere Sorgen. Die Hanse wird es nicht einfach so hinnehmen, dass er Gotland besetzt hat und in Visby eingezogen ist. Ihre Abgesandten werden schon bei ihm vorgesprochen und Wiedergutmachung verlangt haben. Am Ende gibt es Krieg. Was zählen da die Leute hinter den Deichen?«

»Wir sind seine Königsfriesen«, warf Iven ein. Der selbstgerechte Tonfall des Vogts machte ihn wütend. »Er wird uns nicht im Stich lassen.«

»Natürlich nicht, Ihr wisst genau Bescheid, was in den Köpfen der hohen Herren vorgeht. Die Sache mit Gotland und Visby war von langer Hand geplant, Herr Iven. Unsere Sorgen wegen ein paar Wogensmannen interessieren nicht, wenn ihm ein Krieg mit der Hanse bevorsteht. Er wird sich nur an uns erinnern, wenn er mehr Soldaten benötigt. Denkt an meine Worte. Habt Ihr über mein Angebot nachgedacht, Herr Iven? Es mit Eurer Schwester besprochen?«

»Ich habe meine Meinung nicht geändert.«

Ogge Jessen machte ein Gesicht, als hätte ihm jemand die Faust hineingeschlagen. Er wandte sich an Laefke. »Verehrte Frau Laefke, ich habe Eurem Bruder angeboten, ihm den Levensenhof abzukaufen, wenn die Arbeit und die Verantwortung für einen so jungen Mann zu viel werden. Ich bin bereit, einen wirklich angemessenen Preis zu zahlen. Wenn Ihr Euch noch einmal verheiraten wollt, wird Euch das Geld für Eure Mitgift sehr gelegen kommen. Was sagt Ihr zu meinem Angebot?«

Laefke räusperte sich. »Iven hat mir davon erzählt, und ich bin derselben Meinung wie er. Außerdem gehört der Levensenhof ihm, er entscheidet allein.«

»Ihr dürft Eure Zukunft nicht außer Acht lassen.«

»Das tue ich nicht.«

»Meine Antwort bleibt nein«, mischte sich Iven ein. »Solange es Levensens gibt, werden wir auch auf dem Levensenhof leben. Über die Mitgift meiner Schwester braucht Ihr Euch keine Gedanken zu machen, außer Ihr habt Euren Sohn zu ihrem Ehemann auserkoren.«

Der junge Ogge und Laefke sahen gleichermaßen erschrocken aus.

»Wenn beide eine Neigung zueinander fassen«, quetschte der Vogt heraus.

»Das haben wir nicht, und das werden wir auch nicht«, erklärte Laefke rigoros.

»Frau Laefke ist eine sehr begehrenswerte ...« Der junge Ogge Oggesen wand sich. Er wollte höflich sein und es gleichzeitig seinem Vater recht machen.

»Unsinn! Sagt nichts Falsches, sonst verkündet Pater Fulbertus noch unsere Verlobung in St. Petri.«

Es gab nichts weiter zu sagen. Ogge Jessen verabschiedete sich knapp und unter Beachtung der minimalsten Höflichkeit, bevor er mit seinem Sohn im Schlepptau davonmarschierte.

»Mit so einem Vater hat man es nicht leicht.«

»Nicht wenn man so ein Wurm wie Ogge Oggesen ist«, stimmte Iven zu.

»Geh mit ihm nicht zu hart ins Gericht.«

Laefke fand auch für den größten Hasenfuß in der Edomsharde noch ein freundliches Wort.

Zwei Tage später verließ eine schonische Kogge Rungholt mit der ersten Morgenflut in Richtung Flandern. Sie transportierte nicht nur Felle, sondern auch einen Passagier. Der Kapitän hatte sich bereit erklärt, Luitprand van Leuv in die Heimat zu bringen. Iven begleitete den Kaufmann zum Hafen. Zum Abschied umarmten sich die Männer.

»Ihr habt viel für mich getan, Herr Iven. Der Herr wird es Euch danken«, sagte der Flame mit vor Rührung zitternder Stimme. »Braucht Ihr Hilfe und Rat, so zögert nicht, meine Tür in Gent steht Euch immer offen.«

»Ich danke Euch, Herr van Leuv.« Iven sah dem Mann nach, der schmal und gebeugt über die Laufplanke huschte und unter Deck der Kogge verschwand. Er wünschte ihm von ganzem Herzen, dass er seine Familie in Gent wohlbehütet vorfand.

***

Iven saß im Gras vor Monnys Haus in Trindermarsch und zog die Klinge seines Schwertes langsam und immer wieder über einen Wetzstein. Mehrmals prüfte er mit dem Daumen die Schärfe. Seit er seinen Vater erschlagen gefunden hatte, hatte er es nicht mehr in der Hand gehalten. Zuhause hatte es, in eine gewachste Decke gewickelt, ganz unten in seiner Kleidertruhe gelegen. Er hatte die Gegenwart seines Vaters gespürt, als er es in die Hand nahm, als säße der alte Bonde auf seinem gepolsterten Stuhl am Kopfende des Tisches in der Döns. Als er hingeschaut hatte, war da niemand gewesen. Er hatte die düsteren Gedanken abgeschüttelt und war auf der Grauen nach Trindermarsch geritten.

Die Wogensmannen waren nicht unbesiegbar, das wusste er, seit er ihnen entkommen war. Gleich nachdem Ogge Jessen sich auf der Kirchwarft von ihm verabschiedet hatte, hatte er den kurzgewachsten Hardesrat Johan Sibingh beiseite genommen und ihm seinen Plan erläutert. Johan hatte genickt und sich einverstanden erklärt, hier und da bei den richtigen jungen Männern ein paar Worte fallen zu lassen. Sie wissen zu lassen, dass man sich heute in Trindermarsch auf dem Monnesenhof traf, um eine Armee gegen die Wogensmannen zu bilden. Er hatte Gerüchte durch die Harde schwirren hören, und mehr als ein Blick hatte ihn getroffen.

Ein paar Schritte von ihm entfernt hockte Ketel auf den Fersen, sein Schwert lag neben ihm, er spielte mit einem Dolch herum und vergnügte sich damit, einzelne Grashalme abzuschneiden. Monny kam um die Hausecke und warf einen Armvoll Stöcke neben Iven auf den Boden. Alle waren gleich lang und in etwa gleich dick. Sieben, acht zählte Iven.

»Du hast viel Hoffnung«, sagte er zu seinem Cousin.

»Du einen, ich einen, Ketel einen, bleiben fünf.«

»Johan Sibingh kommt und Broder, bleiben drei«, warf Ketel ein. »Und der alte Schäfer …?«

»Maart nicht.« Monny schüttelte den Kopf. »Ich habe zu dem alten Mann gesagt, dass das hier nichts für ihn ist. Dazu braucht man nicht nur den Mut eines Löwen, sondern auch seine Kräfte und seine Geschmeidigkeit.«

»Das ist gut.« Iven hatte sich schon gefragt, was er dem treuen alten Schäfer sagen sollte. Broder ließ sich mit einer anderen Aufgabe beschäftigen, aber Maart war nicht dumm, er merkte, wenn man ihn abschieben wollte.

»Er hat es nicht gut aufgenommen. Wäre er nicht so alt und würden ihm nicht seine Wunden noch zu schaffen machen, wäre er mir an die Kehle gegangen und hätte mir gezeigt, wie kräftig und geschmeidig er noch ist.«

»Die Hunde hätten wir gut gebrauchen können.«

Diesmal schüttelte Iven den Kopf. »Das sind Hunde zum Schafehüten. Es dauert Jahre, bis sie alles gelernt haben, sie sind viel zu wertvoll, um sie in einen Kampf gegen Schwerter zu werfen.«

Ketel nahm die Zurechtweisung nicht krumm, deutete stattdessen nach Nordosten. »Seht mal, wer da kommt.«

Es näherte sich ein junger Mann der Warft, den zu sehen Iven nicht erwartet hatte: Ogge Oggesen. Der Sohn des Hardesvogts blieb ein halbes Dutzend Schritte von ihnen entfernt stehen. Er hatte ein längliches Bündel auf den Rücken geschnallt, das er umständlich absetzte. Dabei verrutschte die Decke, und der Griff eines Schwertes wurde sichtbar. Er schaute niemanden an, als er sagte: »Ich habe hinter vorgehaltener Hand gehört, dass man heute hierherkommen soll.«

»Du hast richtig gehört.«

»Auf einen wie dich können wir verzichten.«

»Lass ihn in Ruhe, Ketel.« Und an Ogge gewandt, sagte Monny: »Du bist willkommen.«

»Vor Gericht wollte ich für dich schwören, Iven. Ich hatte es mir fest vorgenommen und mir sogar schon das Gesicht meines Vaters ausgemalt. Als es so weit war – es ging einfach nicht.«

»Und wenn es jetzt wieder so weit ist, geht es dann auch nicht? Einmal feige, immer feige.« Ketel spuckte aus.

Jeder andere hätte sich auf den jungen Salzsieder gestürzt, nicht wenige zum Messer gegriffen. Ogge blieb stehen, aber in seinem Gesicht arbeitete es, und Iven sah, wie er die Hände zu Fäusten ballte und wieder öffnete.

»Ein Mann kann sich ändern.«

»Ein Mann ja. Aber wer nur der müde Abklatsch seines Vaters ist ...«

Das war doch mehr, als Ogge zu ertragen bereit war. Er warf sich auf Ketel und versetzte ihm einen Faustschlag ins Gesicht. Sie rollten über den Boden. Blut strömte aus der Nase des Salzsieders.

»Aufhören!«

Iven war aufgesprungen und zerrte an Ogges Wams, bis der junge Mann seinen Gegner losließ. Monny hielt seinen Bruder fest.

»Halt endlich dein Maul, Ketel! Hast du schon bewiesen, dass du auch mit dem Herzen groß bist oder nur mit dem Mundwerk?«, schrie er den Jüngeren an.

Ketel wischte sich mit dem Ärmel das Blut aus dem Gesicht und betastete seine Nase.

»Was ist denn hier los?«, rief jemand.

Als Iven sich umdrehte, standen sein Schwager Harm und die beiden Fischer, die mit ihm in einem Boot fuhren, neben dem Haus. Sie hatten ihre Fischmesser im Gürtel stecken, jeder trug einen Spieß in der Hand. Die Spitzen sahen mit ihren Widerhaken gefährlich aus.

»Ich dachte, es geht gegen die Wogensmannen, aber gut ...« Harm hob die freie Hand zur Faust geballt.

»Das stimmt auch«, sagte Iven schnell.

»Die ganze Harde wird über uns lachen, wenn die Leute erfahren, dass wir uns gegenseitig verprügeln. Sind wir dafür hier?« Monny war der Älteste von ihnen und der Vernünftigste. Er gab seinem Bruder noch einen Stoß, bevor er ihn losließ. »Ich sage, dass Ogge eine zweite Chance verdient. Wir können jeden brauchen, der sich uns anschließen will. Kein Wort mehr darüber.« Ein weiterer Stoß traf Ketel, der immer noch seine Nase betastete.

Zögernd nickte der Salzsieder.

Der kleine Hardesrat Johan Sibingh kam als Nächster hoch zu Ross. Neben ihm stapfte der junge Broder Brodersen, statt eines Schwertes hatte er einen Holzprügel mitgebracht.

»Die Stöcke reichen nicht mehr«, sagte Monny leise zu Iven,«denn da kommen noch mehr.«

Iven blickte in die Richtung, in die sein Cousin zeigte. Zwei Reiter auf einem Pferd erreichten die Warft. Er kannte die Männer nicht. Sie schauten sich unsicher um, nachdem sie abgestiegen waren. Beide trugen sie Schwerter am Gürtel und sahen sich so ähnlich, dass sie Brüder sein mussten.

»Wir haben gehört ...«, begann der Ältere. Er räusperte sich. »Wir sind aus der Pellwormharde, Arfat ist mein Name, und das ist mein Bruder Nies. Wir wollen dabei sein. Die Pellwormharde leidet unter den Wogensmannen genauso wie die Edomsharde. Wir können mit dem Schwert umgehen.« Arfat verstummte und sah sich wieder unsicher um.

»Ihr seid willkommen«, antwortete Iven und breitete die Arme aus. »Was wir vorhaben, wisst ihr. Das wird kein Spaß. Die Wogensmannen haben meinen Vater und den Mann meiner Schwester erschlagen.« Er deutete dabei auf Harm. »Der Vogt der Edomsharde hat meine Klage abgewiesen und mir das Manngeld für meinen Vater verweigert. Das lasse ich mir nicht gefallen. Ich suche Männer mit Mut, die mit mir in den Kampf gegen die Wogensmannen ziehen. Sie sind nicht unbesiegbar, das habe ich gesehen, als ich eine Nacht lang Gefangener in der Hennersburg war. Wir sind hier, um zu einer Armee gegen diese Räuber zu werden.«

»Das wissen wir alles«, sagte Arfat. »Du hast verbreiten lassen, dass du mutige Männer suchst. Es ist bis in die Pellwormharde vorgedrungen. Wir haben zu Hause noch drei Freunde, die sind auch dabei. Wir können alle mit dem Schwert umgehen, und an Mut fehlt es uns nicht.«

»Wir müssen lernen, wie eine Armee zu kämpfen«, begann Iven wieder. »Vielleicht können wir alle mit dem Schwert umgehen, schließlich sind wir freie Friesen, aber wir müssen zusammenarbeiten, in einer Reihe bleiben und zum richtigen Zeitpunkt angreifen. Nehmt diese Stöcke! Das sind eure Schwerter zum Üben. Sie müssen unsere verlängerten Arme sein.« Er verteilte die Stöcke, und wer keinen abbekam, nahm seine Waffe.

Sie stellten sich paarweise auf, Iven befahl einen Angriff. Stöcke schlugen mit einem hellen Geräusch aufeinander. Angriff, Parade, wieder Angriff, Parade. Die Kämpfe wogten hin und her, während er sie beobachtete. Ogge erwies sich als überraschend geübt mit dem Schwert, sein Vater musste ihn in eine gute Schule geschickt haben. Um Ketel, Monny und Johan Sibingh musste er sich auch keine Sorgen machen. Die Pellwormer Brüder wussten ebenfalls mit einem Schwert umzugehen, auch wenn ihre Bewegungen eingerostet wirkten – ihnen fehlte nichts außer Übung. Bei Harm und seinen Kollegen sah das anders aus. Sie hielten die Stöcke wie Fischmesser und hieben aufeinander ein wie bei einer Wirtshausprügelei. Er und Ogge riefen sie zu sich und erklärten ihnen genau, was bei einem Kampf mit Schwertern passierte.

Sie zeigten ihnen, wie sie die Waffe richtig halten mussten, wie sie festen Stand suchen mussten und dass sie die Augen des Gegners nicht aus dem Blick verlieren durften, denn die zeigten an, wann der angriff, bevor er überhaupt seine Waffe erhoben hatte. Angriff, Parade. Iven führte die Bewegungen langsam vor, und Harm machte sie nach. Die Stöcke klackten gegeneinander. Harm stellte sich geschickt an, nach wenigen Durchgängen beherrschte er die Bewegungen, und Iven steigerte das Tempo.

»Die Wogensmannen werden dir nicht den Gefallen tun und sich wie gichtgeplagte alte Männer bewegen«, sagte er.

Harm unterlief Ivens Angriff und entblößte dabei seinen Rücken. Iven stieß zu. Der Fischer verlor das Gleichgewicht.

»Du bist tot.« Gleichzeitig streckte er die Hand aus, um Harm aufzuhelfen.

Lachend ließ der Fischer es sich gefallen. Kaum stand er, ging Harm auch schon wieder zum Angriff über. Iven schaffte es kaum, seinen Stock zu heben. Die anderen hatten ihre Übungskämpfe unterbrochen und sahen den beiden zu. So schwungvoll wie Harm begonnen hatte, so schnell war sein Angriff auch wieder vorbei, denn zum zweiten Mal vergaß er seine Deckung.

»Du bist tot.« Diesmal hatte Ivens Stockspitze ihn an der Schulter getroffen. »Und ihr glotzt nicht, sondern macht weiter,« befahl er. »Wechselt die Partner!«

Johan Sibingh hatte sich des zweiten Fischers angenommen. Mehr als einen Blick aus dem Augenwinkel konnte Iven jedoch nicht riskieren, wollte er nicht gegen den unermüdlichen Harm einen Treffer einstecken.

»Du bist verletzt«, rief er, als er seinen Schwager am Oberschenkel berührte.

»Aber nicht tot«, erwiderte der.

»Du knickst ein und verlierst viel Blut. Kämpfen kannst du nicht mehr.«

»So.« Harm knickte ein, rappelte sich jedoch wieder auf und drang schwungvoll auf Iven ein. Der musste zurückweichen, so schnell wirbelte der Stock. Harm bückte sich, und gleich darauf bekam Iven eine Handvoll Erde ins Gesicht. Unwillkürlich kniff er die Augen zusammen, und sofort spürte er einen Schlag am Hals.

»Du bist tot.« Harm klang triumphierend.

»Ich hätte den Kopf verloren.« Iven hielt sich den Hals. »Das war nicht fair.«

»Bravo, Fischer. Von deiner Sorte brauchen wir mehr.« Ketel schlug die Handflächen aneinander.

»Kämpfen die Wogensmannen fair?« Harm trat zu ihm und schlug ihm auf die Schulter. »Ist's schlimm?«

»Wird wieder.«

Am Ende waren alle verschwitzt, erschöpft und staubbedeckt. Sie saßen oder lagen im Gras, Monny ließ eine Bierkanne herumgehen, während Broder als seinen Beitrag die Stöcke einsammelte und zu einem Bündel verschnürte.

»Ich bin stolz auf euch. Ihr habt euch alle gut geschlagen. Man sieht, dass wir freie Friesen sind und Waffen tragen dürfen. Wenn wir so weitermachen, sind die Tage der Wogensmannen in der Edomsharde gezählt.«

»Wann schlagen wir los?«

»Wir müssen erst so weit sein, Ketel. Noch sind wir zu wenige, ich will niemand unnötig in Gefahr bringen.«

»Wir werden mehr«, rief Nies dazwischen. »Ein Hoch auf Iven.«

»Hoch, hoch«, nahmen die anderen den Ruf auf.

Iven schaute sich um. Zehn erwartungsvolle Gesichter waren ihm zugewandt. Seine Männer, seine Truppe. Er fühlte eine Welle des Stolzes in seiner Brust.

»Du musst ein paar Worte sagen«, raunte ihm Monny zu. »Wie ein Feldherr.«

»Ihr seid alle mit dem Herzen dabei«, begann Iven. »Das macht euch stark, trotzdem dürft ihr nie vergessen, wer euer Gegner ist. Die Wogensmannen sind nicht irgendwer. Sie leben für den Kampf und machen sich nichts daraus, anderen das Leben zu nehmen. Mein Vater ist das beste Beispiel dafür. Deshalb müssen wir gut vorbereitet sein. Wir müssen üben, üben und nochmals üben, bis das Schwert unser verlängerter Arm ist. Nie dürfen wir einen Moment vergessen, dass eine Klinge spitz und scharf ist. Niemand darf zögern, sich in den Dienst des Stallers zu stellen, denn wir sind keine feigen Mörder. Ihr alle zeigt mir, dass in den Uhtlanden Männer wohnen.« Er reckte die Faust in die Höhe.

Begeisterte Rufe und erhobene Fäuste antworteten ihm. Sie hörten sich an, als wären sie dreimal so viele, wie sie in Wirklichkeit waren.

***

»Was bringst du?«

»Laefke schickt mich. Ich soll dir das geben.« Iven nahm ein zusammengeschnürtes Bündel von seinem Rücken. »Sie hat gesehen, in welchen Fetzen du immer rumläufst und das hat ihr keine Ruhe gelassen.«

Ketel schaute an sich herunter. Er trug einen knielangen fadenscheinigen Kittel, dessen ursprüngliche Farbe beim besten Willen nicht mehr zu erkennen war. Seine Beinlinge sahen nicht besser aus, und die Haare hielt er mit einem Lederband zurück. »Bei der Arbeit im Salzkoog ist der Sonntagsstaat nicht angemessen«, antwortete er geziert.

»Mir musst du nichts erzählen. Ich weiß, dass deine Kleidertruhe Besseres hergibt. Jedenfalls das, was Laefke dir im letzten Jahr benäht hat. Sie fühlt sich nun einmal verantwortlich für die unverheirateten Männer unserer Sippe.«

»Gib her!« Ketel untersuchte den Inhalt des Bündels.

Iven wusste, dass es ein Hemd mit Stickereien am Kragen und Beinlinge enthielt. Er schaute sich in Westhargs Salzkoog um. Der ihn umschließende Kajedeich war niedriger als die anderen Deiche. Der Salztorfabbau war bis an den Fuß herangeführt worden, hatte diesen teilweise angegraben, die Krone war wellig, und es gab Stellen ohne Grasbewuchs. Und noch etwas fiel ihm auf: Der Koog war zum größten Teil abgetragen. Ketel hatte recht, wenn er von Westharg forderte, mehr Arbeiter einzustellen, damit noch vor dem Winter ein neuer angelegt werden konnte. Dieser wäre sonst erschöpft, und die Salzproduktion käme ins Stocken, bis der neue angelegt war. Heinrich Westharg musste das doch wissen. Er hatte vielleicht keine große Erfahrung als Salzbudenbesitzer, aber das sah wirklich jeder und konnte sich leicht ausrechnen, dass man Zeit und Geld verlor, wenn man den Koog zu spät anlegte.

Ketel hatte inzwischen Laefkes Gaben untersucht. »Eines steht fest, im Koog trage ich das nicht. Sieht Westharg mich so, ist er gleich der Meinung, er zahlt mir zu viel für meine Arbeit. Dabei ist die leicht das Doppelte wert, aber ich und die Ebbes, wir haben da so unsere Methoden.«

Mit den beiden Ebbes meinte sein Cousin die Salzarbeiter, die die Torfsoden abstachen, die Asche zusammenschaufelten und siebten und die Feuer in Gang hielten. Gerade kippte einer eine neue Ladung Torfsoden auf das Feuer, das daraufhin schwarz aufwallte. Der Wind trug eine fettige, stinkende Wolke bis zu ihnen herüber.

»Was für Methoden?«

Eine Handbewegung, die die Salzköge umfasste, war die Antwort, und Iven verstand. Eine abgezweigte Schütte hier und da, Ketel war genau der Mann, sich auf diese Weise zu bereichern. Die beiden Ebbes waren sicher nicht besser, und er wollte nicht wissen, wie viel sie abgezweigt hatten.

»Westharg merkt das nicht?«

»Der doch nicht. Der sieht einen Berg Salzasche und hat keine Vorstellung, wie viel Salz das am Ende ergibt. Für ihn kann es eine kleine Dose oder ein Fass sein.«

»Deshalb zweigst du dir was ab und ermunterst seine

Arbeiter, dasselbe zu tun. In unserer Sippe sind wir ehrliche Leute.«

»Wir sind wenige und müssen sehen, wo wir bleiben. Du hast den Levensenhof und Monny seinen in Trindermarsch. Da sagt sich so was leicht. Was habe ich?«

Wahrscheinlich irgendwo eine Kiste voller Silber vergraben und Laefkes Gaben alles andere als nötig. Seine Schwester war viel zu gutmütig. Laut sagte Iven:«Salz. Die Uhtlande bestehen aus Salz. Der Reichtum liegt unter dem Marschboden, und du bist der Mann, ihn zu bergen. Ein ehrlicher Salzsieder ist überall gern gesehen.«

»Ich bin ehrlich. An einem Uhtländer würde ich kein einziges Korn vorbeischummeln. Bei Westharg ist das was anderes. Er ist keiner von uns, er stammt vom Festland. Was soll's also? Heute habe ich ein paar Fässer, die ich ihm bringen will – bisschen was geben seine Köge ja noch her. Ich bringe sie mit dem Ewer nach Rungholt, du kannst mitkommen.«

Sie drehten sich auf dem Kajedeich um, ließen den schwarzen Rauch hinter sich und gingen zu dem schmalen Steg, an dem nur bei Flut ein Schiff festmachen konnte, bei Ebbe endete er im Watt. Ein Ewer, nicht größer als seiner, schaukelte auf den Heverwellen, und die beiden Ebbes waren dabei, ein Fass an Bord zu rollen. Da der Steg so schmal war, war es nicht einfach, das Fass im Gleichgewicht zu halten. Einmal sah es auch aus, als würde es ins Meer stürzen. Im letzten Augenblick hielten die Ebbes es fest. Der Ewer schwankte unter dem Gewicht. Nach dem ersten wurden drei weitere Fässer über den Steg gerollt. Danach lag der Ewer tief im Wasser.

Iven und Ketel nahmen auf der Bank im Heck Platz. Der Salzsieder stieß das Boot ab und setzte das Segel. Der Weg nach Rungholt war nicht weit, und obwohl sie vor dem Wind kreuzen mussten, erreichten sie den Hafen in kurzer Zeit.

Der Kaufmann persönlich erwartete sie vor seinem Speicher, seine Rechte spielte mit einem großen Schlüsselbund. Silja stand neben ihm. Ihr Haar glänzte im Sonnenschein, und Ivens Herz machte einen Sprung. Sein Ärger über Ketel war im Nu vergessen. Der Salzsieder legte vor dem Speicher an, und er sprang an Land, ließ sich die Leinen zuwerfen. Als der Ewer an Bug und Heck vertäut war, rückten er und Ketel die Laufplanke zurecht.

Westharg polterte los:«Nur vier Fässer, der Kahn fasst doppelt so viele. Warum hast du nicht mehr gebracht?«

Ketel sprang an Land, tippte sich grüßend an seine Stoffkappe. »Mehr haben wir den Kögen nicht abringen können, Herr Westharg. Die beiden Ebbes und ich arbeiten von früh bis zum Vesperläuten so lange, wie Pater Fulbertus gestattet.«

»Wie alles? Du wagst es, Bursche. Es sind drei Salzköge, und sie werfen nicht mehr ab als vier Fässer. Wenn du mich betrügst ...« Der Schlüsselring kreiste drohend um seinen Zeigefinger, als wollte er seinen Salzsieder damit schlagen.

Ketel stand aufrecht und blickte dem Kaufmann offen ins Gesicht. Er war eine Handbreit größer als Westharg. »Ich habe Euch erst vor kurzem Salz gebracht, Herr Westharg. Schaut in Eurem Buch nach, dann seht Ihr, dass ich Euch nicht betrüge. Salz ist überall im Torf, aber es ist nicht überall gleich viel. Niemand kann vorher sagen, wo der Torf gut ist und viel hergibt oder wo er weniger gut ist.«

Das stimmte alles, soweit Iven wusste. Sein Cousin war geschickt mit Worten, war es immer gewesen. Nicht einmal er hätte die Lüge erkannt, hätte er es nicht besser gewusst. Seine Gedanken stritten miteinander, ob seiner Sippe oder der Liebe zu Silja der Vorrang gebührte. Ketel hatte ihn vor dem Hardesgericht unterstützt, er war kräftig und furchtlos, und Westharg war ein Pfeffersack, dem ein bisschen Salz mehr oder weniger nichts ausmachte. Iven blieb stumm.

Derweil fochten der Salzsieder und der Kaufmann mit Blicken einen Kampf aus. Westharg schaute als Erster zur Seite.

»Ladet die Fässer ab und bringt sie in den Speicher.«

»Iven arbeitet nicht für Euch und bekommt für das Abladen von vier Fässern einen Pfennig.« Ketel streckte fordernd die Hand aus.

Iven wollte protestieren, sagen, er helfe umsonst aus, aber Silja schüttelte den Kopf. Deshalb schwieg er, mehr neugierig als wirklich hinter dem Geld her. Westharg schnaubte, sein Gesicht färbte sich rot.

»Das Salz kann auch auf dem Ewer bleiben, aber ob es morgen noch da ist.« Ketel hielt die Hand weiter ausgestreckt.

»Warum hast du nicht einen von den Ebbes mitgebracht. Für einen Pfennig kann man einen halben Hühnerhof kaufen.«

»Kauft die Hühner. Ich habe die Ebbes im Koog gelassen, weil dort jede Hand gebraucht wird. Einen halben Tag Salz auszuliefern kostet eben auch einen halben Tag Salzertrag im Koog.«

Westhargs konzentrierter Miene war anzusehen, dass er nachrechnete, ob ein halber Tag Salzertrag die Ausgabe von einem Pfennig rechtfertigte. So oder so hatte er keine andere Wahl, denn er konnte das Salz nicht über Nacht im Ewer lassen. Er nickte. Ketel war immer noch nicht zufrieden. »Erst das Geld«, verlangte er.

Der Kaufmann zählte einen Pfennig in die Hand des Salzsieders. Ketel brach ihn durch, gab eine Hälfte Iven, die andere behielt er einstweilen. So war es mit Tagelöhnern Brauch. Sie bekamen einen Teil ihres Lohnes vor der Arbeit und den Rest nach ihrem Tagewerk.

Die Fässer vom Ewer zu löschen kostete viel Kraft. Beide keuchten, als alle im Speicher verstaut waren. Ketel gab Iven grinsend den anderen halben Pfennig.

»Nur so kommt man zu was, und der alte Geizhals soll nicht glauben, jemand arbeite umsonst für ihn«, sagte er dabei leise.

»Ich hätte es um unserer Verwandtschaft willen getan.«

»Das war auch mein Grund. Wenn keiner dem anderen etwas schenkt, haben am Ende alle was. Der Fremdländische kann es verkraften. Oder siehst du das anders?«

Ketels Stimme war herausfordernd geworden, und Iven steckte das Geld ein. Er wollte es Silja später wiedergeben. Beim Abladen hatte er sich im Salzspeicher umgesehen. Der war so hoch gebaut, dass mindestens drei Fässer übereinandergestellt werden konnten, und war nicht einmal zu einem Drittel gefüllt. Westharg hatte das gelieferte Salz geprüft und schaute sich ebenfalls sorgenvoll um.

»Wie viele Fässer kannst du bis zum Winter liefern?«, fragte der Kaufmann seinen Salzsieder. »Ein Gros oder zwei Gros?«

Ketel schüttelte den Kopf. »Weniger.«

»Weniger als ein Gros. Wenigstens zehn Dutzend?«

Kopfschütteln.

»Acht Dutzend?«

Kopfschütteln.

»Sechs Dutzend?«

»Vielleicht. »Wenn der Herbst nicht zu stürmisch wird.«

»Was ist los bei euch? Liegt ihr den ganzen Tag auf der faulen Ochsenhaut. Ich kann mir einen anderen Salzsieder suchen.«

»Der wird auch nicht mehr aus den Kögen herausholen. Zwei sind klein, und der andere ist so gut wie ausgebeutet. Der Herr lässt kein Salz vom Himmel regnen, Herr Westharg. Noch vor dem Winter müssen wir einen neuen Koog eindeichen. Das sage ich Euch nicht zum ersten Mal.«

Der Kaufmann sagte nichts, sah nur aus, als wäre ihm ein Löffel seines Salzes in den Mund geraten.

»Wenn ich vier Hände voll zusätzliche Arbeiter bekomme, kann ich mit dem Deichen beginnen und in den anderen Kögen weiter arbeiten lassen.«

»Die Köge geben mindestens noch vier Jahre Salz, wurde mir gesagt, als ich die Rechte daran erworben habe. Wie könnt Ihr behaupten, die Köge geben fast nichts mehr her?«

»Ich weiß nichts von Euren Vereinbarungen, aber mit den Kögen ist es so, wie ich es Euch schon das ganze Jahr sage. Iven?«

Iven erwachte aus der Betrachtung von Siljas schlankem Nacken. »Ketel hat recht. Der eine Koog ist fast abgegraben, ich habe es selbst gesehen.«

»Gebt mir die Arbeiter, und noch in diesem Jahr kann der neue Koog seine Arbeit aufnehmen.«

»Zwanzig zusätzliche Arbeiter.«

»Mit sechs Händen voll geht es noch schneller. Ihr müsst sie bald einstellen, bevor alle Tagelöhner mit der Ernte beschäftigt sind.«

Iven verließ den Salzspeicher, die Luft darin war ihm zu muffig und zu sehr mit Ärger geschwängert. Draußen wartete Silja. Sie standen so dicht nebeneinander, er brauchte bloß die Hand zu bewegen, um ihre zu ergreifen. Bei den anderen Speichern war niemand, er widerstand der Versuchung nicht länger. Ihre kleine Hand verschwand in seiner.

»Immer gibt es Streit«, murmelte sie. »In letzter Zeit ist mein Vater so …«

Sie musste den Satz nicht beenden, Iven wusste auch so, was sie meinte, dazu genügte ein Blick in Westhargs rotes Gesicht.

»Er braucht wirklich einen neuen Koog.«

»Kann man aus den vorhandenen denn nicht mehr gewinnen, als Ketel rausholt? Ich sehe oft, wie von den anderen Salzbudenbesitzern Fässer gebracht werden, und immer sind es mehr als vier. Kann man Ketel wirklich trauen?«

»Nicht mehr und nicht weniger als jedem anderen Uhtländer.«

»Wir werden immer Fremde bleiben in Rungholt.«

»Für mich nicht.« Iven drückte ihre Hand stärker. »Ich schaue Ketel auf die Finger. Sein älterer Bruder Monny wird es auch tun. Er wird Euch nicht mehr betrügen als jeden anderen Uhtländer auch.« Iven wollte ihr den Pfennig zurückgeben. »Von deinem Vater nehme ich kein Geld.«

»Du hast ihn dir verdient«, wehrte Silja ab. »Ich spreche mit meinem Vater wegen des neuen Kooges. Sogar ich sehe, dass der eine nicht mehr lange halten wird. Mein Vater ist in letzter Zeit so – ich denke manchmal, dass ihm was auf der Seele hockt, über das er nicht sprechen will. Wir hatten nie Geheimnisse voreinander.«

»Du hast zumindest eins«, erinnerte er sie sanft. »Oder soll ich mit deinem Vater sprechen?«

Die Worte waren ihm einfach herausgerutscht. Silja sah darüber genauso erschrocken aus, wie er sich fühlte.

»Du meinst …?«

»Ich tue es. Sofort, hier und jetzt.«

»Auf keinen Fall.« Sie lachte auf. Ein Strahlen erreichte ihre Augen. »Wenn mein Vater gerade mit deinem Cousin gestritten hat, wird er dich nicht anhören wollen. Außerdem habe ich sein Versprechen, mir meinen Mann selbst aussuchen zu dürfen.«

»Wen wählst du da?«

»Keinen anderen als dich! Lass uns warten, bis du mit den Wogensmannen fertig bist. Ich will nicht, dass irgendetwas zwischen uns steht.«

Ihm drehte sich der Kopf. War er auf einmal mit Silja verlobt? Am liebsten hätte er sie an sich gezogen, geküsst und nie wieder damit aufgehört. Leider kamen in diesem Moment Westharg und Ketel aus dem Speicher. Silja zog die Hand aus der seinen und trat einen Schritt zurück.

»Ich brauche das Salz bis zum Herbst, Bursche. Du wirst es mir liefern. Von heute an werde ich jeden Tag kommen und dir auf die Finger sehen. Schlendrian dulde ich nicht länger.« Westhargs Stimme donnerte über die Warft, seine Augen schossen Blitze auf Ketel.

Der Salzsieder duckte sich. Es tat Ketel mal gut, wenn ihm der Wind ins Gesicht blies.

»Mein Vater kann auf sich selbst aufpassen«, sagte Silja so leise zu ihm, dass die anderen es nicht hören konnten.

KAPITEL 7

»Iven.«

»Leise. Ist dir kalt, Silja?«

Der Bonde und die Kaufmannstochter hockten in mondheller Nacht an der Böschung des Niedamms. Die Umrisse der Hennersburg zeichneten sich in der Ferne gegen den Himmel ab. Silja sollte nicht hier sein, dachte Iven. Monny sollte ihn begleiten, aber stattdessen war seine Verlobte am vereinbarten Treffpunkt erschienen und hatte sich nicht nach Hause schicken lassen.

»Ich will alles mit dir teilen, nicht nur Freude und Vergnügen«, hatte sie gesagt und seine Antwort weggeküsst. »Ich komme mit dir. Schau!« Sie hatte sich vor ihm gedreht.

Statt weit schwingender Röcke trug sie Hosen, einen knielangen Kittel und bis unters Knie geschnürte Stiefel. Ein dunkler Umhang vervollständigte ihre Erscheinung. Wer nicht genau hinsah, musste sie für einen jungen Burschen halten. Selbst er hatte für einen Moment gedacht, da käme Fiete auf ihn zu.

»Du hast etwas vor«, hatte sie noch gesagt. »Von Frau Laefke weiß ich, dass du Nacht für Nacht aus dem Haus gehst und erst im Morgengrauen zurückkommst.«

»Monny kommt gleich«, hatte er schwach eingewandt, aber im Stillen ihren Mut bewundert. Sie musste doch wissen, dass er nicht unterwegs war, um gemeinsam mit Bine den Mond anzuheulen, und trotzdem stand sie vor ihm wie ein Mann.

Lachend hatte Silja den Kopf geschüttelt. »Der kommt nicht. Ich habe ihn nach Hause geschickt.«

Zum zweiten Mal an diesem Abend hatte sie ihn geküsst,

und sein Widerstand war dahingeschmolzen. Sein Plan hing von einem Zufall ab, seit Tagen war der nicht eingetreten und Iven unverrichteter Dinge nach Hause gegangen. Warum sollte es heute anders sein? Außerdem lag er mit Silja an seiner Seite nicht so nah an der Hennersburg auf der Lauer, wie er es mit Monny in den Nächten zuvor getan hatte. Aber das wusste sie nicht, und er hatte auch nicht vor, es ihr zu verraten.

Er rückte dichter an sie heran, schob eine Hand unter ihren Umhang und legte sie auf ihren Rücken. Er war stolz auf sie.

»Mir ist nicht kalt«, flüsterte sie zurück. »Ich musste nur gerade denken, was wir machen, wenn es mehrere sind.«

»Wir lassen sie ziehen.«

»Mit zweien könnten wir es aufnehmen.«

»Auf keinen Fall.«

»Das sagst du nur, weil ich eine Frau bin. Ich kann mich wehren.«

»Es geht mir nicht darum, es mit jemandem aufzunehmen. Ich will …«

Iven unterbrach sich und lauschte. Er glaubte, auf dem Damm etwas gehört zu haben. Er kroch die Böschung hoch, bis er den Kopf über die Krone recken konnte. Silja folgte ihm. Da war das Geräusch wieder. Eindeutig Huftritte.

»Meinst du …?«

»Pst.« Iven legte einen Finger auf die Lippen.

Sie mussten nicht mehr lange warten, bis sie die Umrisse eines Reiters auf dem Damm erkannten. Er näherte sich ihnen im Trab. Das Pferd ging unregelmäßig und schlug schnaubend mit dem Kopf, als würde es mit harter Hand geführt.

»Ist das …?«, begann Silja wieder.

»Halte dich dicht hinter mir.« Er verrieb Kleierde auf seinem Gesicht und den Händen und verteilte auch etwas davon auf Siljas schönen Zügen.

Als der Reiter sie fast erreicht hatte, sprangen sie auf den Damm.

»Halt!«, rief Iven mit tiefer, verstellter Stimme.

Das Pferd scheute und stieg auf die Hinterhand. Der Reiter hatte Mühe, sich im Sattel zu halten, und bevor es ihm gelang, eine Waffe zu ziehen, hatte Silja ihn am Bein gepackt und zog ihn vom Pferderücken. Kaum lag der Mann auf dem Boden, zog Iven sein Schwert und setzte es ihm an die Kehle. Der Mann lag wie ein hilfloser Käfer auf dem Rücken, jede Gegenwehr erstarb. Silja hielt das Pferd am Zügel und beruhigte es.

»Abschaum. Du bist nichts als ein Wurm«, begann Iven immer noch mit verstellter Stimme. »Deine Tage sind gezählt, auch die deiner Freunde. Sage ihnen das, Wogensmann. Ihr werdet nicht länger in der Edomsharde leben, wie es euch gefällt.«

»Wer bist du?«, wollte der Mann zitternd wissen.

»Ich komme über dich, wenn du am wenigsten damit rechnest. Bei Tag und in der Nacht kann es sein. Schaust du nach vorne, bin ich hinter dir, schaust du hinter dich, bin ich vor dir. Ich kann in jedem Baum sein, unter dem du gehst, und in jedem Busch, im Stall oder unter deinem Lager. Ich kann als Schaf daherkommen oder als Ochse, in jedem neugeborenen Kalb kann ich mich verbergen.« Iven hatte die ganze Zeit mit verstellter Stimme gesprochen, seine Worte hörten sich selbst für ihn schaurig an. »Ich bin im Wind und im Regen, hinter den Wolken, und ich komme mit den Wellen.«

»Bist du der Tod?«

»Wer bist du?«

»Henner – Henner Wogensen. Was willst du von mir?«

Als er den Namen hörte, hätte Iven sich beinahe verraten. Der himmlische Jesus war auf seiner Seite, besser hätte er es nicht treffen können. Der Anführer der Räuber persönlich.

Die Schwertspitze zuckte ein wenig, gleich darauf drückte er sie wieder gegen Henner Wogensens Kehle. Das Wetter war auch auf seiner Seite: Es begann zu regnen.

»Ich bin der Regen, ich bin der Wind, ich bin die Wellen.« Er bewegte die Schwertspitze, ritzte die Haut des Wogenskäfers. »Vergiss mich nie mehr! Verschwinde mit deinen Männern aus den Uhtlanden! Laufe, bis der Morgen graut und noch einen Tag und eine Nacht weiter, und du kannst dir immer noch nicht sicher sein, dass ich nicht mehr hinter dir bin.«

Mit einem Ruck zog er das Schwert weg. Er und Silja verschwanden vom Damm, verschmolzen mit der Dunkelheit.

Zufrieden schaute Iven dem im hastigen Trab davonreitenden Henner Wogensen nach. Er hatte dem Mann ordentlich zugesetzt. Die Wogensmannen sollten sich in den Uhtlanden nicht mehr sicher fühlen können.

»Wir müssen hinterher.« Silja stieß ihn an. »Willst du denn nicht wissen, was er vorhat? Los!«

Hand in Hand folgten sie dem Raubritter. Er ritt nur im Trab, wagte im Mondlicht wahrscheinlich keinen Galopp, dennoch mussten sie rennen, um ihn nicht aus den Augen zu verlieren. Dicht am Levensenhof ritt der Wogensmann vorbei, und Iven presste die Kiefer zusammen. Henner Wogensen umrundete Rungholt im Norden und wandte sich in den östlichen Teil der Harde. Neben ihm keuchte Silja, und auch er war außer Atem von dem schnellen Lauf, dennoch vergrößerte sich der Abstand zusehends.

Der Rungholtwald lag hinter ihnen. Akenbull war auch nicht das Ziel des Raubritters gewesen. Inzwischen sahen sie ihn nicht mehr, aber vor ihnen lag nur noch Gaickebull, die Kirchturmspitze war im Mondschein schon zu erkennen.

Silja blieb stehen, hielt sich die Seiten. »Ich kann nicht mehr«, stieß sie abgehackt hervor.

Iven stützte sie.

»Warte hier auf mich! Ich habe so eine Ahnung, dass ein bestimmter Hof in Gaickebull sein Ziel sein könnte. Finde ich ihn da nicht, komme ich zurück.«

»Auf keinen Fall lasse ich dich alleine gehen.«

An seiner Seite stolperte Silja weiter. Rungholt wurde von seiner Kirche beherrscht, Gaickebull von einem Hof auf einer großen Warft. Es waren einmal zwei Höfe gewesen, aber durch Heirat waren sie nun vereint in der Hand des Hardesvogts, und er war zum reichsten Bonden der Edomsharde aufgestiegen. Der Hof war eingezäunt, aber das Tor offen und kein Hund kündigte ihr Kommen an. Geduckt schlich Iven zur Ecke einer großen Scheune, Silja immer dicht hinter ihm.

Von ihrem Versteck aus konnten sie die gesamte Warft überblicken. Über der Haustür brannte eine Laterne, in deren Schein sich zwei Männer unterhielten. Ein Pferd graste in der Nähe.

In einer der Gestalten erkannte Iven den massigen Ogge Jessen. Die andere konnte nur Henner Wogensen sein – jedenfalls war es sein Pferd. Die beiden Männer ruderten heftig mit den Armen, als wären sie sich nicht einig. Zu hören war von ihrem Gespräch nichts.

»Ich gehe näher ran«, flüsterte Iven. »Warte hier!«

Er zwängte sich zwischen der Scheune und einer Holunderhecke hindurch, machte zwei, drei Sprünge über den Hof, ehe er Deckung hinter einem Sodenbrunnen fand. Gleich darauf spürte er Siljas Atem auf seiner Wange.

»Nein, nein und nochmals nein«, sagte Ogge Jessen in diesem Augenblick wütend. »Du wirst ...« Der Rest seiner Worte war nicht mehr zu verstehen, weil er wieder leiser sprach.

Näher heran wagte Iven sich nicht, nicht, wenn Silja bei ihm war, sie wollte er auf keinen Fall in Gefahr bringen, deshalb verstanden sie vom Rest des Gesprächs nur noch einzelne Worte. Der Hardesvogt sagte einmal Henner, und Iven glaubte auch, etwas wie Bruder verstanden zu haben.

Sie blieben hinter dem Brunnen, bis Henner Wogensen fortgeritten und Ogge Jessen wieder im Haus verschwunden war. Zurück nach Rungholt gingen sie viel langsamer und hielten sich wieder an den Händen.

»Ist das nicht der Beweis, den du immer gesucht hast? Ogge Jessen macht gemeinsame Sache mit den Wogensmannen«, sagte Silja.

»Das habe ich nur deinem klugen Kopf zu verdanken. Ohne dich wäre ich nach Hause gegangen.«

»Wir sind ein gutes Gespann.«

»Das beste.«

»Was wirst du anfangen mit …« Silja deutete hinter sich Richtung Gaickebull.

Er wusste es nicht. Sein erster Gedanke war gewesen, es den anderen Mitgliedern des Hardesrates mitzuteilen, damit Ogge Jessen aus dem Amt gejagt wurde. Aber etwas sagte ihm, dass ihn das seinem Recht keinen Schritt näher brachte. Es musste einen besseren Weg geben, sein Wissen zu nutzen.

***

Pater Fulbertus war kein geübter Reiter. Er saß leicht vornübergebeugt im Sattel und stützte sich mit einer Hand am Sattelhorn ab, während er im Trab kräftig durchgeschüttelt wurde. Vor ihm ritt einer der Hardesknechte, den er sich ausgeliehen hatte, ohne Bescheid zu geben. Der Mann saß locker auf dem Pferd mit breiter Kruppe, die Zügel hielt er in einer Hand und in der anderen eine Talglaterne, deren Licht den Weg vor ihnen beleuchtete. Fulbertus wollte ihm zurufen, langsamer zu reiten, verkniff es sich jedoch, denn er wollte sich vor dem Knecht keine Blöße geben.

Ihr Weg führt sie stetig nach Westen. Bei Husum überquerten sie einen Damm und verließen die Uhtlande. Der Weg wurde trockener und breit genug für einen Ochsenwagen; zwei Pferde nebeneinander hätten auch Platz, aber der Hardesknecht dachte nicht daran, auf ihn zu warten, und Pater Fulbertus wusste nicht, wie er den Zotteltrab seines Gauls beschleunigen sollte. Die erste Kreuzung auf der Geest war als Treffpunkt verabredet. Weit konnte es nicht mehr sein. Der Weg führte im Süden nach Dithmarschen, im Norden nach Ribe. Auf der Kreuzung erkannte Fulbertus im Mondlicht drei Männer, sie standen neben einem zweirädrigen Karren mit einem Ochsen davor. Der Knecht zügelte sein Pferd und drehte sich zu ihm um. »Es sind drei, wir sollten sie umgehen. Sie haben keine Pferde und können uns nicht einholen.«

»Sie haben uns längst gesehen, du Idiot, außerdem warten sie auf mich. Und hoffentlich sind sie ehrlich«, fügte Fulbertus so leise hinzu, dass nur er selbst es hörte. Er traute weder den Männern noch dem Mut des Knechtes über den Weg.

Zur höheren Ehre St. Petris musste es sein. Er trieb sein Pferd an dem Knecht vorbei und ritt im Schritt auf die Kreuzung zu. Er hätte es sich nie eingestanden, aber sein Herz flatterte wie ein erschrockenes Vögelchen in seiner mageren Brust, für nächtliche Abenteuer war ein Mann der Kirche nicht geschaffen.

Er war noch ungefähr fünf Pferdelängen von der Kreuzung entfernt, da wurde er angerufen.

»Pax vobiscum«, antwortete er und bekreuzigte sich.

»Das ist der Priester«, sagte eine der drei Gestalten und winkte ihm, näher zu kommen.

Feuersteine wurden mehrmals einander geschlagen, ehe ein Kienspan aufglimmte und gleich darauf das Licht zweier Laternen den Kreuzweg erhellte. Der Wagen war mit mehreren Kisten und Ballen beladen, die keine Rückschlüsse auf ihren Inhalt zuließen. Der Mann, der gesprochen hatte – keine Namen hatte er stets gefordert, seit Fulbertus das erste Mal mit ihm in Kontakt getreten war –, kramte in einer der

Kisten herum und zog etwas heraus, das in ein Tuch eingewickelt war. Er stellte sich vor den Priester auf den Weg, seine beiden Gesellen mit den Laternen rechts und links neben ihn. Die freien Hände der beiden lagen an den Griffen ihrer Schwerter.

Das Pferd unter ihm schnaubte nervös. Fliehen oder bleiben, die Unruhe seines Reiters übertrug sich auf das Tier. Pater Fulbertus rutschte aus dem Sattel.

»Was hast du für mich?«

Keine-Namen streckte ihm den eingewickelten Gegenstand hin. »Dieses.« Er schlug das Tuch zurück. Zum Vorschein kam ein beinernes Kästchen. Die beiden Gesellen hoben die Laternen höher, ließen das Kästchen im Licht baden. Glänzende Steine verzierten das Bein, Ranken und Kreuze waren hineingeschnitten. Es war eine schöne Arbeit. Pater Fulbertus strich mit dem Finger über den Deckel, er entdeckte nirgends einen Verschluss, der Mechanismus musste verborgen sein – meisterliche Arbeit. Was in dem Kästchen verborgen war, sollte St. Petri weit über die Grenzen der Edomsharde hinaus bekannt machen; der Vogt wäre zufrieden, der Propst stolz auf ihn, und der Bischof in Schleswig würde sich seinen Namen merken.

»Zeig es mir.«

Keine-Namen bediente einen geheimen Mechanismus an der Rückseite, und der Deckel klappte hoch. Darunter befand sich eine Glasscheibe – verschlossen mit einem zweiten geheimen Mechanismus, und darunter lag auf rotem Samt … Pater Fulbertus kniff die Augen zusammen, strengte seinen Blick an – nichts. Er sah nichts.

»Was soll das?«

»Schaut genau hin. Es ist der kleine Nagel vom linken Fuß des heiligen Lazarus.«

Pater Fulbertus schaute ein zweites Mal hin und entdeckte in der Mitte des roten Samtes etwas Weißlich-Schrumpeliges – es konnte ein Zehennagel sein oder ein verschimmeltes Stück Käse.« »Eine Locke der heiligen Jungfrau sollte es sein. Die hattet Ihr mir versprochen.«

»Die hatte ich auch«, Keine-Namen klang bedauernd, »bis ich nach Hildesheim kam und der Bischof ihrer ansichtig wurde. Er wollte sie für St. Mariä haben. Er ist der Bischof. Was sollte ich tun?«

»Ihr hattet die Locke mir zugesagt«, beharrte der Priester. »Eine Locke Mariens für den Marienaltar.«

»Sie ist in Hildesheim. Bedenkt: Die heilige Jungfrau hatte dichtes Haar und viele Locken, Lazarus nur einen linken kleinen Zehennagel.«

Im Herzen stimmte er Keine-Namen zu, aber in Rungholt gab es nun mal eine Bruderschaft zu Ehren der heiligen Jungfrau und einen Marienaltar, keinen Lazarusaltar und keine Gemeinschaft zu dessen Ehren. Die Menschen verehrten die Jungfrau. Von dem Auferstandenen, der die Toten im Jenseits empfängt, hatten die schlichten Gemüter der Uhtländer nie gehört. Er hatte sich lange um eine Reliquie der Jungfrau bemüht, nicht erst seit Ogge Jessen bei ihm gewesen war, sondern beinahe ebenso lange, wie der Marienaltar in St. Petri geweiht war. Es war nicht leicht, etwas zu finden, das einst der Jungfrau gehört hatte: eine Locke von ihrem Haar, eine Träne, die sie um ihren Sohn vergossen hatte, einen Stofffetzen von ihrem Gewand, ein paar Tropfen Milch aus ihren Brüsten oder einen Knochen ihres Leibes. Reliquien beliebiger Heiliger gab es viele. Wie viele Knochen gab es von allen zusammen, wie viele Haare, Zehen- oder Fingernägel? Unzählige, wusste Pater Fulbertus. Er betrachtete wieder den Zehennagel auf dem Samtpolster.

»Seine Wunder sind verbürgt«, sagte Keine-Namen anpreisend. Er klappte den Deckel zu, als hätte der Pater nun genug gesehen. »Wollt Ihr nun den heiligen Lazarus und seinen kleinen Zehennagel?«

Vielleicht besser als nichts. »Das kommt auf den Preis an.«

Keine-Namen nannte genau dieselbe Summe, die er auch für die Haarlocke der Jungfrau verlangt hatte. Pater Fulbertus blieb vor Erstaunen die Luft weg. Er hatte das Silber dabei in einem Beutel unter seiner Kutte, und unwillkürlich legte er die Hand darauf, um es zu schützen.

»Das ist der Preis und bedenkt, was Ihr dafür bekommt. Daran gemessen ist es spottbillig. Nie würde ich es dafür hergeben, aber ich bin ein gutherziger Mensch und kann mich einer Bitte nicht verschließen.« Keine-Namen hatte seine Bewegung gesehen und deutete sie richtig. In seine Worte mischte sich etwas Lauerndes.

Der Priester wünschte sich, er säße auf seinem Pferd. »Das bezahle ich für etwas von der heiligen Jungfrau, nicht für den Zehennagel eines Heiligen, mag er auch ein Freund unseres Herrn gewesen sein.« Er wich zurück.

»Was wollt Ihr geben?«

»Die Hälfte.« Immerhin sollten dem Zehennagel wundertätige Kräfte innewohnen, und er konnte die Geschichten des heiligen Lazarus in seinen nächsten Predigten erzählen.

»Als Mann der Kirche verspottet Ihr den heiligen Lazarus mit Eurer Geschäftemacherei. Das hätte ich nicht erwartet.«

»Ich verspotte niemanden, wenn ich Euch einen Wucherer nenne.«

»Ich bin enttäuscht über Eure Kleinlichkeit.«

Das Gespräch wurde hitziger. Pater Fulbertus wich noch weiter zurück, bis sein Pferd ihm das Maul in den Rücken stieß. Der warme Atem des Tieres tröstete ihn. Keine-Namens Gesellen ließen die Laternen sinken, fassten dafür die Griffe ihrer Schwerter fester, einer zog seines sogar halb aus der Scheide.

»Und ich bin betrübt über Eure Dreistigkeit, mit der Ihr mit der heiligen Mutter Kirche feilscht. Behaltet Euren Zehennagel, den Ihr eher einem Mörder ausgerissen habt, als der noch am Galgen baumelte, als dass er dem heiligen Lazarus gehörte.«

»Ich bin nicht den weiten Weg in die Einöde gekommen, um mich beleidigen zu lassen. Bei mir gibt es keine falschen Reliquien.« Keine-Namen schrie, und seine Knechte zogen blank.

Sein eigener Knecht schrie auch etwas, das Pater Fulbertus nicht verstand, aber es hörte sich verdächtig nach »Für Graf Gerold« an, dem Schlachtruf der Rendsburger Grafen. Scharrend fuhr sein Schwert aus der Scheide.

Eine bewaffnete Auseinandersetzung in stockdunkler Nacht war das Letzte, was Pater Fulbertus wollte. Unbeholfen und von seiner Kutte behindert, zog er sich in den Sattel. »Lass dich auf keinen Kampf ein«, befahl er dem Knecht.

»Mit denen werde ich leicht fertig, Pater. Wie sie die Schwerter halten, ein Streich und ihre Köpfe rollen.«

»Du gehorchst. Wir reiten zurück.« Der Pater wendete sein Pferd und trieb es an. Schwerfällig verfiel die Stute in einen Zockeltrab und schließlich in Galopp. Hinter sich hörte er seinen Knecht und dessen Pferd schnaufen. Keine-Namen rief ihm hinterher, was die Bewohner der Uhtlande seien und was die Würmer mit ihnen machen sollten.

Der Knecht hatte die Laterne verloren, daher mussten sie den Rückweg allein mit Hilfe des Mondlichts finden. Im Osten erhob sich bereits die Sonne, als der Kirchturm von St. Petri in Sicht kam. Aufatmend glitt Pater Fulbertus vor seinem Haus aus dem Sattel und überließ die Zügel der Stute dem Knecht. Er wankte hinein und zu seiner Bettnische. Ohne sich auszukleiden, fiel er auf die weichen Polster und war sofort eingeschlafen, nicht einmal für ein Gebet war Zeit gewesen.

Den ersten Hahnenschrei verschlief er, den Beginn der Frühmesse ebenfalls, die musste Rüdiger Vreese halten, weil der Pater nicht aufzuwecken war. Als er gegen Mittag endlich die Augen aufschlug, standen Enni, die in der Kirche putzte und sein Haus in Ordnung hielt, und acht Chorherren vor seinem Bett und sahen besorgt auf ihn herunter. Enni wischte ihre nassen, wenn auch nicht sauberen Hände ein ums andere Mal an der Schürze ab.

»Dem Heiland sei Dank, Ihr lebt«, rief sie aus, kaum dass er das erste Mal ins Licht geblinzelt hatte.

»Warum sollte ich nicht?« Fulbertus richtete sich im Bett auf. Es war ihm unangenehm, dass alle auf ihn herunterstarrten, und noch unangenehmer war ihm, wenn sie ihn für krank hielten, obwohl er nur verschlafen hatte. »Mir geht es gut.«

Auf keinen Fall durften die anderen erfahren, wo er sich die letzte Nacht herumgetrieben hatte. Den Knecht hatte er für ein halbes Jahr von allen Sünden losgesprochen, damit er den Mund hielt.

»Ich will aufstehen«, sagte er barsch. »Enni, bereite mir ein Frühmahl.«

Sie knickste und huschte aus der Döns in die Küche. Er schwang die Beine aus dem Bett, und seine nackten, nicht ganz sauberen Füße schlugen auch die Chorherren in die Flucht.

Herbst im Jahre des Herrn 1361

KAPITEL 1

»Ich spreche mit deinem Vater. Oder ich schicke Monny zu ihm als Brautwerber. So ist es bei vornehmen Friesen Brauch. Monny wird deinem Vater erzählen, was für eine ehrliche Haut ich bin, wie reich der Levensenhof ist und wie viel er jedes Jahr abwirft und dass ich eine Familie ernähren kann.« Iven saß schräg hinter Silja, umarmte sie und stützte das Kinn auf ihrer Schulter auf.

»Ich weiß nicht.« Silja sprach langsam. »Lass uns besser noch warten.«

»Dein Vater kann nicht nein sagen. Du hast sein Versprechen, dir deinen Ehemann selbst auszusuchen. Das hast du doch?«

»Auf jeden Fall.«

»Du willst doch nicht etwa einen anderen?« Er lachte, aber ein wenig unsicher fühlte er sich doch.

»Dummkopf«, widersprach sie zärtlich.

»Was ist es dann? Ich will dich nicht immer nur heimlich treffen, sondern aller Welt zeigen, dass du die Frau an meiner Seite bist. Du musst dir wegen Laefke keine Sorgen machen. Sie will mich gerne verheiratet sehen und wird dir keine Schwierigkeiten bereiten.«

»Das weiß ich.«

»Was ist es dann, Silja? Bist du dir nicht sicher?«

»Doch. Noch nie war ich mir einer Sache so sicher. Es ist – es geht um meinen Vater.«

»Was ist mit ihm?« Ihre Antwort hatte nicht dafür gesorgt, dass Iven sich besser fühlte. Er konnte sich keinen Grund vorstellen, warum sie zögerte. Der Levensenhof wartete auf sie. Er wartete auf sie.

»Es geht alles so schnell«, antwortete sie und ging auf seine Frage nicht ein. »Es ist doch schön, wenn wir zusammen etwas haben, von dem niemand weiß.«

»Mir kann es gar nicht schnell genug gehen, dir zu zeigen, was Ehemänner und Ehefrauen in der Dunkelheit der Nacht miteinander tun.« Den letzten Satz hatte er schnell gesprochen, und er spürte, wie ihm dabei das Blut ins Gesicht schoss. Silja versteifte sich in seinem Arm.

Jäh überfiel ihn Ärger. Er löste sich von ihr und sprang auf. »Ich verstehe dich nicht, Silja. Wir waren uns doch einig. Ich habe gedacht, du willst meine Frau werden, genauso wie ich dein Ehemann werden will.«

Erschrocken sah sie zu ihm auf, und sogleich taten ihm seine heftigen Worte leid. »Silja.«

»Ich – ach Iven. Es ist ein Gefühl, für das ich kaum Worte finde. Mein Vater … ich habe das Gefühl, ich kann ihn nicht alleine lassen. Nicht gerade jetzt.« Silja atmete heftig.

Iven kniete sich hinter sie, legte die Arme wieder um ihre Schulter. »Ist dein Vater krank?«

»Das nicht.« Sie barg den Kopf in seiner Halsgrube. Ihre Haare kitzelten ihn unter dem Ohr, und sanft strich er sie zur Seite. »Wenn ich verheiratet bin, bleibt er ganz allein in seinem Haus zurück, nur noch mit Gesche. Sie ist alt und mehr eine Last als eine Hilfe. Früher hat sie den gesamten Haushalt geführt, heute kommt sie an manchen Tagen nur schwer aus dem Bett und schafft es kaum noch, das Feuer in Gang zu halten.«

»Dein Vater kann sich eine andere Magd suchen.« Aber Iven ahnte, dass sie ihm nicht alles gesagt hatte, was ihre Seele bedrückte.

»Es ist nicht nur Gesche. Ich glaube, bei seinen Geschäften geht nicht alles gut. Er geht jeden Tag in die Salzköge und schaut Ketel auf die Finger, und jeden Abend schimpft er, dass die Arbeiten zu langsam vorangehen und zu wenig Salz gekocht wird. Er hat Verträge abgeschlossen, die er auf dem Herbstmarkt erfüllen muss. Wenn das Salz nicht reicht … Iven, du weißt, was mit Kaufleuten geschieht, die ihre Verträge nicht erfüllen? In Kiel habe ich Kaufleute gesehen, die in den Schuldturm geworfen wurden.«

»Silja, Silja.« Er umarmte sie fester. »Weißt du sicher, dass dein Vater in Schwierigkeiten steckt? Hat er mit dir gesprochen?«

»Das muss er nicht. Ich kenne ihn. Wenn er immer brummiger wird, hat er Sorgen.«

»Ich kann ihm helfen. Der Levensenhof besitzt einiges an Wert, und mein Vater hat immer gut gewirtschaftet.«

»Er würde es nicht annehmen.«

»Silja, wir drehen uns im Kreis.«

»Das weiß ich. Was würdest du tun, wäre es dein Vater? Du willst Rache für seinen Tod. Dem ordnest du alles andere unter, aber ich darf mir keine Sorgen machen.«

Ihre Anklage war nicht gerecht. Iven schob es darauf, dass sie sich wirklich Sorgen machte. Seinen eigenen Vater – nie hätte er Leve allein gelassen. Den letzten Blutstropfen hätte er für ihn gegeben. »Was können wir tun?«

»Du darfst nicht so ungeduldig sein, mein lieber Iven. Wir haben noch ein ganzes Leben zusammen, da kommt es auf ein paar Monate nicht an.«

»Gib mir einen Vorschuss.« Iven küsste sie verlangend und zog an dem Band, das ihr Kleid am Ausschnitt zusammenhielt.

Silja löste sich von ihm. »Ein Kaufmann gewährt keinen Vorschuss.«

Sie hielt seine Hände jedoch nicht fest. Und sie wehrte sich auch nicht, als seine Lippen über ihren Hals fuhren, sich ihrem Busen näherten. Endlich gelang es seinen ungeduldigen Fingern, das Band zu lösen. Der Ausschnitt klaffte weit auseinander, nur noch ein dünnes Hemd lag zwischen ihm und der Erfüllung seines Begehrens. Iven schob es herunter, so weit der Ausschnitt es zuließ. Er drückte Silja ins Gras und küsste jeden Fingerbreit ihrer bloßen Haut.

»Wann«, murmelte er dabei, »darf ich zu deinem Vater gehen?«

»Nach dem Herbstmarkt.«

»Das ist zu lange hin.«

»Du bist zu ungeduldig.« Sie schob seinen Kopf weg und zog den Ausschnitt hoch. »Das gehört dir erst, wenn wir verheiratet sind.«

»Ich wünschte, der Herbstmarkt wäre morgen.«

Ihre Antwort bestand in einem klingenden Lachen. Mit fliegenden Fingern verknotete sie das Band und sprang auf. Sie lief davon. Einmal drehte sie sich noch um.

»Im nächsten Jahr werden wir Mann und Frau sein.«

Iven schaute ihr nach, und gegen alle Vernunft war er glücklich. Bis zum Herbstmarkt war es gar nicht mehr so lange hin und bis nächstes Jahr auch nicht.

***

»Du bleibst hier«, fuhr ihn sein Vater in hartem Ton an, als Andreas sich nach einem üppigen Nachtmahl vom Tisch erheben wollte. Er war mit Christoph und den Söhnen einiger Hamburger Kaufleute zum Würfelspiel in einer Schenke verabredet und wollte nicht zu spät kommen. Beim letzten Mal hatte er eine bedenkliche Summe Silber verloren, und heute gedachte er, sie zurückzugewinnen.

Er ließ sich wieder auf den Stuhl fallen, von dem er sich bereits halb erhoben hatte, faltete die Hände auf dem Tisch und gab sich alle Mühe, so genervt auszusehen, wie er sich fühlte. Die Magd, die eben dabei war, den Tisch abzuräumen, zuckte zusammen und beeilte sich mit ihrer Arbeit. Dabei hielt sie den Kopf zwischen die Schultern gezogen, als fürchte sie, auch noch in das Visier Julius Dürkopps zu geraten.

»Es gefällt mir nicht, wenn mein Sohn sich nachts herumtreibt«, fuhr sein Vater fort und tat so, als hätte er Andreas' griesgrämige Miene nicht bemerkt. »Ein gottesfürchtiger junger Mann verlässt das Haus nicht noch einmal, nachdem sein Tagewerk getan ist.«

»Selbst dann nicht, wenn er fromme Werke in Szene setzen will?« Andreas konnte sich die Worte nicht verkneifen.

»Als ob du das vorhast.« Julius Dürkopp nahm einen Schluck von seinem Bier. Die Becher und die Bierkanne hatte die Magd auf dem Tisch stehen gelassen. Er wischte sich den Schaum aus dem Bart. »Ich weiß ein Mittel, um dir deine nächtlichen Ausflüge abzugewöhnen, Sohn.«

»Willst du mich einsperren?« Zutrauen würde er es seinem Vater ohne weiteres. Seit sie von ihrer gemeinsamen Handelsreise nach Rungholt zurückgekehrt waren, fühlte Andreas die Augen seines Vaters hin und wieder sinnend auf sich ruhen, und er fragte sich, was der alte Fuchs ausbrütete.

»Ich weiß andere Wege, um aus meinem Sohn einen anständigen jungen Mann zu machen. Du wirst heiraten.«

Andreas saß mit offenem Mund am Tisch, und als es ihm bewusst wurde, klappte er ihn schnell zu. Christoph! Der Name peitschte durch seine Gedanken und erstickte jeglichen Einwand, den er seinem Vater entgegenschleudern konnte.

»In deinem Alter ist ein ehrbarer Mann, der seinem Vater Freude machen will, verheiratet. Du schuldest der Familie Enkelsöhne, die unser Geschäft fortführen, und ich werde dafür sorgen, dass du sie bekommst.« Julius Dürkopp sah zufrieden aus, als sei es ihm endlich gelungen, über einen Gegner zu triumphieren.

Und wie ein Opfer fühlte Andreas sich. Heiraten kam nicht in Frage; genauso wenig kam es in Frage, seinem Vater den wahren Grund für seine Weigerung zu nennen. Er räusperte sich, während seine Gedanken fieberhaft nach einem Ausweg suchten.

»Wen soll ich heiraten?«, brachte er endlich mühsam hervor.

»Silja Westharg, Heinrich Westhargs Tochter.«

Er musste einen Augenblick überlegen, bis ihm einfiel, wer das war. Das Kaufmannsmädchen aus Rungholt. Rosenmund, zierliche Nase, hübsches Gesicht und angenehme Figur.

»Sie gefällt mir nicht«, sagte er.

»Unsinn. Sie ist ein hübsches Ding, vielleicht ein bisschen kess, aber das wird sich geben, wenn sie erst verheiratet ist. Ihr Vater hat mir versichert, dass ihr Charakter ehrsam ist.«

»Sie gefällt mir trotzdem nicht.« Seine Verteidigung war schwach, er wusste es.

»Wenn ihr erst verheiratet seid, und du sie besser kennst, wirst du Gefallen an ihr finden. Die Sache ist beschlossen und mit Heinrich Westharg verabredet. Eure Verlobung wird zum Herbstmarkt verkündet, und die Hochzeit wird im nächsten Frühjahr stattfinden.«

»Nein«, stöhnte er.

»Niemand verlangt von dir, mit dem Mädchen in Rungholt zu leben. Gute Geschäfte lassen sich mit den Friesen machen, aber in ihrem feuchten Winkel der Welt muss man nicht leben. Ihr werdet in diesem Haus wohnen, und sie wird im Nu alles lernen, was die Frau eines erfolgreichen Hansekaufmannes wissen muss.«

»Ich will nicht heiraten«, wiederholte Andreas lahm. Christoph … wenn der Freund davon erfuhr … Das musste er unbedingt verhindern.

»Du bist mein einziger Sohn. Zweimal habe ich bereits Rücksicht genommen, weil du ein Mädchen aus guter Kaufmannsfamilie nicht heiraten wolltest. Mehr als: ›Ich will nicht‹, hast du nie vorgebracht, und damit ist nun Schluss. Ich werde nicht jünger und du auch nicht. Du wirst Silja Westharg zum Weib nehmen. Ich kann ihrem Vater gegenüber nicht wortbrüchig werden.«

»Er hat dir ein günstiges Geschäft angeboten?«

Sein Vater erwiderte nichts, aber am Blick seines Erzeugers erkannte Andreas, dass er recht hatte. Das steigerte seinen Ärger. »Du hast meine Zukunft verkauft. Ich bin dein einziger Sohn, du redest davon, wie sehr du mich liebst, und verkaufst mich für ein günstiges Geschäft?« Er holte tief Luft. »Ich heirate, bevor ich dreißig Jahre alt werde, das verspreche ich dir. Aber nicht im nächsten Jahr und nicht die kleine Westharg, dieses Friesending.« Das verschaffte ihm Zeit, und bis er dreißig war, hatte er eine Lösung gefunden, die ihn und seinen Vater zufriedenstellte. Wie sie aussehen könnte – er hatte keine Ahnung.

»Sie hat so wenig Friesenblut in sich wie du und ich. Ihre Familie stammt aus Pinneberg. Ihr Vater ist der Geschäfte wegen nach Rungholt gegangen.«

Das interessierte Andreas nicht. Sie hätte auch aus Hamburg kommen können. Er stand auf. »Bevor ich dreißig werde, werde ich eine Frau gefunden haben, die mir gefällt und die dich auch zufriedenstellt.«

»Ich bin zufrieden, wenn du die kleine Westharg nimmst.« Die Stimme seines Vaters durchschnitt die Luft wie eine Peitschenschnur.

Andreas verließ das Haus, er rannte über die gepflasterte Gasse und hatte das Gefühl, keine Luft zu bekommen. Er kam gegen seinen Vater nicht an, er schaffte es einfach nicht. Egal, was er tat, der Alte behielt die Oberhand. Andreas stürmte mit gesenktem Kopf voran – die Richtung war ihm egal. Das Würfelspiel, Christoph – beides kam nicht mehr in Frage, der Freund würde ihm sofort ansehen, dass etwas nicht stimmte, und die ganze Geschichte aus ihm herauskitzeln. Bohrenden Fragen fühlte er sich nicht gewachsen. Sein Vater hatte es wieder einmal geschafft, ihm den Abend zu verderben. Andreas trat gegen eine Tür, die in den Angeln scheppterte. Ein Tritt reichte nicht, nach dem zweiten fühlte er sich besser, nach dem dritten atmete er tief durch.

Im Haus wurde eine Dachluke geöffnet. »Was soll das?«, rief eine wütende Stimme. »Verschwinde da unten!«

Als er aufschaute, sah er, wie ein Eimer ausgegossen wurde. Er konnte gerade noch zur Seite springen, und der stinkende Unrat platschte auf die Gasse. Nur ein paar Spritzer trafen ihn. Er rümpfte die Nase, hob die Rechte und ließ die Person am Fenster eine obszöne Geste sehen, bevor er weitereilte.

Nachdem er um eine Ecke gebogen war, waren auch die düsteren Gedanken wieder da. Heiraten und dann den Rest seines Lebens mit einem Weib an seiner Seite leben – Christoph machte das nicht mit, nie und nimmer. Sie hatten darüber gesprochen, nachdem sie beieinandergelegen hatten, damals scherzhaft.

»Was machst du, wenn du mich an der Seite eines Weibes siehst?«, hatte Christoph ihn lächelnd gefragt.

»Dem Weib breche ich alle Knochen im Leib und dich schlage ich nieder«, hatte er auf genauso scherzhafte Weise geantwortet. Undenkbar war es damals gewesen, dass einer von ihnen sich je einem Weib zuwandte.

Christoph hatte gelacht und ihn geküsst. Das hatte ihn den Mut für seine Frage aufbringen lassen. »Was machst du, wenn du mich mit einem Weib siehst?«

»Ich ziehe euch beiden bei lebendigem Leib die Haut ab und verfüttere euer Fleisch an die Hunde«, antwortete Christoph. In seinen Augen tanzte der Schalk.

Dennoch war etwas in der Stimme des Freundes gewesen, das ihn hatte aufhorchen lassen. In den scherzhaft dahingesagten Worten hatte sich ein ernsthafter Kern verborgen. Während er durch Hamburgs dunkle Straßen eilte, hörte er sie wieder und wieder. Die Haut abziehen, das Fleisch an die Hunde verfüttern – das war vielleicht nicht wörtlich gemeint gewesen, aber fähig war Christoph auf jeden Fall zu einer solchen Wahnsinnstat. Und im nächsten Jahr ... da konnte er auf jeden Fall sein Testament schreiben.

»Eine milde Gabe, edler Herr. Der Allmächtige wird es Euch tausendfach vergelten.«

Andreas blickte nach unten. Auf einem niedrigen Wägelchen saß ein beinloser Bettler und schaute zu ihm auf. Der Mund stand ihm offen und ließ eine Zahnreihe wie ein lückenhafter Zaun erkennen, seine knochigen und unsagbar schmutzigen Hände hatte er um Andreas' Oberschenkel gelegt.

»Eine milde Gabe, edler Herr. Nur ein Viertelpfennig. Ihr spürt es kaum, aber mir rettet er das Leben.«

»Nimm deine dreckigen Pfoten von mir«, herrschte Andreas den Bettler an. Aus dessen Mund stieg fauliger Geruch auf, der Mann war ihm zuwider. Er trat zu.

Der Bettler kippte von seinem Wagen, wimmerte und schlang die Arme um seinen Oberleib. Der Wagen rollte in den Rinnstein. Andreas trat noch einmal zu, seine aufgestaute Wut brach sich Bahn. Er hatte es so satt, immer derjenige zu sein, der überlegte, abwägte, plante, und am Ende kamen andere und warfen alles über den Haufen. Sein Vater – es war nicht der Bettler, sondern sein Vater, dem er endlich einmal zeigte, was im Sohn steckte. Andreas trat wieder zu, und der Krüppel rollte ein Stück die Gasse entlang. Er begann zu schreien, hoch und schrill.

»Sei ruhig!«

Das Geschrei wurde lauter.

»Du sollst ruhig sein!« Wut rollte wie eine mächtige Woge durch Andreas' Adern. Er legte alle Kraft in den nächsten Tritt. Etwas knackte, und endlich verstummte das Geschrei. Der Bettler lag bewegungslos in der Gosse.

»Der hat den totgeprügelt.«

Aus Winkeln und Ecken kamen weitere Bettler. Das Hochgefühl fiel jäh von Andreas ab. Die mit Fetzen bekleideten Gestalten kamen langsam näher, manche hinkten, andere waren einarmig, ein Blinder wurde gestützt – niemand war ein Gegner für ihn, aber sie waren ihm mehr als fünffach überlegen. Alle zusammen konnten ihm gefährlich werden. Er sah sich gehetzt um und erkannte, dass er bei seinem wilden Lauf in einem heruntergekommenen Viertel Hamburgs gelandet war; kein ehrbarer Bürger betrat diese stinkenden Gassen am Tage und noch weniger bei Dunkelheit. Er ließ von dem wie tot daliegenden Bettler ab und ging rückwärts, zuerst langsam und dann bei jedem Schritt schneller werdend.

»Der feine Pinkel hat ihn totgeprügelt. Fasst ihn! Bei dem ist was zu holen.«

Andreas drehte sich um und begann zu rennen. Die Rufe folgten ihm und brachten ihn dazu, schneller und schneller zu rennen. Sein Vater hatte es wieder einmal geschafft, er war in eine Lage geraten, aus der ihm nur die Flucht blieb. »Himmel Herrgott, warum musste der Allmächtige ihm so einen Vater geben?«, fluchte er gotteslästerlich.

***

Heinrich Westharg saß in seinem bescheidenen Kontor auf einem Stuhl mit Lehne und hatte den Kopf in beide Hände gestützt. Vor ihm auf dem Tisch lagen sein Kaufmannsbuch und vier unregelmäßig durchgerissene Urkunden. Salz! Salz! Salz!

In jeder dieser Urkunden versprach er die Lieferung von Salz nach Flandern, nach Bremen, nach Hamburg und auch nach Schonen. Seine Geschäftspartner besaßen die anderen Hälften, und sie kamen Ende Oktober zum Herbstmarkt nach Rungholt, dann musste er liefern, oder er war ruiniert, der Name Westharg in den Schmutz gezogen.

Er besaß nicht annähernd die versprochene Menge Salz und würde sie bis zum Herbstmarkt auch nicht haben, wenn er Ketel Monnesen glauben durfte. In den letzten Tagen hatte er vorsichtig bei den anderen Besitzern der Salzbuden Erkundigungen eingezogen und überall zu hören bekommen, dass dieses Jahr der Abbau schleppend lief. Es war kein Salzjahr, aber das wusste doch jeder. Er fragte sich, wovon ein Salzjahr abhing. Jeden Tag war er in den Kögen, schaute seinen Leuten auf die Finger, trieb sie an, wenn sie zu lange Pause machten. Er hatte sogar selbst schon in den Kesseln gerührt, in denen aus der Torfasche das Salz gekocht wurde. Die Ausbeute war gering, und selbst Ketel hatte ihm bestätigt, dass im Torf nicht so viel Salz enthalten sei, wie es sonst der Fall war. Dem Torf sah man es nicht an, anderswo enthielt er wohl mehr Salz. Ketel schonte sich nicht und seine beiden Salzarbeiter auch nicht. Westharg war schon fast so weit, seine Meinung über ihn zu revidieren und ihm so weit zu trauen, wie ein Kaufmann seinen Gehilfen traute.

Das Salz der Uhtlande war so begehrt, dass schon mehr als ein Mann reich daran geworden war, und es war ihm als eine sichere Methode erschienen, Land zu pachten und darauf Salzköge einzurichten. Zuvor hatte er in Kiel gelebt und dort mit Würsten, Kerzen, Getreide und Ziegeln gehandelt, bis … Er wollte nicht daran denken, was passiert war und seinen guten Namen ruiniert hatte. Wäre sein Schwager nicht gewesen, er säße heute im Schuldturm und Silja … Der Bruder seiner Frau hatte seine Schulden bezahlt und ihm das erste Geld für einen neuen Handel in Rungholt vorgestreckt. Seiner Fürsprache hatte er es auch zu verdanken, dass er weiterhin Handelspartner hatte und sich nicht alle Kaufleute von ihm abgewandt hatten.

»Ich tue es für Silja, nicht für dich.« Er hatte die Worte seines Schwagers noch genau im Ohr. Und: »Mit Salz kann auch der größte Trottel Geschäfte machen. Es ist sein Gewicht in Gold wert.«

Er durfte es nicht vermasseln. Auf keinen Fall. Das Jahr des

Herrn 1361 hatte auch gut angefangen, Ketel hatte viel Salz geliefert, und er hatte seinen Verpflichtungen nachkommen können, bis Pater Fulbertus wegen der Chorherrenhäuser gekommen war. Er hatte spenden müssen. Jeder, der in Rungholt etwas gelten wollte, hatte gespendet. Seine Rücklagen aus den ersten beiden ersten Jahren waren dafür draufgegangen. Die bräuchte er nun. Dieser verfluchte Priester, die Hölle sollte ihn holen! Durfte man so von einem Priester denken, oder verfiel man dann dem Kirchenbann?

Schlimmer konnte es kaum werden. Westharg starrte auf sein Kaufmannsbuch, die halben Urkunden, Worte und Zahlen verschwammen vor seinen Augen. Er wusste auch so, was dort stand.

Und dann war da noch das Geld, das er sich von der Marienbruderschaft ausgeliehen hatte und schleunigst zurückzahlen musste. Heute verfluchte er den Tag, an dem man ihn zum Schatzmeister ernannt hatte, damals hatte er sich über das Vertrauen gefreut und sich seinem Ziel einen Schritt näher gewähnt. Westharg krallte die Finger in sein Haar.

»Bier!«, brüllte er. »Bringt mir Bier!«

Gesche kam hereingehuscht, stellte einen Humpen und eine Kanne auf den Tisch.

»Schenk ein!«

Die alte Magd gehorchte. Er leerte den Becher in einem Zug, und weil sie nicht schnell genug nachschenkte, verhalf er sich selbst zu einem zweiten Trank.

»Wo ist meine Tochter?«, wollte er wissen und wischte sich mit dem Handrücken den Schaum vom Mund.

»Sie schläft, wie es sich für Christenmenschen gehört. Wie Ihr es auch tun solltet, Herr.«

Mit einer Handbewegung bedeutete er Gesche, ihn allein zu lassen. Kaum hatte sie die Tür hinter sich zugezogen, trank er das Bier aus der Kanne und rülpste, als es ihm in die Kehle stieg. Seine süße Silja war sein letzter und einziger Trumpf.

Ihre Verlobung mit Andreas Dürkopp zog seinen Kopf aus der Schlinge. Der gute Name Dürkopp bürgte dafür, dass er seine Verpflichtungen erfüllte, und verschaffte ihm Zeit bei seinen Geschäftspartnern, das versprochene Salz aus seinen Kögen zu gewinnen. Dafür musste er das seiner Tochter gegebene Versprechen brechen, doch sie hätte es schlechter treffen können, als den Erben eines reichen Hamburger Kaufmannes zu heiraten und ab nächstem Jahr in der Hansestadt ein sorgenfreies Leben zu führen. Sie würde es einsehen – bald. Andreas Dürkopp war gewiss gut zu seiner Frau.

Siljas Verlobung war ein Glücksfall, und die Hochzeit musste so schnell wie möglich stattfinden. Ihre Weigerung kam gar nicht in Frage, und sein albernes Versprechen – er hatte es bereut, kaum dass er es ausgesprochen hatte. Mit List hatte sie es ihm in einer schwachen Stunde abgetrotzt, so etwas galt nicht vor Gott und den Heiligen.

Er hatte Schluck für Schluck das Bier aus der Kanne getrunken, und seine Gedanken hüpften. Er redete laut mal mit Silja, mal mit seiner Frau, redete die eine mit dem Namen der anderen an, und am Ende sank sein Kopf auf die Tischplatte.

**

Vor Tau und Tag stand Iven auf, und der erste Gang führte ihn zum Brunnen, wo er den ersten Eimer heraufzog. Laefke war zugleich mit ihm aufgestanden und tappte hinter ihm aus dem Haus. Bine blieb auf ihrem Platz vor dem Ofen liegen. Er tauchte die Hand ins Wasser und fuhr sich damit übers Gesicht. Heute Morgen schmeckte das Wasser salzig, er spuckte es sofort wieder aus. Misstrauisch geworden probierte er einen zweiten Schluck – genauso salzig. Lag es am Eimer? Oder – der Schreck fuhr ihm in die Glieder. Laefke holte aus dem Haus einen anderen Eimer, schöpfte damit Wasser aus dem Brunnen, und sie probierten es. Versalzen.

»Himmlischer Jesus«, flüsterte er. Der Brunnen war versalzen, und ohne ihn hatten sie kein Trinkwasser auf dem Levensenhof. Er schaute sich um. Was sollte aus ihnen werden? Ohne Wasser überlebte niemand lange.

Die Kühe standen in ihrem Gatter und warteten darauf, für den Tag auf die Salzwiesen zwischen den Warften hinausgelassen zu werden; die beiden Mutterstuten mit ihren Fohlen im Gatter nebenan warteten auch, aber Iven entdeckte, dass das Gatter nur angelehnt und nicht verschlossen war. In der Nacht war jemand auf der Warft gewesen. Die Wogensmannen auf der Suche nach Luitprand van Leuv, war sein erster Gedanke. Sofort verwarf er ihn wieder. Der Mann war lange fort. Die Wogensmannen hätten alle Kühe, Pferde, Ochsen und Schweine stehlen, den Hof niederbrennen und alle ermorden können. Den Brunnen zu versalzen war ein Jungenstreich.

»Jemand war in der Nacht auf der Warft«, stellte er grimmig fest. »Warum hat Bine nicht angeschlagen?«

Die Hündin hatte ihren Lieblingsplatz doch verlassen und stand neben Laefke, und als sie ihren Namen hörte, senkte sie schuldbewusst den Kopf. Laefke fühlte sich verpflichtet, sie zu verteidigen: »Sie ist alt. Gib ihr nicht die Schuld für etwas, das sie nicht hätte verhindern können.«

»Trotzdem fehlt uns das Wasser.«

»Haye Wunksen wird uns helfen.«

Sie schauten zur Nachbarwarft. Dort stand eine Gruppe Menschen um den Brunnen, und sie redeten aufeinander ein. Haye fuchtelte wild mit den Händen in der Luft herum. Es war nicht zu verstehen, was er sagte, aber diese Aufgeregtheit war untypisch für den bärbeißigen Bonden. Iven beschlich ein ungutes Gefühl.

Als er und Laefke auf den Hof kamen, streckte er ihnen eine mit Wasser gefüllte Kelle entgegen. »Versalzen. Der Brunnen ist versalzen. Alles ist verdorben.« Haye goss das Wasser aus.

Im selben Moment taumelte Laefke zurück. Iven fing sie auf, sonst wäre sie gestürzt. Alle Augen hatten sich auf sie gerichtet.

»Was ist los?«, flüsterte Iven.

»Das Wasser. Als Herr Haye eben das Wasser ausgegossen hat, sah es einen Augenblick aus, als gieße er Seelen fort.«

»Lass das niemanden hören«, sagte er nach einem winzigen Moment des Zögerns. Wie Großmutter Eyde, bei ihr soll es genauso angefangen haben.

Laefke löste sich aus seinem Arm und trat mit gesenktem Blick zu Seite. Was es zu besprechen gab, überlasse sie ihm, bedeutete das.

»Eine Weibergeschichte«, sagte er. »Nichts weiter. Unser Brunnen wurde auch versalzen. Ich wollte gerade fragen, ob ihr uns mit Wasser aushelfen könnt.«

»Alles versalzen.« Haye schleuderte die Schöpfkelle zu Boden. »Wir haben nur noch das Wasser aus dem Graben. Wenigstens muss das Vieh nicht dürsten. Wenn ich den kriege, der uns das eingebrockt hat ...« Er reckte die Rechte hoch und ballte die Hand langsam zur Faust.

Von der nächsten Warft kam der schmächtige Bonde Johan Sibingh, seine genauso schmächtige Frau folgte ihm.

»Unser Brunnen wurde versalzen«, rief Johan, kaum dass er die Warft betreten hatte.

Damit waren sie zu dritt. War jemand in der Nacht unterwegs gewesen und hatte alle Rungholter Brunnen versalzen – es reichte aus, ein oder zwei Eimer Salzwasser hineinzugießen. Rungholt wäre unbewohnbar. Es stellte sich jedoch heraus, dass ihre Brunnen die einzigen waren.

»Haben wir Feinde, von denen wir nichts wissen?«, fragte Johan Sibingh leichthin. Er hatte die verstörende Angewohnheit, in jeder Lage lustig zu sein. Eine unangenehme Angewohnheit, fand Iven.

Haye hatte überhaupt keinen Humor und antwortete ernst: »Ich habe keine Feinde.«

Die Wogensmannen wurden genannt. Erwartungsvolle Blicke wandten sich Iven zu. Der schüttelte den Kopf.

»Warum unsere Brunnen?«, wollte Haye wissen.

Das war eine Frage, auf die es keine Antwort gab, deshalb erhielt er auch keine. Der alte Broder Brodersan sagte zu, ihnen einstweilen mit dem Wasser seines Brunnens auszuhelfen, und der Schenkenwirt Boye Harksen schloss sich an. Ihre Not war fürs Erste gelindert. Laefke und Fiete machten sich mit einem Handkarren und einem leeren Fass auf den Weg. Neue Brunnen mussten sie trotzdem graben.

»Ich gehe zum Vogt«, sagte Iven.

»Wollt Ihr Wasser aus Gaickebull holen?«, spottete Johan Sibingh.

»Der Vogt muss wissen, dass sich außer den Wogensmannen noch mehr Gesindel in der Harde herumtreibt.«

»Die Streiche dummer Jungen interessieren ihn nicht. Ich nehme meine Knechte und Salzarbeiter und grabe einen neuen Brunnen. Was anderes bleibt Euch auch nicht übrig, Herr Iven.«

»Das werde ich auch machen, aber vorher gehe ich zum Vogt, und er wird sich dafür interessieren.«

Johan Sibingh schüttelte den Kopf, aber zu seiner Überraschung erklärte sich Haye Wunksen bereit, ihn zu begleiten. Er hatte auch nicht so viele Knechte wie Johan Sibingh. Die Ernte stand kurz bevor, da wurde jede Hand gebraucht. Iven würde es mit seinem Knecht nicht schaffen, zu all der Arbeit auf dem Hof auch noch einen Brunnen zu bauen, und Haye ging es wahrscheinlich ebenso.

Ein einmal versalzener Sodenbrunnen lieferte nie mehr brauchbares Wasser, denn er wurde nicht von einer Quelle gespeist, sondern fing das Regenwasser vom Hausdach auf und entwässerte die Warft. Zusätzlich gab es um die Warft einen Entwässerungsgraben, aus dem das Vieh trank, das war das einzige Süßwasser, das sie noch hatten. Häufig war es jedoch verunreinigt durch tote Fliegen und faulige Pflanzenreste, gut genug, dass die Kühe und Pferde daraus tranken, aber nicht für Menschen. Dennoch kontrollierten sie den Graben, er war eine Handbreit hoch mit Wasser gefüllt. Es schmeckte schlammig, und etliche tote Fliegen schwammen auf der Oberfläche, aber wenn man es vorher einmal kochte, ließ es sich trinken, fand Laefke. Trotzdem brauchten sie so schnell wie möglich einen neuen Brunnen.

An jedem anderen Tag wäre Iven stehen geblieben und hätte sich Ogge Jessens Hof in Gaickebull angeschaut. Die imposante Warft, die Umzäunung, die ihn wie einen Wehrhof aussehen ließ, und das breite Tor aus festem importierten Holz. Über die beiden Pfosten wölbte sich ein Bogen, in dessen Mitte ein geschnitztes Wappen prangte. Nachts mit Silja hatte er keine Zeit gehabt, zu betrachten, welches Wappen der Hardesvogt für seine Familie für angemessen hielt, und auch heute stürmte er durch das Tor, zwischen zwei Knechten hindurch, die auf ihren Sensen lehnten, und hätte beinahe eine Magd umgerannt, die mit zwei Eimern in den Händen von Brunnen kam.

Der Vogt der Edomsharde empfing ihn in seiner Döns. In dem großen Raum saß er auf seinem gepolsterten Sessel wie auf einem Thron. Er blickte Iven finster entgegen und griff nach einem Humpen vor sich auf dem Tisch, vor ihm stand ein reichhaltiges Frühstück aus Speck, geräucherter Wurst, Käse, Brot, Apfelmus und geschlagenem Rahm, außerdem lag sein Rechnungsbuch aufgeschlagen da.

»Iven Levensen, was führt Euch zu mir?«

Ein höflicher Mann oder einer, der sich über Besuch freute, hätte ihm einen Stuhl und zu essen angeboten, Ogge Jessen rührte sich nicht. Iven ließ sich davon nicht beeindrucken.

»Mein Sodenbrunnen wurde versalzen. Meine Schwester und ich haben es heute Morgen entdeckt.«

»Das tut mir leid für Euch. Habt Ihr einen Verdacht, wer das getan hat? Wollt Ihr jemanden anklagen?«

»Ich weiß nicht, wer das getan hat. Außer die Wogensmannen finden jetzt Spaß an kindischen Streichen. Auf der Wunkswarft wurde der Brunnen ebenfalls versalzen.«

»Warum kommt Ihr damit zu mir? Es kommt immer mal wieder vor, dass das Meer einen Brunnen überspült.«

»Nicht in Rungholt und nicht bei der Flut von letzter Nacht.«

»Dann habt Ihr die Brunnen zu tief gegraben bis unterhalb des Meeresspiegels.«

»Das ist auf beiden Warften einfach so in der letzten Nacht passiert, nachdem die Brunnen zuvor jahrelang frisches Trinkwasser geliefert haben«, widersprach Iven wild. »Das hat jemand mit Absicht getan.«

»Ihr redet, als wäre ich es gewesen.« Der Vogt blies empört die Backen auf.

»Wart Ihr es?«

Als Antwort auf diese frechen Worte donnerte Ogge Jessen die flache Hand auf den Tisch. Er wurde hochrot im Gesicht. »Auf jeden Fall. Ich gehe nachts durch Rungholt mit einem Sack Salz über der Schulter und schütte ihn in die Brunnen«, schrie der Vogt.

Ivens Kiefer mahlten. Er hätte dem Vogt gerne die Faust ins Gesicht gerammt. Nur der Gedanke an Laefke und all die anderen Menschen auf dem Levensenhof, die von seiner Klugheit abhängig waren, hielt ihn zurück. »Ich bin wütend und in Sorge, weil wir kein Wasser auf dem Hof haben. Ich wollte Euch nicht beschuldigen.«

Es dauerte noch einige Augenblicke, bis Ogge Jessen sich beruhigt hatte und dem Gespräch wieder klaren Sinnes folgen konnte.

»Wenn Ihr oder Haye Wunksen den Täter kennt und zwölf Eideshelfer habt, wird er auf dem nächsten Ding bestraft.« Der Hardesvogt legte den Kopf schief und schaute ihn verschlagen an. »Egal, ob es nun die Wogensmannen oder jemand anders war. Selbst wenn sich einer von meinen Knechten einen schlechten Scherz erlaubt haben sollte. Warum seid Ihr gekommen?«

»Ich brauche zwei Männer, die mir helfen, einen neuen Sodenbrunnen zu bauen. Für diese zusätzliche Arbeit habe ich nicht genug Leute. Gebt mir zwei Eurer Knechte«, sagte Iven äußerlich ruhig, aber in seinem Inneren brodelte es.

Ogge Jessen legte den Kopf schief. Er sah aus, als überlege er, ob er ein gutes oder ein sehr gutes Geschäft machen sollte. »Meine Knechte brauche ich auf meinem Hof.«

»Gebt mir zwei Knechte der Harde.«

»Die sind nicht für Bauarbeiten da. Am Ende kommt jeder, der sich ins Unrecht gesetzt fühlt, und verlangt meine Hilfe. Der Jessenhof ist nicht für das Wohlergehen aller verantwortlich.«

»Ihr werdet mir zwei Knechte geben.«

»Aha.«

»Ich weiß etwas über Euch.«

»Aha.«

»Wenn das in der Harde bekannt wird …« Iven fuhr sich mit dem Zeigefinger über den Hals.

»Was soll das sein?«

»Ihr macht mit den Wogensmannen gemeinsame Sache. Ich habe Henner Wogensen neulich nachts auf Eurem Hof gesehen. Ihr habt mit ihm geredet, und außer mir gibt es noch einen Zeugen. Niemand in der Harde wird noch etwas auf Euer Wort geben, wenn das bekannt wird, Herr Vogt.« Iven hatte Ogge Jessen genau beobachtet. Erschrak der Mann? Wurde er unsicher? Nichts davon entdeckte er in der Miene des reichen Bonden.

»Dann wart Ihr es auch, der Henner Wogensen zuvor vom Pferd gezerrt und ihm Angst eingejagt hat. Meinen Respekt dafür. Er hat geglaubt, einer der Dämonen aus der Hölle sei über ihn gekommen. Ich gebe es zu, ich habe mit ihm gesprochen, und er war hier auf dem Hof gewesen.«

»Das …«

»Immer mit der Ruhe, junger Herr Iven.« Ogge Jessen hob die Hand und brachte ihn zum Schweigen. »Es hat mir nicht gefallen, dass ich auf dem Hardesding so entscheiden musste, wie ich es getan habe. So sieht unser Recht es vor, aber es ist nicht gerecht. Ich wollte Henner Wogensen dazu bringen, dass er Euch das Manngeld für Euren Vater ohne Urteil gibt.«

»Was hat er gesagt?« Iven war verblüfft.

»Er hat noch weniger Ehre im Leib, als ich geglaubt habe, und hat sich geweigert. Ins Gesicht gelacht hat er mir. Ihr habt ihm Angst gemacht, aber nicht genug.«

Konnte das stimmen? Das würde bedeuten, der Hardesvogt hätte doch so etwas wie ein Gewissen. Iven wurde unsicher. Sein Vater hatte den Vogt immer für verschlagen gehalten, und Leve hatte sich selten in einem Menschen geirrt. Ogge Jessen hatte eine Miene aufgesetzt wie ein Mensch, dem etwas leid tat. Oder war alles eine einzige große Lüge?

»Das Ding war im Juni, wir haben September. Warum wartet Ihr so lange, um ein Unrecht zu richten?«

»Für einen ehrlichen Mann ist es nicht leicht, das Vertrauen dieser Schurken zu gewinnen. Ich wusste zunächst nicht einmal, wie ich überhaupt mit ihnen zusammenkommen und reden sollte. Man kann nicht einfach in die Hennersburg spazieren, wie Ihr auf meinen Hof gestürmt seid. Ich nehme Euch nichts übel, junger Herr Iven. Der Tod Eures Vaters, die Verantwortung für den Hof. Der Allmächtige prüft Euch hart.«

Noch ein paar Worte mehr, und er müsste dem Vogt auf Knien danken. »Ich habe immer noch kein Wasser.«

»Wisst Ihr was, Herr Iven, ich gebe Euch zwei Knechte für drei Tage.« Da gewann wieder der verschlagene Vogt die Oberhand.

»In drei Tagen lässt sich kein Sodenbrunnen bauen. Da ist gerade einmal das Loch gegraben, um den Brunnen zu errichten«, protestierte Iven.

»Drei Tage gebe ich sie Euch, danach kostet jeder Knecht einen Groschen am Tag oder den Gegenwert in Salz, Butter, Eiern, Korn, Wolle – was Ihr geben wollt.«

Wenn man dem Hardesvogt zuhörte, klang sein Angebot verdammt günstig, als dürfe man sich aussuchen, was man bezahlen wolle. Iven überschlug es im Kopf: Der Bau eines Sodenbrunnens dauerte um die vierzehn Tage, er musste also die beiden Knechte etwa zehn Tage lang bezahlen und verpflegen. Ogge Jessen verdiente in dieser Zeit fast eine Mark Silber – mehr als viele im ganzen Jahr hatten. Auf jeden Fall zu viel für einen Sodenbrunnen.

»Das ist zu viel. Ich gebe Euch die Hälfte und erst ab dem sechsten Tag.«

»Warum sollte ich Euch dann zwei Knechte leihen? Sie fehlen mir auf dem Hof, und die anderen müssen ihre Arbeit machen. Bei einem Geschäft muss jede Seite etwas davon haben.«

»Ich würde jedem in der Harde helfen, dessen Brunnen versalzen ist, Ihr wisst das.«

»Ich helfe Euch auch.«

»Ihr wollt ein Geschäft mit der Not anderer machen.«

»Ihr könnt mein Angebot annehmen oder ablehnen, wie es Euch beliebt.« Der Hardesvogt zuckte mit den Schultern.

Iven überlegte. Er brauchte die Arbeiter, um den neuen Sodenbrunnen möglichst schnell zu bauen, und er wollte den Vogt nicht so davonkommen lassen. Denn er war nicht überzeugt, dass Ogge Jessen nichts mit den vergifteten Brunnen zu tun hatte. »Ich gebe Euch ein Schaf für beide Knechte zusammen und für die Zeit des Brunnenbaus.«

»Ein Mutterschaf und das Lamm von diesem Jahr.«

»Abgemacht.«

Sie gaben sich die Hand.

Kapitel 2

Der Hardesvogt hielt Wort. Am nächsten Tag kamen zwei seiner Knechte, kräftige, junge Männer mit Kleispaten und Schaufeln über der Schulter. Ihre Kleidung sah abgerissen aus, ihre Schuhe fielen bald auseinander, aber sie nickten, als Iven ihnen erklärte, wo sie den neuen Brunnen graben und wo sie den Aushub lagern sollten.

Der Klei flog aus dem Loch, das bald tiefer wurde. Am Nachmittag standen Boye und Ketel mit den Füßen im Wasser, abends reichte es ihnen bis zum Knie.

Sie warteten, bis der Schlamm sich setzte, und schöpften das klare, frische Wasser in ein Fass – für die nächsten Tage waren sie nicht auf Boye Harksens Wasser angewiesen. Iven schärfte den beiden Knechten ein, von dem Wasser nur zu trinken, wenn es einmal gekocht und wieder abgekühlt war.

Die beiden hatten ihn aber offenbar nicht verstanden oder nicht ernst genommen, jedenfalls krümmte sich einer am Morgen des dritten Tages und kam vom Abtritt nicht mehr herunter. Laefke bereitete ihm einen schlecht schmeckenden Tee und zwang dem Mann eine ganze Kanne in den Schlund. Obwohl es Boye tags darauf wieder besser ging, war nicht daran zu denken, ihn im Brunnenloch arbeiten zu lassen. Iven nahm seinen Platz ein, und der Knecht stach Torfsoden.

Im Brunnenloch standen sie inzwischen bis zum Bauch im Wasser, und manchmal rutschte ihnen mehr Klei von der Schaufel, als sie hinausschippten. Im Brunnen konnte nur noch einer stehen, der den Klei in einen Eimer schaufelte, den der andere hochzog und leer wieder hinunterließ. Das Wasser war kalt, und Iven und Ketel mussten sich häufig abwechseln, denn keiner konnte es lange im Loch aushalten.

Drei Wasserfässer standen inzwischen neben dem Haus – alle gefüllt.

»Wenn es regnet, können wir den Brunnenbau vergessen.« Ketel zog den Eimer hoch und beschirmte die Augen mit der Hand. Von seinen Hosenbeinen tropfte das Wasser, und welche Farbe sie einmal gehabt hatten, war längst nicht mehr zu erkennen. Iven sah nicht besser aus. Er ließ sich von Ketel aus dem Loch helfen und schaute nach Westen, wo sich am Horizont Wolken auftürmten. Nach einer Weile war er sich sicher: »Die kommen nicht hierher.«

»Woher wisst Ihr das?«

»Ich sehe es.«

»Wie?«

»Einfach so.«

Nach dem Wetter zu schauen hatte er von seinem Vater gelernt. Ein Bauer musste sich mit dem Geschehen am Horizont auskennen, hatte Leve ihm eingeschärft und ihm beigebracht, den Himmel und das Meer zu beobachten, den Zug der Wolken, die Farbe des Abendrots, das Morgenrot und den Flug der Schwalben. Und die Wolken am Horizont sagten ihm, dass sie nicht über die Edomsharde hinwegzogen und es heute nicht regnen würde.

»Lass uns das Wasser ausschöpfen.«

Eimer um Eimer zogen sie herauf, schütteten das Wasser in den Graben, der die Warft umgab und aus dem das Vieh trank. Als der schlammige Grund sichtbar wurde, nahm Iven den Maßstock und sprang in das Loch.

Ein Sodenbrunnen musste mindestens eine halbe Rute tief sein, aber er durfte nicht tiefer sein als eine Rute, sonst bestand Gefahr, dass von unten Salzwasser durchkam. Er stieß das Maß in den Schlamm, rechnete im Kopf und mit den Fingern und fand ein Ergebnis. »Es reicht noch nicht, wir müssen mindestens noch so viel tiefer.« Er zeigte die Länge seines Unterarms an.

»Dann los. Das schaffen wir heute.« Ketel spuckte in die Hände, ergriff den Kleispaten und sprang ins Loch. Er schaufelte mit neuer Kraft.

Sie schafften es nicht: Zu schlammig wurde der Grund, zu schmal das Loch in der Tiefe. Iven rechnete aus, dass sie für die Brunnensohle mehr Platz brauchten, also mussten sie das Loch weiter machen. Am fünften Tag war der Brunnen breit und tief genug gegraben. Er war mehr als eine halbe Rute tief. Nur noch mit einer kleinen Leiter kam man überhaupt rein und raus. An diesem Tag waren auch die ersten Torfsoden trocken.

Zunächst wurde als Boden eine dicke Schicht Torfplatten ausgelegt, danach baute Iven den ersten Torfring, während Ogge Jessens Knechte von oben zusahen. Der innere Durchmesser des Brunnes betrug vier Ellen, Iven legte seinen Maßstock an und nickte zufrieden. Sie ließen sich weitere Soden reichen, um den zweiten Ring zu legen. Den Zwischenraum zwischen äußerem Brunnenrand und dem gegrabenen Loch füllten die Knechte wieder mit Kleierde auf und stampften sie fest. In den nächsten Tagen arbeiteten sie sich Ring um Ring nach oben. Die meiste Zeit schaufelten sie das Loch um die Ringe zu und stampften die Erde fest. Der Brunnen füllte sich langsam mit Wasser. Es war klar und frisch, durch die Torfsoden gefiltert und musste nicht abgekocht werden.

Nach dreizehn Tagen war der Brunnen so hoch wie die Oberkante der Warft. Iven sattelte die graue Stute, ritt Richtung Trindermarsch davon, die Hündin Bine folgte ihm. Dort weideten seine achtundsechzig Schafe auf den Salzwiesen. Ein älteres Mutterschaf mit seinem Bocklamm trennten sie von den anderen und trieben es zurück zum Hof.

»Morgen könnt ihr zu Ogge Jessen zurückgehen. Das Schaf und sein Lamm sind die Bezahlung für eure Arbeit.«

Die Knechte sahen nicht erfreut aus, mit versteinerten Mienen beobachteten sie den kleinen Bock, der übermütig um seine Mutter herumsprang. Fanden sie den Lohn für ihre Arbeit zu gering? Oder blieben sie lieber auf dem Levensenhof, wo sie in einem Bett geschlafen hatten und sich zweimal am Tag hatten satt essen dürfen?

»Sollen wir nicht noch helfen, den Brunnenrand zu bauen?«, fragte Ketel, der Klügere der beiden.

»Das schaffe ich allein. Ihr habt gut gearbeitet.« Leve klopfte ihnen auf die Schultern. »Heute Abend gibt es Fleisch und Bier.«

Die beiden Männer strahlten.

Die letzten Torfringe des Sodenbrunnens aufzuschichten und anzupassen, kosteten Iven und Fiete einen weiteren Tag. Mehr Zeit musste Iven dafür aufwenden, die äußere Seite dieser Ringreihen mit einem Lehm-Kalk-Gemisch zu vermörteln, damit kein Wasser mehr hindurchdringen konnte. Nachdem alles geschafft war und als der Deckel auf dem neuen Brunnen lag, atmete er auf. Die Levensenwarft hatte wieder Wasser. Sie mussten es nicht mehr aus dem Entwässerungsgraben holen und abkochen, sondern konnten wieder torfgefiltertes Wasser mit seinem leicht erdigen Geschmack trinken.

***

»Setz dich zu mir, Mädchen«, verlangte ihr Vater. Westharg saß in der Döns am Tisch, vor sich einen Becher Bier und ein Brett mit Käsewürfeln. Frau Laefkes guter Käse. »Nimm dir auch was zu trinken.«

Silja nahm einen zweiten Becher vom Wandbord, bevor sie sich auf einen Stuhl an die Längsseite des Tisches setzte, rechts von ihrem Vater, der den Platz des Hausherrn eingenommen hatte. Außer einer Kanne Bier stand nichts anderes zu trinken auf dem Tisch. Silja schenkte sich ein. Es geschah nicht oft, dass sie Bier zu trinken bekam, Wein noch seltener, nur zu besonderen Anlässen. Vorsichtig nahm sie einen

Schluck, das bittere Getränk war nicht nach ihrem Geschmack.

Mit seinem kleinen Essmesser spießte ihr Vater ein Stück Käse auf und schob es sich in den Mund. »Vom Käsemachen versteht sie was, das muss man dieser Bauernfrau lassen.«

»Trotzdem willst du ihn nicht kaufen.«

»Das erledigst doch du für mich. Glaube nicht, dass ich es nicht bemerkt habe.«

»Ich kaufe ihn von meinem eigenen Geld. Ich nehme, was ich gespart habe oder was noch von Mutter ist. Warum stimmst du nicht zu, einen Käse zu Onkel Wolfram nach Kiel zu schicken? Er könnte leicht andere Abnehmer dafür finden.«

»Wir handeln mit Salz, nicht mit Käse. Dieser Bauer hat acht Kühe. Du weißt, wie viel Milch die geben und wie viel Käse daraus hergestellt werden kann. Drei hier, vier da, vielleicht auch mal fünf Stück. Wohin verkaufst du den Käse?«

»In die Pellwormharde oder in die Wirichsharde. In der letzten Woche habe ich zwei aufs Festland verkauft, nach Bredestedt.«

»Mal hier einer, mal da, ich sagte es doch. Das ist kein Geschäft für einen richtigen Kaufmann.«

»Jeder hat mal klein angefangen. Wenn ich mehr verkaufe, stellt Frau Laefke auch mehr Käse her. Wir haben das besprochen. Sie können auf dem Hof noch bis zu drei neue Kühe anschaffen, oder sie kaufen Milch von anderen Höfen. Es kann in Schwung kommen, dass wir alle daran gut verdienen, ein erster Anfang ist gemacht. Onkel Wolfram handelt mit jeder Art Ware, solange sich eine günstige Gelegenheit bietet.« Sie verstand ihren Vater einfach nicht. Als sie ihm den Käsehandel im Sommer das erste Mal vorgeschlagen hatte, hatte er rundweg abgelehnt, ohne einen Grund zu nennen. Monate waren seitdem vergangen, und sie hatte gehofft, er ändere seine Meinung, wenn er sah, wie gut sich der

Käse verkaufen ließ. Offenbar hatte sie sich getäuscht. Sie trank von dem Bier.

»Ich will mit dir auch nicht über den Käsehandel reden«, sagte ihr Vater. »Das ist heute gekommen.« Er zog einen zusammengefalteten Brief aus dem weiten Ärmel seines Wamses. »Ein Hamburger Kauffahrer hat ihn gebracht, er ist von Herrn Julius Dürkopp.«

»Was schreibt er? Will er mehr Salz?«

Das wäre eine Katastrophe, denn ihr Vater war schon mehr Lieferverpflichtungen eingegangen, als er Salz in seinem Lagerhaus hatte und als seine eigenen Salzköge hergaben. Ketel schuftete Tag und Nacht. Als er das letzte Mal Salz gebracht hatte, hatte er ganz schmal ausgesehen, als habe er nicht einmal mehr Zeit zum Essen. Und von Iven wusste sie, dass er schon lange nicht mehr abends auf ein Bier auf den Levensenhof gekommen war. Sie wusste auch, dass es ihrem Vater nicht gelungen war, das fehlende Salz von den anderen Salzbauern der Uhtlande zusammenzukaufen – kaum hatte er irgendwo ein Loch gestopft, tat sich ein anderes auf. Ihr Käsehandel nahm sich dagegen wirklich bescheiden aus.

»Er hat endlich zugestimmt.«

»Wozu?« Silja schluckte. Ihr Vater hatte die Worte so eigenartig betont, als stände etwas Bedeutsames bevor. Um sich abzulenken, trank sie von ihrem Bier.

»Du wirst Julius Dürkopps Sohn heiraten. Es ist beschlossene Sache. An Mariä Lichtmess werdet ihr Mann und Frau.«

Silja hörte die Worte, aber ihr Verstand benötigte einige Augenblicke, um sie auch zu begreifen. »Nein!«

»Du sollst den Sohn heiraten, Andreas Dürkopp. Das ist ein ansehnlicher junger Mann, nicht den Vater.«

Ihre Erinnerung präsentierte ihr einen weichlichen jungen Mann, der mit den Jahren an Gewicht zulegen würde, sie erinnerte sich an den Ansatz eines Doppelkinns. Im Frühsommer war er mit seinem Vater in der Stadt gewesen und hatte

St. Petri nicht beeindruckend gefunden. Obwohl sie mit dem Sohn einen Nachmittag verbracht hatte, erinnerte sie sich an den Vater besser.

»Ich heirate niemanden, Täte. Du hast mir versprochen, ich dürfe mir meinen Mann selbst aussuchen.« Ihre Stimme klang anklagend, und sie ärgerte sich darüber. Sie wollte nicht wie ein trotziges Gör daherkommen, sondern mit ihrem Vater ruhig und sachlich sprechen, wie zwei Kaufleute über ein Geschäft. Die verwöhnte und verheulte Tochter lag ihr nicht, deshalb erreichte sie mit einem vernünftigen Gespräch mehr – hoffte sie.

»Du hast dir niemanden gewählt. Du bist zwanzig Jahre alt, eine schöne junge Frau. Andere sind in deinem Alter längst verheiratet und haben ihrem Mann einen Sohn geschenkt.«

»Du willst einen Enkel?«

»Ich will dich glücklich sehen.«

»Deshalb verheiratest du mich mit einem Mann, den ich nur einmal gesehen habe und der mir nicht gefällt. So hältst du also dein Versprechen. Es lässt sich auch leicht geben, wenn du es bei der ersten Gelegenheit wieder brichst.« Sie war empört und konnte nicht so ruhig bleiben, wie sie es gerne wollte. Es war auch nicht die erste Gelegenheit, ihr Vater hatte mehrere Heiratsanträge für sie erhalten, als sie noch in Pinneberg lebten, und sie alle ausgeschlagen.

»Du wirst in eine angesehene Hamburger Kaufmannsfamilie einheiraten, du wirst in Hamburg leben, nicht länger in den Uhtlanden, und in einem richtigen Steinhaus. Andere Mädchen fallen ihrem Vater bei solchen Aussichten vor Freude um den Hals.«

»Sie haben auch kein Versprechen ihres Vaters, das er leichtfertig bricht. Wir sind erst vor zwei Jahren nach Rungholt gekommen. Kannst du dir nicht vorstellen, dass ich einfach noch nicht den richtigen Mann fürs Leben gefunden habe?

Warum drängst du mich so?« Sie hatte den Richtigen gefunden, aber bevor sie mit Iven nicht einig geworden war, wollte sie ihrem Vater nichts sagen. »Du entscheidest über meinen Kopf hinweg, als hätte ich keinen, um damit zu denken.«

»Es muss sein, Kleines. Wir brauchen den Namen Dürkopp.«

»Steht es so schlimm?«

»Schlimmer.«

Ihr Vater sah drein, als wäre der Teufel persönlich hinter ihm her. So hatte Silja ihn erst einmal gesehen: nach dem Tod ihrer Mutter. Ihr Ärger schmolz dahin.

»Ich brauche unbedingt eine Verbindung mit einer ehrbaren Kaufmannsfamilie, dann wird alles gut werden. Dürkopp hat nicht lange nach einer Mitgift gefragt, er war mit dem zufrieden, was ich ihm angeboten habe.«

Ihre Mitgift hatte Silja seit Jahren beisammen. Die Leinenwäsche, die Hemden, Stoffe und Bänder lagen in einer Truhe in ihrer Schlafkammer, die Münzen in einer verschließbaren Lade zwischen den Stoffen. Es war das Erbe ihrer Mutter, und Julius Dürkopp sollte froh sein, seinen weichlichen Sohn so gut an die Frau gebracht zu haben.

»Du wirst mir gehorchen. Andreas Dürkopp ist ein ehrbarer junger Mann, und die junge Frau, die ihn heiratet, kann froh sein.«

»Du verkaufst mich an den Meistbietenden. Ob ich dabei glücklich werde, ist dir egal.«

»Ich weiß wirklich nicht, was du an dem jungen Dürkopp auszusetzen hast. Er wird dir ein wunderbarer Ehemann sein. Ich habe schon mit Pater Fulbertus gesprochen, er wird deine Verlobung am Sonntag in St. Petri verkünden. Ich werde nicht zulassen, dass du dich weigerst. Du wirst in deine Kammer gehen und das Haus nicht mehr verlassen.«

»Du sperrst mich ein?«

Am Sonntag in St. Petri, heute war Freitag. Iven – sie musste es ihm sagen, bevor er es in der Kirche hörte. Sie musste zu ihm.

»Ich muss in den Ort gehen.«

»Hör mit dem Käse auf. Die paar Pfennige, die du verdienst, helfen uns nicht.« Heinrich Westharg war laut geworden. »Wenn du aus dem Haus gehen musst, wird Gesche dich begleiten.«

»Das lasse ich mir nicht gefallen. Ich bin zwanzig und kein dummes Gör mehr. Andreas Dürkopp werde ich nicht heiraten, Pater Fulbertus kann in der Kirche verkünden, was er will.«

»Du verweigerst mir den Gehorsam.« Ihr Vater sprang auf. Sie erhob sich ebenfalls. Das war also aus der Vernunft geworden, mit der sie dieses Thema besprechen wollte – sie standen sich wie zwei fauchende Kater gegenüber. »Erst brichst du dein Versprechen, und dann sperrst du mich ein.«

»Das hat dir dieses Levensenmädchen in den Kopf gesetzt. Ich habe immer gewusst, dass sie kein Umgang für dich ist. Ich hätte dir verbieten sollen, dich mit ihr anzufreunden. Wie eine edle Dame führst du dich auf und ziehst dich auf ein Versprechen zurück, das du mir in einer schwachen Stunde abgeschmeichelt hast, statt der Familie zu helfen. Ich … ich …«

»Ich schreibe an Onkel Wolfram. Das hilft uns viel besser.«

»Von dem Bruder deiner Mutter will ich nichts hören. Er wird uns nicht noch einmal beistehen, das hat er sehr deutlich gesagt, bevor wir nach Rungholt gegangen sind. Deshalb musst du den jungen Dürkopp heiraten. Wenn du ihn heute noch nicht liebst, wirst du es lernen.«

»Niemals, Täte. Ich kann es nur wieder und wieder sagen: Andreas Dürkopp heirate ich nicht.« Sie war ruhig geblieben, vernünftig gewesen, hatte andere Vorschläge gemacht, ihren Vater ausreden lassen, damit er selbst einsah, wie verrückt sein Plan war – nichts hatte geholfen. Am Ende musste sie an Mariä Lichtmess in der Kirche nein sagen, aber das war etwas, das sie sich und ihrem Vater nur antun wollte, wenn es gar nicht mehr anders ging. Einstweilen war sie mit ihrer Weisheit am Ende angelangt. Wie sollte sie das alles Iven erklären? Sie musste auf jeden Fall mit ihm sprechen, bevor ihre Verlobung in der Kirche öffentlich gemacht wurde. Heute noch. Sofort. Silja rannte aus der Döns und aus dem Haus.

»Bleib da, Mädchen!«, hörte sie ihren Vater hinter ihr herrufen.

Sie verließ die Warft, eilte an der Schenke vorbei, über den Sibinghhof und die Wunkswarft, bis sie im Mondlicht den Levensenhof vor sich liegen sah. Völlig außer Atem hämmerte sie an die Tür.

Frau Laefke öffnete ihr.

»Himmlischer Jesus, Jungfer Silja. Ihr seid völlig außer Atem. Ist etwas passiert? Ist Euer Vater krank oder Eure Magd?« Ivens Schwester zog sie ins Haus, in dem es nach Käse und frischer Milch roch. Die Bäuerin schloss die Tür wieder und griff nach Siljas Händen.

»Ich muss mit Iven sprechen«, keuchte Silja. Sie musste mehrfach ansetzen, ehe sie den Satz herausbrachte.

»Was hat mein schlimmer Bruder getan?«

»Ich muss ihn einfach nur sprechen. Bitte, Frau Laefke, wo ist er?«

»Er hat sich mit Fiete und Haye Wunksen auf den Weg nach Dithmarschen gemacht, zum Viehmarkt in Lunden. Er will einige neue Schafe kaufen und Haye einen neuen Ochsen. Vor morgen Abend erwarte ich sie nicht zurück. Bei meinem Bruder würde es mich auch nicht wundern, wenn er eine neue Kuh mitbringt.« Laefke schenkte ihr ein verschwörerisches Lächeln, aber Silja stand im Moment nicht der Sinn danach, sich mit ihrem Käsegeschäft zu beschäftigen.

O Allmächtiger! Sie sank auf eine Bank neben dem Ofen. Alles war verloren.

»Was wollt Ihr von meinem Bruder?« Frau Laefke kniete sich neben sie und nahm ihre Hände zwischen ihre.

»Ich muss ihn unbedingt sprechen.«

»Soll ich ihm etwas ausrichten?«

Silja überlegte. Konnte sie Frau Laefke vertrauen? Sie war immer freundlich zu ihr. Sie redeten nicht nur über Käse, sondern tauschten auch Rezepte aus, unterhielten sich über Webmuster und das Auskochen von Holundersaft. Nichts, was sie nicht mit jeder anderen Frau in Rungholt auch besprochen hätte. Besonderes Vertrauen brauchte es dafür nicht. »Ich muss es ihm selbst sagen.«

»Ihr müsst warten, bis er zurückkommt.«

»Dann kann es zu spät sein.« Silja schluckte. »Sagt Iven, er solle nicht alles glauben, was er hört.«

»Himmlischer Jesus, Jungfer Silja, das hört sich an, als müsse Iven mit etwas Schrecklichem rechnen.«

»Es … Sagt es ihm einfach. Bitte.« Sie sprang auf. »Ich muss wieder nach Hause.

»Ihr könnt nicht so gehen, draußen ist es kalt.«

Silja sah an sich herunter. Sie war nur in einem Kleid aus dem Haus gerannt, an einen Mantel hatte sie nicht gedacht.

»Ihr holt Euch eine Erkältung, wenn Ihr nur im Kleid nach Hause geht. Ich gebe Euch einen Schal.«

Laefke holte ein weiches gestricktes Tuch und legte es um Siljas Schultern.

Die schlang es fest um ihren Leib und hüllte sich in dessen Wärme ein. Für den Rückweg brauchte sie viel länger. Sie schlüpfte ins Haus und würdigte ihren Vater keines Blickes. Er stand mit vor der Brust verschränkten Armen in der Tür der Döns, als wollte er sein Verbot durchsetzen, dass sie das Haus nicht mehr verlassen dürfe. Sie hatte nicht einen Augenblick vorgehabt, sich daran zu halten. Silja huschte an ihm vorbei und verschwand in ihrer Schlafkammer, deutlich hörbar legte sie den Riegel vor.

**

Sechs Schafe hatten er und Fiete aus Lunden mitgebracht, eines davon war für Monny bestimmt, die anderen für seine Herde. Sie sollten die Tiere ersetzen, die ihnen im Sommer gestohlen worden waren. Die Dithmarscher hatten verkaufen müssen, weil sie es sich nicht leisten konnten, die Tiere über den Winter zu bringen; wer genügend Futter hatte, machte beim Viehkauf im Herbst die besten Geschäfte. Haye Wunksen hatte zwei Ochsen erstanden, der eine war ein junges Tier, das laut muhend den Kopf schüttelte und mit den Vorderbeinen scharrte – mit dem würde Haye seine liebe Mühe haben, und Iven hätte ihn genau deswegen nicht gekauft. Der zweite Ochse war älter und durch nichts aus der Ruhe zu bringen. Beide gingen jedoch gleich langsam und ließen sich nicht zu einem schnelleren Schritt bewegen. Deshalb erreichten sie Rungholt erst am Samstag, lange nach dem Vesperläuten.

Fiete fielen beinahe im Stehen die Augen zu, denn er hatte sich auf dem ganzen Rückweg um die Schafe kümmern müssen. Laefke aber hatte Iven in Unruhe versetzt, als sie ihm erzählt hatte, Silja habe ihn unbedingt sprechen wollen, sie sei gestern Abend sehr aufgeregt auf den Hof gekommen. Nach einer mit wenig Schlaf verbrachten Nacht ging er neben Laefke zur heiligen Messe.

Auf dem Kirchhof entdeckte er als Erstes den Kaufmann Heinrich Westharg, an dessen Seite Silja. Während der Messe stand er mit Fiete ganz hinten auf der Männerseite, und niemand hätte auf die Idee kommen können, dass er der Predigt Pater Fulbertus nicht die geringste Aufmerksamkeit schenkte. Sie knieten nieder, wenn es verlangt wurde, falteten die Hände und bewegten die Lippen zum Gebet. Dabei versuchte er die ganze Zeit einen Blick auf Silja zu erhaschen, sah aber nur den Hinterkopf der Magd. Wieder drängte sich ihm der Eindruck auf, sie wache wie eine Glucke über ihre Herrin.

Heinrich Westharg stand ein paar Reihen vor ihm neben dem älteren Broder Brodersen und flüsterte mehrfach auf ihn ein. Der Kaufmann hielt sich an die wichtigen Männer der Harde. Mit einem letzten Amen beendete Pater Fulbertus die Messe. Er räusperte sich: »Ich habe noch Ankündigungen zu machen.«

Wer bereits begonnen hatte, mit seinem Nachbarn zu schwatzen, verstummte sofort. Ankündigungen waren der interessanteste Teil der heiligen Messe. Hier erfuhr man Neuigkeiten, über die man sich hinterher das Maul zerreißen konnte.

»Silja Westharg, Tochter des Kaufmannes Heinrich Westharg ...«

Iven straffte sich und lauschte.

»... hat sich mit dem ehrenwerten Andreas Dürkopp, Sohn des Kaufmannes Julius Dürkopp aus Hamburg, verlobt. Die Hochzeit wird an Mariä Lichtmess Anno Domini 1362 stattfinden.«

Das war es also. Iven spürte, wie ihm die Knie weich wurden. Silja traf sich mit ihm, ließ sich von ihm küssen, in den Arm nehmen und verlobte sich erst mit ihm und danach mit einem anderen. Deshalb wollte sie auch nicht, dass er einen Brautwerber zu ihrem Vater schickte. Sie hatte ihn hingehalten, und er hatte sich wie ein blödes Schaf von ihr einwickeln lassen. Dabei hatte er sie händchenhaltend mit einem anderen gesehen, danach hätte er schlauer sein sollen. Was hatte sie ihm alles versprochen?

Iven musste schlucken bei diesen Gedanken. Laefke hatte recht behalten, eine Kaufmannstochter wie Silja taugte nicht für einen Bonden, er sollte sich lieber an Beke von Gröde halten.

Die Frauen verließen die Kirche durch die Tür auf der Südseite und die Männer durch die auf der Nordseite. Auf dem Kirchhof mischten sich die Geschlechter gleich wieder. Heinrich Westharg nahm Glückwünsche zur Verlobung seiner Tochter entgegen. Pater Fulbertus in seiner grauen Kutte mit dem weißen Talar flatterte um den Kaufmann herum.

Silja stand zwischen ihrem Vater und der Magd. Als spürte sie Ivens auf sie gerichteten Blick, drehte sie sich um. Ihre Augen wiesen tiefe Schatten auf, eine glücklich mit einem Hamburger Kaufmannssohn Verlobte sah anders aus. Sie machte ihm verstohlen mit der Hand ein Zeichen, als wolle sie mit ihm sprechen. Brüsk drehte Iven sich um.

Die traute sich was. Mit der hatte er nichts mehr zu bereden, sollte sie ihrem Hamburger schöne Augen machen und sich mit ihm auf der Wiese treffen. Wahrscheinlich derselbe Bursche, der im Sommer ihre Hand gehalten hatte.

Laefke trat auf ihn zu. »Was hast du mit Westhargs Tochter zu schaffen, dass sie mit dir sprechen will, obwohl sie mit einem anderen verlobt ist?«

»Nichts.«

»Ich sehe einiges. Und ich weiß, dass sie die Sache mit dem Käse nicht wegen mir angefangen hat. Wenn sie auf den Hof kommt, will sie nicht meine Freundin sein, sondern dich sehen.«

»Sie ist die Tochter eines Kaufmannes und erkennt eine Gelegenheit, wenn sich ihr eine bietet.«

»Das klingt verbittert.«

»Dann ist es ebenso.«

Iven wollte Silja nicht länger ansehen und nicht länger an sie denken. Mit langen Schritten verließ er den Kirchhof.

***

»So finde ich dich endlich.«

Andreas sah beim Klang der Worte erschrocken auf. Christoph stand wie ein wütender Bulle in dem schmalen

Durchgang zwischen den drei Reihen hoch gestapelter Fässer. Er trug einen Umhang mit einem silbrig schimmernden Pelzkragen, seine Kappe war mit genau dem gleichen Pelz verbrämt. Um seine Schultern lag die schwere Ratskette, vom schnellen Lauf verrutscht. Christoph war das jüngste Mitglied des Hamburger Stadtrates, er schien geradewegs aus einer Sitzung zu kommen.

»Woche um Woche warte ich auf ein Lebenszeichen von dir, aber du versetzt mich beim Würfelspiel und lässt danach gar nichts mehr von dir hören. Sollte ich denken, du seist in ein Kloster eingetreten?«

Die Worte klangen leicht dahingesagt, aber Andreas hörte die verborgene Schärfe darin. Wer sich zu Männerärschen hingezogen fühlte, fand nirgendwo mehr Gleichgesinnte als in den Klöstern – das war ein offenes Geheimnis. »Ich habe keinen Grund, in ein Kloster einzutreten, sondern hatte ganz einfach keine Zeit für ein vergnügliches Würfelspiel.«

»Nicht einmal eine Nachricht konntest du mir zukommen lassen?« Christophs Augen funkelten, als hätte er einen Krug Wein alleine geleert.

Andreas sank das Herz.

»Ich komme gerade aus einer Ratssitzung, und einmal darfst du raten, wer auch da war, und dann darfst du noch einmal raten, was derjenige mir erzählt hat.«

Sein Herz rutschte ihm bis zu den Füßen, und er musste sich an einem Talgfass abstützen. »Mein Vater«, brachte Andreas mühsam heraus.

Seit Wochen lastete ihm die Verlobung auf seiner Seele. Er hatte nach einem Weg gesucht, es Christoph zu beichten, ohne dass dieser an ihm zweifelte, und dabei hatte er die Sitzungen des Hamburger Stadtrates vergessen. Dort trafen sein Vater und Christoph zusammen, und sein alter Herr hatte offenbar nichts Eiligeres zu tun gehabt, als die Verlobung zu verkünden.

»Ich hätte dir so viel Anstand zugetraut, es mir selbst zu sagen.« Christophs Stimme war mit jedem Wort lauter geworden.

»Das wollte ich auch.«

»Wann? Nach deiner Hochzeit?«

»Ach, Christoph.« Er kam sich vor wie der schlimmste Sünder. »Ich wollte nur auf den richtigen Zeitpunkt warten, er kam irgendwie nie.« Ich war feige gewesen, hätte er noch sagen sollen, aber die Worte brachte er nicht über die Lippen.

»Dafür gibt es keinen richtigen Zeitpunkt. Du verrätst uns. Du verrätst alles, was mir etwas bedeutet und von dem ich dachte, es bedeutet auch dir etwas. Habe ich mich in dir getäuscht – sage es mir.«

Das war beinahe mehr, als er ertragen konnte. »Nein, Christoph. Diese ganze Sache habe ich nicht gewollt. Mein Vater hat das eingefädelt. Ich habe auch erst davon erfahren, als alles schon verabredet war. Du musst mir glauben, ich will sie nicht heiraten.«

»Wer ist das Weib?« All seine Verachtung hatte Christoph in diese wenigen Worte gelegt.

»Die Tochter eines Kaufmannes aus Rungholt. Mein Vater macht Geschäfte mit ihm. Er will eine Verbindung unserer beiden Familien.«

»Dir gefällt diese Frau, und dein Vater wird dich dazu bringen, sie zu heiraten. Du gehorchst ihm immer.«

»Sie gefällt mir nicht«, widersprach Andreas sofort, merkte dann jedoch selbst, wie lahm seine Worte klangen. Tatsächlich hatte er sich in den vergangenen Tagen immer wieder gefragt, ob es wirklich so schlimm wäre, eine Frau zu heiraten und so zu tun, als führe er eine Ehe mit ihr, während er in Wirklichkeit weiter seine Liebe mit Christoph pflegte. Er hätte seine Pflicht gegenüber der Familie erfüllt, sein Vater wäre zufrieden, und mit Christoph ginge alles weiter wie bisher. Je länger er darüber nachgedacht hatte, desto besser war ihm diese Lösung erschienen. Am Ende hatte er sich gefragt, warum er nicht schon früher darauf gekommen war.

Christoph sah immer noch wie ein wütender Bulle aus, schien keinen Sinn für den schönen Plan zu haben. »Du lügst«, fuhr er ihn an. »Wäre ich heute nicht gekommen, hättest du sie still und heimlich geheiratet. Das lasse ich mir nicht gefallen. Du gehörst zu mir, nicht in das Ehebett eines Weibes.«

Zwei schnelle Schritte, und Christoph stand vor ihm. Er schlang die Arme um ihn und küsste ihn auf den Mund. Der Kuss war hart und ohne alle Zärtlichkeit. Andreas wollte zurückweichen, aber die Arme seines Freundes ließen nicht locker, der Druck auf seiner Lippe verstärkte sich noch. Dann konnte er nicht mehr anders, er musste den Kuss erwidern, und sofort wurde Christophs Mund weich. Keuchend löste sich Andreas aus den Armen seines Freundes.

»Nicht hier, wo uns jeder sehen kann. Es muss nur einer draußen vorbeigehen. Du weißt, was dann mit uns passiert.« Andreas wischte sich den Mund am Ärmel seines Kittels ab. Seine Lippen fühlten sich geschwollen an, und er meinte, immer noch den Kuss zu spüren.

»Du gehörst zu mir, vergiss das nie. Ich lasse nicht zu, dass ein Weib daherkommt und dich mir wegnimmt. Heirate sie nicht.«

»Das werde ich nicht.«

»Auch keine andere.«

»Nie.« Saure Galle stieg Andreas' Kehle hoch, er hatte Mühe sie hinunterzuschlucken. Er wollte kein Weib, wirklich nicht, aber das seinem Vater und den Ratsherren der Stadt Hamburg zu erklären, von den Pfaffen ganz zu schweigen …

Christoph küsste ihn wieder, aber er konnte den Kuss nicht genießen, zu viele Gedanken schwirrten ihm im Kopf herum.

»Du musst dieses Rungholter Bauernweib loswerden. Egal wie.« Christoph machte eine Geste, die an Deutlichkeit nichts zu wünschen übrigließ. Ohne ein weiteres Wort verließ er den Dürkoppschen Speicher.

Andreas lehnte sich an die Talgfässer. Schwarze Punkte tanzten vor seinen Augen, und er presste den rechten Unterarm gegen seinen Mund, biss in den Hemdsärmel. Er sehnte sich bereits wieder nach Christophs Gegenwart und verfluchte den Freund zugleich. Der hatte ihn in eine Lage hineingeritten, wie sie verzwickter nicht sein konnte. Warum konnte er sich nicht einmal mit ein bisschen weniger statt allem zufriedengeben? Silja Westharg und ihr Vater bedeuteten ihm nichts, dennoch war ihm nicht wohl bei dem Gedanken, noch einmal nach Rungholt reisen zu müssen, um die Verlobung zu lösen. Er war kein so aufbrausender Charakter wie Christoph, der wäre sofort losgestürmt, um die Sache hinter sich zu bringen, ohne einen Gedanken an die Folgen zu verschwenden. Er konnte das einfach nicht, zu viel musste bedacht werden. Da waren sein Vater und das Dürkoppsche Handelshaus, dessen Erbe er war. Er fühlte sich flau im Magen, an eine Fortsetzung der Arbeit war nicht zu denken. Der Talg hatte wohl Zeit bis morgen, am besten ging er ins Haus und ließ sich eine Schüssel Schweinsrippchen mit dunkler Sauce servieren, dazu einen Krug Bier, echtes Hamburger Bier, nicht das dünne Gagelbier. So gestärkt sähe die Sache gleich rosiger aus.

»Wo ist mein Sohn?«, hörte er seinen Vater fragen. Ein Gehilfe wies dem Handelsherrn den Weg.

Andreas seufzte, straffte die Schultern und schaute mit gerunzelter Stirn auf seine Liste.

Sein Vater traf im Talglager ein. Er sah erhitzt aus und rieb sich unablässig die Hände, als wasche er sie – das tat er immer, wenn ihm eine Sache zusetzte.

»Es wird Krieg geben«, verkündete er. Anscheinend fiel ihm nicht auf, dass sein Sohn alles andere als wohl aussah und mit keiner Arbeit beschäftigt gewesen war.

»Gegen wen?«

»Waldemar Atterdag. Der Däne ist in Gotland einmarschiert und hat Visby genommen. Die Stadt wurde ausgeraubt und niedergebrannt. Das lassen wir uns nicht gefallen, es verstößt gegen alle Vereinbarungen. Ab sofort gibt es keinen Handel mehr mit Dänemark. Das wurde auf dem Hansetag in Greifswald beschlossen, außerdem wird ein Pfundzoll erhoben. Der Rat hat eben entschieden, dass Hamburg sich mit zwei Koggen und zweihundert Männern an dem Krieg beteiligt. Den Befehl führt der Lübecker Bürgermeister Johann Wittenborg.«

Andreas hatte seine Übelkeit fürs Erste vergessen. Er dachte daran, was die Maßnahmen gegen Dänemark für den Hamburger Handel bedeuteten. Der Pfundzoll war ärgerlich, aber eine unumgängliche Maßnahme, wenn die Hanse Krieg führte. Von jedem Pfund Ladung, das eine Hansestadt erreichte oder verließ, waren vier Pfennige Zoll an die Stadt zu zahlen; die sammelte die Gelder, und nach Beendigung des Krieges wurde alles auf die Städte entsprechend ihrer finanziellen Lasten während des Krieges verteilt. Der Streit um diese Verteilung konnte länger dauern und erbitterter geführt werden als der eigentliche Krieg. Vielen erfahrenen Hansekapitänen konnte auch nicht gefallen, dass der Johann Wittenborg den Befehl übernommen hatte. Der Mann war gerade einmal vierzig Jahre alt, aber Lübeck war zurzeit die mächtigste Stadt in der Hanse, und an ihrem Bürgermeister kam man nicht vorbei.

»Was bedeutet das Handelsverbot mit Dänemark für uns?«, fragte er seinen Vater. Ihre Vereinbarungen mit Heinrich Westharg wären hinfällig, denn die Uhtlande gehörten zum Königreich Dänemark. Wenn sich das auf seine Verlobung auswirkte ...

»Eigentlich nichts«, sagte sein Vater langsam und rieb weiter die Hände gegeneinander. »Im Rat waren wir uns nicht einig, wie damit umzugehen ist. Viele von uns handeln mit Dänemark und können es sich nicht leisten, abgeschlossene Verträge abzuschreiben. Wir sind uns einig geworden, keine neuen Verträge abzuschließen, aber die bestehenden zu erfüllen. Schließlich müssen wir davon den Pfundzoll bezahlen.«

»Also bleibt alles beim Alten.«

Kaufleute werden nicht umsonst Pfeffersäcke genannt, dachte Andreas. Sie waren schnell dabei, aufzuschreien und Vergeltung zu fordern. Handelsverbot, sagte sich leicht, und mit dem Mund ließ sich auch ein Krieg leicht führen, bis es einem an die Börse ging. Auf einmal war sich jeder Kaufmann wieder selbst der Nächste – Pfeffersäcke eben – und dachte nur an sein Geschäft. Er war sich auch sicher, dass neue Verträge mit dänischen Kaufleuten abgeschlossen würden, wenn sich günstige Gelegenheiten böten.

»Kriege kosten nun einmal Geld, und ohne Handel wird keines verdient. Jedes Ratsmitglied wird zehn Mark für die beiden Koggen geben, und den Rest treiben wir bei den anderen Händlern und Bürgern ein.«

Geld, Geld und nochmals Geld, Pfeffersäcke dachten an nichts anderes. Andreas trat mit dem Fuß gegen eines der Talgfässer. Dem Fass machte das nichts aus, sein Zeh schmerzte. Selbst im Krieg zählte nicht der Sieg, sondern nur das Geld, das sich dabei verdienen ließ.

»Wer unterstützt die Hanse?«, fragte er aus Gewohnheit, nicht weil es ihn wirklich interessierte.

»Magnus II. Erichson von Schweden und König Haakon VI. von Norwegen stehen auf unserer Seite. Sie stellen jeder zweitausend Mann, Ritter und Knechte, und auch die Schiffe, um sie zu transportieren. Herzog Erich von Schleswig, Graf Adolf VIII. von Holstein und Winrich von Kniprode mit dem Deutschen Orden unterstützen uns.«

»Schicken die auch Truppen?«

»Sie haben noch keine Zusagen gemacht.«

Andreas atmete geräuschvoll aus. Die Herzöge von Schleswig und die Grafen von Holstein waren sich nicht grün, schwer vorstellbar, dass sie in einem Krieg auf derselben Seite standen und ihre Truppen nebeneinander fochten. Bevor er ihre Krieger nicht zusammen auf den Schiffen sah, glaubte er nicht daran.

Sein Vater war weniger skeptisch. »Unserer vereinten Macht hat Waldemar Atterdag nichts entgegenzustellen. Die Hanse wird ihn aus Gotland wieder hinausfegen und sich für die Plünderung Visbys schadlos halten.«

»Beten wir, dass der Allmächtige auf unserer Seite steht.«

»Da wird er, denn wir sind im Recht.«

Kapitel 3

Pater Fulbertus kniete in der Kirche vor dem Altar. Den Blick hatte er auf den gekreuzigten Jesus mit dem schmerzverzerrten Gesicht unter der Dornenkrone gerichtet. Der Heiland stammte noch aus der alten Kirche, ebenso der Altar. Er bestand aus nichts anderem als einer Steinplatte auf Holzständern. Unter dem Altar war Platz, dort hatte das Reliquiar mit der Haarlocke der heiligen Jungfrau auf einem Podest stehen sollen. Wenn man ihm wenigstens eine Reliquie des heiligen Laurentius angeboten hätte. Der heilige Laurentius war ein Schutzpatron der Edomsharde, das Hardessiegel zeigte neben Petrus sein Abbild. Ihn kannten die Leute. Seine mehrere Ellen hohe Statue stand auf einem Sockel links neben dem Altar. Gestiftet hatte sie Heinrich Westharg, kurz nachdem er in der Harde seinen Wohnsitz genommen hatte. Laurentius war ein älterer Mann mit Bart, Tonsur und einem langen faltenreichen Mantel. Er trug in der Rechten den Rost, auf dem er verbrannt worden war, als er seinem Glauben nicht abschwor, in der anderen Hand hielt er ein Brot.

Laurentius gegenüber befand sich ein zweiter kleinerer Altar, welcher der heiligen Jungfrau geweiht war. Ihn hatten die Rungholter Bonden gestiftet, und seitdem nannten sie sich Marienbruderschaft. Die Muttergottes und der Heilige sahen sich in die Augen, und Pater Fulbertus fragte sich nicht zum ersten Mal, ob die beiden sich etwas zu erzählen hatten. Der Priester runzelte die Stirn und betrachtete Laurentius. Ihm sagte man nach, er heile Brandwunden, Augenleiden, Pest, Fieber und erlöse die Gläubigen von den Qualen des Fegefeuers.

Es hatte ihn viel Zeit, Mühen und seine Kontakte aus sei-

ner Klosterzeit gekostet, den Mann zu finden. Reliquienhändler warben nicht auf Marktplätzen, sie unterhielten keine Kontore, sondern wickelten ihre Geschäfte im Schutz der
Nacht auf Kreuzwegen ab. Sie fanden ihre Kunden durch
Empfehlungen und weil der eine einen kannte und ein anderer einen anderen. Nachdem er den Mann endlich gefunden
hatte, hatte es noch einmal mehr als ein Jahr gedauert, bis
eine Locke der Heiligen Jungfrau gefunden und sie sich auf
einen Preis geeinigt hatten. Und am Ende war die Sache doch
schiefgegangen.

Er musste noch einmal von vorne anfangen. Zum Glück
war er nicht um sein Geld betrogen worden. Das waren keine Gedanken, die man in einer Kirche und unter den Blicken
der Heiligen haben sollte. Er sollte um innere Einkehr bitten,
um ein Wunder beten. Ein Wunder brauchte St. Petri dringend, wenigstens ein kleines.

Eine Träne vielleicht, wenn Laurentius eine Träne weinte,
eine am Tag, ach, eine in der Woche genügte – die Leute kä-
men in Scharen, um dieses Wunder zu bestaunen. Pilger aus
den Uhtlanden, der gesamten Marsch, dem dänischen Königreich und den deutschen Landen, die Edomsharde
brauchte sie, er brauchte sie. Der Pater sah noch zwei weitere
Altäre in der Kirche mit fein gestickten Altartüchern, richtigen Wachskerzen in goldenen Leuchtern, Messjungen in
neuen Gewändern, sie schwenkten Weihrauchgefäße, die mit
Halbedelsteinen besetzt waren. Der Boden in der Kirche bestand nicht mehr aus gestampftem Lehm und wurde mit
Binsen bestreut, sondern aus Stein, und die Kirche hatte – er
zitterte bei dem Gedanken – vielleicht sogar ein Fenster aus
buntem Glas hinter dem Hauptaltar.

Draußen pfiff der Wind um St. Petri. Es ließ sich nicht
mehr leugnen, der Herbst schickte seine ersten Vorboten,
und die Uhtländer würden wie jedes Jahr beten, dass die
Deiche hielten. Wind rauschte um die Kirche. Einer der Lä-

den vor den schmalen Fenstern ohne Glas wurde losgerissen, krachend schlug er gegen die Wand, und eine scharfe Bö wehte herein, brachte die einfachen Altartücher zum Flattern und Pater Fulbertus zum Schaudern.

Eine zweite Bö folgte der ersten, ein weiterer Fensterladen neben dem heiligen Laurentius klapperte ohrenbetäubend gegen die Wand. Der Priester erhob sich aus seiner Bethaltung, um die Läden zu schließen. Beim Aufstehen musste er sich am Altar abstützen, seine Knie waren nicht mehr die jüngsten. Der Laden befand sich hoch über dem Boden, der nicht hochgewachsene Pater Fulbertus musste sich recken. Beim ersten Versuch wurde ihm der Laden aus der Hand geschlagen. Er stellte sich auf Zehenspitzen, schlug ihn zu und verriegelte ihn. Als er sich umdrehte, machte er einen Ausfallschritt und stieß mit dem Ellenbogen gegen den heiligen Laurentius. Der begann zu kippen. Pater Fulbertus wollte ihn auffangen, verfehlte ihn aber. Der Heilige krachte zu Boden. Auf dem Gesicht blieb er liegen. Einen schrecklichen Moment sah der Priester ihn in tausend Stücke zersprungen vor seinen Füßen. Als er hinunterschaute, war Laurentius noch in einem Stück – dem Allmächtigen und allen Heiligen zum Dank. Mit zitternden Fingern drehte er ihn um und murmelte dabei ein Dankgebet.

Ein Riss zog sich von der rechten Schulter des Heiligen quer über dessen Brust. An der Schulter war er so breit wie der kleine Finger des Priesters. Und aus dem Riss lief – Blut. Auch beim zweiten Hinsehen. Als er die Figur mit einem Talglicht beleuchtete, sickerte eine braunrote Flüssigkeit über die heilige Brust und befleckte das Gewand. Es waren nur wenige zähflüssige Tropfen, aber sie waren unübersehbar.

Ein blutender Laurentius. Ein Wunder.

Der Gedanke drang langsam in Pater Fulbertus Geist. Der blutende Laurentius von St. Petri zu Rungholt.

Es war kein Blut, konnte es nicht sein, es war Harz. Während seiner Klosterzeit hatte er sich mit einem Pater angefreundet, der weit aus dem Süden stammte, aus einer Stadt namens Regensburg, der hatte ihm erzählt, Holz von Tannen oder Kiefern bekäme manchmal Risse, aus denen Harz austrat. Häufiger geschehe es bei frisch geschlagenem Holz, bei älterem selten und bei ganz altem gar nicht mehr. Das musste dem Heiligen passiert sein – die schlichten Gemüter der Uhtländer Friesen würden an Blut und an ein Wunder glauben.

Warum sie darin nicht ein bisschen bestärken? Er schlug den linken Ärmel seiner Kutte zurück, darunter kam ein Mückenstich zum Vorschein. Er hatte ihn aufgekratzt. Mit dem Fingernagel entfernte Pater Fulbertus das Schorf von der Wunde und drückte einen Tropfen Blut heraus. Um den Schmerz kümmerte er sich nicht, als er den Tropfen auf das Harz rieb und danach einen zweiten. Mehr Blut wollte die kleine Wunde nicht hergeben, das musste für ein Wunder genügen.

Harz und Blut mischten sich miteinander, die Farbe veränderte sich zu einem satten Rot. Durch den zweiten offenen Fensterladen auf der anderen Seite heulte weiter der Wind. Pater Fulbertus war so konzentriert gewesen, dass er ihn glatt vergessen hatte. Er streichelte den Heiligen so zärtlich wie ein Vater sein Neugeborenes und stellte ihn zurück auf den Sockel. Seine Gebete waren erhört worden, der Allmächtige hatte St. Petri ein Wunder geschenkt. Amen.

Er verriegelte den Fensterladen und anschließend die Tür, tastete sich im Finstern zu seinem Haus. Wer morgen als Erster die Kirche betrat, sollte das Wunder entdecken. Für den Priester war es nicht leicht, den Dingen ihren Lauf zu lassen; am liebsten würde er selbst die frohe Kunde verbreiten, aber im Kloster hatte man ihn Demut und Geduld gelehrt und das Wissen, dass ein Wunder umso wundertätiger war, wenn die Entdeckung rein zufällig wirkte.

»Ein Wunder, ein Wunder, ein Wunder!«

Pater Fulbertus hörte die kreischende Frauenstimme und erkannte, dass sie Enni gehörte. Sie war Boye Harksens Frau, die Schenkenwirtin und eine robuste Person, die nicht schnell aus der Ruhe zu bringen war und die in St. Petri saubermachte. Er löffelte sein Frühmahl, in Milch eingeweichtes Brot, als der Schrei ertönte.

Er warf einen kurzen Blick auf das einfache Holzkreuz, das über dem Tisch seiner kargen Döns an der Wand hing. Der Heiland schaute ihn traurig an. Die Dornenkrone peinigte seine Stirn und verstärkte die Trauer in seinen Augen. Dem Priester schien es, als wisse er um das, was sich letzte Nacht in der Kirche ereignet hatte. Pater Fulbertus schluckte, sein Adamsapfel hüpfte.

»Ein Wunder, Pater, kommt schnell. Ein Wunder.« Enni platzte in seine Döns. Sie war hochrot im Gesicht, als wäre sie am Morgen von Ribe nach Rungholt gerannt. »Wie könnt Ihr essen, während der Allmächtige uns ein Wunder schenkt?«

Er folgte der Wirtin nach draußen und zur Kirche. Davor hatten sich bereits einige Rungholter versammelt, sie spähten durch die offene Kirchentür, herein traute sich niemand. Fulbertus entdeckte auch drei Chorherren unter ihnen, außerdem Ennis Mann und einige Lüttfischer. Eben betrat Heinrich Westharg den Kirchhof. Der Kaufmann durfte natürlich nicht fehlen, wenn in Rungholt etwas passierte, und in seinem Kielwasser folgten die Hardesräte, die in Rungholt wohnten, Broder Brodersen der Ältere, Haye Harksen, Johan Sibingh und Wunke Bonissen.

Die Menge machte ihm Platz. Enni ging dicht hinter ihm.

»Der heilige Laurentius«, flüsterte sie ihm so laut zu, dass jeder in der Menge der Wartenden es hörte.

Hinter ihm drängten sich die Menschen in die Kirche. Die Statue des Heiligen stand genauso auf dem Sockel, wie er ihn in der letzten Nacht zurückgelassen hatte. Der Riss im Holz zog sich von der Schulter quer über die Brust, das Harz und sein Blut waren inzwischen getrocknet. Mit strengem Blick schaute er ihn an. Ein Wunder.

Ergriffen von dem Anblick faltete der Pater die Hände und sank vor dem Altar auf die Knie. Enni und die anderen taten es ihm nach. Gemeinsam beteten sie, dankten dem heiligen Laurentius für das Wunder, das er in seiner unendlichen Güte an der Statue getan hatte. Nach und nach drängten immer mehr Leute in die Kirche. Die strenge Trennung von Männern auf der rechten und Frauen auf der linken Seite war aufgehoben, jeder schob und drängelte nach vorne. Pater Fulbertus beendete sein Gebet und drehte sich zu den Menschen um. Strahlende, fragende und ergriffene Mienen schauten ihm entgegen.

»Gute Leute, Brüder in Christi«, er sah die Chorherren an, die ganz vorn standen, »der heilige Laurentius hat uns auf Geheiß unseres Herrn ein Wunder geschenkt. Lobt und preist ihn dafür. Lasst die Stimmen erschallen zu seiner Ehre.«

Die Menschen fielen auf die Knie und begannen erneut zu beten. Er hörte ihre leisen Stimmen, die das Ave Maria aufsagten, und konnte immer nur daran denken, was er in der Nacht getan hatte. Die Ergriffenheit der Rungholter erfreute ihn nur bedingt; es wollte ihm einfach nicht aus dem Kopf, dass sie vor einem Klecks Harz und einigen Tropfen seines Blutes beteten. Schuld bildete einen harten Knoten in seiner Brust. Er zwang sich, zu glauben, dass ihnen ein Wunder geschickt worden war, um den Rungholtern göttliche Allmacht zu zeigen. Mit lauter Stimme predigte er es seinen Zuhörern. Das Ave Maria verstummte, und mit ungewohnter Andacht lauschten sie ihm.

»Gottes Segen liegt auf St. Petri«, fuhr er fort. »Ihr guten Menschen müsst euch seiner Gnade würdig erweisen. Trotz eures Unglaubens, eurer Sauferei und Hurerei, eures Geizes und der Missachtung der heiligen Gebote hat Gott der Allmächtige euch nicht aufgegeben. Geht hin und zeigt ihm, dass ihr seine braven Kinder seid und von nun an seine Gebote befolgt. Amen.«

»Amen«, wiederholte seine Gemeinde inbrünstig.

Durch die Menschen drängte sich Ogge Jessen. Vor dem Altar blieb er stehen, bekreuzigte sich und betrachtete forschend die Heilige Jungfrau. Er fiel nicht auf die Knie. Die Menschen zogen sich langsam und miteinander flüsternd aus St. Petri zurück. Zuletzt standen nur noch Pater Fulbertus, die Chorherren und der Hardesvogt vor dem Altar.

»Das Wunder wird St. Petri weit über die Grenzen der Marsch hinaus berühmt und Rungholt reich und mächtig machen.«

»Es muss erst festgestellt werden, ob es sich wirklich um ein Wunder handelt«, erwiderte Dietrich Gotgemak. Er trat vor den Sockel und betrachtete die Heiligenfigur, nicht ohne sich vorher zu bekreuzigen.

Pater Fulbertus trat unruhig von einem Fuß auf den anderen. Gotgemak war von allen Chorherren der Scharfsinnigste.

»Die Statue des heiligen Laurentius blutet aus einer Wunde in seiner Brust. Das ist ein Wunder, oder habt Ihr so etwas schon einmal gesehen?«

Gotgemak legte den Kopf schief. »Es hat sich ein Riss im Holz aufgetan, es sieht tatsächlich aus wie eine Wunde. So etwas habe ich noch nie gesehen, in der Tat.«

»Niemand in den Uhtlanden hat es schon einmal gesehen. Das ist ein Werk des Allmächtigen.« Der Hardesvogt stellte sich neben Gotgemak, seine Augen leuchteten. Wahrscheinlich sah er nicht den Heiligen, sondern Ströme von Pilgern, die nach Rungholt kamen, Herbergen und Schenken als Unterkünfte brauchten und ihr Geld in der Stadt ließen. Wo nun Kühe auf den Salzwiesen weideten, sah er neue Warften, neue Häuser. Pater Fulbertus hatte einen Kloß im Hals.

»Das muss durch den Bischof untersucht werden. Habt Ihr eine Nachricht nach Schleswig geschickt?«, fragte ihn der Chorherr.

»Dazu war noch keine Zeit.« Der Priester trat schneller von einem Fuß auf den anderen. »Ich schreibe noch heute einen Brief und schicke einen Boten zum Bischof.« Die Worte wollten ihm nur schwer über die Lippen dringen.

»Soll der Bischof nur kommen. Er wird nichts als ein Wunder finden. Wird er doch?«

Der Kloß in seinem Hals wuchs und drohte, ihn zu ersticken. Er räusperte sich. »Er wird.«

»Rungholt wird der bedeutendste Ort der Uhtlande werden. Die neuen Chorherrenhäuser werden dann kein Problem mehr sein.«

Die Männer verließen die Kirche. Pater Fulbertus verspürte das Bedürfnis, zu beten und seine Seele zu reinigen. Er wollte es nicht in St. Petri tun unter den Augen der Heiligen Jungfrau. Er strebte seinem Haus zu, vor dem Heiland in der Döns wollte er beten.

»Schreibt den Brief, Pater«, rief Ogge Jessen ihm nach.

***

Frau Laefkes Schwiegermutter legte ihr vier fette Heringe in den Korb und akzeptierte mit säuerlichem Blick, aber ohne weitere Worte das angebotene Salz als Bezahlung. Seit jenem schönen Tag im Frühling, an dem sie Iven das erste Mal richtig gesehen und mit ihm gesprochen hatte, hatte sie keine Schwierigkeiten mehr, am Lüttfischerhafen für das Freitagsmahl einzukaufen. Die alte, sommers wie winters in Umschlagtücher gehüllte Frau empfing sie nicht freundlich und redete über das Nötigste hinaus nie mit ihr, aber Silja war auch nicht gekommen, um Freundinnen unter den Fischweibern zu finden. Sie gab den Korb Gesche, die vornübergebeugt neben ihr stand. Auf dem Nachhauseweg wollte sie noch ein großes Brot und einen Topf Honig kaufen, dann könnte es die nächsten vierzehn Tage regnen und stürmen, im Haus Westharg müsste niemand darben. Und vielleicht wollte sie sich einen Honigkuchen gönnen, einen kleinen nur, damit der süße Geschmack auf der Zunge für kurze Zeit die bitteren Gedanken an ihre Verlobung vertrieb.

»In St. Petri hat es ein Wunder gegeben«, sagte Laefkes Schwiegermutter auf einmal zu ihr. »Der Herr ist erschienen und hat die Statue des heiligen Laurentius gesegnet. Die Enni von der Schenke hat es heute Morgen entdeckt. Ich war in aller Frühe da und habe gebetet. Seitdem fühle ich mich, als wäre die Last der Jahre von mir gewichen. Meine Knie schmerzen nicht mehr so wie gestern, obwohl es nach Regen aussieht.«

Die Kaufmannstochter war so überrascht, dass sie nur nicken konnte. Die Statue, die ihr Vater gestiftet hatte. Gesches Augen leuchteten auf.

»Ein Wunder, das Gebrechen heilt. Was ist es?«

»Der heilige Laurentius hat einen Hieb im Gesicht erhalten, und Blut ist seinen Leib heruntergelaufen.«

»Das stimmt nicht. Er hat einen Arm erhoben, als wolle er die Gläubigen segnen.«

»Nein. Er hat die Augen vor dem Übel der Welt verschlossen.«

»Ganz falsch. Er hält die Lippen zum göttlichen Kuss gespitzt.«

Offenbar hatte jede Fischersfrau etwas anderes gesehen und gehört. Sie begannen, lautstark aufeinander einzureden, und konnten sich nicht einig werden, was denn nun richtig war. Silja und Gesche hatten sie im Nu vergessen. Die wandten sich vom Hafen fort, Gesche schleppte schwer an dem Korb, aber aus Erfahrung wusste Silja, dass sie es sich nicht nehmen lassen wollte, ihn zu tragen, als müsste sie beweisen, dass sie trotz ihres Alter noch zu etwas nütze war.

»Lasst uns nach St. Petri gehen und vor dem Wunder beten. Wenn der heilige Laurentius die Schmerzen in den Knien dieses Fischweibes geheilt hat, wird er mich auch von den Schmerzen im Rücken befreien. Ich will eine Kerze anzünden und etwas Geld in den Opferstock legen.«

»Gegen deinen schlimmen Rücken hilft ein umgebundenes Schaffell. Bei Wärme wird er wieder geschmeidig, sagt Frau Laefke.«

»Gebete zu einem Heiligen helfen am allerbesten«, widersprach Gesche.

»Dann gib mir wenigstens den Korb.«

»Haltet mich nicht für schwächlich, Jungfer Silja.«

Silja liebte die zänkische alte Magd nie mehr als in solchen Augenblicken, wenn ein Hauch der Frau durchkam, die sie früher gewesen war, als sie den Westhargschen Haushalt ganz allein bewältigt hatte, es ihrem Vater behaglich gemacht und ihr vor dem Einschlafen Geschichten erzählt hatte. Sie war selbst neugierig auf das Wunder, und deshalb ging sie mit Gesche hin.

Vor St. Petri stand eine Menschenmenge. Unter ihnen entdeckte Silja auch den Rücken ihres Vaters in einem grauen, fadenscheinigen Umhang, mit dem er in seine Salzköge zu gehen pflegte. Sie verbarg sich hinter einem Bonden, den sie nicht kannte und der nicht aus Rungholt stammte. Von ihrem Vater wollte sie nicht gesehen werden, aber er hatte sowieso keine Augen für die Leute auf der Warft, denn er befand sich im Gespräch mit den Hardesräten Babe Gunnesen und Haye Harksen. Sie entdeckte auch Broder Brodersen mit dessen Vater und Johan Sibingh. Boye Harksen hatte als geschäftstüchtiger Gastwirt die Gunst der Stunde erkannt und verkaufte Bier aus einem Fass. Der Eine, nach dem sie heimlich Ausschau hielt, den sah Silja nicht, aber sie bemerkte, wie eine freundliche und festliche Stimmung über den Leuten lag. Einige trugen ihre besten Sachen, Kinder hielten Birkenzweige in den Händen, einige noch mit zarten grünen

Blättern, die meisten bereits kahl. In die Kirche strömten Leute hinein, und andere kamen wieder heraus. Von drinnen ertönten vielstimmige Gebete, kaum endete eines mit einem tiefen Amen, begann ein neues.

Die Türen waren weit geöffnet, sanfter Lichtschein fiel heraus. Gesche drängte sich an den Leuten vorbei ins Innere St. Petris. Dort brannten weit mehr Kerzen, als Silja je zuvor gesehen hatte, sie standen auf dem Hauptaltar und auf dem Marienaltar, und auch alle Kerzen auf dem wagengroßen, an der Decke hängenden Leuchter brannten. Vor der Säule mit dem heiligen Laurentius kniete Pater Fulbertus in seiner besten Kutte, die Hände segnend erhoben. Rechts und links des Altars hatten je sechs Chorherren Aufstellung genommen, ebenfalls in ihrem besten Staat, sie beteten mit getragenen Stimmen. Silja bekreuzigte sich. Begierig, dem Wunder möglichst nahe zu kommen, hatte Gesche sich bereits weiter nach vorne gedrängt und kniete nieder. Siljas Blick verharrte einen Augenblick auf ihrem gebeugten Rücken und ihren bebenden Schultern. Danach betrachtete sie den Heiligen. Sie wusste, dass ihr Vater ihn nur gestiftet hatte, um bei den Rungholtern als mildtätig und freigebig zu gelten, und weil sie zu spät gekommen waren, um sich noch an den Kosten für den Marienaltar zu beteiligen. Ein Wunder an ihrem Heiligen – sie reckte sich und spähte nach vorne. Auf die Entfernung konnte Silja keine Veränderungen erkennen. Laurentius hielt Rost und Brot in den Händen, kein blutender Hieb verunstaltete sein Gesicht, kein Arm erhoben, die Augen nicht geschlossen und den Mund nicht zum Kuss gespitzt.

Silja schob sich durch die Betenden näher heran, stumm sprach sie die Gebete mit. Die getragene Weise zog sie in ihren Bann. Überall sah sie verzückte Gesichter, als bestaunten die Leute nicht eine geschnitzte und bemalte Statue, sondern blickten direkt ins Paradies. Bestand darin das Wunder?

Sie fand etwa in der Mitte der Kirche einen Platz und kniete nieder, ließ sich einfangen von der ehrfurchtsvollen Stimmung der Menschen. Sie schaute auf zur Statue und hatte das Gefühl, sich so leicht zu fühlen wie seit Tagen nicht mehr, nicht mehr, seit sie von ihrer Verlobung mit dem Kaufmannssohn aus Hamburg erfahren hatte, und nicht mehr, seit sie von der Kanzel herab verkündet worden war.

Auf einmal stockte ihr Atem. Seitlich von ihr nahe der Wand kniete Iven mit seiner Schwester. Der Junge, den er auf dem Levensenhof aufgenommen hatte, und Ivens Knechte waren auch da. Seit jenem verhängnisvollen Sonntag hatte sie ihn nicht mehr gesehen und kein Wort mit ihm gesprochen. Zweimal war sie auf den Levensenhof gegangen, um Käse aufzukaufen, und beide Male hatte sie gehofft, Iven alles erklären zu können, aber er war nicht da. Beim letzten Mal war sie sich sicher gewesen, dass er sich verleugnen ließ. Der Allmächtige war gegen sie, anders konnte sie sich das Unglück, das über sie beide gekommen war, nicht erklären.

Es tat ihr in der Seele weh, Iven zu sehen und nicht zu ihm laufen zu können, sich in seine Arme zu werfen und zu spüren, dass alles wieder gut war. Er hatte sie nicht bemerkt, und sie konnte ungeniert sein Profil betrachten. Er sah ernsthaft aus – und so schön. Das Wunder auf dem Altar war vergessen. Sie wollte keinem anderen angehören außer ihm. Gleich heute wollte sie noch einmal mit ihrem Vater reden, er musste sie verstehen, und sie wollte auch Andreas Dürkopp in Hamburg schreiben, ihm alles erklären. Er konnte doch auch nicht froh sein, eine Frau zu ehelichen, die er nur einmal gesehen hatte. Was hatte ihr Vater sich nur dabei gedacht? Sie musste ihn überzeugen, es musste ganz einfach gelingen.

Iven bekreuzigte sich, er stand auf und drehte sich halb um. Es gelang Silja nicht, den Blick schnell genug zu senken, er hatte sie entdeckt und wusste, dass sie ihn beobachtet hatte. In seinen Augen entdeckte sie keinen Funken, dass sie je mehr für ihn gewesen war als eine Frau, die auf den Hof kam und Käse kaufte. Sein Weg nach draußen führte ihn dicht an ihr vorbei, sie hätte nur die Hand auszustrecken brauchen, um den Saum seines Mantels zu berühren. Keinen Muskel konnte sie bewegen. Laefke lächelte ihr zu, aber Iven tat, als hätte er sie nicht bemerkt. Kaum waren sie draußen, nahmen andere ihre Plätze ein, bekreuzigten sich, knieten nieder und ließen die feierliche Stimmung auf sich wirken.

Silja stiegen Tränen in die Augen. Das war alles so ungerecht. Da verlangte ihr Vater von ihr, eine gehorsame Tochter zu sein. Sie war in seiner Gewalt und musste gehorchen, dennoch … Am meisten haderte sie aber mit sich selbst. Sie hatte Iven verpflichtet, nicht zu ihrem Vater zu sprechen – noch nicht. Hätte sie seinem Drängen nachgegeben, wäre sie jetzt mit ihm verlobt.

Eine Frau, die sie noch nie gesehen hatte, zupfte sie vorsichtig am Ärmel. Silja rückte ein wenig zur Seite, um ihr Platz zu machen.

»Nur Mut, Kindchen«, flüsterte die Frau ihr zu. Sie war nur ein paar Jahre älter als Silja, aber sie sah aus, als hätte sie ihr Leben lang schwer gearbeitet. »Der Heilige wird helfen. Du musst fest daran glauben. Ein Wunder in St. Petri, das ist das Höchste. Ich bin seit dem frühen Morgen hier. Mich hat es zuerst so fertiggemacht wie dich.«

»Was ist mit dem Heiligen? Ich kann gar nichts sehen, und jeder erzählt etwas anders?«, wisperte Silja zurück.

»Er vergießt sein Herzblut für uns. Es fließt aus einem Schnitt auf seiner Brust.« Die Frau drängte sich an ihr vorbei und verließ die Kirche.

Silja senkte den Blick und betete mit gefalteten Händen, dass zwischen ihr und Iven alles wieder in Ordnung kommen möge.

Ein blutender Laurentius in St. Petri zu Rungholt. Es war wunderbar gewesen, als Iven am Vormittag zwischen den betenden Menschen in der Kirche gestanden hatte. Danach waren ihm Zweifel gekommen, und deshalb stand er jetzt lange nach Einbruch der Dunkelheit vor der Kirche.

Iven zog den Riegel zurück und öffnete die Tür einen Spalt. Sie knirschte in den Angeln. Hinter sich schloss er sie wieder und schnüffelte in der abgestandenen Luft St. Petris. Nach einem Wunder roch es nicht. Eigentlich wie immer. Er hatte allerdings auch keine Ahnung, wie es riechen sollte. Vor dem heiligen Laurentius saß eine Gestalt auf dem Boden und schaute ihn an. Pater Fulbertus war es nicht, ihn konnte sich Iven nicht mit untergeschlagenen Beinen auf dem Boden sitzend vorstellen, aber im Dämmerlicht der ewigen Flamme konnte er auch nicht ausmachen, um wen es sich handelte. Er blieb neben der Tür stehen, wollte den anderen nicht im Gebet stören. Der rührte sich nicht, und Iven wurde ungeduldig. Auf leisen Sohlen durchquerte er die Kirche.

Es war der junge Broder Brodersen, der vor dem heiligen Laurentius saß. Iven stellte sich neben ihn.

»Wunderbar. Ich fühle mich ganz leicht.« Broder schaute zu ihm auf und sah dabei aus wie ein Kind, das auf einen versprochenen Honigkuchen wartet.

»Du glaubst, das kommt vom heiligen Laurentius?«

»Gestern habe ich mich nicht so gefühlt. Ich kann schweben.«

»Weil der Allmächtige uns durch seinen heiligen Diener ein Zeichen gesandt hat, um Rungholt vor den anderen Kirchspielen auszuzeichnen?« Iven sprach leise. Vorsorglich bekreuzigte er sich.

Broder erhob sich und blieb mit hängenden Armen stehen. Er sah aus, als hätte er nicht verstanden, was Iven von ihm wollte. »Es ist ein Wunder des Herrn. Das ist es doch?«

»Für jene, die daran glauben. Bist du gekommen, um es dir noch einmal in Ruhe anzusehen?«

»Niemand hat etwas dagegen?«

»Bestimmt nicht. Ich bin auch deswegen hier. Ein Wunder ist ein Wunder, und es kann nicht schaden, sich die Sache genau anzuschauen.« Iven stellte sich vor die Statue und betrachtete den Riss.

Im Licht der ewigen Flamme vom Altar war kaum etwas zu erkennen. In eisernen Haltern an den Wänden steckten Kerzen, aber sie brannten nicht. Iven nahm eine davon und entzündete sie. Mit mehr Licht war auch mehr zu erkennen. Es war ein Riss im Holz – in den Balken seines Hauses gab es genau die gleichen. Broder neben ihm zog die Luft durch die Nase ein, und bei jedem Atemzug ertönte ein leises Pfeifen.

»Wir müssen knien«, warf Broder ein.

»Wir knien im Geiste.«

»Das reicht?«

»Der Allmächtige und der heilige Laurentius erkennen unsere gute Absicht.«

Iven beugte sich näher zur Brust des Heiligen, bis er den Riss fast mit der Nase berührte. Eine zähe blutfarbene Masse war ausgetreten, das kannte er von den Balken auf dem Levensenhof nicht. Iven wagte es nicht, sie zu berühren. Wenn es wirklich das Blut des Heiligen war ... Menschen bluteten, Tiere auch, bei einigen Pflanzen trat eine milchige Substanz aus, wenn man ein Blatt abpflückte. Holz blutete nicht. Mit seinen Kenntnissen konnte Iven sich das nicht erklären. Ein Wunder? Pater Fulbertus hatte erklärt, es wäre etwas, das sich mit normalem Wissen nicht erklären ließe, er hatte einen lateinischen Ausdruck gebraucht, den Iven sich nicht gemerkt hatte. Ein Heiliger, dessen Grab sich irgendwo in einem Land der Christenheit befand, blutete aus einer Statue in der Rungholter Kirche – welcher Gelehrte dieser Welt sollte das erklären können? Sein Vater war der klügste Mann gewesen, den er kannte, selbst er hätte keine Antwort gewusst.

»Es ist ein Wunder«, flüsterte Broder neben ihm. »Ich kann

mir in den Daumen schneiden und dem heiligen Laurentius von meinem Blut geben.«

»Warum willst du das tun?«, wisperte Iven zurück.

»Damit seine Wunde heilt.«

»Er ist aus Holz, das heilt nicht. Außerdem besteht das Wunder gerade darin, dass der Riss sich aufgetan und geblutet hat.«

»Das …« Broder verstummte, und ihm war anzusehen, wie sehr sich die Gedanken in seinem Kopf verknäult hatten.

Iven legte ihm eine Hand auf die Schulter. »Klügere Leute müssen das erklären. Komm, wir gehen.«

Sie standen an der Tür. Iven hatte eine Hand ausgestreckt, um sie zu öffnen, als sie sich von allein bewegte. Sie sprangen beide zurück – in den Schatten. Broder hielt sich den Mund mit der Hand zu, und auch Iven war im ersten Moment erschrocken gewesen. So wie er früher in der Nacht gekommen war, kam jetzt noch jemand, sagte er sich, und tatsächlich schob sich Pater Fulbertus herein. Er eilte durch das Kirchenschiff, bekreuzigte sich dabei und legte sich vor den Altar platt und mit ausgestreckten Armen auf den Boden. Er hatte sie nicht gesehen. Sie blieben in dem Schatten stehen.

Iven hatte den Priester schon öfter auf diese Weise vor dem Altar liegen sehen. Die Kreuzstellung sollte besondere Demut vor Gott ausdrücken, dem jungen Mann kam sie in erster Linie unbequem vor, und ihm leuchtete nicht ein, warum der Allmächtige sich über so eine Haltung freuen sollte.

Sie sollten gehen und den Priester seinen Gebeten überlassen, aber der rührte sich nicht. Broder stand genauso reglos hinter ihm. Pater Fulbertus sprach leise vor sich hin, sie hörten seine Worte, ohne etwas zu verstehen. Auf einmal wurde die Stimme des Priesters lauter.

»Mea culpa, mea culpa.«

Iven erkannte die Worte, er hatte sie des Öfteren gehört und ahnte, dass sie keine fröhliche Bedeutung hatten.

»Mea culpa. Alles ist meine Schuld«, fuhr der Priester auf Friesisch fort. »Das habe ich nicht gewollt. Wirklich nicht. Der Allmächtige ist mein Zeuge, dass ich das nicht geplant hatte. Dass so etwas daraus wird … Ein Dämon ist in mich gefahren und hat mich dazu gebracht. Ich war schwach gestern, und heute war ich auch schwach. Alles ging so schnell. Das verstehst du doch. O Allmächtiger, heiliger Laurentius! Mein Fleisch ist schwach, ich muss mich bestrafen für meine Sünden, bis ich wieder rein bin. Mea culpa, mea culpa. Vergebt mir meine Schuld.«

Der Priester sprach leise, aber in der stillen Kirche hallte seine Stimme, so dass jedes Wort zu verstehen war.

»Mea culpa, mea culpa. Pater noster …«

Wenn der Priester eine schwere Sünde auf sich geladen hatte, konnte das die ganze Nacht dauern. So lange konnten sie nicht warten. Iven stieß Broder an und deutete mit dem Kopf zur Tür. Der Schwachsinnige verstand, und sie schlichen sich hinaus.

»Was hat er gemeint? Hat er heilige Worte gesprochen?«, wollte Broder wissen, als sie draußen standen.

»Er fühlt sich schuldig.«

»Weswegen?«

»Sein Fleisch war schwach.«

»Was bedeutet das?

»Etwas ist nicht so, wie es sein soll.«

»Wir haben ein Wunder. Da ist alles anders.«

»Du hast recht. Der Bischof in Schleswig muss hiervon erfahren.« Iven bekreuzigte sich und fuhr fort: »Ich weiß nicht, ob bei dem Wunder alles mit rechten Dingen zugegangen ist. Das übersteigt den Verstand eines einfachen Bonden. Gelehrte Männer müssen sich damit befassen.«

»Der Bischof muss das Wunder erkennen?«

»Ich weiß nicht, was er tun wird«, erwiderte Iven heftiger, als er eigentlich vorgehabt hatte.

Broder wich eingeschüchtert einen halben Schritt zurück. »Der Heilige wird wissen, was zu tun ist, und der Bischof auch.«

Das alles überstieg einen beschränkten Verstand. Broder flüchtete sich in einfache Wahrheiten. Er schaute Iven an, als erwarte er sich von ihm eine Erklärung, doch er hatte auch keine. Langsam ging er über die Kirchwarft, wich einem Stein aus. Broder folgte ihm.

Ein schauerliches Heulen ertönte, wie das eines Hundes, als sie das Gatter öffneten. Iven verhielt seinen Schritt, lauschte, der Schwachsinnige rang die Hände. Wieder erklang das Heulen, ganz nah. Konnte es ein Wolf gewesen sein? Bisher hatte es keinen in den Uhtlanden gegeben. Wölfe waren groß und wild, sie konnten einem Mann mit einem Biss glatt den Arm abreißen.

»Sie kommen und holen uns. Schützt uns das Wunder?«, flüsterte Broder und drängte sich dicht an ihn.

»Es gibt hier nichts, vor dem du dich fürchten musst.«

Zum dritten Mal erklang das Heulen, und diesmal war Iven sich sicher, dass es aus dem Weißdorn zu seiner Rechten kam. Er schwenkte seine Laterne, sie beleuchtete Blätter und Zweige – und einen Schatten. Er überwand seine Furcht, ging näher und sah genauer hin. Das war nicht der Schatten eines Wolfes. Iven trat noch einen Schritt näher, und da sprang etwas auf, gleich darauf noch jemand. Es waren zwei Männer, und sie rannten davon. Nach wenigen Schritten hatte die Dunkelheit sie verschluckt. Iven schüttelte eine Faust hinter den Fliehenden hinterher. Da hatten zwei Spaßvögel hinter dem Busch gesessen und wie Wölfe geheult. In Rungholt gingen Gerüchte um, dass Pater Fulbertus öfter Streiche gespielt wurden. Bei ihm waren sie jedenfalls an den Falschen geraten.

»Ich habe euch erkannt«, rief er ihnen nach, obwohl er keine Ahnung hatte, wer sich da einen Scherz erlaubt hatte.

**

Sie rannte und rannte und rannte. Ein Schlund war hinter ihr her, und wenn sie ihm nicht entkam ... Namenloses Grauen schüttelte sie, sie verdoppelte ihre Anstrengungen. Vor ihr breitete sich eine Landschaft aus, wie sie keine je zuvor gesehen hatte: Sie reichte weiter als bis zum Horizont. Kein Baum, kein Strauch erhob sich aus der unendlichen Weite, und um ihre Beine wallte Nebel. Der Boden war zäh, und es gelang ihr immer schwerer, ihre Füße zu heben und zu rennen.

Der Nebel wurde zu Wasser. Kleine Wellen umspielten ihre Knöchel. Sie wagte einen Blick hinter sich, das namenlose Grauen folgte ihr. Um ihre Füße stieg das Wasser höher, sie kam immer langsamer voran. Die Wellen erreichten ihre Oberschenkel, höhere reichten ihr bis zum Bauch. Das Wasser war kalt, so kalt. Die Wellen wurden immer höher, auf einmal spürte sie auch Wind, heulend pfiff er um ihre Ohren, riss an ihrem nassen, schweren Rock. Das namenlose Grauen schickte einen Sturm, kam ihr in den Sinn.

Sie stolperte, und das Wasser schlug über ihrem Kopf zusammen. Sie ruderte mit Armen und Beinen, die Luft wurde ihr knapp – nur noch einen winzigen Augenblick, und sie musste den Mund öffnen, um einzuatmen. Das wäre ihr Ende. Sie sollte es einfach tun und alles wäre vorbei – da durchbrach ihr Kopf die Wasseroberfläche, und sie konnte wieder atmen. Finger und Zehen waren bereits taub vor Kälte, dennoch kämpfte sie sich weiter vorwärts. Das Wasser reichte ihr inzwischen bis zur Brust. Sie zerrte sich ein nasses und schweres Tuch vom Leib und sah ihm nach, wie es auf den Wellen davontrieb.

Eine besonders hohe Welle schlug über ihren Kopf.

Schreiend erwachte Laefke. Das Wasser war überall, und sie strampelte. Die Augen hatte sie weit aufgerissen, und sie sah trotzdem nichts.

»Schwester, Schwester«, raunte jemand an ihrer Seite.

Das namenlose Grauen.

Es dauerte einen Augenblick, bis sich ihre Sinne so weit geklärt hatten, bis sie die Stimme ihres Bruders Iven erkannte. Er saß auf dem Rand ihres Lagers und hatte die Arme um ihre Schultern geschlungen.

»Du hast einen schlechten Traum gehabt, davon bist du aufgewacht. Nichts davon ist Wirklichkeit. Auf dem Levensenhof bist du in Sicherheit.« Seine Stimme klang beruhigend, dennoch schaffte Laefke es nicht, sich an seine Brust sinken zu lassen. Sie schüttelte die Decke beiseite, betastete ihre Beine. Sie waren trocken, und statt eines schweren Winterrocks trug sie ihr Nachtgewand.

»Mach Licht, Iven«, verlangte sie.

Er gehorchte, und kurz darauf erleuchtete ein Talglicht ihre Bettnische und sein besorgtes Gesicht. Durch das Haus schwappte kein Wasser, und sie hatte keinen einzigen nassen Faden am Leib. Aber ihr Traum war noch so nah und gegenwärtig, wie sie nicht häufig einen geträumt hatte.

»Wir müssen ein Boot bauen«, sagte sie. Es kam ihr vor, als hätte eine höhere Macht ihr diese Worte eingegeben.

»Wir haben den Ewer.«

»Nicht im Rungholthafen, auf dem Hof brauchen wir das Boot.«

Iven schüttelte den Kopf. »Das Wasser steht höchstens in den Gräben. In den letzten hundert Jahren ist die Levensenwarft nicht überflutet worden. Rungholt ist sicher.«

»Wir werden ein Boot auf dem Hof brauchen.«

»Was hast du geträumt?«

Sie erzählte es ihm.

»Deswegen glaubst du, eine Sturmflut wird kommen, wie die Uhtlande noch keine erlebt haben?« Iven hatte die Lippen geschürzt und sah nicht überzeugt aus. »Ein kleines Boot wird uns dann auch nicht helfen.«

»Verstehst du denn nicht, dass mein Traum nichts anderes

bedeuten kann. Er ist eine Warnung. Wasser spielt darin eine Rolle – und Wind und das Grauen, das mich verfolgt hat. Es kann nur eine Sturmflut sein.« Sie sah deutlich sein Bemühen, freundlich zu ihr zu sein, und das gefiel ihr nicht. Er sollte sie nicht wie ein kleines Kind behandeln. Schärfer als beabsichtigt sagte sie: »Wir können nichts anderes tun.«

»Wann wird deine Sturmflut kommen? So ein Boot zu bauen benötigt Zeit. Ich muss Holz beschaffen und jemanden finden, der sich damit auskennt.«

»Wir haben Holz.« Sie schöpfte Hoffnung – wenn Iven so redete, begann er ihren Worten zu vertrauen. »Mein Traum hat mir nicht gesagt, wie viel Zeit uns bleibt, aber mein Gefühl sagt mir, du solltest dich beeilen.«

»Du meinst das Holz, das von der Dachreparatur übrig geblieben ist. Das taugt nicht zum Bootsbau.«

Er hatte noch nie ein Boot gebaut, aber er hörte sich an, als hätte er sein Lebtag nichts anderes gemacht. Laefke lächelte – so kannte sie ihren Bruder. »Du kannst alles Holz aus dem Rungholtwald holen, das Boot muss ja nicht lange halten.«

»Stabil soll es schon sein.«

»Du glaubst mir also?«

»Ja«, sagte Iven.

KAPITEL 4

Zehn Tage später lag ein ansehnlicher Holzstapel auf dem Levensenhof. Iven hatte einen jungen Schiffszimmermann angestellt, damit der ihm beim Bootsbau half. Er musste dem Mann Verpflegung und Unterkunft stellen und etliche Pfennige zahlen, damit er bei diesem Unternehmen mitmachte. Svein stammte aus Schweden und war mit einem englischen Kauffahrer gekommen; außerdem schwieg er beharrlich über den Grund, der ihn so weit von der Heimat fortgeführt hatte. Aus einigen wenigen Andeutungen reimte Iven sich zusammen, dass Svein auf der Flucht vor dem Schuldturm war. Ihn interessierte nur, dass der Mann sein Handwerk verstand, und das schien der Fall zu sein, denn der Schwede handhabe die Axt so geschickt wie ein Schnitter seine Sense. Die Holzspäne flogen nach allen Seiten, als Svein einen gerade gewachsenen Eschenstamm bearbeitete. Iven versuchte sich an einem zweiten Stamm, aber seine Schläge waren viel weniger gezielt und zaghafter. Zu den Stämmen gehörte noch eine Reihe Querhölzer, alle zusammen sollten den Rahmen eines kleinen Prahms bilden. Sie hatten sich auf einen Prahm geeinigt, denn er war mit dem Holz aus dem Rungholtwald am leichtesten zu bauen. Iven hatte bei Svein durchgesetzt, die Seitenwände höher zu ziehen, als es bei diesem Bootstyp gemeinhin der Fall war. Der Schwede hatte dagegen argumentiert, dass er sich dann nur noch schlecht beladen lasse. Nach einigem Hin und Her hatte er sich dann aber den Wünschen desjenigen gebeugt, der ihn bezahlte. Seitdem kamen sie gut miteinander aus.

Svein war mit dem Behauen seines Balkens fertig. Er legte ihn aus und die Querhölzer in Positur daneben. Bei Ivens

Balken war noch nicht an ein Ende zu denken, und ihm tropfte bereits der Schweiß von der Stirn.

»Lasst mich weitermachen, Herr«, bot Svein an. Die ersten Tage während ihrer Arbeit im Rungholtwald hatte er die Anrede »Herr« stets eigenartig betont. Inzwischen hatte er sich mit den Schrullen der Uhtländischen Bonden abgefunden.

Iven holte verbissen zum nächsten Schlag aus.

»Wir kommen mit dem Prahm schneller voran, wenn ich das mache, dafür habt Ihr mich eingestellt.«

Der Schwede hatte recht. Iven überließ ihm seinen Platz. Er nahm einen tiefen Zug aus dem Krug mit Essigwasser. Laefke kam um die Hausecke herum. In ihrer Gesellschaft befand sich Haye Wunksen. Bine rannte ihm bellend entgegen, ließ sich den Kopf tätscheln und trollte sich zufrieden.

»Gott zum Gruße; Herr Nachbar«, begrüßte Iven den älteren Bonden. Haye trug Arbeitskleidung, einen geflickten Kittel, grob gewebte Beinlinge und eine Schaffellweste.

»Euch auch Grüße, Herr Iven. Ich will einmal schauen, was es mit den geheimen Arbeiten auf sich hat, die Ihr seit einigen Tagen ausführen lasst.«

Laefke entfernte sich wieder. Iven ahnte, weswegen Haye Wunksen gekommen war. »Daran ist nichts Geheimnisvolles. Wir bauen ein Boot, einen kleinen Prahm.«

Haye besah sich die Hölzer, die auf dem Boden lagen. Die Stirn hatte er in Falten gezogen, als fiele es ihm schwer, sich vorzustellen, dass daraus einmal ein Boot werden sollte. »Habt Ihr nicht einen Ewer im Hafen liegen?«

»Wir möchten ein zweites Boot.«

»Sollen Räder darunter, oder warum liegt es auf dem Hof?« Der Bonde lachte über seinen Witz. »Es ist zu breit, um damit die Entwässerungskanäle zu befahren.«

»Wir werden ein Boot brauchen.«

»Sturmfluten kommen jeden Winter. Rungholt liegt hoch und fest genug, wir sind von den Deichen und den Außenkögen geschützt. Seit Jahrzehnten ist das Wasser nicht bis zu uns gekommen. Was sollte in diesem Winter anders sein?«

Haye Wunksen war anzuhören, wie wenig ernst er die Worte seines jungen Nachbarn nahm. Iven hatte damit gerechnet, dennoch ärgerte er sich. »Laefke hat die Flut in einem Traum gesehen. Sie wird alles überschwemmen. Ihr solltet besser auch ein Boot bauen.«

»Ich vertraue mein Seelenheil und das der Meinigen dem Allmächtigen an und nicht einem hastig zusammengezimmerten Boot. Nichts gegen die Träume Eurer Schwester, aber meine Frau würde mit dem Schürhaken hinter mir her sein, wollte ich Geld und Zeit auf so etwas verschwenden.« Haye Wunksen klopfte sich vor Vergnügen auf den Oberschenkel. »Seid froh, dass Ihr keine Frau habt. Welcher vernünftige Mann würde auch seine Tochter auf den Levensenhof geben! Damit das arme Ding Frau Laefkes Künste lernt …«

»Bei der Geburt Eurer Kinder habt Ihr das Wissen der Levensens gerne in Anspruch genommen.« Damals war es nicht seine Schwester, sondern die Großmutter gewesen.

»Weiberkram gehört in die Hände von Weibern, aber in unsere Angelegenheiten sollen sie sich nicht einmischen.«

Svein hatte den zweiten Balken fertig bearbeitet und legte ihn zu den anderen auf den Boden. Er betrachtete sein Werk mit zusammengekniffenen Augen, die Axt wog er dabei in der Hand.

»Man sagt, ihr wäret Schiffszimmermann«, sprach Haye Wunksen ihn an. »Mit dieser Arbeit könnt Ihr nicht zufrieden sein. Ihr werdet in ganz Rungholt zum Gespött werden.«

»Habt Ihr eine bessere Arbeit für mich?« Svein wog seine Axt in der Hand.

»Ich brauche keinen Schiffszimmermann.«

»Herr Iven braucht einen. Er lässt mich auf dem Hof wohnen und bezahlt mich. Was will ich mehr?«

»Ein Boot bauen, das den Namen auch verdient, und nicht so ein Ding wie diesen Kasten da.«

»Das wird ein erstklassiger Prahm werden, man nennt mich nicht umsonst Svein Bootsbauer.« Der Schwede holte sich einen Stechbeitel und einen Hammer und begann, eine Vertiefung in einen der Längsbalken zu schlagen. Die Querhölzer würden entsprechend zugespitzte Enden erhalten, damit der Rahmen zusammengesteckt und vernagelt werden konnte.

Holzsplitter flogen durch die Gegend, etliche trafen Haye Wunksen an den Beinen. Der Schwede kümmerte sich nicht darum, für ihn war das Gespräch beendet.

»Ich will Euch nichts Böses, Herr Iven.« Der Bonde trat mehrere Schritte zur Seite, um sich vor den Splittern in Sicherheit zu bringen. »Die Leute auf der Levensenwarft und die auf der Wunkswarft haben immer als gute Nachbarn gelebt, Euer Geschick liegt mir am Herzen und das Eurer Schwester auch. Ich will nicht, dass Ihr in Euer Unglück lauft.«

»Lasst mich einfach tun, was ich für richtig halte. Und wenn ich Euch einen guten Rat geben darf, baut selbst ein Boot und seid vorbereitet.«

»Einen Rat solltet ihr lieber von mir annehmen: Lasst diese Sache sein, wenn Ihr nicht wollt, dass alle in Rungholt über Euch lachen.« Haye Wunksen schlug sich noch einmal vergnügt auf den Oberschenkel, ehe er sich umdrehte und zu seiner eigenen Warft zurückging.

***

Laefke hatte neben die Haustür ein kleines Fass mit Butter und ein etwas größeres mit eingesalzenen Heringen abgestellt. Sie holte aus der Scheune eine Kiste, in der Karotten in lockerem Sand aufbewahrt lagen, derweil Iven und Fiete vor dem Stall die beiden Mutterstuten striegelten. Ihre Fohlen waren älter als ein halbes Jahr und entwöhnt, sie liefen auf der Süderfenne und rupften das Herbstgras ab. Die beiden Stuten waren wieder trächtig, sie brauchten viel Pflege und Aufmerksamkeit, damit sie im nächsten Jahr erneut kräftige, gesunde Fohlen zur Welt brachten.

»Was machst du da?«, rief er zu seiner Schwester hinüber.

»Ich bringe ein Opfer dar.«

»Der Allmächtige riecht lieber den Geruch von Weihrauch.«

»Du bist respektlos. Wenn dich Pater Fulbertus hört.« Zu der Kiste Karotten legte sie noch einen Käse. »Du wirst im Übrigen das Opfer darbringen.«

»Ich denke nicht daran.«

»Du wirst die Sachen zum Haus des Kaufmannes Heinrich Westharg bringen. Es sind Spenden für die Marienbruderschaft.«

»Fiete kann das machen.«

»Er kann mit dem Wagen nicht umgehen.«

Iven striegelte verbissen weiter. Die Braune wich zur Seite aus, weil ihr die harten Bürstenstriche unangenehm wurden. Entschuldigend klopfte er ihr den Hals.

»Er kann den Handwagen nehmen.«

Fiete hatte das Striegeln ebenfalls unterbrochen und beäugte den inzwischen noch um mehrere Brotlaibe angewachsenen Vorratsstapel. »Das passt nie und nimmer auf den Handwagen. Frau Laefke, legt nicht immer noch mehr hin, sonst muss ich dreimal gehen.«

»Du wirst gar nicht gehen«, erklärte Laefke ungerührt. »Ich brauche dich nachher zum Scheuern der Käsebottiche. Iven wird gehen.«

Der junge Bonde klopfte der Braunen auf die Kruppe, legte die Bürste weg und brachte das Pferd auf die Norderfenne. Danach spannte er die Graue an. Die Zuchtstuten wurden weder geritten noch vor den Wagen gespannt, sie sollten nur gesunde und kräftige Fohlen zur Welt bringen, und bisher hatten sie ihre Pflicht jedes Jahr erfüllt.

Fiete half ihm, die Gaben auf den Wagen zu laden. Auf der mannslangen Ladefläche nahmen sie sich bescheiden aus, für den Handkarren waren es zu viele. Dass es ausgerechnet Heinrich Westhargs Haus sein musste! Zwei Tage waren seit der Messe und der Ankündigung von Siljas Verlobung vergangen. Bisher hatte er es sorgfältig vermieden, daran zu denken, und sich mit Arbeit abgelenkt. Das von Silja erbetene Gespräch hatte er nicht gesucht. Was sollte es noch zu besprechen geben? Auf dem Weg in den Ort nahm er sich vor, die Spenden abzuliefern, mit ihr nicht zu reden, sondern sofort wieder umzudrehen.

Iven fuhr auf die Rückseite des Westhargschen Hauses, denn der Kaufmann wollte bestimmt nicht, dass die Spenden durch seine Döns getragen wurden. Sein Blick fiel auf den Holunder. Er schluckte. Das war alles vorbei. Nicht darüber nachdenken. Hinter dem Haus entdeckte er Silja und die alte Magd. Sie bemerkten ihn nicht, denn sie kochten etwas in einem Kessel. In einem Gestell daneben hatten sie ein Tuch gespannt und eine Reihe von Krügen bereitgestellt. Er erkannte, was sie machten, Laefke hatte es bereits vor zwei Dutzend Tagen erledigt, die gefüllten und versiegelten Tonflaschen standen in der Speisekammer.

Silja rührte mit einer großen Kelle im Kessel, beugte sich darüber und begutachtete den Inhalt. Sie trug ein genauso einfaches graues Kleid wie ihre Magd und darüber eine fleckige Schürze.

»Gib mir den Eimer«, sagte sie.

Die Magd reichte ihr den Eimer, und sie löffelte den Inhalt aus dem Kessel hinein. Der Wind wehte den Geruch zu Iven hinüber: Holunderbeeren. Die beiden Frauen machten Holundersaft. Sie trugen den vollen Eimer zu dem Gestell mit dem Tuch und leerten ihn darüber aus. Durch den Stoff pressten sie Saft in einen darunter stehenden Krug und füllten ihn um in die bereitstehenden Flaschen, die sie sorgfältig verkorkten. Laefke hatte es genauso gemacht. Vom Saftpressen hatten beide Frauen rot verfärbte Hände, die aussahen, als wären sie voller Blut. Selbst wenn man die Haut hinterher mit einer Bürste schrubbte, bis sie rot wurde und sich ganz dünn anfühlte, ließ sich die Verfärbung kaum entfernen.

Gegen seinen Willen war Iven fasziniert. Silja bei dieser häuslichen Arbeit zu beobachten ließ sein Herz schneller schlagen. Er konnte nicht anders, als sich vorzustellen, sie kochte mit Laefke auf dem Levensenhof Holundersaft oder beugte sich über einen Käsebottich, blies auf das Feuer im Herd, und jedes Mal, wenn sie hochsah, lächelte sie ihn an, ganz unbefangen. Sie zu sehen schmerzte heftiger, als er gedacht hatte. Am liebsten wäre er zu ihr gerannt, hätte sie umarmt, das Gesicht in ihr weiches Haar gedrückt, seine Lippen auf ihre gepresst.

Die Frauen hatten inzwischen eine Ladung Saft durch das Tuch gepresst und schütteten die ausgequetschten Früchte auf den Mist. Noch hatten sie ihn nicht entdeckt. Etwas von den Früchten landete auf Siljas Schuh, wortlos schüttelte sie es ab, dabei schaute sie auf. Dunkle Ringe umschatteten ihre Augen, ihre Wangen wirkten eingefallen, und die Konturen der Nase zeichneten sich scharf ab. Sie wischte sich die Hände an der Schürze ab und kam zögernd ein paar Schritte auf ihn zu.

»Herr Iven, beim Allmächtigen.«

Sie sah verloren aus. Ivens Entschluss geriet ins Wanken. Energisch straffte er den Rücken und schaute sie finster an, damit seine Miene seine wahren Gefühle nicht widerspiegelte.

»Meine Schwester schickt mich mit einigen Gaben für die wohltätige Arbeit der Bruderschaft.«

»Ihr wollt also zu meinem Vater? Er ist im Haus. Geht vorne herum. Iven, bitte …«

Er schüttelte den Kopf. »Ich möchte mit Eurem Vater sprechen.«

»Gesche, hol den Kaufmann.«

Die Magd wischte sich ebenfalls die Hände an der Schürze ab und ging langsam und gebeugt zum Haus, dabei ließ sie Silja nicht aus den Augen. Kaum war sie verschwunden, sprudelte es aus der jungen Frau heraus: »Iven, du musst mich anhören. Das ist alles … Ich wollte es dir sagen, damit du es nicht von Pater Fulbertus hörst.«

»Was macht das für einen Unterschied? Verlobt ist verlobt.«

»Nein.« Sie schlug die Hände vors Gesicht. »Das ist nicht wahr. Iven, du musst mich anhören.«

Heinrich Westharg trat aus dem Haus, und Silja verstummte abrupt.

»Ihr bringt Spenden für die Bruderschaft?« Westhargs Augenlider hingen ein wenig herunter, als hätte er eine schlaflose Nacht verbracht und müsse sich nun zwingen, seine Gedanken auf den Besucher vor ihm zu richten. Er machte auch nicht den Eindruck eines glücklichen Vaters, der für seine Tochter einen guten Ehemann gefunden hatte.

»Sie sind auf dem Wagen.«

Der Kaufmann inspizierte die Gaben. »Käse, Salzheringe und Butter. Da wird den Kranken und Beladenen helfen. Im Namen der Marienbruderschaft von St. Petri danke ich Euch. Als Euer Vater noch lebte, hat der Levensenhof unsere Arbeit nicht unterstützt.« Unter seinen schweren Lidern hervor sah Heinrich Westharg ihn an.

»Mein Vater hat für die Menschen der Edomsharde ebenso viel Gutes getan wie jeder andere Bonde auch. Wie es die Pflicht eines jeden Christenmenschen ist.«

»Ereifert Euch nicht, junger Mann. Ladet lieber die Sachen ab und stellt sie …« Westharg schaute sich um und deutete schließlich auf eine Stelle neben einem ans Haus angebauten Schuppen, »… dorthin. Meine Tochter wird sie zählen und in die Bücher eintragen. Der Allmächtige wird Euch Eure Güte einst anrechnen.«

Der Kaufmann kehrte zurück zum Haus. Sehr dankbar fiel der Dank der Bruderschaft nicht aus. Allein das Heringsfass reichte aus, um eine fünfköpfige Familie eine Woche lang sattzumachen. Für einen Hof von der Größe des Levensenhofes war das eine stattliche Spende.

Iven schaute Westharg nach, der geräuschvoll die Tür hinter sich zuzog, bevor er den Karren ablud.

Danach nahm Iven die Zügel auf und schnalzte mit der Zunge. Gehorsam setzte sich die Graue in Bewegung. Ohne sich noch einmal umzusehen, verließ er die Warft mit dem Kaufmannshaus und den drei Handwerkerhäusern, Schuster, Schneider und Lederschneider. Das war es mit Silja gewesen und wahrscheinlich auch das Ende des langsam in Schwung kommenden Käsehandels – wie gut, dass er in Lunden keine Kuh gekauft hatte. Für Laefke tat es ihm leid.

Bei Boye Harksens Schenke trat ihm auf einmal Silja in den Weg. Ihr trauriger Blick ließ sie noch schöner erscheinen. Iven zügelte die Graue und blieb abwartend neben ihrem Kopf stehen.

»Iven, warum bist du gegangen, ohne ein Wort zu sagen?«

»Was willst du von mir hören?«

»Ich muss mit dir reden.« Sie kam näher, bis sie so dicht vor ihm stand, dass er den Geruch des Holundersafts an ihr wahrnahm. »Es ist wegen dieser elenden Verlobung.«

Sie stockte, suchte offensichtlich nach Worten.

»Ich will diesen Kaufmannssohn nicht heiraten. Mein Vater hat sich das hinter meinem Rücken ausgedacht und mich vor einigen Tagen damit überfallen. Ich bin auf den Levensenhof gekommen, um es dir zu sagen, aber du warst nicht da. Hat Frau Laefke dir nichts ausgerichtet?«

»Sie hat gesagt, du seiest da gewesen und habest mich sprechen wollen.«

»Du solltest es von mir hören, statt es von Pater Fulbertus zu erfahren. Mein Vater hat mir versprochen, ich darf mir meinen Ehemann selbst aussuchen. Bei der ersten Gelegenheit bricht er sein Versprechen und verschachert mich an den Spross einer wohlhabenden Hamburger Kaufmannsfamilie. Es geht dabei um den Namen Dürkopp und dass mein Vater den Schutz dieses Namens braucht, um seine Kaufmannsehre nicht zu verlieren. Ich will den Mann nicht heiraten.«

Silja hatte ein wenig zusammenhanglos gesprochen, das kannte er nicht an ihr. Er hörte die Wahrheit in ihren Worten, sah sie in ihren Augen, erkannte sie in den hastigen Bewegungen ihrer Hände, mit denen sie ihre Rede unterstrich.

»Trotzdem bist du mit dem Mann verlobt. In vier Monaten wirst du sein Weib.«

»Das werde ich nicht«, widersprach sie heftig.

»Was willst du tun? Was sollen wir tun?«

»Mir wird etwas einfallen. Stehst du an meiner Seite, Iven, und hilfst mir? Ich schaffe es sonst auch alleine, so wie du gegen die Wogensmannen.« Sie klang kämpferisch – wieder wie die Silja, in die er sich verliebt hatte.

»Ich helfe dir. Natürlich.« Die Worte waren heraus, bevor er sie gedacht hatte.

Ein Strahlen erhellte ihr Gesicht, ihre Augen fanden zu ihrem früheren Glanz zurück. »Du glaubst mir also. Oh, Iven …« Sie schaute sich um.

Sie waren nicht allein auf der Warft. Vor dem Haus neben der Schenke saß der alte, fast blinde Vater Boye Harksens auf einer Bank und ließ sich die Septembersonne auf die Knie scheinen; er hielt den Kopf so, als lausche er interessiert dem Gespräch in seiner Nähe. Die beiden Töchter des Wirts hatten zu seinen Füßen im Gras gespielt, jetzt beobachteten sie interessiert Iven und Silja. Die Frau des nebenan wohnenden Korbflechters und Seilers hatte vor dem Haus Decken ausgeklopft, sie schaute ebenfalls herüber.

»Es sind so viele Leute hier, aber am liebsten möchte ich dich umarmen und küssen.«

Iven wollte es ebenso wie sie. »Ich nehme dich zur Frau. Wenn du es willst, meine ich.«

»Oh, Iven ...« Siljas Augen strahlten noch heller. »Das macht mir Mut. Aber du brauchst mich nicht zum Weib zu nehmen, wenn du es nicht wirklich willst. Ich möchte nicht deine Frau werden, weil du eine Pflicht erfüllen willst, dann kann ich auch eine Pflicht erfüllen und den Kaufmannsspross ehelichen.«

Noch nie hatte er etwas so sehr gewollt. Allerdings hatte er sich nicht vorgestellt, einem Mädchen vor Boye Harksens Schenke einen Antrag zu machen. Er versagte es sich, ihre Hände zu nehmen. »Ich habe das gesagt, weil du die Frau bist, die meine Seele zum Fliegen bringt. Noch heute gehe ich zu deinem Vater.«

»Nein.« Silja schüttelte entschieden den Kopf. »Wir müssen geschickt vorgehen, damit mein Vater nicht das Gefühl bekommt, sein Gesicht zu verlieren. Sein guter Name ist alles für ihn. Im Augenblick erreichst du nichts, als dass er dich aus dem Haus jagt. Warte auf den richtigen Zeitpunkt. Ich kann wieder aufatmen, wenn ich weiß, dass du an meiner Seite stehst.«

Warum waren sie nicht allein, dass er ihre Rosenlippen küssen konnte? Er musste sich mit einem tiefen Blick in Siljas Augen begnügen. Auf dem Rückweg zum Levensenhof spielten seine Gedanken Kreisel. Nun war er also gewissermaßen verlobt. Er überlegte, ob und wo er einen Priester finden konnte, der ihn und Silja traute, ohne dass Heinrich Westharg damit einverstanden sein musste.

***

»Was soll das werden?«

Die Stimme seines Vaters ließ Broder herumfahren. Der

Hammer fiel ihm aus der Hand und hätte beinahe seinen Fuß getroffen. Eilig hob er das Werkzeug wieder auf. Neben sich hatte er eine Reihe Bretter aufgestapelt, und auf dem Boden lagen ein schmaler Kiel und eine Reihe flacher Spanten. Alle Teile hatte er mit der Axt grob bearbeitet. Ein Paar Spanten waren bereits am Kiel befestigt, und er hatte eben mit dem zweiten beginnen wollen.

Er räusperte sich. »Ich baue ein Boot.«

»Du verschwendest gutes Holz für deine Stümperarbeit. Das wird nie ein Boot. Was willst du mit einem Boot, Einfaltspinsel?«

»Ich habe das Holz selbst im Wald geschlagen.«

»Eine Menge Holz scheint dort geschlagen zu werden. Iven Levensen hat sogar einen Schiffszimmermann engagiert.«

»Was Herr Iven macht, geht mich nichts an.« Broder wünschte sich, sein Vater möge verschwinden und ihn weiterbauen lassen. Für sein Projekt hatte er sich schon einen versteckten Platz hinter der Scheune und zwischen Weißdorn- und Holunderbüschen gesucht. Lange war er trotzdem nicht unentdeckt geblieben.

»Wozu brauchst du ein Boot?« Sein Vater stand vor ihm und verlangte unerbittlich eine Antwort.

»Wir werden das Boot brauchen. Etwas wird geschehen, und dann werden wir über ein Boot froh sein.«

»Wer hat dir das eingeredet?«

»Niemand.«

»Lüge mich nicht an!« Gedankenschnell holte sein Vater aus und versetzte ihm eine Maulschelle.

Broder hielt sich die brennende Wange und duckte sich.

»Wer hat dir diesen Unsinn mit dem Boot eingeredet? Wenn du mich noch einmal anlügst, setzt es mehr.«

»Frau Laefke hat einen Traum gehabt. Den Uhtlanden droht Gefahr. Ein Boot wird unsere Rettung sein.«

»Albern! Du wirst dich nicht mehr mit der Levensensippe abgeben. Von ihnen kommt nichts Gutes. Auf Träume geben wir nichts, das ist nicht christlich.« Sein Vater sprach überraschend sanft, und das ließ Broder noch mehr auf der Hut sein.

»Ich möchte ein Boot haben«, sagte er vorsichtig.

Sein Vater lief im Gesicht rot an, als seine Stimmung umschlug. »Du verschwendest deine Zeit und mein Geld. Mach deine Arbeit auf dem Hof, da gibt es genug zu tun. Du hörst sofort auf mit diesem Unsinn.«

»Ich möchte ein Boot. Frau Laefke hat gesagt ...«

Erneut fing er sich eine Maulschelle ein. Das Gesicht seines Vaters war immer noch sehr rot. Broder Brodersen der Ältere griff nach einer Axt, die neben dem Bretterstapel auf dem Boden lag, und hieb auf das Holz ein. Späne flogen. Die beiden Spanten am Kiel traf es als Erste. Broder fiel seinem Vater in den Arm, wollte ihn aufhalten. Der Bonde stieß ihn grob beiseite und hieb weiter auf das Holz ein. Dabei stieß er wilde Laute aus, in denen Broder mehrmals den Namen Laefke verstand.

Fassungslos schaute er zu, wie seine Arbeit von vielen Tagen in wenigen Augenblicken vernichtet wurde. Am Ende stand sein Vater mit erhobener Axt da und sah aus, als wollte er auf seinen eigenen Sohn losgehen. Broder brachte sich in Sicherheit.

»Ich lasse es nicht zu«, geiferte der Bonde. »Dieses Weib ... die wird mich kennenlernen.« Er stürmte durch die Weißdorn- und Holunderhecke davon. Broder betrachtete das zertrümmerte Holz. Er hockte sich hin und strich über den Kiel. Daraus ließ sich kein Boot mehr bauen.

»Dir werde ich helfen. Meinen Sohn verhext du nicht mehr, dafür sorge ich!«

Laefke schaute von dem großen Kessel auf, den sie vor dem Haus aufgebaut hatte. Sie hatte darin einen Sud aus

Blutweiderich aufgesetzt und mehrere Stoffbahnen hineingegeben, um sie rot zu färben. Sie rührte mit dem eisernen Schürhaken in dem Sud und kontrollierte, wie sehr der Stoff die Farbe angenommen hatte. Sie war alleine neben dem Haus, alle Männer waren bei Deichbauarbeiten auf Halgeneß, sie hatten auch Svein mitgenommen, der halbfertige Prahm lag im Hof.

Mit erhobener Axt stürmte der ältere Broder Brodersen auf sie zu. Nicht einmal Bine war da, um sie zu beschützen, die Männer hatten auch sie mitgenommen.

»Hexenweib! Du hast meinen Sohn verflucht.«

Laefke hob den Schürhaken, aber es war klar, dass sie gegen den größeren und schwereren Bonden keine Chance hatte.

»Herr Brodersen«, schrie sie mit schriller Stimme.

»Hexenweib!«

Der Mann schien außer sich vor Wut zu sein, und Hilfe war nirgends in Sicht. Laefke schickte ein Stoßgebet zum Himmel und brachte den Färbekessel zwischen sich und den wütenden Broder. Dessen Blick fiel auf das halbfertige Boot, und er schwenkte darauf zu.

»Da liegt auch so ein Teufelsding.« Der Bonde blieb davor stehen und spuckte aus.

»Das wird ein Boot.« Laefke schaffte es, ihre Stimme fest klingen zu lassen.

»Das dulde ich nicht.«

Bevor sie etwas sagen konnte, hatte er die Axt in den Rumpf gehackt. Das Holz splitterte, die Schneide verkeilte sich, und Broder zerrte daran herum, um sie zu lösen.

»Verhext!«

Plötzlich richtete der Mann sich auf und zeigte mit einem Finger auf sie. »Du hast meinen Sohn verhext.«

Bellend und knurrend sprang Bine auf die Warft, Iven und Svein folgten ihr. Keuchend rannten sie auf Broder zu, packten ihn an den Armen und zogen ihn zurück.

»Verschwinde und lass dich nie wieder auf unserem Land blicken. Wenn ich dich erwische, bist du ein toter Mann. Ich nehme mir das Recht der Blutrache«, schrie Iven außer sich vor Wut.

Er und Svein stießen Broder von sich. Der ältere Mann stolperte rückwärts und wäre beinahe gestürzt. Sie jagten ihn von der Warft. Danach stand Svein vor dem Prahm, ruckelte vorsichtig die Axt lose und zog sie aus dem Holz. Er kniete sich hin und begutachtete den Schaden, zart glitten seine Hände über den Bootsrahmen. Iven hielt Laefke umfasst, streichelte ihr Haar.

»Er ist weg. Du musst keine Angst mehr haben.«

»Er hat immer von seinem Sohn, einer Hexe und einem Fluch geredet. Ich dachte, er bringt mich um. Niemand war da, nicht einmal Bine. Zum Glück seid ihr gekommen. Warum eigentlich?«

»Wir brauchen noch mehr Eimer und Säcke auf Halgeneß.«

»Der Schaden ist nicht so groß, wie es aussieht. Die Planke können wir ersetzen. Ein halber Tag Arbeit, mehr nicht«, mischte sich Svein ein.

»Wenn er wiederkommt, wirst du ihn …?«

»Ich werde dafür sorgen, dass er dir keine Angst mehr macht. Wir bauen das Boot fertig, niemand wird uns aufhalten.«

***

Der Mann kam im Schutze einer Neumondnacht. Die Hufe der Pferde hatten er und seine beiden Begleiter mit Lappen umwickelt, so dass sie auf dem Deich kaum ein Geräusch machten. Aus der Südergoesharde kommend umgingen sie die Häuser von Morsum im Süden und wandten sich nach Gaickebull. Der größte Hof in Gaickebull gehörte Ogge Jessen, dorthin waren die Reiter unterwegs.

Der Vogt der Edomsharde kam selbst aus dem Haus, als

sie absaßen. Er begrüßte den nächtlichen Besucher wie einen lange nicht mehr gesehenen Bruder und wies dessen Knechte an, wo sie die Pferde unterstellen und sich selbst ausruhen konnten. Den Besuch führte er in die Döns, wies ihm den besten Platz zu. Seine Frau brachte kalten Braten, geröstetes Brot und einen Krug Bier – natürlich das gute bremische. Ogge Jessen ließ sich seinem Gast gegenüber nieder und schenkte eigenhändig ein. Niemand sprach, bis die Frau sich wieder entfernt hatte.

»Was gibt es Dringendes, dass ich wie ein Dieb in der Nacht kommen muss?«, fragte der Besucher. Er besaß eine tiefe, befehlsgewohnte Stimme. Gleichzeitig spießte er eine dicke Scheibe Braten auf seine Messerspitze und biss ein großes Stück davon ab. Bratensaft lief ihm über das Kinn.

»Die jungen Männer in der Harde sind unruhig, und in St. Petri zu Rungholt hat sich ein Wunder ereignet.«

Der Besucher aß weiter, als interessiere er sich nicht sonderlich für Ogge Jessens Worte. »Was hat der Staller des Königs damit zu schaffen?«

Das hielt Ogge Jessen für gespielt. Aber wenn Ingmar Struck, der Staller und Stellvertreter Waldemar Atterdags in den Uhtlanden, in der Laune für Spielchen war, wer war er, es ihm zu versagen? Geduldig erklärte er: »Iven Levensen wiegelt die jungen Männer auf. Sie stecken in der Schenke die Köpfe zusammen.«

»Ihr werdet alt, mein guter Vogt.« Beide Männer waren etwa gleichen Alters. »Wascht ihm tüchtig den Kopf, dann wird er schon Ruhe geben.«

»Nicht Iven Levensen. Seit er im Sommer mit seiner Klage gegen die Wogensmannen gescheitert ist.«

»Ich habe davon gehört.«

Ogge Jessen sprach weiter, als wäre er nicht unterbrochen worden. »Da ich ihm keine Genugtuung zusprechen konnte, wird er Blutrache verlangen. Er ist der Mann, die ganze

Edomsharde in ein Blutbad zu stürzen. Ihr müsst ihn aufhalten.«

»Guter Mann.« Der Staller lachte auf. »Iven Levensen hat eine Klage erhoben, um zu seinem Recht zu kommen – ich kann darin nichts als redliches Verhalten erkennen. Er wurde abgewiesen mit seinem Begehr, so was passiert, aber seither hat er nichts getan. Ein Gespräch in der Schenke zu führen, dagegen lässt sich nichts sagen, nicht einmal in Eurer Harde.«

»Er wiegelt die Leute auf.«

»Beweise.«

»Ich kenne ihn. Er will für den Tod seines Vaters Blut sehen.«

»Der König hat den Friesen das Recht auf Blutrache zugestanden. Der Junge hat alles Recht, den Tod seines Vaters zu rächen, und wenn er so übermütig ist, sich mit den Wogensmannen anzulegen … Die Angelegenheiten der Harde sind Eure Sache, nicht meine. Mich beschäftigt mehr das Wunder. Erzählt mir davon.«

Im Geist packte Ogge Jessen den Staller an der Gurgel und schüttelte ihn, bis er im Gesicht blutrot wurde. Äußerlich blieb er ruhig. Der Staller machte wieder einmal dem Ruf, der ihm vorauseilte, alle Ehre: An den Uhtlanden interessierte ihn nur, wie viele Steuern sich eintreiben ließen. Und wie viele davon in Waldemar Atterdags Säckel landeten …

»Die Statue des heiligen Laurentius blutet aus einem Riss auf der Brust, und sie heilt seitdem Wunden. Aus den Nachbarharden kommen bereits die Menschen, um vor der Statue zu beten. Wir werden einen vierteljährlichen Markt brauchen und nicht nur für Salz, Wolle, Fleisch, Fisch und Vieh. Waldemar Atterdag muss das genehmigen.«

»Der König muss essen, scheißen und ein dralles Ding im Bett haben, aber ganz bestimmt keine zusätzlichen Märkte genehmigen.«

»Die Kaufleute wünschen das, sie werden ein entsprechendes Gesuch an Euch richten, wenn Ihr offiziell in die Harde kommt. Das hat Vorteile für alle. Werden mehr Waren umgeschlagen, kommt mehr Geld in die Harde, und Waldemar Atterdag erhält mehr Steuern.«

Der Staller überlegte, kratzte sich am Kinn, und Ogge Jessen grinste in sich hinein. Mehr Steuern, damit war Ingmar Struck zu packen.

»Ich kann Euch keine Zusage geben. Diese Sache will wohlbedacht sein. Der König muss die Marktrechte der anderen Harden im Blick haben. Er willen Frieden in Friesland und Schleswig.«

Der Staller hatte den Braten und das Brot verspeist, die Bierkanne war geleert, es gab keinen Grund mehr, den Besuch noch weiter auszudehnen. Ingmar Struck erhob sich.

In diesem Moment betrat Ogge Oggesen die Döns. Er war nur im Hemd, trug eine Nachtmütze und ein Schwert in der Rechten. Wild blickte er sich um, als er seinen Vater erkannte, ließ er die Waffe sinken.

»In des Teufels Namen, was treibst du um diese Zeit?«, fuhr ihn sein Vater an.

»Wenn Besuch mit dem Schwert in der Hand empfangen wird, wird es Zeit zu gehen«, warf Ingmar Struck amüsiert ein. Er nickte dem Vogt zu und verließ die Döns.

»Ich habe Stimmen gehört und dachte, jemand schleicht im Haus herum«, beantwortete der junge Ogge die Frage seines Vaters. »Was treibt der Staller in der Harde und in diesem Haus?«

»Hardesgeschäfte. Das geht dich nichts an. Ich bin der Vogt dieser Harde, nicht du.«

»Geschäfte zu nachtschlafender Zeit. Was treibst du mit dem Staller, Täte? Wenn die Menschen erfahren, dass er sich heimlich in die Harde geschlichen hat ...«

»Gar nichts werden sie erfahren. Über deine Lippen wird kein Wort kommen.« Er trat auf seinen Sohn zu und nahm ihm das Schwert aus der Hand. »Du verletzt dich nur selbst damit. Schweigen ist das Gebot der Stunde. Und wenn du auch nur eine Silbe über das verlauten lässt, was du heute Nacht gesehen hast, wirst du mich kennenlernen.«

»Willst du mich totschlagen?«

Verdammter Bengel! Am liebsten hätte er ihn wirklich geschlagen. Ogge Jessen zwang sich dazu, das Schwert auf den Tisch zu legen. Gerne hätte er einen Schluck Bier getrunken, sein Humpen und die Kanne waren leider leer.

»Du bist Blut von meinem Blut und wirst nichts tun, was unserer Sippe schadet. Das weiß ich.«

»Wenn die Leute vom heimlichen Besuch des Stallers erfahren, schadet das unserer Sippe?«

»Du hältst einfach dein Maul, verdammt!«

Sein Sohn wich zurück, senkte den Blick, und Ogge Jessen wusste, er hatte gewonnen. Am Ende gewann er immer. Das würde auch Iven Levensen noch lernen.

***

Die Hände auf den Rücken gelegt und sorgfältig einen Fuß vor den anderen setzend, schlenderte Nikolaus Brun durch den Schwahl genannten Prozessionsgang des Doms St. Petri zu Schleswig. Johannes I. von Bokholt, der vor dreißig Jahren sein Vorgänger im Amt gewesen war, hatte ihn errichten lassen. Bruns Auge erfreute sich an den farbenfrohen Fresken, welche die Lebensgeschichte Christi erzählten, gleichzeitig betrübte es ihn, dass die Geschichte seinen Namen dereinst nicht mit einem so prächtigen Bauwerk in Verbindung bringen würde.

Das Klappern von Holzpantinen auf den Steinfliesen des Schwahls unterbrach seine Gedanken. Er erkannte den Gang seines Adlatus Neels. Die Hände in den Ärmeln seiner einfachen braunen Kutte verborgen, trat der bullige Mönch vor ihn, senkte den Kopf und gönnte ihm einen Blick auf seine unregelmäßig geschnittene Tonsur.

»Herr Bischof«, sprach er mit heller und immer hastig wirkender Stimme, »es ist jemand mit einer Nachricht gekommen, und er will sich nicht abweisen lassen. Ich habe ihm bereits gesagt, Ihr befindet Euch in Kontemplation und dürft nicht gestört werden. Er will sich nicht abweisen lassen.«

»Was hat er für eine Nachricht?«

»Das wollte er mir nicht sagen. Seine Rede hörte sich an, als käme er aus den Uhtlanden.«

»Schickt ihn zum Propst vom Strand.«

»Auch mit dem will er nicht reden. Seine Botschaft sei nur für Euch bestimmt, sagt er.«

Nikolaus Brun seufzte. »Ich höre ihn an, hier im Angesicht der Leiden Christi, aber lasst ihn erst noch eine halbe Stunde oder länger warten und bleibt in der Nähe, während ich mit ihm spreche.«

Neels nickte und entfernte sich. Bischof Bruns nahm seine langsame Wanderung wieder auf. Seine Gedanken beschäftigten sich mit der Botschaft des geheimnisvollen Uhtländers. Die Uhtländer waren seit jeher schwierig gewesen, ihre Gedanken durften sich kaum christlich nennen und ihre Herzen noch weniger, dickschädelig war ein viel zu schmeichelhafter Ausdruck für sie, so sehr hielten sie an alten Bräuchen fest. Er konnte es aber vor sich selbst nicht verbergen, dass er gerne hören wollte, was der Bote Bedeutsames zu bringen glaubte. Neugierde war ein Laster, von dem er sich nie hatte befreien können, und deshalb war er froh, als die von ihm festgesetzte Zeit verstrichen war, und Neels den Mann heranführte. Der Bote war jung, einfach gekleidet, aber bei den Uhtländern wusste man nie – da lief ein Bonde genauso gekleidet herum wie ein Tagelöhner, und seinen Augen konnte er nicht mehr trauen. Zudem roch der Mann nach Pferd. Auf dem Kopf trug er eine wollene Kappe, die er abnahm, als

Nikolaus Bruns Blick über ihn glitt. Der Bischof erteilte dem Mann nachlässig seinen Segen und schnippte mit den Fingern, als Zeichen, dass der Besucher sprechen dürfe. Neels stand in einiger Entfernung neben einer Säule und tat so, als interessiere er sich nicht für das Gespräch, dabei lauschte er auf jedes Wort.

»Dein Name, Sohn?«

»Iven Levensen, ehrwürdiger Herr Bischof.«

»Wenn du ein Anliegen an das bischöfliche Gericht einreichen willst, musst du dich an meine Kanzlei wenden. Dort wird jemand deine Worte aufschreiben und sie meinem Vertreter vorlegen, der dann darüber zu Gericht sitzt.«

Der junge Uhtländer sah erstaunt aus, als hätte er mit dieser Antwort nicht gerechnet. Sie waren hinter ihren Deichen von allem abgeschnitten und kannten sich eben nicht aus. Dass der Bischof Rungholt zur Kollegiatkirche erhoben hatte, würde in den nächsten einhundert Jahren daran nichts ändern.

»Ich möchte mich nicht an das Gericht wenden. Meine Worte sind für Euch bestimmt, ehrwürdiger Herr Bischof.« Dabei schaute er an ihm vorbei, musterte wahrscheinlich Neels.

»Dann sprich in Gottes Namen.«

»In Rungholt hat sich ein Wunder ereignet. Es kommen bereits Pilger von der Geest und beten davor. Bisher ist jedoch kein Abgesandter von Euch gekommen, um die göttliche Erscheinung in Augenschein zu nehmen. Das erscheint mir nicht recht.«

Ein Wunder. In seiner Diözese. Bischof Brun konnte seine Aufregung kaum verbergen, und Neels erging es ganz bestimmt genauso. Der junge Mann hatte sich gewählt ausgedrückt und ein gutes Maß an Respekt vor der Kirche bewiesen. Die Achtung des Bischofs vor ihm stieg. »Berichte mir von dem Wunder, mein Sohn.«

»In unserer Kirche steht eine Figur des heiligen Laurentius, über seinen Leib zieht sich seit einem Monat ein Riss, aus dem Blut ausgetreten ist. Die Leute beten davor und schreiben dem Wundmal heilende Wirkung zu. Es können die ersten Lahmen wieder gehen, nachdem sie vor Laurentius gekniet und um Genesung gebetet haben, und die ersten unheilbaren Wunden haben sich geschlossen.«

»Aber du bist der Meinung, der heilige Laurentius könne keine Wunder wirken?« Der Bischof sprach mit mildem Tadel und einem leichten Zittern in der Stimme.

»Er kann Wunder wirken, ich weiß nur nicht, ob es wirklich ein Wunder in St. Petri zu Rungholt gegeben hat«, erwiderte der junge Uhtländer. Er verstand es, sich gewählt auszudrücken, und seine Stimme klang fest. Iven Levensen gefiel dem Bischof nicht schlecht. »Gehört es sich nicht, dass ein Wunder von Euch oder von Leuten untersucht wird, die davon etwas verstehen? Ihr wusstet aber gar nichts davon.«

»Ganz recht. Die Diözese muss den Vorgang untersuchen, um zu verhindern, dass gute Menschen einem Irrglauben aufsitzen. Ein Brief kann jedoch verlorengehen, eine Botschaft ihren Empfänger nicht erreichen.«

»Manchmal wird auch ganz und gar vergessen, eine Botschaft abzusenden.« Es war dem Tonfall des jungen Mannes unschwer anzuhören, dass er dies für das Wahrscheinlichste hielt.

»Oder der Propst des Strandes hat die Nachricht erhalten. Wir sind beide vielbeschäftigte Männer und sehen uns nicht jeden Tag.«

»Ein Wunder ereignet sich auch nicht jeden Tag.«

Der junge Uhtländer war weder auf den Kopf noch auf den Mund gefallen; im Gespräch mit ihm musste man achtgeben.

»Gottes Wege sind unerforschlich und nehmen manchen

Umweg.« Der Bischof neigte den Kopf und faltete die Hände. »Und mancher Umweg stellt sich im Nachhinein als Abkürzung heraus.«

»Eure Worte sind weise, ehrwürdiger Herr Bischof. Dennoch gibt es in Rungholt ein Wunder, und niemand weiß, ob es wirklich vom Allmächtigen gewollt ist. Ein Riss im Holz kann auch entstehen, wenn es herunterfällt.«

»Du willst damit sagen, der heilige Laurentius ist vom Sockel gestürzt?« Die Vorstellung war grässlich. Am Ende hatte ihn noch jemand gestoßen.

»Auf keinen Fall.« Entschieden schüttelte Iven Levensen den Kopf. »Soweit ich weiß, wurde das Wunder am frühen Morgen entdeckt, und es ist nichts Ungewöhnliches geschehen in der Nacht.«

»Also doch ein Wunder? Gibt es eine Reliquie des heiligen Laurentius in St. Petri zu Rungholt?«

»Keine.« Iven Levensen schüttelte den Kopf.

»Das ist in der Tat seltsam. Heilige wirken Wunder an den Orten, an denen sie begraben sind. Laurentius' Grab befindet sich in Rom unterhalb der Kirche Sancti Laurentii. Befindet sich ein Teil seiner Gebeine in Rungholt?«

»Ehrwürdiger Herr Bischof?«

»Besitzt die Kirche eine Reliquie? Vielleicht einen Knochen des heiligen Laurentius?«

Diesmal verstand ihn der junge Mann, schüttelte allerdings wieder den Kopf.

»Das ist in der Tat ein Wunder, wie man noch von keinem gehört hat.« Er konnte als der Bischof in die Geschichte eingehen, in dessen Sprengel sich ein wirklich einmaliges Wunder ereignet hatte.

»Ich wollte mit Euch darüber sprechen, damit die Sache geprüft werden kann.«

»Deshalb bist du den weiten Weg gekommen?«

»Es liegt mir am Herzen.«

Das hörte sich überaus fromm an. Nikolaus Brun war erfreut, dass die Uhtländer anscheinend gottesfürchtiger waren als bisher angenommen. Er verabschiedete Iven Levensen aufs Freundlichste und ließ ihn von Neels hinausbegleiten.

»Such mir von Ahlefeldt und schaffe ihn her, egal, wo er sich gerade aufhält und womit er beschäftigt ist.«

Neels eilte davon, und der Bischof hatte keinen Zweifel, dass er den Propst auftrieb, selbst wenn er ihn aus einem der Frauenhäuser der Stadt ziehen müsste. Oh, welche Gedanken im Angesicht eines Wunders in Rungholt! Bischof Brun versenkte die Hände in den Ärmeln seines Gewandes und nahm seine Wanderung im Schwahl wieder auf. Die Lebensgeschichte Christi konnte seine Augen nicht länger erfreuen, zu unruhig waren seine Gedanken. Der Blick in den Garten, den der Schwahl umschloss, schenkte ihm auch keine Muße. Wo im Frühjahr und Sommer alles grünte, blühte und der Nase mit seinem Duft schmeichelte, ragten um diese Jahreszeit nur trockene Stängel aus dem Erdreich. Bis Neels mit dem Propst kam, blieb ihm nichts weiter übrig, als sich in Geduld zu üben. Tatsächlich wurde ihm langsam kalt im Schwahl, aber er versagte es sich, seine geheizte Studierstube aufzusuchen, betrachtete es als eine Prüfung für das anstehende Gespräch mit dem Strander Probst.

Schwieriger war es, besonnen zu bleiben im Angesicht eines Wunders. Bei Gott und allen Heiligen, da gab es in St. Petri zu Rungholt Wunder, in einer Kirche, die er erst vor ein paar Jahren zur Kollegiatkirche erhoben hatte, und er erfuhr nur davon, weil einer der ungebildeten Uhtländer sich nach Schleswig bequemt hatte.

Als von Ahlefeldt endlich vor ihm stand, in Dunkelgrau gekleidet, kein Stäubchen auf dem Gewand, jedes Haar an seinem Platz, wusste er genau, warum er den Mann nicht leiden konnte und ihn nie zum Propst ernannt hätte, wenn er alleine darüber hätte entscheiden dürfen. Leider stammte der Mann aus einer einflussreichen Familie. Und das ausgerechnet dessen Propstei so gesegnet worden war.

»Von Ahlefeldt, habt Ihr in der letzten Zeit eine Nachricht von Pater Fulbertus aus St. Petri in Rungholt erhalten?«

Der Propst zog die Stirn in Falten, was sein schönes Gesicht zu einer noch schöneren Denkerpose erstarren ließ. »Ich erinnere mich nicht – ich habe nichts erhalten, will ich sagen.«

»Ganz sicher nicht?«

»Ich bin nicht altersschwach und weiß genau, welche Botschaften mir von wem gesandt werden. Ihr sprecht doch nicht über einen längeren Zeitraum als ein Jahr, ehrwürdiger Herr Bischof? In dem Fall wäre es mir lieber, in meiner Schreibkanzlei nachzusehen.« Von Ahlefeldt hatte seine Denkermiene beibehalten, aber seine Stimme war schneidend scharf. Der Mann war zerfressen von Ehrgeiz.

»Botschaften können verloren gehen.« Nikolaus Brun gab sich betont milde. »Heute war ein junger Mann aus Rungholt bei mir und hat mir von einem Wunder in St. Petri berichtet.«

Es war köstlich, die Veränderung zu beobachten, die im Gesicht des Propstes vor sich ging. Erstaunen, Unglauben, unbändige Freude und am Ende wieder die starre Denkermiene. Er berichtete dem Propst, was er von Iven Levensen über das Wunder an der Statue des heiligen Laurentius gehört hatte, die Zweifel des jungen Uhtländers verschwieg er.

»Ich habe keine Nachricht von Pater Fulbertus erhalten, aber der Sache werde ich auf den Grund gehen. Es ist sowieso Zeit für den Send, und ich besuche als Erstes Rungholt. In zwei Tagen breche ich auf.«

»Das Wunder muss geprüft werden. Ich werde Euch den Archidiakon als meinen Stellvertreter mitsenden. Theodosius Munk ist ein sehr erfahrener Mann. Sind die Uhtländer einem Irrtum aufgesessen, wird er den Schwindel entlarven.« Die Prüfung eines Wunders war eine schwierige Angelegenheit und fiel in den Aufgabenbereich des zuständigen Bischofs. Nikolaus Brun hatte nicht vor, diese Pflicht dem Strander Propst in seiner eigenen Propstei zu überlassen. Der Mann trug die Nase hoch genug.

»Lasst mich zuerst nachschauen, ob es überhaupt etwas gibt, was geprüft werden kann. Am Ende sind es nur Einbildungen überdrehter Geister.«

Das klang vernünftig und weckte gerade deshalb den Argwohn des Bischofs. Er schüttelte den Kopf. »Der Archidiakon wird Euch begleiten. Ich will das Wunder so schnell wie möglich geprüft haben. Es gibt genug böse Menschen auf dieser Welt, die vor nichts zurückschrecken. Die guten Gläubigen sollen keinem Betrug aufsitzen.«

Bei Theodosius Munk wusste er die Sache in guten Händen, er würde prüfen – wohlwollend, nicht zu streng. Wäre er nur ein paar Jahre jünger und seine Augen besser, es juckte ihn, selbst auf ein Pferd zu steigen.

KAPITEL 5

Dreiunddreißig Männer gehörten zu Ivens Truppe, acht davon stammten aus der Pellwormharde. Arfat und Nies hatten eine ganze Handvoll ihrer Freunde mitgebracht. Mit Harm zusammen waren mehr Fischer gekommen, außerdem junge Bonden aus Ilgroff, Bubsee und Fedderingman Capell vel Riepe und Katharinencapell, aus Halgeneß und Ackenbull. Iven war stolz auf die Männer – seine Männer, wie er sie gern nannte. Ogge Oggesen war immer noch dabei, er hatte sich zu seiner Stütze entwickelt, indem er sich der jungen Rekruten annahm und sie im Kampf mit Speer und Schwert ausbildete. Ketel hatte sein Misstrauen gegen den Vogtsohn immer noch nicht fallengelassen, aber er war froh, den jungen Mann dabeizuhaben.

Zwölf Mann unterwegs auf acht Pferden waren sie im Augenblick. Iven ritt auf der Grauen, sein Schwager saß hinter ihm. Harm hatte wohl schon so manchen Sturm auf See überstanden, auf dem Pferderücken war er eindeutig nicht zu Hause, Iven spürte, wie verkrampft er auf der Kruppe hockte. Ihr Ziel befand sich außerhalb der Uhtlande auf dem Festland und tauchte in diesem Augenblick vor ihnen auf. Eine Palisade aus Stämmen umgab einen großen Hof. Die Stämme waren so hoch, nicht einmal ein Schornstein ragte über sie hinaus. Das breite Tor war geschlossen, und es blieb auch geschlossen, als sie sich näherten.

Iven ritt dicht heran und pochte mit dem Schwertknauf dagegen. Die Graue kaute auf dem Gebiss und zerrte an den Zügeln – sie wollte an das Gras zu ihren Hufen. Ein Ruck und ein Schenkeldruck brachten sie zur Vernunft, ließen sie sogar ein wenig tänzeln, und sogleich klammerte sich Harm fester an.

Nach einer Weile wurde eine Klappe im Tor geöffnet. Obwohl Iven sich vorbeugte, sah er nicht mehr als ein Paar Augen unter buschigen Brauen.

»Euer Begehr?«, schnarrte der Mann.

»Ich bin Iven Levensen aus Rungholt in der Edomsharde, und ich möchte den Staller Ingmar Struck sprechen.«

»Wie viele Männer?«

»Insgesamt zwölf. Alles freie Friesen.«

»Bewaffnet?«

»Wie es unser Recht ist.«

»Der Staller der Uhtlande spricht nicht mit Euch. Verschwindet!«

Der Mann wollte die Klappe im Tor wieder schließen, aber Iven war schneller und steckte die Spitze seines Schwertes hindurch. Die Klappe blieb offen, doch der Mann dahinter war verschwunden.

»Ingmar Struck!«, rief Iven.

Auf dem Hof rührte sich nichts. Monny wiederholte den Ruf, seine Stimme war tiefer und lauter. »Kommt heraus! Wir haben Euch etwas zu sagen!«

Statt dass jemand am Tor erschien – aus der Klappe hatte Iven die Schwertspitze wieder herausgezogen –, tauchte ein Kopf über der Palisade auf. Iven erkannte den länglichen Schädel des Stallers mit dem grauen Haarschopf. Gleich darauf zeigten sich neben ihm ein zweiter und dritter Kopf, einer mit buschigen Augenbrauen.

»Was willst du, Iven Levensen aus Rungholt?«, wollte der Staller mit schneidender Stimme wissen.

»Wir kommen in friedlicher Absicht und wollen mit Euch reden. Aber ich will nicht über den Zaun schreien.«

»Ich bin Johan Sibingh, Hardesrat der Edomsharde. Ihr kennt mich, und wenn der junge Mann sagt, er kommt in friedlicher Absicht, verbürge ich mich für ihn.« Der kleine Hardesrat lenkte seinen Braunen neben Iven.

Ingmar Struck musterte die Uhtländer. »Ihr könnt hereinkommen, aber Eure Waffen bleiben draußen.«

Iven diskutierte nicht über diese Forderung, sondern bestimmte einen der Fischer, bei den Pferden und den Waffen vor dem Tor zu bleiben. Daraufhin wurde das Tor knarrend geöffnet, und eine Reihe Knechte mit Spießen in den Händen empfing sie. Der Staller stieg von einem Gestell herunter, das genau zu dem Zweck neben dem Tor stand, zu dem der Stellvertreter des Königs es genutzt hatte.

Der Hof war groß, größer als Ogge Jessens in Gaickebull, besonders das Haus aus Stein war das größte Wohnhaus, das Iven je gesehen hatte. Es bestand aus zwei Stockwerken, wenngleich das obere niedriger war als das untere. Über der Tür befand sich ein in Stein gehauenes Wappen. Was es darstellte, war auf die Entfernung nicht zu erkennen, und der Staller hütete sich, seinen Besuch ins Haus einzuladen. Sie mussten auf Bänken davor Platz nehmen. Wenigstens wurde ihnen Bier gereicht, Iven kostete einen Schluck – es war süß und stark, mindestens ebenso gut wie jenes, das Boye Harksen in seiner Schenke braute. Dazu brachte eine Magd in einer großen Zinnschale Pasteten. Sie hatte dralle Waden und wiegte sich beim Gehen, nicht wenige Blicke folgten ihr, auch die des Stallers, für den ein Stuhl mit Armlehnen herausgebracht worden war. Er hatte sich in einen Mantel mit Pelzkragen gehüllt und sich eine Decke über die Beine gelegt; die anderen hatten nur das Bier, um sich von innen aufzuwärmen.

Iven stopfte sich den letzten Bissen Pastete in den Mund, leckte sich die Finger ab und räusperte sich. »Das sind nur einige der Männer, die sich mir angeschlossen haben. Wir sind dreiunddreißig aus der Edoms- und der Pellwormharde. Wir wollen die Wogensmannen aus den Uhtlanden vertreiben.«

Er hatte die Miene des Stallers genau beobachtet, aber kein Zucken verriet ihm, was der Mann dachte.

»Die Wogensmannen sind sechzig, und sie haben zwei Schiffe. Sie werden Eure Männer zusammengehauen haben, bevor Ihr Euch überhaupt zum Kampf aufgestellt habt.«

»Ist es nicht im Interesse der Uhtlande, wenn die Wogensmannen vertrieben werden?«, sagte Iven, ohne auf die Bemerkung des Stallers einzugehen. »Das kommt dem König zugute und damit auch Euch.«

»Aha.«

Ingmar Struck tat nur ahnungslos, er wusste genau, was gemeint war, dennoch machte Iven sich die Mühe, es noch einmal zu erklären. »Es tut dem Handel nicht gut, wenn Piraten das Gebiet rund um die Uhtlande unsicher machen. Warum sollen Händler nach Rungholt kommen, wenn sie fürchten müssen, dass ihnen ihre Waren geraubt werden und sie ihr Leben verlieren? Sie tragen ihre Waren zu anderen Orten. Ich weiß von der Hamburger Kaufmannschaft, dass sie wegen der Piratenüberfälle besorgt sind. Sie möchten ihren Nordhandel über Rungholt abwickeln und haben um Handelsfreiheit nachgefragt. Diese gewährt ihnen die Edomsharde gern, aber vor den Wogensmannen können wir sie nicht schützen.« Silja hatte ihm von dieser Handelsfreiheit erzählt, und er hatte ihre Worte großzügig ausgelegt.

»Verspricht der Rat der Edomsharde etwas, das er nicht halten kann, habe ich nichts damit zu schaffen.«

»Der Rat hat nichts versprochen«, warf Johan Sibingh ein. Er saß breitbeinig auf der Bank, die Hände auf den Oberschenkeln abgestützt; größer wirkte er dadurch zwar nicht, aber wie jemand, mit dem nicht gut Kirschen essen war. »Mein junger Freund spricht die Wahrheit. Wird der Handel gestört, kommt kein Geld in die Uhtlande, und wir zahlen weniger Steuern. Das sollte den König und Euch interessieren.«

»Die Uhtländer zahlen sowieso ihre Steuern nicht«, knurrte der Staller. Er spielte auf die schlimme Situation nach der Pest an, als die Menschen in den Uhtlanden ums nackte

Überleben kämpfen mussten und Jahr für Jahr bei Waldemar Atterdag um Befreiung von der Steuerlast nachgesucht hatten. Seit einigen Jahren war das vorbei, das wusste Ingmar Struck so gut wie alle anderen.

»Die Edomsharde zahlt Steuern«, sagte Johan Sibingh dann auch.

»Die Pellwormharde ebenso«, ergänzte Arfat.

»Nun geht es also um Steuern und den Handel, dabei dachte ich, Iven Levensen will Genugtuung für den Tod seines Vaters. Die Uhtländer sind nichts anderes als hanseatische Pfeffersäcke.«

Iven sprang auf. Sofort standen zwei bewaffnete Knechte des Stallers hinter ihm. »Ich will Genugtuung für den Tod meines Vaters, aber was Euch an der Edomsharde interessiert, wissen wir alle.«

»Aus Euch spricht der Schmerz des Verlustes, junger Mann, deshalb will ich Euch die Beleidigung nicht übelnehmen. Ihr seid dreiunddreißig tapfere Männer, ich habe vielleicht zwanzig Männer auf dem Hof, die das Handwerk an den Waffen verstehen. Das reicht nicht, um gegen die Wogensmannen zu kämpfen, und damit will ich keineswegs sagen, dass ich Euch helfe. Es werden wenigstens hundert Mann gebraucht, um die Hennersburg zu belagern, und Schiffe, damit die Räuber nicht übers Meer flüchten.«

Iven hatte seinen Ärger heruntergeschluckt und frohlockte, behielt seine Gefühle aber hinter einer undurchdringlichen Miene. Der Staller schmiedete Pläne, und das bedeutete, er erwärmte sich für die Idee, bekam immer mehr Gefallen daran, je länger er darüber nachdachte. Da konnte er noch so häufig sagen, er habe nichts versprochen – ein erster Schritt war getan.

»Deswegen sind wir zu Euch gekommen«, ergriff der junge Bonde wieder das Wort. »Sobald in den Harden bekannt wird, dass Ihr uns mit den Männern des Königs unterstützt, werden die Uhtländer in Scharen zu uns stoßen. Hundert Mann – kein Problem, zweihundert werden wir sein.«

»Woher sollen die Männer des Königs kommen?«

»Von Waldemar Atterdag. Er wird sie Euch schicken, Ihr müsst ihm nur mitteilen, dass wir für eine gerechte Sache kämpfen.«

Der Staller lachte laut heraus, schlug sich mit der Rechten sogar auf den Oberschenkel. »Für Euch sind die Uhtlande der Mittelpunkt der Welt«, sagte er immer noch lachend, »für Waldemar Atterdag sind sie nur ein sehr kleiner Teil seines Reiches. Sechzig Raubritter interessieren ihn nicht, und seine Männer braucht er an anderer Stelle. Wir haben nur meine Knechte und das, was die Uhtlande auf die Beine stellen. Wohlgemerkt, damit habe ich Eurem Vorhaben immer noch nicht zugestimmt.«

»Was können wir tun?«, fragte Iven nach einem Augenblick. Er hatte zwei, drei Atemzüge gebraucht, um die Antwort des Stallers zu verdauen.

»Damit ich Euch unterstütze? Die Antwort lautet: Nichts.«

»Damit Waldemar Atterdag ein Ohr für unser Anliegen hat.«

»Schmeichelt ihm. Macht ihm Geschenke und hofft darauf, dass er in freundlicher Laune ist, wenn Ihr vor ihm steht. So ist das bei den Königen dieser Welt.« Ingmar Struck lachte noch einmal auf, diesmal klang es weniger fröhlich. »Besorgt eine Hundertschaft und Kriegsschiffe, dann überlege ich mir, ob ich zum König schicke und ob ich Euer Treiben mit meinen Männern unterstütze. Nun geht! Ich habe nicht den ganzen Tag Zeit, mich mit Euch zu befassen.«

Wenige Augenblicke später schloss sich das Tor hinter den Uhtländern. Die Pferde davor grasten friedlich und waren nicht angetan, dass ihre Mäuler vom Boden fortgezogen wurden.

»Bringt mir eine Hundertschaft und Schiffe.« Monny äffte die Stimme des Stallers nach. Er lief in der Döns des Levensenhofes hin und her.

»Wir haben Ivens Ewer, Westhargs mit Ketel an Bord und einige Fischerboote«, stellte Ogge Oggesen nüchtern fest.

»Gegen zwei Schniggen und eine Barke. Die rammen uns in Grund und Boden.« Monny schlug die rechte Faust in die geöffnete Linke.

Iven war so empört, dass er auf dem ganzen Weg zurück in die Uhtlande die Graue angetrieben hatte. Seit sie in der Döns saßen, hatte er noch kein Wort gesagt und nur zwei Becher Bier heruntergestürzt. Ogge Oggesen war einfach mitgekommen und schenkte das Bier ein, das Monny auf den Tisch geknallt hatte. Gegen den Staller hatten sie nichts in der Hand, um ihn umzustimmen.

»Wir hätten ein paar Fackeln über die Palisade werfen sollen, um ihm zu zeigen, was ein bisschen Feuer in der Hennersburg anrichtet«, brach es aus Iven heraus.

»Wir hatten keine Fackeln. Sein Haus besteht aus Stein, und auf dem Hof habe ich zwei Brunnen gesehen. Da sind ein paar Fackeln gelöscht, bevor sie zum Brand werden.«

Warum musste Ogge Oggesen nur so beherrscht sein? Iven sprang auf, er fegte dabei zwei Becher vom Tisch und stieß die Bierkanne um.

»Mir steht Rache für meinen Vater zu. Er ist seit über einem halben Jahr tot. Was habe ich bisher erreicht? Nichts! Gar nichts! Die Wogensmannen sind mir immer einen Schritt voraus. Wir sind dreiunddreißig tapfere Männer, und der Staller will sich nicht einmal anhören, was wir ausrichten können. Er verlangt hundert. Kommen wir mit hundert, müssen es hundertfünfzig sein, und so geht das immer weiter. Die Ersten werden ungeduldig. Passiert nicht bald etwas, gehen sie ihrer Wege, weil ich ihnen nichts anderes sagen kann, als dass wir warten müssen. Warten, warten! Worauf?

Ich will nicht länger warten. Es muss etwas geschehen. Jetzt! Mit dreißig Männern!« Iven hielt erschöpft inne.

Stumm sammelte Monny die Becher ein und stellte sie auf den Tisch zurück. Er füllte auch die Bierkanne neu. »Wir kennen den Staller, der hat noch nie was für die Uhtlande getan«, sagte er dabei. »Ich verstehe dich, Cousin. Wir alle wollen unsere Tapferkeit beweisen.«

»Wir müssen in kleinen Schritten vorgehen.«

»Ogge Oggesen.«

Der junge Mann griff schnell nach der Bierkanne, bevor Iven sie ein zweites Mal umstoßen konnte. »Rache ist etwas für einen kühlen Kopf, und sie hält ein Leben.«

Beiden Bonden stand nicht der Sinn nach solchen Weisheiten.

»Wir müssen ein Zeichen setzen«, sagte Iven düster.

»Genau.«

»Und es muss bald geschehen.«

»Genau.« Ogge Oggesen setzte die Bierkanne wieder ab.

»Hast du einen Plan?«

»Eine Idee.«

»Lass hören.«

Sie steckten die Köpfe zusammen, und der Sohn des Hardesvogts erklärte ihnen seine Gedanken. Er redete eifrig und nahm die Hände zu Hilfe, und je länger es dauerte, desto mehr leuchteten Ivens Augen. Das setzte in der Tat ein Zeichen.

»Das wird sie ins Mark treffen. Ogge, in dir steckt nicht nur ein Fechter und ein Rechtskundiger, sondern auch ein listiger Fuchs. So machen wir es«, entschied Iven.

***

Die Leute kamen von der Geest, und sie kamen zu Fuß. In den Uhtlanden fielen sie auf, weil an ihrer Spitze ein barfüßiger Mönch ging. Sein fadenscheiniges Gewand hatte die Farbe eines härenen Büßergewandes, um den Hals hing ihm ein einfaches Holzkreuz, seine Wangen waren eingefallen, als wäre er in seinem Leben nicht einen Tag satt geworden, seinen Schädel zierten zwei einsame Haarbüschel, aber seine Augen leuchteten fanatisch. Ihm folgten rund zwei Dutzend Männer und Frauen. Bei Westerhusum in der Südergoesharde begegneten sie dem Chorherrn Dietrich Gotgemak. Der war zu Pferd, denn er hatte die Abgaben von zwei Höfen geholt, die die Chorherren in der Harde besaßen, und befand sich nun auf dem Rückweg nach Rungholt.

Die Menschen machten ihm Platz und warteten am Wegesrand, damit er vorbeiritt, nur der Mönch stellte sich ihm in den Weg. Gotgemak zügelte sein Pferd.

»Ehrwürdiger Herr«, schnarrte der Mönch, »kennt Ihr den Weg nach Rungholt?«

Gotgemak musterte den Frager überrascht. Händler kamen nach Rungholt, die meisten mit Schiffen auf der Hever. Andere Besucher waren selten. Diese Menschen sahen nicht aus, als besäßen sie mehr, als sie auf dem Leib trugen, und verkaufen ließ sich das sicher nicht mehr.

»Folgt immer dieser Straße nach Westen, an St. Peter vorbei, dann führt der Weg über Sinnesberg nach Lindenburg und zum Ufer der Hever. Von da an geht immer am Ufer entlang über Wittenbüll und Hersbüll nach Niedam, dort trefft Ihr auf das Siel, das Euch nach Rungholt führt.«

»Habt Dank, edler Herr. Wir lange werden wir noch unterwegs sein?«

»Zu Fuß?« Der Chorherr betrachtete die nackten, schmutzigen Füße des Mönchs. Er musste dabei sein Pferd mit eiserner Hand beruhigen, es wollte zurückweichen, und das konnte man ihm nicht übelnehmen, denn der Mann stank, als wäre er noch nie mit Wasser in Berührung gekommen. Der Rest der Gruppe sah auch nicht sauberer aus. »Wenn Ihr zügig geht, seid Ihr am Abend da, ansonsten morgen.«

»Nochmals Dank und den Segen des Allmächtigen für Euch.« Der Mönch schlug mit der Hand das Kreuzzeichen.

»Amen«, murmelte die Menge, und der Chorherr fiel ein.

»Warum führst du diese guten Menschen nach Rungholt?«, wollte Gotgemak wissen. Er ahnte die Antwort.

»Diese guten Menschen wollen das Wunder von St. Petri sehen und vor dem heiligen Laurentius beten, damit er sie von ihren Leiden erlöse. Wir kommen alle von Silt.«

Der Chorherr ließ seinen Blick noch einmal genauer über die Leute schweifen und entdeckte einen, dem ein Ohr fehlte, bei einem anderen lag ein weißlicher Schleier über den Augäpfeln, und ein dritter trug einen Arm in der Schlinge. Weitere Leiden mochten sich unter ihren Lumpen verbergen. Diese Leute waren Pilger. Seit der Erscheinung des blutenden Laurentius warteten sie auf Pilger, die Kunde vom Wunder hatte sich schnell herumgesprochen, und er hoffte, dass diese nur die ersten einer langen Reihe waren. Gotgemak verabschiedete sich freundlich von dem stinkenden Mönch, schlug seinem Pferd leicht die Fersen in die Flanken und trabte davon.

Im Stillen dankte er dem Allmächtigen, dass er die Pilger getroffen hatte, das gab Rungholt Zeit, sich herauszuputzen und die Leute gebührend zu empfangen. Mochte auch niemand Hochgestelltes unter ihnen sein, so würden sie doch die Kunde vom Wunder weiter verbreiten, und bald würde der Bischof oder sein Abgesandter aus Schleswig erscheinen.

Der Pilgerzug erreichte Rungholt erst am nächsten Nachmittag. Ketel Brodersen, der jüngere Bruder von Broder Brodersen stand Wache auf dem Damm beim Rungholtsiel, er war der Flinkere und Klügere unter den Brüdern und hatte alles geerbt, was dem Älteren fehlte. Die Arme ausgebreitet wie Möwenflügel kam er zur Kirche gerannt.

»Sie kommen! Ich habe sie gesehen!« Er ruderte mit den Armen, als wollte er tatsächlich abheben.

Als dann der Pilgerzug vor St. Petri eintraf, waren die Türen weit geöffnet, auf den Boden waren frische Binsen gestreut, und rechts und links der blutenden Statue standen Zweige in Tonkrügen. Pater Fulbertus hatte sich die Tonsur neu geschoren, den Bart gekämmt, und Enni, die ihm die Wirtschaft führte, hatte in aller Eile sein Gewand gewaschen. Dietrich Gotgemak stand mit den anderen Chorherren vor St. Petri, sie taten so, als hätten sie etwas Wichtiges zu besprechen. Ogge Jessen, Babe Gunnesen und Broder Brodersen der Ältere hielten es ein paar Schritte entfernt ebenso, zu ihnen hatte sich Heinrich Westharg gesellt. Fischerfrauen, Marktweiber, arbeitslose Tagelöhner und Alte, die nichts anderes mehr zu tun hatten, als den ganzen Tag herumzustehen und zu schwatzen, hatten sich ebenfalls versammelt. Die ersten Pilger waren ein mindestens so großes Ereignis wie das Wunder selbst.

Pater Fulbertus lag auf den frischen Binsen vor der Laurentiusstatue, die Arme ausgebreitet, wie der heilige Herr Jesus für die Menschen am Kreuz gestorben war. Wer es nicht besser wusste, konnte meinen, er liege in genau dieser Haltung vor dem Heiligen, seit sich das Wunder ereignet hatte. Fast als Letzte – die Pilger waren bereits in der Kirche – erreichten auch Iven und Laefke den Schauplatz.

Die beiden erwartete eine schweigende Menge, die den Blick unverwandt auf den Nordeingang der Kirche gerichtet hielt. Wer vorne stand, spähte in die Kirche hinein und gab die Informationen über das, was dort zu sehen war, an die hinten Stehenden weiter. Iven und Laefke hielten sich ganz hinten auf, und sie hörten, in der Kirche schlage der heilige Laurentius mit Engelsflügeln und Wind lasse die Betenden schweben.

»So ein Unsinn«, brummelte Iven.

»Die Statue hat ein Wunder gewirkt. Warum nicht noch weitere?«, widersprach Laefke.

»Das glaubst du doch nicht etwa? Die Statue hat keine Flügel, mit denen sie schlagen könnte. Man muss nicht alles glauben, was erzählt wird.«

»Manchmal klingst du wie unser Vater. Wenn ich dir erzähle, dass den Uhtlanden Gefahr drohe und wir ein Boot brauchen, glaubst du mir, aber das nicht. Warum?«

»Das ist was anderes, du bist die Enkelin der alten Eyde«, sagte er leise.

Auf einmal kam jemand aus der Kirche gerannt.

»Ich kann wieder sehen! Ich kann wieder sehen!«, rief der Mann und schwenkte seine Augenbinde. »Ein Wunder! Ich kann wieder sehen!« Er lief durch die Menge und kam dabei dicht an Iven und Laefke vorbei.

»Was sagst du nun? Der heilige Laurentius hat ein Wunder gewirkt.«

»Ein Auge des Mannes sieht mir immer noch trüb aus, und mit dem anderen konnte er die ganze Zeit sehen, das sage ich dazu. Beten bringt ein blindes Auge nicht wieder zum Sehen, das weißt du so gut wie ich.«

»Ich weiß es sogar noch besser als du. Großmutter Eyde hat mir viel über den menschlichen Leib erzählt. Trotzdem kann der Allmächtige Dinge bewirken, die wir uns nicht erklären können.«

Ein weiterer Mann eilte aus der Kirche, er kreiste mit beiden Armen, in einer Hand flatterte ein Tuch. »Mein Arm ist wieder heil! Zwei Jahre wollte eine Wunde nicht heilen.«

Wie Mühlenflügel schwenkte er seine Arme, auf einem Unterarm prangte eine handtellergroße rote Stelle, sie sah aus, als hätte sich darunter vor kurzem eine offene Wunde befunden.

»Hast du auch dafür eine Erklärung?« Laefke schaute ihn schräg von unten an.

Hierfür fand Iven keine Erklärung, an Wunderheilungen wollte er dennoch nicht glauben. »Das heißt aber nicht, dass die Wunde heute Morgen blutig war. Sie kann schon seit Tagen geschlossen sein, aber weil der Mann den Verband nicht abgenommen hat, hat er es nicht bemerkt. Rennt er weiter so herum, ist die Stelle morgen wieder offen, und der gute Laurentius hat gar nichts bewirkt.«

»Das kann sein.« Widerwillig nickte Laefke.

Von ihrer Großmutter wussten beide, dass es Wunden gab, die einfach nicht heilen wollten. Manchmal bildete sich eine dünne Haut, aber am nächsten Tag war alles wieder so blutig wie zuvor. Es half nichts anderes, als sie täglich mit einem Sud auszuwaschen, Sauerampferblätter aufzulegen und sie mit sauberen Tüchern zu verbinden.

Harm Harksen gesellte sich zu den Geschwistern, er hatte ihre letzten Sätze gehört. »Laurentius blutet. Warum soll er da nicht blutige Wunden heilen?«

»Weil die Statue aus Holz ist, und der Riss auf seiner Brust ist nichts weiter als ein Riss im Holz. Von einem Riss in einem Deckenbalken glaubst du ja auch nicht, dass er deinen Kopf von blöden Gedanken befreit.«

»Ihr seid Ketzer, alle beide«, flüsterte Harm. Er grinste jedoch. »Lasst das niemanden hören, am allerwenigsten Mutter. Sie bringt es fertig und rennt damit zum Bischof nach Schleswig oder wenigstens zum Propst.«

»Soll sie nur«, erwiderte Laefke trotzig.

Und Iven begriff, wie tief seine Schwester durch das Verhalten ihrer Schwiegermutter verletzt worden war. Ihr weiteres Gespräch wurde durch Pater Fulbertus unterbrochen, der vor die Kirche trat. Er sah bleich und ergriffen aus, als er zu der wartenden Menge vom heiligen Laurentius sprach. Er sei einer der sieben Diakone der Christusgemeinde in Rom gewesen, und Kaiser Valerian habe von ihm verlangt, ihm dem Kirchenschatz auszuhändigen. Laurentius habe sich drei Tage Bedenkzeit ausgebeten und während dieser Tage den Schatz an die Armen und Leidenden verteilt. Aus Dankbarkeit seien diese Christen geworden, und Laurentius habe sie nach drei Tagen dem Kaiser als die wahren Schätze des Christentums präsentiert. Der Kaiser fand sich betrogen, ließ Laurentius geißeln und mit Bleiklötzen schlagen, um ihn zum heidnischen Opferdienst zu zwingen. Vergeblich. Deshalb habe er den heiligen Mann zuletzt auf einen Rost binden und über dem Feuer langsam zu Tode martern lassen.

Alle lauschten andächtig, nur Iven konnte nicht anders, als sich die ganze Zeit zu fragen, wie der Priester die Sache mit dem Wunder gedeichselt hatte. Dass der Pater und Ogge Jessen dabei die Hände im Spiel hatten, davon war er überzeugt. Zu offensichtlich war das Wunder zur rechen Zeit gekommen. Andere Kirchen standen Jahrhunderte ohne Wunder, sie konnten ihren Gläubigen nicht einmal eine Reliquie zeigen. In Rungholt purzelten sie nur so vom Himmel.

Die scheinheiligen Worte des Priesters wollte er sich nicht länger anhören, er zupfte Laefke am Ärmel. »Komm, wir gehen.«

»Wir bleiben und hören Pater Fulbertus zu, bis er mit seiner Predigt fertig ist. Willst du noch mehr ins Gerede kommen?«

Vor ihnen drehte sich jemand um und zischte ihnen zu, leise zu sein.

Auf diese erste Pilgergruppe folgte noch am selben Tag eine zweite. Sie kam aus Ribe. Und danach kamen weitere aus Flensburg, Rendsburg und Schleswig. Die Menschen ließen sich vom stürmischen und regnerischen Herbstwetter nicht von ihrem Wunsch abbringen, vor der wundertätigen Statue des heiligen Laurentius in St. Petri zu Rungholt zu beten. Pater Fulbertus war glücklich, Ogge Jessen rieb sich die Hände, und der Schenkenwirt Boye Harksen hatte in seiner Scheune Stroh aufgeschüttet und vermietete Schlafplätze. Kaufleute, die sich vom kalten, aber immer noch frost- und schneefreien Winter nicht abhalten ließen, nach Rungholt zu kommen, beteten vor der Muttergottes und trugen die Kunde ihrer Wunder weit hinaus ins Königreich Dänemark und in die deutschen Lande.

Die Türen von St. Petri standen Tag und Nacht offen. Der Priester war dazu übergegangen, ständig zwei junge Männer rechts und links des Heiligen zu postieren, sie mussten so tun, als wären sie fromm und tief in ihre Gebete versunken, dabei sollten sie darauf achten, dass niemand die Statue berührte. Sie trugen auch diejenigen zur Seite, die beim Anblick des wundertätigen Laurentius das Bewusstsein verloren. Es mangelte nicht an Freiwilligen für diese Aufgabe.

Es kamen Einäugige und Lahme, manche hatten nur noch einen Arm, andere einen Buckel. Menschen ohne Beine rollten auf niedrigen Wagen mühsam heran. Iven fragte sich, wie ein hölzernes Abbild es schaffen sollte, ihnen wieder welche wachsen zu lassen. Junge Ehefrauen beteten darum, schwanger zu werden, und alle Arten von Wunden wurden dem Heiligen entgegengereckt.

Pater Fulbertus hatte sich zu einer Prozession durch Rungholt entschieden. Der Heilige sollte allen gezeigt werden. Am Sonntag nach der Messe war es so weit. Vier Chorherren hoben Laurentius auf ein Gestell, das sie auf die Schultern nahmen; er schwankte dort oben wie eine Betrunkener. Pater Fulbertus führte den Zug an, ihm folgten zwei Jungen, die Weihrauchgefäße schwangen. Danach kamen die Statue und wieder zwei Jungen mit Weihrauchgefäßen. Der Rauch aus dem kostbaren morgenländischen Harz quoll in dichten Schwaden um die Beine der Jungen; Pater Fulbertus hatte keine Kosten und Mühen gescheut, um alles so eindrucksvoll wie möglich zu gestalten. Die Mitglieder der Marienbruderschaft, die Hardesräte und die Bonden der Edomsharde schlossen sich an. Da die meisten Männer zu allen Gruppen gehörten, war der Zug nicht sehr lang. Iven hätte bei den Bonden mitgehen können, aber er hatte darauf verzichtet, er wollte sich die Sache lieber ansehen, Heinrich Westharg marschierte dagegen stolz zwischen den Mitgliedern der Bruderschaft. Er trug den Kopf noch höher als sonst und sah sich immer wieder selbstzufrieden um – immerhin hatte er die Statue gestiftet. Das erzählte er seit Tagen wieder und wieder.

Die Friesen der Edomsharde, die Pilger, Besucher aus den Nachbarharden und Fremde standen vor den Häusern und neben den Stegen zwischen den Warften, um den Weg des Heiligen zu verfolgen. Iven hatte nach seinem Cousin Monny Ausschau gehalten, ihn aber bisher nicht entdeckt. Auf einmal schob sich eine kleine, weiche Hand in seine. Silja hatte sich neben ihn gedrängt.

»Iven«, wisperte sie.

Jemand drängte sich nach vorne, und sie wurde eng an ihn gedrückt, ihre Brust gegen seinen Arm gepresst. Der Zug mit dem Heiligen nahte, und das Gedränge wurde noch größer. Iven schob sich hinter Silja, und sie lehnte sich an ihn. Er müsste nur die Arme heben und könnte sie um ihren Leib schlingen. Das beschäftigte ihn mehr als das Wunder. Er widerstand der Versuchung nicht länger: Als die Statue genau auf ihrer Höhe war und alle Aufmerksamkeit auf sie gerichtet war, küsste er Silja auf den Scheitel. Ihr Haar schmeckte nach Wind und Wolltuch. Iven ließ dem ersten Kuss einen zweiten folgen und hätte wohl weitergemacht, wenn ihm nicht jemand einen Ellenbogen in die Seite gerammt hätte.

Ob Silja mit dem Hamburger verlobt war oder nicht, er durfte sie nicht in der Öffentlichkeit berühren. Er konnte dafür vom Hardesgericht verurteilt werden, und ihr Vater konnte sie als entehrt verstoßen.

***

Der Wind heulte über die Levensenwarft, zerrte an den Fensterläden, pfiff durch die Ritzen und brachte die Talglichter zum Flackern.

»Wir müssen gehen«, sagte Iven zu Fiete.

»Bei diesem Sturm?«

Er warf dem Jungen einen Umhang zu, der Hamburger war weich – kein Friese eben, und manchmal fragte er sich, ob es richtig gewesen war, ihn aufzunehmen. Er hätte ihn nach Hamburg zurückschicken können. Aber da war ein Glanz in seinen Augen gewesen, als er neben Laefke in der Döns gestanden hatte, ein Drang nach Freiheit und einem Leben fernab seiner Verwandten – er hatte es nicht fertiggebracht.

Iven und Fiete stemmten sich gegen den Sturm, als sie Richtung Niendamm gingen. Außer ihnen war niemand draußen.

»Es ist keiner da. Können wir nicht warten, bis der Sturm vorbei ist?«

»Dann kann es zu spät sein.« Iven wickelte sich fester in seinen Mantel und presste die Blendlaterne an den Leib. Der Regen peitschte ihnen fast waagerecht entgegen und hatte den dicken Filzstoff im Nu durchtränkt.

In Niendamm bot sich das gleiche gespenstische Bild wie in Rungholt: Niemand war draußen, alle Häuser waren verrammelt. Der Sturm machte das Atmen mühsam, und es fegte eine Bö über sie hinweg, bei der es selbst Iven schwerfiel, auf den Füßen zu bleiben. Fiete musste er festhalten. Die Windschattenseite des Deiches bot ihnen nur wenig Schutz und auch nur für kurze Zeit, denn Iven brauchte nicht lange, um zu sehen, dass noch kein Wasser über die Krone geschwappt war. Er war erleichtert: Das Schlimmste, was eine Sturmflut anrichten konnte, war nicht eingetreten.

Auf der Heverseite stand das Wasser mehrere Ellen höher als bei einer normalen Flut. Der Sturm hatte es in den Fluss gedrückt.

»Alles in Ordnung«, schrie Fiete, nachdem er einmal den Blick hatte schweifen lassen. »Wir können zurückgehen.«

Iven antwortete nicht. Er stand auf der Deichkrone und beobachtete das aufgeweichte Erdreich. Bisher war noch keine Welle über den Deich geschlagen; viel höher durfte das Wasser jedoch nicht mehr steigen, höchstens noch eine und eine halbe Elle, schätzte er. Die Flut hatte noch nicht ihren höchsten Stand erreicht.

»Herr Iven, kehren wir um«, drängte Fiete. »Ihr habt gesagt, wir schauen nach, ob das Wasser über den Deich geschlagen ist. Das ist es nicht, wir können wieder nach Hause gehen.«

»Wir halten Deichwacht.«

»Deichwacht.« Fiete hörte sich trotz des Sturms so erstaunt an, als habe er das Wort noch nie gehört.

»Wir bleiben hier, bis das Wasser wieder fällt und wir sicher sein können, dass es nicht doch über den Deich schlägt. Komm mit!«

Er stapfte los, der Junge folgte ihm. Rungholtsiel, großes Siel, beide waren geschlossen und hielten dem Druck des Wassers stand. Iven war erleichtert. Er kauerte sich auf die flussabgewandte Seite des Deiches und zog aus einem durchweichten Beutel zwei kleine Äpfel und ein Stück harten Käse. Mit Fiete teilte er sich das karge Mahl. Jenseits des großen Siels lag die Burg der Wogensmannen auf ihrer Warft. Er spähte hinüber, aber durch den Regen waren die Umrisse kaum zu erkennen. Die Schebecke, mit der diese Piraten die Nordsee unsicher machten, schwankte auf der Hever. Sie lag an einem Steg, der vom Wasser überspült war. Ihre schwankenden Masten waren besser zu sehen.

Iven strich sich das klatschnasse Haar aus dem Gesicht. Der Mast der Schnigge ragte drohend über den Deich, bei Niedrigwasser war nur die Spitze zu sehen. Ohne dieses Schiff ..., dachte Iven, und seine Zähne schlugen vor Kälte aufeinander. Die Burg konnte er ihnen nicht nehmen, die Schnigge aber ...

»Was machen wir, wenn die Flut über den Deich schlägt?«,

fragte der Junge kauend. »Wir sind nur zwei und können nichts gegen das Wasser ausrichten.«

»Du läufst nach Rungholt zurück und läutest die Glocke von St. Petri. Das alarmiert die Menschen, und dann schickst du sie her, damit wir gemeinsam den Deich retten. Strömt das Wasser erst in den Niendammkoog, ist auch Rungholt in Gefahr.«

Der Deich zwischen Halgeneß und Rungholt, der Niendamm, war niedriger als der Außendeich an der Hever, an seinem Fuß schmaler und steiler; er konnte dagegenschwappenden Wellen nicht lange standhalten. Iven betete stumm, dass es so weit nicht kam, Fiete neben ihm bewegte ebenfalls die Lippen.

Auf dem Levensenhof hockte Laefke vor dem Herd und überwachte das Feuer. Der Rauch zog nicht mehr richtig ab, von Augenblick zu Augenblick wurde die Luft im Haus schlechter. Ein Fensterladen klapperte, Laefke band ihn fester, und das Geräusch ging im heulenden Sturm unter.

Der Sturm veränderte sich, Regen fiel durch den Rauchabzug in die Glut und verdampfte zischend. Im Rauch sah Laefke Gestalten tanzen. Weit aufgerissene Münder, die alles verschlangen. Sie fraßen die Uhtlande mit allen Menschen und Tieren und wurden doch nicht satt. Ein Maul schnappte nach ihr. Schützend riss sie die Arme vors Gesicht. Sie musste husten, der Rauch biss in ihrer Kehle.

Da waren immer noch die Mäuler, die nach ihr schnappten. Sie kamen von allen Seiten. Sie hörte geifernden Atem und zusammenschlagende Zähne. Laefke wollte fliehen. Wohin? Sie drehte sich. Wohin? Wohin?

Heilige Muttergottes, Maria und Josef, himmlischer Jesus, flehte sie stumm, und die Dämonen wurden wütender.

Ihr Atem geiferte noch lauter, die Mäuler schnappten wie rasend zu.

»Lasst mich! Lasst mich!«, schrie Laefke. »Ich habe euch nichts getan. Geht weg!«

Die Dämonen wichen nicht. Laefke stolperte und fiel zu Boden. Sie wand sich und kroch in eine Ecke, aber nirgendwo war sie sicher.

Iven fand seine Schwester wimmernd auf dem Boden liegen. Das Feuer im Herd war erloschen, im ganzen Haus war es bitterkalt. Fiete hatte er für den kurzen Rest der Nacht in das Knechtshaus geschickt. Mit Einsetzen der Ebbe war das Wasser der Hever langsam zurückgegangen, ohne zuvor über den Deich geschwappt zu sein. Es war noch einmal alles gutgegangen, und er war erleichtert. Bis er seine Schwester fand und seine Erleichterung sich in Entsetzen verwandelte. Laefke war alles, was ihm von seiner Familie geblieben war.

Er hob sie auf und trug sie zum Bett. Sie lag zusammengekrümmt auf den kalten Decken und zitterte am ganzen Leib.

»Laefke, Laefke.« Er strich ihr das Haar aus der Stirn. Die Kälte in seinen eigenen Knochen war vergessen. »Was ist passiert? Rede mit mir! Du bist eiskalt, und das Feuer ist aus.«

Er häufte einen Berg Decken über sie und rieb ihre Hände. Sie bräuchte einen heißen Stein an den Füßen, einen von ihren Kräuteraufgüssen – er hatte keine Ahnung welchen.

»Schwester, komm zurück zu mir. Es war nur ein Sturm. Der Wind flaut ab, und das Wasser geht zurück. Ich habe mit Fiete Deichwacht gehalten. Der Heverdeich hat gehalten, es ist alles gutgegangen. Laefke, hörst du mich?«

»Sie waren hier«, kam es schwach vom Bett her.

»Die Wogensmannen? Haben sie dir das angetan? Wenn ...« Er würde jeden Einzelnen von ihnen töten.

»Nein, nein.« Ihre Stimme wurde kräftiger. »Der Rauch ist nicht mehr abgezogen, Regen ist durch den Abzug hereingekommen. Alles war voller Rauch.« Sie hustete und setzte sich auf.

Iven stopfte ihr Kissen in den Rücken und sorgte dafür, dass sie gut eingepackt war.

»Sie waren im Rauch.«

»Wer?«

»Mäuler. Ich weiß nicht. Sie haben alles aufgefressen, die Uhtlande. Mich wollten sie auch holen. Sie sind immer näher gekommen, und ich weiß nicht …«

»Du hast Stimmen gehört?«

»Keine Stimmen, schrecklichen Atem, zuschnappende Mäuler. Es wird etwas Schlimmes passieren, Iven. Das war die zweite Warnung. Eine dritte wird es nicht geben.«

»Was wird passieren?«

»Ich weiß es nicht.«

»Wann passiert es? Laefke, du musst doch was wissen.«

»Ich weiß es nicht.« Sie schwang die Beine aus dem Bett, angelte nach ihren Holzschuhen.

»Bleib liegen.« Iven wollte sie aufhalten, aber sie schlüpfte an seinem Arm vorbei.

»Mir fehlt nichts.« Sie kniete sich vor den Herd, räumte die Asche aus, schichtete getrockneten Mist auf, und kurze Zeit später brannte das Feuer wieder. »Wir müssen vorsichtig sein und uns mit dem Boot beeilen. Mehr kann ich nicht sagen, Iven. Jede Warft sollte ihre Boote bauen.«

»Es wird also eine Flut kommen?«

»Es kann alles Mögliche sein.«

»Ich beeile mich mit dem Boot. Noch in diesem Jahr wird es fertig werden. Reicht das?«

»Hoffen wir.«

Kapitel 6

Heinrich Westharg hatte die halbe Nacht in seiner Schreibstube gesessen und auf das Brausen des Sturms gelauscht. Der erste Sturm in diesem Jahr war heftig und früh gekommen, er rüttelte an den Fensterläden und zerrte am Reetdach. Mehrmals hob er den Kopf, wartete darauf, dass gleich das halbe Haus oder wenigstens das Dach weggetragen würde. Seit er in die Uhtlande gekommen war, hatte er einen so heftigen Sturm nicht erlebt.

Als der Sturm endlich nachließ, war es nach Mitternacht. Das Haus hatte aufgehört, in seinen Grundfesten zu beben, und stand wieder fest auf dem Boden. In seiner Schlafkammer hörte er hinter der dünnen Wand Siljas Bett knarren. Sie konnte wohl ebenso wenig schlafen wie er. Seit er ihr von der Verlobung erzählt hatte, war ihr Verhalten ein anderes geworden. Sie redete nur mit ihm, wenn er sie ansprach, antwortete knapp, nannte ihn nicht mehr liebevoll »Täte« und dachte gar nicht daran, seiner Anordnung zu folgen und zu Hause zu bleiben. Er hatte es nicht übers Herz gebracht, sie deswegen zu strafen. In den ersten Tagen hatten ihre traurigen Augen ihm wehgetan, inzwischen schaute sie ihn mit einem trotzigen Blick an, der einer Tochter gegenüber ihrem Vater nicht zustand und ihn noch trauriger machte. Er hatte es nicht übers Herz gebracht.

Es gab Tage, an denen war Heinrich Westharg nicht ehrlich zu sich selbst, heute war einer der anderen: Er fürchtete Siljas spitzzüngige Antworten, gleichzeitig hegte er den Verdacht, sie habe etwas ausgeheckt, um ihre Heirat zu durchkreuzen. Das durfte er nicht zulassen. Wieder hörte er ihr Bett knarren.

Er zog sich seine Schlafkappe und die Decke über die Ohren; beides sperrte das Schluchzen nicht aus.

Er musste trotzdem eingeschlafen sein, denn mit dem ersten Hahnenschrei schreckte er hoch und fühlte sich, als hätte er in der Nacht ein Fass Bier alleine geleert. Silja sah ebenso übernächtigt aus, als sie sich in der Döns begegneten. Gemeinsam und doch wie zwei Fremde schauten sie, welche Schäden der Sturm angerichtet hatte. Der Garten auf der Südseite des Hauses sah zerwühlt aus. Auf breiter Front war der Knüppelzaun umgestürzt und lag auf den Beeten. An der Westecke hatte der Sturm am Reetdach gezerrt, herausgerissene Reetbündel lagen unten.

Den Schuster neben ihnen hatte es schlimmer erwischt: Ein Schuppen hatte der Gewalt nicht standgehalten, heruntergefallene Balken hatten zwei Schweine erschlagen. Ketel Hansen und seine Frau Inken standen wortlos vor den Trümmern. Sie könnten die Schweine zerteilen, pökeln und im Winter mehr Fleisch verzehren als viele andere Rungholter, dachte Westharg nicht eben freundlich.

Der Sturm hatte am Lüttfischerhafen zwei Häuser abgedeckt, bei den Chorherrenhäusern war ein Baugerüst umgekippt, mehrere Bäume waren entwurzelt und Zäune herausgerissen. Westharg eilte mit seiner Tochter und anderen Rungholter Bonden zum Hafen. Seine größte Sorge war, dass sein Salzspeicher dem Sturm nicht standgehalten hatte, und das wenige Salz, das Ketel Monnesen gewonnen hatte vernichtet war. Dann konnte er sich wirklich nur noch auf Dürkopps guten Namen verlassen.

»Um die Speicher stehen viele Leute«, sagte Silja, die schärfere Augen hatte als er.

Tatsächlich schien sich halb Rungholt dort versammelt zu haben. Westharg entdeckte auch gleich warum: Die Speicher standen alle in einer Reihe am Hafen, und der Sturm hatte unter ihnen gewütet; der erste Speicher war dem Erdboden gleichgemacht worden, der Nächste halb zusammengestürzt. Zersplittertes Holz, zerstörte Fässer lagen weithin verstreut, und nicht wenige waren dabei, das hervorquellende Salz in mitgebrachte Beutel zu löffeln. Die zerstörten Speicher gehörten Babe Gunnesen und Haye Wunksen, ihre Knechte waren dabei, die Salzdiebe zu verscheuchen, die Leute kamen aber immer wieder zurück. Die beiden Bonden standen fassungslos inmitten der Zerstörung.

Die übrigen Speicher standen noch, alle waren jedoch beschädigt. Westharg gehörte der letzte Speicher in der Reihe, und dieser – o Wunder der Heiligen Jungfrau! – war unbeschädigt. Mit zitternden Händen schloss er auf. Die Fässer standen aufgereiht an der Wand, kein Krümel Salz lag am Boden. Er atmete auf. Warum sollte er nicht auch einmal Glück haben?

Der alte Broder Brodersen, sein Sohn, der Wirt Boye Harksen und der Bonde Haye Harksen schauten ihm über die Schulter.

»Als hätte der Sturm einen Bogen gemacht«, sagte der alte Broder. »Andere sind nicht so glücklich dran.«

Westharg mühte sich, ein angemessen betroffenes Gesicht vor dem Unglück der anderen zu machen. Es fiel ihm nicht leicht, denn dem hochnäsigen Babe Gunnesen gönnte er den Schaden. Das war nicht sehr christlich, aber der Bonde tat immer gar zu großspurig. Eigentlich gönnte er es ihnen allen.

»Täte, da ist Ketel«, sagte Silja leise neben ihm.

Westharg kniff die Augen zusammen und beobachtete seinen Salzsieder, der mit schnellen Schritten herankam. Ketel schaute ernst drein. Er stürzte auf seinen Salzsieder zu, packte ihn an den Schultern.

»Was ist mit den Kögen?«

»Nichts.« Ketel befreite sich aus dem Griff. »Sie sind nicht vollgelaufen, aber die Kajedeiche sind beschädigt. Bevor wir wieder Torf abbauen, müssen wir sie ausbessern. Noch einem Sturm halten sie nicht stand, und das war gerade erst der Erste in diesem Winterhalbjahr. Wenn ich drei oder vier Männer zusätzlich hätte ...«

»Was ist mit den beiden Ebbes?«

»Sie könnten weiter Torf abbauen, während ich mich mit den anderen um die Deiche kümmere.«

Er sollte wieder Geld ausgeben, statt welches einnehmen. Mehr Arbeiter, und die Ausbeute aus den Kögen blieb stets gering. Westharg schüttelte den Kopf.

»Du nimmst die beiden Ebbes, und ihr bessert die schlimmsten Stellen in den Deichen aus. Drei Tage habt ihr dafür Zeit. Danach stechen die beiden wieder Torf. Dein Freund kann euch helfen, dieser Iven. Ich gebe ihm zwei Pfennige am Tag.«

»Vergesst es, Meister Westharg. Iven gehört der Levensen-hof, er hat eigene Deichabschnitte, um die er sich kümmern muss, und er nimmt diese Pflicht ernst. Außerdem ist er ein Bonde, es war reine Freundlichkeit, dass er ein paar Eurer Salzfässer getragen hat. Bekomme ich noch ein paar Leute? Ich muss es wissen, sonst sind alle Tagelöhner bei anderen beschäftigt.«

»Nein«, erwiderte Westharg.

Es war immer dasselbe. Kaum glaubte er, einmal Glück zu haben, wurde gleich wieder Essig über ihm ausgeschüttet. Arbeiter einstellen, Deiche errichten, die Köge brachten kaum etwas ein, und er sollte immer noch mehr und immer noch mehr Geld hineinstecken.

»Ich werde mir die Deiche selbst anschauen«, fauchte er Ketel an. Er schaute sich nach seiner Tochter um. »Du gehst sofort nach Hause. Stell den Zaun wieder auf und schaffe Ordnung.«

»Soll ich auch das Dach reparieren? Die Ecke müssen wir machen, sonst regnet es rein, und jede Windbö verschlim-mert den Schaden.«

»Mach es.«

»Das Dach?«

»Ich schaue zuerst nach den Kögen, dann komme ich.«

Iven entdeckte Silja, wie sie sich abmühte, einen Knüppelzaun wieder aufzustellen. Die einzelnen Knüppel waren durch Seile miteinander verknotet, und wenn man das eine Ende des Zauns aufgerichtet hatte, zog ihn das noch liegende Teil wieder zu Boden. Silja ließ ihr Ende los und trat mit dem Fuß dagegen. Beim nächsten Mal zog sie den Mittelteil des Zaunes hoch, es gelang ihr jedoch nicht, ihn im nassen Erdreich so zu verankern, dass er stehen blieb. Es wurde Zeit, einzugreifen und ihr zu helfen, entschied Iven. Auf dem Rücken trug er eine Kiepe mit vier runden Käselaiben, in ein Tuch eingeschlagen baumelte in seiner Rechten ein weiterer, bei dem seine Schwester ein neues Rezept ausprobiert hatte, zu dem sie Siljas Meinung hören wollte. Den Laib legte er auf den Weg und griff nach einem Ende des Zauns.

»Du brauchst Hilfe.«

»Iven.« Ein Lächeln erhellte Siljas Züge, und gemeinsam gelang es ihnen, den Knüppelzaun aufzurichten.

Iven trat die Kleierde fest und rüttelte danach noch einmal am Zaun. Einem entschlossenen Angriff hielt er nicht stand, für heute musste es jedoch genügen.

»Warum bist du gekommen?« Silja wischte ihre schmutzigen Hände am Rock ab.

»Meine Schwester schickt mich mit Käse. Außerdem hat sie das für dich.« Er nahm den Käsebeutel vom Boden auf und hielt ihn ihr hin. »Sie hat ein neues Rezept entwickelt und möchte wissen, wie es dir schmeckt.«

»Komm mit ins Haus.«

Bevor sie hineingingen, sammelte Iven heruntergewehtes Ried auf, er stopfte es in die beschädigte Dachecke und band es fest. Ewig hielt das nicht, Westharg musste die Riedbinder bestellen, damit sie das richteten. So regnete es jedenfalls erst mal nicht mehr hinein, und nicht jede Bö lockerte neue Stängel und vergrößerte den Schaden.

»Gesche?«, fragte Iven, als er hinter Silja die Döns betrat.

»Liegt mit einem Fieber im Bett.«

»Und dein Vater?«

»Ist mit Ketel bei den Salzkögen. Die Luft ist rein, Iven.« Sie drehte sich zu ihm um, und das Strahlen ihrer Augen war heller als der Vollmond.

Von der Döns führte Silja ihn in die Küche, wo er sich in einem Eimer Wasser die Hände wusch. Sie wickelte unterdessen den Käselaib aus, legte ihn auf den Tisch, ein Messer und ein Laib Brot folgten, zuletzt stellte sie eine Schale Essiggurken dazu. Sie und Iven saßen sich am Tisch gegenüber, sie schnitt den Käse an und hielt ihm auf der Messerspitze einen Happen hin. Er nahm ihn mit den Lippen ab. Laefkes neuer Käse schmeckte würzig und besaß einen Nachgeschmack, wie Iven ihn noch nie gekostet hatte.

»Köstlich«, stimmte auch Silja mit vollem Mund zu. »Was hat Frau Laefke diesmal hineingetan?«

»Das hält sie streng geheim. Ich weiß nur, dass sie den Käse diesmal in den Rauchabzug gehängt hat, als wäre er ein Schinken.«

»Geräuchert. So schmeckt es auch. Ich nehme jeden Käse, den deine Schwester herstellt. Du hättest lieber Kühe statt Schafe in Dithmarschen kaufen sollen.«

»Laefke hat bald die notwendigen Pfennige für eine Kuh zusammen. Sie will sie selbst kaufen.« Iven wurde ernst. »Hast du bei deinem Vater etwas erreicht, um die Verlobung zu lösen?«

»Mit meinem Vater lässt sich nicht reden. Er hat mir sogar befohlen, im Haus zu bleiben und nur noch mit Gesche als Begleiterin in den Ort zu gehen. Heute bin ich eine gehorsame Tochter.« Sie schenkte ihm einen schelmischen Blick, als sie ihm ein weiteres Stück Käse reichte.

Iven zerkaute ihn mit einem Bissen Essiggurke und spülte mit Wasser nach. Danach legte er seine Hand auf Siljas. »Dann spreche ich mit deinem Vater.«

»Nein, Iven. Er ist so fest entschlossen, wie ich es nie erlebt habe. Er bringt es fertig, die Hochzeit vorzuziehen und mich noch in diesem Monat nach Hamburg zu bringen.«

Er drückte ihre Hand. »Ich lasse dich nicht im Stich.«

In diesem Moment öffnete sich die Tür, und Gesche schlurfte herein, in eine Decke gewickelt, einen Schal um den Hals und die Nachthaube auf dem Kopf. Sie ging noch mehr nach vorne gebeugt als sonst. Ihr Gesicht war gerötet, und die Augen waren verquollen. Iven und Silja zuckten zusammen, er nahm schnell die Hand von ihrer.

»Jungfer Silja«, krächzte die Magd. »Hat Euer Vater Euch Besuch erlaubt?«

»Herr Iven hat mir Käse gebracht. Dafür benötige ich keine Erlaubnis meines Vaters. Brauchst du was?«

»Heißen Holundersaft.« Die Magd machte sich am Herd zu schaffen und war drauf und dran, Wasser aus dem Eimer zu schöpfen, in dem Iven sich gerade die Hände gewaschen hatte.

Silja hinderte sie daran. »Geh wieder ins Bett. Ich bringe dir den Saft und einen heißen Stein für die Füße.«

Gesche schlurfte aus der Küche, und Silja schürte die Glut im Herd, machte Wasser und den Stein heiß. Iven beobachtete ihre sicheren Bewegungen und stellte sich vor, es wäre die Küche auf dem Levensenhof, in der sie hantierte. Nachdem sie Gesche versorgt hatte und wieder zurückgekehrt war, stand er auf.

»Ich gehe besser, ehe dein Vater kommt.«

Zum Abschied umarmten und küssten sie sich, aber so viel Innigkeit wie im Sommer wollte nicht aufkommen.

***

Zum Rungholter Herbstmarkt kamen Kaufleute von nah und fern. Nicht nur zu Schiff, sondern auch mit Maultieren und Ochsenwagen erreichten sie die Stadt in der Edomsharde. Kauffahrer aus Bremen, Flandern oder England waren das ganze Jahr über keine Seltenheit. In der letzten Oktoberwoche erreichten aber auch Männer aus dem Rheinland, aus Livland, dem russischen Reich und Schweden und Norwegen Rungholt. Wie jedes Jahr schien der Ort zu klein zu sein, um all die Menschen zu fassen, und wie immer fand am Ende doch jeder seinen Platz.

Von einem Krieg zwischen Waldemar Atterdag und der Hanse hatte Silja gehört und dass deshalb die Hanse den Handel mit dem dänischen Königreich boykottierte. Zu sehen war davon allerdings nichts, es waren nicht weniger Hansekaufleute gekommen als im Jahr davor. Die Marktzeit war eine bunte und laute Zeit, denn nicht nur Händler suchten ihr Glück in Rungholt, sondern auch Gaukler, Wahrsager, Bettler und Wanderhuren, der Ort hallte wider von Musik und Gelächter. In den vergangenen beiden Jahren hatte Silja sich wochenlang auf diese Zeit gefreut und gemeinsam mit ihrer Freundin Kresten vom Brodersenhof in den Wundern der Markttage geschwelgt. In diesem Jahr sah sie dem Markt mit gemischten Gefühlen entgegen. Sie freute sich für ihren Vater, der dann die besten Geschäfte des Jahres tätigte und den Wohlstand für das nächste Jahr verdiente, aber es war auch die Zeit, zu der Andreas Dürkopp mit seinem Vater nach Rungholt kommen und zu der ihre Verlobung besiegelt werden würde. Alles Bitten bei ihrem Vater hatte nichts geholfen. Er hielt stur an seinem Plan fest, und sie hatte nicht gewagt, ihm von Iven zu erzählen.

Julius Dürkopp kam allein und wurde als zukünftiges Familienmitglied in ihrer Kammer einquartiert, während sie mit Gesche das Lager teilen musste.

»Seid freundlich zu Herrn Dürkopp, Eurem Vater zuliebe«,

ermahnte die Magd sie, als sie ihr die Haare flocht und die Zöpfe zu einem Kranz am Oberkopf feststeckte. Sie war von der Erkältung wieder genesen, hatte sich aber immer noch ein dickes Wolltuch um die Schultern geschlungen.

»Wie es in meinem Herzen aussieht, kann ich verbergen.«

»Jede Frau kann froh sein, einen so wohlhabenden Mann wie den jungen Herrn Dürkopp zu heiraten. Euer Vater hat klug für Euch entschieden.«

»Er hat sein Versprechen gebrochen.«

»Solche Rede gehört sich nicht für eine anständige Tochter.«

»Ich liebe meinen Vater, wie es sich für eine gute Christin gehört.«

»Seid Ihr endlich zur Vernunft gekommen.«

Unwirsch stand Silja auf. »Ich werde das Holzkreuz tragen«, sagte sie und griff nach Ivens Geschenk, das an einem Haken an der Wand hing. Eigentlich hatte sie das silberne Kreuz mit den Bernsteinen überstreifen wollen, es war vornehmer, aber Gesches Gerede forderte ihren Trotz heraus.

»Das Silberne ist dem Anlass angemessener.«

»Ein Kreuz, das mich alle Tage beschützt, wird auch heute seinen Dienst tun.« Entschlossen legte sie sich die Kette um und verknotete den Lederriemen im Nacken. Gesche ahnte wohl die Geschichte hinter dem Geschenk, denn sie machte ein finsteres Gesicht. Wieder einmal fühlte Silja sich allein.

Die Chorherren Gotgemak und Vreese waren gekommen, um als Zeugen den Verlobungsvertrag zu unterzeichnen. Ihr Vater hatte auf dieser förmlichen Einhaltung aller Regeln bestanden, damit im Nachhinein keine Ausflüchte geltend gemacht werden konnten. Deshalb erwarteten sie vier dem feierlichen Anlass entsprechend in dunklen Samt gekleidete Herren in der Döns. Es gab auch kein Bier, sondern eine Flasche Wein stand auf dem Tisch – und die Honigkuchen, die sie und Gesche vormittags gebacken hatten, ein gebratener Kapaun, zwei Sorten Brot, Essiggurken, Frau Laefkes geräucherter Käse, ein Schweinskopf und Speckwürfel mit Zwiebeln.

Ihr Vater hatte die bereits aufgesetzte Verlobungsurkunde vor sich liegen. Er räusperte sich. »Wir alle wissen, warum wir zusammengekommen sind, ich will deshalb keine lange Rede halten. Danken möchte ich den ehrenwerten Herren Gotgemak und Vreese, dass sie sich als Zeugen zur Verfügung stellen.«

»Wo ist der Bräutigam?«, fragte Herr Gotgemak, bevor ihr Vater zu einer längeren Rede ansetzen konnte.

»Er ist in Hamburg geblieben und führt dort während meiner Abwesenheit unser Geschäft. Die Zeit der Herbstmärkte ist für uns die wichtigste Zeit vor der Winterruhe. Ich kann das Kontor keinen Tag ohne Aufsicht lassen. Ich bin das Oberhaupt der Familie, seine Anwesenheit ist nicht erforderlich.«

Silja war es recht so. Es reichte, dass sie verlobt wurde, da musste sie ihren Bräutigam nicht auch noch sehen. Es fiel ihr nicht leicht, vor den Männern zu stehen und ihre wahren Gefühle hinter einer undurchdringlichen Miene zu verbergen.

»Verlest die Urkunde, Herr Westharg.« Julius Dürkopp setzte sich bequemer hin und faltete die Hände.

Silja hatte sich auf einen Schemel in eine Ecke gesetzt und ebenfalls die Hände gefaltet. Ihr Vater las Titel, Namen, Herkunft, die Zeit der Hochzeit und – ganz wichtig – welche Mitgift ihr mitgegeben werden sollte. Die Worte rauschten an ihr vorbei.

»Sehr gut.« Julius Dürkopp wirkte zufrieden. »Seid Ihr mit allem einverstanden, Jungfer Silja?«, wandte er sich an sie.

Silja richtete sich überrascht auf, hatte sie doch nicht damit gerechnet, um ihre Meinung gefragt zu werden. Nein, nein,

nein, wollte sie sagen, und ihr Blick fiel auf ihren Vater. Unter gerunzelten Brauen hervor starrte er sie an, nickte ihr befehlend zu.

»Es ist alles gut ausgehandelt worden«, sagte sie langsam

»Dann lasst uns zur Unterzeichnung schreiten, meine Herren.«

Ihr Vater hatte weder die Mühe noch die Kosten gescheut, die Urkunde in zweifacher Ausfertigung erstellen zu lassen. Alle unterschrieben beide Exemplare, und zum Schluss drückten ihr Vater, Julius Dürkopp und die Chorherren ihre Siegel in heißes Wachs. Die Chorherren gratulierten den Brautvätern und verabschiedeten sich. Silja atmete auf – es war überstanden. Sie erhob sich von ihrem Schemel und wollte die Weinbecher und die leere Flasche einsammeln.

»Herr Westharg, gestattet mir ein privates Wort mit Eurer Tochter.«

»Sehr gerne.« Ihr Vater trug eigenhändig die Flasche und die Becher hinaus.

Silja blieb neben dem Tisch stehen und rang um Fassung. Was wollte der Hamburger von ihr? Sie hatte die Hände verschränkt und rieb die Daumen aneinander.

Julius Dürkopp zog ein in Stoff eingeschlagenes Päckchen aus dem weiten Ärmel seines Wamses und reichte es ihr. »Ein Geschenk zu Eurer Verlobung mit den besten Glückwünschen meines Sohnes. Er wäre gern selbst gekommen, aber es musste jemand in unserem Hamburger Kontor bleiben. So wie hier ein Herbstmarkt stattfindet, gibt es auch einen in Hamburg. Als Kaufmannstochter versteht Ihr das bestimmt?«

Sie verstand und nickte.

»Wickelt Euer Geschenk aus. Andreas hat es eigens für Euch ausgesucht.«

Zum Vorschein kam eine silberne Gewandspange in Form dreier Rosenblüten. Jedes Blatt war sorgfältig gearbeitet, und keines glich dem anderen, an den Stielen befanden sich winzige Dornen. Sie strich mit dem Finger über einen – er war scharf. Es war eine wunderschöne Arbeit, und nicht einen Moment glaubte sie, dass Andreas Dürkopp sie wirklich für sie ausgesucht hatte. Während ihres Spaziergangs in Rungholt war er ihr nicht wie ein besonders feinsinniger Mensch vorgekommen. Ihre Erziehung gebot ihr jedoch, Julius Dürkopp herzlich zu danken. Es gelang ihr sogar ein Lächeln.

»Wollt Ihr meinen Sohn wirklich heiraten? Ich will keine Ausflüchte hören oder was Euer Vater von Euch erwartet, sondern Eure ehrliche Meinung. Scheut Euch nicht, Jungfer Silja, ich kann die Wahrheit vertragen. Viele Ehen werden geschlossen, ohne dass die Verlobten Zuneigung füreinander empfinden, die Liebe kommt mit der Zeit.«

Silja nagte an ihrer Unterlippe. Die Wahrheit konnte sie ihm nicht sagen – egal, was er gefordert hatte. Sie entschloss sich zu etwas möglichst Unverbindlichem. »Euer Sohn und ich kennen uns kaum, aber ich bin sicher, die Zuneigung wird sich während der Ehe einstellen. Ich empfinde auf jeden Fall Respekt und Achtung vor ihm.«

Das hatte sie schön gesagt. Sie war stolz auf sich.

»Das ist wirklich Eure Meinung über meinen Sohn?«

»Sicher.« Sie war auf der Hut.

»Dann werdet Ihr eine glückliche Ehe führen, davon bin ich überzeugt.«

***

Bernhard von Ahlefeldt und Theodosius Munk erreichten Rungholt in der Abenddämmerung. Ein Dutzend Knechte und ein Schreiber begleiteten sie. Propst und Archidiakon trugen ihre Amtsketten, Hüte mit wippenden Federn und Kleidung aus schwerem Samt. Ihre Mäntel bestanden als Schutz gegen die herbstliche Kälte aus dickem Filz, der des Archidiakons besaß noch einen breiten Kragen aus Hasenfell. Die Edomsharde hatte ihnen freies Geleit zugesichert, nachdem sie zwei Tage in Husum hatten warten müssen. Die Uhtländer waren die Einzigen, bei denen die Abgesandten der Kirche jemals um freien Einzug in die Harde verhandeln mussten. Dem Staller sollte es ähnlich ergehen, hatte von Ahlefeldt gehört.

Auf den Wegen war viel Volk unterwegs – nicht nur Kaufleute, die mit ihren langsamen Ochsenkarren alle aufhielten. Die meisten Leute gingen zu Fuß in kleinen oder größeren Gruppen bis zu zwei Dutzend Personen, viele wurden von Mönchen begleitet. Eine Gruppe bestand aus mehr als einem Dutzend Frauen, alle in abgerissenen Gewändern und barfuß. Die Haare trugen sie offen, und sie sahen aus, als wären sie schon etliche Tage unterwegs. Von Ahlefeldt mochte Schönheit, kein Büßertum, das mit strähnigen Haaren und schmutzigen Gesichtern einherging. Alle diese Menschen strebten nach Rungholt, sie wollten den heiligen Laurentius sehen.

Den Archidiakon hatte er über das Wunder und dessen Plan zur Überprüfung ausgefragt, der Mann ließ sich nicht in die Karten schauen. Auf jede Frage hatte er einsilbig geantwortet und nur mit dem Schreiber ausgiebig geflüstert. Von Ahlefeldt hasste es, abseits zu stehen und zum Zuschauen verdammt zu sein, deshalb hatte er sich vorgenommen, den Archidiakon in Rungholt keinen Moment aus den Augen zu lassen. Er traute es dem Mann zu, das Wunder zu verleugnen, weil es nicht in seinem eigenen Kirchensprengel aufgetreten war. Und er war fest entschlossen, es dazu nicht kommen zu lassen.

St. Petri lag unter einem trüben, wolkenverhangenen Himmel. Ein schmuckloses steinernes Kirchenschiff und ein das Dach nur wenig überragender Holzturm. Alles war neu, wirkte aber wenig ansehnlich. Schleswig, Kiel, Flensburg, sogar Rendsburg und Heide, überall gab es bedeutendere Kirchen, deren Pröpste reichere Pfründe innehatten. Die Kirchwarft war kreisrund wie die Kirche. Auf dem Kirchhof reihten sich die Gräber unter schlichten Kreuzen aneinander. Gegenüber der erhabenen Backsteinkonstruktion des Schleswiger Doms und erst recht im Anblick des prächtigen Schwahl wirkte das alles ärmlich. Es war nicht leicht vorstellbar, warum sich der Allmächtige ausgerechnet diesen Ort für ein Wunder ausgesucht haben sollte. Oder lag es am heiligen Laurentius, der ein Schutzpatron der Edomsharde war? Die Kirchentür war verschlossen, um diese Zeit kurz nach dem Vesperläuten lag St. Petri verlassen.

Die Knechte verteilten sich auf der Warft, hinderten die Pilger am Betreten der Kirche, selbst Pater Fulbertus ließen sie erst auf einen Wink des Archidiakons durch. In einer zerfransten Kutte, die früher vielleicht einmal braun gewesen war, eilte er auf sie zu. Seine Unterlippe zitterte, und die wenigen Haarbüschel standen nach allen Seiten ab. Wäre er nicht ein so eifriger Verfechter der Gebote des Herrn, von Ahlefeldt hätte ihn in seiner Propstei nicht als Priester haben wollen und schon gar nicht in St. Petri zu Rungholt.

»Edler Herr Propst, was geht hier vor?«

»Archidiakon Theodosius Munk und einer seiner Schreiber sind aus Schleswig gekommen, um im Auftrag des Bischofs das Wunder zu prüfen. So ist es üblich.«

Der Priester musste das wissen, dennoch erbleichte er. »Das Wunder prüfen?«

»Der Bischof hat Nachricht erhalten, und ein Wunder darf erst so genannt werden, wenn es untersucht und bestätigt ist. Erst danach dürfen die Menschen davor beten und auf Erlösung hoffen. Das wisst Ihr alles.«

»Doch, doch. Das weiß ich.«

»Die Pilger – Ihr hättet sie nicht in die Harde holen und ermuntern dürfen, bevor nicht alles von einem Vertreter des Bischofs geprüft und bestätigt worden ist.«

»Sie sind … sind von allein gekommen. So etwas spricht sich herum, so schnell wie hier der Wind weht.«

»Ich möchte das Wunder sehen«, machte der Archidiakon dem Gespräch ein Ende.

Pater Fulbertus verneigte sich. »Sehr wohl, edler Herr. Der heilige Laurentius steht in der Kirche in einer Nische. Ich bringe Euch hin.«

»Nein. Ich will mir das alleine ansehen.« Der Archidiakon ging auf die Kirchentür zu, sein Schreiber folgte ihm, von Ahlefeldt auch.

Was für den Priester galt, betraf ihn nicht. In der Tür drehte sich der Archidiakon um und stach ihm mit dem Zeigefinger vor die Brust. »Alleine, sagte ich.«

Die Tür schloss sich hinter Munk und seinem Schreiber. Neben ihm trat Pater Fulbertus von einem Fuß auf den anderen. Der Propst ging ein paar Schritte zurück, so wie der Priester sich gebärdete, schien etwas mit dem Wunder nicht in Ordnung zu sein, damit wollte er nichts zu tun haben. Am Tor zum Kirchhof entstand Unruhe.

»Ich bin der Vogt der Edomsharde, lasst mich durch.«

Ein breiter, großer Mann versuchte, sich durch die Knechte zu drängen. Ogge Jessen. Der Propst kannte ihn von seinen früheren Besuchen in der Harde. Ein lauter Mann, der reichste Bonde der Harde, der trotzdem um jeden Groschen feilschte, den er der Kirche zahlen sollte. Die Männer des Bischofs hielten sich an ihre Anweisungen und ließen ihn nicht auf die Warft. Hinter Ogge Jessen hatten sich weitere Rungholter versammelt. Der Propst war auf einmal froh über das Dutzend bewaffneter Knechte.

Es war auch noch die Zeit des Herbstmarktes, zu der Rungholt voller Kaufleute war. Und Pilger. Ob da ein Dutzend Knechte reichten? Hinter ihm öffnete sich die Kirchentür wieder. Der Schreiber erschien. Er sah ergriffen aus.

»Der Herr Archidiakon will eine Messe zu Ehren des heiligen Laurentius feiern. Kommt alle in die Kirche, ihr guten Leute.«

Die Knechte gaben den Weg frei, und die Menschen ließen sich das nicht zweimal sagen. Sie strömten in die Kirche, die kaum groß genug war, sie alle zu fassen. Die Rungholter und alle anderen standen dicht gedrängt, jeder zeigte ein erwartungsvolles Gesicht. Von Ahlefeldt hatte einen Platz ganz vorne inne neben den Chorherren, und er betrachtete den heiligen Laurentius. Der Anblick der schlichten Holzfigur rührte ihn, er faltete die Hände zum Gebet. Laurentius stand schräg vor ihm, der Riss und getrocknetes Blut waren gut zu erkennen. Konnte Holz bluten?

Herzblut sollte es sein, das dort ausgetreten und auf der Brust der Statue getrocknet war. Ihn befiel auf einmal eine heilige Scheu, und er wollte auf die Knie fallen.

Am Ende sagte der Archidiakon, jeder, der etwas über die Erscheinung wisse, dem in der letzten Zeit im Anblick des heiligen Laurentius etwas Ungewöhnliches geschehen sei, solle am nächsten Morgen in die Döns des Priesters kommen, seine Worte würden dort aufgeschrieben werden. Die Leute tuschelten miteinander, er schnappte Satzfetzen auf, wie »sie glauben nicht«, »unser Wunder soll nicht« oder »Pfaffen aus Schleswig wissen nicht«.

Trotzdem stand am nächsten Morgen eine lange Schlange vor dem Haus des Priesters, manche trugen kleine Kinder auf dem Arm, andere hatten Körbe dabei, in denen es rumorte, als befänden sich lebende Tiere darin. Der Hardespriester war auch da und sah immer noch so aus, als wäre er am liebsten woanders. Wusste er etwas, das besser verborgen blieb? Das Dutzend Knechte achtete darauf, dass sich niemand vordrängelte, sie schoben einen alten Mann, der gestolpert war, rüde beiseite und schickten ein Kind mit einem Huhn auf dem Arm wieder fort. Von Ahlefeldt stand natürlich auch draußen als Beobachter.

Einer nach dem anderen durften die Leute einzeln eintreten. Nach einer Weile kamen sie wieder heraus und wurden von den Knechten weggeschickt. Eine Frau mit einem Korb in der Hand sah empört aus und wehrte den Knecht ab.

»Das ist kein Wunder, haben sie gesagt«, keifte sie. »Das sind zehn Katzenjunge. Ich habe vor dem heiligen Laurentius gebetet, und zwei Tage später schenkt er mir zehn Katzenjunge. Hat schon einmal einer einen Wurf von zehn Katzenjungen gesehen? Alle von derselben Mutter.« Sie schwenkte den Korb, ließ andere einen Blick hineinwerfen. »Und sie sagen, es ist kein Wunder. Es sei nicht der heilige Laurentius gewesen.«

»Geh weiter, Frau.« Ein Knecht stieß sie mit dem Ellenbogen in den Rücken.

Die Frau stolperte nach vorne und wäre beinahe gefallen. Im Korb maunzten die Kätzchen erschrocken. Sie drehte sich um und stemmte die freie Hand in die Hüfte. »Von dir lasse ich mich nicht so behandeln. Du bist nichts als ein aus dem Mund stinkender Büttel.«

Von Ahlefeldt stellte sich zwischen die Frau und den Mann. »Wir wollen im Angesicht eines wundertätigen Heiligen keinen Streit«, sagte er streng. »Geh nach Hause, Frau, damit andere auch noch drankommen. Du wirst doch nicht am Urteil des Archidiakons zweifeln wollen.«

Sie fügte sich und ging, der Propst atmete auf. Das war gerade noch einmal gutgegangen. Weitere Leute traten in die Döns des Priesters, die Schlange schien nicht kürzer zu werden, und am Ende hatte der Schreiber wunde Finger.

Der Vormittag schritt voran, und von Ahlefeldt begann, sich nach einem Stuhl, einem Becher Bier und einer kräftigen Mahlzeit zu sehnen. Niemand verließ die Warft, deshalb harrte auch er aus. Am Nachmittag kam Wind auf, aber noch nicht einmal das brachte die Uhtländer dazu, nach Hause zu gehen. Also vergrub der Propst sich tiefer in seinen Umhang und schlug den Kragen hoch, er blies sogar auf seine Hände.

»Das ist nicht richtig.« Ein Mann in abgerissener Kleidung

kam aus dem Priesterhaus. Ihm fehlten mehrere Zähne, seine Sprache klang verwaschen. »Beim Beten vor dem Heiligen habe ich in der Luft geschwebt. Langsam hat es mich hoch gehoben, und am Ende des Gebets sah ich wieder zu Boden. Ungefähr so viel.« Er zeigte eine Spanne von etwa einer Hand an. »Aber die da drinnen sagen, das kann nicht wahr sein. Heilige können beim Beten schweben, aber nicht andere Menschen. Woher wissen die das? Sagt es mir! Sind die etwa heilig? Ich weiß ja nicht, was das alles soll. Wir wissen doch alle, dass es ein Wunder ist. Wir brauchen keine Klugscheißer aus Schleswig.«

Zustimmung belohnte ihn und spornte ihn an. »Am Ende sagen die feinen Herren aus Schleswig noch, es ist nichts gewesen, und wir sind Dummköppe, die sich alles nur eingebildet haben.«

»Oder sie sagen uns gar nichts, das ist doch immer so bei den feinen Herren«, rief ein anderer.

»Was treiben die mit unserem heiligen Laurentius?«, hörte er gleich darauf einen Dritten rufen. Die Stimme klang zornig. »Bevor wir ein Amen gesagt haben, nehmen die ihn mit und wollen ihn für sich.«

Die Stimmen wurden immer wütender und kamen von überall her. Es würde nicht mehr ausreichen, jemanden streng zurechtzuweisen. Der Propst machte auch keinen Versuch dazu, sondern wich ein paar Schritte zurück.

»Das lassen wir nicht zu. Es ist unser Wunder.«

»Wir lassen uns den heiligen Laurentius nicht wegnehmen.«

Die Leute drängten gegen die Wachen. Waren zwölf Mann genug, um die Rungholter zurückzuhalten? Sie kreuzten die Lanzen und stießen die Menge zurück.

In diesem Moment erschien Munk in der Tür, und der Ärger der Leute entlud sich. Sie drängten die Knechte zur Seite, Fäuste wurden geschüttelt. Einem wurde der Speer entrissen.

»Wir lassen uns von diesen Pfaffen nichts gefallen.«

Die Wachen konnten dem Andrang nicht länger standhalten. Der Hardesvogt drängte sich mit wutverzerrter Miene und die Arme wie Mühlschaufeln ausgestreckt auf den Propst zu, eine der Wachen rannte er einfach über den Haufen. Der Mann verschwand im Gewirr der Nachdrängenden. Die Leute bestürmten auch den Archidiakon.

Von Ahlefeldt erhielt eine Antwort auf seine Frage: Zwölf Knechte reichten nicht aus, um die Bewohner eines Ortes von der Größe Rungholts zurückzuhalten – auch nicht, wenn sie bewaffnet waren, aber sie reichten aus, Unheil anzurichten. Die ersten Uhtländer gingen unter Hieben und Schlägen zu Boden. Sie pressten Hände auf Wunden, Blut tropfte ins Gras. Er hatte es geschafft, sich bis zum Priesterhaus zurückzuziehen, mit der Mauer im Rücken fühlte er sich sicherer. Der Schreiber taumelte auf ihn zu, hielt sich den rechten, blutigen Arm. Von Munk war nichts zu sehen.

Ein großer, junger Mann schob sich durch die Kämpfenden. Er war mit einem Speer bewaffnet, den er einer der Wachen entrissen hatte. Er schwang ihn über seinem Kopf.

»Auseinander!«, schrie er. »Hört auf!«

Mit der freien Hand riss er einen Knecht zurück und stieß ihn zu Boden. Dessen Gegner hielt er mit dem Speer auf Abstand. »Geh nach Hause. Du hast Kinder.«

Der Mann schlurfte davon, und auch noch mehrere schickte der junge Uhtländer auf diese Weise fort. Einem Knecht, der nicht auf ihn hören wollte, schlug er die flache Seite des Speeres gegen den Kopf, und der Mann fiel wie ein vom Sturm geknickter Baum. Bei einigen siegte ebenfalls die Vernunft, und sie schlugen sich auf die Seite des jungen Mannes, mühten sich, die Kämpfenden zu trennen, und schimpften Uhtländer und Knechte gnadenlos aus. Dennoch dauerte es eine Weile, bis vor dem Priesterhaus ein brüchiger Friede einkehrte, mit den Knechten – zwei lagen verletzt am Boden –

auf der einen und den Uhtländern auf der anderen Seite. Der junge Speerträger stand zwischen ihnen und warf grimmige Blicke um sich.

»Iven Levensen, was treibt Ihr?« Der Hardesvogt schob sich aus der Menge und stellte sich vor den jungen Kerl.

Den Namen muss man sich merken, dachte von Ahlefeldt. Nicht viele schafften es, eine wütende Menschenmenge auseinanderzutreiben und dabei nicht mehr als einen Kratzer abzubekommen. Es geschah auch nicht oft, dass einer der Uhtländer ihm Respekt abnötigte, die meisten hielt er für dumme Bauern.

»Herr Vogt … diese Leute …« Iven Levensen deutete mit dem Speer auf niemand Bestimmten.

»Sie wollen uns unseren Laurentius wegnehmen«, rief jemand aus der Menge.

»Halte den Mund, Boye Harksen.« Der Hardesvogt war in seinem Element.

Theodosius Munk hatte in der Auseinandersetzung nicht mehr als einige Blessuren und eine angekratzte Würde davongetragen. Der Umhang war verdreckt, der Hut verloren, ansonsten schien er unverletzt zu sein.

»Niemand will euch den heiligen Laurentius fortnehmen«, hob der Archidiakon an. »Er gehört zu eurer Kirche, ihr guten Leute aus Rungholt. Ich will euch nur davor bewahren, eure Hoffnung in ein Trugbild zu setzen.«

Nicht wenige schauten fragend. Munks Rede war zu gewählt für diese Bauern.

»Er will nicht, dass ihr vor Götzen betet«, übersetzte Iven Levensen dessen Worte. »Hört dem Mann zu!«

Der Propst war gespannt, welche Erklärung Munk abgeben wollte und wie die Rungholter das aufnahmen. Der Schreiber neben ihm zog eine säuerliche Miene, er hatte seinen Arm mit einem Stoffstreifen verbunden und sich den Umhang um die Schultern gelegt.

»Ihr glaubt, an eurem heiligen Laurentius habe der Herrgott ein Wunder getan, sein Abbild mit seinem göttlichen Atem beseelt, und nun heilt er eure Wunden«, begann Munk wieder.

Aus der Menge der Marschbewohner wollten wieder Zwischenrufe laut werden, aber sie wurden zum Schweigen gebracht, und der Archidiakon konnte weitersprechen. Er erklärte ihnen, dass die Wunder eines Heiligen geprüft und bestätigt werden müssten. Der Teufel bediene sich unzähliger Listen, und viele seiner Werke sähen auf den ersten Blick so aus wie die des himmlischen Herrschers. Der Teufel sitze dann in seiner Hölle und lache über die dummen Menschen, die seine Werke für die Gottes hielten. Es brauche scharfe Augen und einen noch schärferen Verstand, den Unterschied zu sehen. Nur Wenigen sei das vergönnt.

»Das ist ein wundertätiger Heiliger, das sieht doch jeder.« Diesmal sprach Ogge Jessen.

»Da ist ein Riss im Holz, und das bedeutet nicht unbedingt ein Wunder. Manchmal reißt Holz. Jeder kennt das von den Dachbalken seines Hauses.«

»Der heilige Laurentius ist aber kein Dachbalken.«

»Das ist er ganz sicher nicht, und deshalb müssen wir aufschreiben, was hier geschehen ist, und es mit anderen Berichten über Wunder vergleichen, um die Wahrheit herauszufinden.«

»Es ist nicht klar, ob es nun ein Wunder ist oder nicht«, übersetzte Iven Levensen prompt, und der Propst musste seinem Verstand Respekt zollen. Selbst er hatte Mühe gehabt, der verdrehten Rede Munks zu folgen.

»Selbst ich kann es nicht entscheiden«, fuhr der Archidiakon mit Predigerstimme fort, »obwohl ich viele Jahre studiert und meinen Verstand geschult habe. Ich muss andere, noch weit gelehrtere Männer befragen.«

»Warum kommt niemand, der noch länger studiert und

seinen Verstand noch besser geschult hat?«, wollte der Vogt wissen. Die Hände hatte er in die Hüften gestemmt.

»So jemanden gibt es nicht. Das ist die ehrliche und einfache Antwort. Niemand kann auf den ersten Blick sagen, ob es sich bei einer Erscheinung um ein Wunder handelt oder um Teufelswerk. Der Wille Gottes in dieser Statue muss erforscht und beobachtet werden. Und so lange kann nicht von Wundern gesprochen werden und so lange dürfen keine Pilger empfangen werden.«

Das war die übliche Vorgehensweise. Von Ahlefeldt war nicht überrascht über die Worte des Archidiakons.

»Die Geestleute sind gekommen, um unser Wunder wegzunehmen. Sie wollen es für sich selbst«, rief jemand, den der Propst nicht sehen konnte. Die Stimme hörte sich nach einem älteren Mann an.

»Ruhe!«, brüllte Ogge Jessen.

Der Propst zuckte zusammen, etliche andere auch. Der Hardesvogt war ein großer, bulliger Mann, den Archidiakon überragte er um Haupteslänge. Munk neben ihm reckte sich.

»Wie ich es erklärt habe, ist es allgemein üblich …«

»Euch habe ich auch gemeint. Ich werde sagen, wie es gemacht wird.« Der Vogt schaute sich um.

Von Ahlefeldt wusste später nicht, wie die Uhtländer es gemacht hatten, wer ihnen ein Zeichen gegeben hatte – er hatte Iven Levensen in Verdacht –, jedenfalls wurden die Knechte auf einmal bedrängt und entwaffnet, ohne dass sie Gegenwehr leisteten. Die ersten waren schon gepackt und zu Boden geworfen, als sie überhaupt erst zu merken schienen, was mit ihnen geschah.

Der Archidiakon sah es auch. Er hielt seine Hände beschwichtigend vor sich. »Ruhe! Bewahrt Ruhe! Euer Priester hätte euch erklären müssen, dass nicht alles, was auf den ersten Blick wie ein Wunder aussieht, auch tatsächlich eines ist. Wir wollen keinen Ärger, das ist nicht Gottes Wunsch im

Angesicht eines seiner Werke. Hören wir uns an, was der Vogt der Edomsharde zu sagen hat. Lasst dazu meine Männer aufstehen. Ich verspreche, dass sie sich ruhig verhalten und keine Gegenwehr leisten werden.«

Die Knechte schauten grimmig drein. Aber nach einem Augenblick wurden sie losgelassen und sprangen auf. Einige von ihnen schüttelten die Fäuste gegen die Uhtländer, wagten es jedoch nicht, handgreiflich zu werden. Wieder hatte von Ahlefeldt nicht bemerkt, wie jemand den Uhtländern einen Befehl gegeben hatte. Es schien so, als dachten sie mit einem Gehirn. Geradezu unheimlich.

»Ihr wollt unser Wunder prüfen, edler Herr Archidiakon?«, begann der Vogt wieder mit lauter Stimme. »Dazu sagen wir nicht nein. Wir sind nicht so ungebildet, dass wir nicht wissen, wie viel Schindluder mit Wundererscheinungen getrieben wird und wie brave Gläubige von skrupellosen Schurken hinters Licht geführt werden. Darum sage ich: Prüft, soviel Ihr wollt. Aber wir wissen, was geschehen ist, und lassen uns unsere Meinung nicht verbieten. Wer kommen will, um vor dem heiligen Laurentius zu beten, den werden wir nicht wegschicken. So wird es gemacht, oder ich kann den Zorn der guten Rungholter nicht länger im Zaum halten.«

Das war ein starkes Stück – ein Hardesvogt befahl einem Archidiakon. Von Ahlefeldt wünschte, dass ein rächender Blitz herniederfuhr und Ogge Jessen zu Boden streckte. Der Allmächtige war nicht der rächende Zeus, und der Blitz blieb aus. Munk sah betroffen aus, aber er wagte es nicht, etwas zu sagen. Die Knechte scharten sich um ihn, und ihr Hauptmann redete eifrig auf ihn ein. Der Propst fühlte seine Erniedrigung, als hätte sie ihn selbst getroffen.

»Geht nach Hause, Leute, hier gibt es nichts mehr zu sehen. Drei von uns werden hierbleiben und aufpassen, dass dem heiligen Laurentius kein Unglück zustößt.« Ogge Jessen grinste und zeigte zwei Reihen schlechter Zähne. Er konnte zufrieden sein, hatte er doch alles dafür getan, als der Vogt in die Geschichte der Edomsharde einzugehen, der den wundertätigen Laurentius gerettet hatte.

Die ersten Rungholter verließen wirklich die Warft, aber weit mehr als drei blieben zurück. Viele gingen zur Kirchwarft und stellten sich vor die Tür, und der Propst hatte keinen Zweifel, dass sie die ganze Nacht dort ausharren würden. Jeder, der versuchte, dort einzudringen, bekäme es mit ihnen zu tun.

Der Propst nahm Pater Fulbertus beiseite. »Ich hätte Euch für weniger leichtgläubig gehalten. Wie konntet Ihr die Leute in dem Glauben lassen, der Allmächtige habe St. Petri ein Wunder geschenkt? Ihr habt doch gewusst, dass es bestätigt werden muss.«

»Ich habe eine Nachricht nach Schleswig geschickt.« Der Priester schaute ihm nicht in die Augen, sondern an ihm vorbei. »Es kam keine Antwort, und die Leute fingen an, vor der Statue zu beten. Die ersten Wunden heilten, die ersten Leute kamen aus anderen Kirchspielen und vom Festland. So etwas spricht sich schnell herum. Sie glauben fest an die Heilkraft. Ihr habt selbst erlebt, zu was sie fähig sind.«

»Weil Ihr die Dinge viel zu lange habt laufen lassen. Ein Wunder kommt Euch genauso gelegen wie diesen einfältigen Uhtländern.«

»Das dürft Ihr nicht sagen, ehrwürdiger …«

»So wie es jedem Priester gelegen kommt. Sorgt dafür, dass die Leute sich ruhig verhalten. In zwei Tagen halte ich den Send ab. Sie werden büßen müssen für das, was sie sich gerade geleistet haben. Der Bischof wird hiervon erfahren, und nur strenge Kirchenzucht kann Rungholt von dieser Sache reinigen.«

Kapitel 7

Zwei Tage später fand der Send statt, und die Bewohner Rungholts hatten sich wieder auf der Kirchwarft versammelt. Von den Knechten des Propstes und des Archidiakons waren zehn anwesend, die Hände hielten sie nicht weit von den Griffen ihrer Waffen entfernt. Einer war seinen Verletzungen erlegen, für ihn gab es einen frischen Grabhügel auf der Warft, und der andere lag in Boye Harksens Schenke. Der heilige Laurentius stand wieder auf dem Marienaltar, die Pilger hatten den Ort verlassen. Auf der einen Seite standen die Bonden und ihre Frauen, neben ihnen die Fischersfamilien, auf der anderen Seite die Kaufleute und Handwerker, neben ihnen drängten sich die Tagelöhner mit ihren Familien zusammen. In der Mitte war ein Platz frei geblieben, dort hatte der Propst Aufstellung genommen, neben ihm stand Pater Fulbertus. Die Chorherren standen abseits, sie hatten mit dem Send nichts zu tun.

Iven stand zwischen den Bonden und hinter seiner Schwester. Er schaute über ihren Scheitel hinweg auf den Propst. Mit finsterer Miene ließ der die Blicke über die Menge schweifen. Eigentlich hätte Iven zufrieden sein können, hatte er doch nie an ein Wunder geglaubt, dennoch fühlte er die Enttäuschung der Rungholter. Sie glaubten sich um das Wunder betrogen, die Schuld daran gaben sie dem Propst, dem Archidiakon und dessen Schreiber. Einzig die Anwesenheit der bewaffneten Knechte hielt sie im Zaun.

Von Ahlefeldt räusperte sich, und nach und nach verstummte die Menge.

»Ich rufe die Sendzeugen auf«, begann er mit weithin tönender Stimme.

Die sechs in Rungholt ansässigen Hardesräte traten vor.

»Damit sie mir über den Zustand der Gemeinde Rungholt Auskunft geben. Ich erwarte, dass alle meine Fragen der Wahrheit gemäß beantwortet werden und alle Vergehen gegen die Gebote des Allmächtigen und seines Stellvertreters auf Erden und wiederum dessen Stellvertreter in aller nötigen Strenge öffentlich genannt werden.«

Die Anspannung der Leute war härter als altes Brot. Die meisten sahen zu Boden, als könnten sie damit über ihnen schwebendes Unheil verhindern.

»Herr Brodersen, was könnt Ihr mir berichten?«

Der alte Broder Brodersen trat einen Schritt vor. »Hark Harmsen hat drei Wochen hintereinander nicht die heilige Messe besucht. Der junge Broder Brodersen, mein eigener Sohn, ist einmal in der Messe eingeschlafen, er hätte das heilige Abendmahl versäumt, wenn ich ihn nicht geweckt hätte.«

Dass es ausgerechnet Hark als Ersten traf. Iven schaute auf seinen Schwager. Alle genannten Vergehen waren harmlos und zogen nur Bußen von wenigen Pfennigen nach sich. Hark war zum Glück so schlau, nicht zu protestieren, sonst hätte der Propst die Strafe wegen Uneinsichtigkeit verdoppeln können. Broder wollte dagegen anreden, wurde aber von seinem Vater mit einer Maulschelle zum Schweigen gebracht.

»Du solltest Broder heiraten, damit er nicht mehr unter seinem Vater leiden muss«, flüsterte Iven seiner Schwester zu.

»Das ist nicht der Grund, aus dem man heiraten sollte«, gab sie genauso leise zurück.

Neben ihnen zischte jemand, und sie verstummten beide. Jeder Sendzeuge wurde nach dem Lebenswandel der Rungholter befragt. Als die Reihe an den Schenkenwirt kam, zeigte er auf Iven. »Er hat am zweiten Sonntag im Juli Kühe auf seinen Hof getrieben und das Gebot unseres Herrn missachtet, dass du am siebten Tage ruhen sollst.«

Iven schnappte nach Luft. Er erinnerte sich an diesen Sonntag im Juli, er hatte die Kühe auf den Hof geholt und in den Stall gebracht, weil ein Gewitter aufgezogen war. Die Mehrzahl aller Bauern in Rungholt hatte es genauso gemacht. Babe Gunnesen, der bei den Sendzeugen stand, hatte seine Kühe ebenfalls hereingeholt. Der Bonde sah unbehaglich drein, aber er schwieg.

»Das ist ein ...«, hob der Propst an.

»Ist es nicht Brauch, dass der Beschuldigte etwas zu seiner Verteidigung sagen kann?«, rief Silja Westharg mit heller Stimme über den Platz. Iven hätte sie dafür in der Öffentlichkeit umarmen können.

Der Propst sah aus, als wollte er diesen Einwand übergehen, doch der Chorherr Dietrich Gotgemak beugte sich zu ihm vor und flüsterte ihm etwas zu.

Der Propst räusperte sich. »Der Beschuldigte wird gleich Gelegenheit bekommen, sich zu äußern. Zuerst will ich wissen, ob es unter den guten Christenmenschen von Rungholt noch mehr gibt, die Iven Levensen bei seinem sündigen Treiben beobachtet haben.«

Sofort traten Haye Wunksen und der alte Broder Brodersen vor.

»Zwei Zeugen. Das reicht mir. Was hat nun der Sünder zu sagen?«

»An dem Tag zog ein Gewitter auf. Ich musste das Vieh auf den Hof holen und in Sicherheit bringen. Wenn der Herr ein Gewitter auf uns niedergehen lässt, wird er auch nichts dagegen haben, wenn wir unser Vieh in Sicherheit bringen.« Er könnte noch sagen, dass es alle anderen Bauern auch so gemacht hatten, aber er schwieg.

»Du maßt dir also an, die Gedanken unseres Herrn besser zu kennen als die Priester?« Die Stimme des Propstes war schneidend scharf. Er war wie ein Frettchen, das seine Beute nicht mehr losließ, wenn es sie einmal gepackt hatte.

Iven erkannte, dass er einen Fehler gemacht hatte. Er biss sich auf die Unterlippe. Was konnte er sagen, um die Scharte wieder auszuwetzen?

»Was ist nun?«, fuhr ihn von Ahlefeldt an, als er nicht antwortete.

»Ich maße mir nicht an, den Willen des Allmächtigen zu kennen. Gottes Wille ist für uns Menschen unfassbar. Ich weiß nicht mehr als jeder andere darüber – ausgenommen Euch und die anderen Herren geistlichen Standes.« Er brachte es sogar fertig, sich in Richtung des Propstes zu verneigen, obwohl er ihm lieber vor die Füße gespuckt hätte.

»Hast du noch mehr zu deiner Verteidigung zu sagen?« Der Propst klang, als warte er auf mehr, um dem Sprecher die Worte im Munde herumzudrehen.

Der hütete sich. »Ich wollte nur das Vieh vor dem Unwetter in Sicherheit bringen. Ich achte den Sonntag und die Gebote des Herrn. Ich besuche regelmäßig die heilige Messe und gehe zur Beichte.«

»Du legst Gottes Gebote aus, wie sie dir gerade passen. Wenn du willst, treibst du am Sonntag Vieh und ruhst dich in der Woche aus, wenn du arbeiten solltest. Wahrscheinlich brichst du auch das Fastengebot, wenn ein Vogel vor deiner Nase vorbeifliegt. Gottes Gebote sind nichts, was man nach seinen eigenem Gutdünken auslegen, umgehen und beugen kann.«

Die Sendzeugen nickten zu den Worten des Propstes, er selbst sah zufrieden aus, und Iven fragte sich, was er ihm getan haben könnte. Außer beim Send hatte er mit dem Mann nichts zu schaffen.

»Hast du noch etwas zu sagen?«

Iven schwieg eisern und rechnete sich im Geiste aus, wie viele Pfennige er als Strafe zahlen müsste und welches Loch das in seinen Geldbeutel riss.

»Also nicht. Dann sind wir mit diesem Fall fertig. Deine

Strafe beträgt eine halbe Mark Silber, die du sofort zu zahlen hast.«

Um ihn herum ertönten erstauntes Keuchen und ungläubiges Zischeln. Iven fühlte sich wie vor den Kopf geschlagen. Eine halbe Mark Silber war eine unerhörte Summe und mehr als viele Rungholter in ihrem Leben je besaßen. Er hatte das Geld, nicht in seiner Börse, aber auf der Warft versteckt. Sein Vater hatte es erwirtschaftet und unter dem Haus vergraben. Etwas Geld für schlechte Zeiten zurückzulegen, sei nie verkehrt, nach diesem Motto hatte er gelebt. Nie hatte er etwas vertrunken oder mit den Huren durchgebracht, und nun musste sein Sohn den größten Teil des Ersparten dem gierigen Propst in den Rachen werfen. Alles in Iven sträubte sich dagegen. Er schaute sich unter den Rungholtern um. Auf vielen Gesichtern erkannte er Entrüstung, manch einer rechnete sich wohl im Geiste aus, dass ihn die Strafe genauso gut hätte treffen können. Sie hatten ihn schon einmal enttäuscht, als er die Wogensmannen vor das Hardesgericht gebracht und sein Recht auf Entschädigung eingefordert hatte, noch einmal wollte er ihnen nicht die Gelegenheit dazu geben. Sie mochten entrüstet sein, wurde es jedoch Ernst, kuschten sie vor dem Propst.

»Ich erkenne die Strafe an«, brachte Iven hervor.

»Zahlt das Geld.«

»Die Summe habe ich nicht bei mir. Ich bringe sie Euch morgen.« Jedes Wort fiel ihm schwerer als das vorangegangene.

Der Send nahm seinen Fortgang. Es wurden weitere Vergehen der Rungholter gegen die Gebote der Kirche vorgebracht, weitere Strafen verhängt – keine erreichte die Höhe seiner Strafe. Es machte den Anschein, als hätte der Propst sein Mütchen gekühlt und wäre nun milder gestimmt. Einer der Sendzeugen nach dem anderen brachte Vergehen vor. Nachdem jeder zu Wort gekommen war, fragte der Propst alle Rungholter, ob sie noch etwas vorzubringen hätten. Es meldeten sich noch einige zu Wort, es waren immer dieselben, die sich meldeten, die zu allem noch etwas zu sagen hatten. Iven sah, dass Laefkes Schwiegermutter vortreten und etwas sagen wollte, aber Harm hielt sie zurück. Bei den vier letzten Vergehen verhängte der Propst jeweils nur eine Strafe von drei Pfennigen, obwohl er zuvor für die gleichen Vergehen höhere Strafen verhängt hatte. Es schien, als hätte er genug von den Vergehen der Rungholter.

Der alte Broder Brodersen meldete sich noch einmal zu Wort. »Iven Levensen baut sich ein Boot.«

Iven hätte den Mann schlagen mögen. Hatte er nicht genug zu bezahlen, als dass sein Name noch einmal genannt wurde?

»Das widerspricht nicht Gottes Geboten, solange es nicht am siebten Tage erfolgt.« Von Ahlefeldt winkte ab und wollte sich abwenden.

Broder Brodersen ließ sich nicht so leicht entmutigen. »Er hat eigens einen Schweden eingestellt, der das Boot mit ihm zusammenbaut.«

»Da widerspricht auch nicht Gottes Geboten. Wenn du nichts anderes vorzubringen hast, Mann, dann schweige. Wir haben noch einen weiteren Fall zu verhandeln.«

»Iven Levensen baut das Boot auf seinem Hof. Von dort bis zum Hafen ist es einen tüchtigen Fußmarsch weit und bis zur Hever noch viel weiter. Auf dem Levensenhof gibt es weit und breit kein Wasser, um mit einem Boot darauf zu fahren. Die Entwässerungsgräben sind schmal, Herr Propst, mit einem Schritt könnt Ihr darüber schreiten.«

Von Ahlefeldt zuckte mit den Schultern. Von den Sendzeugen rührte sich niemand.

»Meinen eigenen Sohn hat er mit diesem Wahnsinn angesteckt. Er hat auch angefangen, ein Boot zu bauen.«

»Wenn du deinen Sohn nicht im Griff hast, gib nicht anderen die Schuld daran.«

»Das mache ich nicht. Meinem Jungen habe ich den Kopf zurechtgesetzt, und alles ist wieder in Ordnung. Iven Levensen baut das Boot, weil er an ein Unheil glaubt, das die Uhtlande heimsuchen wird. Seine Schwester hat ihm das eingeredet, sie sieht Dinge, die andere nicht sehen.«

Laefke neben ihm schlug die Hand vor den Mund. Das konnte übel enden, wenn sie wegen Hexerei beschuldigt wurde. Dagegen war seine Strafe bedeutungslos. Iven legte seiner Schwester einen Arm um die Schultern.

»Ich lasse nicht zu, dass dir etwas passiert«, sagte er leise.

»Gibt es Beweise für deine Behauptungen?«, wollte der Propst wissen.

»Die Boote. Ist das nicht Beweis genug?«

»Hast du gehört, wie sie jemandem von ihrem Traum erzählt hat? Hat sie dir davon erzählt? Oder deinem Sohn?«

»Mir hat sie nichts gesagt«, rief der junge Broder dazwischen.

Sogleich verpasste sein Vater ihm eine Kopfnuss. »Mir auch nicht«, musste er dann zugeben.

Der Propst winkte ab, und Laefke atmete auf.

»Nachdem wir nun die Verfehlungen der Rungholter gehört haben, kommen wir zu Pater Fulbertus und seinen Verfehlungen bei der Führung der Kirchgemeinde St. Petri und in der Führung seines Lebens. Wer etwas vorzubringen hat, trete vor und spreche oder schweige bis zum nächsten Send«, erklärte der Propst.

Niemand rührte sich, obwohl sich gegen Pater Fulbertus einiges vorbringen ließ – dass er arme Männer beschimpfte, weil sie sich in der Schenke aufhielten, Frauen als sündige Gefäße bezeichnete, Sünden erfand und den Leuten Bußen auferlegte, damit sie für die Chorherrenhäuser spendeten.

»Da Pater Fulbertus diese Gemeinde nach Gottes weisem Ratschlag führt, bleibt mir nur noch eine letzte Sache, über die zu richten ist: Die Rungholter haben das Vorliegen eines

Wunders überall verbreitet, ohne es zuvor prüfen zu lassen. Sie haben arglose Gläubige getäuscht. Vor zwei Tagen habt ihr den Archidiakon von St. Petri zu Schleswig und damit einen Vertreter des Bischofs angegriffen und hättet ihn verletzt oder Schlimmeres, wenn nicht einige von euch noch genug Verstand besessen hätten, wieder für Frieden zu sorgen.« Der Propst holte tief Luft. »Euer sündiges Tun wird nicht ohne Folgen bleiben. Ihr müsst euch immer daran erinnern, damit ihr euch kein weiteres Mal zum Angriff auf eure Obrigkeit hinreißen lasst. Deshalb wird jeder von euch vier Pfennige zahlen, jeder Mann, jede Frau, jeder Greis und jedes Kind.«

Murren erhob sich, aber die Rungholter waren eingeschüchtert und wagten keinen Widerstand mehr. Die Bestrafung war hart, am härtesten war sie für die Kätner, von denen die meisten viele Kinder hatten. Iven musste für sich bezahlen, für Laefke, wahrscheinlich auch für Fiete und für Svein Schiffbauer, das waren sechzehn Pfennige, die er vom Vermögen seines Vaters nehmen musste. Sein Knecht Jan und dessen Frau Nedda hatten vier Kinder, außerdem lebten noch dessen Eltern bei ihnen, er musste also schon zweimal sechzehn Pfennige zahlen.

»Das ist ungerecht«, sagte Laefke. »Es gibt viele Leute, die das nicht bezahlen können und vor zwei Tagen nicht dabei waren. Du musst ihnen helfen, Iven. Nimm eine Mark von Vaters Vermögen und teile die Pfennige unter den Ärmsten auf.«

***

»Ich will zum heiligen Laurentius.« Bekes Mutter richtete sich in ihrem Bett auf. Die Haut spannte sich dünn und durchscheinend über ihren Knochen; wenn sie sich bewegte, sah es aus, als könne sie jeden Moment reißen.

Fürsorglich schob Beke ihr ein Kissen in den Rücken. Die kleinste Bewegung strengte die Kranke an und ließ sie husten. Es war nicht mehr zu übersehen, dass Frau Laefkes Kuren nicht anschlugen. Beim Husten hielt sie sich ein Tuch vor den Mund, und obwohl sie es danach schnell wieder in ihrem Ärmel versteckte, hatte Beke den frischen blutigen Fleck im Stoff gesehen.

»Was redest du da, Mama?«

»Ich will zum heiligen Laurentius von St. Petri und vor seinem Antlitz beten.«

»Du kannst kaum bis zum Abtritt gehen. Wie willst du da nach Rungholt kommen?« Beke setzte sich zu ihrer Mutter auf die Bettkante und nahm deren Hände. Die Finger bestanden nur noch aus Haut und Knochen. »Dein Husten wird immer schlimmer, in deinem Tuch ist Blut, ich habe es gesehen. In St. Petri gibt es kein Wunder – jedenfalls ist es nicht bestätigt. Ein Vertreter des Bischofs ist eigens gekommen, und er sah keine geheilten Krankheiten. Mutter, es hilft dir nicht.«

»Es werden Menschen geheilt. Überall erzählt man sich das«, erwiderte ihre Mutter leise. »Mir ist egal, was ein Herr aus Schleswig sagt. Bringt mich hin!«

»Mutter.« Beke nagte an ihrer Unterlippe.

»Wenn sie nach St. Petri will, wird sie nach St. Petri kommen«, sagte ihr Vater so laut, dass sie und ihre Mutter zusammenzuckten. Er saß am Tisch, presste die Fingerspitzen gegeneinander, bis die Gelenke knackten, schüttelte die Hände und wiederholte das Ganze.

Die jüngeren Kinder rannten vor dem Haus herum, Beke hörte ihr Schreien und Lachen. Inzke sollte sich um die Hühner, die Kuh und die beiden Säue kümmern, die Eier einsammeln, den Tieren zu fressen geben, aber wie sie ihre Schwester kannte, versuchte die wieder, die Herrin über die Kleinen zu spielen. Ihre beiden älteren Brüder arbeiteten und trugen ihre Wortgefechte im Salzkoog aus. Nur sie, ihr Vater und ihre Mutter waren im Haus.

»Der heilige Laurentius wird mich gesund machen. Er hilft

den Menschen. Immer mehr Leute kommen von weither und beten zu ihm. Vielen hat er geholfen, warum nicht auch mir?«

»Er hilft denen mit einem reinen Herzen und die ohne Sünde leben«, warf ihr Vater ein. »Zu diesen gehört deine Mutter.«

Ihre Eltern verstanden nicht. Beke war sich nicht sicher, ob sie selbst verstand, was auf dem Send in Rungholt vor sich gegangen war und seit Tagen in den Uhtlanden die Runde machte. Gab es nun ein Wunder, gab es kein Wunder? Sie und ihre Eltern waren einfache Leute, von solchen Dingen verstanden sie nichts.

»Ich bete jeden Tag darum. Es wird aber nur helfen, wenn ich vor dem Heiligen knien kann.«

»Du sollst besser den Aufguss trinken, den Frau Laefke dagelassen hat, als auf ein Wunder zu hoffen. Damit ging es dir doch viel besser.«

»Die Kräuter helfen mir, aber sie heilen mich nicht. Das kann nur noch ein Wunder zuwege bringen. Ich muss nach Rungholt. Wirst du mir helfen, Kind?« Wieder ein Hustenanfall. Diesmal zückte die Kranke nicht mehr das Tuch, sie wischte sich das Blut mit dem Handrücken von den Lippen.

Noch ein paar Mal und sie hätte alles ausgehustet, was noch in ihrem mageren Leib war. Die Mutter leiden zu sehen tat Beke weh, sie hatte keine Worte dafür. »Ich helfe dir. Alles, was du willst, Mama, aber jetzt musst du dich erst einmal ausruhen. Sobald du kräftiger bist, bringen wir dich nach Rungholt. Erst musst du schlafen.« Sie half ihrer Mutter, sich wieder hinzulegen.

Der Leib unter der Decke war nicht größer als der eines Kindes, ihre Brust hob und senkte sich kaum. Ein Wunder. Konnte nur noch ein Wunder sie retten? Beke blieb auf dem Bettrand sitzen, bis die Mutter eingeschlafen war.

Anschließend schenkte sie ihrem Vater einen Becher Gagelbier und sich Wasser ein. Sie setzte sich auf einen Schemel ihm gegenüber und beobachtete, wie er das Bier in einem einzigen langen Zug austrank. Der Becher war in seinen riesigen Händen kaum zu sehen.

»Willst du Mutter nach Rungholt bringen?«

Bevor er antwortete, legte sie einen Finger an die Lippen. »Sprich leise, ich bitte dich, Täte, sonst weckst du sie auf. Sie braucht allen Schlaf, den sie bekommen kann.«

»Wir gehen zusammen hin und beten.« Ihr Vater redete so leise, sie verstand ihn kaum. Noch nie hatte sie so zarte Worte von ihm gehört. Er sah müde aus, und hinter seiner Müdigkeit erkannte sie Angst um sein Eheweib. Ihr Vater und ihre Mutter, sie waren stets ihre Eltern gewesen, aber dass sie auch Mann und Frau waren, einander vielleicht liebten, wurde ihr in diesem Augenblick zum ersten Mal klar. Ihr Vater wollte seine Frau nicht verlieren, nicht, weil er dann niemanden mehr hatte, der ihm den Haushalt führte und sich um die Kinder kümmerte, sondern weil er nicht wusste, wie sein Leben ohne sie weitergehen sollte. Bekes Herz öffnete sich für ihn.

»Sie kann nicht allein gehen, es ist zu weit. Du wirst sie tragen müssen.«

»Ich trage sie. Wenn es sein muss bis in die Hölle und wieder hinaus.«

Am nächsten Morgen betteten sie Kresken auf einen zweirädrigen Karren und schoben sie nach Rungholt. Der Vater schob den Karren, Beke und ihre älteren Brüder begleiteten ihn. Auf dem Weg waren die beiden Salzarbeiter ausnahmsweise einmal still; noch am Morgen hatten sie sich gestritten, weil der eine angeblich die Stiefel des anderen angezogen hatte. Beke hatte ihnen die Pest an den Hals gewünscht oder wenigstens zwei Schwestern als Ehefrauen, die noch lauter zankten als sie.

Vor der Laurentiusstatue kniete eine Handvoll Betender, ihre Stimmen hallten in der Kirche wider. Rechts und links des

Altars stand je ein Bursche in einem bis über die Knie rei-
chenden Leinenkittel. Die Wächter nannten sie sich, es gab
kaum einen jungen Mann in der Edomsharde, der nicht bei
ihnen mitmachen wollte. Sie beteten vor der Statue und
sorgten für Ordnung, trugen diejenigen aus der Kirche, für
die der Anblick des wundertätigen Heiligen zu viel wurde.
Laurentius wurde von zwei armdicken Kerzen flankiert, die
ihn in ein goldenes Licht tauchten, es waren echte Wachskerzen, keine aus Unschlitt. Sein gütiges Antlitz wirkte überir-
disch schön, während der Riss auf seiner Brust und das aus-
getretene Blut unendlich grausam aussahen.

Bekes Mutter wankte an der Seite ihres Mannes durch die
Betenden. Sie stützte sich schwer auf seinen Arm. Beke und
ihre Brüder gingen dahinter. Kaum hatten sie die Kirche betreten, wurden Marten und Roder von einer unerklärlichen
Scheu befallen und blieben zurück.

»Gewähre meiner Mutter deine Hilfe und mache sie gesund, heiliger Mann. Das ist alles, worum ich dich bitte«, betete Beke still ein ums andere Mal.

Ein Schrei schreckte sie auf. Ihre Mutter war inmitten der
Menge zusammengebrochen und aus dem Arm des Vaters
geglitten. Beke eilte zu ihr. Die meisten Betenden hatten sich
umgedreht, einige wisperten miteinander. Sie hörte etwas
von einem Blitz, der aus den Augen Laurentius' auf die Kranke niedergefahren sei und sie zu Boden gestreckt habe. Die
beiden Wächter packten sie an den Oberarmen, um sie hin-
auszuschleifen.

»Rührt sie nicht an«, knurrte Frieder und stieß einen der
Männer grob zur Seite.

Beke beugte sich dicht über das Gesicht ihrer Mutter, sie
spürte deren schwachen Atemhauch auf der Wange.

»Wenn so die Wunder des Allmächtigen aussehen …«
Frieder nahm seine Frau auf den Arm und trug sie hinaus.
Beke und ihre Brüder folgten, sie drehte sich in der Tür noch

einmal um. Die Gläubigen murmelten schon wieder ihre Gebete, und die Wächter hatten ihre Plätze eingenommen, einem hing ein Blutfaden aus der Nase, wo der Ellenbogen ihres Vaters ihn getroffen hatte.

Auf dem Kirchhof lag ihre Mutter ohne Bewusstsein auf der Erde. Ihr Ehemann und ihre Tochter knieten neben ihr, die Söhne schauten den beiden über die Schultern. Beke strich ihr das Haar aus der Stirn; die Lider ihrer Mutter flatterten, öffneten sich aber nicht.

»Nimm ihren Kopf in deinen Schoß«, bat sie ihren Vater. »Er muss höher liegen als der Körper, dann kann sie leichter atmen.«

»Sie atmet doch noch?«, fragte er unsicher und nahm den Kopf seiner Frau, legte ihn sich auf den Oberschenkel.

»Schwach, aber gleichmäßig.« Bekes Stimme zitterte. Sie konnte immer nur in das bleiche Gesicht ihrer Mutter schauen.

»Sie macht die Augen auf. Geht es ihr besser?«, fragte ihr Vater. In seiner Stimme schwang so viel Hoffnung mit.

Tatsächlich flackerten die Lider ihrer Mutter, sie schaute für einen kurzen Moment zu ihrer Familie auf, ohne jemanden zu erkennen. Aus einem Chorherrenhaus kamen zwei Mägde mit wehenden Röcken und klappernden Holzpantinen gelaufen. Eine hielt einen Becher Wasser in der Hand, aus dem es schwappte. Er war nur noch halbvoll, als sie ihn der Kranken an die Lippen setzte. Wasser floss deren Kinn hinunter, rann in den Ausschnitt ihres Kleides. Die andere Magd stand herum und rang die Hände.

»Frau Laefke sollte hier sein, sie wüsste bestimmt, was Ihrer Mutter guttut und sie wieder zur Besinnung bringt.«

»Hol noch mehr Wasser«, bat Beke die Magd.

Die lief sofort los und kam gleich darauf mit einem neuen Becher zurück. Beke nahm ihn ihr ab und hielt ihn ihrer Mutter an die Lippen. Ein wenig Wasser floss aus ihrem Mundwinkel hinaus.

»Mama, du musst etwas trinken. Das wird dir helfen. Versuche es einfach.«

Als sie die Lippen ihrer Mutter mit dem kühlen Nass netzte, schlug die die Augen auf.

»Mama, dem gnädigen Laurentius sei Dank.«

Der Vater war genauso erleichtert wie sie. Mit seinen großen Händen strich er seiner Frau immer wieder über die Wangen und die Oberarme.

Ihre Mutter drehte den Kopf. »Nimm das weg«, verlangte sie mit leiser Stimme. »Bringt mich zurück in die Kirche, ich will beten.«

Sie versuchte, sich auf einen Ellenbogen zu stemmen, aber sie war zu schwach, es ohne Hilfe zu schaffen. Ihr Mann half ihr, bis sie auf wackeligen Beinen stand. Dieses Wunder wird sie umbringen, und Vater sieht es nicht. Beke ließ den Becher fallen und folgte den beiden zum zweiten Mal in die Kirche. Diesmal machten die Betenden Platz vor dem Altar.

Kresken kniete auf dem kalten Boden, die Augen zur Statue des heiligen Laurentius erhoben, die Hände gefaltet. Ihr Mann betete an ihrer Seite, und auch Beke hatte hinter ihnen die Hände gefaltet. Sie rief den heiligen Laurentius, den Allmächtigen, den Heiland, die Muttergottes und jeden Heiligen an, den sie kannte, alle bat sie um das Leben ihrer Mutter. Als sie die kurze Reihe heruntergebetet hatte, begann sie einfach wieder von vorn. Sie war beim vierten Durchgang, als ihre Mutter aufstand. Sie sah sich um, die Augen riesengroß im wachsweißen Gesicht, ihr ausgemergelter Leib zitterte, aber sie hielt sich ohne stützende Hand aufrecht.

»Ich fühle mich kräftiger.« Ein Hustenanfall schüttelte sie, und sie wischte sich blutigen Schleim mit dem Ärmel von den Lippen. »Es geht mir gut, der Heilige hat mir ein Wunder geschenkt.«

Jeder konnte sehen, dass es nicht so war, sie schwankte

wie ein Halm im Wind, und nur ihr Wille hielt sie aufrecht. Die Betenden starrten sie verzückt an, keiner erkannte, wie krank sie immer noch war. Ihre Mutter schleppte sich auf den Ausgang zu. Beke wollte ihren Arm nehmen und sie stützen, aber ihr Vater hinderte sie daran.

»Sie schafft das alleine. Der heilige Laurentius hat ihr Kraft gegeben.«

»Täte …«

»Lass es sie tun.« Seine Stimme klang eindringlich, sein Blick hielt sie zurück. »Der Heilige ist in sie gefahren.«

Es ist kein Wunder, siehst du das denn nicht, sie ist kränker denn je, wollte Beke rufen, aber kein Wort drang über ihre Lippen.

Vor der Kirche brach ihre Mutter erneut zusammen, sie fing sie auf. Die beiden Mägde aus dem Chorherrenhaus standen immer noch da, die eine hatte den Becher aufgehoben. Beide sahen unschlüssig drein.

»Soll ich wieder Wasser holen?«, fragte die eine. Das einfältige Weib konnte nur mit offenem Mund glotzen.

Die Kranke wog nicht mehr als ein Kind, Beke hob sie auf und legte sie auf den Karren, auf dem sie sie hergebracht hatten.

»Wir bringen sie zu Frau Laefke auf den Levensenhof«, bestimmte sie.

»Nicht in das Haus dieser Hexe.«

»Sprich ihren Namen nicht aus.«

Ihre Brüder konnten einfach nicht aus ihrer Haut. Wütend drehte Beke sich zu ihnen um. »Es geht um Mutters Leben. Was spielt es da für eine Rolle, wessen Namen ich nenne? Frau Laefke ist die Einzige, die ihr helfen kann. Beeilt euch, wir haben nicht viel Zeit.«

Vor ihrer Wut verstummten ihre Brüder. Jeder ergriff einen Holm des Karrens, und gemeinsam schoben sie ihn an.

Als sie mit dem Karren die Levensenwarft erreichten, waren weder Laefke noch Iven zu sehen. Die Kranke auf dem Karren hatte sich nicht bewegt, ihre Hand lag schlaff in Bekes. Der Hund Bine kam kläffend um die Hausecke gerannt, für einen alten Hund bewegte er sich noch erstaunlich behände. Beim Anblick der vielen Menschen verharrte er und schlich mit eingekniffenem Schwanz rückwärts.

»Frau Laefke, Herr Iven.« Beke schaute sich um.

Der junge Bonde kam aus dem Stallteil des Hauses. Er klopfte sich Hemd und Hose ab. »Beke von Gröde und ihre Familie.«

»Herr Iven, wo ist Eure Schwester? Meiner Mutter geht es schlecht. Sie wollte unbedingt das Wunder von St. Petri sehen, und das war zu viel für sie. Frau Laefke ist die Einzige, die ihr noch helfen kann.«

Iven trat an den Karren, nahm die schlaffe Hand der Kranken und blickte sie mit gerunzelter Stirn an. »Meine Schwester ist zum Schafhof gegangen.« Sanft streichelte er die Hand ihrer Mutter, schaute ihr in die Augen, legte ihr einen Finger auf die Lippen, danach an den Hals.

Ihr Vater hatte die Hände zu Fäusten geballt und ließ Iven nicht einen Wimpernschlag lang aus den Augen. Eine falsche Bewegung, ein falsches Wort und …

Iven richtete sich auf. »Pater Fulbertus muss geholt werden. Ihr Weg wird leichter sein, wenn er bei ihr ist.«

»Ist sie …? Wird sie …?«

»Sie hat nur noch wenig Kraft und noch weniger Lebensmut. Wir müssen sie ins Haus bringen. Jemand muss Laefke holen.« Er sah Marten und Roder an.

Roder machte sich mit langen Schritten auf den Weg. Iven wollte die Kranke vom Karren heben.

»Du fasst sie nicht an.« Frieder hob seine Frau hoch. »Und du gehst den Priester holen.« Mit einer energischen Bewegung seines Kinns schickte er Marten los. Seine Frau brachte er in die Döns und legte sie auf ein Bett, von dem Beke eilig die Decken genommen hatte. Sie machte Wasser heiß, und Iven legte Tücher bereit. Frieder Gunnesen blieb neben dem Lager seiner Frau stehen und ließ sie keinen Moment aus den Augen.

»Können wir nicht etwas machen?«, fragte Beke. Sie hörte selbst die Verzweiflung in ihrer Stimme.

»Ich weiß nicht, was Eurer Mutter fehlt«, antwortete Iven sanft.

»Du fasst sie nicht an«, polterte Frieder Gunnesen und stellte sich noch dichter an das Lager seiner Frau.

Marten kam als Erster zurück, Pater Fulbertus im Schlepptau, der heftig keuchte. Der Priester sah aus, als hätte er Essig getrunken.

»Wo ist die Kranke, die den Beistand der Kirche benötigt?«

»Sie braucht Heilkunst, keine leeren Worte«, fiel Laefke ein, die eben mit Roder die Döns betrat.

»Heilkunst nützt nichts, wenn sie nicht mit Gott im Herzen gegeben wird. Hexenkunst wird die Kranke geradewegs in die Hölle schicken.«

Das von Beke erhitzte Wasser stand in einer Schüssel auf dem Tisch. Dampf stieg in einer Spirale zur Decke. Laefke schöpfte einen Teil in einen Becher, zupfte von einem an der Decke hängenden Kräuterbündel eine Handvoll Blätter und warf sie in das Wasser. Aromatischer Duft stieg auf. Als der Aufguss gezogen hatte, wollte sie sich zu der Kranken auf das Bett setzen. Deren Atem rasselte in der Brust, die Augen hielt sie geschlossen, und sie schien weiterhin nicht bei Bewusstsein zu sein.

Pater Fulbertus hinderte Laefke an ihrem Tun. »Die Kranke braucht deinen Trank nicht. Von Gott bekommt sie alle Hilfe, die sie benötigt.«

»Betet für Frau Kresken«, sagte Laefke kurz angebunden

und drängte sich an dem Priester vorbei. Sie stieß Frieder Gunnesen beiseite und nahm auf dem Bettrand Platz.

»Können wir ihr nicht Gebete und diesen Trank geben?« Die größere Hoffnung setzte Beke in den Trank, nicht in das Gebet.

In ihren Vater kam Leben. »Pater Fulbertus hat recht, sie braucht den Beistand des Allmächtigen, um wieder gesund zu werden. Ich hätte nie dulden dürfen, dass Ihr den ganzen Sommer kommt und sie mit Eurem Zeug noch kränker macht.« Er riss Laefke den Becher aus der Hand und goss den Inhalt auf den Boden.

»Täte.« Beke war entsetzt. »Wir haben Mutter gebracht, damit Frau Laefke sich um sie kümmert. Sie weiß, was ihr fehlt.«

»Wir sollten am Bett einer Kranken nicht streiten«, mahnte Iven.

»Betet.« Der Priester erkämpfte sich wieder einen Platz am Bett, in der einen Hand hielt er ein Kreuz, in der anderen eine Hostie. Beides streckte er Kresken entgegen und betete dazu auf Latein.

Iven sah aus, als hätte er am liebsten alle aus dem Haus geworfen. Seine Schwester hatte ihm eine Hand auf den Arm gelegt, und Beke bereute inzwischen, dass sie den Vorschlag gemacht hatte, die Mutter zum Levensenhof zu bringen. Hilfe bekam sie an diesem Ort nicht, weil ihr Vater zu stur war. Das Gebet schien endlos, und als der Priester endlich verstummte, war auch der Atem ihrer Mutter nicht mehr zu vernehmen.

»Gott hat sie an seine Seite gerufen.« Pater Fulbertus schloss ihr die Augen und faltete ihre Hände auf der Brust.

»Mutter ist tot.« Beke stürzte ans Bett und warf sich über Kreskens Leib. Ihre Mutter sah aus, als schlafe sie, die Haut war noch ganz warm, aber an ihrem Hals klopfte keine Ader mehr. »Sie ist tot. Sie ist tot.«

»Sie ist in einer besseren Welt«, erklärte Pater Fulbertus.

Seine Stimme klang getragen. Er benetzte zwei Finger mit geweihtem Öl und zeichnete Kresken ein Kreuz auf die Stirn, hielt ihr den Finger an die Lippen, als könne sie ihn noch küssen.

»Sie bleibt nicht hier. Wir nehmen sie mit nach Hause und bahren sie dort auf.«

»Recht gesprochen, guter Herr von Gröde.«

Beke schaute Iven an und Laefke. Mit den Augen bat sie um Entschuldigung, sie füllten sich mit Tränen, und zwei davon rollten ihre Wangen herunter. Laefke streckte die Hände nach ihr aus und zog sie an ihre Brust. »Es tut mir so leid mit deiner Mutter, Mädchen. Ich hätte ihr auch nicht mehr helfen können. Gott ruft Menschen an seine Seite. Für uns Zurückgebliebene sind seine Gründe nicht zu verstehen. Wir fühlen nur einen unverständlichen Schmerz. Dabei dürfen wir nie vergessen, dass die Toten an der Seite des Allmächtigen und in einer besseren Welt sind. Deine Mutter hat alle Schmerzen hinter sich gelassen, ihr Husten wird sie nie wieder plagen.«

Das tröstete Beke mehr als Pater Fulbertus Gebete. Sie wischte sich die Tränen aus dem Gesicht.

»Was soll ich ohne sie machen?«

»Den Mut nicht verlieren.«

Sie wusste nicht, wie sie das schaffen sollte, dennoch fühlte sie sich besser, als Laefke sie losließ.

»Beke, komm her. Du gehörst in dieser schweren Stunde zu deiner Familie«, schrie ihr Vater von draußen.

Es war nicht allein der Verlust der Mutter – es war auch die Familie, in die der Allmächtige sie gesteckt hatte. Sie sah sich bis an ihr Lebensende für den Vater und die streitenden Brüder tagein, tagaus den Haushalt führen. Obwohl der Gedanke wenig christlich war, stiegen ihr beinahe wieder die Tränen in die Augen, als sie das Haus verließ.

Laefke nahm die Decken vom Bett, hieß ihn, alle Fensterläden und Türen zu öffnen, damit der Geruch des Todes aus dem Haus zog.

»Ich möchte in die Pellwormharde gehen«, sagte sie auf einmal mit dem Berg Wäsche auf den Armen. Die Wäsche warf sie auf die Wiese vor dem Haus, damit sie auslüftete. Später würde sie jedes einzelne Stück waschen.

Sie musste nichts weiter erklären, Iven wusste, was sie meinte. »Du willst zu Tüki?«

»Ich will lernen, was sie weiß. Wenn Menschen zu mir kommen, will ich für sie das Beste tun, wie Großmutter es getan hat.«

»Du bist nicht schuld am Tod der armen Frau. Niemand kann helfen, wenn der Allmächtige beschlossen hat, jemanden von seinen irdischen Mühsalen zu erlösen.«

»Ich will trotzdem von Tüki lernen.«

»Weißt du, wie sie in der Pellwormharde lebt? Du bist an ein großes Haus gewöhnt. Dort wirst du in einer Kate hausen. Sie starrt vor Schmutz – die Frau, das Haus wahrscheinlich auch.«

»Ich bin jung genug, das Haus zu putzen und Tüki in einen Badezuber zu stecken. Außerdem werde ich nicht dort leben, ich gehe nur ein- oder zweimal die Woche hin, solange es noch nicht zu kalt ist. Iven, die Ernte ist eingebracht, die Wolle verkauft, für den Winter geschlachtet. Jetzt ist die richtige Zeit. Und vielleicht kann ich Tüki überreden, für eine Weile zu uns zu kommen.«

Iven verdrehte die Augen.

»Bruder ...«

»Ist gut – sie kann kommen. Ich kann meiner einzigen Schwester nichts abschlagen.«

»Ich habe es gewusst. Du bist ein Schatz.« Laefke verzichtete darauf, ihm den zu dieser Aussage gehörenden Kuss zu geben.

In diesem Moment kam Fiete aus dem Stallteil des Hauses, in jeder Hand einen Eimer Milch.

»Soll sie kommen, auch wenn Fiete dann wahrscheinlich freiwillig ins Gesindehaus zieht.«

»Wann werde ich das?« Der Junge stellte die Eimer neben dem Herd ab.

»Wenn Tüki kommt.«

Fiete kannte Tüki nicht und schaute zwischen Bruder und Schwester hin und her, er war jedoch klug genug, nichts zu sagen.

»Lass dich nicht verwirren, Fiete. Mein Bruder redet Unsinn. Du musst überhaupt nicht ins Gesindehaus ziehen.« Aus einem der Milcheimer schöpfte Laefke mehrere Becher und goss sie in einen Topf, der auf einem Dreibein auf dem Herd stand.

»Was ist mit deinem Käsehandel?«

»Du kennst mich. Was ich anfange, bringe ich auch zu Ende. Deshalb möchte ich, dass Tüki hierherkommt, damit ich nicht so oft weg sein muss. Ich werde deine Silja nicht enttäuschen, und du musst dir auch keine Sorgen machen, dass du nicht versorgt wirst. Sollte ich einmal nicht da sein, wird Nedda sich um dich kümmern.«

»Ich kann nach mir selbst sehen. Ich bin schon ein großer Junge«, erwiderte Iven und musste dabei grinsen. Laefke hatte wirklich an alles gedacht.

»Die gute Silja wird auch öfter vorbeikommen, um Käse zu holen. Du wirst so gut versorgt sein wie nie zuvor.«

»Du wirfst mich ja beinahe in ihre Arme. Wolltest du mich nicht mit Beke verheiraten?«

»Ich hätte auch sie gefragt, wenn Gröde nicht so weit weg von Rungholt wäre. Außerdem hat sie gerade ihre Mutter verloren.«

»Und ich dachte, du hättest inzwischen eingesehen, dass aus Beke und mir kein Ehepaar wird.«

»Die Hoffnung habe ich aufgegeben. Trotzdem wirst du dich bei Silja Westharg anständig benehmen.« Sie drohte ihm mit einem Schöpflöffel.

Er versprach es, und es kostete ihn einige Mühe, dabei eine gleichgültige Miene aufzusetzen. In seiner Brust schlug das Herz schneller.

KAPITEL 8

Beide Schiffe lagen am Kai. Es herrschte Ebbe, und die Schiffe ruhten auf dem Schlick, die abgeflachten Rümpfe hatten dafür gesorgt, dass sie kaum zur Seite gekippt waren. Die Hennersburg thronte hinter ihnen in der Dunkelheit. Die Palisade war unversehrt, und es war nicht zu erkennen, ob die Feuerschäden aus dem Sommer beseitigt waren.

Monny, Ketel, Iven, Arfat, sein Bruder Nies, zwei Fischer und Ogge Oggesen lagen im hohen Gras versteckt. Die restlichen der dreiunddreißig hatten sich unter Johan Sibinghs Führung in einem lockeren Kreis um die Hennersburg verteilt, damit keine Maus ungesehen hinein und hinaus kam.

»Jeder weiß, was er zu tun hat?«, flüsterte Iven. »Wir sind keine Mörder, denkt dran. Du auch, Ketel.«

»Ja«, flüsterte sein Cousin zurück.

Auf den Schiffen vor ihnen bewegte sich nichts. Vor einiger Zeit war bei jedem ein Mann an Bord gegangen und hatte sich zu einer dort stehenden Bugwache gesellt. Sie hatten beobachtet, wie die Männer eine Weile miteinander geredet und sich von Schiff zu Schiff Scherzworte zugerufen hatten. Wachablösung, hatte Iven getippt – und tatsächlich war bald darauf die erste Wache unter Deck verschwunden, während der andere Mann am Bug stehenblieb. Ihr Gespräch erstarb kurz darauf.

Ketel stieß ihn an. »Los.«

»Noch nicht.«

»Worauf warten wir noch?«

»Warte einfach.«

Sein Cousin gab sich geschlagen, und sie lagen weiterhin im Gras. Es wurde kühl, auf den Schiffen stampften die Wachen mit den Füßen und rieben sich die Hände. Es dauerte nicht mehr lange, da wickelten sie sich in Schaffellmäntel. Der Mann auf der vorderen Schnigge setzte sich als Erster hin und zog eine Decke über sich.

»Verflucht kalt das«, rief ihm der von der Schnigge zu und stampfte fest mit den Füßen auf.

»Elende Wache«, kam die Antwort. »Die anderen sitzen im Warmen und freuen sich an den Weibern.«

Die Wache auf der Schnigge setzte sich ebenfalls hin und schlang sich eine Decke um den Leib. »Nicht einschlafen, Freund.«

Es klang jedoch nicht so, als hatte da jemand vor, noch lange wach zu bleiben. Und bei allem, was Iven über das sorglose Treiben der Wogensmannen wusste, glaubte er auch nicht, dass sie tatsächlich die ganze Nacht über wach bleiben würden. Vorsichtshalber wartete er, bis beiden der Kopf auf die Brust gesunken war und sie sich einige Zeit nicht mehr bewegt hatten.

»Auf, Männer«, sagte er. »Wie besprochen und leise.«

Sie teilten sich auf. Iven, Ogge und die beiden Fischer nahmen sich eine Schnigge vor, die anderen vier huschten unter Monnys Kommando zur anderen. Auf der ersten schaffte es die Bugwache nicht einmal aufzustehen, kaum hatte sie den Kopf gehoben und einmal geblinzelt, da traf sie die Breitseite von Ivens Schwert an der Schläfe. Lautlos sackte der Mann in sich zusammen. Die Fischer fesselten ihn mit mitgebrachten Seilen, schoben ihm einen Knebel in den Mund und verbanden ihm auch die Augen. Auf der Schnigge war die Bugwache ebenfalls verschwunden, und Monny signalisierte ihm: alles in Ordnung.

Das war gut gelaufen. Iven wandte sich der Luke zu, durch die vorhin die andere Wache verschwunden war. Sie war offen, und eine steile Leiter führte nach unten. Mit einer Blendlaterne verschaffte er sich einen kurzen Überblick, bevor er sie an Ogge weitergab. Leise und vorsichtig stieg er die Leiter hinunter. Unten ließ ihn das wenige hereinfallende Mondlicht kaum einen Schritt weit sehen, dafür hörte er Schnarchen aus einer Ecke.

Iven ließ sich die Laterne reichen, blendete sie wieder auf und sah einen Mann unter Fellen auf dem Boden liegen, ein Schwert neben ihm. Viel mehr als sein Hinterkopf war von ihm nicht zu sehen. Wie passend, kam Iven in den Sinn. Hinter ihm stieg Ogge die Leiter herunter und danach einer der Fischer. Der Mann stieß gegen eine Kiste, die scharrend über die Planken rutschte. Es hörte sich an, als stürze ein Baumriese im Sturm.

Einen Schreckmoment passierte nichts, dann fuhr der Wogensmann aus dem Schlaf auf. Er erfasste die Lage sofort und griff nach seinem Schwert. Ogge sprang auf ihn zu, landete mit dem Fuß auf der Klinge und rammte dem Räuber die Faust ins Gesicht. Dessen Kopf flog nach hinten, Blut schoss ihm aus der Nase. Außer Gefecht gesetzt hatte ihn der Schlag jedoch nicht, er kam auf die Füße, schleuderte Iven eine Decke entgegen und rammte den viel schmaleren Ogge zur Seite. Iven kämpfte noch mit der Decke, während der Wogensmann an dem verdutzten Fischer vorbei hechtete und den Fuß auf die unterste Leitersprosse setzte.

»Halte ihn auf!«, schrie Iven und schleuderte endlich die Decke fort.

Der Fischer war zu langsam, er erwischte nur noch das Bein des Räubers und wurde abgeschüttelt. Der Mann entkam an Deck. Da hielt der zweite Fischer Wache, dem traute Iven aber auch nicht zu, einen zu allem entschlossenen Kämpfer aufzuhalten. Er eilte die Leiter hoch und fand seine Befürchtungen bestätigt: Der Fischer kniete an Deck und hielt sich die Leibesmitte.

»Überfall! Überfall!«, brüllte der Wogensmann. Seine Stimme trug weit in die Nacht.

Er musste aufgehalten werden. Iven hatte nichts zu werfen, außer seinem Schwert. Er schleuderte die Waffe – und traf. Der erneute Ruf des Wogensmannes ging in einem Gurgeln unter. Der Mann stürzte, sein Oberkörper hing über der Reling. Iven und Ogge erreichten ihn und zogen ihn zurück an Bord. Als der junge Bonde seine Hände wieder von ihm nahm, waren sie blutig.

»Haben sie was gehört in der Hennersburg?« Ogge sah sich um.

»Was ist bei euch los?«, fragte Monny leise von der Schnigge herüber.

»Beinahe wäre uns einer entkommen.«

Iven drehte den Mann um. Der atmete flach, im Mondlicht war keine Verletzung zu erkennen.

»Ich brauche Licht«, verlangte er.

Jemand hielt die Blendlaterne über den Bewusstlosen. Iven entdeckte, dass er den Mann am Ohr getroffen hatte. Der Schnitt blutete stark, außerdem hatte der Mann eine Schramme am Kopf. Er begann aber schon wieder, sich zu regen.

»Der hat einen harten Schädel«, entschied Iven. »Wir fesseln ihn wie die anderen.«

Bevor er richtig zu sich gekommen war, war der Wogensmann gefesselt und geknebelt, dann wurden ihm auch die Augen verbunden.

Von der Hennersburg war niemand heruntergekommen, dort war offenbar nichts bemerkt worden. Zu zweit trugen sie je einen der Gefesselten an Land und den Damm entlang. Sie schleppten die Wogensmannen an die zwei- oder dreihundert Ruten weit und legten sie in einer Senke ab. Die Gefesselten waren inzwischen wach, wanden sich wie Würmer und stießen durch die Knebel hindurch dumpfe Laute aus. Ketel versetzte einem oder zweien noch einen Tritt.

Den Rückweg zu den Schiffen legten sie in einem Bruchteil der Zeit zurück, auch wenn sie auf dem letzten Drittel des Weges zwei Fässchen vor sich herrollten und einige von ihnen verschnürte Ballen trugen. Die Männer befanden sich in gelöster Stimmung, weil sie Mut bewiesen hatten. Den ersten Teil des Planes hatten sie hinter sich gebracht. Iven war stolz auf seine Truppe.

Bei den Schiffen teilten sie sich wieder auf und verschwanden unter Deck. Ogge blendete die Laterne auf. Aus den Ballen wickelten sie trockene Torfsoden und Wolle, verteilten sie unter Deck. Das Fässchen enthielt Tran, den die Fischer überall vergossen, bevor sie die Leiter hochkletterten.

»Das wird ein Schlag, der trifft sie tief«, sagte Ogge, den Fuß schon auf der untersten Leitersprosse. »Wir haben immer noch ablaufendes Wasser. Bis die Flut zurückkommt, dauert es noch die halbe Nacht. Los, Iven!«

Der junge Bonde sah sich ein letztes Mal unter Deck um. Schade um das schöne Schiff. Gehörte es nicht den Wogensmannen ... Entschlossen nahm er die Kerze aus der Blendlaterne und hielt den Docht an mehreren Stellen an die Wolle, die sofort aufflammte. Zuletzt warf er die ganze Kerze in einen brennenden Wollhaufen und kletterte hastig die Leiter hoch. An Deck wartete Ogge auf ihn, streckte ihm die Hand hin und half ihm aus der Luke. Sie verließen die Schnigge und trafen hinter einer Holunderhecke auf die anderen.

»Hat alles geklappt?«, fragte Iven seinen Cousin.

»Du wirst es sehen.«

Durch die Büsche hindurch war jedoch nichts zu erkennen. Iven schob sich weiter nach vorne und spähte durch die Zweige. Die Schiffe lagen als dunkle Schatten am Steg, kaum auszumachen. Ketel drängte sich neben ihn.

»Da passiert gar nichts. Wir sollten noch ein paar Fackeln werfen, wie ich es von Anfang an gesagt habe.«

»Das Holz ist dick«, erwiderte Iven unwirsch. »Fackeln sind von der Hennersburg aus viel zu leicht zu sehen.«

Klar musste Ketel sticheln, denn die Idee stammte von

Ogge Oggesen, und er hatte sich immer noch nicht ganz damit ausgesöhnt, dass der Vogtsohn zu ihrer Truppe gehörte.

»Da ist was zu sehen auf der Schnigge«, mischte sich Monny ein.

Alle blickten gespannt hin, und tatsächlich flackerte am Heck der vorderen Schnigge eine Flamme. Ein paarmal verschwand sie, als wäre sie erloschen, aber jedesmal züngelte sie wieder auf, wurde größer. Auf der anderen hatte sich nun auch das Feuer seinen Weg gebahnt. Unaufhaltsam fraßen sich die Flammen voran und schlugen bald auf Deck. Ein Mast knickte um.

»Das ist ein Anblick.« Ketel hatte seine Stichelei vergessen.

Kurze Zeit später standen die Schiffe lichterloh in Flammen, und endlich wurde man auch in der Hennersburg auf das Spektakel aufmerksam. Etliche Wogensmannen rannten herbei. Sie standen fluchend und gestikulierend vor den Schiffen. Über dem Fauchen der Flammen war nicht zu verstehen, was sie brüllten. Einige sprangen vom Steg in den Schlick der Hever, die bei Ebbe zu einer schmalen Fahrrinne wurde. Sie schöpften Wasser und schütteten es in die Flammen. Es verdampfte sofort. Das Feuer ließ sich so nicht löschen, und anders als im Sommer kam ihnen kein Regen zu Hilfe.

Die Schiffe waren nur noch brennende Hüllen, als Iven sich mit seinen Männern zurückzog. In Rungholt trafen sie auf Johan Sibinghs Trupp, die zwei Räuber überwältigt hatten, nachdem diese sich in der Nacht dem Tor genähert hatten. Der eine habe versucht, sich zu wehren, und einen Lanzenstich in die Schulter erhalten, der Arm sei wohl hin, erzählte der kleine Hardesrat ungerührt.

»Ich hätte sie gerne gesehen, wie sie vor ihren Schiffen standen. Das ist ein Schlag, von dem sie sich nicht so schnell erholen werden.« Johan Sibingh rieb sich die Hände.

»Himmlischer Jesus, das war ein Anblick«, stimmte Iven zu. »Meinem Vater hätte das gefallen.«

»Wir zünden ihnen auch noch die Burg über dem Kopf an. Das hätte Eurem Vater noch besser gefallen.«

***

»Auf ein paar Worte, Herr Iven.« In Boye Harksens Schenke setzte sich Ogge Jessen zu dem jungen Bonden an den Tisch. Er stellte auch zwei Humpen hin. »Das gute bremische.«

»Hoher Besuch. Da will ich nicht weiter stören.«

Iven hatte mit Monny zusammengesessen. Sein Cousin erhob sich, warf dem Wirt ein Geldstück zu und verließ die Schenke. Ogge Jessen nahm die gesamte Breite des kleinen Tisches ein, und der Stuhl verschwand unter seiner massigen Gestalt.

»Meine Antwort lautet noch immer nein, Herr Vogt.« Iven trank den letzten Schluck seines Biers und wischte sich den Schaum von den Lippen.

»Immer gleich so direkt, der junge Herr Iven. Lasst uns doch einen gemütlichen Schwatz halten, einen Krug zusammen trinken.« Ogge Jessen prostete ihm zu, und Iven blieb nichts anderes übrig, als die Geste zu erwidern. Er nahm einen kleinen Schluck. Als der Vogt seinen Krug wieder absetzte, war der halb leer.

»Worüber wollt Ihr reden, Herr Vogt?«

»Über die Ernte dieses Jahres.«

»Mit der kann ich zufrieden sein. Das Vieh ist gesund, die Kühe geben Milch, und die Schafe haben viele Lämmer geworfen. Wie sieht es bei Euch aus?«

»Ebenso gut. Meine Salzköge werfen auch guten Ertrag ab. Bei Westharg soll es ja anders aussehen, zumindest hat dein Cousin Ketel Monnesen tüchtig zu kämpfen, hört man.«

»Ich weiß nichts über Westhargs Geschäfte, aber ich weiß, dass Ketel sein Geschäft versteht. Niemand holt mehr Salz aus dem Torf als er.«

»Seine Tochter hat Westharg gut verlobt, der schlaue

Fuchs. Der Sohn einer reichen Hamburger Kaufmannsfamilie – damit hat er alle überrascht. Ich ging fest davon aus, das Mädchen wird einen Uhtländer heiraten.«

Ogge Jessen schien sich für das Thema zu erwärmen, und Iven gefiel es immer weniger. An Silja und ihre Verlobung musste er häufig genug denken, da brauchte nicht der Vogt zu kommen und ihn daran zu erinnern.

»Die Verlobung seiner Tochter geht mich nichts an«, erwiderte er schroff.

»Wie Ihr meint. Silja Westharg ist ein hübsches Ding, und bestimmt haben einige junge Männer der Harde ein Auge auf sie geworfen. Die haben das Nachsehen, umso besser, wenn Ihr nicht zu ihnen gehört. Verliebte junge Männer haben nichts als Flausen im Kopf, und das wäre Eurer Schwester sicher nicht recht. Ich war doch selber mal jung ...« Ogge Jessen leerte seinen Krug, während Ivens noch zu mehr als zwei Dritteln gefüllt war. »Ihr trinkt gar nicht, junger Mann. Keine Scheu, ich gebe noch eine Runde.«

»Ich bin versorgt.«

Den Hardesvogt interessierte das nicht, er winkte Boye Harksen, und gleich darauf standen zwei neue schäumende Bierkrüge auf dem Tisch. Wollte der Vogt ihn betrunken machen, um leichter ans Ziel zu kommen? Iven studierte unauffällig die Miene des anderen. Er traute es ihm ohne weiteres zu. Jedenfalls stand fest, dass er mit dem Zug des Vogtes nicht mithalten konnte, denn Ogge Jessen langte wacker nach dem zweiten Humpen. Er verdrehte genießerisch die Augen, als er ihn wieder absetzte.

»Könnte man den Bremern das Rezept ihres Bieres abluchsen, ich würde glatt meinen Hof verkaufen und Bierbrauer werden. Das kann ich Euch sagen, junger Herr Iven. Wie haltet Ihr es damit?«

»Ich mag Bremer Bier, aber mein Vater war Bonde, unsere Vorfahren waren Bonden, und ich werde es auch sein. So viel gutes Bier kann es gar nicht geben, dass sich daran etwas ändert.«

»Obwohl der Propst Euch beim Send tüchtig zugesetzt hat. Eine halbe Mark Silber für das Treiben des Viehs am Sonntag. Jeder von uns hätte die zahlen müssen, und der Propst wird reich dabei. Wenn es Euch das Genick bricht, kommt nur zu mir, ich helfe gerne.«

Über viele Umwege war der Vogt endlich bei dem angelangt, was ihm am meisten am Herzen lag. »Es fällt mir schwer, aber es bricht mir nicht das Genick. Mein Vater hat klug gewirtschaftet, und ich gedenke, es ihm nachzutun.«

»Sehr umsichtig für einen so jungen Mann, wie Ihr es seid.«

Iven hatte genug von den Bemerkungen über sein Alter, er war schließlich kein Kind mehr und wollte nicht behandelt werden, als hätte er vom Leben keine Ahnung.

»Ich komme zurecht«, antwortete er frostig.

»Ich bleibe dabei, es ist viel Verantwortung für einen so jungen Mann wie Euch, und Ihr könnt immer auf mich zählen, wenn Ihr einen Rat oder Hilfe benötigt.«

Das reichte nun! »Ich bin vielleicht jung, aber nicht so unwissend, wie Ihr glaubt. Mein Vater hat mir beigebracht, was ich wissen muss, und ich lerne jeden Tag dazu. Ihr könnt sagen, was Ihr wollt, ich werde Euch den Levensenhof nicht verkaufen, selbst wenn Ihr einmal in der Woche kommt und mir ein Angebot macht. Wenn Ihr unbedingt einen Hof in Rungholt besitzen wollt, sucht Euch einen anderen. Das ist alles, was ich dazu zu sagen habe.« Iven trank einen letzten Schluck von seinem Bier, er stand auf und verließ die Schenke.

Draußen empfing ihn kalter Regen. Er schlug den Kragen seines Wamses hoch und eilte nach Hause. Im Haus empfing ihn Bine und leckte seine Hände. Er kraulte sie hinter den Ohren und schüttelte Wassertropfen aus Haaren und Kleidung. Laefke schreckte hoch; sie saß im Lehnstuhl ihres Vaters, die Füße auf einen Schemel gelegt und eine Decke über den Knien. In ihrem Schoß lag Nähzeug. Iven schüttelte ihr grinsend einige Wassertropfen ins Gesicht.

»Uh, lass das«, wehrte sie sich lachend, und Bine bellte dazu. »Ich muss wohl eingenickt sein.«

Eine Handbewegung brachte die Hündin zum Verstummen. »Du hast richtig fest geschlafen und ausgesehen wie Großmutter Eyde.«

»Das stimmt nicht. Ich bin nur kurz eingenickt.«

»Du sagst sogar dasselbe wie sie.« Iven kniete sich vor den Ofen und schürte das fast heruntergebrannte Feuer neu. Sogleich wurde es heller in der Döns.

»Du bist ganz nass.« Laefke stand auf, holte ein Handtuch und begann, seine Haare trocken zu rubbeln.

»Das kann ich selbst.« Er nahm ihr das Tuch aus den Händen. »Hör auf, mich zu behandeln wie einen unmündigen Knaben. Ich musste mir von Ogge Jessen den ganzen Abend anhören, wie jung ich sei und wie wenig Erfahrung ich habe. Es reicht mir.« Er hatte heftiger gesprochen als beabsichtigt. Sogleich tat es ihm leid, eine Entschuldigung bei seiner eigenen Schwester kam jedoch nicht in Frage.

»Was wollte der Vogt von dir?«

»Das Übliche. Erst tut er so, als wäre er nur zum Plaudern gekommen. Ausgerechnet der.«

»Was hast du ihm gesagt?«

»Dass ich genug von seinen Angeboten habe und ihm den Hof verkaufe, damit wir Ruhe haben. Außerdem brauche ich Geld für deine Mitgift, damit du Broder Brodersen noch heiraten kannst, bevor du zu Tüki gehst.«

Laefke brach in Lachen aus. »Du Spinner«, keuchte sie. »Als ob ich auf den Brodersenhof heiraten würde, nie im Leben. Diese Ausgabe ersparst du dir dein Leben lang. Einen Moment habe ich tatsächlich geglaubt, du sprichst im Ernst.« Sie warf das Nähzeug nach ihm.

Bine stand schwanzwedelnd zwischen ihnen und schaute von einem zum anderen. Sie sah aus, als überlege sie, ob das ein lustiges Spiel sei, bei dem sie mittun konnte. Ein Kommando brachte sie dazu, sich auf ihrer Decke vor dem Herd niederzulassen. Unter hochgezogenen Augenbrauen hervor schaute sie auf ihre Menschen.

»Er wird den Levensenhof nicht bekommen, das kann ich dir versprechen.«

»Wie oft hat er dir ein Angebot gemacht?«

»Dreimal. Er ist im Frühjahr, im Sommer und im Herbst gekommen.«

»Im Winter darfst du das nächste Mal mit ihm rechnen.«

»Hoffentlich nicht.« Iven legte einen getrockneten Mistfladen ins Feuer. Funken stoben auf.

»Etwas muss auf dem Levensenhof sein, dass der Vogt ihn unbedingt haben will«, sinnierte Laefke. »Ein Schatz aus alter Zeit?«

»Wir haben gutes Land und eine geordnete Wirtschaft. Unser Vieh ist fett, und die Vorräte reichen bis zur nächsten Ernte. Das Haus ist warm und fest gefügt. Was will ein Mann mehr?«

»Ist das auf dem Jessenhof anders? Das Land ist auch fett und das Vieh gesund. Er hat eine zänkische Frau und missratene Söhne, aber dafür kann der Hof nichts. Die bleiben ihm ein Leben lang.«

»Ogge Oggesen ist nicht missraten.«

»Der Vogt sieht das anders. Überall in der Harde kann man hören, wie unzufrieden er mit seinem Ältesten ist.«

Nach dem leidigen Abend tat es Iven gut, mit seiner Schwester zu scherzen.

Winter in den Jahren des Herrn 1361/62

KAPITEL 1

Er hatte für Silja Westharg ein Geschenk gekauft, eine silberne Mantelschließe. Das hielt er für ein angemessenes Geschenk für eine Verlobte. Er hätte gerne Christoph deswegen befragt, nur war seine Verlobung zwischen ihnen ein rotes Tuch, und er wollte nicht wieder den Zorn des Freundes herausfordern. Seinem Vater hatten die Idee und die Schließe gefallen, in seinen Augen war es ein Beweis, dass der Sohn sich mit der Verlobung arrangiert habe. Er hatte ihn auch sofort von seiner Arbeit im Kontor freigestellt, damit er seine Verlobte in Rungholt besuchen könne.

Andreas hatte entschieden, nicht per Schiff, sondern auf dem Landweg in die Uhtlande zu reisen, deshalb ritt er seit Tagen über verschlammte Straßen nach Norden, ließ sich Regen in den Kragen tropfen und übernachtete in schlecht gelüfteten Herbergsbetten und Klostergästehäusern. Er hatte geglaubt, dabei zu einem Plan zu kommen, wie er sich Silja Westhargs auf elegante Weise entledigen konnte. Er sah bereits die Rungholter Kirchturmspitze und war der Lösung keinen Schritt nähergekommen.

Er war kein gewalttätiger Mensch, wollte niemandem etwas Böses, und eine Entlobung fiel immer auf die Frau zurück. Niemand suchte nach den wirklichen Hintergründen, sofort hieß es, sie sei keine Jungfrau mehr gewesen, und dieser Makel haftete ihr für den Rest ihres Lebens an. Er wollte Silja Westharg nicht heiraten, aber er wollte ihr auch nicht schaden. Leider fiel ihm nichts anderes ein, als mit reuigem Gesicht vor sie zu treten und mit leiser Stimme die Verlobung zu lösen. Die Mantelschließe als Geschenk schien da wenig tröstend.

Andreas zügelte sein Pferd zum Schritt. In den Chorherrenhäusern konnte er bestimmt unterkommen und Silja morgen zu einem Spaziergang abholen, um ihr behutsam zu erklären …

Man bot ihm eine Kammer an, die nicht größer war als die Heckkabine auf der Kogge – wenigstens hatte er sie für sich allein. Er war müde vom langen Ritt. Ansprüche durfte man in den Uhtlanden nicht haben.

»Jungfer Silja.«

Sie drehte sich um und glaubte ihren Augen nicht trauen zu dürfen, aber in der Tür, die von der Küche in den Garten führte, stand ihr Verlobter Andreas Dürkopp.

»Herr Dürkopp.« Sie wischte sich die Hände an der Schürze ab und strich sich hastig einige Haarsträhnen aus dem Gesicht. Da sie zuvor das Feuer im Herd geschürt hatte, hinterließ sie einen Rußfleck auf ihrer Wange. »Ihr seid in Rungholt … Ich wusste gar nicht … Wollt Ihr meinen Vater sprechen?«

»Ich bin zu Euch gekommen – zu meiner Verlobten. Euer Vater wird doch nichts dagegen haben.«

»Oh, verschont mich damit. Wir wollen beide nicht miteinander verlobt sein. Ich hatte jedenfalls nicht den Eindruck, Ihr wäret von meiner Erscheinung hingerissen, als Ihr im Sommer Rungholt mit Eurem Vater besucht habt. Oder habt Ihr Euch in der Zwischenzeit in mich verliebt?«, fragte sie hitzig.

»Es ist nun einmal, wie es ist. Wir können nur das Beste daraus machen, deshalb bin ich nach Rungholt gekommen.«

»Euer Vater hat Euch gut im Griff.«

»Jungfer Silja, lasst uns einen Spaziergang machen. Ich möchte etwas mit Euch besprechen, deshalb bin ich den weiten Weg von Hamburg hergeritten.«

»Wenn Ihr die Details der Hochzeit besprechen wollt –

kein Interesse.« Sie drehte sich um, nahm wieder den Schürhaken.

»Es ist wirklich wichtig.«

Weil er so drängend schaute, gab sie schließlich nach. Sie
konnte ihn stehen lassen, wenn sie nicht mehr hören wollte,
was er zu sagen hatte. Silja nahm die Schürze ab und holte ihr
Umschlagtuch.

»Wollt Ihr wieder die Kirche und die Chorherrenhäuser
besichtigen? Es wurde weitergebaut, und wir haben eine
wundertätige Statue des heiligen Laurentius.«

»Ich habe bei den Chorherren übernachtet und davon gehört. Lasst uns an die Hever gehen, es ist ein schöner Nachmittag.«

Silja schaute ihn von oben nach unten an. Wollte er mit ihr
allein sein, um die Situation auszunutzen? Nach trauter Zwei-
samkeit war ihr nicht zumute, aber wenn sie ihn überreden
konnte, die Verlobung zu lösen ... Sie stimmte zu.

Schweigend gingen sie nebeneinander her, überquerten
den Rungholtsiel und kletterten auf der anderen Seite auf
den Heverdeich, gingen ihn Richtung Trindermarsch entlang.
Die letzten Häuser der Stadt ließen sie hinter sich. Unauffällig beobachtete Silja ihren Verlobten von der Seite. Andreas
knetete die Hände und sah aus, als grübele er über etwas; sie
suchte ebenfalls nach den richtigen Worten. Wie sagte man
es dem Verlobten, dass man ihn nicht heiraten wollte, ohne
seine Mannesehre zu verletzen? Rechts unter ihr gurgelte das
dunkle Wasser der Hever. Die Flut kam herein, knarrend
schlossen sich die Tore des Rungholtsiels. Silja überlegte
krampfhaft, wie sie die Sache zu Sprache bringen sollte.

Der Wasserstand der Hever stieg schnell, es rauschte unentwegt an ihnen vorbei. Andreas blieb vor dem kleinen Siel
stehen, dort war das Wasser tiefer und floss besonders
schnell. Er zog etwas aus seiner Tasche und hielt es ihr hin.
Es war ein in ein Tuch eingewickeltes Päckchen.

»Ich habe etwas für Euch, Jungfer Silja.«

Sie dankte ihm und befühlte das Päckchen, rund, flach, klein. Ein Schmuckstück. Sie wickelte eine Mantelschließe aus, eine schöne Silberarbeit. Wäre sie von Iven gewesen, hätte sie sich sehr darüber gefreut. Unter diesen Umständen aber …

»Das kann ich nicht annehmen. Es ist zu wertvoll … Ich meine, unsere Verlobung ist … wir reißen uns nicht darum, einander zu heiraten. Geschenke sind nicht nötig, Herr Dürkopp.«

»Sie gehören zu einer Verlobung dazu, also auch zu unserer. Ich bin gekommen, um Euch das zu geben, Jungfer Silja. Beschämt mich nicht.«

Er schaute sie bittend an. Das Geschenk nicht anzunehmen wäre schäbig. Silja wusste nicht, wohin mit ihren Blicken. Um sie herum weideten Schafe, und sie fragte sich ganz unpassend, ob das schon Ivens waren. Sie wusste nicht genau, ob seine Weiderechte und die seines Cousins erst hinter dem Siel oder schon davor begannen. Die Schafe sahen alle gleich aus, einige schauten zu ihnen her, andere grasten, als gäbe es nichts Schöneres auf der Welt als das gleichmäßige Mahlen von Zähnen. Ihnen am nächsten stand ein Widder mit gebogenen Hörnern.

»Jungfer Silja? Nehmt mein Geschenk an.«

Sie schaute sich im. Da stand immer noch Andreas Dürkopp. Er ging jetzt ein paar Schritte zurück. Der Widder senkte den Kopf.

»Ich muss dann noch über etwas mit Euch reden. Es ist wichtig. Ich – also eigentlich bin ich nur deswegen gekommen, Jungfer Silja. Unsere Verlobung … nun ja …«

»Was ist mit unserer Verlobung? Oh, passt auf, Herr Dürkopp!«

Während der Hamburger herumgestottert hatte, war er immer weiter vor ihr zurückgewichen. Der Widder hatte den

Kopf noch tiefer gesenkt, und seine Augen funkelten bösartig. Er setzte zum Sprung an und rammte seine Hörner in Andreas Dürkopps Kniekehlen. Er stolperte nach vorne, und der Widder nahm ein zweites Mal Maß. Silja sprang auf den Mann zu, um ihn zur Seite und aus der Reichweite des wild gewordenen Tiers zu ziehen. Andreas Dürkopp streckte die Arme nach ihr aus und suchte Halt an ihr. Er war ein großer schwerer Mann. Silja trat einen halben Schritt zurück und wollte sich abstützen. Ihr Fuß trat ins Leere, und sie geriet ins Rutschen. Der Deichhang war steil, das Gras nass. Silja wollte nach ihrem Verlobten greifen, aber sie bekam seinen Arm nicht zu fassen und verlor vollends den Halt.

Das Wasser der Hever schlug über ihr zusammen. Es war kalt, drang ihr in Mund und Nase. Sie schlug um sich, und auf einmal war ihr Kopf wieder über Wasser. Tief saugte sie Luft in ihre Lungen, paddelte heftig, als sie wieder unterzugehen drohte.

»Hilfe! Hilfe!«, schrie sie mit überschnappender Stimme.

Noch jemand schrie, und Andreas stand am Ufer, bis zu den Knien im Wasser. Sie streckte ihm eine Hand hin. Er wollte sie ergreifen, aber eine Welle trieb sie fort. Sie fühlte, wie ihre Kraft nachließ, Arme und Beine waren so schwer zu bewegen. Bevor das Wasser wieder über ihrem Kopf zusammenschlug, sah sie noch, wie Andreas Dürkopp einen zaghaften Schritt auf sie zumachte und ihr erneut die Hand hinstreckte. Sie wollte danach greifen, verfehlte ihn aber.

Sie wusste nicht mehr, wo oben und unten war. Das Rauschen des Flusses erfüllte ihren Kopf, drohte, ihn zu sprengen. In einem winzigen Augenblick musste sie den Mund öffnen, um einzuatmen. Die Hever würde ihr nasses Grab werden. Erst machte Andreas Dürkopp ihr ein Geschenk, die Mantelschließe umklammerte sie immer noch, und dann brachte ein Widder sie zu Fall. Noch einmal kam sie an die

Oberfläche, atmete tief und gierig ein. Ihren Verlobten erblickte sie dabei nicht, aber verschwommen erkannte sie ein graues Pferd auf dem Heverdeich, bevor sie wieder unter Wasser gedrückt wurde. Jemand rutschte den Deich hinunter, und die Wellen schlugen wieder über ihr zusammen. Sie machte halbherzige Paddelbewegungen. Auf einmal war da eine Hand vor ihr.

»Ich habe gesehen, was du getan hast!«

Iven war da, griff nach ihrer Hand, hielt sie fest und zog sie ans Ufer. Keuchend kniete sie im Schlamm, hustete Schleim aus und schlotterte am ganzen Leib.

»Da war das Schaf ... konnte nicht ... das Wasser ... wollte sie rausziehen ...« Andreas hatte sich ans Ufer gerettet, wischte sich das Wasser aus dem Gesicht und wrang den Saum seines Umhangs aus.

»Du hast sie gestoßen. Hündischer Lügner!«, schrie Iven ihn an.

»Nein, ich ... bin gestolpert.«

»Wage es nicht! Wenn du noch einmal Hand an sie legst ... Ich werde immer da sein, um sie zu retten, und das nächste Mal habe ich mein Schwert dabei. Dann ...«

Der Hamburger zuckte vor der Drohung zurück, und Iven schüttelte die Faust vor dessen Gesicht. Der junge Dürkopp drehte sich um und rannte davon, als wäre der Teufel persönlich hinter ihm her. Iven half Silja auf die Füße, er legte ihr seinen eigenen Umhang um und führte sie den Deich hinauf.

»Du bist nass«, stellte er fest, als sie auf der Krone standen. Er strich ihr über das Haar. »Und schmutzig.« Er pflückte einige Algen und Grashalme von ihrem Kopf und warf sie fort.

»Danke«, sagte sie ernsthaft und mit aufeinanderschlagenden Zähnen. »Wärst du nicht gekommen ... Du hast mich gerettet. Er hat mich nicht gestoßen. Da war wirklich ein

Widder und hat ihn umgerannt. Er wollte mich rausziehen, aber eine Welle hat mich fortgespült.«

Er legte ihr einen Finger auf die Lippen. »Sprich jetzt nicht darüber, dazu ist später noch Zeit. Du musst dein nasses Kleid loswerden, sonst wirst du krank.«

»Herr Dürkopp wollte mir was sagen. Erst macht er mir ein Geschenk, danach wollte er mir was sagen, und dann war da dieser Widder. Du hast es doch gesehen? Es war alles ein Unglück. Das hat er mir geschenkt.« Sie zeigte Iven die Schließe, die sie immer noch in der Hand hielt.

»Wirf sie weg! Du brauchst von dem keine Geschenke.«

Silja schüttelte den Kopf und hielt sie ihm hin. »Nimm sie und verkaufe sie. Das Geld können wir gut gebrauchen.«

Ein Kälteschauer erfasste sie und ließ ihre Knie beben. Sie sackte gegen Iven. Sein Gesicht schwebte dicht über ihrem. Er strich ihr nasse Haare aus der Stirn und küsste ihre Augenbrauen, ihre Nasenspitze, zum Schluss ihre Lippen. So unvermittelt, wie er den Kuss begonnen hatte, löste er sich auch wieder von ihr.

»Du musst aus dem nassen Kleid heraus«, sagte er zum zweiten Mal. Diesmal flüsterte er die Worte in ihr Haar.

»Mir ist nicht mehr kalt«, murmelte sie zurück.

»Ich bringe dich auf den Levensenhof. Meine Schwester weiß, was in solchen Fällen zu tun ist. Himmlischer Jesus, was für ein Glück, dass ich gerade gekommen bin, um diesem Mordbuben das Handwerk zu legen. Wenn er dich so wenig heiraten will wie du ihn, muss er dich nicht ersäufen. Er hätte einfach die Verlobung lösen und ein bisschen Ärger mit seinem Vater riskieren können. Hamburger Feigling!«

Diesmal fühlte sich Silja zu schwach, um ihm zu widersprechen. Die Kälte kroch immer tiefer in ihre Knochen. Iven half ihr auf die Graue und schwang sich hinter ihr in den Sattel. Er legte seine Arme um sie und schnalzte auffordernd mit der Zunge. Die Stute setzte sich in Bewegung.

Statt durch die Stadt zu reiten, jagte er die Graue im Galopp über die Salzwiesen und durch den Rungholtwald. Bevor Silja noch kälter werden konnte, hatten sie den Levensenhof erreicht.

Laefke hatte neben dem Herd gesessen und die Spindel kreisen lassen. Als sie und Iven ins Haus polterten, sprang sie auf. Sie stellte keine Fragen, befühlte Siljas Hände und die Stirn und half ihr aus den nassen Sachen. Iven befahl sie, einen Badezuber zu holen und Wasser heiß zu machen. Er sollte dann draußen warten.

Silja musste alles ausziehen, auch das Unterzeug, und bis das Bad bereit war, wickelte Laefke sie in mehrere Decken und hieß sie, sich neben den Herd zu setzen und heißes Würzbier zu trinken.

»Ich werde noch betrunken«, sagte Silja. Immer noch schlugen ihre Zähne vor Kälte aufeinander, als ihr der zweite Becher Bier in die Hand gedrückt wurde.

»Besser einmal betrunken sein, als Fieber zu bekommen.« Laefke schüttete einen letzten Eimer heißes Wasser in den Badezuber. Dampf stieg auf.

Das heiße Bad vertrieb die Kälte im Nu aus ihren Knochen. Wohlig räkelte Silja sich in dem warmen Wasser, in das Frau Laefke noch eine Handvoll getrocknete Kamille geworfen hatte. Der würzige Duft streichelte ihre Nase.

»Was ist passiert?«

»Ich bin in die Hever gefallen«, antwortete Silja mit zurückgelegtem Kopf und geschlossenen Augen.

»Einfach so?«

Sie brachte es nicht fertig, diese Frage offen zu beantworten, und erzählte von ihrem Spaziergang mit Andreas Dürkopp auf dem Heverdeich.

»Er ist gegen mich gestolpert, und dann bin ich den Deich hinuntergefallen«, sagte sie schließlich. Sogleich wurde sie unsicher bei der Frage, ob er sie gestoßen hatte oder sie gefallen war. Iven hatte so fest behauptet, er habe genau gesehen, wie der Hamburger sie den Deich hinuntergestoßen habe und dass er sie ins Wasser drücken wollte, statt sie herauszuziehen. Sie wusste nur, dass sie auf einmal im Wasser gewesen war. War Andreas Dürkopp ein Mann, der vor keinem Mittel zurückschreckte? Sie hatte ihn für weich gehalten und für jemanden, der sich seinem Vater gegenüber nicht durchsetzen konnte. Ließ ihn diese Schwäche zum letzten Mittel greifen? Silja fand die Antwort nicht, und je länger sie darüber nachdachte, desto verwirrter wurde sie.

Laefke nahm ein Tuch und rubbelte ihre Haare. Sie fragte nicht weiter nach, und dafür war sie der Freundin dankbar.

Am Ende saß Silja in geliehene Sache gehüllt am Tisch, vor sich ein Brett mit Brot, Käse und Schinken, dazu ein weiterer Becher Würzbier. Ihre eigenen Kleider trockneten am Ofen. Immer noch fragte sie sich, wie sie auf einmal im Wasser gelandet war. Die Graue stand im Stall, aber Iven war nicht auf dem Hof. Hoffentlich war er nicht gerade dabei, eine Dummheit zu begehen.

Er rannte, stolperte, stand wieder auf, rannte weiter. In seinen Seiten stachen tausend Nadeln – er rannte weiter. Wessen hatte der Bauer ihn beschuldigt? Und noch schlimmer, in seinem Kopf war kurz der Gedanke aufgeblitzt: Hätte er es doch nur getan, er wäre wieder ein freier Mann. Frei für Christoph. Dabei hatte er nichts anderes gewollt, als Silja aus der Hever ziehen, aber er bekam sie nicht zu fassen. Bevor er die ersten Häuser Rungholts erreicht hatte, blieb er stehen, hielt sich keuchend die Seiten, wischte sich den Schweiß von der Stirn. Langsamer ging er weiter, aber das Herz hämmerte gegen die Rippen. Seine Erinnerung war von diesem Moment an nicht mehr klar, als der Widder ihn gerammt hatte und er gestolpert war.

Auf keinen Fall konnte er länger in der Edomsharde bleiben und abwarten, ob der Bauer die anderen Hinterwäldler gegen ihn aufwiegelte, soviel war ihm bewusst. Bei den Chorherrenhäusern angekommen, rief er laut nach seinem Pferd. Auf dem Hof rührte sich nichts. Faule Knechte, verkrochen sich in dunklen Winkeln, statt zu arbeiten. Er strebte dem Stall zu, und als er die Tür öffnen wollte, kam doch noch ein Knecht gelaufen.

»Ich brauche mein Pferd. Schnell! Und mein Bündel aus dem Haus.«

Kurze Zeit später saß Andreas im Sattel und verließ Rungholt Richtung Osten. Er trieb das Pferd zu einem flotten Trab. Wie Schlangen wanden sich die Gedanken in seinem Kopf – es war doch gar nicht so gewesen, wie es ihm die Bilder vor seinem inneren Auge vorgaukelten. Sie war in die Hever gestürzt, und er hatte sie retten wollen, aber ihre Hand nicht greifen können – so war es gewesen. Dann war dieser Friese gekommen und hatte ihn weggestoßen und Silja aus dem Wasser gezogen und danach behauptet, er habe sie im Fluss ersäufen wollen. Er war nach Rungholt gekommen, um seine Verlobung zu lösen – nichts anderes hatte Christoph von ihm verlangt. Das hatte er doch? Es war ein Unglück gewesen.

Warum ritt er dann mit nassen Hosenbeinen nach Osten, statt in der warmen Westhargschen Döns zu sitzen, Würzwein zu trinken und sich für Siljas Rettung danken zu lassen? Er zügelte sein Pferd nicht, drehte es nicht um, sondern trieb es weiter ostwärts.

Silja Westharg liebte offensichtlich diesen Bauern, deshalb hatte sie ihm sofort geglaubt. Eine Heirat mit ihr kam nicht mehr in Frage – nicht einmal sein Vater konnte von ihm verlangen, dass er eine Frau heiratete, die einen anderen liebte. Oder doch? Er hätte erleichtert sein sollen. Warum war er es nicht?

Das Pferd nutzte seine Unaufmerksamkeit sofort aus und fiel in Schritt. Andreas schlug ihm die Fersen in die Flanken und trieb es wieder an. Seinem Vater konnte er sagen, Silja habe die Verlobung gelöst. Sie habe zwar sein Geschenk genommen und ihm im gleichen Atemzug erklärt, ihn nicht heiraten zu wollen. Nicht einmal die Unwahrheit war das, denn sie hatte es wirklich gesagt. Er konnte sie nicht zwingen, und sein Vater konnte ihm auch nicht gram sein. Das Pferd wurde schon wieder langsamer. Andreas schlug es.

»Ich muss mit Herrn Westharg sprechen. Sofort.«

Die alte Magd Gesche stand hinter ihm und rang die Hände. Iven hatte sich an ihr vorbei in die Döns gedrängt, wo er den Kaufmann beim Bier antraf.

»Ich konnte ihn nicht aufhalten«, sagte Gesche mit zittriger Altfrauenstimme. »Und Eure Tochter ist auch nicht da.«

»Lass uns allein.« Mit einer Handbewegung wies Westharg die Magd hinaus. Er bot Iven einen Stuhl und einen Becher Bier an und musterte ihn mit gerunzelter Stirn. »Seid Ihr wegen der Käseverkäufe gekommen? Meine Tochter ist nicht da. Mit dieser Sache ist sowieso bald Schluss, wenn sie nach Hamburg heiratet.«

»Sie wird nicht nach Hamburg gehen.«

»Wieso?«

»Ich werde sie heiraten.« Iven schluckte und verbesserte sich sogleich: »Ich möchte Euch um die Hand Eurer Tochter bitten. Wir lieben uns. Mir gehört der Levensenhof, er ist einer der größten in Rungholt. Ich besitze Rinder, Muttersturen, sechzig Schafe, Schweine, natürlich auch Hühner. Ihr könnt gern kommen und nachschauen. Ich kann eine Frau ernähren. Einer Frau wie Eurer Tochter kann ich ein standesgemäßes Heim bieten.«

Westharg hatte sich gut im Griff, jedenfalls zeigte er kein Erstaunen. Eigentlich sieht er müde aus, dachte Iven.

»Sie ist bereits verlobt, das wisst Ihr so gut wie ich und sie.«

»Ihr könnt sie nicht Andreas Dürkopp geben. Sie will ihn

nicht, und er hat sie nicht verdient. Nicht so viel.« Iven zeigte mit Daumen und Zeigefinger einen minimalen Abstand an.

»Das geht Euch nichts an. Ihr werdet sie nicht bekommen. Ich danke Euch für Euer Interesse an meiner Tochter, aber Euren Antrag lehne ich ab.«

»Weil ich Bauer bin?«

»Sie ist die Tochter eines Kaufmannes und wird einen Kaufmann heiraten. Sie ist bereits verlobt.«

Ivens Geduld war am Ende. Er erhob sich über den Tisch, beugte sich vor. »Andreas Dürkopp ist nach Rungholt gekommen und mit Eurer Tochter auf dem Heverdeich spazieren gegangen. Erst hat er ihr ein Geschenk gemacht, und anschließend hat er sie in den Fluss gestoßen. Ich habe es gesehen. Er wollte sie ertränken, hat sie immer wieder unter Wasser gedrückt. Wäre ich nicht dazugekommen, hättet Ihr keine Tochter mehr. Er behauptet dagegen dreist, sie sei gestürzt und er habe sie aus dem Wasser ziehen wollen. Niemandem kann er das weismachen. Mir jedenfalls nicht. Himmlischer Jesus!«

»Das glaube ich nicht. Andreas Dürkopp ist ein aufrechter junger Mann. Er wird Silja ein guter Ehemann sein.«

»Ich habe sie auf den Levensenhof gebracht. Meine Schwester kümmert sich um sie.«

»Sie gehört nach Hause.«

»Andreas Dürkopp wollte sie töten. Bedeutet Euch das gar nichts?« Iven schlug mit der Faust auf den Tisch.

Wenigstens zuckte Westharg zusammen.

»Das ist nicht wahr. Ihr behauptet es, um den jungen Herrn Dürkopp schlechtzumachen, weil Ihr sie selbst haben wollt.«

»Noch niemand hat mich der Lüge bezichtigt.«

»Ihr wollt meine Tochter heiraten, obwohl sie mit einem anderen verlobt ist. Euch kann ich nichts glauben. Meine Antwort habe ich Euch bereits gegeben.«

»Herr Westharg ...«

»Geht! Sofort!« Westhargs Stimme war schneidend geworden, aber er sah immer noch sehr müde aus.

»Ich werde nicht zulassen, dass Ihr Silja unglücklich
macht.« Iven verließ das Haus. Seine Gedanken jagten kreuz
und quer durch seinen Schädel. Silja und er mussten so
schnell wie möglich heiraten, damit sie vor ihrem Vater und
Andreas Dürkopp sicher war. Monny musste ihm helfen.

***

Die Mitglieder der Marienbruderschaft saßen auf dem Brodersenhof beieinander. Ogge Jessen war diesmal nicht dabei,
nur die Rungholter Mitglieder waren anwesend und noch
einige Handwerker, die nicht Mitglied der Bruderschaft waren. Eigentlich war jeder anwesend, der im Ort etwas kaufte
und verkaufte oder herstellte – nur Fisch durfte es nicht sein.
Die Fischer gehörten weder in den Augen der Bonden noch
in denen der Handwerker zu den Leuten, die in Rungholt
das Sagen haben sollten. Und um Rungholt sollte es an diesem Abend gehen. Heinrich Westharg hockte auf einem
Stuhl mit Lehne und Polster. Der Tisch bog sich unter den
angebotenen Speisen. Fisch, Rind, Schwein und Kapaun, am
Stück gebraten, lagen auf Platten. Broder Brodersens Döns
war mehr als doppelt so groß wie seine. Jeder hatte seinen
Becher, und es mussten sich auch nicht mehr als zwei Männer einen Teller teilen. Westharg nahm sich vor, reichlich zu
essen. Was er heute zu sich nahm, konnte er morgen im eigenen Haushalt einsparen.

»Die Sache mit dem ständigen Markt für Wolle, Töpferwaren, Ziegel, Holz, Wein und Salz können wir vergessen«, sagte der Krämer Ulf Asmersen. Seine Stimme dröhnte durch
den Raum. »Der Staller gibt ihn uns nicht. Im August haben
wir das Gesuch bei ihm eingereicht, und er hat zugesagt, die
Sache zu prüfen. Dazu war genug Zeit. Das Marktrecht
kommt nicht.«

»Dabei brauchen wir den Markt dringend«, stimmte Babe Gunnesen zu.

Bisher durfte Rungholt dreimal im Jahr einen Markt abhalten, im Frühjahr, im Sommer und im Herbst. Nur was die Menschen selbst erwirtschafteten und verbrauchten, durfte ständig verkauft werden, aber Händler von außerhalb durften nur zu den großen Märkten kommen.

»Den Wollmarkt brauchen wir nur im Sommer. Sonst fällt keine an.« Der kleingewachsene Johan Sibingh konnte es nicht lassen, spitzfindig zu sein. Er war Bonde und Kaufherr, aber Freunde hatte er weder hier noch dort.

»Dann eben für Tuch. Oder was Ihr wollt. Von einem ständigen Markt hat jeder Vorteile. Die Harde nimmt mehr Marktgebühren ein, wir müssen unser Vieh nicht mehr zu anderen Orten treiben, um es zu verkaufen. Außerdem wollen wir auch ein Umschlagplatz für die Waren aus dem Norden sein, wo sie gegen die aus dem Süden gehandelt werden.«

»Und umgekehrt«, sagte der aus Dithmarschen stammende Reinher Bahnsen. Er hatte eine Uhtländerin geheiratet, mehr als sein halbes Leben in Rungholt verbracht und war immer noch ein Fremder.

»Dafür brauchen wir einfach den ständigen Markt. Darin sind wir uns doch alle einig.« Heinrich Westharg wollte die Sache noch einmal zusammenfassen, bevor jeder seine Meinung äußerte, die sich in nichts von den anderen unterschied. Sie hatten sich nicht getroffen, um ihre Meinungen kundzutun. Das konnten sie in der Schenke tun, sie mussten Entscheidungen treffen. »Wir müssen andere Wege gehen.«

»Den Markt einfach ohne Erlaubnis abhalten?« Diese dumme Bemerkung kam natürlich von Johan Sibingh.

»Das geht nur ein paar Wochen gut«, meldete sich zum ersten Mal der Husumer Kaufmann Erik Hammann zu Wort. Bisher hatte seine Aufmerksamkeit mehr seinem Bier als der Besprechung gegolten. Er lebte nicht in Rungholt, aber er wickelte seine Geschäfte ausschließlich über den Rungholter Hafen ab, deshalb war er eingeladen. »Dann habt Ihr den Staller mit seinen Männern in der Harde, und sie werden erst wieder gehen, wenn von Euch nur noch kleine Stückchen übrig sind. Bildlich gesprochen. Einen Markt hat es in Rungholt jedenfalls zum letzten Mal gegeben. Ohne Erlaubnis könnt Ihr nichts tun.«

Der Eiderstedter legte seine Stirn in Falten. »Wie ich das sehe, hat euer Hardesvogt die Sache mit dem Staller verbockt. Das Marktrecht wird nicht kommen, andere Rechte erst recht nicht. Was soll die Bruderschaft dabei? Das ist eine Vereinigung, um für das geistige Wohl ihrer Mitglieder zu sorgen. Gebete, Totengedenken, solche Sachen. Mit Marktrechten braucht da niemand zu kommen.«

»Wir haben das Wunder«, warf Broder Brodersen ein. »Das muss doch auch für was gut sein.«

»Es wird Pilger anziehen und Handwerker, Reichtum wird kommen, aber alles wird Jahre dauern, und wir brauchen den Markt jetzt. Im nächsten Jahr.« Ulf Asmersen schlug mit der Faust auf den Tisch.

»Es soll nicht bei der Bruderschaft bleiben.« Heinrich Westharg hatte sich die Sache ganz genau überlegt und sie in Ermangelung eines Sohnes mit seiner Tochter besprochen. Er hatte keinen Falsch an seinem Plan gefunden. »Wir brauchen Zünfte und Gilden. Am Anfang eine für die Handwerker und eine Gilde für die Kaufleute. Wir müssen Gemeinsamkeiten mit den Handwerkern und Kaufleuten der anderen Harden finden, mit denen aus Wyk auf Föhr, mit Pellworm oder Bubhever. Je mehr wir sind, desto mehr Gewicht werden wir haben, wenn wir mit einer Stimme sprechen.«

»Als ob die Interesse an einem ständigen Markt in Rungholt haben.« Johan Sibingh schüttelte den Kopf. »Die wollen ihn bei sich.«

»Nein, nein. Das ist gar nicht so dumm«, sagte Reinher

Bahnsen, und Westharg atmete auf. »Alle wollen den Markt vor der Haustür, aber nicht jeder Ort kann ihn haben, das wissen alle. Und Rungholt hat nun einmal die Kollegiatkirche bekommen und ein Wunder des Herrn, damit ist klar, dass es das Marktrecht in den Uhtlanden nur hier geben kann. Die anderen Harden werden das einsehen.«

»Das Denken in Hardesgrenzen sollen wir hinter uns lassen, wenn ich Herrn Westharg richtig verstanden habe«, warf der Eiderstedter mit träger Stimme ein.

Broder Brodersen räusperte sich: »Edle Herren, bisher gibt es noch keine Zünfte der Handwerker und Kaufleute, die mit einer Stimme sprechen. Lasst es uns jetzt tun. Den Staller haben wir nicht überzeugt, dann weiß ich nur noch eine Möglichkeit.«

»Welche?«, fragte Babe Gunnesen dazwischen.

»Waldemar Atterdag – er kann gewähren, was der Staller nicht will. Es muss sich jemand auf den Weg zu ihm machen und unseren Fall vortragen.«

Die Männer schauten sich an. Broder Brodersen warf sich in die Brust. Babe Gunnesen nickte, während Johan Sibingh verdrießlich guckte.

»Er hat recht«, sagte der Hardesrat. »Wir müssen einen Schritt nach dem anderen gehen, und noch haben wir keine Zünfte und keine Macht. Wir müssen bitten bei Waldemar Atterdag.«

»Wer soll gehen?«, rief Ulf Asmersen.

Sie sahen sich gegenseitig an. Reisen im Winter war nicht angenehm, und offensichtlich verspürte niemand Lust, seine warme Stube zu verlassen. Heinrich Westharg ebenso wenig wie die anderen; in jungen Jahren war er als Kaufmann viel unterwegs gewesen, hatte Weib und Tochter allein gelassen, er trauerte diesem Teil seines Lebens nicht nach.

Reinher Bahnsen war der Jüngste von ihnen. Nach und nach richteten sich die Blicke auf ihn.

»Ich gehe«, sagte er.

»Nein«, widersprach Babe Gunnesen. »Es handelt sich um eine Angelegenheit der Uhtlande, und die müssen von einem Uhtländer vertreten werden, nicht von einem Dithmarscher.«

»Ich lebe in Rungholt, seit ich acht bin, das sind beinahe zwanzig Jahre. Ich bin mehr Uhtländer als Dithmarscher. Eure Sache ist auch meine, mein Weib stammt aus Rungholt.« Reinher Bahnsen zählte an den Fingern ab, was alles für ihn sprach.

»Babe Gunnesen hat recht, wir müssen einen Uhtländer schicken«, sagte Johan Sibingh.

»Dann komme ich wohl auch nicht in Frage«, warf Westharg ein. Er runzelte die Stirn. »Ich weiß jemanden, der Uhtländer ist und die Sache der Rungholter Kaufleute vor Waldemar Atterdag gut vertreten wird.«

»Wer soll das sein?«, wollte Babe Gunnesen wissen.

»Iven Levensen.«

Der Name hing schwer im Raum. Der Bonde vom Levensenhof war ohne jeden Zweifel Uhtländer, aber Bauer und kein Kaufmann, dennoch hatte Heinrich Westharg gute Gründe, gerade ihn vorzuschlagen. Bevor er etwas sagen konnte, kam ihm Reinher Bahnsen zuvor. »Wenn ich nicht gehen soll, ist Iven Levensen eine gute Wahl. Er weiß eine Sache zu vertreten und kennt keine Scheu vor niemandem.«

»Obwohl er kein Kaufmann ist, weiß er, wie wichtig der Handel für Rungholt und die Edomsharde ist«, bekräftigte Westharg. »Er scharwenzelt mir ein wenig zu viel um meine Tochter herum. Es kommt mir sehr gelegen, wenn er eine Weile aus Rungholt verschwindet.«

Die erwarteten Lacher antworteten ihm, und die Sache war abgemacht: Iven Levensen sollte die Rungholter Handwerker und Kaufleute bei Waldemar Atterdag vertreten.

Westharg zog Tinte, Feder und Papier zu sich heran und

setzte mit seiner schönsten Handschrift die Petition für den dänischen König auf. Jeder Anwesende unterzeichnete und setzte sein Familiensiegel unter seinen Namen. Die Urkunde sah eindrucksvoll aus.

Später saß Westharg zufrieden in seiner Döns. Nach der Verzweiflung des Sommers ließ sich alles gut an. Siljas Verlobung war beschlossen, in kaum drei Monaten würde sie verheiratet sein; er hatte einige Fässer Salz zukaufen müssen, um seine Verträge zu erfüllen, aber ein Kaufmann aus dem Rheinland hatte ihn gebeten, vom Vertrag zurücktreten zu dürfen, und ihm dafür noch eine Entschädigungszahlung angeboten. Westharg hatte beides gerne angenommen und sich gefühlt, als lache ihm der Allmächtige freundlich zu. Seine Kasse war wieder gefüllt, und er hatte auch den größten Teil des von der Bruderschaft geliehenen Geldes zurückgezahlt. Das Weihnachtsessen der Bruderschaft war gerettet. Außerdem war er dabei, sich unter den Rungholter Kaufleuten einen Namen zu machen; auf seinen Rat wurde gehört. Wenn es ihm noch gelang, einen guten Anteil an den zu gründenden Zünften zu erlangen, konnte niemand mehr an ihm vorbei. Rungholt war nicht Lübeck oder Hamburg, aber letztendlich erwies sich das als Vorteil. Dort verschwände er in der Masse der Kaufleute, in einer kleinen Stadt konnte er herausragen. Er strich sich zufrieden über das Kinn.

Vor ihm lag die gesiegelte Urkunde für Waldemar Atterdag auf dem Tisch, er strich über das Papier. Der König war als vernünftig denkender Mann bekannt, er konnte dieses Ansinnen nicht abschlagen. Es nützte allen, und in Rungholt hatte es schließlich ein Wunder gegeben.

Iven kam zwei Tage später ins Westhargsche Haus, um die Urkunde für den König abzuholen. Monny Monnesen begleitete ihn. Der Kaufmann hatte die Urkunde in ein Lederfutteral eingeschlagen und überreichte sie dem Boten mit den besten Wünschen für ein gutes Gelingen der Mission. Iven ließ sie sich genauso feierlich in die Hände legen und versprach, alles für den Erfolg zu tun.

»Wann werdet Ihr aufbrechen?«, wollte Siljas Vater wissen.

»Morgen früh. Alles ist bereit. Monny wird mich begleiten, es ist nicht gut, in diesen Zeiten allein unterwegs zu sein.«

»Da habt Ihr allerdings recht.« Heinrich Westharg gab beiden Männern die Hand, er schlug Iven sogar auf die Schulter, und sie polterten aus der Döns hinaus.

Silja folgte ihnen. Im Hausflur zog sie Iven an der Hand.

»Warte draußen auf mich, ich komme gleich nach«, sagte er zu seinem Freund.

Monny grinste und verließ wortlos das Haus. Iven ließ sich von ihr in die Kammer auf der Rückseite der Küche ziehen, in der Vorräte aufbewahrt wurden. Kaum hatte sie die Tür hinter ihnen zugezogen, umarmte Iven sie. Silja legte den Kopf an seine Schulter. Minutenlang standen sie einfach nur da, jeder in die Wärme des anderen getaucht, bis Iven ihren Scheitel küsste. Sie hob ihm die Lippen entgegen, und ihre Münder fanden sich. Der Kuss schmeckte süß. Silja umklammerte seinen Oberkörper.

»Wem habe ich es zu verdanken, dass ich zu Waldemar Atterdag geschickt werde?«

»Meinem Vater. Er hat das eingefädelt, um dich loszuwerden. Seit du bei ihm gewesen bist, ist er nicht mehr gut auf dich zu sprechen. Du hättest nicht gehen sollten, jetzt kennt er unseren Plan.«

»Ich musste es tun.« Wieder nahm er ihr Gesicht in seine Hände und küsste sie.

»Ich habe Angst um dich.«

»Silja, ich bin nicht groß und stark geworden, weil ich mein Leben lang nur in der warmen Döns gesessen habe. Ich ziehe nicht in den Krieg, sondern reite zu Waldemar Atterdag. Nie hätte ich gedacht, deinem Vater noch einmal dankbar sein zu müssen.«

Sie sah erstaunt zu ihm auf.

»Waldemar Atterdag ist genau der Mann, ihm meine Fehde mit den Wogensmannen vorzutragen. Er ist gerecht und muss mich unterstützen, er kann nichts anderes tun. Sobald ich wieder da bin, finde ich einen Priester, der uns traut. Niemand wird uns mehr trennen. Wartest du auf mich, kleine Silja?«

»Bis ans Ende meiner Tage.«

Das war eine schöne Zukunft. Er sah Silja an seiner Seite auf dem Levensenhof. Die Rosen rankten vor dem Haus. Sie hütete eine Schar Kinder, die Jungen waren ihm wie aus dem Gesicht geschnitten, und die Mädchen sahen ihr ähnlich. Iven kam lachend herein, trug den Jüngsten auf den Schultern, der dem Windelalter noch nicht entwachsen war, legte ihn ihr in die Arme. Das war ein schöner Tagtraum.

»Küss mich«, bat sie, »damit ich etwas habe, wovon ich träumen kann, während du fort bist.«

Er tat ihr nur zu gern den Gefallen.

Iven und Monny hatten Rungholt verlassen und sich nach Osten gewandt. Gegen die Winterkälte trugen sie Schaffellwesten und Umhänge aus dickem Lodenstoff. Fellkappen wärmten ihre Köpfe und Fäustlinge ihre Hände, die Stiefel hatten sie mit Stroh und Lappen ausgestopft und Felle um ihre Waden gewickelt. Trotz dieser Ausstattung kroch Iven die Kälte in die Knochen, und er fragte sich, was sie tun sollten, wenn es richtig kalt wurde. Monnys Nasenspitze sah weiß aus und die Lippen bläulich.

Sie ließen die Pferde in dem Tempo gehen, das die Tiere selbst bevorzugten, und das war ein langgestreckter Schritt. Er kostete die Pferde wenig Kraft, und sie konnten ihn den ganzen Tag und auch noch die nächsten durchhalten.

»Was läuft zwischen dir und der kleinen Westharg?«, fragte Monny auf einmal in die Stille hinein.

»Nichts.«

»Genauso habt ihr euch angesehen. Mir kannst du nichts erzählen, sie ist ein süßes Ding und als Westhargs einzige Tochter eine gute Partie obendrein. Trotzdem solltest du dir lieber eine Frau aussuchen, die nicht mit einem anderen verlobt ist.«

»Die Verlobung ist ein Possenspiel«, stieß Iven wütend hervor. »Der Hamburger Gimpel ist vor wenigen Wochen bei ihr aufgetaucht und hat versucht, sie umzubringen. Er hat sie den Heverdeich heruntergestoßen und wollte sie ertränken, wäre ich nicht gekommen …«

»Dafür ist sie dir natürlich dankbar.«

Diese Worte lockten ein Grinsen auf Ivens Gesicht. Monny war seit Kindertagen sein bester Freund, immer hatten sie zusammengehalten, nie Geheimnisse voreinander gehabt … Er entschied sich dazu, die Wahrheit zu sagen.

»Es ist mehr als Dankbarkeit. Wir lieben uns und wollen unser Leben zusammen verbringen. Heimlich sind wir verlobt. Sie wird den Hamburger nicht heiraten, sondern mich. Hilf mir, einen Priester zu finden, der uns traut.«

»Ohne Einwilligung ihres Vaters? Das wird nicht leicht.«

»Bist du mein Freund oder nicht? Westharg kann nichts mehr machen, wenn wir erst Mann und Frau sind.«

»Das hübscheste Mädchen Rungholts. Du bist wirklich ein Glückspilz. Für uns andere bleibt Kresten vom Brodersenhof.« Monny schüttelte sich.

KAPITEL 2

Sie fanden den König auf Burg Vordingborg. Iven zählte neun Türme, die Burgmauer schien kein Ende nehmen zu wollen. Alles war aus Ziegeln errichtet, und er fragte sich unwillkürlich, wie viele Chorherrenhäuser sich aus diesen Steinen bauen ließen. Wahrscheinlich könnte jedes Gebäude der Edomsharde aus den Steinen errichtet werden. Die Wachen am Tor wollten sie nicht einlassen. Ihre gekreuzten Speere sahen aus, als wollten sie sie jeden Moment auf ihn und Monny richten. Abgesandte des Ortes Rungholt – die Wachen schüttelten die Köpfe, von dem Ort hatten sie nie gehört. Die Edomsharde in den friesischen Uhtlanden – davon hatten sie auch nie gehört. Zuletzt zog Iven die Urkunde aus ihrem Futteral und ließ die Wachen die zahlreichen Siegel sehen. Sie ließen Monny und Iven ein und wiesen sie gleich hinter dem Tor in eine Schreibkammer. Iven hatte sie sich vorgestellt hatte wie die Schreibstube eines Kaufmannes, ein wenig prächtiger.

In der Kammer von der Größe seiner Döns arbeiteten vier Männer. Es war düster, nur die Kerzen auf den Schreibpulten erhellten den Raum. In den Schatten an den Wänden erkannte Iven vom Boden bis zur Decke reichende Schränke. In den offenen Fächern türmten sich Papiere. Die Schreibergesellen hielten angespitzte Federn in den Händen und waren über ihre Arbeit gebeugt, niemand nahm von seinem und Monnys Eintritt Notiz. Erst als Iven sich räusperte, sahen sie auf. Er erläuterte sein Anliegen.

Drei Schreiber wandten sich wieder ihren Unterlagen zu; der vierte seufzte:«Warum steht Ihr uns im Licht? Wir sind die Schreibstube der Kämmerei, Ihr müsst zum Truchsessenamt.« Er wies quer über den Hof auf das große Portal von Burg Vordingborg.

Iven wollte ihm erklären, dass die Wachen vom Tor sie hergeschickt hätten, aber der Mann hatte schon wieder seine Feder ins Tintenfass getaucht. Achselzuckend ging er an Monnys Seite über den Hof.

In der Burg fanden sie jemanden, der sie zum Protokollmeister schickte, einem in Samt und Seide gekleideten Mann mit einem sorgsam gepflegten Spitzbart. Er tat vornehm, als wäre er Klaus Limbeck, der Truchseß, persönlich und nicht einer der subalternen Gehilfen. Endlich aber jemand, der sie nicht wegschickte. Er bot ihnen an, ihr Schreiben entgegenzunehmen und es dem König zusammen mit anderen Gesuchen vorzulegen. Sie könnten in einer Herberge warten und in einer Woche wiederkommen.

»Ich wurde beauftragt, es dem König selbst zu übergeben«, wehrte Iven ab. Er traute dem Mann nicht über den Weg, am Ende verschwand das Schreiben unter einem der Papierberge, die auch das Amtszimmer des Protokollmeisters beherrschten.

Der Mann wurde herausgerufen und ließ sie stehen, als wären sie gar nicht vorhanden. Dieses Verhalten begann Iven zu ärgern. Sie waren freie Friesen, keine rechtlosen Lakaien. Als seine Königsfriesen soll Waldemar Atterdag sie bezeichnet haben, davon war nichts zu merken. Ein Blick auf Monny sagte ihm, dass der genauso dachte. Sie folgten dem Protokollmeister und fanden ihn, wie er in einem Alkoven mit zwei Herren in kostbaren Gewändern und mit mehr als einem Ring an den Händen sprach. Dabei fiel der Name des Grafen von Rendsburg, gemeint war der große Blonde. Der Name des anderen wurde nicht genannt, aber er verhielt sich wie eine ähnlich hochgestellte Persönlichkeit. Sie verhandelten für die Hanse mit dem dänischen König wegen der Rückgabe der Stadt Visby und der Fortgeltung der hansischen Privilegien, vermutete Iven. Die Kunde von einem bevorstehenden Krieg mit der Hanse war sogar bis in die Uhtlande vorgedrungen. Der Protokollmeister verneigte sich vor dem Grafen von Rendsburg und seinem Begleiter und begleitete die beiden zur Tür, er verabschiedete sie auf das Höflichste.

»Was gibt es?«, fuhr er danach Iven und Monny weit weniger höflich an, als hätte er sie noch nie gesehen. Dabei musterte er ihre einfachen und von der Reise nicht mehr sauberen Hosen und Stiefel.

Iven wollte aufbegehren, aber Monny flüsterte ihm zu, es sei nicht klug, den Protokollmeister gegen sie aufzubringen, sonst müssten sie Wochen länger warten, zu Waldemar Atterdag vorgelassen zu werden.

»Wir kommen im Namen der Kaufleute aus Rungholt.« Iven schluckte seinen Ärger herunter und schaffte es, seine Worte höflich klingen zu lassen.

»Nie gehört.«

»Rungholt in der Edomsharde, friesische Uhtlande«, half Monny aus, und als der Däne immer noch verständnislos dreinsah, fügte er hinzu: »Rungholt gehört zum Bistum Schleswig. Vor kurzem hat sich dort ein Wunder ereignet.«

Das Bistum Schleswig sagte dem Mann etwas – immerhin. Von dem Wunder hatte er nichts gehört.

»Was hat der König mit Eurem Wunder zu schaffen?«

»Nichts. Deswegen sind wir nicht gekommen.« Iven musste eine gehörige Portion Geduld aufbringen. »Wir bringen ein Gesuch der Rungholter Kaufleute an ihren König und möchten deswegen bei seiner Majestät vorgelassen werden. Man sagte uns, Ihr wärt zuständig, um uns eine Audienz zu verschaffen.«

»Zeigt mir das Gesuch.«

Iven kam dieser im Befehlston vorgetragenen Bitte nach und wickelte die Urkunde aus ihrer ledernen Umhüllung. Er ließ den Protokollmeister die Siegel sehen, gab das Dokument jedoch nicht aus der Hand.

»Der König hat keine Zeit, sich mit solchen Nichtigkeiten zu befassen, wenn Krieg mit der Hanse und Schweden ins Haus steht. Kommt in friedlichen Zeiten wieder.«

»Solange können wir nicht warten. Seine Majestät wird doch seine Untertanen empfangen, solange er noch nicht in den Krieg gezogen ist. Was müssen wir tun, um zu ihm vorgelassen zu werden?« In der Edomsharde war es klar, was Fremde tun mussten, wenn sie Ogge Jessen sprechen wollten – eine Münze öffnete seine Tür sofort. Bei einem König war das hoffentlich anders. Davon hatte Heinrich Westharg jedenfalls nichts gesagt und ihn auch nicht mit den nötigen Mitteln versorgt. Iven könnte nur seine eigene bescheidene Barschaft einsetzen, die nach königlichen Maßstäben sicher nicht mehr als ein Bettel war.

»Kommt meinetwegen am Donnerstag wieder. Vormittags empfängt der König Bittsteller, und vielleicht hat er ein Ohr für Eure Sache.«

»Wo sollen wir bis dahin warten?«, fragte Monny.

»Vordingborg ist keine Herberge.«

Der Protokollmeister drehte ihnen den Rücken zu. Sie waren damit entlassen und mussten sich bis Donnerstag gedulden. In einem mit Säulen und Kreuzgewölben prächtig anzuschauendem Gang trafen sie auf den Grafen von Rendsburg und seinen Begleiter; beide schienen unterschiedlicher Meinung zu sein, denn sie gestikulierten heftig, während sie gleichzeitig redeten. Iven und Monny wollten still an ihnen vorbeigehen, aber der Begleiter des Grafen sprach sie an.

»Die Herren wurden auch nicht vorgelassen?«

Iven, der nicht damit gerechnet hatte, von den Adeligen überhaupt bemerkt, geschweige denn angesprochen zu werden, benötigte eine Schrecksekunde, bis er die Frage verstanden hatte. »Vor Donnerstag ist nichts zu machen.«

»Waldemar Atterdag legt es auf einen Krieg an. Pah.« Der Mann spuckte aus. »Er wird den Krieg nicht gewinnen, denn die Hanse kann nicht zulassen, dass er Visby unter seiner Kontrolle behält. Der Großmeister des Deutschordens, Schweden und Norwegen unterstützen uns. Sie alle schicken Schiffe. Waldemar Atterdag kann niemals genug Geld aufbringen, um auch nur eine halb so große Flotte zusammenzubringen wie wir.«

»Das interessiert doch den guten Mann nicht«, unterbrach der Graf von Rendsburg rüde, und Iven hegte den Verdacht, sein Begleiter habe mehr ausgeplaudert, als gut war. »Man wird sich Donnerstag sehen.«

Sie nickten einander zu, und Iven und Monny ließen dem Rendsburger Grafen den Vortritt.

Am Donnerstag fanden sich Iven und Monny noch vor dem Läuten zur Laudes erneut in der Burg ein. Die Audienzen fanden im Thronsaal statt, und der Vorsaal, in dem die Bittsteller warten mussten, war bereits gut besucht. Nach ihnen strömten weitere Menschen herein. Den Rendsburger Grafen sahen sie nicht, als sie sich an der Wand einen Platz suchten und sich gegen die Mauer aus grob behauenen Feldsteinen lehnten, um sich auf eine lange Wartezeit einzurichten.

Die Tür zum Thronsaal wurde von zwei Soldaten mit langen Speeren bewacht, sie schauten grimmig drein. Außerhalb des Vorsaales standen weitere Wachen und auch in den Ecken. Iven und Monny, die noch nie in einer königlichen Burg gewesen waren, schauten sich verstohlen um.

Die Glocken verklangen, und der Protokollmeister betrat den Vorsaal, hinter ihm der Graf von Rendsburg und sein Begleiter. Sie drängten sich durch die wartende Menge, die Soldaten öffneten die Türen für sie und ließen sie als Erste ein. Leises Murren von den länger Wartenden erhob sich, es wurde sofort durchdringender, nachdem die Türen des Thronsaales wieder geschlossen worden waren.

Ivens Magen knurrte, und daraus schloss er, es müsse um die Mittagszeit sein, als der Graf und sein Begleiter den Thronsaal wieder verließen. Verkniffene Münder und gerunzelte Stirnen ließen vermuten, dass ihrer Sache kein Erfolg beschieden war. Danach ging es schneller mit den Audienzen, und der Vorsaal leerte sich zusehends. Als Iven und Monny endlich an der Reihe waren, war der Tag weit fortgeschritten. Iven fühlte sich bereits schwach vor Hunger. Dieses Gefühl vergaß er jedoch sofort, als er den Thronsaal betrat. Es war ein Saal ungeheuren Ausmaßes, die Rungholter Kirche hätte zweimal darin Platz gehabt.

Der König und seine Berater saßen hinter einem Tisch am anderen Ende und aßen. Zwei Schreiber standen an ihren Pulten bereit, wichtige Vereinbarungen und königliche Entscheidungen zu Papier zu bringen. Wachen standen vor den Wänden, an denen Wandteppiche mit biblischen Szenen oder wüsten Schlachten hingen. Iven fand keine Zeit, das alles ausgiebig zu betrachten, denn ein junger Diener mit dem königlichen Wappen auf der Jacke schob sie unbarmherzig vorwärts. Einige Mannslängen vor der königlichen Tafel wurden sie angewiesen, sich zu verneigen, der königliche Bedienstete nannte ihre Namen und ihre Herkunft.

Waldemar Atterdag forderte sie mit einem Wink seines Essmessers zum Sprechen auf, während er sich mit der anderen Hand einen vor Sauce triefenden Bissen Brot in den Mund schob.

In Ivens Hals saß auf einmal ein Kloß, und sein Kopf war wie leergefegt. Noch nie hatte er vor so hohen Herrschaften gestanden. Er räusperte sich und suchte zunächst Zuflucht zu Titel und Namen, indem er Waldemar Atterdag hochwürdige Majestät nannte, was dem so Betitelten ein Lächeln entlockte, und dann noch weitere seiner Titel und Besitztümer aufzählte. Als er einmal kurz innehielt, um Luft zu holen, hakte der König ein. »Wir kennen unseren Namen und alle unsere Titel und Besitztümer. Du bist doch nicht gekommen, um mir zu beweisen, dass du sie auch alle weißt. Frei heraus mit deinem Begehr.«

»Ich komme im Namen der Rungholter Kaufleute und Handwerker, die an Euch dieses Gesuch richten.« Iven zog die Urkunde unter seinem besten Wams hervor und wusste nicht, was er nun damit anfangen sollte. Durfte er sich dem König so weit nähern und sie ihm überreichen? Sollte er sie einem der königlichen Berater geben? Welchem? Mindestens ein Dutzend würdig aussehende Herren speisten mit ihm. War einer von denen der mächtige Truchsess Klaus Limbeck, der Vorsteher der königlichen Hofhaltung? Vielleicht der in Rot und Grau gekleidete Herr zu seiner Rechten? Er wäre wohl am ehesten derjenige, Briefe für den König entgegenzunehmen.

Waldemar Atterdag nahm ihm die Entscheidung ab. »Gib uns dein Schreiben.«

Iven trat an den Tisch und reichte die Urkunde darüber hinweg. Statt des Königs griff jedoch Klaus Limbeck an seiner rechten Seite zu. Er übertraf den König an Alter und grauem Haar, betrachtete die Siegel und faltete das Schreiben auseinander. Iven zog sich wieder an seinen Platz zurück, sein Magen hatte beim Anblick der fetten Braten, Saucen und des frischen Brotes verlangend geknurrt.

»Berichte uns, was die Rungholter Kaufleute von ihrem König wollen, dass sie mitten im Winter einen Boten schicken.«

Das hörte sich ermutigend an. Im Gegensatz zu seinem Protokollmeister und den Kanzleischreibern schien der König genau zu wissen, wo Rungholt lag. Iven erzählte von der neuen Kollegiatkirche, dem Wunder und den vielen Menschen, die den Ort besuchten, berichtete, wie viele Kaufleute zu den Märkten im Frühjahr und im Herbst kamen und dass der Hafen nicht mehr groß genug sei, um ihre Schiffe zu fassen. Viele Kaufleute wollten in Rungholt Handel treiben, sie kamen aus dem Rheinland, aus Flandern, aus Lübeck, Hamburg und natürlich auch aus den umliegenden Harden, aus den Dreilanden, Dithmarschen, überhaupt dem ganzen Bistum Schleswig und dem dänischen Königreich. Dreimal im Jahr ein Markt reiche nicht mehr aus, sie bräuchten einen ständigen Markt. Der König möge auch bedenken, dass mehr Märkte mehr Einnahmen und damit auch mehr Steuern für ihn bedeuteten. Das alles stehe in der Urkunde, und die Rungholter Kaufleute und Handwerker baten den König demütig um seine wohlwollende Entscheidung.

Klaus Limbeck überflog den Text der Urkunde und nickte. Der König trank aus einem Pokal und ließ sich nachschenken, bevor er sich wieder seinem Essen widmete. Iven versuchte in seiner Miene die mögliche Antwort zu sehen – vergeblich. Es schien vielmehr so, als interessiere sich der König für nichts anderes als sein Mahl. War das ein gutes oder schlechtes Zeichen?

Endlich hob Waldemar Atterdag den Blick. »Haben die Rungholter Handwerker und Kaufleute diese Sache dem Staller vorgetragen?«

»Sie haben, aber der sah sich nicht in der Lage, eine Entscheidung zu treffen.«

»Wissen die Rungholter, dass wir uns im Krieg befinden? Die Hanse hat den Handel mit uns eingestellt und verlangt die uneingeschränkte Handelsfreiheit in Dänemark, die Bestätigung ihrer hansischen Sonderrechte in Schonen und …«, Waldemar Atterdag hob die Stimme, »… die Überlassung der schonischen Festungen und Einkünfte bis zur Wiedergutmachung aller Kriegslasten, namentlich Kosten und Wiedergutmachung für das uns gehörende Visby. Wissen das alles die Rungholter Kaufleute?«

»Sie wissen es«, antwortete Iven. Eine andere Antwort ließen die Fragen des Königs nicht zu.

»Verstehen sie auch, dass dieser Krieg alle unsere Kräfte anspannt? Wir müssen Soldaten bereitstellen, Schiffe zusammenziehen, uns mit unseren Heerführern beraten. Der Rendsburger Graf spricht im Namen der Hanse vor und droht uns, wenn wir nicht auf seine Forderungen eingehen.« Der König trank erneut aus seinem Pokal.

»Das alles ist mir bewusst«, warf Iven ein. Vieles von dem, was der König gesagt hatte, war ihm neu. Er war kein Heerführer, nicht einmal Soldat, hatte noch nie in einem Krieg gekämpft. Dennoch konnte er sich vorstellen, dass ein Krieg den König und seinen gesamten Hof beschäftigte.

»Wir können deshalb keine Entscheidung treffen, die der Staller auch nicht treffen konnte, obwohl er Rungholt und die Uhtlande besser kennt. Sobald die Hanse nicht mehr all unsere Kräfte beansprucht, werden wir uns dieser Sache widmen. Diese Antwort kannst du in die Uhtlande tragen.«

Iven nickte. »Da wäre noch eine zweite Sache. In den Uhtlanden treibt eine Räuberbande ihr Unwesen. Die Wogensmannen – Ihr habt vielleicht von ihnen gehört? Sie haben im Frühjahr meinen Vater erschlagen, und die Harden der Uhtlande benötigen Hilfe, um mit ihnen fertigzuwerden. Ich weiß, dass es möglich ist, ihre Burg besteht aus Holz, nicht wie Eure aus Stein, außerdem sind ihre Schiffe im November in Flammen aufgegangen.«

Der König hörte auf zu essen und schaute Iven an. Sein Interesse war geweckt. »Dabei sollen wir wohl an einen Blitzschlag glauben?«

»Ich schreibe Euch nicht vor, was Ihr glauben sollt. Die Wogensmannen sind geschwächt. Wenn man ihre Burg am Großen Siel belagert, können sie nicht über das Meer flüchten. Man braucht keine Schiffe, um sie daran zu hindern. Ich verstehe nichts vom Krieg, aber das weiß ich, dass es ohne

Schiffe viel einfacher ist, mit ihnen fertigzuwerden. Ich habe an die drei Dutzend Männer eingeschworen, die bei einem solchen Unternehmen mitmachen. Sie brauchen aber jemand mit Erfahrung, der sie anführen kann. Und ein paar weitere Soldaten.«

»Ihr wollt einen unserer Generäle?«

»Und ein paar erfahrene Männer, denen sie nacheifern können. Ich finde dann leicht noch einmal so viele und mehr mutige Männer, die bereit sind, gegen die Wogensmannen zu ziehen. Außerdem sind die Männer bereit, an Eurer Seite zu kämpfen.«

Nach diesen Worten war es einen Augenblick so still, man hätte einen Strohhalm zu Boden fallen hören können. Monnys Schnauben durchbrach sie, Iven straffte die Schultern und reckte das Kinn in die Höhe.

»Deine Begleitung scheint uns mit deinen Worten nicht einverstanden zu sein, Iven Levensen«, kommentierte Waldemar Atterdag.

»Die Friesen kennen ihre Pflichten gegenüber ihrem König. Mein Begleiter und ich waren vor zwei Tagen schon einmal hier, um Euch zu sprechen, dabei haben wir einige Worte mit dem Grafen von Rendsburg gewechselt. Er war in Begleitung eines anderen vornehmen Herrn, und dem ist entschlüpft, wer sich alles auf die Seite der Hanse geschlagen hat. Das sind doch sicher interessante Nachrichten für Euch?« Er hatte in der Harde mit niemand darüber gesprochen, für Waldemar Atterdag zu kämpfen – damals hatten sie noch nichts vom Krieg gewusst. Dem Problem würde er sich später stellen. Erst einmal galt es, die Hilfe des Königs gegen die Wogensmannen zu erhalten, und dafür war es sicher gut, Waldemar Atterdag zu berichten, was dem Feind so gut wie entschlüpft war.

»Schweden, Norwegen und der Deutsche Orden«, sagte Klaus Limbeck trocken. »Wir wissen genau, wer sich auf die

Seite der Hanse geschlagen hat. Ein König muss seine Feinde kennen. Du sagst uns nichts Neues, junger Friese. Hast du deinem König noch mehr zu berichten?«

Ivens Hoffnungen zerstoben unter diesen wenigen Sätzen. Obwohl es im Saal nicht warm war, traten Schweißtropfen auf seine Stirn, eine rollte seine Schläfe hinunter und fühlte sich an wie eine Spinne, die ihm über die Wange lief. Hastig wischte er ihn fort. »Was kann ich den Rungholter Kaufleuten sagen?«

»Sie müssen warten bis nach dem Krieg. Dann bekommen sie vielleicht ihre Marktrechte.«

»Und wegen der Wogensmannen?«

»Sie müssen auch warten bis nach dem Krieg. Die schriftliche Antwort kannst du in zwei Tagen in meiner Schreibstube abholen.«

Der König hatte sich wieder seinem Essen gewidmet und die letzten Aussagen seinem Berater überlassen. Er interessierte sich nicht mehr für die Uhtlande, sondern flüsterte sogar mit dem Mann zu seiner Linken. Iven blieb nichts weiter übrig, als sich zu verneigen und den Saal zu verlassen. Monny folgte ihm. Draußen warteten die nächsten Bittsteller, sie wurden von einem Bediensteten in den Saal geführt.

»Wir haben getan, was wir konnten«, sagte Iven, als sie die Burg verließen. »Der Krieg ist uns dazwischengekommen, der muss ja die Aufmerksamkeit des Königs beanspruchen.« Er merkte, dass er dabei war, sich selbst etwas einzureden, und verstummte.

»Die Friesen werden in diesem Krieg nicht kämpfen wollen. Diese Suppe musst du selbst auslöffeln. Ich glaube aber auch, dass der König dein Versprechen nicht ernst genommen hat. Du hattest es noch nicht ganz gesagt, da hat er das Interesse verloren. Gegen die Wogensmannen wird er uns nicht helfen – jedenfalls nicht so bald. Er ist ein König, der weiß, wie man zu Reichtum für sein Land kommt, sagt man von ihm. Die Bedeutung des Handels und der Märkte dafür kennt er genau, nach dem Krieg gibt er Rungholt den Markt, davon bin ich überzeugt.«

Iven spähte misstrauisch auf seinen Freund. Glaubte Monny, was er da redete?

»Das ist meine ehrliche Meinung.«

***

In Boye Harksens Schenke war es warm, und das lag nicht allein am hoch lodernden Feuer im Kamin, sondern auch an den vielen Männern, welche die roh gezimmerten Holzbänke bevölkerten. Es war Samstagabend, und die Rungholter Männer trafen sich zum Biertrinken und Würfelspielen. Die meisten tranken Gagelbier aus großen Humpen, aber wer es sich leisten konnte, orderte bei Boye das gute Bremer Bier. Einer, der es sich leisten konnte, war Iven Levensen, er hatte gerade eine Runde für den ganzen Ecktisch bestellt. Außer ihm saßen dort Monny Monnesen, dessen Bruder Ketel, der junge Broder Brodersen, sein Schwager Harm Harksen, der junge Ketel Hayesen, Haye Wunksens Sohn und der Salzbauer Johan Sibingh. Sie hatten gemeinsam schon mehrere Kannen des guten bremischen Bieres geleert. Broder Brodersen lachte still vergnügt vor sich hin.

Am Nachbartisch rollten laut klackernd die Würfel über den Tisch, als Iven sagte: »Waldemar Atterdag führt einen Krieg gegen die Hanse. Trotzdem hat er sich die Zeit genommen, sich unser Problem mit den Wogensmannen anzuhören. Er hat natürlich nach dem Staller gefragt.«

»Hoffentlich hast du ihm die Wahrheit gesagt, und er wirft den Mann raus«, fiel Johan Sibingh mit lauter Stimme ein. Er war von ihnen allen der Älteste und Schmächtigste, und nach ein paar Bechern Bier wurde er immer laut.

Einige andere Gäste wandten sich ihnen zu. Monny zog den kleinen Bonden am Arm und flüsterte ihm etwas zu. Johan Sibingh schlug sich die Hand vor den Mund und verstummte.

»Er wollte wissen, ob wir bei ihm gewesen waren«, fuhr Iven fort, als hätte Johan nichts gesagt. »Ich habe gesagt, dass der Staller nicht auf unserer Seite steht, dass wir aber seine Königsfriesen seien und treu zu ihm stehen. Das hat ihn erfreut.«

»Iven, was wird das?«, kam es von leise von Monny.

»Er war auch zufrieden, dass wir schon selbst eine schlagkräftige Truppe gebildet haben, wir sollen noch mehr Männer finden. Besonders erfreut war er, weil wir die Schiffe der Wogensmannen zerstört haben. Das macht es leichter, ihre Burg zu erobern, denn sie können nicht über das Meer fliehen. Der König ist zufrieden mit uns.«

»Iven!«

Monny legte ihm eine Hand auf den Arm, aber er schüttelte seinen Cousin ab. Seine Bedenken konnte er nun nicht gebrauchen.

»Wir müssen noch mehr Männer finden.«

»Wird er uns helfen?«, fragte sein Schwager Harm.

Iven nickte.

»Wann kommt er, und wie viele Soldaten schickt er?«

Unter dem Tisch trat ihm Monny auf den Fuß. Sein Unbehagen war mit Händen zu greifen, aber Iven achtete nicht darauf.

»Bald, wenn er die Hanse in ihre Schranken gewiesen hat.«

»Das kann dauern. Die hohen Herren haben es nicht eilig, ihre Kriege zu führen.« Johan Sibingh lachte als Einziger über seine Worte. Er ergriff die Kanne und bediente sich fröhlich aus ihr.

»Er kennt unsere Not und vergisst uns nicht. Er wird kommen, hat er gesagt. Wir müssen Geduld haben, und wir müssen dafür sorgen, dass die Wogensmannen sich keine neuen Schiffe besorgen. Sie müssen merken, dass sie nicht mehr treiben können, was sie wollen, dass wir ihnen auf den Fersen sind. Die Wogensmannen wagen sich aus ihrem Loch nur hervor, wenn sie ganz sicher sind zu siegen. So ist das bei solchen Leuten, hat Waldemar Atterdag erklärt.«

»Iven …«

»Lass mich erzählen.«

Er kam jedoch nicht dazu, denn ein fröhlicher Ruf schallte vom Nachbartisch herüber: »Du hast verloren, Roder Rodersen.«

Iven schaute hin. Der Sohn des Hardesrates Roder Hansen sah mit düsterer Miene zu, wie ein Stapel Halb- und Viertelpfennige im Beutel seines Würfelpartners verschwand.

»Noch ein Spiel?«, fragte der grinsend und schwenkte die Würfel im Becher.

Roder schüttelte den Kopf. »Du bringst mich heute noch um Haus und Hof, und ich kann mich bei Eyde nicht mehr sehen lassen, oder sie fällt mit dem Bratspieß über mich her. Ich habe genug.«

»Die Freuden des Ehelebens. Was ist mit Euch, meine Herren?« Er schwenkte immer noch den Würfelbecher in Richtung Ecktisch. Alle schüttelten die Köpfe. Roder stand auf und kam zu ihnen herüber.

Mit dem Fuß zog Iven einen Schemel heran und lud den Bonden ein. Aus der Kanne schenkte er den letzten Rest Bier in dessen Becher.

»Hast du viel verloren?«

Roder zuckte die Schultern. »Man sollte eben nicht mit Fremden spielen.«

»Weißt du, wer das ist?« Iven blickte zu dem Mann, der nun mit zwei anderen Bonden würfelte. Er war kein Friese vom Strand, sondern sah aus wie einer von der Geest.

»Er kommt aus Eggeby, hat er gesagt.«

»Und was will der hier?«

»Den Brautwerber spielen.«

»Welche Braut?« Iven kannte keine unverheiratete Jungfer in der Harde, für die der Brautwerber aus Eggeby kommen könnte. Die meisten Mädchen heirateten Männer aus der Edomsharde.

»Er tut sehr geheimnisvoll, als könnte einer kommen und die Braut noch wegschnappen.«

»Wenn du mich fragst, ist der genauso wenig Brautwerber wie wir beide. Das ist ein Mann des Stallers, so wahr mir Gott helfe.«

»Was soll der bei uns wollen?« Roder sah zweifelnd drein.

»Nichts Gutes.« Iven warf einen finsteren Blick auf den Nachbartisch. Der Fremde strich einen weiteren Gewinn ein.

»Was redet Ihr da, als ob uns ein Unglück bevorsteht«, unterbrach Johan Sibingh sie mit schwerer Zunge. »Ihr seid Schwarzseher. Das ist mir zu trübsinnig bei euch.« Er stand auf und wankte zu einem Tisch neben der Feuerstelle, wo einige Männer laut redeten und noch lauter lachten.

Roder schaute ihm hinterher. »Du hast über die Wogensmannen und Waldemar Atterdag geredet. Ich habe es mit halbem Ohr gehört.«

»Ich hole mir meine Blutrache. Bist du dabei?«

Roder zögerte einen Moment mit der Antwort, ehe er leise, aber bestimmt bejahte. »Ist es klug, in der Schenke darüber zu reden? Du kannst dir nie sicher sein, wer mithört. Wenn Ogge Jessen davon erfährt ...«

»Soll er doch. Wir sind freie Friesen, und wenn der Hardesrat unser Leben und unser Recht nicht schützt, verhelfen wir uns eben selbst dazu.«

»Machst du dir gar keine Gedanken, dass die Wogensmannen von deinem Plan erfahren könnten?«

Natürlich hatte er daran gedacht, und er sagte es Roder. Die Wogensmannen hätten ihn längst töten können, wenn sie es wollten, dennoch senkte er die Stimme, als er nun sagte:«Ich habe auch in der Pellworm- und der Wierichsharde Männer gefunden, die mitmachen. Wir sind ungefähr dreißig. Bist du der Einunddreißigste?«

»Steht der König wirklich auf unserer Seite?«

»Das tut er. Ich habe sein Versprechen.«

»Ich bin dabei.«

Sie schlugen die Handflächen gegeneinander. Unter dem Tisch trat Monny ihm zum zweiten Mal auf den Fuß, und wieder achtete Iven nicht darauf.

Am Tisch neben dem Kamin wurde gegrölt. Die Männer schlugen Johan Sibingh auf die Schultern, und er warf sich in die schmächtige Brust. Sogar der junge Broder Brodersen, der mit dem Kopf auf dem Tisch eingeschlafen war, wurde kurz wach. Schafsäugig sah er sich um.

»Das wird ein Riesenspaß!«, schrie Johan und wollte sich ausschütten vor Lachen.

Einer seiner Kumpane sprang auf. »Los kommt!« Er torkelte zur Tür hinaus, zwei andere folgten ihm.

Johan flüsterte mit dem letzten noch verbliebenen Kerl, und sie schlugen sich dabei vor Vergnügen auf die Schenkel. Vor der Schenke quiekte eine Sau. Roder und Iven hatten ihr Gespräch unterbrochen und beobachteten das Treiben am Tisch neben dem Kamin wie alle anderen auch. Als Einziger schlief wieder Broder Brodersen, den Kopf auf den Tisch gelegt.

Erneut quiekte draußen ein Schwein, und Johan Sibingh nickte, als jemand den Kopf zur Tür hineinsteckte. Sein Kumpan hatte es auch gesehen und sprang auf.

»Da ist was im Busch«, sagte Monny Monnesen quer über den Tisch hinweg zu Iven. »Diese betrunkenen Schafsköpfe wollen jemandem ein Bein stellen, und ich will wissen, wer es ist.«

Er stand auf, und das war das Signal für die anderen Gäste. Alle drängten zur Tür hinaus. Draußen war es dunkel, nur vor der Schenke brannte eine Laterne, und aus der geöffneten Tür einer nahen Scheune fiel Lichtschein. Dorthin strebte Monny mit langen Schritten, die anderen folgten ihm. Iven ging als einer der Letzten und sah deshalb Pater Fulbertus mit wehendem Gewand heraneilen, in den Händen trug der eine Tasche. Vor der Scheune hatten sich die Männer versammelt, und der Priester drängte sich durch die Menge. Iven stellte sich auf Zehenspitzen und fand eine Lücke zwischen den Köpfen der anderen, um die Vorgänge zu beobachten.

»Wo ist der arme Mann, der den letzten Beistand braucht?« Der Priester nahm aus der Tasche eine Hostienbüchse und ein Fläschchen mit gesalbtem Öl.

Ein dem Tode Geweihter sollte in der Scheune liegen? Iven runzelte die Stirn, während Johan Sibingh auf einen Haufen Stroh zeigte, in dem etwas schnaufte. Dabei gab der schmächtige Salzbauer sich die größte Mühe, ein Grinsen zu unterdrücken, ganz gelang es ihm nicht. Pater Fulbertus bemerkte nichts und ging auf den Strohhaufen zu, dabei sprach er bereits Gebete, in denen er eine Seele der Gnade des Allmächtigen empfahl. Johan Sibinghs betrunkenes Grinsen wurde breiter, als er sich keine Mühe mehr gab, es zu verbergen. In dem Strohhaufen befand sich bestimmt kein Mensch, der eben seine letzten Atemzüge tat und den Beistand eines Priesters brauchte. Iven wollte dem Pater eine Warnung zurufen, aber ein Ellenbogenstoß ließ seine Worte zu einem erstickten Stöhnen werden.

»Halte einmal deine Fresse, Iven Levensen, oder ich poliere sie dir«, zischte der neben ihm stehende Harksen ihm ins Ohr.

Iven setzte ein zweites Mal zu einer Warnung an, aber bevor er sie aussprechen konnte, hatte Pater Fulbertus sich schon über das Stroh gebeugt und es zur Seite gezogen. Er sprang zurück, als wäre er von einer Schlange gebissen worden. Aus dem Stroh sprang ein grunzendes Schwein auf, es trug eine Nachtmütze und einen kurzen Umhang um den

Hals gebunden. Das arme Tier rannte in der Scheune hin und her und suchte verzweifelt nach einem Ausgang – überall traf es entweder auf Wände oder auf lauthals lachende und sich auf die Schenkel klopfende Männer.

Pater Fulbertus' Gesicht hatte sich zu einer wütenden Maske verzerrt, an seiner Stirn pochte eine Ader. Seine Blicke waren wie Dolche, und wenn sie hätten töten können, wären etliche der Männer zu Boden gesunken. Das Schwein fand endlich den Mut, zwischen den Beinen der Menge hindurch nach draußen zu entwischen.

»Heidenpack!«, schrie der Priester. »Die Letzte Ölung ist ein geweihtes Sakrament. Das wird euch in diesem und im nächsten Leben teuer zu stehen kommen.« Seine Stimme kippte über, und er musste Luft holen, bevor er seiner Wut weiter freien Lauf lassen konnte. »Gottes Zorn wird über euch kommen, und eure mit falschem Herzen gesprochenen Gebete werden euch nicht retten. Nur Buße und ein gottgefälliges Leben können euch vor dem Schlimmsten bewahren.«

Gelächter antwortete ihm.

»Nichts für ungut, Pater, aber ein kleiner Spaß muss einmal erlaubt sein«, rief Johan Sibingh aus, vor lauter Lachen und Trunkenheit war er kaum zu verstehen.

»Teufel, ihr seid alle vom Teufel besessen! Hebt euch hinweg, ihr Teufel! Gott wird euch strafen. Sein Zorn wird unendlich sein.« Pater Fulbertus hielt den Männern das Kreuz wie eine Waffe entgegen.

Niemand ließ sich davon beeindrucken, und gegen seinen Willen musste sogar Iven grinsen.

»Lasst mich durch, ihr Teufel.« Der Pater drängte sich zur Tür und durch die Menge hindurch, sein Blick blieb dabei auf Iven haften.

»Dass ich dich hier sehe, war klar. Wenn irgendwo Teufel versammelt sind, darfst du natürlich nicht fehlen.«

Bevor Iven etwas antworten konnte, war Pater Fulbertus schon an ihm vorbei. Roder neben ihm zuckte die Schultern. Mit wehendem Gewand rannte der Priester durch die Gassen und über die Stege Rungholts. Die Menge folgte ihm lachend und rufend. Roder war von seiner Seite verschwunden, Monny und Hark liefen vor ihm, und Iven ließ sich in der Menge noch weiter zurückfallen. Er war in Gedanken damit beschäftigt, was er dem Priester getan hatte. Er besuchte jeden Sonntag die Heilige Messe, und seit Laefke wieder auf dem Hof wohnte, schickte sie ihn einmal in der Woche zur Beichte. Er spendete der Bruderschaft, behandelte seine Knechte anständig, besuchte kaum je das Hurenhaus. Es gab keinen Grund, ihn wegen etwas zu beschuldigen, das er nicht getan hatte. Ivens Sinn für Gerechtigkeit regte sich, und er folgte den anderen weiter mit dem vagen Plan, den Priester zur Rede zu stellen.

Der Pater rannte in Richtung St. Petri und verschwand durch eine Seitentür in der Kirche. Die Menge blieb vor der Kirchwarft stehen. Die Männer schauten sich an, manche grinsten verlegen, andere blickten schnell auf ihre Fußspitzen. Der Spaß war vorbei, die ersten trollten sich. Iven ging auch nach Hause, er ahnte, dass Pater Fulbertus in dieser Nacht Zuflucht zu seinen Heiligen genommen hatte und zu keinem klärenden Gespräch mehr bereit war.

Laefke stieß mit dem Fuß an etwas, das klappernd davonflog. Sie schaute zu Boden, der Nebel war immer noch sehr dicht, und sie konnte nicht sehr viel weiter als bis zu ihren Füßen sehen. Mit aufmerksam nach unten gerichtetem Blick ging sie weiter, und nach ein paar Schritten entdeckte sie eine hölzerne Büchse. Sie bückte sich und hob sie auf, und im selben Moment erkannte sie, was sie da in der Hand hielt: Es war Pater Fulbertus' Hostienbüchse. Sie bestand aus hartem, glatt poliertem Holz, im Deckel war ein Kreuz mit Blattgold eingelegt, und die Seiten waren mit einem geschnitzten Muster aus Quadraten und Rauten verziert. Laefke drehte die Büchse unschlüssig zwischen den Händen. Wieso lag einer von Pater Fulbertus' heiligen Gegenständen auf der Gasse? Er würde ihn doch nicht verlieren wie ein unachtsamer Junge oder, wenn doch, nicht eher ruhen, bis er ihn wiedergefunden hatte.

Unschlüssig schaute Laefke sich um – der Pater tauchte nicht auf. Was sollte sie nun mit der Hostienbüchse machen? Einen Augenblick erwog sie, sie einfach vor die Kirchentür zu legen, damit er sie fand, wenn er bei Sonnenaufgang hineinging, um die Laudes zu beten. Andererseits ... die Büchse war schon einmal verlorengegangen, wenn sich Gesindel in Rungholt herumtrieb ... Entschlossen steckte sie die Büchse in ihren Korb und strebte St. Petri zu. Das bescheidene Haus des Priesters lag direkt hinter der Kirche auf einer Warft gemeinsam mit den Chorherrenhäusern.

Das Haus des Paters war genauso neu erbaut wie die Kirche und die Chorherrenhäuser, im Gegensatz zu diesen aber aus Holz und lehmverputztem Flechtwerk und bereits fertig. Vor dem Neubau der Kirche hatte das Haus mit auf der Kirchwarft gestanden, aber nun war die Warft zu klein für ein zweites Gebäude, deshalb hatten die Rungholter ein neues Haus für ihren Priester errichten müssen.

Auf der Priesterwarft war auch noch alles ruhig, der Nebel waberte genauso dicht um die Häuser wie überall sonst im Ort. Laefke huschte zur Hintertür des Priesterhauses und pochte mit den Fingerknöcheln dagegen. Als sich im Haus nichts rührte, wurde sie mutiger und nahm die Faust. Endlich hörte sie Schritte, die sich schlurfend der Tür näherten. Die Tür wurde aufgerissen.

»Packt Euch fort!«, fuhr der Priester sie an. Er trug ein schmuddeliges Nachtgewand, das schon einmal bessere Tage gesehen hatte, es war mehrfach geflickt und an den Schultern abgeschabt.

»Pater Fulbertus, ehrwürdiger Herr.« Laefke hatte den Priester noch nie in seinem Haus aufgesucht und wusste nicht, wie sie ihn anreden sollte. Nichts erschien ihr passend. Sicherlich war es auch nicht passend, wenn eine verwitwete Frau einen Priester in seinem Haus aufsuchte. Sie räusperte sich und hielt ihm die Dose hin. »Das habt Ihr verloren, ehrwürdiger Herr. Es lag vor der Schenke auf der Gasse. Das ist doch Eure Hostienbüchse?«

Der Pater riss sie ihr aus der Hand, stierte einen Moment darauf, als wäre sie mit Würmern gefüllt, bevor er sie hinter dem Rücken verbarg. »Wie kommst du dazu?«

Laefke seufzte. Anscheinend hatte er ihr nicht zugehört. Sie wiederholte, wo sie die Büchse gefunden hatte.

»Was hast du damit gemacht?«

»Ich habe sie nur aufgehoben und bringe sie Euch nun.«

»Hast du sie geöffnet, hineingespuckt und die heiligen Hostien verflucht?«

»Wie könnt Ihr das denken?« Sie war empört. »Ich tue so etwas Schändliches nicht. Ich wollte nichts als freundlich sein und Euch das Eigentum der Kirche zurückbringen.« Enttäuscht wandte sie sich ab.

»Was ist von einem Heidenweib wie dir schon anderes zu erwarten? Bei der heiligen Muttergottes! Wo kommst du überhaupt her, um diese Zeit? Bestimmt von einer deiner Heidenfeiern«, giftete er hinter ihr her.

Ich wünschte, ich hätte auf die Büchse gespuckt, dachte Laefke. Etwas anderes hatte der Priester nicht verdient. Sie war dankbar für den Nebel, der sie nach wenigen Schritten verschluckte und die priesterliche Schimpftirade dämpfte. So viel Liebe die Großmutter ihr geschenkt hatte, es war nicht leicht, ihre Enkelin zu sein, überhaupt eine aus dem Geschlecht der Levensens zu sein. Heidenseher, Hexenkinder waren sie und Iven gerufen worden. Laefke fürchtete, dass Pater Fulbertus es eines Tages nicht mehr bei giftigen Worten belassen würde, sondern eine Nachricht an den Propst des Strandes schickte, dass in seiner Kirchgemeinde eine Hexe ihr Unwesen treibe. Bisher hatte sie sich immer vom Ruf der Familie Levensen und von der Ehrfurcht, die ihrer Großmutter entgegengebracht wurde, geschützt gefühlt. An diesem Morgen kam Laefke sich zum ersten Mal verloren vor.

KAPITEL 3

»Du kannst den Hof verkaufen.«

Iven erstarrte. Seine Schwester stellte eine Schale Gersten-grütze und einen Becher Milch vor ihn hin und eine zweite Schale für sich auf die andere Seite des Tisches. Sie setzte sich ihm gegenüber.

»Verkauf den Hof an Ogge Jessen, wenn er ihn noch haben will.«

»Das ist der Levensenhof, unser Zuhause«, brachte Iven heraus. »Generationen von Levensens haben hier gelebt und werden es noch. Die Welt muss schon untergehen, bevor ich …«

»Iven, dein Essen wird kalt.«

»Du glaubst doch nicht, dass ich jetzt etwas essen will. Wie kommst du überhaupt darauf, den Hof zu verkaufen?«

»Es ist der richtige Zeitpunkt. Mehr kann ich dazu nicht sagen. Das Boot hast du auch gebaut, weil ich gesagt habe, du sollst es machen.«

»Das ist was anderes, als den Hof zu verkaufen. Vielleicht bleibt mir ja das Boot, damit ich Fischer werden kann. Meinst du das?«

»Ich kann dir nicht mehr sagen. Du willst mit Silja zusammen sein, sie heiraten. Das könnt ihr nicht, solange ihr in Rungholt seid. Ihr Vater würde das nicht hinnehmen, und er steht mit allen wichtigen Leuten der Harde auf gutem Fuß. Ihr braucht Geld, um von hier fortzugehen – also verkaufe den Hof. Silja hat einen Onkel in Kiel, der ist Kaufmann, vielleicht kann er euch beiden helfen.«

»Hast du dir das alles mit Silja ausgedacht?«

»Sie weiß nichts davon. Aber sie hat mir von ihrem Onkel

erzählt, er ist der Bruder ihrer verstorbenen Mutter. Verkaufe den Hof, Iven, ich bitte dich.«

Himmlischer Jesus! Sie sprach so eindringlich. Bei dem Boot war es genauso gewesen. Iven fing an zu zweifeln. Der Levensenhof war alles, was sie hatten. Ohne ihn waren sie nichts, keine Bonden mehr, keine Uhtländer mehr.

»Iven, ich flehe dich an.«

»Wird ein Unglück geschehen? Hast du etwas gesehen?«

»Ich weiß, dass du verkaufen musst, sonst wirst du unglücklich werden.«

»Was ist mit dir? Wohin wirst du gehen?«

»Mach dir um mich keine Sorgen.«

»Du gehst zu Tüki. Das lasse ich nicht zu. Du wirst nicht bei dieser schrulligen Alten leben und auf ihre Gnade angewiesen sein. Wenn ich den Hof verkaufe – und ich sage nicht, dass ich es tun werde –, bekommst du deinen angemessenen Anteil. Du bekommst den zehnten Anteil der Summe, damit du dich wiederverheiraten kannst.«

»Alles ist gut, solange du nur den Hof verkaufst, damit du mit Silja zusammen sein kannst.«

Das Essen hatten sie beide vergessen. Iven starrte vor sich hin, ohne etwas zu sehen. In seinem Kopf wirbelten die Gedanken durcheinander. Nichts wünschte er sich mehr, als mit Silja verheiratet zu sein. Er hatte sie beide immer auf dem Levensenhof gesehen, gleichzeitig aber gewusst, wie undurchführbar das war. Den Hof zu verkaufen wäre eine Lösung, aber er war das Erbe seiner Ahnen. Kein Uhtländer verkaufte das Erbe seiner Ahnen.

»Akzeptiere keinen Preis unter zweihundert Mark«, sagte Laefke. »Ogge Jessen hat dir immer einen gerechten Preis versprochen, also soll er ihn auch bezahlen.«

»Wie kommst du auf den Betrag?«

»Nur so. Du sollst dich nicht übers Ohr hauen lassen.«

»Der Hardesvogt mag gewitzt sein, aber ich bin es auch.

Ich werde den Hof nicht für weniger als zweihundertfünfundsiebzig Silbermark hergeben.«

»Du wirst es machen?« Laefke schaute ihn gespannt an, und er las auch Erleichterung in ihrer Miene. Es bedeutete ihr so viel. Bei Großmutter Eyde hätte sein Vater nicht gezögert, und Laefke war wie sie.

Langsam nickte er.

»Du tust das Richtige, auch wenn wir es noch nicht sehen können.« Sie umarmte ihn.

***

Am Horizont ballten sich Wolken zusammen. Iven stand am Rand der Levensenwarft und schaute nach Westen. Der Wind zerrte an seinem Umhang und hätte ihm die Kappe vom Kopf geweht, hätte er sie nicht festgehalten. Schlechtes Wetter lag in der Luft, er roch es. Laefke war in der Pellwormharde bei Tüki – hoffentlich war sie klug genug, dort zu bleiben. Da braute sich ordentlich was zusammen. Seine Schwester kannte die Zeichen genauso gut wie er. Auf der Nachbarwarft stand Haye Wunksen ebenfalls draußen und betrachtete den Himmel, reckte die Nase in die Luft. Überall in den Uhtlanden taten Männer dasselbe, jeder spürte, dass ein Sturm aufzog. Bisher war der Winter milde gewesen, aber heute Nacht schüttelte Gott die geballte Faust. Iven winkte seinem Nachbarn zu. Sie trafen im Windschatten von Hayes Haus zusammen.

»Wir sollten ein paar Männer zusammentrommeln und nach den Deichen sehen, die Flut wird höher steigen als gewöhnlich, und der Wind kommt genau aus Westen.«

Westwind war in den Uhtlanden gefährlich, er trieb das Wasser vor sich her aufs Land zu, die Flut stieg höher, und danach verhinderte der Wind, dass das Wasser bei Ebbe wieder ablief. Die nächste Flut stieg noch höher – ein gefährlicher Kreislauf.

Mehr als ein Dutzend Männer schlossen sich ihnen in

Rungholt an, und sie marschierten mit Schaufeln und Hacken auf dem Niendamm Richtung Hever. Dort standen bereits Männer aus Halgeneß und Niedam – unter ihnen Monny – und schauten besorgt aufs Wasser, wo Schaumkronen auf den Wellen tanzten. Auf der offenen See hatte Iven das oft gesehen, auf der Hever nur selten. Sie führte viel Wasser, und man konnte zusehen, wie es weiter stieg. Noch war kein Wasser über die Deichkrone geschwappt.

Auch einige Frauen aus Halgeneß waren da, sie knieten im Wind und beteten. Die Laterne, die sie zwischen sich stehen hatten, wurde ausgeblasen. Iven sah das als ein schlechtes Zeichen an, wie ein Lebenslicht, das ausgeblasen wurde.

»Wir müssen nach den Sielen sehen«, rief er. Begleitet von Monny und einigen anderen Männern rannten sie zum Rungholt Siel, andere machten sich auf den Weg zum kleinen Siel. Und er hörte auch einige rufen: »Auf zum großen Siel!«

Die Siele waren die Schwachstellen im Heverdeich. Sie schlossen sich bei Flut und öffneten sich bei Ebbe, abhängig davon, von welcher Seite das Wasser gegen die Tore drückte. Stand allerdings zu viel Wasser in der Hever und zu viel Wasser in den Gräben hinterm Deich, öffneten sich die Tore bei Ebbe nicht mehr. Das Sicherste wäre es, die Siele ganz zuzuschütten und sie nach dem Sturm wieder auszugraben – dazu reichte die Zeit jedoch nicht. Sie konnten nicht viel anderes machen, als zu kontrollieren, ob die Tore noch dicht hielten, und dafür zu sorgen, dass sie sich bei Ebbe auch wirklich öffneten.

Iven und seine Gruppe erreichten das Rungholt Siel. Irgendwer hatte ihm eine lange Stange in die Hand gedrückt, und auf die stützte er sich erleichtert, weil mit dem Tor noch alles stimmte.

»Mit Gottes Hilfe wird alles gut werden«, rief Monny ihm gegen den Sturm ins Ohr.

Hatte Laefke das gemeint, als sie von einer Gefahr für die

Uhtlande geträumt hatte? Hatte er dafür das Boot gebaut? Es war fertig und lag vertäut auf dem Levensenhof, in eine gewachste Rinderhaut waren hartes Brot, Pökelfleisch und Trinkwasser für mehrere Tage eingewickelt und auf dem Boot vertäut. Der Gedanke daran vermittelte Iven das Gefühl, dem Wetter weniger schutzlos ausgeliefert zu sein.

Sie patrouillierten die Deiche entlang und wachten an den Sielen, bis kurz vor der Morgendämmerung die Ebbe einsetzte. Mit den Stangen halfen sie nach, dass die Tore sich öffneten und das Wasser ablaufen konnte. Alle waren durchnässt bis auf die Haut. Iven spürte aber weder die Kälte noch die schwere Kleidung, zu groß war die Erleichterung, dass die Uhtlande noch einmal davongekommen waren.

Aus Rungholt und den umliegenden Kirchspielen kamen andere Männer und lösten sie ab.

»Kommst du mit?«, fragte Iven seinen Freund, als er sich auf den Weg zum Levensenhof machte.

Monny winkte ab. »Ich will auf dem Hof nach dem Rechten sehen und auch wegen Ketel. Er soll nach den Salzkögen sehen. Wenn sie vollgelaufen sind ... Westharg wird so viel Blut in den Kopf steigen, dass er am Schlagfluss stirbt.«

So entkräftet und kalt alle waren, ging in Rungholt niemand nach Hause. Auch Iven war zwischen den Menschen auf der Kirchwarft stehen geblieben und steckte seine Hände in die Ärmel seiner Jacke, in dem vergeblichen Versuch, sie zu wärmen. Zu aufgewühlt waren die Leute, und deshalb trafen sich alle bei der Kirche. Iven beobachtete besorgt den Himmel. Im Osten zeigte sich das erste Tageslicht, aber der Sturm ließ nicht nach. Das machte ihm Sorge. Er wurde jedoch abgelenkt, weil zwei Mägde aus dem Chorherrenhaus gelaufen kamen, zwischen sich schleppten sie einen Kessel heißes Würzbier. Von irgendwoher tauchten Becher auf und machten die Runde. Heißes Bier wärmte wenigstens von innen. Iven nahm einen großen Schluck, bevor er den Becher an Johan Sibingh weitergab.

Mehr Frauen kamen auf die Kirchwarft, sie brachten Brote und Käse, Stockfisch und geräucherte Würste. Silja war unter ihnen. Sie lächelte, redete und verteilte Stücke eines großen Brotlaibes unter die Männer. Auf einmal stand sie vor Iven, gab ihm auch ein Stück Brot.

»Ich habe noch was für dich«, sagte sie und wühlte in den Falten ihres Umhangs. Sie förderte eine Räucherwurst zutage und reichte sie ihm.

Genussvoll biss Iven ab. Der scharfe Geschmack des geräucherten Fleisches explodierte in seinem Mund. Er zog Silja ein paar Schritte mit sich fort, um die Ecke der Kirche, wo sie nicht mehr gesehen werden konnten. Dort nahm er sie in die Arme, presste ihren Kopf an seine Brust und sog tief ihren Geruch ein.

»Es war knapp. Die Siele haben dem Druck gerade noch standgehalten.« Wie immer stärkte ihre Gegenwart ihn, und die Strapazen der Nacht fielen von ihm ab, als seine Lippen über ihre Schläfen und ihre Augen strichen.

»So einen Sturm habe ich in meinem ganzen Leben nicht erlebt«, sagte sie. »Ist es nun vorbei?«

»Wenn der Wind nachlässt und die nächste Flut nicht noch höher auftürmt als die letzte.«

Flüchtig berührte sie mit ihren Lippen seine und löste sich keinen Moment zu früh aus seinen Armen, denn Haye Wunksen kam um die Ecke der Kirche. »Mein Vater will die Kajedeiche nicht erhöhen, das macht keiner, sagt er. Wenn Ihr doch noch einmal mit ihm sprecht, Herr Iven«, fügte sie in einem bedauernden Tonfall hinzu.

»Das mache ich, Jungfer Silja. Wenn nur einer damit anfangen würde, ziehen die anderen Salzkoogbetreiber vielleicht nach, und allen wäre geholfen.«

»Ich gehe nach Hause«, verkündete Haye Wunksen in gewichtigem Tonfall.

Auf dem Hof hatte der Sturm keinen größeren Schaden angerichtet, als dass er den Zaun der Pferdekoppel und die zu Reihen aufgestapelten Mistsoden umgeweht hatte. Das Wasser im Brunnen und in den Entwässerungsgräben war frisch und rein. Im Stall muhten die Kühe unruhig und peitschten mit den Schwänzen. Iven schob es darauf, dass ihre morgendliche Melkzeit lange vorüber war und die Milch in ihren Eutern drückte. Er und die Magd Hedda machten sich ans Werk. Laefke war nicht gekommen, und er war froh darüber. Der Sturm war noch nicht vorbei, und die Pellwormharde lag höher als Rungholt, da mochte sie sicherer sein.

Die Zeit der Ebbe verging, aber der Wind ließ nicht nach. Iven stapfte wieder zur Westseite der Warft und stemmte seine Gestalt dem Sturm entgegen. Der Wind hatte noch mehr aufgefrischt, eine Bö fegte über ihn hinweg und hätte ihn beinahe von den Füßen gerissen. Die Ebbe brachte ihnen keine Erleichterung, und die nächste Flut verschlimmerte die Lage. In den Außenkögen wie Halgeneß oder auf Pellworm hatten sie vielleicht schon Landunter. Er erwog die Graue zu nehmen und nach Halgeneß zu reiten, um nach den Schafen zu sehen.

In eine zerzauste Schaffelljacke gehüllt, kämpfte sich Nedda auf ihn zu. Der Wind zerrte an ihren Zöpfen, als wollte er ihr die gesamten Haare vom Kopf reißen. »Kommt ins Haus, Herr Iven. Es hat keinen Zweck, hier zu stehen und in den Himmel zu starren. Die Tiere sind wieder ruhig, und ich habe alle Läden fest zugebunden und die Türen verriegelt.«

»Du kannst ins Gesindehaus gehen.«

»Ich lasse Euch nicht allein.«

»Die Deiche werden nicht standhalten, wenn die Flut noch höher als beim letzten Mal steigt. Sie haben in der

Nacht nur knapp dem Wasser getrotzt«, rief er gegen den Sturm an.

Sie kämpften sich zurück. Das Haus ächzte und knackte, als wäre ein riesenhafter Bader gerade dabei, ihm einen Zahn zu ziehen.

Drinnen stand noch alles an seinem Platz. Wie lange noch? Nedda schnürte Töpfe und Pfannen zusammen und hing sie auf dem Dachboden an den Firstbalken, dort klapperten sie unentwegt. Iven löschte das Herdfeuer und reichte der Magd Felle und Decken nach oben. Messer und Krüge, Teller und Schüsseln, Kämme, den wenigen Schmuck seiner Mutter – überhaupt alles, was er an Wertvollem besaß, brachte Nedda auf dem Dachboden in Sicherheit. Zuletzt fing Iven die Hühner ein, stopfte sie in zwei Säcke, die sie ebenfalls an den Firstbalken hingen. Die Tiere hatten es dort nicht bequem, aber wenn das Wasser bis nach Rungholt kam und die Warft überspülte, überlebten sie es wenigstens. Zuletzt holte Iven den Prahm nahe ans Haus und band ihn so fest, dass er ihn vom Dachboden aus erreichen konnte. Danach war nichts mehr zu tun, und er schickte Nedda ins Gesindehaus zu den anderen Knechten. Er konnte es nicht ertragen, wenn sie ihn bemutterte, als sei er immer noch dreizehn Jahre alt und habe gerade seine Großmutter verloren. Er sah ihr nach, wie sie sich gegen den Wind stemmte.

Es blieb ihm nichts weiter, als zu warten und zu beten. Er saß in der Döns auf einem ungepolsterten Stuhl. Die Zeit tropfte zäh dahin. Sein Gefühl sagte ihm, die Flut müsse nun ungefähr ihren Höchststand erreicht haben. Der Sturm umtoste das Haus und zerrte an allen Ecken wie ein göttliches Strafgericht, das einen Sünder vierteilen wollte. St. Petris Glocken läuteten. Es war nicht das getragene Geläut, mit denen sie die Stundengebete anzeigten, und nicht das tiefe Läuten, mit dem sonntags die Rungholter zur Messe gerufen wurden. Es war ein unmelodisches aufgeregtes Läuten, und es war lange her, seit Iven es zuletzt gehört hatte. Es war also so weit – der erste Deich war gebrochen. Die Glocke warnte die Menschen. Iven stand auf, er zog sich seinen dicken Filzumhang an und schlang sich einen Wollschal um den Hals. Er öffnete die Haustür und die Stalltür, sogleich fegte eine Bö durchs Haus. Im Stall band er die Pferde und Kühe los, öffnete den Schweinepferch und jagte das Vieh ins Freie. Es war zu groß für den Dachboden und musste sich selbst retten.

Das erste Wasser rann über die Türschwelle, und gleich darauf riss eine Bö auf der Westseite Schilf vom Dach. Es war nur eine Handvoll, aber der Sturm hatte einen ersten Angriffspunkt gefunden und riss nun Büschel für Büschel vom Dach, während immer mehr Wasser in Haus lief. Iven schaute zur Tür hinaus.

Die tiefer gelegenen Wiesen waren in der tosenden See verschwunden. Nur die Spitzen der Warften ragten noch aus dem Wasser heraus. Das Scheunendach war bereits zum größten Teil abgedeckt, und auf der Wunkswarft war ein Schuppen zusammengebrochen. Am Hausdach nagte der Sturm, einer der Knechte kletterte durch die Lücke aufs Dach und versuchte zu befestigen, was längst nicht mehr zu halten war. Die nächste Bö zerrte ihn mit sich fort, seinen Schrei hörte Iven trotz des Sturms. Einmal sah er noch dessen Kopf aus den Fluten auftauchen, und dann hatte ihn das Meer verschluckt, als hätte es ihn nie gegeben. St. Petris Glocken läuteten unentwegt – zu retten war nichts mehr.

Im ganzen Haus stand das Wasser bereits knöchelhoch, weichte die mit Lehm beworfenen Flechtwände auf. Iven brachte sich auf dem Dach in Sicherheit und drängte sich schutzsuchend an den Mittelständer. Die Westseite des Daches war vollständig abgedeckt, und als es auch noch zu regnen begann, war alles sofort durchgeweicht, was Nedda in Sicherheit gebracht hatte.

»Sobald die Ebbe einsetzt, wird alles wieder gut«, sagte

Iven zu sich selbst. Er betete ein Vaterunser mit aller Inbrunst, zu der er fähig war.

Der brausende Sturm verschloss die Ohren Gottes. Auf der überfluteten Warft wieherten die Pferde schrill, und die Kühe muhten in Panik. Es zerriss Iven beinahe das Herz, die Tiere zu hören und ihnen nicht helfen zu können.

Die aufgeweichten Wände des Hauses wurden fortgespült, nur die Ständer, das Knochengerüst des Hauses, boten dem Wasser und dem Wind wenig Angriffsfläche und hielten stand. Es war nicht der erste Sturm, dem das Ständerwerk des Hauses trotzte. Als sein Vater ein Knabe gewesen war, hatte eine Sturmflut die Uhtlande heimgesucht und die Hauswände mit sich gerissen. In ein paar Wochen harter Arbeit waren sie neu errichtet worden.

Die beiden Fohlen wurden von den Fluten davongerissen und gegen Balken geschmettert. Iven hörte ihre verzweifelten Schreie und musste ihnen beim Sterben zusehen.

Die einzige Hoffnung für Mensch und Vieh war das Nachlassen des Sturms und das Einsetzen der Ebbe. Kein Sturm dauerte ewig, und dieser wütete bereits länger als einen Tag und eine Nacht.

Die Ebbe setzte ein, aber der Wind ließ nicht nach, die aufgepeitschte See umspülte weiterhin die Warften, und das Wasser ging nur um wenige Handbreit zurück. Vom Haus stand keine Wand mehr. Eine tote Kuh trieb im Wasser, seine beste Milchkuh, von den anderen Tieren war nichts zu sehen. Hoffentlich hatten sie sich irgendwie retten können. Iven hatte sich stundenlang an den Mittelbalken des Hauses geklammert, er spürte seine Finger nicht mehr.

Der Prahm tanzte auf den Wellen, und weil er nur grob gebaut war, war der Bootsbauer Svein auf die Idee verfallen, im Abstand einer Armlänge rechts und links noch zwei schmale Rümpfe anzulegen. Das Boot sah damit noch merkwürdiger aus, aber er hatte gemeint, es liege damit besser auf dem Wasser. Bisher schien er recht zu behalten, denn der Prahm war nicht umgeschlagen und nicht einmal vollgelaufen.

Sollte er das Boot nehmen und versuchen, die Geest zu erreichen? Genau dafür hatte er es gebaut. Aber damit hätte er die Levensenwarft ihrem Schicksal überlassen. Iven brachte es nicht fertig, er klammerte sich weiter an den Mittelbalken.

Es musste eigentlich wieder die Zeit der Ebbe sein, doch genau ließ sich das nicht sagen. Iven hatte jedes Zeitgefühl verloren, und in der aufgewühlten See ließ sich nicht erkennen, ob gerade auflaufendes oder ablaufendes Wasser herrschte. Eine mächtige Bö erschütterte das Ständerwerk des Hauses in seinen Grundfesten, es neigte sich gefährlich zu einer Seite, und einen Augenblick befürchtete er, es werde von den Fluten mitgerissen werden, dann glitt es wieder in seine Ausgangslage zurück. Dafür sah er Haye Wunksens Haus in den Wellen verschwinden. Die Bewohner, die sich gleich ihm auf den Dachboden gerettet hatten, wurden fortgespült wie Seetang. Längst ging es nicht mehr darum, etwas von Wert zu retten, sondern nur noch um das nackte Leben.

Ihm hätte es genauso ergehen können. Und Silja? Er dachte ununterbrochen daran, wie es ihr ergehen mochte, und das ließ ihn mehr zittern als die Kälte. Ob sie und ihr Vater wussten, wie sie sich bei einer Sturmflut zu verhalten hatten? Es war Zeit. Iven zog den Prahm zu sich heran. Es war nicht leicht, in das Boot zu klettern, aber nachdem er einmal fast abgerutscht war, gelang es ihm. Kaum hatte er das Seil gelöst, mit dem es am Haus festgebunden war, schoss es davon. Innen waren zwei Paddel angebunden. Die Füße um die Sitzbank gehakt, mühte Iven sich mit steifen Fingern die Knoten zu lösen, währenddessen der Prahm wild auf den Wellen tanzte und sich drehte.

Endlich hielt er die Paddel in der Hand und schaute sich

um, um sich zu orientieren. Wo noch vor zwei Tagen Rung-holt gewesen war, breitete sich eine Wasserfläche aus, aus der noch einzelne Häusergerippe hervorschauten, wie gebroche-ne Knochen durch die Haut stießen. Viele waren es nicht mehr, aber die Kirche trotzte noch dem Unwetter. Die See trieb ertrunkene Tiere und Menschen vor sich her. Iven be-nutzte das Paddel wie eine Stakstange und hielt auf die Kir-che zu, Westhargs Haus lag ganz in der Nähe. Es kostete ihn die gesamte Kraft seiner Arme, und dennoch hatte er kaum das Gefühl, der Prahm drehe sich in die richtige Richtung.

Das kleine Boot tanzte und hüpfte auf den Wellen, und Iven, dem auf See noch nie schlecht geworden war, fühlte sauren Mageninhalt in seinen Mund quellen. Der Prahm nä-herte sich auf Umwegen der Kirche, doch das war mehr dem Westwind geschuldet als seinen Bemühungen.

Auf dem Kirchendach hockten Menschen, aber sie waren zu weit entfernt, als dass er einzelne erkennen konnte. Dort, wo er Westhargs Haus vermutete, türmte sich raue See, und sein Magen zog sich schmerzhaft zusammen. Silja – er hatte sie noch nicht richtig für sich gewonnen und schon wieder verloren.

Vom Nachbarhaus hatte ein Teil des Ständerwerks den Gewalten standgehalten, und auf einem Balken hockte eine Gestalt und klammerte sich an einer Stütze fest, sie sah aus wie eine blonde Katze kurz vor dem Ertrinken. Iven nutzte den kurzen Moment, als der Sturm Atem holte, und brachte den Prahm in die Nähe.

»Ich rette dich«, schrie er.

Die Gestalt wandte den Kopf, und er erkannte die Kauf-mannstochter.

»Silja!«

»Iven!«

Sein Herz schlug höhere Wellen als die Nordsee. »Ich bin gleich bei dir.«

»Iven!«

Der Sturm trieb ihn wieder ein Stück weg, aber beim zweiten Anlauf kam er so nahe heran, dass er das Paddel hinter dem Stützbalken verhaken und sich ganz heranziehen konnte. Er schlang den anderen Arm um Silja. »Ich habe dich.«

Sie ließ den Balken nicht los, und erst als der Wind sie wieder auseinanderzureißen drohte, gelang es ihm, sie ins Boot zu ziehen. Und keinen Augenblick zu früh – eine Bö trieb sie von den Hausresten fort und knickte im gleichen Augenblick die letzten Balken, als wären es dürre Äste. Silja klammerte sich an den Prahm und an ihn, ihre Augen waren weit aufgerissen. Am liebsten hätte er sie in den Arm genommen, aber noch hatten sie andere Sorgen.

Iven befreite sich aus ihrem Griff und packte wieder das Paddel mit beiden Händen. Er mühte sich, in den Wellen nicht die Kontrolle über das Boot zu verlieren.

»Wo ist dein Vater?«, schrie er.

»Ich weiß nicht. Er ist weggegangen, bevor der Sturm schlimm wurde. Seitdem habe ich ihn nicht mehr gesehen. Er wollte bestimmt im Speicher nach dem Rechten sehen, ob das Salz sicher ist.«

Wenn Heinrich Westharg zum Hafen gegangen war, konnte nicht einmal mehr der Allmächtige ihn retten. Den Hafen hatte es als Erstes erwischt. Iven verschwieg es lieber, stattdessen fragte er sie nach der Magd.

»Der Sturm … unser Haus …« Silja holte tief Luft. »Er hat es fortgerissen und sie auch. Ich konnte mich festhalten, aber sie nicht. Was sollen wir tun?«

Er wusste es auch nicht. Gesche und Heinrich Westharg waren auf jeden Fall tot, und in Siljas Augen erkannte er, dass auch sie es wusste. Mehrere der Gestalten, die sich auf das Kirchendach gerettet hatten, winkten ihnen zu. Vielleicht war die Kirche der sicherste Ort, der unter dem Schutz des Allmächtigen und des wundertätigen Laurentius stand.

Wenn sie ihn erreichten? Iven mühte sich, darauf zuzuhalten, aber der Wind trieb sie unaufhaltsam daran vorbei und fort von Rungholt und der Levensenwarft. Er hatte nicht mehr die Kraft, gegen Wind und Wellen anzukämpfen, und dennoch gab er nicht auf.

»Die Kirche.«

Siljas Ruf schreckte ihn auf. Er schaute sich um und sah, wie die steinernen Wände von St. Petri Sturm und Wellen nicht länger standhielten. Langsam und dann immer schneller neigte sich das Dach zur Seite, und die Wände brachen. Wer sich dorthin geflüchtet hatte, schaute in den Abgrund eines sicheren Todes. Die Ständer weiterer Häuser wurden von den Fluten verschlungen, und da, wo eigentlich die Levensenwarft sein sollte, sah Iven nur noch Wasser.

Die Kraft in seinen Armen verließ ihn. Er hielt das Paddel noch fest, kämpfte aber nicht länger gegen die Wellen an. Silja hatte sich an ihn geklammert, und sie ließen den wie ein Blatt auf den Wellen tanzenden Prahm treiben.

Der Wind wurde erst zu einer Brise und schlief dann ganz ein, als müsse er sich von den Anstrengungen der vergangenen Tage erholen. Wo Rungholt gewesen war, breitete sich Wasser aus. Kein Haus, kein Baum ragte heraus, aber neben dem Prahm trieben Holzbalken, tote Tiere und immer wieder auch Leichen. Iven stieß sie mit dem Paddel fort, während er sich umsah. Sie hatten den Sturm überstanden, aber gerettet waren sie längst noch nicht. Nass und kalt bis ins Mark konnten sie immer noch sterben, wenn sie nicht schnell an Land gelangten und in die Nähe eines Feuers.

Silja lag auf dem Boden des Prahms, und wenn er nicht das leichte Heben und Senken ihrer Brust gesehen hätte, hätte man sie für tot halten können. Von den im Boot festgebundenen Vorräten war ihnen nur eine Schweineblase mit frischem Wasser geblieben. Iven trank einen Schluck und stieß einen weiteren Schafskadaver vom Boot fort. Dahinter schwamm etwas, das er nicht genau erkennen konnte, das jedoch seine Aufmerksamkeit fesselte. Es schien aus Holz zu sein.

Beim zweiten Blick erkannte er es: Es war die Statue des heiligen Laurentius. Sie trieb auf dem Bauch und war zerkratzt und zerschrammt. Iven wuchtete sie ins Boot und drehte sie auf den Rücken. Das Antlitz des Heiligen sah aus, als hätte es jemand grün und blau geprügelt, der wundertätige Riss auf der Brust war noch da, das angetrocknete Blut abgewaschen.

Iven schob den Heiligen neben Silja. Unwillkürlich schlang sich deren Arm darum, als hielte sie ein Kind. Der heilige Laurentius wärmte sie vielleicht nicht, konnte aber immerhin Trost schenken.

Als sie an Land gespült wurden, erstreckte sich vor ihnen ein zerstörter Deich. Iven vermutete, es hatte sie in die Dreilande verschlagen, entweder nach Eiderstedt, Uhtholm oder Everschoop. Gemeinsam mit Silja kämpfte er sich den Deich hoch und auf der anderen Seite wieder herunter. Er trug dabei die Statue an seine Brust gepresst. Sie fanden eine wüste, leere Landschaft vor. Überall Schlamm und ertrunkene Schafe, entwurzelte Bäume und Sträucher. Die Lichter eines Dorfes oder über einem Dach aufsteigenden Rauch konnte er nicht ausmachen.

Sie suchten sich eine geschützte Mulde und schlammige Holzreste, und nach einigen Schwierigkeiten gelang es Iven, ein Feuer zu entzünden. Das nasse Holz knisterte und produzierte mehr Rauch als Wärme, aber die kleine Flamme ließ auch die Hoffnung in seinem Herz wachsen. Er rieb die Hände gegeneinander und sorgte dafür, dass Silja von ihrem wenigen Wasser trank. Eng aneinander gekauert, den Heiligen neben sich, hockten sie am Feuer und sahen zu, wie es langsam größer wurde.

»Der Allmächtige hat meine gerechten Gebete erhört und eine zweite Sintflut geschickt, um die Wogensmannen zu vernichten«, sagte er langsam.

»Dein kleines Boot soll dann die Arche gewesen sein?« Siljas Zähne schlugen beim Reden aufeinander. »Wo sind wir? Auf dem Berg Ararat?«

Er musste beinahe lachen, als er ihr seine Vermutungen erklärte, nahm ihre Hände zwischen seine und rieb sie. »Wir müssen uns aufwärmen und unsere Sachen trocknen. Danach Hilfe finden, und dann sehen wir weiter.«

»Wozu noch?«

Er zog ihren Kopf an seine Schulter und hielt sie fest.

»Es ist nichts mehr da. Mein Vater, Gesche, dein Hof, deine Schwester, Rungholt – es ist nichts mehr da. Was haben wir noch?«

»Wir haben uns. Das wollten wir immer …« Er musste husten, und nachdem der Anfall vorbei war, sprach er weiter: »Außerdem haben wir Geld.« Iven klopfte sich auf seine durchweichte Gürteltasche. »Ich habe den Hof an Ogge Jessen verkauft.«

»Iven, wie konntest du …«

»Das war das Klügste, was ich in den letzten fünf Jahren getan habe, außer mich in dich zu verlieben. Der Hof ist nicht mehr da, aber Ogge Jessen hat das Meiste bereits bezahlt. So hatten wir es vereinbart. Ich kann bis zum Ende des Monats da bleiben und alles ordnen, und er zahlt mir acht Zehntteile des Kaufpreises sofort. Wenn Laefke und ich den Hof verlassen, bekommen wir den Rest. Den können wir wohl vergessen, und Ogge Jessen auch.« Je länger Iven redete, desto bewusster wurde ihm, wie gut Laefkes Ratschlag gewesen war. Ihm war immer noch kalt, aber die Hoffnung in ihm wuchs. »Einen Teil des Geldes habe ich hier, den größeren Teil habe ich mit Fiete nach Kiel zu deinem Onkel geschickt. Er hat sich letzte Woche mit der Pilgergruppe auf den Weg gemacht. Und wir haben den Heiligen, er wird uns helfen, er hat mehr als ein Wunder gewirkt.«

»Der Heilige.« Silja streckte eine Hand aus und legte sie der Statue auf den Kopf. »Aber es sind so viele gestorben. Mein Vater, Frau Laefke ... Mir kommt es so vor, als hätten nur wir beide überlebt.« Vor Kälte schlugen ihren Zähne aufeinander.

Iven zog sie näher ans Feuer, das inzwischen munter brannte. »Für deinen Vater habe ich wenig Hoffnung. Es war nicht klug, zu den Salzspeichern zu gehen.«

»Er wollte nicht auf mich hören.« In Siljas Stimme schwang ein Schluchzen mit.

»Der Allmächtige hält seine Hand über ihn, und ich werde einen Priester bezahlen, damit er ein Jahr lang täglich ein Gebet für die Seele deines Vaters spricht.«

»Das willst du tun, obwohl ihr keine Freunde wart? Das ist edel, Iven, und ich rechne es dir hoch an. Du musst auch Gebete für Frau Laefke sprechen lassen.«

»Sie war bei Tüki in der Pellwormharde, als der Sturm losbrach. Die liegt höher als Rungholt, ich hoffe, sie wurden nicht weggespült. Ich werde sie suchen, sobald ich dich in Sicherheit gebracht habe.« Iven spürte die Wärme des Feuers langsam in seinen Körper kriechen. Die Kleidung begann zu dampfen, und als Silja den Kopf an seine Schulter lehnte, fühlte er sich gleich noch einmal besser.

»Du hast alles so trefflich vorbereitet, als hättest du gewusst, was uns bevorsteht«, flüsterte sie.

»Nicht gewusst. Laefke hat manchmal Ahnungen, sie hat mir geraten, ein Boot zu bauen, und Anfang Januar sollte ich plötzlich den Hof verkaufen und mit dir zusammen weggehen. Sie hat mich so gut wie gezwungen, es zu tun. Aber dass alles so kommen wird, hat sie nicht gesehen.«

»Du bist ganz der gehorsame Bruder. Wann wolltest du

mir sagen, dass wir zusammen weggehen und dass mein On-kel das Ziel ist?«

»Das ist nicht so einfach.« Iven leckte sich über die Lippen. »Du schienst so an deinem Vater zu hängen und wolltest ihn um keinen Preis allein lassen. Es kam mir vor, als wolltest du lieber den Hamburger Dürkopp heiraten, als dich mit ihm zu überwerfen. Am liebsten hätte ich dich einfach gepackt und auf die Graue gesetzt, um mit dir davonzugaloppieren. Bevor du etwas hättest sagen können, wären wir schon bei Husum gewesen. Wir müssen nicht bei deinem Onkel in Kiel blei-ben, sondern können auch zur Liutprand van Leuv nach Gent gehen. Er hat mir versprochen, ich könne jederzeit zu ihm kommen. Was sagst du dazu?«

Silja setzte sich gerade hin, sie zog die Beine eng an den Leib und umschlang sie mit den Armen. Ihre rechte Seite hatte sie dem Feuer zugewandt und schaute in die Flammen. Ihr Schweigen legte sich lastend auf Ivens Gemüt. Wenn sie nicht mit ihm kommen wollte ... In Hamburg hatte sie einen Verlobten, sie wusste, was sie dort erwartete. Und bei ihm? Alles war unsicher. Frauen wollten eine Familie, ein Zuhause, einen Mann, der ihnen ein gutes Leben bieten konnte – nichts davon besaß er. Iven ballte die Hände zu Fäusten in den Ärmeln seiner Jacke. Himmlischer Jesus, lass sie nicht sagen, dass sie nach Hamburg will, ich muss sie sonst hin-bringen. Er dachte dies mit einer solchen Inbrunst, dass sie es eigentlich hören musste.

Endlich schaute Silja ihn wieder an. Ihre Augen glänzten im Feuerschein. »Ich habe Hunger, und ich gehe mit dir über-all hin, zu meinem Onkel oder nach Gent.«

Glossar

Erklärung der nordfriesischen, der seemännischen bzw. heute
nicht mehr gebräuchlichen Ausdrücke:

Bark:	Schiffstyp
Bonde:	friesischer Ausdruck für Bauer, der sein Land als Eigentum besitzt
Döns:	Stube in norddeutschen Bauernhäusern
Fenne:	Viehweide im Marschland, häufig von Gräben eingefasst
Kajedeich:	Deich um einen Koog, in dem Salz abgebaut wird
Kogge:	mittelalterlicher Schiffstyp
Koog:	eingedeichtes Land, das dem Meer abgerungen wurde
Prahm:	kleines Boot mit einem flachen Boden zum Befördern von Lasten
Schnigge:	Schiffstyp
Täte:	friesisches Wort für Vater
Warft:	künstlich aufgeschütteter Hügel im Marschland, Schutz für Häuser und Ställe vor der Flut

Nachwort

Detlev von Liliencrons Gedicht »Trutz, blanke Hans« erzählte mir von Rungholts Schicksal. Eine ganze mittelalterliche Stadt ist während einer Sturmflut versunken. Über seine Bewohner müsste sich doch eine Geschichte erzählen lassen. Bei dieser Idee blieb es bis zu einem Besuch im Husumer Schifffahrtsmuseum im Jahr 2010. Auf Karten lässt sich dort das mittelalterliche Nordfriesland mit seinen Orten erkunden. Beim Betrachten dieser Karten formte sich Siljas und Ivens Geschichte in meinem Kopf. Ich brachte erste Gedanken und Handlungsstränge zu Papier, aber bis zum vollständigen Roman war es noch ein langer Weg.

Zunächst einmal las ich alles, was ich über Rungholt finden konnte. Wo lag es genau? Zwischen den Halligen Nordstrand und Südfall und der Insel Pellworm, darüber besteht Einigkeit, aber wo genau in diesem Areal? Für den Roman ist das von untergeordneter Bedeutung, wichtiger war mir, wie die Menschen im mittelalterlichen Nordfriesland lebten. Ich las, was ich darüber fand, beschäftigte mich mit mittelalterlicher Kleidung und dem dänischen König Waldemar Atterdag, dessen Untertanen die Nordfriesen im Mittelalter waren.

Alles kann man nicht aus Büchern lernen. Ich fuhr nach Schleswig, besichtigte den Dom und musste an die Nordsee, den Blick über das flache Land schweifen lassen, die salzige Luft einatmen. Währenddessen wuchs die Idee in mir. Es kamen andere Personen hinzu wie der Hardesvogt Ogge Jessen oder Pater Fulbertus, die auch ihre Geschichten erzählen wollten.

Ich schrieb und tauchte dabei immer tiefer in das Mittelalter ein. Dabei lebte ich mit meinen Figuren und von ihnen und sie von mir. Sie waren so lebendig für mich, dass ich mich auf einem Spaziergang mit ihnen hätte unterhalten können.

Mein Dank gilt den Mitarbeitern des Nordfriisk Instituts in Bredstedt, den Mitarbeitern des Diözesanarchivs in Bautzen, die geduldig meine Fragen beantworteten. Im Staatsarchiv Hamburg wurde ich kompetent und freundlich beraten. Und mein besonderer Dank gilt Prof. Dr. Sarnowsky und seinen Mitarbeitern vom Historischen Institut der Universität Hamburg. Sie haben mir bei der Transkription der Urkunde unter die Arme gegriffen, die in diesem Roman eine Rolle spielt. Ich danke meinem Agenten Dirk Meynecke, der an diese Geschichte und mich geglaubt hat, und meinem Lektor Reinhard Rohn beim Aufbau Verlag. Mein ganz besonderer Dank gilt meinem Partner, er hat mir nicht nur leckere Mahlzeiten gekocht, um mich bei der Stange zu halten – denn er wollte die Geschichte als erster lesen; er hat mir auch alles über Schiffe und das Segeln erzählt. Ihm ist es zu verdanken, dass Iven den Wogensmannen entkommt, und ich weiß, wie man vor dem Wind kreuzt.

Ohne Euch wäre das Buch nicht das geworden, was es ist. Fehler gehen dabei natürlich auf meine Kappe.

Dresden im Februar 2014
Birgit Jasmund

ULRIKE RENK
Die Frau des Seidenwebers
Historischer Roman
443 Seiten
ISBN 978-3-7466-2618-5
Auch als ebook erhältlich

Faszinierendes Familienepos

Im November 1753 reist die 25-jährige Anna von Radevormwald nach Krefeld. Sie soll ihrem Onkel den Haushalt führen. Auf der Reise lernt sie den Verleger Claes kennen, der sich bei einem Überfall schützend vor sie stellt. Anna verliebt sich in ihn, doch er ist schon einer anderen versprochen. Die Geschichte einer Frau, die ihren eigenen Weg geht, bis sie endlich den Mann findet, der sie liebt. Ein Roman über die Seidenweberei und Buchkunst im 18. Jahrhundert, basierend auf einem authentischen Tagebuch. Eine der Hauptfiguren zählt zu den ersten Verlegern Deutschlands.

Mehr Informationen erhalten Sie unter www.aufbau-verlag.de
oder in Ihrer Buchhandlung

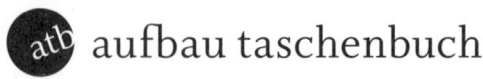

atb aufbau taschenbuch

MICHAEL WILCKE
Der Bund der Hexenkinder
Roman
400 Seiten
ISBN 978-3-7466-2656-7
Auch als ebook erhältlich

Die Rache der Kinder

Salzburg im Jahr 1658: In einer eisigen Nacht wird die schwangere Sybilla von ihrer Mutter in eine Kutsche gesteckt, die sie nach Rosenheim bringen soll. Bevor die Kutsche abfährt, raunt die Mutter ihr noch zu, dass ihr Kind des Teufels ist. Sybilla hingegen hat sich längst entschieden, für ihr Kind zu sorgen. Zwanzig Jahre später beschließt dieses Kind nach Salzburg zurückzukehren, um seine Mutter zu rächen.

Mehr Informationen erhalten Sie unter www.aufbau-verlag.de
oder in Ihrer Buchhandlung

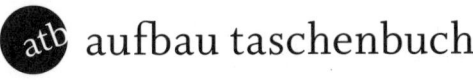

aufbau taschenbuch

TIM WILLOCKS
Die Blutnacht
Roman
560 Seiten. Broschur
ISBN 978-3-352-00866-5
Auch als E-Book erhältlich

Die Wirren
der Bartholomäusnacht

Frankreich im Jahr 1572. Mattias Tannhäuser, ein Ritter des Johanniter-
ordens, macht sich nach Paris auf. Er sucht seine schwangere Frau,
die Contessa Carla, und gerät in die Kämpfe der Bartholomäusnacht.
Überall werden Hugenotten verfolgt und drangsaliert. Für Tannhäuser
beginnt eine wilde Jagd durch die Stadt – an seiner Seite nur ein paar
Kinder, die in den Wirren unterzugehen drohen.
Ein hochspannendes Epos über Glauben und Krieg – und die Macht der
Liebe.

»Willocks erzählt packend und zutiefst bewegend.« TANJA KINKEL

Mehr Informationen erhalten Sie unter www.aufbau-verlag.de
oder in Ihrer Buchhandlung

RL rütten & loening

SABRINA QUNAJ
Elfenmagie
Roman
976 Seiten
ISBN 978-3-7466-2738-0
Auch als E-Book erhältlich

Die magische Elfenkönigin

Jahrtausende nach der Teilung Elvions erreicht die Fehde der Licht- und Dunkelelfen einen Höhepunkt. Mit dem Blut der Halbelfe Vanora könnte das Reich wiedervereint werden und die Königin Alkariel ihre alte Macht zurück erhalten.

Die Dunkelelfen versuchen dies zu verhindern, indem sie das Mädchen versteckt halten. Nichts ahnend wächst Vanora in der Welt der Menschen bei ihrem Vater auf, bis das Schicksal sie eines Nachts einholt und der geheimnisvolle Glendorfil erscheint.

»Eine neue Stimme in der deutschsprachigen Fantasy – einfach zauberhaft!« MICHAEL PEINKOFER

Mehr Informationen erhalten Sie unter www.aufbau-verlag.de oder in Ihrer Buchhandlung

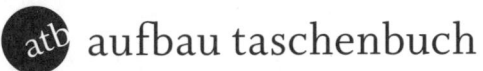

aufbau taschenbuch